JAN-ERIK FJELL

Nachtjagd

GOLDMANN

Buch

Am Ufer eines Sees in Norwegen wird die Leiche einer jungen Frau entdeckt. Ihr nackter, geschundener Körper ist mit auffälligen Wunden übersät. Kriminalkommissar Anton Brekke von der Osloer Polizei beschleicht bei dem Anblick ein schrecklicher Verdacht. Offenbar hat der flüchtige Serienmörder Stig Hellum, der vor Jahren Jagd auf junge Frauen machte, sein grausames Werk wieder aufgenommen. Für Brekke beginnt ein Wettlauf gegen die Zeit und gegen unvorstellbar Böses, dessen Wurzeln tiefer gehen, als er ahnt. Denn in Texas hat der Gefängnisinsasse Nathan Sudlow nur noch wenige Stunden zu leben. Elf Jahre zuvor wurde er für den brutalen Mord an vier Menschen zum Tode verurteilt, nun soll das Urteil vollstreckt werden. Bisher hat er eisern geschwiegen, doch nun vertraut er dem Gefängnispriester die Wahrheit an – und die verhängnisvollen Ereignisse auf seiner Reise in die norwegischen Fjorde …

Weitere Informationen zu Jan-Erik Fjell sowie zu lieferbaren Titeln des Autors finden Sie am Ende des Buches.

Jan-Erik Fjell

Nachtjagd

Thriller

Aus dem Norwegischen
von Andreas Brunstermann

GOLDMANN

Die norwegische Originalausgabe erschien 2019 unter dem Titel »Gjemsel«
bei Capitana forlag, Oslo.

MIX
Papier | Fördert
gute Waldnutzung
FSC® C014496
FSC
www.fsc.org

Penguin Random House Verlagsgruppe FSC® N001967

1. Auflage
Taschenbuchausgabe Juli 2024

Umschlaggestaltung: UNO Werbeagentur, München
Umschlagmotive: Trevillion / Yolande de Kort; Arcangel Images /
Claire Walsh, Jukka Heinovirta; FinePic®, München
Redaktion: Julie Hübner
KS · Herstellung: ik
Satz: GGP Media GmbH, Pößneck
Druck und Bindung: GGP Media GmbH, Pößneck
Printed in Germany
ISBN: 978-3-442-49529-0

www.goldmann-verlag.de

Für Thea Emilie,
vom glücklichsten Onkel der Welt

TEIL I

KAPITEL 1

Montag, 12. September

Anton gähnte. Er saß auf dem Sofa und sah die Wettervorhersage. Die Uhr in der Ecke des Fernsehbildschirms zeigte 07:06. Die Wetterkarte wurde von Werbung abgelöst.

»Alex!«, rief er, erhob sich vom Sofa und steuerte auf das Zimmer seines Sohnes zu. Er klopfte mit zwei Fingern an die Tür und öffnete sie, ohne eine Reaktion abzuwarten. Etwas blockierte nach wenigen Zentimetern. Eine schwere Tasche stand im Weg. Mit einiger Anstrengung schob er die Tür auf, betätigte den Lichtschalter und ging hinein. Alexander schlief. Ein Bein hing über die Bettkante. Anton tippte mit dem Fuß dagegen. Sein Sohn drehte sich um.

»Wenn du noch duschen willst, bevor wir fahren, musst du jetzt aufstehen.«

Alex nickte, ohne die Augen zu öffnen. Anton sah auf ihn hinunter. Das Einzige, was sich im Bett bewegte, war Alex' Brustkorb. Anton riss ihm die Bettdecke weg.

»Die Uhr tickt.«

»Mhhm«, grunzte sein Sohn. »Ist noch heißes Wasser übrig?«

»Jede Menge.«

Anton ging zurück zum Sofa, während Alex ins Bad schlurfte.

Das Logo von *God morgen, Norge* erschien auf dem Bildschirm, ehe der Moderator und die Moderatorin hinter einem Tisch mit Blumen, Kaffeetassen und einem Buch auftauchten. Ganz rechts im Bild saß ein Gast allein auf dem Sofa. Der Kameraausschnitt wechselte. Die Moderatorin mit dem einstudierten Lächeln stand jetzt im Mittelpunkt.

»Unser Gast heute ist der Mann hinter der Website *verbrecher.no*. Außerdem ist er – als Einziger im ganzen Land – dicht an den Serienmörder Stig Hellum herangekommen. Und jetzt hat er sein Debüt als Autor. Herzlich willkommen, Hans Gulland.«

Die auf den Gast gerichtete Kamera übernahm wieder. Hans Gulland lächelte schüchtern. Er trug sein braunes Haar halblang und in der Mitte gescheitelt. Auf seiner Nase thronte eine modische Brille mit dickem Gestell.

»Vielen Dank. Und danke, dass ich kommen durfte. Ich möchte nur schnell hinzufügen, dass ich nicht allein hinter *verbrecher.no* stehe. Außer mir sind noch drei weitere Personen daran beteiligt.«

Die Moderatorin machte sich nicht die Mühe, auf seine Berichtigung einzugehen.

»Stig Hellum.« Sie blickte zu ihrem Kollegen hinüber. »Bei dem Namen läuft's mir immer kalt den Rücken runter.« Der Kollege nickte. »Also, was treibt einen 24-Jährigen dazu, ein Buch über einen der schlimmsten Mörder unserer Zeit zu schreiben?«

»Ich, äh … ich war immer schon äußerst fasziniert von Menschen, die töten. Natürlich nicht von den Morden selbst, aber davon, was jemanden dazu bringt, diese Handlungen zu begehen. Und selbst wenn Stig nicht der einzige Serienmörder ist, den wir hier im Land hatten, ist er zweifellos der interessanteste.«

»In Ihrem Vorwort schreiben Sie, dass Sie einer der ganz wenigen sind, die Stig Hellum bereit war zu treffen. Dass er den Kontakt zu norwegischen und auch internationalen Journalisten verschmäht hat. Weshalb war er bereit, mit Ihnen zu sprechen?«

»Ich glaube, die Antwort ist, weil ich kein Journalist bin, sondern ein junger Mann, der äußerst fasziniert war von dem Fall Stig Hellum.«

»Sie schreiben auch, die Idee zu dem Buch sei Ihnen erst nach dem fünften Besuch gekommen.«

»Ja.«

»Was passierte bei diesem Besuch?«

»Sorry, aber ich muss Sie das einfach fragen«, unterbrach der Moderator das Gespräch. »Ich dachte nämlich, dass Sie ihn im Gefängnis besucht haben, um für Ihr Projekt zu recherchieren. Sie hatten also keine Buchpläne, als Sie ihm den ersten Besuch in der Haftanstalt Ila abgestattet haben?«

»Nein, ich war bloß neugierig auf ihn.«

»Ich glaube, ich wäre doch etwas beunruhigt, wenn mein Sohn derartige Interessen hätte.«

Aus dem Badezimmer kam ein lauter Schrei. Eine Reihe von Schimpfwörtern folgte. Der Schlüssel wurde herumgedreht, bevor sich die Badezimmertür öffnete.

»Du hast gesagt, es gäbe noch heißes Wasser!«, fauchte Alex.

Anton lachte.

»Ja, wirklich sehr witzig!«, rief sein Sohn und knallte die Tür wieder zu.

»Du musst dich beeilen«, sagte Anton mit Nachdruck. »Es ist viel Verkehr in Richtung Innenstadt, und um halb neun habe ich einen Arzttermin.«

»Den du hoffentlich verpasst!«

»Aber was ist passiert, Herr Gulland?«

Die Moderatorin hatte wieder übernommen.

»Eigentlich nichts Besonderes. Mir kam bloß die Idee, dass das Ganze auch für andere interessant sein könnte. Wir erinnern uns ja alle, wie die Medien versucht haben, Stig nach seiner Festnahme darzustellen. Da wurden viele Unwahrheiten verbreitet.

Die Boulevardblätter haben alle so getan, als wäre er ein Vollidiot, was aber überhaupt nicht den Tatsachen entspricht. Er ist einer der intelligentesten Menschen, die mir je begegnet sind. Bei einem Intelligenztest, den die Gerichtspsychiater 2002 mit ihm gemacht haben, wurde ein IQ von 156 nachgewiesen. Aber darüber hat keiner geschrieben.«

»Am Ende Ihres Vorworts steht, dass Sie Freunde geworden seien. Gute Freunde. Viele, ich eingeschlossen, werden vermutlich denken, dass das etwas … nun ja … speziell ist. Wollen Sie sich dazu äußern?«

»Mir ist schon bewusst, dass das merkwürdig klingt, aber Stig und ich haben uns irgendwie gut verstanden. Wir hatten so ziemlich den gleichen Humor, was vermutlich dazu beigetragen hat, dass er mich öfter treffen wollte. Sie dürfen mich nicht falsch verstehen, denn natürlich haben wir auch über das gesprochen, weswegen er verurteilt wurde. Er hat all das mit mir geteilt. Auch die Einzelheiten, die normalerweise nur hinter geschlossenen Türen zur Sprache kommen. Und trotz alledem habe ich Stig nach einer Weile als Freund betrachtet.«

Hans Gulland hob den Kopf.

»Haben Sie ihm erzählt, dass Sie ein Buch schreiben wollten?«

»Ja.«

»Und wie hat er darauf reagiert?«

»Er war begeistert, hatte aber einen Wunsch.«

»Nämlich?«, fragte die Moderatorin.

»Dass ich nichts schreiben sollte, was seine Mutter in ein schlechtes Licht rückt. Da gab's so viele Klugscheißer, die sich während des Prozesses lang und breit über Stigs schreckliche Kindheit ausgelassen haben.« Hans Gulland verdrehte die Augen. »Aber er hatte überhaupt keine schreckliche Kindheit. Sein Vater war sicher nicht der Netteste, aber der war ja bloß in den ersten

Jahren da. Wie Stig sich ausdrückte: Mutter hat ihr Bestes versucht und mehr als manch andere Mutter dafür getan, dass es ihrem Sprössling gutging.«

»Wissen Sie, wo sich Stig Hellum heute befindet?«

Es dauerte ein paar lange Fernsehsekunden, bis die Antwort kam.

»Wenn ich das wüsste, dann wäre das da«, Hans Gulland zeigte auf das Buch auf dem Tisch, »schon viel früher erschienen. Denn es war so gut wie fertig, als Stig getürmt ist. Aber da hatte ich das Gefühl, dass … ja, nennen wir es ruhig das letzte Kapitel … also, dass das fehlte. Aber nun, tja … er wurde ja nie wieder gesehen.«

Die Moderatorin nahm das Buch und hielt es in die Kamera. Der Name des Autors stand oben. Der Umschlag zeigte ein Foto, das von Stig Hellum bei einer Tatortbegehung aus einiger Entfernung geschossen worden war. Er war von vier uniformierten Polizisten umringt. Der Titel prangte weiß auf schwarzem Hintergrund.

»17«, sagte die Frau. »Nach der Werbung reden wir weiter über den Titel. Nur eins noch: Glauben Sie, dass Stig Hellum lebt?«

»Da bin ich mir sicher.«

»Glauben Sie, dass er wieder tötet?«

Hans Gulland nahm seine Brille ab und fing an, die Gläser mit dem Hemdzipfel zu putzen.

»Stig Hellum hört sicher nicht einfach so auf.«

KAPITEL 2

2006
Huntsville, Texas

Es war Viertel vor eins, als Pater Sullivan seinen Gehstock auf die letzte Stufe zum Verwaltungsgebäude des Gefängnisses Huntsville setzte. Er fuhr sich mit der Hand über die feuchte Stirn und aktivierte seine Kraftreserven, ehe er weiterging.

Die Sekretärin des Gefängnisdirektors stand auf, als sie ihn kommen sah.

»Pater Sullivan. Willkommen. Der Direktor wird Sie gleich empfangen. Kann ich Ihnen eine Tasse Kaffee anbieten?«

»Danke, aber ich hatte heute schon zwei Tassen.«

»Etwas Tee vielleicht?«

»Nein, aber besten Dank«, erwiderte Pater Sullivan, bewegte sich mithilfe seines Stocks zu den Stühlen im Wartebereich an der Wand und setzte sich.

»Sagen Sie Bescheid, falls Sie Ihre Meinung ändern.«

Pater Sullivan saß kaum zwei Minuten, als die Tür zum Büro des Direktors geöffnet wurde. Der Gefängnisdirektor, ein kleiner rundlicher Mann, dessen Gürtelschnalle dem Umriss des Bundesstaats Texas nachempfunden war, kam aus seinem Büro.

»Pater Sullivan. Kommen Sie herein.«

Der Pater stützte sich auf seinen Stock und auf die Armlehne des Stuhls und mühte sich hoch. Er begrüßte den Direktor mit Handschlag und betrat das Büro. Dort lehnte er seinen Stock an den Stuhl und nahm vor dem Schreibtisch Platz, während die Tür hinter ihm geschlossen wurde.

An den Wänden hingen Diplome sowie Fotos von ein paar der mächtigsten Männer des Bundesstaats. Der ehemalige Gouverneur, der amtierende Gouverneur und der Mann mit den größten Ambitionen für die Nachfolge. Der Direktor posierte lächelnd neben jedem von ihnen.

»Zunächst einmal«, begann der Gefängnisdirektor und setzte sich, »vielen Dank, dass Sie so kurzfristig kommen konnten. Wir sind alle sehr in Sorge um Pater O'Keefe.«

»Ich habe mit dem Bischof gesprochen, bevor ich hierherkam«, sagte Pater Sullivan. »Pater O'Keefe geht es schon viel besser.«

»Schön zu hören.«

Von draußen drangen laute, rhythmische Rufe durch die geschlossenen Fenster. Der Direktor stand auf und sah hinaus. Er murmelte etwas und schüttelte den Kopf, ehe er die Jalousien gerade rückte und sich an den Fensterrahmen lehnte.

»Jedes Mal stellen die diese verfickte Straße auf den Kopf. Sorry für die Wortwahl, Pater, aber was soll man sagen? Ich werde dafür sorgen, dass dieser Abschaum entfernt ist, wenn Sie wieder fahren.«

»Wann kann ich Mr Sudlow treffen?«

»Was wissen Sie über ihn?«

»Ich weiß nicht mehr, als dass er wegen Mordes verurteilt wurde.«

»*Vier* Morde, Pater Sullivan. Einer davon so brutal, dass eine Geschworene ohnmächtig wurde, als der Gerichtsmediziner seine Aussage machte. Wussten Sie, dass er sich nach seiner Festnahme geweigert hat, mit der Polizei zu reden? Sogar während des Prozesses hat er kein einziges Wort gesagt. Nathan Sudlow war stumm wie ein Fisch. Hat nicht einmal seinen Namen genannt. Es dauerte fast zwei Wochen, bis die Polizei ihn nach seiner Festnahme 1994 eindeutig identifizieren konnte. Über die Army haben sie es schließlich herausgefunden – Mr Sudlow hatte gedient. Zu dieser Geschichte gehört außerdem, dass er in all diesen Jahren bloß ein einziges Mal Besuch bekam. Alle bekommen Besuch, Pater Sullivan, von Familie und Freunden. Und wenn sie so was nicht haben, dann immerhin von irgendeinem durchgeknallten Groupie, das auf diese Art von Irrsinn abfährt. Die Sorte hat sich natürlich auch für Mr Sudlow interessiert, aber das hat ihn 'nen Scheiß gekümmert.« Der Direktor öffnete die oberste Schreibtischschublade und zog eine Dokumentenmappe heraus. »Er wollte schlichtweg keinen Besuch. Laut meinem Kollegen drüben in Polunsky hat er sich seit der Urteilsverkündung 1995 geradezu beispielhaft verhalten und war sowohl bei den Insassen als auch beim Personal beliebt.« Der Direktor schob die Mappe über den Tisch. »Und genau das beunruhigt mich ein wenig. Es würde mich nicht wundern, wenn sich das ändert, sobald die Uhr auf vier zugeht. Während Ihrer Unterhaltung ist übrigens immer mindestens ein Beamter zur Stelle. Um Ihre Sicherheit brauchen Sie sich also keine Gedanken zu machen.«

»Ich mache so etwas nicht zum ersten Mal.«

»Ich möchte nur, dass Sie darauf vorbereitet sind, was Sie erwartet. Lassen Sie sich von seinen freundlichen Augen und seinem sympathischen Lächeln nicht täuschen, Pater Sullivan. Dieser Mann wurde wegen absolut teuflischer Handlungen verurteilt. Nehmen Sie sich etwas Zeit und lesen Sie sich durch, was ihn hierhergebracht hat. Werfen Sie wenigstens einen Blick drauf.«

Pater Sullivan fuhr sich durch das rötliche Haar, das seinen blanken Schädel umkränzte, und sagte: »Wenn Nathan Sudlow in elf Jahren nur *einen* Besucher empfangen hat, kann man davon ausgehen, dass er viel auf dem Herzen hat. Falls Sie nichts dagegen einzuwenden haben, würde ich ihn gern jetzt sofort sehen.«

KAPITEL 3

Montag, 12. September

Roar Skulstad, der Leiter der taktischen Ermittlungsabteilung der Kripo, betrat den Besprechungsraum. Er schob die Tür hinter sich zu und trat zu dem Tisch, wo Magnus Torp mit vier weiteren Ermittlern saß. In einer Hand hielt er ein halb volles Tablett mit belegten Broten. In der anderen ein Blatt Papier.

Skulstad begrüßte die anderen mit einem »Hallo« und stellte das Tablett auf den Tisch.

»Bedient euch«. Er zeigte mit der Hand auf die Schnittchen. »Reste von der gestrigen Taufe meines Enkelkinds. Greift zu, sonst landet es im Müll.«

Magnus Torp wartete, bis die anderen sich bedient hatten, und nahm dann eine Scheibe mit Lachs und Rührei.

»Wir ihr seht, haben wir einen neuen Mann an Bord.« Skulstad sah über den Tisch. »Ihr habt euch sicher schon bekannt gemacht, aber das ist Magnus Torp, und er fängt heute bei uns an. War vorher bei … Aber das kannst du ja selbst erzählen, Torp. Woher du kommst und so weiter.«

Magnus Torp kaute schnell zu Ende, schluckte und legte das angebissene Brot auf den Tisch.

»Ja …« Er blickte seine neuen Kollegen nacheinander an. »Also, ich heiße Magnus Torp, bin dreißig Jahre alt und komme aus Fredrikstad. Oder eigentlich suche ich jetzt eine Wohnung hier in Oslo, wohne aber noch in Fredrikstad. Ich war die meiste

Zeit bei der Streifenpolizei und bei der Fahndung, hatte aber auch schon mehrmals das Vergnügen, mit Anton Brekke zusammenzuarbeiten. Das erste Mal vor sieben Jahren. Ich kann also sagen, dass ich eine Menge von ihm gelernt habe.«

»Wenn Brekke jetzt hier wäre«, meldete sich einer der anderen zu Wort, »würde er vermutlich sagen, dass du *alles* von ihm gelernt hast.«

Die anderen am Tisch kicherten. Magnus Torp lief rot an und sagte: »Ich freue mich darauf, mit euch zu arbeiten.«

Er nahm einen Bissen von seinem Brot, um zu signalisieren, dass die kurze Präsentation beendet war. Der Abteilungsleiter blickte ihn weiter an. Anscheinend erwartete er mehr. Magnus Torp schluckte.

»Keine Kinder … und Single.« Er sog die Luft ein.

»In Ordnung«, meinte Skulstad. »Fühl dich jedenfalls willkommen.«

Skulstad räusperte sich und blickte auf den Papierbogen vor sich. Ein paar Minuten lang informierte er die anderen über laufende Ermittlungen. Einige griffen erneut nach den Schnittchen, während Magnus Torp zuhörte, was in Verbindung mit einem Ehegattenmord in Hamar, einer Brandstiftung mit beabsichtigter Todesfolge in Tokke und einem verdächtigen Todesfall im Larviker Drogenmilieu unternommen worden war.

»Und dann haben wir noch Hedda Back«, sagte Skulstad.

Magnus Torp hatte von dem Fall gehört. Der Name der 21-jährigen Hedda Back hatte am Abend zuvor die Schlagzeilen der Onlinezeitungen dominiert, nachdem sie am Sonntagmorgen nicht von der Arbeit nach Hause gekommen war. Alle hatten dasselbe Foto verwendet. Eine Porträtaufnahme, auf der sie ernst in die Kamera blickte. Klassisch schön. Schmales Gesicht. Langes dunkles Haar. Auf dem Foto trug sie einen Pony.

»Das ist leider nicht länger nur eine Vermisstensache«, fuhr Skulstad fort. »Sie wurde heute Morgen tot auf Gut Svinessaga am Goksjø aufgefunden.«

»Vestfold, oder?«, fragte einer der Ermittler.

»Ja. Gleich außerhalb von Sandefjord. Der Polizeidistrikt Süd-Ost hat uns zunächst um technische Unterstützung gebeten. Aber wir können davon ausgehen, dass die auch taktische Hilfe wollen, sobald sich die Kollegen da unten einen Überblick verschafft haben. Torp«, Skulstad blickte Magnus Torp an, »ich schätze, du kannst dich schon mal auf eine Tour nach Sandefjord vorbereiten, zusammen mit Anton.« Er sah auf die Uhr. »Wo steckt der überhaupt?«

»Was ist das Ergebnis der Blutuntersuchung von Donnerstag?«, fragte Anton.

»Enttäuschend«, erwiderte Dr. Hass, während er mit dem Stethoskop Antons Brustkasten abhorchte. »Nicht mal Chlamydien.« Er sah seinen Patienten an. »Wo Sie doch Junggeselle sind …«

»Wenn es auch nur die Spur von Chlamydien gäbe, dann wären Sie allerdings auch Zeuge eines medizinischen Wunders. Ich habe nämlich seit dem Frühling nicht mehr zwischen irgendwelchen Schenkeln gelegen.«

»Hatten Sie nicht jemanden kennengelernt? Eine Nachbarin oder so?«

»Mehr als etwas Wein und ein paar Nächte sind nie draus geworden. Sie ist im April weggezogen.«

»Und jetzt haben Sie nicht mal einen kleinen Flirt?«

»Zero.«

»Und ich dachte, die Frauen sind ganz scharf auf Sie.«

»War mal so. Zwei Monate in der Oberstufe. Jetzt weiß ich

kaum noch, wie's da unten aussieht. Na ja, zumindest erinnere ich mich daran, dass es da einen Schlitz gibt.«

Der Arzt grinste, zog mit den Füßen seinen Bürostuhl heran und setzte sich an den Schreibtisch. Er legte das Stethoskop weg und drückte ein paar Knöpfe auf der Tastatur.

»Ihre Entzündungswerte liegen bei 150, das ist nicht so gut.«

»Ich …« Anton räusperte sich. »Ich hab da unten im Sack auch leichte Schmerzen.«

»Im Magensack?«

Anton schüttelte den Kopf und schielte auf seinen Schritt hinunter.

»Oh«, sagte Dr. Hass. »*Der* Sack. Lassen Sie mal sehen.« Er rollte mit dem Stuhl auf Anton zu.

»So weh tut's auch wieder nicht.«

»Hatten Sie diese Schmerzen auch schon, als Sie am Donnerstag hier waren?«

»Vielleicht war da alles etwas empfindlich und leicht geschwollen.«

»Ihr Sack war am Donnerstag geschwollen und empfindlich, und Sie haben bloß gesagt, Sie fühlten sich etwas schlapp?«

Anton schluckte und unterließ eine Antwort.

»Irgendeine Veränderung seit Donnerstag?«

»Ja. Es ist schlimmer geworden. Sogar viel schlimmer.«

»Und die Schmerzen sind konstant?«

»Mehr oder weniger, ja.«

»Haben Sie was gegen die Schmerzen genommen?«

»Nur Paracetamol gegen das Fieber.«

»Und das hat bei den Schmerzen nicht geholfen?«

»Eher wenig.«

»Lassen Sie mal sehen.«

Der Ton war entschieden. Dr. Hass schnippte mit den Fingern und deutete auf die Gürtelschnalle. Anton stand auf. Öffnete den Gürtel und knöpfte sich die Hose auf, während der Arzt einen Handschuh überstreifte. Anton zog die Hose herunter. Stieß einen tiefen Seufzer aus und ließ die Boxershorts folgen. Er schloss die Augen und spürte, wie die latexbewehrten Finger vorsichtig seinen Hodensack untersuchten.

»Das tut etwas weh, oder?«

»Ja.«

»Wie läuft's eigentlich zurzeit bei der Kripo?«

»Hass.«

»Ja?«

»Im Augenblick scheiße ich drauf, wie's da oben geht.«

»Und der Junge? Alles in Ordnung?«

»Alex war am Wochenende bei mir.«

Der Arzt legte sich den Hodensack auf die Hand, hob ihn an und drückte vorsichtig am linken Hoden. Anton zuckte zusammen und verzog das Gesicht.

»Hm«, kam es von unten.

Anton blickte auf die einsetzende Glatze von Dr. Hass und fragte: »Ist es Krebs?«

Der Arzt rückte von ihm ab, während er gleichzeitig den Handschuh abstreifte und in den Mülleimer warf.

»Warum haben Sie das nicht schon am Donnerstag erwähnt?«

»Weil ich dachte, dass es vorüberginge.«

Anton zog sich wieder an. Setzte sich ganz vorn auf die Stuhlkante und rutschte vorsichtig nach hinten.

»Und der Gedanke, dass ein gereizter Hoden und ein schlechter Allgemeinzustand vielleicht zusammenhängen, ist Ihnen nicht gekommen?«

»Ich bin Polizist«, erwiderte Anton angesäuert. »Kein Arzt. Ist es Krebs?«

Dr. Hass blickte auf seinen Bildschirm und sagte: »Vermutlich möchten Sie, dass ich die Überweisung für das Krankenhaus in Kalnes ausstelle? Ist von Ihnen aus die kürzeste Entfernung.«

»Überweisung wofür …?«

»Akutchirurgie. Ich möchte, dass Sie eingehender untersucht werden, als ich das hier tun kann. Und dann lassen wir gleich einen Ultraschall machen.«

»Ultraschall? Also *ist* es Krebs?«

»Krebs steht ganz unten auf der Liste, aber …«

»Aber er steht drauf«, unterbrach Anton.

Dr. Hass blickte ihn beruhigend an und sagte: »Es ist doch gut, Bescheid zu wissen, wenn sich da nichts Schlimmes in Ihrem Sack befindet.« Er öffnete die Schublade und griff nach einer Schachtel, auf der ein rotes Warndreieck leuchtete. Er zog einen Blister heraus, knickte vier Pillen für Anton ab und reichte sie ihm. »Hier sind vier Paralgin forte. Jedenfalls brauchen Sie dann keine Schmerzen zu ertragen, falls die Wartezeit in der Abteilung länger wird.«

KAPITEL 4

2006
Huntsville, Texas

»Der Direktor hat mir erzählt, dass Sie noch niemals hier waren.«

Die pralle Nachmittagssonne ließ jede Pore und jeden Riss in der hohen Backsteinmauer hervortreten, die sich um die beiden Blocks zog, aus denen das Gefängnis bestand. Die heißen Strahlen grillten den nackten Schädel von Pater Sullivan, der versuchte, mit dem viel jüngeren Vollzugsbeamten Schritt zu halten. Auf den Wachtürmen hockten Scharfschützen und beobachteten eine Gruppe Insassen, die im Gefängnishof Basketball spielten.

»Das ist richtig«, entgegnete Pater Sullivan.

»Ist das Ihre erste Hinrichtung?«

»Nein, ich war schon bei einigen. Als ich noch jünger war.«

»Lassen Sie mich wissen, wenn Sie nach der Hinrichtung noch eine kleine Führung möchten.«

Sie kamen zu der ersten von vier Schleusen. Der Beamte schloss auf, öffnete dem Pater die Tür und machte sie hinter ihm wieder zu.

»Eine Führung?«

»Wir haben hier unser eigenes Museum. Wenn Sie möchten, kann ich Ihnen den alten ›Blitzer‹ zeigen.«

Pater Sullivan gab keine Antwort.

»Den elektrischen Stu…«

»Ich weiß, was das ist«, unterbrach Pater Sullivan. »Danke, aber lieber nicht.«

Die Prozedur wiederholte sich an den nächsten drei Schleusen, ehe sie zu einer schlichten Stahltür kamen. Eine Elster kam angeflattert und ließ sich auf dem Boden vor ihnen nieder. Sie starrte den Pater an und gäckte, ehe sie sich wieder erhob und zur Mauer aufflog. Der Vollzugsbeamte nahm den passenden Schlüssel, drehte ihn im Schloss herum und zog die schwere Tür auf.

Die Mauerwände dahinter waren alt und abgenutzt. Es roch nach stickiger Luft und Reinigungsmitteln.

Die Tür knallte hinter ihnen zu. »Willkommen im Todestrakt.« Der Beamte ging an ihm vorbei und zeigte auf eine türkisfarbene Tür auf der linken Seite des Gangs. »Es findet da drinnen statt.«

Rechts lag ein weiterer Gang mit vergitterten Zellen auf der einen Seite. An der Wand gegenüber saß ein Beamter mit gekreuzten Beinen und gesenktem Kopf an einem Tisch.

»Baxter«, bellte der Beamte, der den Pater begleitete. »Bist du wieder auf deinem Posten eingeschlafen?«

»Ich ruhe mich nur aus«, erwiderte Baxter, ohne die Augen zu öffnen. »Von der Luft hier drinnen wird man ja ganz dösig. Außerdem war ich gestern aus. Jameson hat gewettet, dass ich ihn nicht unter den Tisch trinken könnte.«

»Sieht so aus, als hättest du gewonnen.«

»Hab ich.«

Pater Sullivan blieb stehen, starrte auf die leeren Zellen und fragte: »Wo sind denn die Gefangenen?«

»Dieser Teil des Gefängnisses wird ausschließlich für die letzten Stunden eines zum Tode Verurteilten verwendet. Nathan Sudlow ist gestern Nachmittag aus Polunsky gekommen. Um drei Uhr wird er von der Zelle da hinten hier herübergebracht«, der

Beamte zeigte auf die Zelle neben der türkisfarbenen Tür, »wo er seine letzte Stunde verbringt, ehe er in die Kammer geführt wird und die Spritze bekommt.«

Der Vollzugsbeamte trat neben seinen schläfrigen Kollegen und winkte den Pater weiter den Gang hinunter. Vor der hintersten Zelle stand ein Klappstuhl. Pater Sullivan stellte sich daneben. Nathan Sudlow lag auf dem gemachten Feldbett, das mit Bolzen am Boden befestigt war.

»Mr Sudlow, ich bin Pater Tom Sullivan und werde eine Weile hier bei Ihnen bleiben.«

Der Gefangene setzte sich auf, nahm die Füße vom Bett, pflanzte sie auf den Boden und erhob sich. Nathan Sudlow schien irgendwo in den Fünfzigern zu sein und hatte einen athletischen Körper und zwei schlanke Arme mit Adern, die an einen U-Bahn-Plan erinnerten. Sein Haar war grau. Ein kurzer, gepflegter Bart in der gleichen Farbe bedeckte den Großteil seines Gesichts. Er trug eine Jeans und ein weißes Unterhemd mit der Gefangenennummer auf der linken Brustseite.

»Ist das okay für Sie, wenn ich mich setze?«, fragte Pater Sullivan.

»Ich möchte weder Ihre Zeit noch Ihre Kräfte vergeuden.« Nathan Sudlow trat einen Schritt vor. »Denn ich werde nicht das tun, weswegen Sie gekommen sind, Pater.«

»Weswegen bin ich denn gekommen?«

»Um mich dazu zu bringen, meine Sünden zu bereuen und eine Versöhnung zwischen Gott und mir zu erflehen.«

»Das ist ganz richtig, Mr Sudlow.«

»Ich habe schon vor vielen Jahren aufgehört, an Gott zu glauben.«

»Aber Gott hat niemals aufgehört, an Sie zu glauben.«

Nathan Sudlows Atem ging ruhig. Entspannte Haltung. Die

Augen wirkten wie dichter Dschungel. Grün und undurchdringlich.

»Seien Sie versichert, Pater … Sie waren noch ein junger Mann, als Gott seinen Glauben an mich verlor.«

Der Pater hielt sich am Gitter fest und setzte sich auf den Klappstuhl.

»Sie verschwenden Ihre Zeit«, fuhr Nathan Sudlow fort und kehrte an die Bettkante zurück.

»Wenn Sie mich hier nicht haben möchten, müssen Sie es sagen. Dann gehe ich und komme um kurz vor vier wieder zurück. Aber, Mr Sudlow … Sie haben noch zweieinhalb Stunden zu leben. Vielleicht verspüren Sie ja das Bedürfnis, mit jemandem zu reden. In dem Fall wäre ich gern für Sie da. Falls Sie mich also nicht fortjagen, bleibe ich hier sitzen.«

»In Schweigen gehüllt?«

»Das liegt ganz an Ihnen.«

KAPITEL 5

Montag, 12. September

Die Sonne hatte die dicke Wolkenschicht nicht durchdringen können. Ein gleichmäßiger Regen ergoss sich auf den Osloer Stadtteil Bryn und den Rest der Stadt. Die Autos, die vier Etagen tiefer über den Autobahnring 3 sausten, wirbelten eine Gischt aus Schmutzwasser auf.

Nach der Morgenbesprechung hatte Magnus Torp den halben Vormittag damit zugebracht, Kollegen zu begrüßen und sich mit seinem neuen Arbeitsplatz in der Brynsallé 6 vertraut zu machen. Jetzt stand er vor der Tür mit dem Schild: ANTON BREKKE – HAUPTKOMMISSAR.

Magnus klopfte an. Von innen erklang ein gedämpftes *Ja*. Er öffnete die Tür. Anton lag mehr oder weniger auf dem Stuhl hinter dem Schreibtisch. Mit stumpfem Blick sah er Magnus an und nickte ihm dösig zu.

»Erster Tag im neuen Job und so«, sagte er. »Gratuliere übrigens.«

»Was ist los mit dir?«, fragte Magnus. »Du bist ja total bleich.«

»Vermutlich hab ich mir 'ne Grippe zugezogen. Ich hab Schmerzpillen genommen, die fangen langsam an zu wirken.«

Anton richtete sich auf. Magnus bewegte sich zwei Schritte in den Raum hinein.

»Was geht ab?« Anton legte den Kopf schräg und musterte seinen zwanzig Jahre jüngeren Kollegen. »Abgesehen davon, dass du versuchst, der bestangezogene Polizist des Jahres zu werden?«

»Weil ich einen Anzug trage? Ist es das, was du meinst?«

»Genau das meine ich. Was für eine Marke ist das?«

»Wieso tust du jetzt so, als hättest du Ahnung von Modemarken?«

»Hier ist was für dich«, erklang eine Stimme von der Tür her. Es war Skulstad. Er kam herein und legte eine dünne Dokumentenmappe auf den Schreibtisch. Anton öffnete sie. Obenauf lagen verschiedene Fotos. Darauf zu sehen waren ein altes längliches Holzgebäude an einem Kiesweg, der zu einem See hin abfiel, und ein übervoller Mülleimer dicht neben einem kleinen Kiosk. An die Stelle, wo der Kies aufhörte und in Gras überging, waren große Steine gesetzt worden, um zu verhindern, dass Autos bis an den See hinunterfuhren. Die Tote war mit einem Laken zugedeckt und lag im Gras gleich unten am Seeufer.

»Was ist das für ein Ort?«

»Ursprünglich ein Sägewerk«, sagte Skulstad. »Dient heute als Freizeiteinrichtung.«

Anton blickte auf das nächste Bild. Eine nackte Fußsohle, die halb unter dem Laken hervorlugte. Etwas entfernt von der Toten standen ein paar Banktische im Gras. Eine alte Säge war auf einen riesigen Stein montiert. Drei weißgekleidete Kriminaltechniker lagen auf allen vieren und durchkämmten jeden Quadratzentimeter neben der Leiche. Ein Vierter saß etwas entfernt in der Hocke.

Das dritte und letzte Bild war in die entgegengesetzte Richtung geschossen worden. Ein Streifenwagen stand an der Einfahrt zur Hauptstraße. Zwei Beamte hielten Wache an einem Absperrband, das zwischen dem Wagen und einem Laternenmast befestigt war.

Anton legte die Bilder zur Seite und blickte auf den darunterliegenden Papierbogen.

»Da steht ja nicht gerade viel.«

Hedda Backs Personalien, der Name des Ehemannes und ein

paar Zeilen, aus denen hervorging, dass sie am Tag zuvor als vermisst gemeldet worden war. Ganz unten stand: *Die Verstorbene wurde ins rechtsmedizinische Institut überführt. Der Polizeidistrikt Süd-Ost bittet die Kripo um taktische Unterstützung.*

KAPITEL 6

2006
Huntsville, Texas

Fast eine Viertelstunde hatten Nathan Sudlow und Pater Sullivan schweigend dagesessen, hatten nur einander sowie den Beton angeblickt, von dem sie umgeben waren. Nathan Sudlow machte ein paar ungeduldige Schritte durch die Zelle. Die alten Stahlfedern quietschten, als er sich wieder auf die Bettkante setzte. Er lehnte sich zurück und stützte sich auf die Ellbogen.

»Wollen Sie gar nichts sagen, Pater?«

»Haben Sie immer noch nichts auf dem Herzen?«

»Nein. Worüber wollen wir also reden? Woraus meine letzte Mahlzeit bestand?«

»Tja … wenn Sie das möchten, können wir ja damit beginnen. Was haben Sie ausgewählt?«

Der Pater sah Nathan abwartend an. Der zum Tode Verurteilte schnaubte und sagte dann nach einer Weile: »Entrecote, Ofenkartoffeln mit Knoblauchbutter und Mais.«

»Klingt nach einer guten Wahl. Hat es geschmeckt?«

»Eigentlich nicht.«

»Und das Dessert?«

»Zwei Kugeln Vanilleeis mit einem bescheidenen Löffel Schokoladensoße.«

»Vanilleeis?«

»Was ist falsch daran?«

Der Pater hob eine Augenbraue.

»Sie haben Vanilleeis gewählt?«

»Ja?«

»Von all den herrlichen Eissorten auf der Welt haben Sie die langweiligste ausgewählt? Warum nicht Schokolade oder Erdbeere? Von Pistazie ganz zu schweigen. Ich versuche ja, allen Menschen ganz offen und ohne Vorurteile zu begegnen, aber jetzt bringen Sie mich in Schwierigkeiten. Vanilleeis …« Der Pater kicherte. »Sie hätten sich wirklich nichts Langweiligeres aussuchen können, wo Sie schon mal die Möglichkeit hatten.«

»Ich hätte Sorbet wählen können.«

»Allerdings, Mr Sudlow.«

Der Pater lachte. Nathan zog den einen Mundwinkel leicht hoch und sagte: »Nate.«

»Wie?«

»*Nate.* Nicht *Mr Sudlow.*«

»Okay, Nate … Was ist so völlig schiefgelaufen, dass Sie an diesem gottverlassenen Ort gelandet sind?«

»Sind Sie nicht berufsmäßig zu dem Glauben verpflichtet, dass Gott überall ist?«

»Doch. Aber ich bin auch ein Mensch, und ich könnte durchaus verstehen, wenn Gott sein Angesicht hier drinnen verbirgt.«

»Drüben in Polunsky hat er sich auch nicht gerade in den Mittelpunkt geschoben.« Nathan stand wieder auf. »Kann ich Sie was fragen, Pater?«

»Was immer Sie wollen.«

»Wie oft haben Sie es erlebt, dass ER in letzter Minute eingegriffen hat?«

Pater Sullivan sah ihn fragend an.

»Ich rede vom Telefon«, fuhr Nathan fort. »Das drinnen im Kontrollraum an der Wand hängt und direkt mit dem Büro des

Gouverneurs verbunden ist. Wie oft haben Sie erlebt, dass es klingelte?«

»So was wie hier mache ich üblicherweise nicht, Nate.«

»Wie oft?«

»Zum letzten Mal habe ich 1975 an einer Hinrichtung teilgenommen.«

»Pater. Wie oft?«

»Kein Mal. Ist es das, woran Sie denken? Ob das Telefon klingeln wird oder nicht?«

»Erst seit heute. Und jetzt schaffe ich es nicht, mich zu entscheiden, ob es klingeln soll oder nicht.«

»Gibt es etwas, was Sie bereuen, Nate? Haben Sie sich wirklich mit allem versöhnt?«

»Mir wurde von dem einzigen Menschen vergeben, von dem ich Vergebung wirklich brauchte.«

»Wer war das?«

»Jemand, den ich vor vielen Jahren einmal im Stich gelassen habe …«

KAPITEL 7

Dezember 1989
New York City, New York

Die Digitaluhr am Videogerät unter dem Fernseher zeigte 05:44.

Nathan Sudlow stand im dunklen Wohnzimmer. Weiße Flocken fielen im Schein der Straßenlaternen und hatten im Garten bereits eine zwei Zentimeter dicke Schicht gebildet. Jungfräulicher Neuschnee lag auch auf der Straße. Zwei der Nachbarhäuser auf der anderen Straßenseite waren mit bunten Lichtern geschmückt. Unten an der Straße blinkte ein Rentier auf einem Hausdach in Blau, Rot und Grün. Nathan ging in den Flur und nahm sich eine Jacke aus dem Schrank.

»Papa …«

Ein rundes verschlafenes Gesicht mit blonden Haaren sah zu ihm auf. Seine Tochter drückte sich ihren Lieblingsbären an die Brust.

»Hallo, Mäuschen«, flüsterte Nathan und hockte sich neben sie.

»Was habe ich zu dem Thema ›sich an Papa heranschleichen‹ gesagt, hm?«

»Ich hab's vergessen.«

»Warum schläfst du nicht?« Er legte ihr eine Hand auf die Wange, streichelte sie mit dem Daumen. »Geht's dir nicht gut?«

»Ich hatte einen Albtraum, und dann habe ich unten jemanden reden gehört.«

»Das war nur ich. Ich hab mir ein Taxi gerufen. Was war das für ein Albtraum?«

»Ich war ganz allein.«

»Ganz allein? Wo denn?«

»Auf der ganzen Welt. Und dann kam ein Wolf.«

»Aber dann warst du ja nicht allein.«

»Der Wolf wollte mich fressen.« Sie warf einen Blick auf die Tasche neben der Haustür. »Wohin fährst du?«

»Ich muss früh zur Arbeit.«

»Aber du hast gepackt. Kommst du heute Abend nicht nach Hause?«

»Ich glaube schon, aber sicherheitshalber hab ich was Frisches zum Anziehen eingepackt. Man weiß nie, wie das mit solchen Besprechungen läuft, weißt du? Wir können uns nicht immer so schnell einigen.«

»Fährst du weit weg?«

»Nein, aber es kann spät werden … Und … Wir … Hör zu, Lisa. Ich werde versuchen, heute Abend nach Hause zu kommen.«

Das kleine Mädchen konnte die Augen gerade noch offen halten. Nathan umfasste vorsichtig ihre Hand. Draußen näherten sich Motorengeräusche. Zwei Lichtkegel erhellten kurz das Wohnzimmer, ehe der Raum in die Dunkelheit zurückfiel.

»Aber du kommst doch zu meinem Geburtstag?«

Er strich ihr über die Haare.

»Dein Geburtstag ist in drei Tagen, Lisa … Und nichts kann mich davon abhalten, dabei zu sein, wenn du …« Er legte den Kopf schräg. »Wie alt wirst du noch mal?«

Er hielt vier Finger in die Luft und sah sie fragend an. Lisa schüttelte den Kopf.

»Du weißt doch, dass ich älter bin als vier«, sagte sie und setzte eine strenge Miene auf.

Nathan streckte fünf Finger in die Luft.

»Papa … Ich werde sieben!«

Nathan lachte und drückte sie behutsam an sich.

»Komm, ich bring dich nach oben zu Mama. Dann darfst du auf meinem Platz liegen.«

Er betätigte zweimal schnell den Schalter für die Außenbeleuchtung, um dem Taxifahrer ein Signal zu geben, und ging mit Lisa nach oben in den ersten Stock. Er öffnete lautlos die Schlafzimmertür, hob seine Tochter hoch, trug sie zum Bett, legte sie hinein und hielt sich einen Finger vor die Lippen. Sie streckte die Arme nach ihm aus. Er umarmte sie und deckte sie dann zu, ehe er zur anderen Bettseite hinüberschlich und seine Frau auf die Wange küsste. Sie bewegte sich. Er berührte kurz ihren nackten Rücken mit den Fingerspitzen und trat dann auf die Tür zu, während er seiner Tochter zuwinkte und *Ich hab dich lieb* flüsterte.

Er ging nach unten und aus dem Haus, gab dem Fahrer ein Zeichen und ging an dem Taxi vorbei. Dann schloss er die Garage auf, zog an der Glühbirnenschnur, stellte die Tasche zur Seite, löste die Bremsen am Werkzeugkarren. Er rollte ihn zur Seite und zog die Matte weg, auf der er gestanden hatte.

Mit einem Schraubenzieher stocherte er die lose befestigte Bodenplatte auf. Die Tasten für das Tresorschloss waren im Halbdunkel gerade noch erkennbar. Er tippte einen vierstelligen Code, ein Klicken ertönte, gleichzeitig ging der Deckel auf. Der Safe enthielt verschiedene Pässe, fünf Bündel à zehntausend Dollar, zwei gefüllte Magazine und eine Pistole.

Pässe und Geld ließ er liegen.

KAPITEL 8

Montag, 12. September

Vereinzelte Bäume und ein paar Bauernhöfe unterbrachen das flache Terrain. Magnus verließ die E6 an der Ausfahrt nach Sandefjord.

»Nicht gerade unauffällig«, sagte Anton, während er das Foto betrachtete, das die Hauptstraße und die beiden Streifenpolizisten an der Zufahrt zum alten Sägewerk zeigte.

»Freier Einblick, egal wo und wie man sich da oben auf der Straße bewegt.« Er sah zu Magnus. »Was worauf hindeutet?«

»Tja … dass er risikofreudig ist?«

»Risikofreudig. Furchtlos. Selbstsicher.« Anton legte das Foto zurück in die Mappe. »Ich hatte meinen ersten Fall bei der Kripo damals übrigens auch in Sandefjord.«

»Im Ernst?«

»Ja.« Anton nickte. »Anfang der 2000er tauchten hier Gerüchte auf, dass eine ältere Frau eine Menge Bargeld zu Hause herumliegen hätte. Sie war seit fünfzehn Jahren Witwe, und weder sie noch ihr verstorbener Mann hatten sonderlich gut bezahlte Jobs gehabt. Ungeachtet dessen kursierten aber diese Gerüchte über das Geld. Zwei Jungen im Alter von achtzehn und neunzehn sind eines Nachts durch ein offenes Fenster bei ihr eingedrungen und haben Schränke und Schubladen durchsucht. In einer Kommode fanden sie dann die Geldkassette. Die Frau wurde von dem Lärm wach und ging ins Wohnzimmer. Anstatt einfach abzuhauen – denn das hätten sie tun können, sie hatten sich Tücher vors Gesicht gebunden, es wäre demnach nicht möglich gewesen, sie zu identifizieren –, anstatt also einfach abzuhauen, haben sie die Frau erschlagen. Mit der Geldkassette, die übrigens gerade mal knapp 1600 Kronen enthielt. Der Mord war völlig sinnlos. Man kann natürlich sagen, dass die meisten Morde sinnlos sind, aber wie überall sonst gibt es dabei auch Ausnahmen. Es dauerte eine Weile, bis man den Jungen auf die Schliche kam. Beide waren ziemlich großmäulig, aber als dann der erste zusammenbrach, hat auch der andere gesungen. Und jetzt bist *du* hier in Sandefjord und ermittelst in *deinem* ersten Mordfall. Der einzige Unterschied ist das Alter der Opfer. Denn wie mein erster Mord ist auch dieser hier völlig sinnlos.«

»Ist vielleicht Schicksal«, sagte Magnus.

»Schicksal*?«,* fragte Anton verdutzt. »Bist du jetzt auch noch gläubiger Christ?«

»Wovon redest du?«

»Glaubst du an Gott?«

»Hä?«

»Bist du gläubig?«

»Hab ich irgend 'nen Nerv getroffen, oder wie?«

Anton sah ihn nur durchdringend an.

»Nein«, sagte Magnus nach einer Weile. »Ich bin nicht gläubig.«

»Na, immerhin.«

»Du meine Güte.« Magnus verdrehte die Augen. »Ich habe lediglich gesagt, dass es vielleicht Schicksal ist. Das ist doch wohl kein Grund, sauer zu werden?«

»Von Schicksal reden die Menschen nur, wenn sie eine Entschuldigung für die Dinge brauchen, die nicht ganz nach Plan verlaufen sind. Wenn was in die Hose geht. Dann trösten sie sich mit dem Gedanken, dass das Ergebnis vermutlich auch dann das gleiche gewesen wäre, wenn sie sich anders entschieden hätten – eben weil ja alles angeblich irgendwie vorherbestimmt ist. Das Leben ist aber bloß eine lange Reihe von Entscheidungen. Und diese beeinflussen die Zufälle, die einem begegnen, auf unterschiedliche Weise.«

»Aber es könnte doch Schicksal gewesen sein, dass wir uns kennengelernt haben?« Magnus grinste breit. »Verstehst du? Das *muss* doch nichts Negatives sein. Allein die Tatsache, dass wir beide unsere Kripo-Karriere in Sandefj…«

»Das Schicksal existiert nicht. Genauso wenig wie Gott.«

»Woher willst du eigentlich wissen, dass es Gott nicht gibt?«

»Hast du nicht gesagt, du wärst nicht gläubig?«

»Aber ich muss doch kein gläubiger Christ sein, um die Ansicht zu vertreten, dass es zwischen Himmel und Erde mehr geben könnte, als uns bewusst ist.«

»Es gibt nicht einen einzigen physischen Beweis für die Existenz Gottes. Du solltest nicht an etwas glauben, was niemand gesehen hat, Torp. Gott. Schicksal. Karma.«

»Ans Karma glaubst du also auch nicht?«

»Nein.«

»Und woran glaubst du?«

Anton blätterte wieder in den Fotos und nahm sich Nummer zwei vor. Das, worauf man gerade noch Hedda Backs nackte Fußsohle sehen konnte.

»Hallo?«, insistierte Magnus. »Woran glaubst du?«

»Ich glaube an die Existenz des Bösen.«

KAPITEL 9

Dezember 1989
New York City, New York

Nathan stieg am Central Park aus dem Taxi, überquerte die Fahrbahn und setzte sich in den einzigen Wagen, der mit laufendem Motor am Straßenrand stand.

»Verdammt, Nate!«, sagte Donald Murphy. »Du solltest doch um sieben hier sein.«

Donald trug eine dunkle Hose, einen Rollkragenpullover und eine Lederjacke. Sein Haar war kurz und weiß, das Gesicht so kantig, als sei es aus einem Steinblock gemeißelt worden. Auf seiner Nase ruhte eine Brille mit einem schmalen Stahlrahmen.

»Massenkarambolage in Queens«, entgegnete Nathan.

»Ist doch wohl nicht der einzige Weg nach Manhattan?«

Donald ließ den Motor an und lenkte den Wagen in die Fahrbahnmitte.

»Ich war aber nicht als Einziger unterwegs. Wohin fahren wir?«

Donald deutete auf das Handschuhfach und fuhr südlich die 5th Avenue hinunter. Bis auf eine dünne Dokumentenmappe, war das Fach leer. Darauf stand »Classified« in fetten roten Buchstaben. Nathan legte sich die Mappe auf den Schoß und fing an zu blättern. Obenauf lag die Fotografie eines Mannes mit schmalem Gesicht. Seine Nase war lang und dünn, und er hatte große, leicht abstehende Ohren. Unten auf dem Foto stand mit Maschine geschrieben: »Afanasiy Grekov«. Das Bild stammte aus dem Jahr 1985.

»Einer der Topmänner des KGB.«

Nathan blätterte weiter. Die nächsten Seiten waren vollgeschrieben mit Informationen über Afanasiy Grekov.

»In den Siebzigern war Grekov einer der besten Scharfschützen beim KGB«, fuhr Donald fort. »Und jetzt ist er hier. In New York City. Kann man sich ja vorstellen weswegen. Übrigens wissen nur Nir Dayan und du und ich davon. Und so soll es bleiben.«

»Soll er geschnappt werden?«

»Terminiert.«

Sie verließen Manhattan. Der Verkehr war dicht, floss aber gleichmäßig über die sechsspurige Hauptverkehrsader durch Brooklyn. Im Radio sang Bruce Springsteen über seine Heimatstadt. Leichte Schneeflocken tanzten im Wind. Die Autos um sie herum stießen dichte Abgaswolken aus.

Sie bogen von der Interstate 278 ab und fuhren in ein Viertel mit unterschiedlich großen Wohnblöcken und kleinen Geschäften in den Straßen. Eine Anwaltskanzlei, ein Friseursalon und zwei Pizzerias. Vor einem der Restaurants stand ein mintgrüner Chevy. Donald hielt am Straßenrand gegenüber an und stellte den Rückspiegel so ein, dass er die Eingangstür des Wohnblocks hinter sich sehen konnte.

»Der Chevy ist seiner, jetzt brauchen wir nur zu warten. Laut Nir Dayan soll vormittags ein Treffen im sowjetischen Konsulat stattfinden, und er meinte, es wäre schon verwunderlich, wenn Grekov nicht daran teilnähme.«

Fast drei Stunden vergingen, ohne dass jemand, außer einem Postboten, das Haus betrat oder verließ.

»Gleich elf Uhr«, sagte Nathan. »Vielleicht sollten wir einfach reingehen?«

»Nein«, sagte Donald und schüttelte den Kopf. »Der Befehl ist glasklar: Nir Dayan möchte, dass es so aussieht, als hätte Grekov seinen Aufenthalt auf Mutter Erde selbst beendet. Wir warten auf ihn, bis er zurückkommt.« Er atmete schnell und tief durch die Nase ein. »Ich habe ein gutes Gefühl, was heute angeht. Ich glaube, wir sind beide zum Abendessen wieder zu Hause.«

»Hoffentlich hast du recht. Ich muss noch eine Geburtstagsfeier planen.«

»Da ist er.«

Ein Mann im Mantel und mit Schiebermütze setzte sich gerade in den Chevy.

»Wir sind sicher, dass sonst niemand in der Wohnung ist?«

»Laut Nir Dayan lebt er allein.«

Donald verfolgte den Wagen im Rückspiegel. Der Chevy wendete an der Kreuzung und kam jetzt auf sie zu. Der kräftige Motor bullerte, als der Wagen an ihnen vorbeifuhr. Die Rücklichter verschwanden in der Ferne. Donald streckte die Hand zur Rückbank aus, griff nach einer Papiertüte, die er sich unter die Jacke schob, und zog den Reißverschluss hoch. Dann nahm er zwei Paar Lederhandschuhe von der Mittelkonsole. Eines davon reichte er Nathan.

Sie stiegen aus und überquerten die Straße.

Im Erdgeschoss schallten ihnen laute Schreie und Kinderlachen entgegen. An der Wand im Gang hing ein Briefkastengestell. Donald eilte daran vorbei und hielt auf die Treppe zu. Nathan folgte ihm in den zweiten Stock, wo sie einen langen Flur betraten. Aus einer der Wohnungen dröhnte Starship mit *We Built This City*. Ganz hinten im Gang stürmten zwei Kinder aus einer Tür und kamen heulend und schreiend auf Donald und Nathan zugerannt. Sie konnten nicht älter als vier oder fünf Jahre sein. Auf Socken rannten sie an ihnen vorbei bis zum Ende des Gangs und dann wieder zurück, ehe sie in die Wohnung schlüpften, aus der sie gekommen waren.

In der oberen Ecke der ersten Tür war eine *301* eingebrannt. Sie gingen weiter zur nächsten. Donald ging in die Hocke und fischte einen Dietrich aus der Jackentasche. Es klickte. Sie gingen hinein. Nathan schloss die Tür hinter sich.

Die Wohnung war klein, Wohnzimmer und Küche in einem. Abgesehen von etwas schmutzigem Geschirr auf der Arbeitsplatte war alles aufgeräumt. Auf dem Tisch vor dem Sofa lagen ein paar Zeitungen. Mitten im Zimmer hing ein Sandsack an einem Haken von der Decke. Auf der einen Seite des Zimmers gab es zwei Türen. Die zum Bad stand offen. An der Wand hinter dem Fernseher befand sich ein Bücherregal mit drei Fächern. Alle waren zur Hälfte gefüllt mit übereinandergestapelten Magazinen sowie ein paar Büchern. Donald nahm den Sandsack vom Haken und lehnte ihn gegen das Sofa. Er zog den Reißverschluss seiner Jacke auf und leerte den Inhalt der Tüte auf den Wohnzimmertisch: ein Seil. Er befestigte es am Haken und knotete eine Schlinge.

»Wir sehen uns mal etwas um«, sagte er dann und öffnete die Küchenschränke. »Wäre doch komisch, wenn er hier nicht ein paar Informationen herumliegen hätte, die unsere Vorgesetzten in Langley zum Lächeln brächten.«

Nathan untersuchte die Schublade am Fernsehtischchen. Sie enthielt einen Stapel Papiere. Er blätterte sie schnell durch.

»Wie werden wohl die Russen auf das hier reagieren? In der Mappe steht, Grekov sei lange Jahre einer von Chruschtschows persönlichen Leibwächtern gewesen. Nicht gerade ein Laufbursche.«

»Du kennst doch wohl die Geschichte von Richard Sorge?«, fragte Donald, der sich vor den Küchenschränken auf einen Stuhl gestellt hatte.

Ein kleines Stück Papier ragte unter einem der Rückenpolster am Sofa hervor. Mit zwei Fingern zog Nathan es heraus. Ein Schokoladenpapier. Er ließ es auf das Sofa fallen.

»Nein. Wer ist das?«

»Du machst Witze, oder?« Donald blickte ihn resigniert an und setzte seine Suche fort. Ein paar Teller stießen klirrend gegeneinander. »Aber du weißt schon, was die älteste Tätigkeit der Welt ist?«

»Prostitution.«

»Es gibt noch eine, die mindestens ebenso alt ist. Spionage. Und von allen Spionen und Agenten, die hier auf diesem Planeten herumgelaufen sind, hat keiner größere Bedeutung für die Weltgeschichte als Richard Sorge. Gegen den wirkt sogar James Bond wie ein Chorknabe, und dabei musste er sich nicht mal aus einem Helikopter raushängen. Du und ich, wir haben ja schon viel zusammen gemacht, aber verglichen mit Sorge ist das, was wir ausgerichtet haben, ein Fliegenschiss.«

Nathan trat auf das Bücherregal hinter dem Fernseher zu.

»Nie von ihm gehört.«

»Sorge müsste eigentlich in der Schule auf dem Lehrplan stehen. Er war halb Deutscher und halb Russe. Im Ersten Weltkrieg kämpfte er für die Deutschen, und nach dem Krieg studierte er Politologie. 1918 wurde er Mitglied bei den Kommunisten und«, Donald kletterte vom Stuhl und schob ihn mit dem Fuß vor den nächsten Schrank, »1924 reiste er in die Sowjetunion und verdingte sich beim sowjetischen Geheimdienst. 1933 kehrte er nach Deutschland zurück und wurde Mitglied in der Nazipartei, um sein Image als loyaler Deutscher zu perfektionieren. Auf dem Papier war er ja immer noch deutscher Staatsbürger, niemand stellte also Fragen. Er begann, sich bei der *Frankfurter Zeitung* einen guten Ruf als Journalist aufzubauen, und schließlich konnte er seine Redakteure davon überzeugen, ihn als Auslandskorrespondenten nach Tokio zu schicken.« Donald sah über seine Schulter, um sich zu vergewissern, dass Nathan zuhörte. »Hörst du mir zu?«

»Ich bin ganz Ohr«, erwiderte Nathan, griff nach einem Buch, hielt es hoch und blätterte die Seiten mit dem Daumen durch, während er in kurzen Zügen wiederholte, was Donald gesagt hatte.

»Tja.« Donald setzte die Untersuchung der Schränke fort. »Du weißt ja wohl, wer 1933 in Deutschland an die Macht kam?«

»Nee, wer war das noch mal?« Nathan blickte ihn ahnungslos an. Donald kicherte und kramte weiter.

»Und in Japan sollte Richard Sorge schließlich zur Legende werden«, sagte Donald in den Schrank hinein. »Er baute ein enormes Kontaktnetz auf und genoss so tiefes Vertrauen, dass er ein Büro in der deutschen Botschaft bekam. Damit hatte er plötzlich Zugang zu streng geheimen Informationen. Abgesehen davon verkehrte er in verschiedenen Bordellen mit verhältnismäßig gut situierter Kundschaft. Kundschaft mit Informationen. Kundschaft, die im Alkoholrausch gern mal locker vor sich hin plauderte. Unter anderem erfuhr Sorge auf diese Weise vom bevorstehenden Angriff auf Pearl Harbour. Historisch hatte das keine Bedeutung. Dass Sorge es wusste, meine ich. Wäre die Information uns in die Hände gefallen, tja dann … Aber Sorge fand auch das exakte Datum für das Unternehmen Barbarossa heraus. Diese Information gab er an Stalin weiter, doch Stalin nahm Sorge nicht ernst – der natürlich recht hatte, wie sich später zeigte –, und Millionen Russen wurden getötet.«

»Weshalb hat er ihn nicht ernst genommen?«

»Er mochte ihn nicht. Stalin glaubte, dass Sorge seine Tage in Tokio mit Alkohol und Huren verschwendete. Dann aber wurde Stalin langsam nervös, weil er fürchtete, dass die Japaner im Osten das tun könnten, was die Deutschen im Westen getan hatten. Angreifen. Und in dem Moment bekam Sorge historische Bedeutung. Er konnte nämlich Fotos von Berichten in der deutschen Botschaft machen, die bewiesen, dass Japan keinerlei Absichten hegte, die Sowjetunion anzugreifen. Weshalb Stalin die ganze Armee, die im Osten stationiert war, nach Westen verlegen konnte und somit ein großes, vereintes Heer den Deutschen gegenüberstand.« Donald sprang vom Stuhl und trat auf die einzige Tür zu, die geschlossen war. Er legte die Hand auf den Türknauf und drehte sich gleichzeitig zu Nathan um. »Es ist völlig unklar, ob die Russen dem Druck hätten standhalten können, wenn Sorge es nicht geschafft hätte, mit dieser Information aufzuwarten. Und dann, Nate … Dann hätte ein großes Risiko bestanden, dass die Alliierten den Krieg verlieren. Zu guter Letzt musste diese lebende Legende natürlich noch enttarnt werden. Das passierte 1944. Die Japaner haben ihn in den Knast gesteckt. Dreimal«, Donald ließ den Türknauf los und hielt drei Finger in die Luft, ehe er die Hand wieder sinken ließ, »dreimal, Nate, wurde Stalin angeboten, Sorge gegen japanische Gefangene in Russland auszutauschen. Aber was, glaubst du, haben die Sowjets geantwortet?«

»Dass sie noch nie von ihm gehört hätten …«

»Korrekt. Und Sorge baumelte am Galgen, während die Sonne über dem Pazifik aufstieg. Zwanzig Jahre vergingen, ehe die Sowjets ihn rehabilitierten. Und weißt du, was er dann bekam?«

»Nein?«

»Sein Gesicht auf einer verdammten Briefmarke.«

»Vermutlich wäre es ihm lieber gewesen, am Leben bleiben zu dürfen.«

»Das glaube ich auch. Jetzt hast du jedenfalls die Antwort.«

»Die Antwort worauf?«

»Darauf, wie die Russen wohl reagieren werden, wenn wir Grekov aus dem Spiel nehmen. Die scheißen auf ihn. Grekov ist nur ein kleines Teil in einem großen Spiel, Nate. Genau wie du und ich. Wenn's zum Äußersten kommt, sind wir auch nicht viel wert. Du darfst dir nie etwas anderes einbilden.«

Donald drehte den Knauf und stieß die Tür auf. Er konnte gerade noch Nathans Namen rufen, ehe es knallte. Nathan ließ das Buch fallen und warf sich auf den Fußboden, während er nach seiner Pistole griff. Donald fiel zu Boden. Eine Frau mit einer Schrotflinte stand im Schlafzimmer. Nathan kroch zum Sofa. Versuchte herauszuhören, ob sie sich ihm näherte. Er rief nach Donald. Stille. Nathan änderte seine Stellung. Er erhob sich auf die Knie und rief erneut nach Donald, der aber immer noch keine Antwort gab. Nathan legte eine Hand auf den Boden und rollte sich zur Seite, während er gleichzeitig die Pistole hob. Die Frau stand immer noch im Schlafzimmer und richtete die Flinte genau auf ihn. Ihr Bauch war dick und drückte sich gegen das T-Shirt. Die Haare ein riesiger Afro. Sie hob die Waffe. Nathan drückte dreimal schnell auf den Abzug. Die Frau fiel nach hinten, während im selben Moment ihre Waffe losging. Die Schrotladung ging in die Decke. Mit zwei langen Schritten war Nathan bei Donald und vergewisserte sich gleichzeitig, dass die Frau tot war. Der erste Schuss hatte ihre Stirn getroffen, der zweite ihre Brust. Die dritte Kugel hatte sich in ihren hochschwangeren Bauch gebohrt. Nathan sah eine Blutlache unter Donald anwachsen. Er legte zwei Finger an den Hals seines Kollegen. Kein Puls. Seine Augen waren offen, doch der Blick war leer und fern. Nathan packte Donald unter der Achsel und wollte ihn gerade hochziehen, als die Wohnungstür zu Kleinholz verarbeitet wurde.

KAPITEL 10

Montag, 12. September

Ein Mann in den Zwanzigern öffnete die Tür. Anton und Magnus stellten sich vor. Der junge Mann gab keine Antwort, nickte bloß.

»Rune Back?«, fragte Anton.

Der Mann schüttelte den Kopf und sagte: »Ich bin sein Bruder. Rune sitzt auf der Veranda.«

Er trat einen Schritt zurück und schob gleichzeitig die Tür auf. Eine Kinderstimme rief etwas aus dem Keller. Rune Backs Bruder beugte sich über das Geländer der Kellertreppe.

»Ich komme, Noah.« Er setzte einen Fuß auf die Treppe. »Gehen Sie einfach zu Rune durch.«

Anton warf einen Blick in die Küche. Der Kühlschrank brummte leise. Ein leerer Teller stand neben einem Superman-Becher auf dem Tisch. Oben an der Kühlschranktür klebte das Bild eines Jungen in einem Magnetrahmen. Die restliche Tür war von Zeichnungen bedeckt. Ganz unten hing schief eine Postkarte. Sie zeigte ein Schiff der Hurtigruten. Es lag umgeben von hohen grünen Felsen in einem blauen Fjord.

»Kommst du, Magnus?«

Durch das Fenster konnten sie Rune Back in einem Korbstuhl auf der Veranda sitzen sehen. Die Markise bot Schutz vor dem Regen.

Sein rotbraunes Haar verschmolz beinahe mit den Herbstfarben im Garten hinter ihm. In der Hand hielt er eine Zigarette, von der er tiefe Züge nahm. Anton und Magnus beobachteten ihn für einen Augenblick und gingen dann hinaus.

Mit der Zigarette zwischen den Fingern starrte Rune Back auf die kahlen Apfelbäume und die Laubhügel im Garten.

»Hallo«, sagte Anton gedämpft.

Rune Back drehte sich um. Seine Augen waren rot und geschwollen. Er trug Jeans und einen Pulli mit der Aufschrift *Sandefjord Rør* auf der Brust. Er schien Anfang dreißig zu sein. Anton und Magnus stellten sich vor.

»Ist schon jemand hier gewesen und hat mit Ihnen gesprochen?«, wollte Anton wissen.

Rune Back antwortete etwas. Seine Stimme klang heiser. Er räusperte sich und wiederholte: »Da war ein Polizist …« Mit der Hand, die die Zigarette hielt, wischte er sich über die Wange. »Zusammen mit dem Geistlichen.«

Magnus zog einen Korbstuhl heran und setzte sich Rune gegenüber. Anton blieb stehen. Magnus nahm seinen Notizblock aus der Tasche und legte ihn auf seine Knie. Er ließ die Hand mit dem Stift auf dem Block ruhen.

»Wir werden Ihnen nur ein paar Fragen stellen, dann sind wir auch schon wieder weg.«

»Ich weiß nicht mehr, als was ich gestern schon gesagt habe.« Rune Back drückte die Zigarette in einem Aschenbecher auf dem Boden aus.

»Können Sie das für uns wiederholen?«

»Sie ist nicht von der Arbeit nach Hause gekommen. Das war alles.« Er sah sie an. »Sie ist von der Arbeit nicht nach Hause gekommen …«

»Sie hat im Scandic Park hier in der Stadt gearbeitet?«

»Ja. Sie hatte die Nachtschicht am Wochenende. Die war um

sechs gestern früh zu Ende. Noah wacht immer zeitig auf, und als sie um sieben noch nicht hier war, hab ich im Hotel angerufen. Ich hab mit der Kollegin gesprochen, die sie abgelöst hatte, und die hat gesagt, Hedda sei ein paar Minuten nach sechs losgegangen.«

»Sie war also zu Fuß unterwegs?«

»Ja. Es ist ja nicht weit«, erwiderte Rune Back mit leiser Stimme und deutete mit dem Kopf in Richtung Innenstadt. »Zehn Minuten.«

Die unmittelbare Nachbarschaft bestand aus alten, dicht nebeneinanderliegenden Holzhäusern mit kleinen Gärten und weißen Lattenzäunen. Sie stand in auffälligem Gegensatz zu den moderneren Gebäuden, die den Zentrumskern ein paar Blocks weiter ausmachten. Ein Wagen kam schnell um die Kurve gefahren und bremste scharf vor dem Zaun ab. Ein Mann stieg aus, noch ehe der Wagen völlig zum Stillstand gekommen war. Er sprang über den Zaun und kam mit knallrotem Gesicht durch den Garten auf sie zugestürmt. Die Körpersprache drückte irgendetwas zwischen Wut und Verzweiflung aus.

»Wer ist das?«, fragte Anton leise.

»Mein Schwiegervater.«

Rune erhob sich. Antons Handy begann im selben Moment zu klingeln, als Hedda Backs Vater die wenigen Stufen zur Veranda hochstürmte. Auf dem Display leuchtete ihm *Mogens Poulsen – RMI* entgegen. Anton drückte den Anruf weg und steckte das Handy zurück in die Tasche.

Etwas an der Haltung des Mannes verursachte in ihm eine Art von Anspannung. Auch Magnus war es anscheinend nicht entgangen, denn er stand auf und legte den Notizblock auf den Korbstuhl.

»Es tut mir leid …«, sagte Rune mit tränenerstickter Stimme.

»Du solltest doch gut auf sie aufpassen«, sagte der andere mit zusammengebissenen Zähnen. »Das war das Letzte, was ich zu dir gesagt habe.«

Tränen rollten über Rune Backs Wangen. Der Schwiegervater erbebte. Als wollte er sich jede Sekunde zwischen den beiden Ermittlern hindurchquetschen und auf seinen Schwiegersohn losgehen.

»Und was machen Sie beide hier, während derjenige, der meine Tochter umgebracht hat, irgendwo da draußen rumläuft?« Er zeigte in Richtung Innenstadt. »Wie?«

»Irgendwo müssen wir anfangen«, erwiderte Anton ruhig. »Und ich habe volles Verständnis für Sie. Aber was wir jetzt gerade tun, ist das Wichtigste, was wir zu diesem Zeitpunkt tun können. Die Informationen, die wir jetzt zusammentragen, können sich als ganz entscheidend erweisen.«

Der Schwiegervater atmete schwer durch die Nase aus.

»Wo ist Noah?«

»Unten in seinem Zimmer«, erwiderte Rune.

Heddas Vater stürmte durch die Verandatür und weiter durchs Wohnzimmer. Sein kräftiger Rücken verschwand hinter der Ecke an der Treppe. Anton schloss die Tür hinter ihm.

»Was war denn das?«, fragte Magnus und setzte sich wieder.

»Es ist etwas kompliziert.«

»Versuchen Sie's.«

Rune Back nahm sich eine neue Zigarette, setzte sich und zündete sie an.

»Hedda und ich haben uns kennengelernt, als sie siebzehn war, und ich … na ja, ich war etwas älter.«

»Wie alt sind Sie?«

»Dreiunddreißig. Zwölf Jahre älter als sie. Das war nicht eben von Vorteil, als sie schwanger wurde, obwohl sie bei Noahs Geburt fast neunzehn war. Wir haben letzten Sommer geheiratet. Ich hatte die Hoffnung, ihre Mutter würde begreifen, dass ich es ernst meinte – dass *wir* es ernst meinten. Aber sie hat nicht einmal auf die Einladung reagiert.«

»Ihre Frau wurde also einfach ausgestoßen?«, fragte Magnus.

»Ja. Sie ist hier eingezogen, als sie schwanger wurde. Die Mutter hat Hedda gezwungen, sich zwischen mir und ihrer Familie zu entscheiden. Das tat sie dann.«

»Und weswegen hat die Mutter so reagiert?«

»In erster Linie wohl deswegen, weil ich älter war. Außerdem bin ich ja ein ziemlich gewöhnlicher Typ. Die Mutter hat mich nie gemocht und hatte hohe Ambitionen für ihre Tochter … Dass Hedda dann mit achtzehn schwanger wurde …«

»Bedeutete eine Enttäuschung«, sagte Anton. »Aber was ist mit dem Vater?«

»Er hat versucht, sie etwas zu unterstützen, aber viel kam da nicht.«

»Ohne dass die Mutter davon wusste?«

»Ja.«

»Wie ist Hedda damit klargekommen?«

»Es war natürlich schwierig, aber sie meinte, sie hätte keinerlei Zweifel, mit wem sie zusammenleben wollte.«

»Das heißt, dass Sie das jetzt alles ganz allein durchstehen müssen?«

Rune schüttelte den Kopf. »Nein, meine Eltern sind auf dem Weg von Spanien hierher, und dann ist ja auch mein Bruder da. Und ich habe Noah.«

Antons Handy klingelte erneut. Wieder war es Mogens Poulsen. Anton drückte auf den Button, der eine automatische Antwort als SMS verschickte: *Ich kann das Gespräch gerade nicht annehmen.*

»Aber dass Hedda sich gestern Morgen mit jemandem getroffen hat, halten Sie für ausgeschlossen?«, sagte Anton und schob das Handy zurück in die Tasche.

»Wer sollte das denn gewesen sein, an einem Sonntagmorgen um sechs?«

»War zwischen Ihnen alles in Ordnung?«, fragte Magnus.

»Ich versteh schon, worauf Sie hinauswollen, und nein, sie hätte sich niemals hinter meinem Rücken mit jemandem getroffen.« Rune schüttelte den Kopf. »Nein … niemals. Nicht nach allem, was wir durchgemacht haben. Noah und ich waren alles, was sie hatte. Uns ging es gut. Alles war in Ordnung.«

»Hat sie mal von unangenehmen Erlebnissen bei der Arbeit gesprochen?«

»Nein. Sie war da ja auch nie allein.«

»Und es gab auch niemanden, der noch eine Rechnung mit ihr offen hatte?«

»Nein«, erwiderte Rune leise und atmete aus. »Und das mit ihrer Familie war ja sozusagen auch geklärt.« Rune drückte die Zigarette im Aschenbecher aus. »Oder … aber nein, vergessen Sie es.« Er spähte in den Himmel.

»Was denn?«

Er schüttelte den Kopf. »Nichts. Ich habe gerade nur einfach zu viele Gedanken im Kopf.«

»Wir würden Ihre Gedanken gern hören«, sagte Anton. »Deswegen sind wir ja hier.«

Rune blickte nachdenklich zu Boden.

»Hedda meinte, sie hätte am Freitagabend draußen einen Mann gesehen. Da drüben.« Er zeigte auf den Zaun.

»Haben Sie ihn auch gesehen?«

»Nein, ich war ja nicht zu Hause, aber sie rief an, um es mir zu erzählen. Aber als sie sich dann mit dem Telefon am Ohr wieder zum Fenster gedreht hat, war er weg.«

»Hat sie gesagt, wie lange er da gestanden hat?«

»*Gesehen* hat sie ihn nur zwei Minuten. Aber das ist doch kein Ort, an dem man stehen bleibt. Er hat da wohl nur gestanden und aufs Haus gestarrt. Die Leute laufen ja ständig hier vorbei, aber Hedda ist so etwas Merkwürdiges nie zuvor aufgefallen.«

»Jung? Alt?«

»Ich weiß nicht … Sie meinte, er hätte ein Basecap getragen, mit Kapuze drüber.«

Das Handy klingelte abermals. Anton entschuldigte sich und ging ans Ende der Veranda. Beugte sich über das Geländer und nahm das Gespräch an.

»Sind Sie jetzt frei?«, war das Erste, was der Mann am anderen Ende der Leitung fragte.

Obwohl Mogens »Der Däne« Poulsen seit 1981 als Rechtsmediziner am Osloer Rikshospital arbeitete, hatte er seine Muttersprache nicht gänzlich ablegen können. Er sprach zwar Norwegisch, doch mit einem starken dänischen Akzent.

»Nein, aber Sie lassen mich ja nicht in Ruhe. Ich bin in Sandefjord.«

»Genau deswegen rufe ich an. Ich habe hier Hedda Back auf dem Tisch liegen.«

Etwas an seinem Ton ließ Anton aufhorchen.

»Ich möchte, dass Sie baldmöglichst hier vorbeikommen«, fuhr der Däne fort.

»Ich bin gerade etwas beschäftigt. Wir sind hier in Kürze mit dem Ehemann fertig, und danach will ich mir den Tatort ansehen.«

»So beschäftigt sind Sie sicher nicht«, sagte der Däne. »Aber wenn es stimmt, was ich hier zu sehen glaube, dann *sind* Sie beschäftigt.«

KAPITEL 11

Dezember 1989
New York City, New York

Afanasiy Grekov konnte gerade zwei Schritte in die Wohnung machen, ehe Nathan sich die Pistole vom Boden geschnappt hatte. Grekov drehte sich auf dem Absatz um und rannte los. Nathan feuerte zwei Schüsse auf ihn ab, verfehlte ihn aber. Er fischte die Autoschlüssel aus Donalds Jackentasche und stürmte durch die Wohnung. Der Türrahmen war losgetreten worden und hing auf Halbmast. Zerbrochene Holzteile lagen herum. Nathan konnte Grekovs rasche Schritte die Treppe hinunter hören. Er raste ihm hinterher.

Durch die verglaste Haupttür konnte er sehen, wie Grekov sich in den Chevy setzte, der direkt vor dem Eingang parkte. Nathan feuerte durch die Tür. Die Kugel pulverisierte die Scheibe und flog weiter. Das Fenster in der Fahrertür explodierte. Nathan schoss noch einmal. Schnee und Dreckwasser wurden von den Reifen aufgewirbelt, als Grekov Gas gab und die Straße hinunterpreschte. Der Chevy hielt auf die Interstate 278 zu. Nathan hob die Pistole, aber es war zu spät. Er lief über die Straße und setzte sich in den Wagen. Drehte den Zündschlüssel. Beim Abbiegen an der Ecke 92. Straße und Fort Hamilton Parkway kam der Wagen fast ins Schleudern. Nathan verstärkte den Griff um das Lenkrad, brachte den Wagen zurück in die Spur und trat das Gaspedal noch weiter durch.

Grekov war auf die Interstate 278 abgebogen. Er befand sich jetzt auf dem Weg zur Verrazzano-Narrows Bridge. Auf dem Beschleunigungsstreifen erhöhte Nathan die Geschwindigkeit. Er hatte gerade noch das mintgrüne Heck gesehen, als der Chevy auf Brooklyns Hauptverkehrsader abgebogen war. Nathan zog den Wagen auf die Standspur hinüber. Ein wütendes Hupkonzert folgte. Das Hinterteil des Wagens schwenkte zu beiden Seiten aus, ehe die Reifen griffen. Nathan überholte einen Lastwagen und lenkte den Wagen zurück in die Fahrspur. Der Motor drehte auf Hochtouren, bevor die Automatik in den höheren Gang schaltete. Nathan musste für einen Wagen bremsen, der die Spur wechselte. Er fluchte laut, sah in den Spiegel, überprüfte den toten Winkel, trat erneut aufs Gaspedal und überholte. Als er den Wagen auf die Spur ganz links steuerte, konnte er Grekov sieben Fahrzeuge vor sich sehen. Nathan wechselte auf die mittlere Spur, um nicht für ein Taxi bremsen zu müssen, das es offensichtlich weniger eilig hatte.

Die Fahrt ging weiter über die Brücke, die hinüber nach Staten Island führte. Der Verkehr wurde langsamer. Nathan schlug ungeduldig auf das Lenkrad und zog auf die rechte Spur, überholte einen Wagen und ordnete sich vor ihm wieder ein.

Unzählige Bremslichter leuchteten rot. Er konnte nichts anderes tun, als das Tempo zu drosseln. Einen Augenblick später kam der Verkehr zum Stillstand. Nathan öffnete die Tür, stieg aus und spähte nach vorn. Er konnte nicht sehen, was den Stau verursacht hatte, registrierte aber, dass die Fahrertür des mintgrünen Chevy sechs Autos vor ihm geöffnet wurde. Grekov stieg aus und bahnte sich zu Fuß seinen Weg zwischen den Autos hindurch. Nathan öffnete den Reißverschluss am Nackenteil seiner Jacke und zog die Kapuze heraus. Er streifte sie sich über den Kopf, während er Grekov mit schnellen, zielgerichteten Schritten folgte.

Seine Hand ruhte auf dem Pistolenknauf. Grekovs Bewegungen wurden panischer. Immer öfter blickte er sich nach hinten um. Nathan lief im gleichen Tempo weiter. Grekov rief etwas auf Russisch und ging hinüber auf die rechte Spur. Er rutschte aus, fand aber das Gleichgewicht wieder.

Grekov konnte nicht mehr als vierzig oder fünfzig Meter von Nathan entfernt sein, als er am Brückengeländer stehen blieb. Abwechselnd blickte er in die Tiefe und in Richtung Nathan.

35 Meter.

Der Russe hielt sich am Geländer fest, schwang die Beine hinüber, klammerte sich an die Stahlkonstruktion und begann, zur unteren Fahrbahn der Brücke hinunterzuklettern.

30 Meter. Nathan hob die Pistole. 25.

Grekovs Kopf kam ins Schussfeld. Nathan feuerte zwei Schüsse ab, lief dann zum Geländer und beugte sich hinüber.

Afanasiy Grekov trieb mit gespreizten Armen und Beinen im Wasser.

KAPITEL 12

Montag, 12. September

Auf dem Stahltisch im Keller des Rikshospital lag eine von einem weißen Laken bedeckte Leiche. Ein Radio auf der Arbeitsplatte an der Wand spielte Popmusik. Die Luftfilteranlage an der Decke rauschte leicht. Anton hatte sich nie an den Geruch hier unten gewöhnen können. Eine bizarre Mischung aus abgestandener Luft und Desinfektionsmitteln. Wie in den Gängen von in die Jahre gekommenen Pflegeheimen. Ein chemischer Dunst, der an nichts anderes als den Tod erinnerte.

Mogens Poulsens grau gelocktes Haar lugte hinter dem Computerbildschirm in seinem Büro hervor. In der Hand hielt er ein belegtes Brötchen, von dem nur noch ein Bissen übrig war. Er setzte seine runde Brille auf, verschlang den Rest des Brötchens und kam zu ihnen hinaus.

Der Däne hob das Laken an und zog es herunter, bis gerade noch die Brüste bedeckt waren.

Wenn Anton nicht gewusst hätte, dass Hedda Back vor ihm lag, hätte er sie anhand des von der Presse verwendeten Fotos nicht wiedererkannt. Die Gesichtshaut war grau. An einer Seite ihres Halses prangte ein blauer Fleck. Unter den Nasenlöchern hatten sich zwei Schaumperlen gebildet, die zu einer zusammengewachsen waren. Ihre Haare waren zerzaust. Ein Schnitt führte quer durch die blau-lila Lippen. An der einen Wange hatte sie eine Schürfwunde.

»Torp«, sagte Anton. »Was meinst du?«

Magnus gab keine Antwort, starrte nur das tote Gesicht an. Anton zeigte auf den blauen Fleck am Hals und sagte dann: »Erwürgt?«

»Nein …«, erwiderte Magnus und kniff zweimal kurz die Augen zusammen. »Sie wurde nicht erwürgt.«

»Was ist also die Todesursache?«

»Sie hat panisch nach Luft gerungen, aber nur Wasser eingeatmet.« Mit zwei Fingern deutete Magnus auf die Schaumperle unter der Nase. »Das da ist verdickte Ödemflüssigkeit, die nach und nach hervorgedrungen ist, als die Lunge sich post mortem zusammengezogen hat.«

»Mit anderen Worten?«

»Sie wurde ertränkt«, sagte Magnus.

»Nicht schlecht«, meinte der Däne. »Sie haben ihm 'ne Menge beigebracht.«

»Was wollten Sie uns eigentlich zeigen?«, fragte Anton.

Der Däne packte das Laken, zog es ganz herunter und legte es der Toten zu Füßen.

Hedda Back hatte diverse Wunden und Risse an Armen und Beinen. Ein roter Streifen führte über ihre Brust. Am rechten Schenkel und am Oberarm hatte sie einen größeren Riss. Die übrigen Wunden waren unterschiedlich groß. Die meisten waren kleiner und erinnerten an Papierschnittwunden. Der Ehering saß fest an einem Finger, der gebrochen schien. Ihre rasierte Scham war rot und geschwollen. Ein tiefer Schnitt führte vom linken Knie schräg hinauf zum Hinterteil.

Anton holte sich Handschuhe aus einer Schachtel auf der Arbeitsplatte und streifte sie über. Er nahm die Hand der Toten und hob sie an. Das Ellbogengelenk bog sich durch.

»Die Leichenstarre nimmt bereits ab?«

»Nein«, erwiderte der Däne. »Die hat noch nicht mal den Höhepunkt erreicht. Ich schätze, dass sie etwa acht bis zehn Stunden tot ist.«

Am Handgelenk war quer über der Pulsader ein breiter roter Streifen zu sehen. Anton presste nachdenklich die Lippen aufeinander und drehte Hedda Backs Hand behutsam um.

An der Unterseite war der Streifen am deutlichsten. Kaum sichtbar an der Oberseite. Das Gleiche traf für die andere Hand zu.

»Kabelbinder«, sagte Anton. »Hier war der Druck am stärksten.« Er zeigte auf die Unterseite. »Er hat ihr die Hände auf dem Rücken gefesselt. Aber wieso hat er die Fesseln durchgeschnitten, ehe er sie am Seeufer abgeladen hat?«

»Darauf komme ich noch«, sagte der Däne, trat an die Arbeitsplatte und verschränkte die Arme vor der Brust. »Wie Ihr junger Kollege hier so gradlinig geschlussfolgert hat, ist sie infolge Ertrinkens gestorben.« Der Rechtsmediziner deutete auf ihren Schritt. »Außerdem wurde sie brutal vergewaltigt.« Er griff nach einer Petrischale und hielt sie Anton hin. »Ich habe bisher nur eine Voruntersuchung gemacht, aber ich kann schon jetzt sagen, dass sich keine biologischen Spuren finden lassen.«

Anton nahm die Petrischale. Es sah aus, als wäre sie leer. Er hielt sie ans Licht. Durch das Glas konnte er winzig kleine, schuppenähnliche Partikel erkennen.

»Was sehe ich hier?«

»Geronnene Seife. Sie wurde gewaschen, und zwar gründlich. Ich habe Reste von Seife in den Gehörgängen, im Mund, in der Vagina und im Rektum gefunden. Vermutlich finde ich sie auch in der Nase. Die Waschung ist natürlich post mortem erfolgt – daher wurden die Fesseln durchtrennt.«

Mit der Petrischale in der Hand trat Anton an den Stahltisch, drehte sich zu Hedda Back um und sah dann wieder auf den Inhalt. Er spürte, wie es in seinen Schläfen zu pochen begann, während er langsam begriff, was der Rechtsmediziner am Telefon gemeint hatte.

KAPITEL 13

Dezember 1989
Langley, Virginia

Der Leiter der CIA-Abteilung für verdeckte Operationen saß an seinem Schreibtisch und las einen Bericht. Seine Schultern waren schmal, die Augen dunkel und eng beieinanderstehend, mit einer deutlichen Vertiefung dazwischen. Das dunkle Haar hatte der sich in der Schädelmitte ausbreitenden Glatze weichen müssen. Er trug ein weißes Hemd mit einer dunklen Fliege sowie eine gleichfarbige Weste. Nathan knallte die Tür hinter sich zu. Er hielt eine Zeitung in der Hand.

»Nathan«, sagte Nir Dayan mit milder Stimme, legte den Bericht weg und schob ihn zur Seite. Er faltete die Hände im Schoß. »Es tut mir furchtbar leid.«

Nathan ließ die aktuelle Ausgabe der *New York Times* vor Nir Dayan auf den Schreibtisch fallen. »Seite 9.«

Nir Dayan leckte sich die dünnen Lippen und faltete langsam die Zeitung auseinander. Er befeuchtete dabei Daumen und Zeigefinger, fasste das Papier an den Ecken und blätterte weiter. Sein Blick glitt rasch über Seite 9. Nathan pflanzte die Handflächen auf den Schreibtisch und beugte sich vor.

»Man kann es nicht mal richtig sehen.« Er klatschte die Hand auf die obere rechte Seite der Zeitung. Direkt unterhalb der Überschrift *Zwei Tote nach Drogengeschäft.* »Wird das jetzt neuerdings so gehandhabt?«

»Welche Alternative hätte ich gehabt?«, fragte Nir Dayan und lehnte sich zurück. »Mmh?« Er kippte seinen Schreibtischstuhl vor und wieder zurück. »Meinst du etwa, dass Donald nicht wusste, was er riskiert?«

»Ein Leben zu opfern ist eine Sache, aber von so was wird mir übel.«

»Donald hatte keine Familie. Für ihn gab es nur dieses Büro. Und *wir* kennen die Wahrheit. Das ist das Einzige, was zählt.«

»Er hatte einen erwachsenen Sohn.«

»Der seinem Vater nie begegnet ist. Der nicht mal wusste, dass er überhaupt lebt.«

»Du hättest dir jede erdenkliche Geschichte ausdenken können, hast aber die einfachste gewählt. Möglichst wenig Aufwand. Aber hier geht es um einen Nachruf, aus dem zumindest hervorgehen sollte, dass man mit den Stiefeln an den Füßen gestorben ist. Verstehst du das?«

»Jedenfalls wurde das Ganze nicht mit der Episode auf der Brücke in Verbindung gebracht.«

»Soll das jetzt ein Trost sein?«

Nir Dayan legte die Zeitung zusammen.

»Die Frau«, fuhr Nathan fort. »Hast du von ihr gewusst?«

»Setz dich, Nathan.«

»Antworte mir.«

»Setz dich hin«, fauchte Nir Dayan.

Nathan zögerte einen Augenblick, setzte sich dann und wiederholte die Frage.

»Nein«, erwiderte Nir Dayan und streckte den Hals.

»Sie war schwanger, und du lügst mich an.«

»Was verdammt spielt das für eine Rolle, Nathan? Sie war ein Kollateralschaden.«

»Das hier ist nicht das, worauf ich mich damals eingelassen habe.«

»Das ist *exakt* das, worauf du dich eingelassen hast, Nathan. Du hast schon früher Kollegen verloren. Das hier ist nicht anders. Donald bekommt seinen Stern an der Wand in der Lobby, wie alle anderen auch.«

»Ich bin raus.«

»Nein«, sagte Nir Dayan und schüttelte den Kopf. »So funktioniert das nicht, und das weißt du.«

»Was, glaubst du, würde wohl das Weiße Haus sagen, we…«

»Jetzt wäre ich aber verdammt vorsichtig, wenn ich du wäre. Du hast einen Eid abgelegt und geschworen, dieses Land zu verteidigen. Außerhalb und innerhalb der Grenzen. Auch wenn es dich das Leben kostet. Das Gleiche hat Donald getan.«

»Wie lange könnte der Präsident dich dieses Schiff wohl noch steuern lassen, wenn er auch nur einen Bruchteil der Geheimnisse erfahren würde? Von dem Pulver aus Kolumbien? Von den Schulkindern auf der Brücke in Kambodscha? Vom Sohn des Senators und der toten Hure in Florida? Wie oft haben Donald und ich und die anderen aufgeräumt?«

Nir Dayans Lippen formten sich zu einem schwachen Lächeln. Er stand auf und trat ans Fenster. Draußen gab es nichts anderes als Wald. Große, schneebedeckte Bäume versperrten den Einblick vom George Washington Memorial Parkway, der am Fluss hinter den Bäumen verlief und nach Washington D.C. hineinführte.

»Wusstest du, dass sich die ersten Menschen hier schon vor 11 000 Jahren niedergelassen haben?« Nir Dayan machte eine ausladende Geste in Richtung Wald. »Die Indianer haben sich diesen Ort wegen des Flusses und der natürlichen Ressourcen ausgesucht.«

Nir Dayan setzte seine Erzählung fort. Im Jahr 1719 kaufte Thomas Lee dem siebten Lord Fairfax zwölf Quadratkilometer

Land ab und nannte es *Langley*, nach dem Besitz seiner Familie in England. Während des Bürgerkriegs war Langley eine wichtige Stellung für die Union Army, und da, wo sie sich jetzt befanden, hatte es vor fast 150 Jahren schwere Artillerie und Stellungen mit Soldaten gegeben.

»Erst die Indianer«, sagte Nir Dayan. »Danach die Army. Und jetzt wir. Dieser Ort kennt nichts anderes als Krieger.«

Er trat auf Nathan zu und stützte sich mit dem Hintern an der Schreibtischkante ab. »Und diejenigen von uns, die hier arbeiten, insbesondere in diesem Teil des Gebäudes, kennen auch nichts anderes.« Er legte Nathan eine Hand auf die Schulter. »Was willst du denn sonst machen, Nathan? Bilder für irgendeine Lokalzeitung knipsen? Burger braten? Autos waschen?«

»Ich finde immer irgendwas.«

»Die Mauer im Osten fällt gerade, und ich habe gewagt, mir ein paar Gedanken darüber zu machen, was das nachrichtendienstlich bedeuten könnte. Wir brauchen dich jetzt mehr als je zuvor. Überleg mal, was du für dieses Büro bedeutest. Was du für dieses *Land* bedeutest.«

»Du wusstest von der Frau, stimmt's?«

»Ja«, erwiderte Nir Dayan nach einem Augenblick. »Ich wusste von der Frau. Das war blöd von mir, und es tut mir leid. Das heißt, ich wusste, dass er mit einer Frau zu tun hatte. Ich hatte keine Kenntnis davon, dass sie dort sein würde. Ihr Tod geht mir am Arsch vorbei, aber das mit Donald tut mir leid.«

Nathan nickte mit zusammengepressten Lippen und sagte: »Es *tut dir leid* …« Er stand auf. »Wenn das der Nachruf wäre, den du über *mich* schreiben würdest, dann würde ich aus der Hölle zurückkehren und diese ganze verdammte Etage in Schutt und Asche legen.«

Nathan stand auf und riss die Tür auf.

»Nimm dir zwei Monate frei«, sagte Nir Dayan sanft. »Nimm Jennifer und Lisa und mach mit ihnen eine Tour auf deinem verdammten Boot. Lad deine Batterien auf. Dann sehen wir uns hier im Januar wieder. Bezahlung geht natürlich weiter. Und ich werde noch 'nen hübschen Weihnachtsbonus obendrauf legen.«

Nathan blieb in der Türöffnung stehen.

»Donalds Tod geht auf dich. Nicht auf Afanasiy Grekov oder seine Freundin. Und keinesfalls auf mich. Sondern auf dich – auf dich ganz allein.«

KAPITEL 14

Montag, 12. September

Eine Angestellte der Kripo kam mit einem Tablett voller Mineralwasserflaschen herein. Sie stellte sie neben den Obsttellern ab, die an jedem Ende des langen Tisches standen, und ging wieder hinaus. Der Projektor an der Decke war eingeschaltet. Auf der Leinwand waren vier Porträtfotos zu sehen. Unter jedem von ihnen stand ein Name: Tonje Olsen, Ylva Bjerke, Isabell Holmelund. Drei schlanke Brünette. Klassisch hübsch mit hohen Wangenknochen und schmalem Gesicht. Alle von Stig Hellum im Jahr 2002 ermordet. Das vierte Bild zeigte die einzige Frau, der es gelungen war, ihm zu entkommen – Karoline Birkeland.

Anton und Magnus hatten den Obduktionssaal verlassen und saßen jetzt an der Längsseite des Konferenztisches in der zweiten Etage. Anwesend waren Roar Skulstad, Leiter der taktischen Ermittlungsabteilung, Gina Lier, Referentin für PR und Öffentlichkeitsarbeit, der Polizeipräsident des Polizeidistrikts Ost, Kripochef Odd Gamst, sein Stellvertreter Trond Haukaas sowie Rechtsmediziner Mogens Poulsen. Der Einzige, den Anton nicht kannte, war ein blonder Mann, der ganz unten am Tisch Platz genommen hatte. Er schien in Magnus' Alter zu sein. Nur die an seinem Hals herabhängende ID-Karte verriet, dass auch er der Polizei angehörte.

Anton griff nach einer Flasche Wasser, drehte den Verschluss ab, nahm eine Schmerztablette aus der Verpackung und schluckte sie.

»Du hast ja ’nen Pillenkonsum wie Elvis«, sagte Magnus leise.

»Mir geht’s nicht gut.«

»Willst du lieber nach Hause?«

Anton sah ihn aus müden Augen und mit halb offenem Mund an.

»Dann eben nicht …«, fuhr Magnus fort.

Odd Gamst nahm sich eine Mandarine und sagte: »Bevor wir anfangen, möchte ich noch mal daran erinnern, dass alles, was hier gesagt wird, in diesem Raum bleibt. Jedenfalls bis auf Weiteres. Niemand, außer Gina, redet mit der Presse, es sei denn, dass andere Anweisungen ergehen. Poulsen, können Sie bitte wiederholen, worüber mich Brekke und Torp vor drei Stunden informiert haben?«

Der Däne stand auf, räusperte sich und ergriff das Wort. Er berichtete von den Funden an Hedda Backs Leiche, während er sein iPad, das Fotos des toten Körpers auf dem Stahltisch zeigte, herumgehen ließ. Als das Gerät bei Skulstad ankam, strich der mit dem Finger über den Schirm. Betrachtete jedes einzelne Bild, während die Falten auf seiner Stirn immer tiefer wurden.

»Aber, Poulsen …« Odd Gamst rammte seinen Fingernagel in die Mandarinenschale. »Besteht überhaupt die geringste Chance, dass es nicht Stig Hellum war?«

»Ich würde nie etwas behaupten, wenn ich nicht absolut sicher wäre«, erwiderte Mogens Poulsen. »Natürlich bin ich das auch jetzt nicht. Dass Stig Hellum seine Opfer wusch, nachdem er sie ertränkt hatte, ist allerdings nichts, was je öffentlich bekannt wurde. Und wenn man Hedda Back betrachtet«, er sah zur Leinwand, »und dann diese Opfer von 2002 … nun … besonders groß sind meine Zweifel nicht. Aber das ist der taktische Teil. Anders ausgedrückt: Ihr Tisch. Ich beschränke mich auf das, was ich auf meinem finde. Und anhand dessen, was ich gefunden habe, gibt es allen Grund zu vermuten, dass es sich *nicht* um einen Mord mit unbekanntem Täter handelt.«

Der Däne setzte sich wieder.

»Ich war damals noch nicht hier«, sagte Odd Gamst. »Was meinst du, Skulstad?«

»Poulsen und Brekke haben mein volles Vertrauen«, erwiderte der Leiter der taktischen Ermittlungsabteilung.

»Also, wie finden wir Stig Hellum?«

Die Frage kam vom stellvertretenden Kripochef Trond Haukaas. Odd Gamst legte die Mandarine weg, blickte auf den blonden Polizisten, der sich bis jetzt aufs Zuhören beschränkt hatte, und sagte: »Das soll mal derjenige beantworten, der in den letzten zwei Jahren nichts anderes versucht hat. Hox?«

Der Blonde rückte etwas näher an den Tisch heran.

»Mein Name ist Lars Hox. Ich bin der Leiter der Hellum-Gruppe. Zuerst möchte ich gern sagen, dass ich die Ansicht von Rechtsmediziner Poulsen und Hauptkommissar Brekke teile. Die Ähnlichkeiten sind so frappierend, dass man Stig Hellums Täterschaft nicht ausschließen kann. Das Einzige, was mich stutzen lässt, sind diese Verletzungen, die Hedda Back zugefügt wurden. Die stimmen nicht ganz mit Hellums Modus Operandi überein.«

»Ich dachte genau das Gleiche«, sagte Skulstad.

»Warst du bei den Ermittlungen 2002 nicht dabei?«, wollte Anton wissen. »Oder hab ich das falsch in Erinnerung?«

»Ich bin sehr spät dazugestoßen, erst ein paar Tage bevor Hellum gefasst wurde.« Skulstad blickte auf das iPad, das immer noch vor ihm lag. »Aber gut möglich, dass er das Spiel eine Stufe höher geschraubt hat, das hier erinnert nämlich eher an Folter. Hellum war damals zwar ein Sadist, aber kein Folterer.«

»Heute Morgen war da so ein Typ bei *God morgen, Norge*, der ein Buch über Hellum geschrieben hat«, sagte Anton.

»Hans Gulland«, sagte der Leiter der Hellum-Gruppe. »Den kenne ich gut. Völlig uninteressant.«

»Völlig uninteressant?« Anton hob eine Augenbraue. »Jedenfalls ein gutes Timing für eine Buchveröffentlichung.«

»Da stimme ich zu«, entgegnete Lars Hox. »Aber Hans Gulland hat nichts mit dem hier zu tun. Glaubt mir.«

Odd Gamst räusperte sich. »Was hat denn deine Gruppe bis jetzt, Hox?«

Lars Hox berichtete, dass im Laufe der ersten Wochen nach Stig Hellums Flucht viele Hinweise eingegangen seien, die sich aber überwiegend als wenig glaubhaft erwiesen hatten. Stig Hellum war Blockflöte spielend auf Oslos Prachtstraße Karl Johan gesehen worden, an der Wildwasserbahn im Freizeitpark Tusenfryd und in einer Würstchenschlange im Legoland. Eine ältere Frau, die in Spanien lebte, meinte sogar, sie hätte ihn in der norwegischen Botschaft gesehen. Nicht vor einem Schreibtisch, sondern dahinter.

Die meisten dieser Hinweise waren erst gar nicht näher überprüft worden.

Dann gab es noch Beobachtungen, die an Orten gemacht worden waren, wo Stig Hellum sich tatsächlich hätte aufhalten können. Beispielsweise in Hotels und Bars überall in Skandinavien. All diesen Hinweisen war so schnell wie möglich nachgegangen worden. Ohne Erfolg.

Der interessanteste – und immer noch heißeste – Tipp war von der Polizei auf den Philippinen gekommen. Stig Hellum war von einem Touristen erkannt worden, der sich gleich an die örtlichen Behörden gewandt hatte. Lars Hox und drei Kollegen waren unmittelbar um den halben Erdball geflogen, doch zu spät.

»Wann war das?«, fragte Anton.

»Drei Monate nach der Flucht.«

»Erzähl weiter …«

»Stig Hellum war international zur Fahndung ausgeschrieben. Er war von einem Touristen in Subic Bay gesehen worden, der eine Polizeistreife informierte. Bedauernswerterweise wurde dem Hinweis erst am folgenden Tag nachgegangen, als ein Sergeant von der Polizei in Subic Bay die Berichte vom Vortag durchging.«

Anton änderte seine Sitzposition und rutschte auf seinem Stuhl ein wenig nach vorne.

»Die Polizeistreife hat den Hinweis also nicht sofort überprüft?«

»Die haben gar nichts überprüft«, erwiderte Lars Hox.

»Die Sache war denen nicht mehr wert als eine Zeile in einem Bericht.«

»Aber es muss doch ein Norweger gewesen sein, der ihn erkannt hat?«

»Wir wissen nur, dass es vermutlich ein Skandinavier war.«

»Der Betreffende ist also gar nicht vernommen worden?«, fragte Anton.

»Er hat auch keinen Namen hinterlassen.«

»Allen Ernstes?«

»Ja«, sagte Lars Hox. »Nicht gut, und glaubt mir: Ich hab sie wissen lassen, was ich davon halte. Aber dafür hatten die da drüben nur wenig Verständnis. Auf den Philippinen arbeiten etwa achthunderttausend Menschen in der Sexindustrie. Und Subic Bay ist ein Sex-Mekka. Das ist der Ort, wo die Perversos hinfahren, wenn sie mit acht-, zehn- oder zwölfjährigen Mädchen oder Jungen Sex haben wollen. Und da der Hinweisgeber seinen Tipp bloß einer Streife gab, wird daraus ja deutlich, dass er nicht dorthin gefahren war, um die philippinische Kultur besser kennenzulernen. Jedenfalls hat er Bescheid gegeben, und das wissen wir zu schätzen. Denn in Subic Bay haben die meisten Menschen, besonders die Touristen, eine ganz besondere Fähigkeit, nur an sich selbst zu denken.«

»Aber der Tipp stimmte?«

»Wir sind losgeflogen, als der Hinweis reinkam. Die philippinische Polizei ist ausgerückt, sofort nachdem sie uns angerufen hatten.«

»Doch alles umsonst?«

»Nicht ganz. Hellum war da gewesen. Ob er entkommen ist, ehe die lokale Polizei auftauchte, oder ob er sich aus der Klemme freigekauft hat …« Lars Hox setzte ein schiefes Lächeln auf. »Das werden wir nie erfahren. Aber wir wissen, dass er da war.«

»Woher?«, fragte Anton.

»Er hatte sein Zimmer selbst saubergemacht. Der Inhaber des Motels Schrägstrich Bordells war äußerst zufrieden, denn Hellum machte einen viel besseren Job als die beiden Mädchen, die er normalerweise für die Zimmerreinigung engagierte, un…«

»Ihr habt also keine Fingerabdrücke gefunden?«

»Wir haben was viel Besseres gefunden.«

Alle richteten den Blick auf Hox.

»DNA«, fuhr er fort. »Haare im Abfluss der Dusche.«

»Vielen Dank für das Update, Hox«, sagte der stellvertretende Kripochef Trond Haukaas und beugte sich vor. »Aber das war keine Antwort auf meine Frage. Wo beginnt man in diesem Schlamassel? Mir ist natürlich klar, dass man das nicht an die Medien geben kann, aber etwas müssen wir tun.«

»Welche Schlussfolgerung hast du damals gezogen, Hox?«, fragte Anton. »Dass er Hilfe von außen bekam oder dass die Flucht impulsiv erfolgte und er alles auf eigene Faust geregelt hat?«

Lars Hox zögerte lange.

»Du hast darauf noch keine Antwort«, fuhr Anton fort. »Oder?«

»Ich würde lieber sagen, dass wir alle Möglichkeiten in Erwägung ziehen.«

»Gute Replik – als wärst du hier in einer Anhörung. Aber das ist nicht der Fall. Also, was ist deiner Ansicht nach passiert? Es gibt hier keine richtige oder falsche Antwort.«

»Streng genommen schon, oder?«

»Ich will aber wissen, was du *glaubst.* Du hattest doch in den letzten zwei Jahren nichts anderes als Stig Hellum im Kopf und kennst den Fall besser als jeder andere.«

»Wenn du wirklich wissen willst, was ich *glaube*, dann hat er es ohne Hilfe von außen durchgezogen«, meinte Hox.

»Womit begründest du das?«

»Alle, mit denen er im Laufe seiner Jahre im Gefängnis Kontakt hatte, konnten als Verdächtige ausgeschlossen werden.«

»Mit wem hatte er am meisten Kontakt?«

»Mit seiner Mutter. Aber die ist alt und krank, und das war sie vor zwei Jahren auch schon. Außerdem ist sie blind.«

»Wer also kannte ihn gut? Wer könnte dafür sorgen, dass *ich* ihn kennenlerne? Wer könnte uns in die richtige Richtung leiten?«

Lars Hox fuhr sich mit der Hand durch seinen blonden Haarschopf.

»Ich würde ja gern sagen, dass *ich* ihn gut kenne. Denn es stimmt, was du sagst: Ich habe in den letzten zwei Jahren nur Stig Hellum im Kopf gehabt. Vierundzwanzig Stunden am Tag. Aber *eigentlich kenne ich ihn nicht.* Ich weiß, dass er in jungen Jahren nur wenige Freunde hatte. Die Personen, die ihn im Laufe der zwölf Jahre in Ila besucht haben, kann man an drei Händen abzählen, und die meisten davon waren bloß ein einziges Mal da. Derjenige, der in den letzten Jahren den engsten Kontakt zu ihm hatte, ist Victor Wang.«

»Wer ist das?«

»Der Vollzugsbeamte, der bei Stig Hellums Flucht Dienst hatte. Er war seine Kontaktperson in Ila, arbeitet aber jetzt im Frauengefängnis Ravneberget.«

»Mit dem sollten wir morgen gleich reden.« Anton holte tief Luft, als ein Schmerz in seine Leisten stach. »Aber ihr müsst ansonsten doch noch irgendwelche Kandidaten gehabt haben?«

»Ja, hatten wir. Zwei äußerst interessante Kandidaten sogar, aber beide haben für den Zeitpunkt der Flucht ein Alibi.«

»Von wem reden wir hier?«, fragte Magnus.

»Der eine heißt Cornelius Gillesvik, ein alter Jugendfreund. Hat Hellum in all den Jahren regelmäßig besucht.«

»Hat der bei uns irgendeine Geschichte?«

»Nicht mal eine gebührenpflichtige Verwarnung.«

»Er hat Hellum aber nicht fallen gelassen, obwohl der für vier brutale Vergewaltigungen und drei Morde eingebuchtet wurde?«, sagte Anton.

»Gillesvik hat klar und deutlich gemacht, dass er sich von Hellums Taten vollständig distanziert, dass das aber kein ausreichender Grund für ihn war, den Kontakt gänzlich abzubrechen.«

»Wenn das kein ausreichender Grund war, dann wüsste ich gern, was noch gefehlt hat. Du hast aber von zwei Kandidaten gesprochen.«

»Ja, der andere schien eigentlich noch viel interessanter. Bis ich ihm dann begegnet bin«, entgegnete Hox.

»Das ist wer?«

»Du hast ihn bereits erwähnt. Hans Gulland.«

»Erzähl uns mehr über diesen Schriftsteller, Hox«, sagte Skulstad.

»Na ja, was man so Schriftsteller nennt. Eigentlich ist er nur ein arbeitsloser Typ, der eine Website betreibt. An dem Buch hat er jetzt etwa drei Jahre herumgebastelt. Ich hätte nie gedacht, dass es überhaupt mal erscheint. Aber offenbar hat er's geschafft. Der Grund dafür, dass er auf unserem Radar auftauchte, war der Umstand, dass er Hellum als Letzter besucht hat. Und dann war er so besessen vom Thema Mord, dass es schon an etwas Pathologisches grenzte. Erinnert ihr euch an Crime Library, diese Website?«

Anton konnte sich gut erinnern. Er hatte unzählige Stunden damit verbracht, dieses Archiv zu durchforsten, in dem zahlreiche Artikel zu Kriminalfällen zusammengefasst waren. Dort konnte man alles über berühmte Mordfälle, Serienmörder, Terroristen, Gangster, spektakuläre Überfälle und ungelöste Mysterien herausfinden.

»Ist die Website nicht abgeschaltet worden?«, fragte Magnus.

»Ja, und das hat Gulland nicht gefallen. Er und drei seiner Kumpel haben dann beschlossen, eine norwegische Variante der Seite aufzubauen. Die haben viel Material benutzt, das direkt von Crime Library stammte, aber bis jetzt hat sie noch niemand wegen Plagiats belangt.«

»Von den anderen dreien hat aber keiner Hellum je besucht?«, fragte Skulstad.

»Nein. Gulland ist die treibende Kraft, er schreibt die langen Artikel. Die anderen kümmern sich wohl eher um die Programmierung der Seite und machen vielleicht noch ein bisschen Copy-and-paste.«

»Du hast aber mit denen gesprochen?«

»Selbstverständlich. Nun, wir wissen ja, dass Hellum überaus manipulativ sein kann, er und Gulland haben einige Zeit zusammen verbracht. Gulland hat ihn zum ersten Mal etwa zehn Monate vor seiner Flucht besucht, sie hatten also Gelegenheit, sich ein bisschen kennenzulernen. Hä…«

»Und diesen Typen hältst du also für völlig uninteressant?«, fiel Anton dem Kollegen ins Wort.

»Lass ihn ausreden«, meinte Odd Gamst.

Lars Hox fuhr fort: »Hätte Hellum diesen jungen Mann dazu überreden können, sich an jenem Abend an der Tankstelle in Solli oder da in der Nähe mit ihm zu treffen? *Ja,* dachten wir. Also fuhren wir nach Lillestrøm, wo er bei seinen Eltern im Keller wohnt. Da war er dann allerdings nicht mehr so interessant.«

»Wieso nicht?«, hakte Anton nach.

»Hans Gulland ist nicht mal dazu fähig, ein Meerschweinchen aus dem Käfig zu befreien. Glaubt mir. Außerdem haben die Eltern ausgesagt, dass er den ganzen Abend zu Hause war. Wir wollten uns aber nicht so leicht geschlagen geben. Ein Alibi von Papa und Mama ist ja streng genommen einen Scheißdreck wert, oder?« Lars Hox blickte kurz zum Polizeipräsidenten aus dem Distrikt Ost hinüber. »Also beschlossen wir, es noch einmal zu versuchen. Wir haben uns einen Raum auf dem Revier in Lillestrøm ausgeborgt. Gulland war in heimischen Gefilden zwar kein Draufgänger, hatte aber eine gewisse Kontrolle über die Situation. Mit Mama und Papa, die im Stockwerk darüber saßen, befand er sich in sicherer Umgebung. Genau genommen haben sie oben an der Treppe gestanden und versucht zu lauschen. Geschieht ja nicht jeden Tag, dass vier bewaffnete Polizeibeamte zu Besuch kommen.«

»Ihr wart bewaffnet?«, fragte Magnus.

»Ja. Unsere Gruppe hatte eine Sondergenehmigung. Wir wussten ja nicht, was auf uns zukommen könnte. Deshalb auch der ganze Aufmarsch. Im Vernehmungsraum in Lillestrøm hab ich ihn dann etwas angebellt. Schließlich war ich immer noch arg in Zweifel. Ich habe keine rote Linie überschritten, aber ich bin etwas laut geworden, tja, und das führte dazu, dass er völlig zusammengeklappt ist. Er stand völlig neben sich, und das war kein

Theater. Er benahm sich wie ein Vierjähriger mit schlechten Nerven. Und so jemand soll dann also Stig Hellum – im Dunkeln – an einem verlassenen Ort getroffen haben, um ihm zur Flucht zu verhelfen?« Lars Hox runzelte die Stirn und senkte den Kopf. »Nie im Leben.«

»Torp«, sagte Skulstad. »Erinnerst du dich an den Fall Hellum?«

»Nicht besser als jeder durchschnittliche Norweger. Aber ich erinnere mich natürlich daran, dass er 21 Jahre mit Sicherheitsverwahrung bekam.«

»Und du, Anton? Wie gut kennst du diesen Fall?«

»Überhaupt nicht, abgesehen davon, dass ich mir die Berichte ein paar Mal durchgelesen habe. Aber du musst dir doch auch Gedanken gemacht haben, Skulstad. Obwohl du damals erst kurze Zeit mit dem Fall betraut warst.«

»Schon seit dem ersten Tag habe ich gesagt, dass Hellum bei der Flucht nicht auf sich allein gestellt war. Alles war genau geplant. Es konnte gar nicht anders sein. Hellum hat nie impulsiv getötet. Er hat seine Opfer tagelang im Voraus verfolgt. Ihre Gewohnheiten ausgekundschaftet. Und so fand er heraus, wo und wann exakt er zuschlagen musste, damit das Risiko, dabei entdeckt zu werden, gegen null ging. Er ist Mathematiker und überlässt nichts dem Zufall. Und es ist in höchstem Maße unwahrscheinlich, dass er es diesmal anders macht.«

»Aber Skulstad«, sagte Lars Hox. »Wir haben nicht den geringsten Anhaltspunkt dafür, dass er Hilfe hatte.«

»Nein«, entgegnete Skulstad. »Und das ist ja in gewisser Weise genau das Problem, oder?«

»Alles deutet darauf hin, dass er sich spontan zur Flucht entschlossen hat und dann verdammtes Glück hatte und entkommen konnte.«

»Hellum verlässt sich nicht auf das Glück. So einfach ist das.

Aber egal, worauf ich eigentlich hinauswollte, ist, dass irgendwo jemand sitzt, der weiß, was vor sich geht. Jemand, der wusste, dass das hier geschehen würde. Jemand, der weiß, wo Hellum sich die letzten zwei Jahre aufgehalten hat, und wichtiger: jemand, der weiß, wo er sich *jetzt* aufhält.«

»Die meiste Zeit waren wir zweiundvierzig Männer und Frauen, die an diesem Fall gearbeitet haben. Wir haben nicht nur *alles* überprüft, sondern haben es auch mehrmals getan«, sagte Hox.

»Ihr hättet auch hundertzweiundvierzig sein können. Das ändert nichts an meiner Sichtweise auf den Fall, und danach hat Anton gefragt.«

»Okay, okay«, sagte Odd Gamst. »Ich schlage vor, dass Hox sich mit Brekke und Torp zusammentut.« Er schaute auf die Uhr. »Es ist schon spät geworden. Brekke, was brauchst du noch? Mehr Leute?«

»So wenig wie möglich, bis wir den vollen Überblick haben.«

Lars Hox hob den Arm. Odd Gamst nickte ihm zu.

»Ich schlage vor, dass wir noch drei Leute dazunehmen«, sagte Lars Hox. »Dann können wir Bodil Hellum rund um die Uhr überwachen lassen.«

»Seine Mutter?«, fragte Anton. »Glaubst du, er ist so blöd und geht zu ihr?«

»Natürlich tut er das nicht«, sagte Skulstad. »Vergeudete Ressourcen, wenn ihr mich fragt. Aber du entscheidest, Anton.«

»Kann ja nicht schaden«, meinte Anton nach kurzer Überlegung. »Wir machen es so. Drei Schichten. Ein Mann pro Schicht. Und dann schlage ich vor, dass wir gleich zu diesem Hans Gulland fahren. Hox, bist du dafür bereit?«

»Nun …« Hox grinste kurz. »Das ist etwas unangenehm, aber nach der letzten Unterhaltung mit ihm wurde mir befohlen, mich von ihm fernzuhalten.« Er blickte abermals in Richtung des Polizeipräsidenten aus dem Distrikt Ost. »Nennen wir es internes Besuchsverbot. Ich fahre deshalb lieber zurück nach Sarpsborg, dann können wir uns morgen in den Räumen der Hellum-Gruppe treffen.«

»Wer hat dich denn aufgefordert, dich von ihm fernzuhalten?«, fragte Anton.

»Das war ich«, sagte der Polizeipräsident aus dem Distrikt Ost. »Nach der letzten Episode gab es ein Höllenspektakel mit Gullands Anwalt. Er hat nun mal ein Alibi. Man kann ja durchaus meinen, dass ein Alibi von Eltern in der Regel nicht viel wert ist, aber genau in diesem Fall wiegt es schwer genug.«

»Ach ja?«

»Übrigens, Anton«, warf Skulstad ein. »Noch was anderes, das mir aufgefallen ist …« Er starrte auf die Leinwand. »Tonje Olsen war die Erste. Das ist die ganz links, drei Tage vor ihrem neunzehnten Geburtstag. Entführt in Mysen, dann wurde sie vier Wochen lang vermisst, bis sie in einem Wald außerhalb von Rakkestad gefunden wurde. Hellum hat sie bei sich zu Hause umgebracht, während seine Mutter zwei Stockwerke über ihm gelegen und geschlafen hat. Ylva Bjerke war das zweite Opfer. Fünfundzwanzig Jahre alt. Wurde in Stavanger von ihm geschnappt und neun Wochen später, teilweise von Erde bedeckt, in einem Graben gefunden. Zu jener Zeit wohnte Stig Hellum vorübergehend bei einem Cousin da in der Nähe. Eine Woche nachdem Ylva als vermisst gemeldet wurde, ist Hellum von dort weggezogen. Genau wie beim ersten Mord, und das war ein entscheidender Faktor dafür, dass er gar nicht auf unserer Bildfläche auftauchte. In Stavanger kannte ihn niemand, abgesehen von dem Cousin. Die dritte Frau, Isabell Holmelund, zweiundzwanzig Jahre alt, verschwand in Grimstad. Dreizehn Wochen später wurde sie von einem Bauern in einem Wäldchen gefunden. Und die vierte, die zwanzigjährige Karoline Birkeland, wurde in Sarpsborg entführt. Zu diesem Zeitpunkt war Hellum bereits wieder zurück nach Askim gezogen. Er hat sie dorthin mitgenommen. Am Abend danach, als er sie ertränken wollte, konnte sie fliehen. Sie rannte nackt aus dem Haus und schaffte es bis in die Innenstadt, wo sie direkt in die Arme einer Polizeistreife lief. Hellum wurde zwanzig Minuten später festgenommen.«

»Das muss man sich mal vorstellen, so kurz vor dem eigenen Tod zu stehen«, sagte Magnus nachdenklich. »Zu wissen, dass man nur noch Stunden oder Minuten hat.«

»Ich schätze, Karoline Birkeland hat Tage, an denen sie sich wünscht, sie wäre an dem Abend gestorben«, entgegnete Skulstad. »Fast vierundzwanzig Stunden war sie wie ein X ans Bett gefesselt. Er hat alles mit ihr getan, was du dir vorstellen – und nicht vorstellen kannst. Nach so einer Erfahrung ist man nicht mehr derselbe Mensch. Vor Gericht hat Karoline Birkeland erzählt, dass sie ihn anflehte, ihr die Kehle durchzuschneiden. Sie hat darum gebettelt, sterben zu dürfen, während sie da in ihren – und seinen – Körperflüssigkeiten lag.«

»Sie sollte über die neue Situation informiert werden«, sagte Anton.

»Ich habe schon mit ihr gesprochen. Sie lebt in Australien und hat das alles hinter sich gelegt.«

»Hinter sich gelegt?«

»So hat sie es selbst ausgedrückt. Sogar der Mann, mit dem sie jetzt verheiratet ist, weiß nichts davon. Aber worauf ich eigentlich hinauswollte«, fuhr Skulstad fort, »ist, dass Hellum Ylva Bjerke erst umgebracht hat, nachdem Tonje Olsen gefunden worden war. Und Isabell Holmelund wurde zwei Tage nach dem Auffinden der Leiche von Ylva Bjerke entführt. Und nur zwei Tage nachdem Isabell Holmelund außerhalb von Kristiansand aufgefunden wurde, schnappte er sich Karoline Birkeland in Sarpsborg. Unser dänischer Freund von der Gerichtsmedizin meinte, dass Hedda Back irgendwann in der Nacht von gestern auf heute ermordet wurde. Und einige Stunden später wurde sie gefunden … Ich denke, du verstehst schon, worauf ich hinauswill, Anton.«

Anton verstand. Und er konnte an den Gesichtern der anderen am Tisch ablesen, dass auch sie verstanden.

Stig Hellum hatte sein nächstes Opfer bereits ausgewählt.

KAPITEL 15

Montag, 12. September

Oda Myhre legte die Papiere auf die Kommode und zog gerade ihren Mantel aus, als ihr Lebensgefährte an der Tür zur Küche erschien. In jeder Hand hielt er ein Glas Champagner.

»Ich hatte ja gehofft, dass du noch etwas später kommst«, sagte er. Tiefe Falten erstreckten sich von den Augen zu den grauen Schläfen. »Dann hättest du nämlich einen gedeckten Tisch vorgefunden.«

Er reichte ihr eines der Gläser. »Gratuliere, übrigens. Endlich.«

Sie blickte ihn wortlos an.

»Nein?« Er ließ sein Champagnerglas sinken. »Mach keine Witze, Oda … Das war doch bombensicher, oder etwa nicht?«

Sie schüttelte den Kopf und deutete auf die Kommode, auf der ein Kaufvertrag ohne Unterschrift lag.

»Aber …« Er trat in die Küche, stellte die Gläser auf die Arbeitsplatte und begann in einem Topf zu rühren. »Was ist denn schiefgelaufen? Es ging doch nur noch um Formalitäten? Oder um *eine* Formalität.«

»Ich weiß nicht«, erwiderte sie verdrossen und nahm ein Glas. »Der Mann war jedenfalls weiterhin sehr positiv.«

»Hattest du nicht gesagt, er sei völlig aus dem Häuschen vor lauter Begeisterung?«

»Doch …« Sie nahm einen Schluck. »Aber die Frau wollte das Haus noch einmal sehen. Plötzlich gefielen ihr die Küche und das Bad nicht mehr!«, sagte Oda Myhre resigniert. »Hast du so was schon gehört? Der Ehemann hat doch gesagt, dass sie aus Bad und Küche schon was Schönes machen könnten – das war ja anscheinend von Anfang an sein Plan. Jedenfalls bei der Küche. Aber sie meinte, das Bad sei zu klein.«

»Hat das Haus nicht ein großes Badezimmer im Keller? Ich meine, ich hätte das in dem Prospekt gesehen.«

»Das war das, was sie zu klein fand …«, meinte Oda.

Sie trank das Glas in einem Zug aus und fluchte.

»Das wird schon noch«, sagte er. »Ist doch ein schönes Haus.«

»Nein, das ist es nicht.«

»Es muss ein bisschen renoviert werden, aber die Lage ist doch fantastisch. Dass es etwas schwerer verkäuflich ist, heißt ja nur …«

»Etwas schwerer verkäuflich? Es hat in den letzten drei Monaten zwölf Besichtigungen gegeben. Bei neun von diesen Terminen ist überhaupt niemand aufgetaucht. Und dann diese Frau, die war total zickig und unhöflich. Ich hab mich nicht mehr so klein gefühlt, seit ich eine schüchterne und flachbrüstige Sechzehnjährige war.«

Er küsste sie auf die Wange.

»Heute bist du weder das eine noch das andere.«

»Schluss mit dem Unsinn«, sagte sie, streng bemüht, ein Lächeln zu unterdrücken.

»Du wirst es schon noch verkaufen. Willst du den Tisch decken?«

Oda holte Teller, Besteck und Gläser hervor, zündete die beiden Kerzen auf dem Esstisch an, füllte ihr Glas mit Champagner auf und trank, während ihr siebzehn Jahre älterer Lebensgefährte im Topf rührte.

»Ich bin unsicher und nervös geworden. Du hast allen Grund, von mir enttäuscht zu sein.«

»Ach, du …«, sagte er und ließ den Kochlöffel los. »Meine süße, liebe Kleine.« Er wischte sich die Hände an der Schürze ab und trat auf sie zu, legte ihr die Arme um die Schultern und drückte sie an sich. »Du hast getan, was du tun konntest. Und enttäuschen kannst du mich sowieso nicht. Du kriegst das schon noch hin.« Er drehte sich wieder dem Herd zu. »Ich habe noch etwas mehr Chilipulver reingetan. Lotte wollte es nicht so scharf, also haben wir heute Nachmittag eine milde Variante gekocht.«

»War es etwas entspannter mit ihr heute Abend?«

»Aber ja.« Er nahm einen Löffel aus der Schublade und steckte ihn in den Topf. »Aber es graust ihr vor nächster Woche. Wir haben dann ein bisschen darüber gesprochen. Ich habe gesagt, dass die Ärzte, die sie operieren, so etwas ja jeden Tag machen und es für sie genauso einfach ist, als ob ich einen kaputten Zahn herausziehe.«

Er drehte sich zu ihr um.

»Sie hat gefragt, warum ich nicht ihr Vater sein kann.« Der Löffel verschwand zwischen seinen Lippen. Er schluckte und saugte dann mit einem Pfeifgeräusch Luft ein. »Scharf!« Er schmatzte. »Ich glaube, es ist perfekt.«

»Hat sie also wieder gefragt? Was hast du geantwortet?«

»Ich habe geantwortet, dass sie für immer und ewig mein Mädchen ist. Und dann habe ich ihr versprochen, dich zu bitten, dass du zu ihr raufgehst und ihr einen Gutenachtkuss gibst, wenn du nach Hause kommst.« Er ließ den Löffel ins Spülbecken fallen und nahm zwei Topfhandschuhe aus dem Schrank. »Geh doch jetzt schnell hoch, dann steht das Essen auf dem Tisch, wenn du wieder runterkommst.«

Oda streichelte seine Schulter und erklomm die Treppe ins Obergeschoss. Die Tür zum Zimmer ihrer Tochter stand weit offen. Die Deckenlampe war eingeschaltet und warf Licht in den Flur. Oda trat ein.

»Hei, Schätzchen«, sagte sie leise. »Warum schläfst du nicht?«

»Weil ich Angst habe«, erwiderte Lotte.

Sie saß mit verschränkten Armen in der Ecke des Bettes und lehnte sich an die Wand. Oda setzte sich neben ihre Tochter.

»Alles wird gut. Überleg mal, wie gut du dich fühlen wirst, wenn es erst gemacht ist.« Sie strich ihrer Tochter über die Lippe, die wie in zwei Teile gespalten aussah.

»Aber ich will einfach, dass es jetzt gut wird. Sofort.«

»Das wird es ja bald. Du hast das doch schon zweimal erlebt.«

»Marius sagt, ich könnte daran sterben.«

»Woran?«

»An der Operation.«

Oda strich ihrer Tochter über das Haar.

»Kümmere dich einfach nicht um Marius.«

»Er ist fies.«

»Ich glaube nicht, dass es Marius immer so gut geht. Bist du auch nett zu ihm?«

»Ja.« Lotte nickte. »Ich hab ihm sogar gesagt, dass er süß ist, obwohl das nicht stimmt. Er ist hässlich. Der Hässlichste in der ganzen Schule.« Sie gab der Matratze einen Tritt.

»Lotte … So was darf man doch nicht sagen.«

»Man darf auch nicht sagen, dass ich daran sterben kann, aber er macht es trotzdem.«

Oda nahm die Bettdecke, schüttelte sie aus, legte sie wieder über ihre Tochter und sagte: »Glaubst du etwa, Mama würde zulassen, dass jemand was Gefährliches mit dir macht?«

KAPITEL 16

November 1994
Ocho Rios, Jamaika

Das Rauschen der Wellen vermischte sich mit der Musik und dem Geschrei der Jugendlichen, die weiter unten am Strand Party machten. Er saß vornübergebeugt auf der Bettkante. Die Tür zum Bungalow stand offen. Die letzten Strahlen der Abendsonne färbten die zarten Wolken über dem Meer orange.

Er öffnete die Klappe des Fotoapparats, nahm den Film heraus und legte einen neuen ein. Dann hielt er sich die Kamera ans Auge und spähte zur Tür hinaus, auf das Meer, das sich langsam verdunkelte.

Der laute, gellende Schrei einer Frau schnitt durch die anderen Geräusche. Er lauschte. Noch ein Schrei. Er hängte den Fotoapparat an den Bettpfosten. Gerade als er aufstehen wollte, ging der Schrei in ein krampfartiges Lachen über, das gleich darauf von einem lauten Platschen übertönt wurde.

Er ließ sich zurück auf das Bett sinken, die nackten Füße standen jedoch weiter auf dem Fußboden. Dann legte er die Hand auf Sassys Nacken und fuhr mit den Fingerspitzen darüber. Mit weit geöffneten Augen sah sie ihn an, ehe sich ihre Lider langsam schlossen. Er blieb liegen, bewachte ihren Schlaf, doch schon nach wenigen Minuten schlug sie die Augen wieder auf. In der Sekunde danach begriff er warum: Es war das Geräusch von Sandalen auf der Holztreppe draußen. Er setzte sich auf. Eine schmächtige Silhouette tauchte in der Türöffnung auf.

»Mr Snorkel«, sagte der Junge.

»Jimarcus … Jetzt brichst du die einzige Regel, die einzuhalten ich dich gebeten habe.«

»Ich weiß, Sir … Ich hatte auch nicht die Absicht, mich anzuschleichen.«

»Genauso wie es keine Absicht ist, zur Schlafenszeit noch draußen rumzulaufen?« Er stand auf, ging zu dem Jungen und fuhr mit der Hand über seine Dreadlocks. »Komm, ich bringe dich nach Hause.«

»Ich helfe meiner Schwester in der Bar.« Jimarcus trat einen Schritt zurück. »Sie müssen mitkommen.«

»Weswegen?«

»Da ist ein Mann, der nach Ihnen gefragt hat. Ein Amerikaner. Und … Mr Snorkel … Ich hab zwanzig Dollar bekommen, als ich gesagt habe, dass ich Sie kenne und weiß, wo Sie wohnen. Er hat mir weitere zwanzig versprochen, wenn ich Sie hole. Kommen Sie mit, bitte.«

»Hat er seinen Namen genannt?«

»Nein, aber er meinte, Sie seien alte Bekannte.«

Die Bar lag mitten am Strand. Kleine bunte Glühbirnen waren an den Sonnenschirmen befestigt. Tische und Stühle umgaben den runden Bartresen in der Mitte. Klirrende Gläser und lärmende Stimmen, während Los Lobos' *La Bamba* aus den Lautsprechern dröhnte.

Jimarcus lief einen Schritt vor ihm her und schlängelte sich zwischen den Gästen hindurch.

Nir Dayan saß am Tresen und trocknete sich die Stirn mit einer Serviette. Ein Glas mit einem Fingerbreit braunem Schnaps stand vor ihm. Jimarcus blieb abrupt stehen, stieß Nathans Hand an und zeigte nach vorn.

»Mr Snorkel, da sitzt er. Kommen Sie!«

Nathan hielt Jimarcus an der Schulter fest. Er zog ein Bündel Geldscheine aus der Hosentasche, fischte einen Fünfzigdollarschein heraus und streckte den Arm aus, ließ die Faust aber geschlossen.

»Mr Snorkel … Das ist viel zu viel.«

»Das bekommst du, damit du dich so weit wie möglich von uns entfernt hältst.« Er gab ihm das Geld. »Abgemacht?«

Jimarcus entblößte eine kreideweiße Zahnreihe und nickte, ehe er zwischen den anderen Gästen davonschoss.

Nathan schob die Hände in die Taschen seiner Shorts und ging ruhig weiter. Jimarcus' Schwester stand hinter dem Tresen und mixte Drinks für ein junges Paar. Er setzte sich auf den Hocker neben Nir Dayan, der das Whiskyglas zum Mund erhoben hatte.

»Weißt du«, begann Nir Dayan, »jetzt habe ich seit sechs Tagen versucht, dich auf dieser idiotischen Insel zu finden, und das Einzige, was zwischen uns stand, war ein geldgieriger Junge.«

»Du solltest Gier nicht mit Geschäftssinn verwechseln.«

Nir Dayan hatte seine Anzugjacke über den Tresen gelegt. Sein Hemd wies große, kreisrunde Schweißflecken unter den Armen auf. Sein schwarzes Haar hatte er mit Wasser gekämmt, ein paar Strähnen klebten an seinem feuchten Schädel. Er hob das Kinn, kippte den Rest des Schnapses hinunter und schnipste nach Jimarcus' Schwester. Dann deutete er auf das leere Glas und hielt zwei Finger in die Luft. Sie nickte zur Bestätigung, während sie gleichzeitig einer älteren Frau einen Schirmchencocktail servierte.

»Ich schätze, das hat er von dir gelernt«, fuhr Nir Dayan fort und sah Nathan zum ersten Mal direkt an. »Wie geht's denn so?«

»Was glaubst du, wie es geht?«

Nir Dayan zuckte mit den Schultern, studierte das Gesicht vor sich und sagte: »Du hast dir ’nen Bart zugelegt.«

»Steht er mir?«

»Ungewohnt.«

»Bitte sehr«, sagte Jimarcus’ Schwester. »Whisky für Mr Snorkel und seinen Freund.«

»Danke«, entgegnete Nir Dayan.

Sie verschwand wieder hinter den Schnapsregalen, die die Mitte des Barzirkels bildeten. *La Bamba* wurde von dem Bee-Gees-Song *You Win Again* abgelöst.

»Mr Snorkel …«, sagte Nir Dayan und grinste. »Nennst du dich jetzt so? Und soll ich auch noch nach deinem Vornamen fragen?«

»Ich schnorchele mit den Touristen. Von irgendwas muss man ja leben.« Nathan nahm einen Schluck Whisky. Dann noch einen. »Es war ihr Bruder«, Nathan nickte zu der Barfrau hin, »den du ja schon kennengelernt hast. Er hat mir den Namen verpasst. Aber ich heiße immer noch Nathan Sudlow.«

»Ich schnorchele mit Touristen …« Nir Dayan nippte an seinem Drink. »Herrgott, Nathan. Wie lange bist du schon hier?«

»Genau hier?«

»Ja.«

»Sechzehn Monate.«

»Und wie lange willst du noch bleiben?«

»Bis ich sterbe.«

»Du bist siebenundvierzig. Das kann noch eine Weile dauern.«

»Erinnerst du dich an David McKenzie?«

»Hilf mir mal«, bat Nir Dayan.

»Journalist bei der *Washington Post*. Er ist schwimmen gegangen, als die Wassertemperatur gerade eben über dem Gefrierpunkt lag. Donald und ich sind hinterhergesprungen. Das eisige Wasser hätte uns fast erledigt, bevor wir bei ihm waren.«

»Februar vierundsiebzig«, erinnerte sich Nir Dayan. »Er war dein Erster, oder nicht?«

»Genau. Ich gehe manchmal nachts schwimmen, und mitunter hoffe ich, das Wasser ist so kalt, dass mein Herz einfach stehen bleibt – wozu natürlich nicht mal annähernd die Chance besteht. Aber es ist eine Fantasie, die ich habe. Dass alles aufhört … *einfach so.*«

Nathan schnipste mit den Fingern, drehte sich auf dem Hocker herum und lehnte sich mit dem Rücken an den Tresen. »Sieh mal.« Er deutete mit dem Kopf auf die Bargäste, die an den Tischen saßen, sich unterhielten und tranken. Auf die drei Gestalten, die immer noch da unten tanzten, wo die Wellen an den Strand schlugen. Und auf das weite Meer.

»Kennst du vielleicht einen besseren Ort zum Sterben?«

»Ich habe mir in den letzten Tagen nichts anderes gewünscht, also ja – ich bin für diese Hitze nicht geschaffen.«

»Daran gewöhnt man sich.« Nathan stellte das Glas auf seinen Oberschenkel und ließ die Hand darauf ruhen. »Wie hast du mich gefunden?«

»Du hast es mir nicht eben leicht gemacht. Aber sogar, als ich wusste, dass du hier auf Jamaika bist, war es nicht einfach. Es hat mich wie gesagt sechs Tage gekostet und mindestens genauso viele Liter Schweiß. Und den Taxifahrer in Kingston hat es zwei Vorderzähne gekostet.«

Nathan schaute ihn fragend an.

»Hat einen auf schlau gemacht«, fuhr Nir Dayan fort. »Sich dann aber selbst hinters Licht geführt.«

»Du hattest Glück, dass dir Jimarcus begegnet ist.«

»Du solltest Glück nicht mit Geduld verwechseln.« Nir Dayan

grinste durchtrieben. »Irgendwann musste ich ja jemandem begegnen, der wusste, wer der Amerikaner mit den Dschungelaugen ist.«

Nathan hob die Augenbrauen, ohne den Blick vom Meer abzuwenden. Nir Dayan schaute in die gleiche Richtung.

»Also … *Mr Snorkel* … So verbringst du jetzt also deine Tage.«

»Überwiegend, aber ich fotografiere auch.«

»Gut. Schön.« Nir Dayan befeuchtete seine schmalen Lippen und nahm einen Schluck Whisky. »Es gibt vielleicht nur eine Sache, die du noch besser kannst als fotografieren, und das ist das, was mich hierherführt, Nathan. Wir hätten dich gern zurück im Stall. Der Fall der Mauer liegt schon länger zurück. Die Dinge verändern sich gerade wie nie zuvor. Du hast noch mindestens zehn gute Jahre vor dir … und wir alle wissen, dass du das besitzt, was nötig ist, um noch weiterzukommen. Ich werde nicht ewig auf dem Direktorensessel hocken. Das Büro braucht dich heute mehr als je zuvor.«

»Ich komme nicht zurück«, entgegnete Nathan und führte das Glas zum Mund. »Und das weißt du.«

»Tue ich das? Clinton ist nicht so leicht zu führen wie Bush, u…«

»Wir beide wissen doch, dass du nicht den ganzen Weg hierhergekommen bist, um über Politik zu reden.«

»Darf ich zu Ende reden, ja? Bush war ein Cowboy, und als ehemaliger Direktor des Büros wusste er gut, wie die Dinge laufen. Aber so ist es nicht mehr. Hoffentlich nur vorübergehend, aber momentan eben nicht.« Nir Dayan legte eine Pause ein und fuhr dann fort: »Es gibt da ein paar lose Fäden, die ich – das heißt das Büro – gern entwirrt hätte. Und da kommst du ins Spiel.«

»Die Antwort ist *nein*. Ich bin fertig.«

»Willst du dir nicht wenigstens anhören, was ich zu sagen habe?«

»Im Grunde nicht.«

»Jetzt mach mal 'nen Punkt, Nathan. Du läufst barfuß rum und spielst unter Wasser mit Touristen. Also wirklich. Du hast hier nichts.«

»Ich habe zwei gute Freunde – Jimarcus und seine Schwester. Und dann habe ich Sassy.«

»Sassy?«

»Sie kommt zu mir, wenn sie Lust hat zu essen, zu trinken und zu schlafen. Wobei ich allerdings vermute, dass sie auch noch woanders schläft.«

»Klingt nicht danach, als wäre das etwas, worauf man setzen sollte.«

»Es ist eine Katze.«

»Eine Katze?« Nir Dayan lachte. »Katzen sind nichts anderes als Schlangen mit Beinen. Sei vorsichtig.«

Nathans Gesicht verzog sich unter dem Bart zu einem Lächeln.

»Soll ich mich vor Sassy in Acht nehmen?«

»Ich kenne einfach keine anderen Tiere, die so aalglatt und bösartig wie Katzen sind. Wildkatzen sind eine Sache, aber Hauskatzen … das sind die schlimmsten. Die gehen vollgestopft aus dem Haus, und dennoch töten sie Mäuse, kleine Vögel und alle anderen Tiere, denen sie körperlich überlegen sind. Sie töten nur aus einem einzigen Grund: zum Vergnügen. Das hast nicht mal du fertiggebracht, Nathan. Es war nie zum Vergnügen.« Nir Dayan nahm seine Jacke vom Tresen, legte sie auf den Schoß und tastete sich zur Innentasche vor. Er zog einen Umschlag hervor. »Und das ist es dieses Mal auch nicht.«

Er reichte Nathan den Umschlag. Der warf einen kurzen Blick darauf und schüttelte dann den Kopf.

»Schick jemand anderen. Meine Antwort ist endgültig.« Er kippte den Rest Whisky in sich hinein und stieg vom Barhocker.

»Vergiss nicht, Jimarcus die anderen zwanzig Dollar zu geben, wenn du gehst.«

»Ich *hätte* jemand anderen schicken können. Und das kann ich immer noch tun. Aber dann würdest du dich betrogen fühlen.« Nir Dayan hielt den Umschlag hoch. »Sieh mich an, Nathan. Das hier wird dazu führen, dass du dich besser fühlst.«

»Nichts kann das. Kannst du dir was Schlimmeres vorstellen?«

Er blickte seinem alten Chef in die Augen. »Kannst du dir vorstellen, dass es nicht eine einzige Sache auf diesem verdammten Planeten gibt, durch die ich mich besser fühlen könnte? Nicht ein einziges Ding. Niemand kann etwas tun, wodurch ich mich besser fühle.« Er legte einen Finger an den Kopf. »Weder hier«, er führte den Finger zum Herzen, »noch hier.«

»Setz dich wieder.«

Nathan blieb stehen.

»Tu, was ich dir sage, Nathan.«

Nathan atmete schwer aus und setzte sich. Nir Dayan legte ihm den Umschlag in den Schoß. Vorsichtig befühlte Nathan den Inhalt.

»Mach ihn auf«, sagte Nir Dayan.

Langsam riss Nathan die Versiegelung auf.

»Du hast doch wohl nicht gedacht, ich würde aufhören zu suchen?«, sagte Nir Dayan, während Nathan den Umschlag öffnete. »Ich leite eine Abteilung, die aus Agenten und professionellen Killern besteht. Ich kann den Verlust von Menschenleben nicht an mich heranlassen. Jedenfalls kann ich es nicht offen zeigen. Aber glaub mir: Donald war für mich mehr als bloß ein Name oder eine Nummer. Das Gleiche gilt für Jennifer und Lisa, auch wenn ich sie nie persönlich getroffen habe.«

Nathan stockte der Atem, als er den Inhalt sah. Das Foto war schwarz-weiß. Es war mit einem Teleobjektiv aufgenommen worden und zeigte eine Nahaufnahme von Afanasiy Grekov.

»Er lebt. Und …« Nir Dayan legte eine Hand auf Nathans Unterarm. »Wir haben die Information, dass er sich im Juli 89 in Brasilien aufhielt. Das wussten wir schon lange. Deshalb habe ich auch versucht, dich zu finden, Nathan. Rio de Janeiro war kein Unfall.«

»Wo wurde das hier aufgenommen?«, fragte Nathan.

»Vor dem russischen Konsulat in Oslo. Unser Mann hat ihn dort gesehen.«

»Wo … « Nathan starrte auf das Foto, während sich sein Griff verstärkte. »Wo ist er jetzt?«

»Er wohnt fünfzehn Minuten von der russischen Grenze entfernt. Anders ausgedrückt: nahe seiner Heimat, aber gleichzeitig so weit weg, dass er glaubte, wir könnten ihn niemals finden.« Nir Dayan klopfte Nathan auf die Schulter. »Du fährst nach Norwegen, um Gerechtigkeit walten zu lassen.«

KAPITEL 17

Montag, 12. September

Der Geruch von Essen lag noch immer in der Luft.

In der Küche ertönte das Geklapper von Töpfen und Tellern. Hans Gullands Vater, ein gut genährter Mann in den Sechzigern, stand mitten im Wohnzimmer und spähte auf den Hofplatz hinaus. Anton und Magnus standen neben ihm und betrachteten eine Wand, die mit eingerahmten Fotos geschmückt war. Die meisten davon waren verblichen. Eine sechsköpfige Familie posierte vor dem Eiffelturm. Die Eltern, drei Mädchen und ein Junge mit runder Brille. Auf einem anderen Foto standen dieselben sechs hinter einer großen Sandburg mit blaugrünem Meer im Hintergrund. Den meisten Platz an der Wand nahm das Hochzeitsbild der Eltern ein. Unten in der Ecke stand in schwer lesbarer Schrift der Name des Fotografen sowie die Jahresangabe 1979. Die Mutter trug ein langes weißes Brautkleid. Der Vater hatte sich mit der Galauniform des Militärs ausstaffiert. Die Rangabzeichen verrieten, dass er bei der Aufnahme des Fotos Leutnant gewesen war. Das schwarze Haar trug er kurz geschnitten, einen Schnäuzer über dem lächelnden Mund. Abgesehen davon, dass Haar und Schnäuzer grau geworden waren und sich sein Bauchumfang vergrößert hatte, konnte Hans Gullands Vater allerdings noch immer als junger Leutnant durchgehen.

Magnus stellte sich zwei Schritte hinter Gulland senior.

»Hans ist bestimmt bald hier«, sagte der Vater, als hätte er Magnus' Ungeduld hinter sich genau gespürt. »Ich habe vor zwanzig Minuten mit ihm telefoniert, und da war er auf dem Weg nach Hause.«

Anton sah wieder auf die Fotos. Hans Gulland auf den Schultern seines Vaters, mit einer Angelrute in der Hand. Das Bild war vor einer Blockhütte aufgenommen worden. Im Hintergrund lag ein See. Eine Jolle war halb den Strand heraufgezogen worden. Es gab noch weitere Porträtfotos von den Kindern.

»Große Familie«, konstatierte Anton. »Drei Mädchen fast gleichzeitig in der Pubertät. Das muss ja eine ziemliche Herausforderung gewesen sein.«

»Tja …«, sagte der Vater und stellte sich neben ihn. »Das waren meine vier Kinder.«

»Waren?«

Der Vater deutete auf das Mädchen ganz rechts hinter der Sandburg. Auf dem Foto schien sie siebzehn oder achtzehn zu sein. Sie trug einen schwarzen Bikini und streckte dem Fotografen die Zunge heraus.

»Veronica haben wir vier Jahre nach der Aufnahme an die Drogen verloren. Sie wurde nur zweiundzwanzig.«

»Das tut mir leid«, sagte Anton.

»Es ging so schnell«, sagte der Vater leise. »Aber als Polizist haben Sie sicher auch schon viel von diesem Dreck mitbekommen.«

Anton nickte stumm.

»Mit den drei anderen ist zum Glück alles gut gegangen.« Er zeigte auf das Mädchen in der Mitte. »Tiril lebt in San Francisco, wo sie in der IT-Branche arbeitet. Zwei süße Enkel hat sie uns auch schon geschenkt.« Er zeigte auf das letzte Mädchen. »Und das ist Beate.« Sie hatte sich in ein Handtuch eingewickelt und konnte auf dem Foto nicht älter als dreizehn oder vierzehn sein.

»Eine Weile sah es auch mit ihr recht düster aus, aber als sie dann ihre Schwester verlor, hat sie sich total verändert. Hat ihre schlechten Freunde gegen Sport und Hausaufgaben eingetauscht. Heute arbeitet sie in der Krebsforschung an der Uniklinik in Oslo. Ironischerweise war eigentlich Veronica unsere größte Hoffnung.« Sein Gesicht nahm einen traurigen Ausdruck an. »Aber sie ist in die falschen Kreise geraten. Und es bringt bekanntermaßen nichts, einer Achtzehnjährigen vorschreiben zu wollen, mit wem sie ihre Zeit verbringt. Das wäre nur dann gegangen, wenn es ein Gesetz gegeben hätte, nach dem ich sie hätte einsperren können. Gott weiß, dass ich große Lust dazu hatte.«

»Und Hans ist also der Nachkömmling?«

»Ja. Hans war gar nicht geplant. Er hat sich bis jetzt auch gut geschlagen, wobei ich als alter Soldat ja lange die Hoffnung hatte, dass er in meine Fußstapfen treten würde. Aber es ist bei der Hoffnung geblieben.«

»Das Militär war nichts für ihn?«

»Überhaupt nicht. Nach zehn Tagen Grundwehrdienst ist er nach Hause gefahren.«

»Er ist einfach abgehauen?«

»Ja. Ich wusste gar nicht, dass er im Laufe der Nacht nach Hause gekommen war, begriff aber, dass etwas nicht in Ordnung war, als es frühmorgens an der Tür klingelte. Ich hatte schon meine Uniform an und wollte gerade zur Arbeit fahren. Auf der Vortreppe standen vier Feldjäger von der Militärpolizei. Ich weiß nicht mehr, wer von uns die größten Augen machte. Jedenfalls verschwand ihre aufgesetzte Autorität in dem Moment, als sie begriffen, dass Hans Gulland der Sohn des Brigadiers Gulland war.«

»Sie waren General?«

»Ja, ich bin als Generalmajor aus dem Militärdienst ausgeschieden.«

Anton verstand plötzlich, was der Polizeipräsident aus dem Distrikt Ost damit gemeint hatte, dass das Alibi der Eltern glaubwürdig sei.

»Und was ist dann passiert?«

»Ich bat sie, einen Augenblick zu warten. Dann bin ich zu Hans in den Keller gegangen und habe mit ihm geredet. Ich habe ihn zu überzeugen versucht, dass er mit nach oben kommt, aber er hat sich rundheraus geweigert. Ich hatte nicht das Herz, ihn gegen seinen Willen wegzuschicken. Mein schwächster Moment sowohl als Vater wie auch als Soldat. Ich bin nicht stolz darauf.« Er verschränkte die Arme über seinem Bauch. »Wenn ich den Feldjägern damals erlaubt hätte, ihn mitzunehmen, dann würde er vermutlich heute nicht mehr unten im Keller wohnen. Es stimmt nämlich, was gesagt wird.«

»Was meinen Sie?«

»Die Armee. Dort werden Knaben zu Männern erzogen.«

Jemand machte sich von außen an der Tür zu schaffen. Einen Augenblick später stand Hans Gulland im Flur. Die breiten Schultern seines Vaters hatte er nicht geerbt. Seine Haltung war eher schlaff.

»Hallo, Hans«, sagte Anton. »Wir sind von der Polizei.«

»Kripo«, fügte der Vater hinzu und sah seinen Jüngsten misstrauisch an. »Wo bist du gewesen?«

»Äh …« Hans Gulland blickte unsicher umher. »Ich war bei einem Interview. Hab ich doch gesagt.«

»Können wir mit Ihnen reden, Hans?«, fragte Magnus.

Hans nickte und durchquerte den Flur. Anton und Magnus folgten ihm eine Treppe hinunter. Im Untergeschoss gab es nur zwei Türen. Die eine stand offen, dahinter befand sich ein Badezimmer. Die andere Tür musste Hans Gulland erst aufschließen.

Das quadratische Zimmer war recht groß. Dort standen ein aufgeräumter Schreibtisch mit zwei Computerbildschirmen und gleich daneben ein Regal mit vielen übereinandergestapelten Filmen. Mitten im Zimmer standen drei Pappkartons. Sie waren angefüllt mit Exemplaren seines Buchs. Die Schiebetür des Garderobenschranks stand halb offen. Die darin befindlichen Sachen lagen auf den Millimeter genau übereinander. So etwas hatte Anton zuletzt beim Grundwehrdienst gesehen. Das Gleiche galt für das Bett, das nach militärischem Standard gemacht war. An der Wand hing das Filmplakat von *Das Schweigen der Lämmer* in einem dicken Rahmen. Auf dem Nachttisch lag ein Stapel Bücher. An der Wand stand eine Chaiselongue mit einem dazu passenden Schemel. Abgesehen von einem Tablett mit Teelichtern war der Tisch dazwischen leer.

»Verzeihen Sie die Unordnung«, sagte Hans Gulland und stellte den geöffneten Pappkarton auf die beiden anderen. »Ich war in den letzten Tagen etwas beschäftigt.«

»Wer hat Sie interviewt?«, fragte Magnus.

»*Romerikes Blad*«, erwiderte er, ohne sich umzudrehen.

Mit dem Fuß schob er die drei Kartons vor das Bett.

»War ja ein günstiger Zeitpunkt für die Buchveröffentlichung«, sagte Anton.

»Äh …« Hans Gulland drehte sich zögernd um und sah ihn forschend an. »Wie meinen Sie das?«

»Wir sind heute Abend in der Hoffnung hierhergekommen, dass Sie uns das erzählen können?«

Hans Gulland verzog keine Miene. Er wirkte ernst. Nur seine Augen konnte er nicht kontrollieren. Sie schienen beinahe zu funkeln.

»Er ist zurück, stimmt's?«

»Warum glauben Sie das?«

»Allein die Tatsache, dass Sie hier sind. Und dann diese Sache in Sandefjord … ich … ja, was soll ich sagen?«

Er nahm zwei Bücher aus dem Pappkarton, ging an Anton und Magnus vorbei, setzte sich auf die Chaiselongue und legte die Bücher auf den Tisch. »Für Sie.«

Anton und Magnus setzten sich auf den Schemel ihm gegenüber. Anton nahm ein Buch und blätterte es rasch mit einem Finger durch. In der Mitte enthielt es viele Seiten mit Abbildungen. Neuere Fotos, die Stig Hellum in verschiedenen Situationen in der Haftanstalt Ila zeigten, sowie alte private Fotos aus länger zurückliegenden Zeiten. Auf einigen der Bilder war er noch ein kleiner Junge.

»Wie sind Sie an diese alten Fotos herangekommen?«

»Die habe ich von Bodil bekommen – Stigs Mutter.«

»Die kennen Sie also auch?«

»Längst nicht so gut, wie ich ihren Sohn kenne, aber ich habe sie ein paarmal besucht.«

»Worüber haben Sie gesprochen?«

»Seine Mutter und ich? Ganz versch…«

»Nein«, fiel ihm Anton ins Wort. »Nicht mit der Mutter.«

Hans Gulland zeigte auf das Buch in Antons Hand.

»Die Ergebnisse liegen vor Ihnen.«

»Das hier«, Anton wog das Buch in der Hand, »war wohl kaum die eigentliche Ursache dafür, dass Sie ihn besucht haben, sondern eher ein Ergebnis.« Er legte das Buch zurück auf den Tisch.

»Jedenfalls haben Sie das im Fernsehen gesagt.«

»Ja, stimmt, das ist so weit richtig.« Gulland legte den Kopf schräg. »Aber … Sie haben meine Frage noch gar nicht beantwortet. Ist er zurück?«

»Hatten Sie seit dem Tag seiner Flucht Kontakt zu ihm?«

»Nein.«

»Wissen Sie, wo er sich jetzt befindet?«

Hans Gulland schüttelte den Kopf.

»Sie sind ja dem Anschein nach ein ziemlich helles Köpfchen, und dann verwenden Sie eine Menge Zeit auf jemanden wie Stig Hellum. Helfen Sie mir, das zu verstehen.«

Hans Gulland nahm seine Brille ab.

»Ich war äußerst neugierig auf ihn als Person. Was ihn angetrieben hatte und so weiter. Und Stig interessierte sich hauptsächlich dafür, was *ich* von ihm dachte. Nachdem wir uns ein paarmal getroffen hatten, fragte er, ob ich ihn für bösartig hielte. Zu diesem Zeitpunkt hatte er noch nicht über das gesprochen, was ihn ins Gefängnis gebracht hatte. Ich wusste es natürlich, sonst hätte ich ihn ja niemals besucht, aber damals war das noch kein Thema. Wir haben bloß zusammengesessen und uns unterhalten – fast wie wir jetzt.«

»Und was dachten Sie?«, fragte Magnus. »Hielten Sie ihn für bösartig?«

Hans Gulland setzte die Brille wieder auf, legte ein Bein über das andere und umfasste das Knie mit den Händen.

»Haben Sie schon mal was von Dr. Michael Stones Skala der Bösartigkeit gehört?«

Er ließ ihnen keine Zeit zum Nachdenken und fuhr unmittelbar fort: »Ein amerikanischer Spezialist für Psychologie. Die Art von Experte, die in Prozessen aussagt und entscheiden muss, ob der Angeklagte zum Tatzeitpunkt zurechnungsfähig war oder nicht. Er hat eine Skala der Bösartigkeit entwickelt, die auf Studien von Mördern – und Mörderinnen – im 20. Jahrhundert basiert. Die Skala geht von eins bis zweiundzwanzig und ist in drei Kategorien eingeteilt. Die erste Kategorie umfasst die Stufen eins bis acht. Sie betrifft die Mörder, die aus einem Impuls heraus töten. Tötet man in Notwehr, so qualifiziert das für Stufe eins.

Bringt ein Vergewaltigungsopfer seinen Vergewaltiger um, wird der oder die Betreffende auf Stufe fünf verortet. Das sind alles ganz normale Menschen, die zu einer Verzweiflungstat getrieben werden. Kategorie zwei geht von neun bis fünfzehn. Hier liegen die Semipsychopathen. Kategorie drei ge…«

»Was definiert einen Semipsychopathen?«, unterbrach ihn Magnus.

»Eifersucht, zum Beispiel. Sie finden raus, dass Ihre Frau untreu ist, explodieren vor Wut und bringen Ihre Frau oder deren Liebhaber um. Oder beide. In dem Fall steht es furchtbar schlecht um Ihre Impulskontrolle, und Sie haben eine kurze Lunte. Das ist natürlich eine lebensgefährliche Kombination, aber dieses Verhalten qualifiziert nur für Stufe neun. Am anderen Ende der zweiten Kategorie, also bei Stufe fünfzehn, haben wir diejenigen, die in voller Absicht mehrere Menschen töten, aus einem klaren psychopathologischen Motiv heraus. Solche Menschen haben oft den Kontakt mit der Wirklichkeit verloren. Charles Manson ist ein gutes Beispiel.«

»Ich hätte gedacht, dass Manson an der Spitze so einer Skala steht«, sagte Magnus.

»Keineswegs. Sie dürfen nicht vergessen, dass Manson niemals selbst getötet, sondern andere dahingehend manipuliert hat. Im Vergleich mit den schlimmsten Exemplaren auf der Skala war er bloß ein Schmusekätzchen. Die dritte und letzte Kategorie reicht von sechzehn bis zweiundzwanzig. Alle in diesem Bereich sind Psychopathen – in verschiedenem Ausmaß. Und in diesem Bereich befinden sich die Männer, die mich faszinieren.« Gulland sprach jetzt schneller. Der Ton seiner Stimme war heller geworden. »Jeffrey Dahmer, Dennis Rader, Ed Gein, Gary Ridgway, Ted Bundy, John Wayne Gacy und unser hiesiger Star: Stig Hellum.«

»Star …?« Anton hob die Augenbrauen.

Hans Gulland wich seinem Blick zum ersten Mal aus.

»Ja, also in diesem Zusammenhang. Aber er steht nicht ganz oben auf der Skala.«

»Wo ist Hellum denn gelandet?«

»Er war nicht schwer einzuordnen. Einfach gesprochen waren die Vergewaltigungen das primäre Motiv, und er tötete, um die Beweise zu vernichten, was ihn für Stufe siebzehn qualifiziert – wo Dr. Stone im Übrigen auch Ted Bundy platzierte. Und genau das habe ich ihm gesagt. Dass er ganz bestimmt bösartig sei. Doch was ihm besonders imponierte, war der Umstand, dass ich ihm genau erzählen konnte, *wie* bösartig er war.«

»Was muss man tun, um ganz oben auf der Liste zu landen?«, wollte Magnus wissen.

»Das ist eine haarfeine Gratwanderung. Wenn man foltert – und nicht tötet –, qualifiziert dieses Vorgehen für Platz einundzwanzig. Ein Beispiel dafür ist Cameron Hooker. Er entführte ein zwanzigjähriges Mädchen und hielt sie in seinem Schlafzimmer in einer Kiste gefangen. Sie durfte sich jeden Tag nur ein paar Stunden außerhalb der Kiste aufhalten. In dieser Zeit wurde sie mit glühenden Eisen verbrannt, gewürgt, geschlagen, mit Elektroschocks traktiert und vergewaltigt. Wie durch ein Wunder konnte sie entkommen. Allerdings erst nach sieben Jahren.«

»Um die Skala zu krönen, muss man demnach also sowohl Folterer als auch Mörder sein?«, fragte Magnus.

»Korrekt!«, sagte Hans Gulland.

»Ist es möglich …«, setzte Anton an. »Solche Mörder wie zum Beispiel Ted Bundy … Sie haben gesagt, er landete auf Stufe siebzehn …«

Hans Gulland nickte.

»Gesetzt den Fall, er wäre nicht gefasst worden«, fuhr Anton fort. »Hätte er sich dann weiterentwickeln können?«

»Sie meinen zum Folterer?«

»Ja.«

»O ja. Ja, sicher. So etwas geschieht oft. Also, natürlich entwickeln sich nicht alle Serienmörder zu Folterern, aber man könnte das Ganze fast mit einem aktiven Vulkan vergleichen. Das Morden ist sozusagen das Glimmen.« Er beugte sich vor und senkte die Stimme. »Es glimmt … und glimmt. Die Leichen werden immer mehr. Und dann … Es kann viele Jahre dauern, aber es kommt. Der Vulkan explodiert. Und wenn dann der *wirkliche* Ausbruch bei denen aus der Kategorie drei passiert, so verlieren sie vollständig die Kontrolle. Dann werden sie auch gefasst. Das Problem ist nur, wie viel Schaden sie anrichten, bevor das geschieht.«

»Sie kennen sich aus damit. Woran liegt das Ihrer Meinung nach? Dass ein Mensch so werden kann?«

»Ich bin kein Psychiater, aber wenn Sie mich nach meiner persönlichen Meinung fragen …«

»Bitte«, sagte Anton.

»Ich glaube, dass jeder als Mörder enden kann. Aber, und das ist wichtig: in Kategorie eins. Also auf der Skala zwischen Stufe eins und acht, wo wir von Zufälligkeiten reden – und nicht von reiner Boshaftigkeit.«

»Und die übrigen?«

»Ich glaube, so etwas hat man in sich. Von Anfang an.«

Anton stand auf. Es kam ihm vor, als ob die Tablette, die er vor einer Stunde in Bryn eingenommen hatte, überhaupt keine Wirkung entfaltete.

»Sie glauben also, er ist zurück?«, sagte Magnus.

»Das glaube ich, ja. Eigentlich ein bisschen unangenehm … oder nicht *ein bisschen*, sondern sogar ziemlich unangenehm, dass es jetzt passiert, wo ich gerade das Buch herausbringe. Sie dürfen mich nicht missverstehen, aber zum Glück wurde Hedda Back am Sonntag als vermisst gemeldet – das Buch ist am Montag erschienen. Wenn es nämlich früher erschienen wäre, dann hätte ich jetzt vermutlich ziemlich große Schuldgefühle.«

»Wo ist er in der Zwischenzeit gewesen?«

»Ich weiß es nicht. Aber darf ich sagen, was ich glaube?«

Magnus nickte.

»Ich glaube, dass Stig sich im Ausland aufgehalten hat. Etwas anderes ist eigentlich undenkbar. Und vermutlich hat er auch im Ausland gemordet – auch in dieser Hinsicht wäre alles andere eigentlich undenkbar. Dass er jetzt zurückkommt, ist gar nicht so verwunderlich. Das hier ist nämlich seine Komfortzone. Weil er dieses Land gut kennt. Hier kann er fünf Schritte vorausdenken. Er hat beim letzten Mal einen Fehler begangen, der zu seiner Ergreifung führte, aber den wird er bestimmt nicht noch einmal machen.«

»Und Sie sitzen an der Seitenlinie«, sagte Anton, »und reiben sich die Hände, derweil Sie und Ihr Buch so berühmt werden wie eine Jungfrau auf der Reeperbahn.«

»Sollte sich zeigen, dass es tatsächlich Stig *ist*, so nehme ich an, dass die Polizei – also Sie – diese Information der Öffentlichkeit so lange wie möglich vorenthält. Und solange es um *eine* ermordete Frau geht, wird niemand die Frage stellen, inwieweit Stig damit in Zusammenhang steht. Sollten allerdings mehrere sterben … Tja, dann kann man wohl damit rechnen, dass der eine oder andere Kriminaljournalist aus der Stig-Hellum-Starre erwacht.«

»Einem gewissen Buch – und somit auch Ihnen – wäre damit ja gut gedient«, meinte Anton.

»Das ist mir durchaus bewusst. Und das wäre auch nicht schlecht, aber falls das Buch ein Bestseller werden sollte, dann bitte deshalb, weil der Inhalt gut ist. Und nicht, weil ich zufällig den richtigen Zeitpunkt erwischt habe.«

»Das Geld ist Ihnen also nicht so wichtig?«

Hans Gulland stöhnte. »Natürlich ist mir auch das Geld wichtig. Aber wichtiger sind mir … ja, Ruhm und Ehre. Ich möchte einfach ernst genommen werden.«

»Ernster als das hier kann es ja streng genommen nicht mehr werden, Hans.«

»Wie ich eben sagte, komme ich gerade von einem Interview. Natürlich hätte ich auch gern meine Gedanken zu dem Mord in Sandefjord geäußert, aber ich habe es nicht getan.«

»Wieso nicht?«

»Überlegen Sie doch mal, was passiert, wenn es *nicht* Stig ist. Dann wäre ich für alle Zeiten der Autor, der versucht hat, Geld damit zu machen, dass ein armes Mädchen ermordet worden ist. Oder noch schlimmer: Ich würde selbst verdächtigt.«

KAPITEL 18

Dienstag, 13. September

Anton erwachte auf den Badezimmerfliesen. Das war das Erste, was ihn überraschte.

Dass er erwachte.

Die Schmerzen im Unterleib waren schlimmer als am Tag zuvor. Es klopfte und pochte. Als ob jemand darin säße und herauswollte.

Anton hielt sich am Waschbecken fest und zog sich hoch. Er sah sein bleiches Gesicht im Spiegel, die Ringe um die Augen waren größer geworden, die Haare standen in alle Richtungen ab.

Er zog das T-Shirt aus, knöpfte sich die Hose auf, setzte sich auf den Rand des Toilettendeckels und streifte die Hose ab, ehe er sich erneut vor den Spiegel stellte. Mit geschlossenen Augen führte er eine prüfende Hand zum Schritt, spürte, wie das Pochen sich auf den ganzen Körper ausdehnte, je näher er mit der Hand herankam. Vorsichtig umfasste er den Hodensack. Er fand gerade genügend Platz in seiner Hand. Die Haut war stark gespannt. Sein Atem ging schneller. Er schluckte den Kloß in seinem Hals hinunter und ließ los. Der Schmerz schoss durch die Leiste und breitete sich bis in den Bauch aus. Mit beiden Händen fasste er sich in die Haare und brüllte den Spiegel an, atmete kurz und hektisch.

Das Paralgin forte lag auf dem Fernsehtisch.

Er biss knurrend die Zähne zusammen und stürmte ins Wohnzimmer, nahm die beiden noch übrigen Tabletten und schluckte sie trocken. Er verharrte einen Moment, blinzelte und setzte sich auf die Armlehne des Sofas. Vor dem Wohnzimmerfenster tummelten sich ein paar Kinder mit Schulranzen auf dem Rücken. Ihre Stimmen und ihr Lachen drangen durch die dünnen Wände. Er versuchte, tief in den Bauch hineinzuatmen. Eine weitere Gruppe Kinder lief vorbei. Anton zog die Jalousien herunter und setzte sich an den Küchentisch. Das Handy lag zum Laden auf der Fensterbank. Mit dem Zeigefinger löste er die Sperre. Das Display zeigte zwei Anrufe von Magnus am Abend zuvor sowie eine SMS von ihm, die erst vor zehn Minuten eingegangen war. Darin stand: *Wie geht's dir heute? Besser?* Anton schrieb: *Kann nicht fahren. Holst du mich ab?*

Die Antwort kam sofort: *Jetzt gleich? Soll ich dir was mitbringen? Frühstück?*

Anton gab ein: *In einer Stunde. Muss erst duschen. Hab keinen Appetit, aber danke fürs Angebot.* Nach ein paar Sekunden vibrierte das Handy noch einmal: *Brauchst du eine Stunde zum Duschen? Wir haben um Viertel nach neun einen Termin in Ravneberget, aber okay.*

Magnus hatte die Nachricht mit einem grinsenden Smiley mit Sonnenbrille beendet. Anton tippte eine Antwort, löschte sie aber wieder und legte das Handy beiseite.

Nach fünfundvierzig Minuten hatte sich das stechende Klopfen zu einem leichten Pulsieren reduziert, und Anton beeilte sich, unter die Dusche zu kommen. Er seifte sich vorsichtig den Schritt ein, als ob der aus Glas wäre, tastete und drückte. Der linke Hoden war nicht mehr groß.

Er war riesig.

Anton versuchte, den Punkt zu finden, wo es am meisten wehtat, musste aber aufgeben. Jede Berührung, egal wo, ließ ihn unmittelbar an die Pistole in der Kommodenschublade denken.

Er trocknete sich ab und suchte sich im Schlafzimmer etwas zum Anziehen heraus. Das Ergebnis war eine weite, khakifarbene Hose und ein dicker Kapuzenpullover. Dann griff er nach dem Holster mit seiner Dienstwaffe und befestigte es hinten am Hosenbund. Gerade als er den Kapuzenpullover herunterzog, um die Pistole zu verdecken, klingelte es an der Tür.

KAPITEL 19

2006
Huntsville, Texas

Pater Sullivan warf einen Blick auf die beiden Vollzugsbeamten, die sich am anderen Ende des Gangs niedergelassen hatten. Sie saßen zurückgelehnt einander gegenüber, tranken Kaffee und schwatzten. Der eine drehte seinen Kopf kurz in Richtung der einzigen besetzten Zelle und wandte sich dann wieder seinem Kaffeebecher zu.

»Vergessen Sie es«, sagte Nathan. »Ich bin ja erst seit knapp zwanzig Stunden hier, aber ich bin mir sicher, dass die beiden kaum rechts von links unterscheiden können. Die haben den ganzen Vormittag nur über Frauen und Fußball gesprochen, und wenn Sie hinhören, werden Sie feststellen, dass sie das noch immer tun. Die bekommen von uns nichts mit. Und selbst wenn es so sein sollte, hätte es keine Bedeutung. Die sind heute Morgen um neun gekommen, und ihre Schicht endet nachmittags um fünf. Und dann gibt es für sie nur eines, was wichtig ist. Nach Hause kommen, das erste Pils köpfen und die Füße auf den Tisch legen. Die werden nicht zulassen, dass die Fantasiegeschichte eines zum Tode Verurteilten eine Hinrichtung aufschiebt.«

Nathan saß in der Ecke auf dem Fußboden. Seine Finger hatten sich um das Gitter gewunden, das ihn von Pater Sullivan trennte.

»Aber es ist keine Fantasiegeschichte, oder?«

Nathan schüttelte kurz den Kopf.

»Ich weiß nicht, was ich sagen soll …«, entgegnete der Pater. »Denn die haben sich Ihre Familie in Rio de Janeiro geschnappt, stimmt's? Das hat dieser Nir Dayan gemeint, als er sagte, es sei kein Unfall gewesen?«

Es entstand eine kurze Pause, ehe Nathan schließlich fortfuhr: »Heiligabend 89. Es war spät. Lisa schlief schon seit ein paar Stunden, und ich hatte das Abendessen für Jennifer zubereitet. Sie aß wieder für zwei.« Nathan legte den Kopf in den Nacken. »Ich hatte ein bisschen Wein getrunken und etwas nachgedacht. Oder eigentlich mehr als nur etwas. Ich war so weit, dass ich darum ersuchen wollte, etwas anderes tun zu können. Ich wollte nicht komplett aufhören – das kam, wie ich wusste, nicht in Betracht –, aber eine eher administrative Position bekleiden. Vielleicht andere fortbilden. Eigentlich war mir egal, was ich tat, ich wollte bloß nicht weiter mein Leben riskieren, sobald ich auch nur den Kopf zur Tür hinausstreckte. Wie dem auch sei: Nachdem auch Jennifer eingeschlafen war, bin ich an Land gegangen, um ein paar Kleinigkeiten zu besorgen, die ich den beiden am Weihnachtsmorgen schenken wollte. Waren Sie schon mal in Rio, Pater?«

»Nein.«

»Es heißt ja, dass New York die Stadt ist, die niemals schläft. Aber verglichen mit Rio liegt New York in stabiler Seitenlage. Es war das erste Mal, dass ich ein Land südlich dieses verfickten Staates besuchte, in dem wir jetzt sitzen, ohne meiner Arbeit nachzugehen. Ich musste niemanden beschatten, es mussten keine Informationen ausgetauscht und niemand sollte ausgeschaltet werden. Ich lief durch die Straßen wie ein naiver Tourist. Und es war toll. Zu Hause hatte ich immer Angst davor, auf die eine oder andere Weise enttarnt zu werden. Aber da unten … da war ich nur *ich selbst*. Nicht mal als kleiner Junge hatte ich dieses Gefühl gehabt. Nach ein paar Stunden bin ich dann zurück zum Hafen gegangen. Auf dem Boot war alles dunkel, genauso wie vorher. Ich setzte mich auf eine Bank etwas abseits der Piers, um den Augenblick zu genießen. Und während ich da mit meinen Einkaufstaschen voll Papier, Pappe, Glas und Porzellan saß, dachte ich darüber nach, was Jennifer, sofern sie einen Jungen bekäme, wohl sagen würde, wenn ich *Donald* als Vornamen vorschlüge.« Nathan blickte verträumt an die Decke. »Ich hätte den Namen vermutlich nicht mal ganz aussprechen können, bevor sie von ihrem Vetorecht Gebrauch gemacht hätte.« Das vorsichtige Lächeln verschwand von seinem Gesicht. »Dann knallte es. Ich musste nicht mal den Blick auf diesen orangenen Feuerball werfen, der plötzlich den Hafen erhellte, um zu kapieren, was geschehen war. Ich tat es natürlich, aber es war völlig unnötig. Ich wusste es in der Sekunde, als ich die Druckwelle spürte.« Er holte tief Luft. »Ich rannte auf den Kai hinunter, während es Wrackteile regnete. Es war nichts mehr übrig.«

»Und dahinter stand dieser Russe?«

»Ich dachte, Grekov sei tot, auch wenn ich natürlich wusste, dass seine Leiche niemals gefunden worden war. Ich war sicher, dass ihn die Strömung in den Atlantik getragen hatte. Aus dem Grunde war ich auch so entspannt. Es gab nichts, was mich hätte misstrauisch machen können. Die örtlichen Behörden stellten fest, dass es ein Leck im Gastank gewesen war. Und ich hab's denen abgekauft. Ich hatte ja keine Ahnung, oder? Danach habe ich jeden Kontakt mit dem Büro abgebrochen. Eigentlich habe ich den Kontakt mit der ganzen Welt abgebrochen und bin vor allem geflohen. Und dann, fünf Jahre später, tauchte Nir Dayan am Strand von Jamaika auf.«

Der Pater legte seine Unterarme auf die Knie und beugte sich vor. Dann sagte er leise: »Nachdem Sie mir diese ganze Geschichte zu Ende erzählt haben, bleibe ich vermutlich mit dem Eindruck zurück, dass hier und heute ein Unrecht geschieht? Ist das so?«

»Der Staat Texas ist anderer Ansicht.«

»Aber der Staat Texas hat diese Geschichte nie gehört, oder doch?«

»Ich glaube nicht, dass das irgendeine Rolle spielt. Denn bei dieser Geschichte gibt es keine Helden. Nur Tote.«

TEIL II

KAPITEL 20

November 1994
MS Nordlys, *Tag 1*

Mit einem Metallkoffer in der Hand und einer Reisetasche über der Schulter lief Nathan den Korridor auf Deck fünf hinunter. Kabinentüren öffneten und schlossen sich. Ein älteres Paar nickte ihm im Vorbeigehen höflich zu. Nathan erwiderte den Gruß und blieb vor Kabine 541 stehen. Ein Putzwagen versperrte den Zutritt. In der Kabine stand ein Zimmermädchen und richtete das Bett. Nathan rollte das Wägelchen beiseite und stellte sich in die Türöffnung. Das blonde Haar der Frau war zu einem straffen Pferdeschwanz zusammengebunden. Ein Kabel ragte aus der geräumigen Tasche ihrer Uniform und führte zu einem Paar Ohrstöpsel. Ihre Lippen bewegten sich, als ob sie vor sich hinsänge. Sie war hübsch und vermutlich halb so alt wie Nathan selbst.

Sie wollte sich gerade zur Tür umdrehen, verharrte aber mitten in der Bewegung, als sie ihn entdeckte. Sie sagte etwas, das Nathan nicht verstand.

»Excuse me?«

»My apologies«, sagte sie und nahm die Ohrstöpsel heraus.

»For what?«

»Dafür, dass Ihre Kabine noch nicht bereit war«, erwiderte sie in solidem Englisch, »aber jetzt bin ich fertig.«

Sie griff nach dem Müllbeutel. Die *MS-Nordlys*-Broschüre auf dem Schreibtisch war oben eingerissen. Die Frau tauschte sie gegen eine neue von ihrem Wägelchen aus und hieß Nathan dann mit einer Handbewegung und einem Lächeln in der Kabine willkommen. Nathan trat ein und stellte Koffer und Tasche ab. Sie stand an der Tür und sah ihn an.

»Sieht alles gut aus, Miss. Vielleicht nicht die ganz große Aussicht, aber was soll's.«

Er deutete mit dem Kopf auf das Rettungsboot, das außen vor dem Fenster hing. Dann öffnete er den Koffer.

»Ui, Sie haben ja eine Riesenausrüstung«, sagte das Zimmermädchen.

Sie trat einen Schritt näher und sah sich den Koffer neugierig an. Darauf befand sich ein abgegriffener Aufkleber mit der amerikanischen Flagge. Im Koffer lagen zwei Hasselblad-Kameragehäuse, drei Objektive, ein Etui von Leica, zwei Flaschen mit Fixier- und Entwicklerflüssigkeit, eine Rolle Klebeband, Schnüre, Klammern und weiteres Zubehör.

Nathan nahm die Hasselblads aus dem Koffer und legte sie auf das Bett.

»Das ist das erste Mal, dass ich eine Hasselblad in natura sehe«, sagte das Zimmermädchen. »Eine Freundin ist Hobbyfotografin und wünscht sich so eine, solange ich denken kann. Was Besseres als die bekommt man wohl nicht?«

»Nein«, sagte er, ohne aufzublicken.

»Sie sind also wegen der Nordlichter gekommen?«

»Ja.«

»Vor ein paar Wochen hatten wir hier ein ganzes Team von *National Geographic* an Bord«, sagte sie.

Nathan öffnete die Reisetasche und kramte darin herum.

»Für wen arbeiten Sie denn?«

»Ich bin Freiberufler«, erwiderte er. »Ach, Miss, könnte ich Sie um etwas bitten?«

»Natürlich.«

Er öffnete die Tür zum Bad und inspizierte den kleinen Raum.

»Könnten Sie mir drei einfache Plastikgefäße besorgen, etwa fünf bis sechs Zentimeter hoch? Ich dachte, ich könnte es schaffen, mir die in Oslo zu kaufen, aber der Zug hierher ist mir schon beinahe vor der Nase weggefahren.«

»Ich kann es jedenfalls versuchen. Darf ich fragen, wozu Sie die brauchen?«

»Um Fotos zu entwickeln.«

»Brauchen Sie dazu nicht eine Dunkelkammer?«

»Doch, ja. Ein Bad ohne Fenster ist perfekt.«

»Clever. Ich höre mal in der Küche nach, ob die irgendwas in der Art haben.«

»Vielen Dank.«

»Aber es wäre doch viel schneller gegangen, wenn Sie von Oslo das Flugzeug genommen hätten.«

»Ich weiß, Miss.«

»Obwohl die Zugreise wirklich sehr schön ist.«

Sie trat rückwärts auf die Tür zu, blieb einen Augenblick stehen und sah ihn an, dann lächelte sie, ging hinaus und schloss die Tür.

Ihr Geruch lag immer noch in der Luft. Nathan setzte sich auf das Bett und nahm ein Foto von Jennifer und Lisa aus der Brieftasche. Lisa schaute mit zahnlosem Lächeln in die Kamera, Jennifer saß neben ihr. Er blieb mit dem Foto in der Hand sitzen, bis es zwanzig Minuten später an der Tür klopfte. Nathan legte das Foto auf den Nachttisch und öffnete die Tür. Das Zimmermädchen war zurück.

»Also … Ich hab mal nachgesehen, und Sie werden doch die ganze Zeit an Bord sein, nicht?«

»Stimmt, Miss. Hin- und Rückfahrt.«

»Das dauert elf Tage.«

»Weiß ich, Miss.«

»Es ist ja zurzeit ruhiger auf dem Schiff, außerhalb der Saison, und deswegen habe ich mit dem Hotelchef hier an Bord gesprochen. Wenn Sie möchten, können Sie in eine andere Kabine umziehen.« Sie warf einen Blick auf das Rettungsboot vor dem Fenster. »Eine mit etwas besserer Aussicht.«

»Das verursacht jetzt aber keine extra Umstände für Sie?«

»Ganz und gar nicht.«

»Na dann …« Er streckte die Hand aus. »Vielen Dank.«

»Gern geschehen«, entgegnete sie und nahm seine Hand. »Ich heiße übrigens Monica. Fragen Sie einfach nach mir, falls was sein sollte.« Sie trat einen Schritt zurück. »Ich bringe Ihnen dann gleich die neue Schlüsselkarte.«

Sie eilte davon. Nathan setzte einen Fuß auf die Türschwelle. Im Korridor herrschte ein reges Kommen und Gehen der Passagiere, die ihre Kabinen aufsuchten oder wieder herauskamen. Drei junge Männer gingen an ihm vorbei. Jeder hatte eine Plastiktüte mit klirrenden Flaschen in der Hand. Einer von ihnen pfiff dem Zimmermädchen anerkennend hinterher.

KAPITEL 21

Dienstag, 13. September

Die Haftanstalt Ravneberget war in morgendlichen Nebel gehüllt. Die Einrichtung mit niedriger Sicherheitsstufe mit Platz für fünfundvierzig weibliche Insassen lag nördlich von Sarpsborg in einem Wald und war größenmäßig überschaubar. Vom Fenster der Gefängnisbibliothek aus konnte Anton fast die ganze Anstalt überblicken. Zwei bereits kahl werdende Bäume ragten an jedem Ende des Freigeländes aus dem Boden. Eine Gruppe von Insassinnen hatte sich unter einem der Bäume versammelt. Vor dem Verwaltungsgebäude standen ein paar geparkte Fahrzeuge.

»Wirkt gar nicht wie ein Gefängnis, eher wie eine Art Sommerlager«, sagte Magnus und trat neben Anton.

»Fehlt nur noch der Grill«, entgegnete dieser, während er eine Frau beobachtete, die sich von der Gruppe der Insassen löste und auf das Verwaltungsgebäude zusteuerte. »Die da wäre was für dich.«

Magnus schielte zu der Frau hinüber. Sie schien Ende zwanzig zu sein, mit langem blondem Haar. Ihre Figur war wohlgeformt. Sie schritt über den Asphalt, als handele es sich um einen Catwalk und nicht den Innenhof eines Gefängnisses.

»Nicht schlecht«, meinte Magnus. »Aber ich glaub, ich lass es lieber.«

»Wieso? Wäre doch genau dein Geschmack. Ein richtiges Prachtstück. Und hier sitzen doch eh nur Frauen mit kurzen Haftstrafen. Vermutlich war die da nur so blöd und ist besoffen Auto gefahren.«

Die Frau blickte in ihre Richtung, als fühlte sie sich beobachtet. Anton winkte. Sie winkte zurück.

»Lass den Scheiß«, sagte Magnus und riss Antons Arm herunter. »Peinlich.«

»Na, besoffen am Steuer oder nicht. Die Kröte würde ich durchaus schlucken.«

»Man merkt doch deutlich, dass du dich auf die fünfzig zubewegst.«

»Wovon redest du?«

»Du bist ein Polizist in einem Frauengefängnis und hechelst einer der Insassinnen nach.« Magnus grinste. »Echt jämmerlich.«

»Der Tag, an dem ich nichts mehr wahrnehme, Torp … Das ist der Tag, an dem ich sterbe.«

Die Frau sah wieder zu ihnen hoch. Sie folgten ihr mit dem Blick, bis sie im Verwaltungsgebäude verschwunden war.

»Und wie du siehst«, fuhr Anton fort, »hab ich's immer noch drauf.«

»Sie hat mich angelächelt, als wir vorhin an ihr und den anderen vorbeigegangen sind, möglicherweise hat sie *dich* also gar nicht gemeint.«

»Doch, Torp. Es muss so sein. Du weißt doch … Mädchen … *Frauen.* Die haben den sechsten Sinn. Stimmt schon, du siehst aus wie so'n Jüngling aus der H&M-Reklame, und du bist jünger und besser in Form als ich, aber das hilft alles nichts. Denn Frauen – und ich rede jetzt nicht von den Zwanzigjährigen, denen du auf der Straße zuzwinkerst, sondern von *Frauen – Frauen* brauchen allenfalls dreißig Sekunden, um den Alpharüden ausfindig zu machen. Das ist das Positive. Bist du auch bereit für das Negative?«

»Ja?«

»Das Negative ist die Tatsache, dass das Rudel, dem du angehörst, nur aus zwei Männchen besteht. Du kannst gern raten, wer der Anführer ist. Und das Lächeln, das du da angeblich bekommen hast, war ein reines Sympathielächeln. Das Prachtstück da unten hat bestimmt gerochen, dass du seit der Konfirmation mit demselben Kondom in der Geldbörse rumläufst.«

Magnus lachte laut.

»Sieh nur«, sagte Anton und deutete zum Fenster hinaus. »Jetzt kommt sie zurück.«

Die Frau stolzierte über den Platz.

Ein scharfer Schmerz schoss durch Antons Hoden, als stäche jemand eine Nadel durch Haut und Gewebe. Er fuhr zusammen und sackte in den Knien ein, stöhnte vor Schmerz und fasste sich in den Schritt.

»Lass gut sein, es reicht«, sagte Magnus und lachte.

Anton stieß einen Fluch aus, hielt sich an einem Bücherregal fest und versuchte, einigermaßen zu sich zu kommen, während Magnus' Gelächter die Bibliothek erfüllte.

»Ich habe Krebs, du Idiot«, fauchte Anton und richtete sich auf.

Magnus' Lachen erstarb auf der Stelle. Er wollte gerade etwas antworten, als die Tür zur Bibliothek geöffnet wurde. Ein Vollzugsbeamter um die dreißig trat ein. Seine Wangen waren rot, das blonde Haar war mit der Maschine bis auf wenige Millimeter gestutzt. Er schloss die Tür hinter sich und kam auf die beiden zu. Sein Händedruck war trocken und kräftig. Er stellte sich als Victor Wang vor.

»Tut mir leid, dass ich etwas spät bin, aber es gab da eben einen kleinen Zwischenfall.«

»Ach ja?«, sagte Anton.

»Manchmal heizt sich das Klima hier etwas auf. Meist sind es nicht mehr als ein paar hässliche Worte, aber es ist doch besser, die Gemüter zu beruhigen und dafür zu sorgen, dass im Laufe des

Tages kein Gemetzel daraus wird. Wenn ich das richtig verstanden habe, hat Lars Hox diesen Termin vereinbart?«

Magnus nickte zur Bestätigung.

»Okay. Ich habe erst heute Morgen Bescheid bekommen, dass jemand von der Kripo vorbeikommen würde, um mit mir über Stig Hellum zu sprechen.«

»Laut dem Kollegen Hox sind Sie derjenige, der Hellum am besten kannte«, sagte Anton. »Jedenfalls der, der am meisten mit ihm zu tun hatte.«

»Ich war sein Kontaktbeamter in Ila, insofern haben wir natürlich öfter miteinander gesprochen.«

»Sie wollten nicht mehr in Ila arbeiten?«

»Das hatte mit Wollen nichts zu tun. Ich war sechs Monate krankgeschrieben, und danach bin ich erst mal mit einer halben Stelle wieder eingestiegen – im Verwaltungsbereich. Aber ich möchte meinen Arbeitstag ja mit Menschen verbringen, die ihre Strafe absitzen, und nicht mit Papieren. Ich hab's dann wieder im Vollzugsdienst in Ila probiert, aber es funktionierte nicht. Hellum hat mir an dem Abend etwas genommen, von dem ich dachte, dass es zurückkommen würde. Wenn man an einem Ort wie Ila arbeitet, wo die schlimmsten und brutalsten Verbrecher des Landes einsitzen, ist man ja ständig in Alarmbereitschaft. Das muss man auch sein. Aber mir gelang es nicht mehr, die anderen Insassen unabhängig von Hellum zu betrachten. Ich habe nur ihn im Kopf gehabt, und die Angst war immer da. Mit den Mädchen hier war es dann anders. Ich hoffe, dass ich ab Neujahr wieder zu hundert Prozent arbeitsfähig bin, dann sehen wir weiter.«

Victor Wang kratzte sich mit einem Finger an der Wange. Sein Nasenbein war ein winziges bisschen schief. Darüber erstreckte sich eine Narbe. Die Röte in seinem Gesicht nahm etwas ab.

»Aber ich war natürlich neugierig, als ich die Nachricht bekam, und habe deshalb versucht, Hox heute Morgen anzurufen. Allerdings bin ich gleich auf der Mailbox gelandet. Gibt es denn etwas Neues?«

»Wir würden gern Ihre Version über den Abend der Flucht hören.«

»Ach ja?« Er sah Anton verwundert an. »Aber das habe ich doch schon vier Mal erzählt. Die inoffiziellen Erklärungen gar nicht miteingerechnet. Vermutlich hatte Hox deswegen keine Lust, selbst mitzukommen.«

»Inoffiziell?«

»Die vielen Male, die Hox bei mir zu Hause war. Als er quasi zufällig in der Gegend war und ihm was eingefallen ist, das er mich vergessen hatte zu fragen. Ziemlich gründlicher Typ, das muss man ihm lassen. Im letzten Sommer hat mich niemand öfter besucht als er. Nach einer Weile haben wir uns sogar ein wenig angefreundet, waren dann auch mal zusammen ein Bier trinken.«

»Wir würden es aber gern von Ihnen persönlich hören.«

Victor Wangs Gesichtsausdruck wirkte noch verwunderter als zuvor. Er sah kurz Magnus an, ehe er seinen Blick wieder auf Anton ruhen ließ.

»Wir haben Grund zu der Annahme, dass Stig Hellum sich wieder auf norwegischem Boden befindet.«

Victor Wangs Blick richtete sich auf die Wand.

»Das Mädchen in Sandefjord«, sagte er leise.

»Ich verstehe ja, dass das alles schon eine Weile her ist und Sie die Einzelheiten vielleicht nicht mehr so gut in Erinnerung haben, aber versuchen Sie es bitte.«

»Ich erinnere mich an alles. Das rauscht hier jeden Morgen und Abend durch«, er tippte sich mit dem Finger an den Kopf, »und gern noch ein paarmal zwischendurch.« Seine Wangen waren wieder röter geworden. »Es sollte ein ganz normaler Gefangenentransport sein. Hellum sollte von Ila in die Haftanstalt Halden verlegt werden.«

»Gab es einen speziellen Grund dafür?«

»Nein, er hatte das schon beantragt, als Halden 2010 fertiggestellt worden war, und schließlich wurde sein Antrag genehmigt. Der Gesundheitszustand der Mutter spielte dabei wohl eine Rolle. Für sie war es viel einfacher, ihn dort zu besuchen. Gustav Dahle und ich wurden dann für den Transport eingeteilt.«

»Nur Sie zwei?«

Victor Wang nickte.

»Zwei Mann für einen der gefährlichsten Täter des Landes?«

»So was ist ganz normal. Wir hatten keinen Grund zu … Das klingt jetzt vielleicht blöd, aber wir hatten keinen Grund, Hellum zu fürchten. Er war ein Mustergefangener, wie seltsam sich das auch anhören mag. Er war hilfsbereit, unterrichtete seine Mitgefangenen in Mathematik und naturkundlichen Fächern, und …« Victor Wang seufzte und fasste sich an die schiefe Nase. »Tut mir leid, wenn mir das etwas schwerfällt … aber ich wurde damals völlig überrumpelt.«

»Kein Problem«, sagte Anton. »Nehmen Sie sich die Zeit, die Sie brauchen.«

»Gustav und ich haben ihn um halb neun abends aus der Zelle geholt. Wir haben ihm Handschellen und Fußfesseln angelegt. Die Handschellen wurden am Gürtel festgemacht.« Victor Wang ballte die Hände zu Fäusten und hielt sie rechts und links neben seine Gürtelschnalle. »Dann haben wir ihn rausgeführt, haben die Papiere unterschrieben und sind weiter zum Wagen gegangen. Gustav ist gefahren, während ich mich nach hinten zu Hellum setzte.« Er senkte den Kopf und blickte zu Boden. »Die Route führte durch Oslo hindurch und dann nach Østfold hinein. Alles war so, wie es sein sollte. Es wurde auch nichts gesagt, wodurch

Gustav oder ich misstrauisch hätten werden können. Hellum sprach darüber, wie viel besser es für ihn sein würde, wenn er seine Strafe in Halden absaß, und er freute sich darauf, weil seine Mutter dann eine viel kürzere Anreise hätte. Allerdings kamen wir nie dort an.«

KAPITEL 22

Zwei Jahre zuvor

Fast eineinviertel Stunden waren vergangen, seitdem der dunkle Passat mit der Aufschrift *Strafvollzugsbehörde* aus der Einfahrt der Haft- und Verwahrungsanstalt Ila herausgerollt war. Die Tachonadel lag konstant bei 110 Stundenkilometern, während der Wagen an der Abbiegung nach Larkollen, südlich von Moss, vorbeisauste.

Stig Hellum saß auf der Rückbank neben Victor Wang. Der Sicherheitsgurt war quer über seine Brust gespannt. Er spreizte die Finger seiner mit Handschellen gefesselten Hände, als mache er sich bereit, jemanden in den Würgegriff zu nehmen. Dann legte er den Kopf zurück und begann die Melodie von *Milord* zu pfeifen.

»Schluss damit«, sagte Gustav auf dem Fahrersitz. »Hör sofort auf damit.«

Das Pfeifen verstummte.

»Gusty«, begann Stig Hellum und beugte sich leicht zur Seite, um Gustav im Rückspiegel sehen zu können. »Als ich in Stavanger lebte, hatte ich eine Nachbarin. Die war fast wie du. Alt, fett und griesgrämig.«

»Stig«, sagte Victor warnend. »Es reicht.«

»Was ist denn?« Stig Hellum glotzte Victor an und sah dann wieder in den Rückspiegel. »Es stimmt doch. Er *ist* alt, fett und griesgrämig.«

Gustav holte tief Luft und ließ sie hörbar durch die Nase wieder ausströmen. Stig Hellum streckte den Rücken durch.

»Sie saß viel draußen auf der Veranda. Gegenüber lag ein Spielplatz, wo ständig Kinder rumtobten. Wisst ihr, was die Alte machte?« Er sah Victor an. »Sie schimpfte sie aus. Die alte Krähe saß da und schimpfte die Kinder aus, weil sie draußen spielten und Spaß hatten. Sie wedelte mit den Armen, während sie schrie und sich zum Affen machte. Was sind das bloß für Menschen, die ein paar unschuldige Kinder nicht ertragen können. Die müssen doch völlig gestört sein. Und wisst ihr was?«

»Nein«, erwiderte Victor müde und uninteressiert.

»Ein Pfeifen nicht ertragen zu können ist genau das Gleiche. Denn was bedeutet das Geräusch von lachenden Kindern? Glück! Und was bedeuten ein paar fröhliche Pfeifgeräusche? Hm? Genau. *Glück*. Man pfeift ja nicht, wenn man wütend ist oder schlechte Laune hat. Es sei denn, man ist nicht ganz richtig im Kopf.« Stig Hellum grinste. »Aber ich bin sicher, dass unser Gusty hier …«

»Sein Name ist *Gustav*, Stig.«

»Ich habe Spitznamen für alle meine Freunde, das weißt du doch. Was ich also sagen wollte, ist: Unser Gusty hier … Pardon: *Gustav* … gehört bestimmt zu der Sorte Mensch, die sauer wird, wenn er jemanden auf der Straße pfeifen hört.«

Die Vollzugsbeamten enthielten sich eines Kommentars.

»Denn weißt du, was *Gusty* dann denkt, Victor?«

Victor schüttelte den Kopf und warf einen Blick auf den Gegenverkehr.

»Und möchtest du es vielleicht wissen?«

»Nein. Das genügt jetzt, Stig.«

Stig kicherte, grinste breit und sagte: »Ich verrat's dir trotzdem. Du weißt doch, Victor, dass du in deinen achtundzwanzig Jahren mehr erlebt hast als Gusty in seinen sechsundfünfzig. Während du in den Urlaub geflogen bist und bunte Cocktails am Strand genossen hast, hat Gusty zu Hause auf dem Sofa gesessen und Bier getrunken – *allein.* Während du wichtige Ziele in deinem Leben erreicht und das mit Freunden im Restaurant gefeiert hast, hat Gusty zu Hause vor seinen Fertiggerichten gehockt – *allein.* Und während du ein paar heiße Frauen durchgebumst hast, hat Gusty zu Hause gesessen und sich einen runtergeholt – unnötig hinzuzufügen, aber nur, um jeden Zweifel zu beseitigen: *allein.* In gut dreißig Jahren wirst du dein Rentnerdasein mit einer tollen Frau, mit Kindern und mit ein paar süßen Enkeln genießen können. In knapp einem Jahr geht Gusty in Rente. Aber er freut sich nicht darauf. Im Gegenteil. Denn er wird die nächsten fünfzehn oder zwanzig Jahre in Einsamkeit verbringen – vorausgesetzt, sein verfettetes Herz versagt nicht vorher den Dienst. Oder er ergibt sich der Einsamkeit, die, wie er weiß, kommen wird, und fährt am letzten Arbeitstag kurz im Baumarkt vorbei, kauft ein paar Meter erstklassige Nylonschnur und geht dann in die Garage.«

Gustav nahm im Spiegel Augenkontakt mit Viktor auf und schüttelte den Kopf.

»Und deshalb«, fuhr Stig Hellum fort, »erträgt es Gusty nicht, wenn es anderen gut geht. Er war natürlich nicht immer schon alt, aber ich bin doch ziemlich sicher, dass er immer schon fett war. Nicht weiter schlimm, fett zu sein. Auch fette Menschen finden Glück und Liebe, auch sie. Aber wenn man fett *und* griesgrämig ist … Nun, dann wird's schwer.« Er lehnte sich wieder zur Seite. »Hörst du, was ich sage, Gusty? Überleg mal, wie viel schöner das Leben aussehen könnte, wenn du ein netter und umgänglicher Typ wärst. Lächeln kostet nämlich nichts, weißt du?«

»Stig.«

Victors Ton war schärfer geworden.

»Ja, schon gut, schon gut. Ich höre auf.«

Sie fuhren ein paar Minuten weiter, ohne dass etwas gesagt wurde. Kurz vor dem Abzweig nach Råde sagte Stig Hellum: »Könnten wir mal kurz anhalten? Da vorn ist doch immer noch die Tankstelle, oder? Ich muss da mal kurz aufs Örtchen.«

»Nein«, erwiderte Gustav. »Wir werden nicht anhalten. Du schaffst das schon, bis wir in Halden sind.«

»Das will ich wirklich hoffen, Gusty.« Stig Hellum krümmte die Schultern. »Ich hatte immer schon 'nen empfindlichen Reisemagen. Seit Kindertagen.«

»Reisemagen«, sagte Gustav und grinste. »Du fährst nach Halden und nicht nach Hongkong.«

Am Abzweig nach Råde leuchtete ein gelbes McDonald's-Schild in der Dunkelheit.

»Ich bin hier lange nicht mehr gewesen«, sagte Stig Hellum und betrachtete das Schild, bis sie daran vorbeigefahren waren. »Wenn schon Råde seinen eigenen McDonald's bekommt, merkt man, dass die Welt sich weiterdreht.«

»Nimm die Eindrücke gut in dir auf«, kam es vom Vordersitz. »Es dauert nämlich eine Weile bis zum nächsten Mal. Falls es überhaupt ein nächstes Mal gibt.«

»Wusstet ihr eigentlich, dass es auf der ganzen Welt nur ein einziges McDonald's-Restaurant gab, das Konkurs gegangen ist?«, fragte Stig Hellum.

Keiner reagierte auf seine Frage.

»Ratet mal, wo das lag«, fuhr er fort.

»Das ist eine unsinnige Frage«, sagte Victor. »Da gibt's doch bestimmt Zehntausende.«

»Ja, aber bloß eins, das pleitegegangen ist. Ratet doch mal. Nun macht schon. Ein Versuch. Und ihr müsst die Stadt sagen, nicht das Land.«

»Kabul«, kam es von vorn.

»Ach, jetzt bist du plötzlich interessiert, Gusty?« Stig Hellum kicherte. »Aber Kabul? Nein. Vielleicht in Grund und Boden gebombt, aber nicht pleite. Victor, du bist dran.«

»Ich hab keinen Bock.«

»Was bist du bloß für ein Spielverderber, Victor. Versuch's noch mal, Gusty.«

»Ist ja vermutlich eine kleine Stadt, wo kaum Leute wohnen.«

»Die Stadt ist nicht besonders groß, aber da wohnen schon genügend Menschen, dass so'n Burgerschuppen laufen sollte. Du bekommst einen Tipp. Wir sind in Europa. Zehn. Neun. Acht. In Ordnung, da es dir anscheinend schwerfällt, bekommst du noch einen Hinweis. Wir gehen nach Skandinavien. Jetzt bin ich aber nett. Sieben. Sechs.«

»Mariestad.«

»Nix. Victor, dein Einsatz.«

»Stig«, sagte Victor genervt. »Ich scheiße dadrauf.«

»Das werde ich auch bald, wie ich merke.« Stig lehnte sich wieder zur Seite und sah Gustav erneut im Rückspiegel an. »Du hast gerade ein extra Leben geschenkt bekommen. Los, Gusty, hier bist du doch in heimischen Gefilden. Das schaffst du. Ich bin mir ganz sicher.«

Gustav verengte den Blick und dachte nach. Stig Hellums Gesicht verzog sich zu einer Grimasse. Er beugte sich vornüber und stöhnte.

»Was ist los?«, fragte Victor und setzte sich anders hin.

»Ver-flucht-noch-mal.« Stig Hellums Gesicht verkrampfte sich. »Wir müssen anhalten.«

»Was ist denn?«, sagte Gustav.

»Ich hab doch gesagt, dass ich aufs Klo muss, oder?«

»Wie lange dauert es noch bis Halden?«, fragte Victor. »Viertelstunde?«

»Zwanzig Minuten, denke ich mal«, gab Gustav zurück. »Das schaffst du.«

»Nein …«, stöhnte Stig Hellum und presste die Hände auf den Bauch. »Wir müssen anhalten.«

»Wir können hier nirgendwo anhalten«, sagte Victor.

»Er spielt Theater«, sagte Gustav. »Er will bloß ein paar extra Minuten in Freiheit. Wir halten nicht an.«

»Verarschst du uns, Stig?«

»Welcher Mann mit einigermaßen Selbstachtung würde denn sagen, dass er sich gleich in die Hosen scheißt, wenn dem *nicht* so wäre?«, fauchte Stig Hellum. Er kniff die Augen zusammen. Es sah aus, als ob jeder Muskel in seinem Gesicht angespannt war. »Das wird nicht gut gehen, Jungs.«

Gustav fluchte, warf einen schnellen Blick nach hinten und sagte: »Was meinst du, Victor? Muss er auf den Topf oder nicht?«

»Er schwitzt etwas.« Victor legte eine Hand auf Stigs Schulter. »Du hältst doch noch 'ne Viertelstunde durch, wenn Gustav Gas gibt? Ganz sicher, dass du keinen Spaß mit uns treibst?«

»Bis zur nächsten Tankstelle sind's fünf Minuten«, informierte Gustav. »Und von da dauert es nur noch zehn Minuten, bis wir in Halden sind, wenn ich aufs Tempo drücke. Das hältst du aus.« Gustav drückte das Gaspedal durch und wechselte auf die linke Spur. Der kleine Zweilitermotor beschleunigte den Wagen, so gut es ging.

Der Passat glitt am Verkehr auf der rechten Spur vorbei. Ein Notarztwagen im Einsatz kam ihnen entgegen und raste nach Norden. Einen Augenblick wurde der Innenraum von blauem Licht erhellt. Stig Hellum wiegte sich hin und her.

»Tut mir leid«, sagte er.

»Ach verdammt, Stig!«, rief Victor und versuchte, seinen Brechreiz zu unterdrücken.

Er ließ das Fenster herunter. Gustav sagte etwas, aber der Lärm des Gegenwinds übertönte seine Worte. Den Kopf aus dem Fenster haltend würgte Victor erneut.

»Bisschen Gas musst du doch aushalten können, Victor. Das ist nur der Vorgeschmack auf das, was noch kommt, wenn ich nicht aufs Klo komme.«

»Hat er sich in die Hose geschissen?«, fragte Gustav mit lauter Stimme.

Victor zog den Kopf wieder ein, ließ das Fenster halb hochfahren und sagte: »Bis jetzt noch nicht. Aber er macht auch keine Witze.« Er sah den Schuldigen vorwurfsvoll an. »Was hast du denn bloß gegessen?«

»Wollen wir kurz an der Tankstelle in Solli Halt machen?«, fragte Gustav.

»Das musst du entscheiden«, erwiderte Victor.

Ein paar Minuten später fuhr Gustav bei Solli von der E6. Eine Tankstelle hob sich leuchtend vor der Dunkelheit ab. Ein großer Parkplatz breitete sich vor ihnen aus. Gleich neben der Tankstelle lag ein verdunkeltes Café. Vor dem Kiosk standen drei ältere Autos. Bei einem von ihnen klebte eine Südstaatenflagge am Heckfenster. Eine Frau in den Vierzigern betankte einen Polo.

»Viele Leute«, sagte Victor. »Das gefällt mir nicht.«

Durch die Scheiben konnten sie ein paar Jugendliche sehen, die herumstanden und aßen.

»Nur die üblichen Tankstellenräuber, wie's aussieht«, sagte Gustav. »Ich hoffe, das Klo liegt auf der Rückseite, dann entgehen wir da drinnen der Aufmerksamkeit.«

»Wir sollten aber sowieso eine Runde drehen«, sagte Victor. »Nur um zu sehen, ob alles in Ordnung ist.«

»Könnt ihr nicht einfach den verdammten Wagen anhalten?«,

rief Stig. »Ich hock mich auch hier draußen hin, wenn's nicht anders geht.«

Gustav und Victor ignorierten ihn. Der Wagen rollte langsam um die Tankstelle herum. Auf der Rückseite gab es eine Tür mit einem Schild, auf dem stand: »Fernfahrerraum – Sofa, TV, Dusche, WC – fragen Sie in der Tankstelle nach dem Schlüssel«. Gustav bremste ab und zog die Handbremse an.

»Victor«, sagte Gustav, »gehst du rein und fragst nach dem Schlüssel?« Er verließ den Wagen und ging zur hinteren Seitentür. Victor antwortete mit einem Nicken und stieg ebenfalls aus. Mit schnellen Schritten verschwand er hinter der Hausecke. Gustav öffnete die andere Tür, löste den Sicherheitsgurt des Gefangenen und umfasste seinen Oberarm. Stig Hellum blieb mit krummem Rücken neben dem Wagen stehen. Er zitterte.

»Nicht mehr so lustig, wie?«

»Halt die Klappe, Gusty«, stöhnte Stig Hellum, ohne den anderen anzublicken.

Victor kam mit dem Schlüssel angelaufen. Er hing an einem kleinen Holzbrett. Gustav schnipste mit den Fingern und streckte die Hand aus. Victor warf ihm den Schlüssel zu. Gustav fing ihn auf und bat Victor, den Gefangenen festzuhalten, während er den Raum durchsuchte.

Gustav schloss auf. Der vordere Teil bestand aus einem kleinen Aufenthaltsraum mit Tisch, Sofa und Fernseher. Die Tür zum Badezimmer stand offen. Es gab ein Waschbecken, eine Toilette und eine Duschkabine. Keine Fenster.

»Die Dusche steht bereit, falls schon was danebengegangen ist«, sagte Gustav, als er wieder herauskam. Er packte Stig Hellums Arm und führte ihn hinein. »Pass hier draußen auf, Victor. Und ruf, wenn was ist.«

»Verstanden.«

Victor machte ein paar Schritte auf den Wagen zu. Die Tür zum Fernfahrerraum fiel ins Schloss. Auf der E6 hinter ihm rauschte der Verkehr vorbei. Er sah aufmerksam in alle Richtungen. Die Landschaft um ihn herum lag im Dunkeln. Die drei Fahrzeuge wurden fast gleichzeitig angelassen. Sekunden später ertönte das Geräusch zweier Motoren mit viel zu hoher Umdrehung. Dann folgte der dritte Wagen. Victor trat einen Schritt vor und sah die drei Autos, die vor der Tankstelle gestanden hatten, auf die E6 auffahren. Der Wagen mit der Südstaatenflagge lag ganz hinten.

Im Fernfahrerraum stand Stig Hellum mit dem Rücken etwa einen Meter vor Gustav.

»Dann mach mal, was du machen musst«, sagte Gustav und blickte auf einen Stapel Zeitungen und Magazine auf dem Tisch.

Stig Hellum drehte sich um und hob die gefesselten Hände, soweit es ihm möglich war.

»Nein«, sagte Gustav. »Kommt nicht infrage.«

»Und wie soll ich mich dann abwischen?«

»Ist nicht mein Problem«, erwiderte Gustav.

»Da irrst du dich, Gusty. Es *ist* dein Problem. Oder das von Victor da draußen.«

Gustav musterte die Gestalt vor sich. Stig Hellum war mager und sehnig. Gewichtsmäßig etwa die Hälfte des kräftigen Vollzugsbeamten.

»Ach komm schon, Gustav«, bettelte Stig Hellum. »Lass mich wenigstens meinen Arsch abwischen, ehe ich mir die Hose wieder hochziehe. Die Fußfesseln bleiben doch dran. Was kann ich mit einem freien Arm schon Schlimmes anstellen? Ihr seid zu zweit, verdammt.«

»Setz dich«, sagte Gustav nach einem Augenblick und machte eine Handbewegung.

Stig Hellum ließ den Hintern auf den Tisch sinken. Gustav

stellte sich eine Armlänge neben ihn, nahm die Schlüssel hervor und befreite eine seiner Hände.

»Du hast exakt drei Minuten.«

»Eine reicht schon«, sagte Stig Hellum. »Kann ich abschließen?«

»Nein, du Idiot. Natürlich kannst du nicht abschließen.«

Die Tür zum Bad schloss sich. Gustav ging zum Eingang und stellte sich vor die Tür des Fernfahrerraums. Victor stand beim Wagen und sah zu ihm herüber.

»Alles in Ordnung?«, fragte der jüngere Kollege.

»Jaja.«

»Völlig irre, dass er tatsächlich aufs Klo musste.«

»Ich dachte, er verarscht uns.«

»Ich auch. Aber es stank, als wär da was in seinem Hintern hochgekrochen und kurz vorher verreckt. Sollen wir unseren Zwischenstopp melden?«

»Nee, das brauchen wir nicht. Wir sind nicht mehr als fünf Minuten verspätet. Maximal.« Gustav zündete sich eine Zigarette an. »Du bist noch nicht wieder rückfällig geworden?«

»Nein. Ist jetzt fast vier Monate her, dass ich den letzten Zug genommen habe. Ist auch kein Problem mehr. Außerdem hab ich 'ne bessere Kondition, und ich rieche und schmecke mehr. Unfassbar, dass ich nicht früher aufgehört habe«, meinte Victor.

»Ich sollte auch aufhören.« Gustav nahm einen tiefen Zug, stieß den Qualm wieder aus und hustete. »Ich war letzte Woche beim Arzt. Jährliche Kontrolle. Weißt du, was er gesagt hat? War so'n junger Typ. So'n Ausländer. Hat nur gebrochen Norwegisch gesprochen und sah nicht älter aus als zwanzig.«

»Was hat er denn gesagt?«

»Dass alles bei mir hoch sei, außer der Verbrennung.«

Gustav nahm noch zwei Züge, warf die Zigarette auf den Boden und ging wieder hinein. Hinter ihm fiel die Tür zu. Er stellte sich vor das Badezimmer. Konnte nichts anderes hören als das Wasser, das mit voller Kraft ins Waschbecken strömte.

»Stig?«

Keine Antwort. Gustav klopfte an die Tür.

»Stig? Bist du da drinnen ohnmächtig geworden?«

Schweigen.

»Stig?« Gustavs Stimme klang laut und nachdrücklich.

Immer noch nur fließendes Wasser. Gustav öffnete die Tür. Er brauchte nur den Bruchteil einer Sekunde, um festzustellen, dass Stig Hellum nicht auf der Toilette saß. Im selben Moment nahm er etwas im Augenwinkel wahr und drehte sich so schnell herum, wie es einem Mann mit 140 Kilogramm Körpergewicht möglich war.

Aber es war nicht schnell genug.

Stig Hellum kam von der Seite angeflogen. Er warf sich auf Gustav und umklammerte ihn. Schloss den freien Arm um seinen dicken Hals und drückte zu. Gustav schwankte hin und her, gewann aber dann das Gleichgewicht zurück. Er versuchte, Stig Hellum abzuschütteln, aber der hing an ihm wie ein schwerer Rucksack. Gustav schwankte rückwärts aus dem Bad und versuchte, Anlauf zu nehmen. Verlagerte das Körpergewicht nach hinten und krachte gegen die Wand. Der Zusammenstoß war nicht hart genug, um Stig Hellum zum Loslassen zu bewegen. Im Gegenteil, der Gefangene verstärkte den Griff um Gustavs Flusspferdhals.

»Victor!«, schrie Stig Hellum. »Victor!«

Gustav schlug nach hinten aus, aber seine kurzen Arme verfehlten das Ziel. Sein Gesicht wurde langsam lila. Er schnappte nach Luft.

»Pssssst«, flüsterte Stig Hellum ihm ins Ohr und brüllte dann wieder: »Victor!«

Victor kam angerannt, blieb dann aber wie angewurzelt in der Tür stehen. »Was zum Teufel machst du da?«

Ihre Blicke verschränkten sich ineinander. Gustav kämpfte nicht mehr gegen seinen Widersacher an. Stig Hellum löste den Griff ein winziges bisschen. Gustav sog begierig die Luft ein und füllte seine Lunge, atmete aus und füllte sie abermals.

»Victor, jetzt hör mir gut zu. Wie das hier enden wird, hängt ganz von dir ab. Verstehst du?«

Victor nickte.

»Gut. Dann lasse ich erst mal zu, dass unser Freund Gusty weiteratmen darf. Du weißt vermutlich, dass ich diesem Fettwanst so schnell den Hals brechen kann, als wär er ein Vögelchen? Nicht wahr?«

Erneutes Nicken.

»Jetzt geh runter auf die Knie und komm zu mir rüber. Wenn du das gemacht hast, schließt du meine Fußfesseln auf und legst die Schlüssel für die Handschellen auf den Boden.« Stig Hellum sprach langsam. »Danach nimmst du deine eigenen Handschellen und schließt dich selbst an das Rohr unter dem Waschbecken an. Verstanden?«

Victor rührte sich nicht und sah ihn an.

»Tu, was ich dir sage!«, brüllte Stig Hellum.

Victor ging auf die Knie und kroch wie ein Pinguin durch den Raum. Mit zitternden Fingern nahm er die Schlüssel für die Fußfesseln und schloss sie auf. Gustav versuchte, sich zu bewegen. Stig knurrte und drückte wieder fester zu.

»Sei doch nicht dumm, Gusty«, sagte Stig Hellum, während das Gesicht des Vollzugsbeamten wieder rotlila anlief. »Die Schlüssel für die Handschellen, Victor.«

»Die … die … die liegen … da drüben.« Mit zitternder Hand zeigte er auf die Stelle vor Gustavs Füßen.

»Siehst du, Gusty? Da haben wir den Unterschied zwischen dir und Victor. Niedriger IQ … und hoher IQ.« Stig Hellum trat zwei Schritte zur Seite. Gustav folgte ihm gezwungenermaßen. »Entspann dich, Victor. Das hier wird schon gut gehen.«

Victors Hände zitterten so sehr, dass er drei Versuche brauchte, um seine eigenen Hände an das Rohr unter dem Waschbecken zu fesseln.

»Gut, ja. Weitere Schlüssel hast du nicht, oder?«

Victor schüttelte panisch den Kopf und blickte auf Gustavs lila Gesicht. Stig Hellum verstärkte noch einmal den Druck um Gustavs Hals.

»Lass ihn los!«, schrie Victor. »Du kannst jetzt abhauen!«

Gustavs Füße knickten ein. Seine Augen ähnelten Tischtennisbällen, die jeden Augenblick herauspoppen konnten.

»Guuustyyy … «, sagte Stig Hellum leise in Gustavs Ohr, während sie beide zu Boden sanken. »Die richtige Antwort war Halden.« Er kicherte. »McDonald's in Halden.«

Gustav konnte nur noch einen Arm heben. Er griff nach hinten, aber die Bewegungen wurden mit jedem Versuch schlaffer. Stig hing immer noch an ihm.

Gustavs schwerer Körper fiel vornüber. Sein Gesicht knallte auf den gefliesten Fußboden. Stig blieb weiter auf ihm liegen und umklammerte ihn mit aller Macht. Dann schloss er die Augen, atmete ein paarmal tief durch die Nase ein und öffnete die Augen wieder. Er ließ Gustav los, stand auf und sah Victor an.

»Tut mir leid, Kumpel«, sagte er und verpasste Victor einen Tritt mitten ins Gesicht.

KAPITEL 23

Dienstag, 13. September

»Haben Sie deswegen eine gebrochene Nase?«, fragte Anton.

»Ja.« Victor Wang fuhr mit dem Finger über die Narbe. »Verdammt.« Er klopfte auf seine Uniformhose und zog ein Päckchen Zigaretten aus der Tasche. »Ich muss eine rauchen.« Er sah auf die Uhr. »Ist es okay, wenn wir draußen weitermachen? Die Insassinnen sind erst mal eine Weile beschäftigt.«

»Kein Problem«, sagte Anton.

Sie traten hinaus in die Herbstluft. Das Gefängnis Ravneberget lag in völliger Stille. Das einzig hörbare Geräusch war das des Windes, der die umstehenden Bäume streichelte. Victor Wang zündete sich eine Zigarette an und sog den Rauch begierig ein. Sie stellten sich unter den Baum, der am Ende des Innenhofs einsam in die Höhe ragte.

»Wurden Sie von der Tankstellenbedienung gefunden?«

»Nein. Da kam ein polnischer LKW-Fahrer. Der Ärmste wollte sich bloß zwanzig Minuten aufs Ohr legen und landete dann mitten in diesem Scheiß …« Neuer Zug an der Zigarette. Die Hand zitterte. »Man sollte ja eigentlich auf so was vorbereitet sein, wissen Sie. Fähig sein, so eine Situation zu bewältigen. Aber ich hab bloß unterm Waschbecken gehockt und geflennt wie ein kleines Mädchen, während der Pole die Bedienung holte, die mich dann mit der Zange befreit und die Polizei gerufen hat.«

»Stig Hellum hat Sie verschont. Wissen Sie warum?«

»Ich habe bei den Insassen niemals irgendwelche Unterschiede gemacht – und mache das bis heute nicht. Die sitzen eine Strafe ab, entweder hier in Ravneberget oder in Ila. Wir sorgen dafür, dass diese Zeit so schmerzlos wie möglich vergeht, und tun alles Mögliche, damit die Insassen sich wieder in die Gesellschaft eingliedern können. Für mich spielt es keine Rolle, ob jemand einen Mord begangen hat oder zu schnell gefahren ist.«

»Gustav war nicht so großmütig?«

»Hier geht es nicht um Großmut. Wir sind hier, um eine Arbeit zu erledigen. Man kann das ja durchaus mit der Arbeit vergleichen, die Sie bei der Polizei machen. Es ist doch letztlich egal, ob Sie ausrücken, um einen Drogenabhängigen aufzulesen, der versucht hat, einen Liter Milch aus dem Laden um die Ecke zu stehlen, oder ob Sie wegen eines häuslichen Streits gerufen werden, bei dem der Ehemann seine Frau verprügelt hat. So oder so greifen Sie ein, setzen den Festgenommenen ins Auto und fahren mit ihm zur Wache. Es ist ja auch nicht so, dass Sie dem Drogenabhängigen bei der Ankunft dann ein Glas Milch servieren, während Sie dem Typen, der seine Frau oder Freundin grün und blau geschlagen hat, im Auto eine Tracht Prügel verpassen. Aber Gustav war einer von der alten Schule. Knallhart. Und Hellum gegenüber hat er sich nun eben nicht immer sonderlich nett verhalten. Natürlich hat er ihn niemals körperlich angegangen – so etwas hätte ich auf keinen Fall geduldet. Dennoch gab es die eine oder andere fiese Bemerkung. Aber dass er mich verschont hat und Gustav nicht, lag vermutlich daran, dass Hellum Gustav für eine Episode verantwortlich machte, die einige Jahre zurücklag. Hellum wurde von jemandem angegriffen, und laut ihm hätte das vermieden werden können, wenn Gustav nicht beschlossen hätte wegzusehen. Ich glaube nicht, dass das stimmt. Gustav konnte sehr hart sein und hat oft dummes Zeug geredet, aber er war nicht bösartig.«

»Da Sie das gerade erwähnen«, sagte Anton, »fällt mir ein, dass ich das damals in der Zeitung gelesen habe, dass Hellum im Gefängnis überfallen wurde. Kann das 2011 gewesen sein? Oder 2012?«

»Im Frühjahr 12.« Victor Wang nahm einen tiefen Lungenzug. »Vielleicht erinnern Sie sich auch, dass über diese Geschichte kaum ein Wort verloren wurde.« Er klopfte seine Asche ab. »Die ganze Sache wurde ziemlich runtergespielt, aber er ist nun mal krankenhausreif geschlagen worden und lag drei Wochen im Bett.«

»Haben Sie Gustav mal gefragt, ob Hellums Behauptung zutraf?«, fragte Anton.

»Nein.«

»Weil Sie fürchteten, dass Ihnen die Antwort nicht gefallen würde?«

Vier Insassinnen kamen gleichzeitig aus einem der Gebäude. Victor Wang sah ihnen nach, bis sie den Innenhof durchquert hatten und in ein anderes Gebäude hineingegangen waren.

»Nein«, erwiderte Victor Wang nach einer Weile. »Sondern weil ich sicher war, dass es nicht stimmte.«

»Aber weswegen sollte dann nicht weiter darüber gesprochen werden?«, fragte Magnus.

»Die hatten ihn ziemlich vermöbelt. Er hatte Zähne verloren und spuckte Blut, als die Kollegen ihn fanden. Außerdem hatte er noch einen hässlichen Schädelbruch.« Victor Wang legte einen Finger an die Stirn, gleich über der Augenbraue. »Er hat schließlich eine Stahlplatte in den Schädel eingesetzt bekommen. Die Ärzte meinten, es war reine Glückssache, dass er überlebt hat, und ein schieres Wunder, dass er keine ernsten Schäden davongetragen hat.«

»Aber was hat das mit der Heimlichtuerei zu tun?«, fragte Magnus.

»Es wurde verschwiegen, weil so etwas in norwegischen Gefängnissen nun mal nicht passiert«, sagte Anton. »Oder jedenfalls nicht passieren darf. Wohin ist Hellum gefahren, was meinen Sie? Ihr Wagen stand ja noch da, oder?«

»Ja. Er hatte zwar die Autoschlüssel genommen, aber womit und wohin er fuhr …? Keine Ahnung. Er kann in jede erdenkliche Richtung verschwunden sein. Aber wenn ich raten sollte, dann würde ich sagen, er fuhr nach Askim.«

»Zu seiner Mutter?«, sagte Magnus. »Das ist doch wohl der letzte Ort, an den er gefahren wäre.«

»Eben. Ich habe nie geglaubt, dass er nach Schweden rübergefahren ist. Das wäre das Einleuchtende gewesen. Aber Hellum ist zu schlau für das Einleuchtende. Ich glaube, er fuhr nach Hause. Nicht für lange, nur für einen kurzen Aufenthalt. Nur um sie zu treffen und ihr zu versichern, dass sich alles regeln würde. Die beiden hatten ein sehr enges Verhältnis. Fast ein bisschen schräg.«

»Inwiefern?«, fragte Anton.

»Hellums Mutter hat eine Augenkrankheit, die dazu führte, dass sie immer schlechter sehen konnte. Schon als Stig ein Teenager war, ist sie völlig erblindet. Einmal habe ich gehört, wie sie zu ihm sagte: *Nichts hat sich geändert. Ich passe weiter auf dich auf. Ich hüte dich wie meine Augäpfel.*«

»Wolltest du weiter nichts dazu sagen?«, fragte Magnus, als sie wieder auf dem Parkplatz vor dem Gefängnis im Auto saßen. Er ließ den Motor an, rollte rückwärts aus der Parklücke, fuhr aber nicht weiter. »Willst du mir nicht antworten?«

»Was gibt's da zu sagen? Es hat mich erwischt. Einer von drei Norwegern bekommt diesen Mist. Oder war es einer von fünf?«

Magnus sagte nichts. Er saß bloß da und musterte das bleiche Gesicht neben sich.

»Der Krebs hat meinen Großvater umgebracht, als er bloß ein paar Jahre älter war als ich jetzt. Liegt halt im System. Mit der Genetik soll man nicht scherzen, Torp. Mein Vater lässt sich zweimal im Jahr durchchecken. Scan von oben bis unten. Vielleicht überspringt das ja immer eine Generation? Dann nehme ich es halt für meinen Vater und für Alex auf mich. Und das ist völlig in Ordnung. Solange es nur schnell geht.«

»Wovon redest du? Du hast 'ne Grippe.«

Anton berichtete von seinem Besuch bei Dr. Hass und von der Nacht auf dem Badezimmerfußboden.

Eine Vollzugsbeamtin kam an ihnen vorbei und setzte sich in ihren eigenen Wagen, während sie telefonierte.

»Und nein«, sagte Anton. »Du darfst es nicht angucken.«

»Ich hatte auch nicht vor zu fragen.«

Magnus drückte auf das Gaspedal und fuhr vom Parkplatz. Das Gefängnis Ravneberget verschwand im Rückspiegel. Er lenkte den Wagen die schmale Straße zwischen den Bäumen hinunter, hielt an der Hauptstraße an und wartete darauf, dass er freie Fahrt hatte.

»Du bist also am Donnerstag wach geworden und hattest Schmerzen in den Nüssen?«

»Fing schon etwas früher an.«

»Tja. Weiß auch nicht, was das ist. Jedenfalls kein Krebs. Glaubst du etwa, der entsteht einfach *so*?«, sagte Magnus und schnipste mit den Fingern.

»Bist du jetzt auch Arzt, oder wie?« Anton sah ihn durchdringend an. »Dr. Hass hat es nämlich nicht ausgeschlossen. Aber was weiß schon ein norwegischer Arzt mit einem medizinischen Examen aus Osteuropa? Dass ich überhaupt in Erwägung gezogen habe, ihn aufzusuchen, wo ich doch einfach Dr. Torp hätte fragen können. Denn Dr. Torp ist nicht nur ein hervorragender

Allgemeinmediziner – er ist außerdem auch noch einer der weltweit führenden Krebsspezialisten!« Anton legte eine Hand in den Schritt und fluchte. »Er kann eine Diagnose stellen, indem er dich einfach ansieht. Nein, lass mich aussteigen, und ab mit dir in die Onkologie der Uniklinik. Oder in die *Medizinische Poliklinik Magnus Torp*, wie es bestimmt bald heißen wird.«

»Du meine Güte«, sagte Magnus und lachte. Die Straße wurde frei. Der Wagen rollte weiter. »Aber das geht so nicht. Du kannst in diesem Zustand nicht arbeiten. Ich fahre dich ins Krankenhaus Kalnes.«

KAPITEL 24

2006
Huntsville, Texas

»Kannte nicht einmal Jennifer die Wahrheit?«

»Niemand tut das, Pater. Auf dem Papier habe ich für eine Firma gearbeitet, die Ersatzteile für Industriestaubsauger verkaufte.«

»Was all die Reisen erklärte«, sagte der Pater leise.

»Aber Jennifer … Wir haben acht Jahre zusammengelebt. Sie hat natürlich kapiert, dass nicht alles so war, wie es aussah. Ich habe ja auch gut verdient, was ich aber damit erklärte, dass ich zusätzlich meine Fotos verkaufte. Und sie war zu klug, um Fragen zu stellen. Sie wusste, dass es keine andere Frau gab, und das war das Einzige von Bedeutung. Dass es nur sie und mich gab. Und Lisa.«

»Aber was für ein Risiko!«

»Mhm«, sagte Nathan und nickte in Richtung Fußboden. »Ich hätte es wie Donald machen sollen. Allein leben.«

»Hatte er keine Familie?«

»Er hatte irgendwo einen Sohn. Sie hatten keinen Kontakt.«

Im Hintergrund klingelte leise ein Telefon. Der Pater drehte sich zu dem Geräusch um. Einer der Vollzugsbeamten nahm den Hörer vom Telefon an der Wand, murmelte etwas, bevor er aufstand und mit dem Hörer in der Hand zu ihnen kam. Das Kabel war lang genug.

»Mr Sudlow«, sagte der Beamte und reichte ihm den Hörer durch die Gitterstäbe. »Ihr Anwalt.«

Ohne etwas zu sagen, nahm Nathan den Hörer entgegen, führte ihn ans Ohr und sagte: »Jerry … Mir geht's so weit gut … Ich weiß … Jetzt? Aber wieso? … Nein, Jerry, du hast es lange genug versucht … Nein … Das tut mir leid … Lass es sein. Ich lege jetzt auf. Danke für alles.«

Er reichte dem Beamten den Hörer zurück und rieb sich das Gesicht.

»Worum ging es?«, fragte der Pater, nachdem der Beamte sich zurückgezogen hatte.

»Jerry hat im Büro des Gouverneurs gesessen und darauf gehofft, ihn fünf Minuten sprechen zu können. Das war alles, was er brauchte. Fünf Minuten.«

Das Geräusch einer sich öffnenden Tür war zu hören. Ein Mann in den Fünfzigern mit dunkler Hose und Blazer kam mit schnellen Schritten näher. Er trug eine Tasche in der Hand. Pater Sullivan sah auf die Uhr. Die beiden Beamten, einer mit einem Klemmbrett unter dem Arm, folgten dem Neuankömmling.

»Was geht hier vor?«, fragte der Pater und stellte sich vor die Zellentür. Er sah erneut auf die Uhr. »Es ist doch noch viel zu früh.«

»Es ist alles in Ordnung«, sagte der Beamte, der ihn hereingeführt hatte. »Dr. Walday will Mr Sudlow nur routinemäßig untersuchen.«

Der Arzt begrüßte Pater Sullivan mit Handschlag und nickte Nathan kurz zu.

»Bitte treten Sie doch ein paar Schritte zurück, Pater«, sagte der Beamte. »Nur zu Ihrer eigenen Sicherheit.«

Der Pater entfernte sich ein paar Meter. Einer der Beamten übernahm den Platz an der Tür.

»Mr Sudlow. Kommen Sie rückwärts auf mich zu«, kommandierte er. »Hände auf den Rücken.«

Er legte Nathan Handschellen an und bat ihn, sich aufs Bett zu setzen, ehe die Tür geöffnet wurde. Beide Beamte betraten die Zelle. Der Arzt folgte ihnen. Er stellte die Tasche auf den Boden und nahm Geräte zum Messen von Puls und Blutdruck heraus.

»Wie fühlen Sie sich, Mr Sudlow?«, fragte der Arzt.

Nathan gab keine Antwort.

»Es ist völlig normal, Angst zu haben«, fuhr Dr. Walday fort. »Ansonsten spüren Sie aber nichts Ungewöhnliches in der Brust oder woanders?«

»Ich bin bloß erschöpft.«

»Ich verstehe.« Er befestigte die Manschette an Nathans Oberarm und begann sie aufzupumpen. Er wartete einen Augenblick, und ließ die Luft dann allmählich entweichen, las die Werte ab, runzelte die Stirn und sah abermals auf das Gerät. »Hm.«

»Was ist?«, fragte der Beamte mit dem Klemmbrett.

»Sein Blutdruck ist etwas niedrig.«

Dr. Walday hielt dem Beamten das Gerät hin. Der Blutdruck lag bei 117 zu 62.

»Notiert.«

»Wenn ich kurz Ihren Zeigefinger sehen dürfte, dann lasse ich Sie Ihr Gespräch mit dem Pater gleich fortsetzen.«

Der Arzt legte einen Pulsmesser mit LCD-Bildschirm an Nathans Finger an. Auf dem Display erschien eine Linie, die die Herzfrequenz abbildete. Während er den Puls maß, kramte der Doktor in seiner Tasche herum und zog dann ein Ohrthermometer hervor.

»Können Sie Ihren Kopf bitte ganz leicht nach rechts neigen, Mr Sudlow?«

Nathan legte den Kopf schräg und sah zwischen den beiden

Beamten hindurch den Pater an. Er hielt den Blick auf ihn gerichtet, bis das Fieberthermometer einen Piepton von sich gab. Der Arzt las die Temperatur ab: 36,6 Grad Celsius.

»Notiert«, sagte der Beamte.

Der Arzt legte das Thermometer in die Tasche zurück und richtete den Blick auf das Display am Pulsmesser. Er musterte Nathan, ehe er das Messgerät auf null stellte und es dann erneut startete.

»Stimmt was nicht, Doktor?«, fragte der Beamte mit dem Klemmbrett.

»Vermutlich alles in Ordnung«, erwiderte der Arzt. »Mir kommt nur sein Puls auch etwas zu niedrig vor.«

Er sah wieder auf das Display und ließ den Blick zwischen Nathan und dem Gerät hin- und herwandern.

»Hm.«

»Wo liegt das Problem?«, wollte der Beamte mit dem Klemmbrett wissen. Der Arzt zog den Pulsmesser von Nathans Finger ab.

»Das Gerät hat zunächst 53 angezeigt. Ich fand das etwas niedrig und habe daher noch mal gemessen. Jetzt sagt es 52.«

»Ja? Und?«, fragte der Beamte. »Mein Cousin hat 'nen Ruhepuls von 47.«

»Nun, Officer Meaney, Ihr Cousin ist aber vermutlich nicht fast sechzig Jahre alt, oder?«

»Nein, er ist vierundzwanzig.«

Der Arzt richtete seine Aufmerksamkeit wieder auf Nathan. »Normalerweise würde ich Ihnen jetzt etwas zur Beruhigung der Nerven verschreiben, Mr Sudlow, aber es scheint nicht so, als hätten Sie Bedarf.« Er ließ den Pulsmesser in die Tasche fallen und warf sie sich über die Schulter. »Aber wenn Sie möchten …«

»Danke nein, Doktor.«

»Schwindelig ist Ihnen aber nicht?«

»Nein.«

»Gut. Geben Sie der Wache einfach Bescheid, falls Sie sich unwohl fühlen sollten. Ich komme dann sofort.«

»Danke.«

»Dann sehen wir uns später wieder.«

Der Arzt trat aus der Zelle und ging den Gang hinunter. Die Beamten kamen heraus und schlossen die Tür, ehe sie die Handschellen entfernten. Pater Sullivan wartete, bis beide sich zurück an ihren Tisch gesetzt hatten, und nahm dann wieder Platz.

»Aber, Nate … Können Sie nicht sehen, dass durch Ihre Taten auch Menschen verletzt wurden, die keinerlei Schuld hatten? Unschuldige Menschen?«

»Haben Sie nicht zugehört?«

»Genau das habe ich gerade getan. Ich glaube, Sie verstehen nicht, was ich sage. Alle Handlungen haben auch Konsequenzen für Menschen, die gar nicht direkt etwas mit diesen Handlungen zu tun haben. Das ist der Fluch des Lebens. Und oft kann es genauso wichtig sein, für die Dinge um Vergebung zu bitten, die man getan hat und von denen andere unabsichtlich getroffen wurden, wie für die, die man ursprünglich beabsichtigt hat. Diese Frau in der Wohnung des Russen. Was ist mit dem Kind, mit dem sie schwanger war? Mit ihren Eltern? Ganz zu schweigen von den Familien all der anderen, die Sie und Donald umgebracht haben. *Weshalb,* Nate? Weshalb wurden Sie ein Teil des Ganzen?«

»Die Freiheit, die die meisten von uns jeden Tag als naturgegeben betrachten, ist nicht umsonst zu haben, Pater. Ich wollte dazu beitragen, dieses großartige Land zu verteidigen.«

»Sie haben einen Journalisten getötet.«

»Das war völlig berechtigt.«

»Wie können Sie so etwas sagen? Ich versuche, Sie *hier* zu erreichen.« Der Pater schlug sich selbst auf die Brust. »Ich möchte, dass Sie einsehen, dass Ihre Taten falsch waren. Ich will, dass Sie Reue verspüren, um die Vergebung zu finden, die Sie so dringend brauchen.«

»Alle Nationen haben ihre Schattenkrieger, Pater. Männer, von denen man nie etwas hört. Männer, die sich permanent an der Front befinden. Und öfter, als man vermuten sollte, verläuft die Front durch unseren eigenen Hinterhof.»

»Es gibt unzählige Arten, auf die Sie Ihrem Land hätten dienen können. Solche, die nicht in erster Linie darauf basieren, andere Menschen umzubringen.«

»Nein.« Nathan stand auf und trat auf den Pater zu. Er blieb vor dem Gitter stehen. »Es ist ein wenig wie mit Ihrem Glauben, Pater. Sie können nicht das eine wählen und sich gegen das andere entscheiden. Wenn Sie an Gott glauben wollen, dann müssen Sie auch an den Teufel glauben.«

KAPITEL 25

November 1994
MS Nordlys, *Tag 1*

Die Dunkelheit hatte das Schiff schon längst eingehüllt. Es war Viertel nach elf, als Nathan an der Tür zur Bar auf Deck 7 stehen blieb. Es war nicht viel los. Die kleinen Glühbirnen an der schwarzen Decke erzeugten den Eindruck eines Nachthimmels voller Sterne. Ein Mann in den Fünfzigern mit langen Haaren und Spitzbart saß in der Ecke, spielte auf einem Keyboard und sang *Take Me Home, Country Roads*. Seine Stimme klang heiser. In der entgegengesetzten Ecke des Raums saß ein Paar und bewegte die Köpfe schwach im Takt der Musik. Die drei jungen Männer, die mit ihren klirrenden Plastiktüten vor einigen Stunden an Nathan vorbeigegangen waren, hatten zwei kleine Tische in der Ecke okkupiert. Sie unterhielten sich laut. Vor ihnen standen drei Eiskühler mit je einer Flasche Champagner. Ein junges Paar, das einander die Hände streichelte, saß an einem der Fenstertische.

Nathan stellte sich ans Fenster. Die dunklen Konturen des Festlandes traten deutlich hervor. Schnee sank herab und verschwand im dunklen Meer.

»… to the plaaaace, I beloooong!«, erschallte es aus der Ecke. Die drei jungen Männer. Sie hatten einander die Arme auf die Schultern gelegt und schwankten hin und her. Ihre Stimmen übertönten die des Troubadours. »West Virginia! Mountain mama! Take me hooome, country roooooads!« Sie steckten die Köpfe zusammen und beendeten die Melodie in gedämpftem Ton, ehe sie in hysterisches Gelächter ausbrachen.

Nathan durchquerte den Raum und setzte sich auf einen Barhocker. Die Barfrau kniete mit dem Rücken zu ihm vor einem Schrank und kramte darin herum. Nathan erkannte sie erst, als sie sich umdrehte. Es war das Zimmermädchen, Monica. Sie hatte das Oberteil vom Nachmittag gegen ein anderes ausgetauscht. Jetzt trug sie ein weißes Hemd mit burgunderroter Weste. Das Haarband war nicht mehr da. Ihr langes blondes Haar hatte kleine wellige Löckchen und fiel ihr über die Schultern.

Sie legte den Kopf schräg. »Hm.« Sie musterte ihn von oben bis unten, als befände sie sich mitten in einer Episode der Sendung »Reiseflirt« und sollte sich einen Partner aussuchen. »Jedenfalls keinen Sekt …« Sie presste die Lippen aufeinander und fixierte ihn mit scharfem Blick.

»Und vermutlich auch kein Bier.«

Nathan lächelte.

»Machen Sie ruhig weiter.«

»Sie ziehen Hochprozentiges vor.« Sie verschränkte die Hände hinter dem Rücken und beugte sich ein wenig zu den Regalen hin, die Flaschen in allen Formen, Farben und Größen enthielten. »Süß? Nein …« Sie schüttelte den Kopf. »Nichts Süßes.«

»Beeindruckend, und bis jetzt haben Sie recht. Aber ich unterbreche Sie lieber, bevor Sie danebentippen. Geben Sie mir einen O…«

»Old Fashioned!«, ergänzte sie und lächelte. »Genau das wollte ich gerade sagen. Gibt ja kaum etwas, was amerikanischer wäre als das. Stark und«, sie nahm ein Glas und sah ihn schelmisch an, »bitter.«

»Ist es das, wofür wir Amerikaner hier oben bekannt sind? Dass wir bitter sind?«

»Ich mach doch nur Spaß.«

Zwei Hände fielen auf den Bartresen. Sie gehörten einem aus der Gruppe der drei jungen Männer. Er musterte Monica, blickte dann stumpf in Nathans Richtung und sagte etwas.

»He's American«, sagte Monica, während sie den Drink mixte.

Er wackelte mit dem Kopf und nuschelte: »You're too old for her, grandpa.«

»I'm just here for the drink«, entgegnete Nathan.

»Yeah. Sure you are.« Der junge Mann beugte sich über den Tresen, machte ein verführerisches Gesicht und sagte etwas, das Nathan nicht verstand. Monica reagierte mit einem breiten Lächeln und bekam eine gerunzelte Stirn zur Antwort. Der Charmeur hob drei Finger, glotzte Nathan an und schnitt eine Grimasse. Sie nickte zur Bestätigung und sagte etwas auf Norwegisch, ehe der junge Mann wieder Nathan ansah und sagte: »So am I.« Er drehte sich zu seinen Kumpels um, hob die Arme und rief: »The drinks!«

Dann klopfte er Nathan auf den Rücken und gab ein höhnisches Lachen von sich, ehe er an seinen Tisch zurückkehrte.

»Da ist wohl jemand schwer enttäuscht«, sagte Monica. »Er wollte wissen, wann die Party beginnt.«

»Was haben Sie geantwortet?«

»Dass er an Bord des falschen Schiffes ist.«

Nathan warf einen Blick über die Schulter. Nur an dem Tisch der drei konnte noch von Party die Rede sein. Das ältere Paar stand gerade auf und steuerte auf den Ausgang zu.

»Ich dachte, auf diesen Touren ginge es immer richtig rund.«

»Außerhalb der Saison ist es ruhiger. Aber Partys gibt es sowieso nie.«

Sie vollendete den Drink und schnitt dann je einen Streifen Orangen- und Zitronenschale ab, die sie zwischen den Eiswürfeln und dem Rand des Glases anrichtete. Sie legte eine Serviette auf den Tresen und stellte das Glas darauf ab.

Nathan begutachtete den Drink und nahm dann einen Schluck.

»Genehmigt?«

»Mehr als bestanden, Miss.« Er nahm noch einen Schluck. Einen kleineren. »Konnten Sie schon in der Küche nachfragen?«

»Ich hab's vorhin einem der Köche gegenüber erwähnt.« Sie nahm drei Biergläser aus dem Regal und fing an, sie zu füllen. »Ich bring die nur schnell weg, dann frag ich noch mal nach.«

»Bloß keinen Stress«, entgegnete Nathan. »Es eilt nicht.«

»Ist doch schnell erledigt.«

Sie stellte die Gläser auf ein Tablett und ging zu den dreien hinüber. Derjenige, der bestellt hatte, strich ihr mit der Hand über den Hintern. Sie blickte ihn streng an, während seine beiden Kameraden lachten. Er versuchte es noch einmal. Dieses Mal mit steifem Finger. Sie schlug seine Hand weg, kam mit dem leeren Tablett zurück und stellte es auf dem Tresen ab.

»Bin gleich wieder da«, sagte sie und eilte davon.

Zwei Schlucke und vier Minuten später kam sie zurück.

»Tun es diese hier?«

Die Gefäße hatten einen Durchmesser von etwa zwanzig mal dreißig Zentimeter und waren fünf oder sechs Zentimeter hoch.

»Die sind perfekt«, sagte Nathan. »Vielen Dank.«

Sie stellte die Gefäße vor ihm ab und schlüpfte wieder hinter den Tresen.

»Aber wenn Sie sowohl Barfrau als auch Zimmermädchen sind, wann haben Sie da eigentlich frei?«

»Frei?« Sie kicherte. »Nein, schon gut. So schlimm ist es nicht. Wir arbeiten zweiundzwanzig Tage hintereinander und haben dann zweiundzwanzig Tage frei, ehe es wieder von vorn losgeht. Aber das hier ist meine allerletzte Tour.«

»Sie hören auf?« Er führte das Glas zum Mund. »Wieso?«

»Ich werde es langsam etwas leid. Ich arbeite für Hurtigruten, seit ich sechzehn war. Ich liebe es, das schon, aber es ist an der Zeit, sich was anderes zu suchen.« Sie trat einen Schritt vor, lehnte sich mit der Hüfte an den Tresen und spielte mit einer Serviette. »Und dann ist da jemand zu Hause bei mir, den ich viel zu selten sehe.«

»Ah, der Mann in Ihrem Leben.«

»Ja. Aber nicht so, wie Sie denken.«

»Einen Toast auf ihn.«

Nathan hob das Glas, kippte den Rest des Drinks in sich hinein und bedankte sich für die Gesellschaft.

»Wollen Sie mich etwa mit diesen drei Idioten allein lassen?«

Einer von ihnen schien schon zu schlafen. Sein Kopf hing zur Seite herunter, der Mund stand offen. Der andere saß mit geschlossenen Augen da und klopfte im Takt der Musik auf den Tisch, während der Charmeur wieder Monica anglotzte.

»Die drei da?« Nathan blickte Monica an. »Um die würde ich mir keine Sorgen machen.«

Eine Frau mittleren Alters, gekleidet wie Monica, kam in die Bar und stellte sich neben Nathan.

»Endlich!«, stöhnte Monica und kam hinter dem Tresen hervor. »Danke.«

»Ich habe nicht mehr als zehn Minuten«, sagte die Frau.

»Fünf reichen schon.« Monica legte eine Hand auf Nathans Schulter. »Wollen Sie mir Gesellschaft leisten, während ich eine von denen hier paffe?« Sie zog ein Päckchen Zigaretten aus der Tasche.

Das Meer lag schwarz wie Öl unter dem sternenklaren Himmel. Die *MS Nordlys* fuhr gerade in einen Fjord ein. Hohe Felsen ragten zu beiden Seiten auf. Nathan hob den Kopf. Sein frostiger Atem verlor sich in der Dunkelheit.

»Der Rest des Schiffes schläft anscheinend schon.«

»Ja«, sagte Monica lächelnd. »Die Tiger Lilys an Bord legen sich meist schon nach dem Abendessen hin.«

»Tiger Lilys …«, sagte Nathan und grinste in Richtung Wasser.

»Ich hatte mich übrigens im Sommer für einen Fotokurs angemeldet, musste hier aber dann für jemanden einspringen, der krank geworden war. Jetzt habe ich den Kurs verpasst.«

Irgendwo fiel eine Tür ins Schloss. Nathan drehte sich nach dem Geräusch um, aber es war unmöglich zu sagen, von welchem Deck es gekommen war. Sehen konnte er niemanden.

»Wir sind hier trotzdem nicht ganz allein«, sagte er.

»Na, dann sollten wir uns besser nicht danebenbenehmen.«

Sie lächelte ihn schelmisch an, aber Nathan reagierte nicht darauf.

»Aber«, sagte sie nach einer Weile, »wenn Sie Freiberufler sind, dann machen Sie wohl Fotos für die großen Magazine? Da Sie jetzt hier sind, meine ich.«

»Wer hat gesagt, dass ich gerade arbeite?«, entgegnete er, ohne sie anzusehen.

»Ich … ich habe es bloß angenommen. Weil Sie so eine große Ausrüstung dabeihaben.«

»Wo sind wir hier eigentlich?«

»Frøysjøen.« Sie zeigte auf einen großen Berg, der etwa fünfhundert Meter entfernt majestätisch in die Höhe ragte. »Was Sie da sehen, ist der Hornelen. Europas höchste Meeresklippe. 860 Meter bis zum Gipfel.« Sie zog die Hand wieder zurück. »Es heißt, dass Olav Tryggvason da hinaufgeklettert ist und seinen Schild in den Fels gerammt hat.«

»Wer?«

»Haben Sie noch nie von Olav Tryggvason gehört?«

»Nein.«

»Er war ein norwegischer König in der Wikingerzeit, vor tausend Jahren.«

»Sie hätten einen alten Freund von mir kennenlernen sollen. Mit dem hätten Sie sich über so manches unterhalten können.«

»Ach ja?«

»Er wusste alles über Geschichte. Und ich bin sicher, dass er auch das eine oder andere über alte norwegische Wikingerkönige wusste.«

»Wusste?«

»Er ist nicht mehr.« Nathan drehte sich mit dem Rücken zur Reling. »Es wird langsam spät.« Er sah auf die Uhr.

»Ich versuche mal, ein paar Stunden Schlaf zu bekommen. Arbeiten Sie morgen auch spät?«

»Ja. Ich habe bis sechs frei.«

»Haben Sie Lust, mich um halb zwölf auf dem Panoramadeck zu treffen?«

Vom obersten Deck blickte eine Gestalt auf sie hinunter, doch es war zu dunkel, als dass Nathan hätte sehen können, wer es war.

KAPITEL 26

Dienstag, 13. September

Zwei Jungen kickten einander einen Fußball zu, als Oda Myhre das schmiedeeiserne Tor an der Os-Schule passierte. Ihr Blick fiel auf Lotte, die allein am Zaun stand und mit einem Stöckchen auf den Boden schlug.

»Lotte!«

Die Kleine ließ das Stöckchen fallen und kam schnell auf ihre Mutter zugelaufen.

»Wo sind denn deine Sachen?«, fragte Oda.

Sie hatte den Satz kaum beendet, als sie entdeckte, dass die Kleine ihren rosa Ranzen auf dem Rücken trug. Lotte winkte den beiden Jungen und eilte weiter auf ihre Mutter zu, während der Ranzen auf und ab hüpfte.

»Du bist ja schon fertig. Gut gemacht.«

Oda ging in die Hocke und umarmte ihre Tochter.

»Alles gut gelaufen heute?« Sie strich der Kleinen eine Haarsträhne aus dem Gesicht. »Hm?«

»Nein, da war ein Dieb in der Schule.«

»Ein Dieb?«

Eine Lehrerin kam ihnen entgegen. Sie musste gehört haben, was Lotte erzählte, denn sie blieb stehen und sagte: »Aber nein, Lotte. Er hat ja nichts gestohlen. Er hatte sich wohl bloß verlaufen.«

»Was ist passiert?«, fragte Oda.

»Ach, da war nur ein Mann, der in der Pause in Lottes Klassenzimmer war. Er hat ein bisschen in den Ranzen rumgeschnüffelt, hat sich aber verzogen, als ein Lehrer kam.«

»Ach so«, entgegnete Oda. »Na, viel Wertvolles ist ja in den Ranzen von diesen Zwergen hier nicht zu finden.«

»Nein, wohl kaum«, sagte die Lehrerin und drückte auf eine Taste ihres Handys. »Er war auch nicht unheimlich oder so, aber so was wollen wir hier natürlich nicht.«

»Nein, natürlich nicht. Oder was sagst du, Lotte?«

Lotte schüttelte den Kopf.

Oda sah auf die Uhr. »Wir sollten mal weiter.«

Sie verabschiedeten sich von der Lehrerin und gingen in Richtung Auto. Lotte flitzte los, schlüpfte durch das Eingangstor und blieb auf dem Gehweg stehen. Ihr Pferdeschwanz hüpfte hin und her, während sie überprüfte, ob die Straße frei war. Sie spurtete über die Fahrbahn und stoppte vor dem Wagen. Oda öffnete mit der Fernbedienung. Lotte nahm den Rucksack von den Schultern und warf ihn ins Auto. Dann griff sie nach der Sitzerhöhung auf der Rückbank und legte sie auf den Beifahrersitz, sprang in den Wagen und zog die Tür zu.

»Bist du traurig?«, fragte Oda und setzte sich hinter das Lenkrad. »Gib mir mal deinen Gurt, dann helfe ich dir.«

Lotte zog den Sicherheitsgurt ein Stück heraus und gab ihn ihrer Mutter, die ihn festmachte.

»Willst du darüber reden?« Oda legte ihren eigenen Gurt um und startete den Wagen. Sie überprüfte Rückspiegel und toten Winkel, bevor sie auf der Straße wendete. »Hm?«

»Marius.«

»War er heute wieder eklig zu dir?«

»Er hat mich Fischmaul genannt.«

Lotte sah zu ihrer Mutter, während der Wagen die Os allé hinunterrollte. Oda seufzte.

»War kein Lehrer in der Nähe?«

»Doch, aber er hat's geflüstert. Doch für Balder war es noch schlimmer, denn weißt du, wie er ihn genannt hat?«

»Nein.«

»Arschgesicht!«

»Das war aber nicht nett. Ist Balder traurig geworden?«

»Bisschen.« Lotte nahm einen Stapel Prospekte vom Armaturenbrett und blätterte in dem obersten. Er zeigte eine zum Verkauf stehende Wohnung im Stadtzentrum Halden. Sie blätterte schnell weiter. Auf der letzten Seite war ein Porträtfoto ihrer Mutter, mit Kontaktinformationen. Lotte hielt den Prospekt hoch und zeigte auf das Bild. »Ich möchte gern genauso schön werden wie du, Mama.«

»Weißt du was?« Oda bog links in den Gimlevei ab und steuerte weiter auf das Stadtzentrum zu. »Du *bist* doch schon schöner als ich.«

KAPITEL 27

Dienstag, 13. September

Vier Stunden waren vergangen, seit Magnus ihn in die Notaufnahme gefahren hatte. Anton hatte ein Armband mit seinem Namen und seiner persönlichen Identifikationsnummer bekommen. Jetzt stand er in einem der Untersuchungsräume vor einer Chirurgin, die jünger als Magnus zu sein schien. Sein Puls war hoch, Schweiß tropfte ihm von der Stirn und bedeckte seinen Rücken. Die Chirurgin studierte den Aufnahmebogen, der von einem Krankenpfleger ausgefüllt worden war.

»Hier steht unverheiratet. Heißt das, dass Sie Single sind?«

»Ja.«

»Sind Sie sexuell aktiv?«

»Jaja«, erwiderte Anton. »Natürlich bin ich das.«

»Viele verschiedene Partner?«

»Ich bin schließlich Junggeselle«, sagte er und merkte, dass sein Ton ein winziges bisschen schärfer geworden war.

»Ja, deshalb frage ich ja. Ungeschützter Sex?«

»Passiert schon mal, ja. Aber was hat das damit zu tun?«

»Ich habe gesehen, dass Sie nicht allein gekommen sind. Sind Sie mit einem Familienangehören hierhergekommen?«

»Nein, er ist ein Kumpel.« War jetzt der Punkt gekommen, an dem sie vorschlug, dass Magnus hereinkommen sollte? Damit Anton nicht allein sein musste, wenn er die Mitteilung erhielt? »Ich habe mein halbes Leben mit Tod und Unglück zu tun gehabt, daher will ich's Ihnen einfach machen: Wie lange habe ich noch? Hat er schon gestreut?«

»Sie glauben, es ist Krebs?«

»Ich *weiß*, dass es Krebs ist.«

»Entspannen Sie sich. Ausgehend vom Ultraschall deutet alles auf eine Epididymitis hin. Das kann von einer heftigen Harnröhrenentzündung kommen oder wird dadurch verursacht, dass man schon längere Zeit an Chlamydien oder Gonorrhö leidet, ohne behandelt zu werden, aber davon sind Sie nicht betroffen.« Sie legte eine kurze Pause ein und fuhr dann fort. »Ich habe allerdings auch schon Fälle gesehen, die durch ungeschützten Anals…«

»Nein«, fiel ihr Anton ins Wort und hob die Hände. »Nein. Nein. Nein. Nein. Streichen Sie den *Kumpel.*« Er wedelte mit den Händen. »Er da draußen ist ein Kollege. Ich bin Polizist. Wir arbeiten zusammen. Es kommt von einer Harnröhrenentzündung.«

»So einfach sollte es sein«, sagte die Ärztin lachend, »aber in der Tat kann es gut sein, dass es dadurch verursacht wurde.«

»Kann sein? Der Grund ist ganz klar eine Harnwegsinfektion.«

»Die Urinprobe ist noch nicht analysiert worden, wir bekommen also erst morgen früh eine endgültige Antwort.«

»Und was haben Sie noch mal gesagt? Was habe ich jetzt?«

»Eine Epididymitis, eine Nebenhodenentzündung. Völlig ungefährlich, aber eben sehr schmerzhaft – wie Sie erfahren durften. Das Problem dabei ist, dass Sie das offenbar schon etwas länger haben. Wenn Sie schon vorige Woche zum Arzt gegangen wären, würde es Ihnen jetzt vermutlich wieder gut gehen. Der Radiologe sagte, es könnte sich vielleicht ein Abszess gebildet haben, und er …«

»Was ist das?«

»Eine Vereiterung, die sich um die eigentliche Entzündung herum bildet. Dabei kann es passieren, dass das Antibiotikum nicht wirkt.« Die Chirurgin studierte wieder den Aufnahmebogen. »Momentan haben Sie einen CRP-Wert von 180. Falls wir den mit dem Antibiotikum nicht herunterbekommen, müssen wir eine Drainage legen.«

Der Schweiß hörte auf zu fließen. Für einen Augenblick wurde Anton eiskalt, ehe die Hitze wieder zuschlug. Als hätte jemand Kerosin in den Fiebermotor gekippt.

»Können Sie mich nicht gleich einschläfern?«

Die Ärztin erhob sich und legte ihm eine Hand auf die Schulter.

»Das wird schon. Sie bleiben jetzt hier bei uns, und dann geben wir Ihnen das Antibiotikum intravenös, sodass es direkt in Ihr Blut geht.«

»Werde ich eingewiesen? Für wie lange?«

»Ich denke, in zwei oder drei Tagen werden Sie sich schon erheblich besser fühlen. Es würde mich überraschen, wenn Sie am Wochenende nicht wieder zu Hause wären.« Sie trat auf die Tür zu. »Gute Besserung.«

Nachdem die Ärztin gegangen war, blieb Anton in der Türöffnung stehen. Nach einer Weile tauchte Magnus auf.

»Wie ist es gelaufen?«, fragte er.

»Beschissen. Ich muss hierbleiben.«

»Ist es eine Epididymitis, oder was?«

Anton hob langsam den Kopf und musterte den fast zwanzig Jahre jüngeren und gut gekleideten Kollegen.

»Ich habe deine Symptome gegoogelt, während du beim Ultraschall warst. Dabei kam raus, dass es eigentlich nichts anderes sein kann. Aber was machen wir jetzt? Willst du Skulstad anrufen und einen Ersatz für dich anfordern?«

»Du hältst mich auf dem Laufenden. Und bis ich mich wieder bewegen kann, regelst du das Ganze zusammen mit Lars Hox. Zwei Tage.«

»Die Hellum-Gruppe hat doch angeblich eigene Räumlichkeiten in Borregård.«

»Finde raus, wer für die Fahndung verantwortlich war.«

»Na, Lars Hox natürlich.«

»Ich rede von dem Abend der Flucht. Der Einsatzleiter, der die Fahndung in jener Nacht geleitet hat.«

»Ich glaube, das war Martin Fjeld, falls ich mich nicht täusche.«

Ein neuer Stich im Unterleib. Antons Gesicht verzog sich vor Schmerz. Er fluchte leise. Magnus wartete, bis Anton wieder normal atmete, und sagte dann: »Martin ist jetzt Leiter der Streifenpolizei in Fredrikstad. Ich kann mich später mit ihm treffen. Und dann war ich noch in Bryn und habe alle Dokumente aus dem Fall Hellum geholt, die nicht digitalisiert vorliegen.«

»Die Hellum-Gruppe hat bestimmt jedes einzelne Dokument aus diesem Fall untersucht – rauf, runter und von vorn und hinten.«

»Du glaubst nicht, dass die vielleicht was übersehen haben?«

»Jedenfalls nichts in den vorliegenden Dokumenten oder bei den Spuren. Allerdings sage ich nicht, dass die keine Fehler gemacht haben können. Es ist schon lange her, dass Lars Hox und der Rest der Hellum-Gruppe diesen Weg beschritten haben. So lange, dass der am Anfang schon wieder überwuchert ist. Und genau da wirst du beginnen.«

KAPITEL 28

Dienstag, 13. September

Die Räumlichkeiten der Hellum-Gruppe lagen am nordöstlichen Ende der Borregård-Fabrik in Sarpsborg. Das alte vierstöckige Backsteingebäude stammte aus den Anfangszeiten des Unternehmens und sah von außen betrachtet nicht anders aus als jeder andere verlassene Industriestandort.

Es war fast fünf Uhr, als Magnus vor der steinernen Treppe anhielt, die in das Erdgeschoss des Gebäudes führte. Er beugte sich vor und blickte an dem Bauwerk hinauf. Die Farbe an den Fensterbrettern war schon vor langem abgeblättert.

Er nahm den Pappkarton, den er aus Bryn mitgebracht hatte, aus dem Kofferraum und stieg die Treppe hinauf. Die Tür war unverschlossen. Magnus ging weiter bis in die zweite Etage.

Er kam in einen Gang mit Türen auf beiden Seiten. Alle standen offen. Der erste Raum bot lediglich Platz für eine Toilette, ein Waschbecken und eine Duschecke mit Vorhang. Im nächsten stand ein altes, durchgesessenes Sofa. Der dritte Raum entpuppte sich als provisorisches Schlafzimmer mit zwei Einzelbetten. Beim vierten Raum handelte es sich um eine auf die wesentlichen Erfordernisse beschränkte Küche. Auf der Arbeitsplatte standen eine Kaffeemaschine und mehrere übereinandergestapelte Pappteller und -becher.

Am Ende des Gangs trat Magnus in ein großes Zimmer. Die eine Längswand war vollgepflastert mit Fotos und Klebezetteln in verschiedenen Farben, die schließlich in so etwas wie eine lange Zeitleiste übergingen. Gleich daneben hing eine Weltkarte. Daran waren verschiedene Stecknadeln und Notizzettel befestigt.

Es gab zahlreiche Fotos, deren Entstehungsorte Magnus nicht einordnen konnte, doch ein paar erkannte er wieder. Die Tankstelle in Solli, die Haftanstalt Ila, verschiedene Aufnahmen von Stig Hellum und schließlich ein Foto, das offenbar das Motelzimmer in Subic Bay zeigte. Ein philippinischer Polizist stand vor der Duschkabine und lächelte mit zwei Reihen schiefer Zähne in die Kamera.

Das übrige Inventar des Raums bestand aus Stühlen und leeren Schreibtischen. Der Einzige, der dem Anschein nach gebraucht wurde, stand an dem Fenster, das auf den Parkplatz hinausging. Der Bildschirm auf dem Schreibtisch zerfloss in bunten Mustern. Über dem Stuhlrücken hing eine Jacke. Magnus stellte den Pappkarton auf den Schreibtisch nebenan.

Eine Tür wurde geöffnet.

»Hallo!«, rief Lars Hox. »Ich hab also doch jemanden kommen hören.« Er trat auf Magnus zu und wischte sich dabei die Hand an der Hose ab. »Ich war auf dem Klo. Wo ist Brekke?«

»Krank. Wo ist die Hellum-Gruppe?«

Lars Hox breitete die Arme aus.

»Steht vor dir.«

Hox benötigte ein paar Minuten, um Magnus zu erklären, was mit dem Rest der Hellum-Gruppe, die zwei Jahre zuvor noch rund um die Uhr gearbeitet und aus zweiundvierzig Ermittlern und Analysten bestanden hatte, passiert war. Die Berichterstattung in den Medien war zu Beginn sehr intensiv gewesen. In den ersten zwei Wochen hatte es keine überregionale norwegische Zeitung gegeben, die Stig Hellums Foto nicht irgendwo auf der Titelseite zeigte. Auf solch massive Berichterstattung war natürlich ein steter Strom aus Hinweisen und Informationen gefolgt. So viele Hinweise, dass gar nicht allen nachgegangen werden konnte und die Gruppe sich daher auf die glaubwürdigsten konzentrieren musste. Je mehr Wochen und Monate verstrichen, desto deutlicher ließ das Interesse der Medien nach. Nach sieben Monaten waren aus zweiundvierzig Personen vierundzwanzig geworden. Nach einem Jahr waren es nur noch zehn. Und vor zwei Monaten war die Hellum-Gruppe auf einen einzigen Mann zusammengeschrumpft. Die Ausgaben waren zu hoch, und seit mehreren Monaten hatte es keine weitere Entwicklung in dem Fall gegeben.

»Was ja im Grunde genommen bedeutet, dass die Gruppe abgewickelt wurde«, sagte Magnus und sank auf einen Stuhl. »Aber du durftest bleiben?«

»Ja«, erwiderte Lars Hox. »Aber wie es in zwei Wochen weitergeht, weiß keiner.«

»Was ist denn dann?«

»Der Mietvertrag läuft aus. Wir haben die Räume hier vor zwei Jahren angemietet. Aber versteh mich nicht falsch: Ich wünsche mir natürlich nichts mehr als einen Anruf des Polizeipräsidenten, mit dem ich von hier abgezogen werde. Aber dann natürlich nur, wenn er mir sagt, dass Stig Hellum gefasst wurde. Und nicht weil wir die Suche einstellen sollen.« Lars Hox deutete auf den Pappkarton. »Was ist das?«

»Unterlagen aus dem Fall Hellum, die nicht digital gespeichert wurden.«

»Ah, ja.« Lars Hox zeigte auf eine Ecke des Raums. »Stell die einfach da ab, dann kannst du sie wieder nach Bryn mitnehmen, wenn du das nächste Mal nach Oslo fährst.«

»Ich wollte sie durchgehen.«

»Da ist nichts von Interesse dabei.«

»Die hier? Die kommen aus dem Ar…«

»Archiv in Bryn, ja«, unterbrach Lars Hox und trat an seinen Schreibtisch. »Das sind die Nulldokumente. Die wurden schon ein halbes Dutzend Mal durchgelesen.« Er deutete auf die Längswand. »Du kannst dir sicher vorstellen, wie frustrierend das war, sich zwei Jahre damit zu beschäftigen und nicht ein einziges Mal – mit Ausnahme von Subic Bay – irgendeinen Fortschritt zu verzeichnen.«

»Wie bist du eigentlich hier gelandet? Kommst du aus Østfold?«

»Nein«, entgegnete der Kollege, der, wie Magnus schätzte, ungefähr in seinem Alter war. »Ich komme eigentlich aus verschiedenen Orten.«

»Okay?«

»Ich bin halt hier und da aufgewachsen. In Drøbak hab ich am längsten gewohnt, also sage ich meist, dass ich daher stamme. Aber Østfold kenne ich gut. Gehört zu den Distrikten, wo ich mich während des Studiums um einen Praktikumsplatz beworben habe. Aber da war ich nicht gerade der Einzige. Gelandet bin ich dann ganz am anderen Ende.«

»Finnmark?«

»Oh yes. Hammerfest. Ich war auf der Polizeihochschule in Bodø und hatte daher gehofft, für das praktische Jahr in den Süden zu kommen, aber nein. Du warst vermutlich auf der Polizeihochschule in Oslo?«

»Ja«, sagte Magnus.

»Da bin ich nicht reingekommen. Aber zurück zu Hammerfest: Ich weiß noch, dass ich dachte, das Leben könnte nicht schlimmer werden, als mein Ausbilder und ich auf Schneemobilen einem betrunkenen Autofahrer hinterherjagten. Aber ich war im Irrtum.«

»Ach ja?«

Hox erzählte. Nach der Zeit an der Polizeihochschule gehörte er zu den vielen frisch ausgebildeten Polizeibeamten, die nicht so leicht eine Anstellung finden konnten. Er hatte sich im ganzen Land beworben und fand dann nach einem Jahr endlich eine Stelle. Er landete in einem Ort, dessen Zentrum aus zwei Kreisverkehren bestand. Ein Ort, an dem seit der Landung deutscher Fallschirmjäger bei der Besatzung 1940 nicht viel passiert war. Dombås. Eine winzige Polizeiwache mit vier Angestellten. Der Lensmann, zwei Beamte und eine Sekretärin.

»Es war sterbenslangweilig«, sagte Hox. »Aber die Sekretärin sah gut aus … Jedenfalls nach zwölf Bier. Und auf der Weihnachtsfeier im Moschusgrill lief dann alles so, wie es laufen sollte.«

Magnus kicherte. Lars Hox grinste.

»Und darauf folgten ein paar Wochen und Monate mit Liebeserklärungen. Kleine, handgeschriebene Zettel im Büro, auf dem Lenkrad des einzigen Streifenwagens im Dorf, dazu Überraschungen in Form von Schokolade und Wein auf der Türschwelle und natürlich das eine oder andere Nacktfoto auf dem Handy. Aber ich war ja nicht interessiert, verstehst du.«

Magnus nickte und hörte zu.

»Aber Dombås hatte sich von einem tumben Dorf in einen Ort verwandelt, an dem ich plötzlich nicht länger bleiben musste. Dass Stig Hellum die Flucht gelang, war ein Skandal für die Vollzugsbehörde, die es geschehen ließ, für mich allerdings war es ein kleines Wunder.«

KAPITEL 29

Dienstag, 13. September

Der Mann, der am Abend der Flucht die Verantwortung für die Fahndung nach Stig Hellum getragen hatte, war ungefähr Anfang vierzig. Unter seinem blauen Uniformhemd zeichneten sich die Konturen kräftiger Arme und eines massiven Brustkastens ab. Er saß im Pausenraum des Polizeipräsidiums von Fredrikstad und stocherte mit einer Gabel in einer Plastikbox mit Nudelsalat herum. Vor ihm lag die aktuelle Ausgabe des *Fredrikstads Blad* neben einer Flasche Mineralwasser und einem halb ausgetrunkenen Proteinshake.

»Hallo«, sagte Magnus beim Eintreten. »Danke, dass du gewartet hast.«

»Kein Problem«, gab Martin Fjeld schmatzend zurück und entblößte beim Grinsen zwei kräftige Zahnreihen. Sein gebräuntes Gesicht ließ die Zähne kreideweiß wirken. »Ich mache Überstunden. Hab mich gerade um Proviant gekümmert.« Er klopfte mit der Gabel gegen die Plastikdose und blickte Magnus abschätzend an. »Trainierst du gar nicht mehr?«

»Ich bin zurzeit sehr beschäftigt mit der Wohnungssuche in Oslo und dem ganzen Kram.«

»Verstehe. Aber lass es nicht völlig in Vergessenheit geraten. Auch wenn du nicht mehr da draußen rumrennst und dich mit den Ganoven anlegst, ist es wichtig, in Form zu bleiben.« Martin Fjeld nahm noch einen Bissen. »Und? Seid ihr sicher?«

»Anton und der Rechtsmediziner sind jedenfalls ziemlich sicher. Ich kenne den alten Fall ja nicht. Allenfalls aus der Presse. Aber das Ganze bleibt erst mal unter uns. Die Kripo fürchtet ein Medienchaos, falls das zu diesem Zeitpunkt rauskommt. Hast du noch mal deinen Bericht vom besagten Abend durchgesehen?«

»Das brauche ich nicht. Die Meldung von der Nachtschicht an der Shell-Tankstelle in Solli ist um 22:16 bei der Einsatzzentrale eingegangen«, berichtete Martin Fjeld, während er weiterkaute. »Mein Kollege und ich waren sieben Minuten danach vor Ort. Das Problem dabei war, dass zwischen Hellums Flucht und dem Eingang des Anrufs in der Zentrale bereits eine Viertelstunde vergangen war. Er hatte also – grob geschätzt – einen Vorsprung von fünfundzwanzig Minuten. »Was wir dann taten«, Martin Fjeld schluckte, ließ die Gabel in der Plastikdose liegen und verschränkte die Arme vor der Brust, »war die obligatorische Befragung in der Nachbarschaft. Und der Grenzschutz wurde alarmiert. Falls Hellum in diese Richtung geflohen wäre, hätte er in den fünfundzwanzig Minuten auf die schwedische Seite kommen können, sofern ihm jemand dabei geholfen hätte. Das mussten wir natürlich in Erwägung ziehen. Sobald uns die Meldung vorlag, wurde ein Helikopter angefordert. Der war schon wenige Minuten nach unserer Ankunft an der Tankstelle in der Luft.«

»Du hast dann also Befragungen durchgeführt?«

»Ja. Oder nein, nicht sofort. Wir haben uns zuerst die Überwachungsvideos von der Tankstelle angesehen.«

»Und was war darauf zu sehen?«

»Nur dass Hellum runter zum Sollivei rannte, in entgegengesetzter Richtung zur E6. Da gabelt sich die Straße ja. In Richtung Rolvsøy und nach Veum. Ich hatte entschieden, dass wir uns auf Veumskogen, also den Wald, konzentrieren. Ich habe dann vor Ort die Situation abgewogen und fand, es wäre Zeitverschwendung, eine Suchmannschaft in den Wald zu schicken, wenn der Helikopter die Suche aus der Luft übernehmen konnte. Im Nachhinein war ich dann aber überzeugt, dass er sich dort gar nicht versteckt hatte.«

»Und wieso nicht?«

»Bauchgefühl«, erwiderte Martin Fjeld. »Außerdem hätte ihn der Wärmesensor des Helikopters erfassen müssen.« Er griff wieder nach der Gabel, schob ein paar Spiralnudeln an die Seite und fischte ein Stück Geflügel aus seinem Salat. »Während das elektronische Auge also vom Himmel aus suchte, beschloss ich, die kleine Mannschaft, die ich zur Verfügung hatte, in Hellums Umfeld zu schicken.« Er schob sich einen neuen Bissen in den Mund, kaute schnell und schluckte, während er weiter nach Geflügelstückchen Ausschau hielt. »Nach vier Stunden hatten wir jeden aufgesucht, der unseres Wissens nach eine Verbindung zu ihm hatte. Und natürlich die Mutter in Askim – wo wir dann eine Beschattung eingerichtet haben.«

»Du hast gesagt, ihr habt in der Gegend Befragungen durchgeführt«, sagte Magnus. »Gab es niemanden, der irgendwas gesehen hat? Da oben liegen doch viele Häuser. Man sollte doch vermuten, dass es irgendwer registriert hat, wenn da was Ungewöhnliches passiert ist. Und die Flucht eines Gefangenen und ein toter Vollzugsbeamter lassen sich ja nicht gerade als gewöhnlich bezeichnen …«

Martin Fjeld schüttelte den Kopf.

»Anscheinend ist das alles sehr schnell passiert, Torp. Und dazu hatten wir auch ein bisschen Pech.«

»Was meinst du damit?«

»Da oben wohnt so ein alter Kerl, an der Kreuzung hinter der Tankstelle. Ich möchte nicht sagen, dass er ein alter Bekannter der Polizei ist, denn das stimmt nicht. Aber viele von uns duzen sich mit ihm. Ein komischer Kauz, der das meiste mitkriegt, was so passiert – genau an der Kreuzung.«

Martin erzählte weiter von Otto Stenersen. Er war ein Mann in den Achtzigern, der seit dreißig Jahren verwitwet war. In Solli passierte nicht viel, und innerhalb von Ottos vier Wänden passierte noch weniger. Daher musste gar nicht viel geschehen, dass er darauf reagierte und die Polizei rief. Manchmal reichte schon jemand, der auf Höhe seines Hauses im Vorbeifahren auf die Hupe drückte, oder jemand, der sich nicht an die Geschwindigkeitsbegrenzung hielt. Manchmal war es auch eine defekte Glühbirne an einem Laternenmast, oder dass jemand in verdächtiger Weise die Straße entlangging – unnötig zu erwähnen, dass es sich stets um gewöhnliche Wandersleute handelte.

»Am Tag von Hellums Flucht hatte er einen Schlaganfall und war danach mehrere Wochen in der Reha.«

»Ich habe schon mal von ihm gehört«, sagte Magnus. »Hat später noch mal jemand mit ihm gesprochen?«

»Das weiß ich nicht, aber es steht alles in meinem Bericht, und den hat die Hellum-Gruppe schriftlich und auch mündlich bekommen.«

»Und wie geht es ihm jetzt?«

»Wem? Otto?« Martin Fjeld verkniff sich einen Rülpser. »Letzte Woche war eine Streife bei ihm.«

»Was war denn los?«

»Er meinte, irgendwer würde ihm üble Streiche spielen und dass jemand die Luft aus den Reifen an seinem Auto gelassen hätte. Er musste seinen Führerschein aus medizinischen Gründen abgeben, sein Wagen hat zwei Jahre unberührt da oben gestanden. Wie sich zeigte, war in allen vier Reifen gleich wenig Luft. Aber das wurde geregelt. Einer der Kollegen ist mit dem Wagen zur Tankstelle rübergefahren und hat Luft aufgefüllt.«

»Ach je«, sagte Magnus leise kichernd.

»Man wird wohl etwas gaga, wenn man so lange allein ist. Außerdem ist sein Sprachvermögen nach dem Schlaganfall eingeschränkt. Daher ist etwas schwer zu verstehen, was er sagt.«

»Als ich noch bei der Streifenpolizei war, haben viele gesagt, er sei gaga«, sagte Magnus. »Aber für mich klingt es eher, als ob er bloß einsam ist.«

»Jaja. Wir werden hoffentlich alle alt, Torp. Da kann man schon mal anfangen, sich darauf zu freuen«, sagte Martin Fjeld und legte den Deckel auf die leere Plastikdose.

KAPITEL 30

Dienstag, 13. September

Oda Myhre saß auf dem Sofa und betrachtete ihre Tochter. Die Kleine saß am Tisch und malte. In der anderen Ecke des Sofas saß ihr Lebensgefährte und blätterte konzentriert in *Essential Endodontology: Prevention and Treatment of Apical Periodontitis.*

»Und, lernst du was?« Oda berührte den Fuß ihres Lebensgefährten mit ihrem.

»Ich hatte letzten Freitag etwas Probleme, den MB2 bei einer Patientin zu finden«, erwiderte er, ohne aufzusehen, »und heute kam sie zurück und hatte immer noch Zahnschmerzen. Ich muss nur überprüfen, wie oft der MB2 in Zahn sechzehn überhaupt vorkommt.«

Draußen blitzte es. Eine Sekunde lang lag die ganze Nachbarschaft in gleißendem Licht. Lotte fing laut an zu zählen. Sie kam bis fünf, bevor der Donner einsetzte.

»Mama! Das Gewitter ist fünf Kilometer entfernt. Eben waren es noch neun. Es kommt auf uns zu!«

»Sieht wohl so aus.«

»Dann dürfen wir den Fernseher erst einschalten, wenn es vorbeigezogen ist.« Lotte nahm sich einen neuen Buntstift aus dem Etui. »Sonst fällt vielleicht der Strom aus, und das will ich nicht.«

Oda stand auf und ging durchs Zimmer. Sie stellte sich hinter ihre Tochter und blickte auf die Zeichnung. Es war ein Baum.

Einer aus dem Garten hinter dem Haus. Oda küsste ihre Tochter auf den Kopf.

»Wie gut du das kannst. Du hast sogar die Sprossen an den Fenstern gezeichnet. Vielleicht wirst du ja einmal Architektin?«

»Was ist das?«

Lotte legte den Kopf zurück und sah zu ihrer Mutter auf.

»Jemand, der Häuser zeichnet. Damit die Bauarbeiter wissen, wie sie bauen sollen.«

»Nein, ich werde Zahnärztin.«

Oda streichelte das Kinn der Kleinen und ging dann in die Küche. Aus dem Krug im Kühlschrank gab sie etwas Zitronenwasser in ein Glas. Mit dem Glas ging sie zurück ins Wohnzimmer, setzte sich aufs Sofa und legte sich ein Kissen unter den Arm. Sie lauschte dem Geräusch der Farbstifte, die über das Zeichenpapier schabten. Und dem Gewitter.

Das Handy vibrierte auf der Arbeitsplatte in der Küche. Lotte machte ihre Mutter auf das klingelnde Telefon aufmerksam, während Oda gleichzeitig aufstand und in die Küche eilte. Sie griff nach dem Handy. *Unbekannte Nummer* stand auf dem Display. Sie nahm den Anruf an. Am anderen Ende der Leitung war eine Männerstimme. Sie klang ruhig und weich. Als der Mann sich vorstellte und nach Oda Myhre fragte, überlegte Oda, ob sie seinen Namen schon einmal gehört hatte, aber sie konnte sich nicht erinnern.

»Ja, das bin ich«, antwortete sie.

»Bitte verzeihen Sie, dass ich mich außerhalb der Bürozeiten bei Ihnen melde, aber ich habe von dem Haus gehört, das Sie draußen in Tistedal verkaufen, und dass es dort gestern eine Besichtigung gab.«

Der Mann sprach leise.

»Ja, das stimmt«, entgegnete Oda und hörte selbst, wie ihre Stimme automatisch auf Business-Freundlichkeit schaltete.

Küche und Wohnzimmer wurden von einem neuen Blitz erhellt. Im selben Moment kam der Donner.

»Jetzt ist es genau über uns!«, rief Lotte.

Der Mann am Telefon räusperte sich und sagte: »Wie war denn das Interesse bisher?«

»Recht gut«, log sie. »In letzter Zeit sogar etwas besser. Als das Objekt im Sommer zum Verkauf angeboten wurde, war es allgemein eher ruhig, so gesehen war der Markt also etwas träge, aber wir bemerken gerade eine deutliche Veränderung.«

»Verstehe. Wann ist denn die nächste Besichtigung?«

»Die ist für kommenden Montag geplant.«

Oda drehte sich zum Wohnzimmer hin. Lotte saß hoch konzentriert an ihrer Zeichnung. Der Mann am Telefon sagte nichts.

»Passt das für Sie nicht?«, fragte Oda.

Er schnalzte mit der Zunge und sog scharf die Luft ein.

»Eigentlich nicht so gut.«

»Ich bin da ganz flexibel«, sagte Oda.

»Ja?« Er räusperte sich erneut. »Wie flexibel können Sie denn sein, Oda?«

KAPITEL 31

November 1994
MS Nordlys, *Tag 2*

Um halb zwölf betrat Nathan die Sea View Lounge auf dem Panoramadeck. Sie lag ganz vorn auf Deck 7. Große Fenster vom Boden bis zur Decke boten Aussicht auf schneebedeckte Felsen auf beiden Seiten des Fjords. Der blaue Himmel spiegelte sich im Wasser. Es wimmelte von Menschen. Eine Gruppe Asiaten redete wild durcheinander. Ein paar Schritte neben ihnen stand ein älteres Paar mit Ferngläsern. Zwei alte Frauen, deren weißes Haar fast blau wirkte, saßen an einem Tisch. Sie waren eingenickt. Ein Tankschiff fuhr an der *Nordlys* vorbei in Richtung Süden.

Nathan ließ den Blick suchend zwischen den anderen Passagieren umherschweifen. Er ging quer durch die Lounge, stellte sich ans Fenster und beobachtete den Tanker, eher er sich erneut nach Monica umsah.

Sie stand mit den drei jungen Männern vom Abend zuvor zusammen. Nathan betrachtete sie, während sie auf die Landschaft hinauszeigte.

Monica entdeckte ihn und winkte ihn zu sich. Er hob seinen Fotoapparat und zeigte darauf. Sie winkte ihm abermals zu. Nathan ging zu Monica und der Gruppe hinüber.

Die drei Männer ähnelten einander, als wären sie an diesem Morgen von der gleichen Mutter angezogen worden. Alle trugen Anzug und Mantel. Zwei von ihnen hatten kurzgeschnittene

Haare. Der dritte trug einen Mittelscheitel und stand einen Schritt vor den anderen. Es war derjenige, der am Abend zuvor Bier an der Bar bestellt und Monica dann betatscht hatte. Seine Wangen waren von Pickeln vernarbt. Er streckte die Hand aus und stellte sich als Per vor. Nathan begrüßte ihn.

»Tut mir leid wegen gestern«, sagte Per und setzte ein dämliches Grinsen auf. »Es war ein bisschen zu viel.«

»Keine Ursache«, entgegnete Nathan. »Das haben wir wohl alle schon mal erlebt.«

»Das hier sind Jaran und Terje.« Per stellte seine beiden Begleiter vor, die Nathan mit Handschlag begrüßten. »Monica hat erzählt, Sie reisen allein?«

»Ja.«

»Wollen Sie dann heute nicht mit uns zu Abend essen? Auf meine Kosten.«

»Das ist wirklich sehr freundlich, aber ich glaube, das Abendessen ist bei meinem Ticket inbegriffen, oder?« Er sah Monica fragend an. Sie nickte. »Dennoch vielen Dank.«

»Aber Sie können doch trotzdem mit uns essen? Oder darf ich Ihnen wenigstens einen Drink an der Bar spendieren? War es nicht Old Fashioned, was Sie da gestern getrunken haben? Wir trinken jeden Abend einen.« Per trat einen Schritt vor und blickte Nathan in die Augen. »Ich verspreche auch, dass wir nicht wieder übertreiben.« Er legte einen Arm auf Monicas Schulter. »Und wir lassen uns von dieser Lady verwöhnen.«

Monica entzog sich seinem Griff.

»Ich glaube, ich passe lieber«, sagte Nathan.

»Ach, kommen Sie schon. Einen Drink. Nur damit ich mir nicht so bescheuert vorkommen muss, wenn ich Ihnen das nächste Mal begegne. Sie müssen auch nicht austrinken.«

Nathan sah auf die Uhr.

»Wenn ich Ihnen Monica jetzt kurz entführen darf, dann dürfen Sie mir später auch einen Drink ausgeben.«

Per trat hinter Monica, schob sie lachend auf Nathan zu und sagte: »Bitte sehr.«

Nathan und Monica entfernten sich.

»Danke«, flüsterte sie.

Sie gingen über das Deck und nahmen an der Steuerbordseite in zwei Sesseln Platz. Nathans Hand bedeckte die Kamera auf seinem Schoß.

»Wollen wir darauf wetten, dass die spätestens um acht wieder voll sind?«

»Die waren sehr kleinlaut, als ich ihnen heute Morgen an der Rezeption begegnet bin. Besonders der, mit dem Sie gesprochen haben. Er weiß wohl noch, dass er sich danebenbenommen hat, erinnert sich aber nicht mehr an alles.«

»Ich glaube nicht, dass sein Erinnerungsvermögen so sehr getrübt ist. Er wusste ja sogar, was ich getrunken habe.« Nathan betrachtete die Aussicht. »Wo sind wir hier?«

Am Ufer auf der Steuerbordseite kamen in einiger Entfernung ein paar Häuser zum Vorschein. Am Horizont erhoben sich hohe Berge.

»Das ist Ålesund«, sagte Monica.

Nathan reckte den Hals. Je näher sie kamen, desto größer wurde die Stadt. Die Passagiere strömten zur Reling, um das Anlegen vom Deck aus zu verfolgen.

»Wie lange werden wir hier liegen?«, fragte Nathan.

»Drei Stunden. Wollen Sie Fotos machen?«

»Nein«, erwiderte Nathan. »Ich dachte, das könnten Sie tun.«

»Ich?«, sagte sie und zeigte auf sich selbst.

»Gestern Abend haben Sie doch von dem verpassten Fotokurs erzählt. Und da Sie so nett waren und mir die Behälter organisiert haben, ganz zu schweigen von der neuen Kabine, dachte ich, ich könnte mich revanchieren.«

»Das ist wirklich nicht nötig. Außerdem können Sie doch keinen Film für meine elenden Fotos verschwenden.« Leise fügte sie hinzu: »Ich bin nämlich wirklich ziemlich schlecht.«

»Dann stehen uns ja neun Tage zur Verfügung. Und Filme habe ich genug. Ich kann zwar nicht garantieren, dass ich Sie zum Profi mache, aber ich verspreche, dass Sie hinterher besser sind als jetzt.« Er legte ihr die Kamera in den Schoß. »Spielen Sie ruhig damit herum, bis Ihre Schicht anfängt, dann bekommen Sie morgen von mir die Bilder.«

Sie hob die Kamera und betrachtete sie aus allen Winkeln.

»Sie trauen sich also, mir die hier zu leihen? Wäre es nicht weniger riskant, wenn ich die andere nehme, die Sie noch dabeihaben?«

»Die Leica ist meine Ersatzkamera. Ich benutze sie nie. Ich glaube, ich habe sie seit sechs oder sieben Jahren nicht mehr in der Hand gehabt. Die könnten Sie allenfalls dann ausleihen, wenn Sie diese hier ruinieren.«

Sie kicherte. »Aber ich weiß doch überhaupt nicht, wie man die hier benutzt.«

»Schauen Sie mal.«

Er legte seine Hände auf ihre und zeigte ihr, wie man den Film zum nächsten Bild vorspulte und wie man das Objektiv scharfstellte.

»Schwieriger als so ist es gar nicht.«

»Okay«, sagte sie und nickte. »Das bekomme ich hin.«

»Ich möchte, dass Sie zwölf Bilder machen.«

»Wovon?«

»Was auch immer. Allein während wir hier sitzen, gibt es tausende von Motiven um uns herum.« Nathan sah zu einem Mann hinüber, der rauchte und dabei aufs Meer blickte. Die Jeans hing schlabbernd an seinem birnenförmigen Körper. Der Pullover hatte ein Loch am Ärmel. Seine Haare waren lang und ungepflegt, der Bart war schief geschnitten. »Der da, zum Beispiel.«

»Ich kann doch nicht einfach ein Foto von ihm machen.« Sie spähte zu dem Langhaarigen hinüber. »Nein, das traue ich mich nicht.«

»Menschen zu fotografieren ist doch lustig. Aber gut, tun Sie das, wozu Sie Lust haben.«

Sie sah ihn an.

»Ich könnte eins von Ihnen machen.«

Nathan schüttelte den Kopf.

»Warum nicht?«

»Ich mag es nicht, fotografiert zu werden«, erwiderte er.

»Na, Sie brauchen sich ja nun wirklich nicht zu schämen. Kommen Sie schon. Mein erstes Motiv sollen Sie sein.«

»Nein.«

»Okay, okay«, sagte sie und sah ihn mit betont enttäuschter Miene an. »Ich hab's schon kapiert.« Sie blickte umher. »Ich könnte ja vielleicht an Land gehen?« Sie wartete, bis Nathan sie ansah, und fragte: »Kommen Sie dann mit?«

KAPITEL 32

Dienstag, 13. September

Ein alter Volvo 240 stand auf dem Hof des Hauses, das der Tankstelle am nächsten lag. Ein schrilles Geräusch ertönte, als Magnus auf den Klingelknopf drückte. Nach einer halben Minute wurde der Schlüssel im Schloss herumgedreht, und die Tür wurde ein paar Zentimeter geöffnet. Otto Stenersen spähte neugierig durch den Türspalt nach draußen. Seine Haare waren weiß und kurz geschnitten. Die linke Hälfte seines Gesichts, insbesondere der Mund, hing ein Stück herunter.

»Guten Tag, Herr Stenersen«, sagte Magnus. »Ich bin von der Polizei.«

Otto Stenersen sah ihn prüfend an.

»Polizei? Wo ist denn Ihre Uniform?«

Magnus musste sich darauf konzentrieren, ihn zu verstehen. Die Stimme des Alten wirkte wie Brei, als ob Zunge und Lippen nicht kooperierten.

»Die trage ich schon lange nicht mehr.«

Magnus fischte seinen Dienstausweis hervor, den er um den Hals trug, und hielt ihn Otto Stenersen hin.

»Sieh mal an, ja.« Er schob die Tür etwas weiter auf und stützte sich am Türgriff ab. »Aber …« Die weißen Brauen zogen sich zusammen. »Ich hab euch doch gar nicht angerufen, oder?«

»Nein. Ich bin gekommen, weil ich Sie fragen wollte, ob *Sie* Zeit für eine kleine Unterhaltung mit *mir* haben.«

»Ob ich Zeit habe?« Otto grinste mit halbem Mund. »Ich habe nichts anderes.«

Magnus zog sich im Flur die Schuhe aus und folgte Otto Stenersen in die Küche. Ein ovaler Esstisch stand zusammen mit zwei Stühlen vor dem Fenster.

»Wenn ich gewusst hätte, dass Besuch kommt«, fuhr der alte Mann fort, während er den Küchenschrank untersuchte, »hätte ich den Taxifahrer gebeten, kurz beim Supermarkt vorbeizufahren.« Er sah Magnus an. »Setzen Sie sich doch. Irgendwas finde ich schon.«

»Machen Sie sich keine Gedanken.«

»Aber natürlich habe ich was für Sie.«

Nach zwei Minuten hatte er eine Biskuitrolle hervorgezaubert und auf einem Teller angerichtet, Kaffee aufgesetzt und Teller und Tassen hervorgeholt.

»Herr Stenersen«, sagte Magnus. »Das ist wirklich mehr als genug.«

Otto Stenersen streckte die Hand nach dem obersten Schrankfach aus.

»Ich habe auch irgendwo eine Tüte Toffees.« Er kramte im Schrank herum. »Kann aber auch gut sein, dass ich die Weihnachten mit zu Aud genommen habe.«

Die Biskuitrolle steckte noch in der Verpackung. Diskret drehte Magnus den Teller, um nach dem Verfallsdatum zu schauen. Es war unleserlich geworden.

»Jaja«, sagte Otto Stenersen und trat an den Tisch. »Dann muss das eben reichen.« Er setzte sich Magnus gegenüber. »Warum tragen Sie denn keine Uniform?«

»Ich habe mich verletzt«, sagte Magnus. »Deshalb musste ich bei der Streifenpolizei aufhören. Ich bin jetzt Ermittler.«

»Sie haben sich verletzt?« Sein Gastgeber riss die Plastikfolie von der Biskuitrolle und begann sie in Scheiben zu schneiden. Seine Hände zitterten nicht. »Ich hab gesehen, dass Sie ein bisschen hinken, aber das geht doch wieder vorbei, oder?«

»Besser als jetzt wird es wohl nicht mehr.«

Der Alte setzte eine fragende Miene auf. Magnus erzählte von der drei Jahre zurückliegenden Geschichte. Von dem vermeintlich ganz gewöhnlichen Besuch bei einem Zeugen, der damit endete, dass Magnus angeschossen wurde. Er zeigte auf die Stellen an seinem Oberkörper, wo ihn die drei Kugeln getroffen hatten.

»Sie waren das?« Otto Stenersens Kinn klappte herunter. »Das habe ich doch in den Nachrichten gesehen.«

»Ja.« Magnus nickte. »Eine Weile sah es nicht so gut aus, aber inzwischen bin ich wieder einigermaßen auf dem Damm.«

Der Alte nahm einen Bissen vom Kuchen und kaute darauf herum.

»Das muss man sich mal vorstellen. Ganoven, die auf die Polizei schießen. Hier in Norwegen. Das ist ja hundsgemein.«

»Tja, das kann man wohl sagen.«

»Und in was für Fällen ermitteln Sie jetzt?«

»Tötungsdelikte.«

Otto Stenersen hörte auf zu kauen. »Tötungsdelikte?«

»Ja.«

»Ein alter Jugendfreund von mir hat früher mit so etwas gearbeitet. Damals hieß das auch noch anders.«

»Mordkommission«, sagte Magnus und probierte wagemutig ein Stück Kuchen.

»Genau!«, sagte Otto Stenersen beim Ausatmen. Ein paar Krümel lösten sich aus seinem Mundwinkel und landeten auf dem Tisch. »Stimmt. Damals hat aber nie jemand auf ihn geschossen. Er ist auch schon tot. Seit vielen Jahren.«

Magnus ließ Otto Stenersen von seinem alten Jugendfreund erzählen, bis der Kaffee durchgelaufen war. Dann wollte der Alte aufstehen, um ihn zu holen, aber Magnus bat ihn, sitzen zu bleiben.

Er schenkte ihnen beiden ein, setzte sich wieder an den Tisch, blies auf den heißen Kaffee und nahm vorsichtig den ersten Schluck. Sie machten sich über die Biskuitrolle her, während der alte Mann erzählte, wie frustriert er über die Geschwindigkeit war, mit der die Leute unten auf der Hauptstraße am Haus vorbeifuhren.

»Die Verkehrspolizei steht hier ja fast die ganze Woche«, erklärte er, »aber meist nur für eine oder zwei Stunden am Stück. Neulich haben sie sich da unten hingestellt.« Er zeigte aus dem Fenster, das auf den Sollivei hinausging. »Da bin ich runtergegangen und habe sie gefragt, was sie denn die übrigen zweiundzwanzig Stunden zu tun gedächten. Wissen Sie, was die mir geantwortet haben?« Otto Stenersen holte tief Luft. »Sie wussten es nicht!« Er schüttelte den Kopf. »Hat man so was schon gehört. Warum stellen sie nicht diese Kästen auf? Am besten solche, die die Durchschnittsgeschwindigkeit messen. Dann hätten es die Leute vermutlich nicht mehr so eilig.«

Ungefähr beim dritten Stück Kuchen unterbrach Magnus den Bericht über Ottos Sommeraufenthalt auf Gran Canaria. Der Alte schmatzte, hörte aber aufmerksam zu, als Magnus das Thema anschnitt, dessentwegen er eigentlich gekommen war.

»Oh … Der Mord an dem armen Vollzugsbeamten. Wirklich schlimm. Ich war zu der Zeit nicht zu Hause, und darüber kann dieser Stig Hellum echt froh sein, das will ich Ihnen mal sagen. Wenn ich das mitbekommen hätte, dann hätte ich ihm schon gezeigt, wo der Hammer hängt.« Otto Stenersen klopfte mit einem Finger ans Fenster. »Das war nämlich genau hier unten an der Straße. Aber wenn er jetzt zurück ist, müsst ihr ihn unbedingt verhaften! Solche Leute kann man doch nicht frei rumlaufen lassen.«

»Ich habe schon gehört, dass Sie das meiste von dem mitbekommen, was hier so in der Gegend passiert.«

»Ich, ja! Jaja. Diese hier«, er zeigte auf seine Augen, »und der da«, er legte den Finger an den Kopf, »sind eigentlich noch völlig in Ordnung.« Er strich sich mit zwei Fingern übers Ohr. »Die hier übrigens auch.«

Magnus schob seine Kaffeetasse zur Seite.

»Wir wissen auch, dass Sie an dem Montag einen Schlaganfall hatten.«

Otto Stenersen nickte mit ernster Miene. »Stimmt. Ich wusste gar nicht, wie ernst die Sache war. Ich hatte bloß plötzlich das Gefühl, betrunken zu sein, und das kam mir seltsam vor, da ich doch seit über dreißig Jahren keinen Tropfen Alkohol mehr angerührt hatte. Na, und dann habe ich Aud angerufen und gefragt, was wohl mit mir nicht stimmen könnte. Sie hat nicht mal geantwortet, hat bloß aufgelegt und kam zu mir runtergelaufen, während sie den Notarzt rief. Aud war früher Krankenschwester, sie wusste also, was los war. Dann ging's sofort ins Krankenhaus. Mit Blaulicht und allen Schikanen. Viel weiß ich nicht mehr, aber Aud hat mir hinterher alles erzählt.«

»Ja, ich versteh schon, dass es schwierig sein kann, sich an etwas zu erinnern, besonders wenn man bedenkt, was Ihnen da passiert ist. Sie waren dann ja abends nicht zu Hause, a…«

»Abends zu Hause?« Der Alte lachte schallend. »Ich war sieben Wochen nicht zu Hause.«

»Nein. Aber an den Tagen vorher. Können Sie sich erinnern, ob da irgendwas Besonderes passiert ist?«

»Was meinen Sie denn?«

»Ich wollte nur wissen, ob Ihnen in den Tagen vorher irgendetwas Ungewöhnliches aufgefallen ist.«

Otto Stenersen spitzte den intakten Teil seines Mundes.

»Nein. Aber ich kann im Buch nachsehen.«

»Im Buch?«

Otto Stenersen stützte sich am Tisch ab und durchquerte dann mit kleinen Schritten die Küche. Magnus sah ihn im Wohnzimmer verschwinden und dachte, dass der alte Mann es nicht verdient hatte, alleine alt zu werden.

Eine Minute später war er zurück und trug ein großes altes Buch unter dem Arm, was Magnus an den Folianten erinnerte, in dem sein Großvater die Einnahmen und Ausgaben notiert hatte. Otto Stenersen legte es auf den Tisch und setzte sich mit einem Stöhnen wieder hin. Er klappte es in der Mitte auf und blätterte zurück. Es waren alles kurze Notizen, oft nur einzelne Sätze mit viel Luft dazwischen.

»Mal sehen.« Der Alte beugte den Kopf. »Ich bin am 1. September ins Krankenhaus gekommen, das war ein Montag.« Sein Zeigefinger fuhr langsam über die Seite nach unten, verharrte kurz und wanderte dann langsam wieder ein paar Zentimeter hinauf. »Mir ist in dieser Woche nur eine Sache aufgefallen. Abgesehen von diesem verfluchten Autowettrennen. Aber das habe ich euch ja gemeldet.«

»Was haben Sie denn bemerkt?«

»Ach, nur einen Wagen, der draußen vor dem Pumpenhaus stand. Das ist da nämlich kein Parkplatz, wissen Sie.« Er fuhr mit dem Finger über die Seite und las vor: *»21.50. Großer, jeepähnlicher Wagen steht unerlaubt hinter dem Pumpenhaus. Stadtverwaltung angerufen.«* Otto Stenersen blickte auf. »Aber das Letzte ist nicht korrekt. Ich hätte schreiben sollen *Rufe Stadtverwaltung an*, denn das war das Erste, was ich am nächsten Morgen machen wollte. Jedenfalls, parken darf dort nur der technische Dienst, und das war kein Wagen von der Stadtverwaltung. Außerdem arbeiten die Jungs nicht so spät abends.«

»Die arbeiten auch tagsüber kaum.«

»Das kann man wohl sagen!« Der Alte lachte laut. »Der war gut.«

»Können Sie mir zeigen, wo genau der Wagen gestanden hat?«

Otto Stenersen erhob sich und ging voraus. Das Wohnzimmer war vollgestellt mit alten Möbeln. Das Einzige, was nach dem Jahrtausendwechsel gekauft zu sein schien, war der Fernseher an der Wand. Der Alte stellte sich an das Fenster, aus dem man auf den Vorgarten blicken konnte, und zeigte hinaus.

»Sehen Sie den Sandweg, der da am Pumpenhaus vorbeiführt?«

»Ja.«

»Der Wagen fuhr da rein und parkte hinter den Bäumen. Dabei gibt es doch bei der Shell-Tankstelle einen großen schönen Parkplatz.«

«Haben Sie gesehen, wohin der Fahrer gegangen ist?«

»Richtung Veum.«

»Und haben Sie gesehen, wie er aussah?«

»Nein. Ich wollte hinaus und ihm Bescheid sagen, aber bis ich mir Schuhe und Jacke angezogen hatte, war er verschwunden.«

»Groß? Klein? Dünn? Haarfarbe? Egal was, Otto.«

»Hab nicht darauf geachtet. Ich hab nur gesehen, dass es ein Mann war.«

»Und was für ein Auto war das?«

»Das weiß ich nicht mehr, aber ich hatte ja jeepartig notiert, dann war das wohl so.«

Magnus verließ das Haus erst, nachdem der Kaffee ausgetrunken und der Kuchen aufgegessen war. Er drückte Otto Stenersen die Hand, gab ihm eine von seinen neuen Visitenkarten und sagte, er solle einfach anrufen, wenn irgendetwas wäre, und besonders dann, wenn die Tüte mit den Toffees wieder auftauchte.

KAPITEL 33

November 1994
MS Nordlys, *Tag 2*

Nathan und Monica waren über eine Stunde in Ålesund herumspaziert, als sie sich in ein Café am Hafen setzten.

Monica legte ihre Mütze auf den Tisch. Die Kamera hing um ihren Hals. Ohne etwas zu sagen, ging sie zum Tresen. Die beiden alten Frauen, die auf dem Panoramadeck vor sich hingeschlummert hatten, saßen an einem Tisch und aßen Kuchen. In der engen Straße vor dem Café brachte ein Lastwagen eine Lieferung für eines der Geschäfte nebenan.

»Ich hoffe, Sie mögen Kakao.«

Monica stellte einen großen Becher Kakao mit Schlagsahne und Schokoladenstreuseln vor ihm ab. Für sich hatte sie das Gleiche gekauft.

»Soweit ich mich erinnere, schon. Ich habe keinen Kakao mehr getrunken, seit ich ein kleiner Junge war.«

Monicas Blick fiel auf einen Mann, der allein in einer Ecke saß. »Da ist der, von dem Sie meinten, ich solle ihn fotografieren.«

»Ich weiß«, sagte Nathan, ohne den Blick zu heben. »Tun Sie's.«

»Ich trau mich nicht.«

Nathan drehte sich zu dem Mann um. »Tun Sie es jetzt. Achten Sie mal auf die Umgebung. Das ergibt ein schönes Bild. Kamera heben, fokussieren, abdrücken. Dauert fünf Sekunden. Stellen Sie sich vor, Ihr Leben hinge davon ab. Los jetzt!«

Sieben Sekunden später klickte es. Monica löste den Halteriemen von ihrem Hals und legte die Kamera auf den Tisch.

»Zufrieden?« Ihre Wangen waren etwas rot geworden. »Was, wenn er es bemerkt hat?«

»Ich würde Sie verteidigen.«

Ein Lächeln trat in ihre Augen. Sie tranken ihren Kakao. Monica nestelte an der Kamera herum und legte dann beide Hände um den Becher. »Wird es nicht einsam?«, fragte sie. »So lange allein herumzureisen?«

»Ich bin doch nicht allein.«

»Nein, aber … Sie wissen schon, was ich meine. Gibt es niemanden, der zu Hause auf Sie wartet?«

Nathan schüttelte den Kopf.

»Waren Sie nie verheiratet?«

Erneutes Kopfschütteln.

»Was ist mit Kindern?«

»Keine.«

»Aber erzählen Sie doch mal ein bisschen von sich.« Sie tätschelte seine Hand und strich sich die Haare hinters Ohr. »Ich weiß lediglich, dass Sie ein kinderloser Fotograf sind, der niemals verheiratet war und an der Bar Old Fashioned bevorzugt. Aber wer ist Nathan Lockhart?«

»Ich bin nur ein langweiliger Amerikaner, der seine besten Jahre schon hinter sich hat. Sie haben bestimmt viel spannendere Geschichten zu erzählen. Schließlich arbeiten Sie schon auf See, seit Sie ein Teenager waren. Wie sind Sie da gelandet?«

»Ach, das ist eigentlich eine ziemlich lange Geschichte«, sagte sie und musterte ihren Kakaobecher.

»Die langen Geschichten sind oft die besten.«

»Mein Vater und der Kapitän der *Nordlys* sind zusammen aufgewachsen. Sie kannten sich, seit sie Kinder waren. Beide waren

Einzelkinder, daher entwickelte sich eine sehr starke Verbindung. Viele glaubten, sie seien Brüder. Nicht weil sie sich ähnelten, denn das taten sie nicht. Mein Vater war groß und so schlank, dass er fast unterernährt wirkte. Und der Kapitän … Sie haben Ihn bestimmt schon an Bord gesehen?«

»Nein, noch nicht.«

»Nun ja, er ist weder groß noch schlank. Aber die beiden haben ständig zusammengehangen und haben auch gleichzeitig die Seemannsschule besucht. Und dann hat mein Vater meine Mutter kennengelernt. Er hat das Studium abgebrochen, als meine Mutter schwanger wurde. Schließlich hatte er ja bald eine Familie zu versorgen.«

Nathan nickte.

»Er fing dann an, beim Schokoladenfabrikanten Freya in der Produktion zu arbeiten, während meine Mutter Näharbeiten gemacht hat. Ganz spät in der Schwangerschaft wurde sie plötzlich krank. Ich musste mit einem Kaiserschnitt geholt werden … aber für Mama ist es leider nicht so gut ausgegangen.«

»Oh, nein«, sagte Nathan leise. »Sie haben sie verloren?«

»Mhm. Tja, dann waren es nur noch Papa und ich. Ich habe meine Mutter nie kennengelernt. Für meinen Vater war es sehr schwer, das habe ich dann später verstanden. Aber er war fantastisch. Mir hat es nie an etwas gefehlt, weder an Liebe noch an materiellen Dingen. Als ich geboren wurde, hat er für sein eigenes Leben den Pausenknopf gedrückt. Aber er konnte es nie wieder in Gang bringen. Er ist an Krebs gestorben, als ich fünfzehn war.«

Nathan seufzte. »Das tut mir so leid … Ich wollte wirklich nicht …«

»Ist schon gut. Es ging alles sehr schnell. Ich bin gar nicht dazu gekommen, mich auf irgendetwas vorzubereiten. Er war immer da. Es gab keinen Elternabend, keine Abschlussfeier und kein

Handballspiel, wo er nicht war. Er kam zwar meist etwas zu spät, aber er kam.«

»Und dann hat sich der Kapitän um Sie gekümmert.«

»Er hat es Papa versprochen.«

»Und wie war das für Sie? Ich meine, obwohl Sie den Kapitän ja gut kannten, muss es doch ziemlich hart gewesen sein?«

»Es ging alles gut. Ich kannte ihn und seine Frau ja schon eine Ewigkeit. Tja, und so bin ich bei Hurtigruten gelandet. Ich habe in dem Sommer dort angefangen, als ich die zehnte Klasse abgeschlossen hatte.«

»Aber jetzt sind Sie es leid?«

»Nicht direkt leid, aber andere Dinge sind wichtiger.«

»Haben Sie einen Plan?«

»Eigentlich nicht. Ich habe drei Vorstellungsgespräche, wenn ich wieder zu Hause bin. Mal sehen, was daraus wird. Ich habe auch etwas Geld gespart, wenn es also länger dauert, bis sich etwas ergibt, dann geht das auch.«

»Verstehe. Und was stellen Sie sich vor? Wo sehen Sie sich in einem oder zwei oder drei Jahren?«

»In drei Jahren?« Monicas Blick nahm etwas Verträumtes an. »Dann habe ich einen kleinen Bauernhof, mit Hunden, Katzen und Hühnern. Mit viel Landschaft und Weite um mich herum, am Horizont ein hohes Gebirge, dessen Gipfel immer weiß sind.«

»Mit dem kleinen Mann in Ihrem Leben.«

»Bis dahin hoffe ich, dass es *die* Männer in meinem Leben sind.«

»Wo ist der Vater Ihres Kindes?«

»Ich hatte gehofft, Sie würden nicht danach fragen.«

»Dann frage ich nicht.«

»Ich weiß nicht viel mehr, als dass er aus Deutschland kommt. Die Affäre war schon nach fünf Minuten wieder vorbei.«

Die Tür zum Café wurde geöffnet. Ein kalter Luftzug folgte den drei eintretenden Gestalten. Per, Jaran und Terje. Sie entdeckten Nathan und Monica und steuerten auf ihren Tisch zu, während Per der Frau hinter dem Tresen zurief, dass sie drei Bier wollten.

»Tut mir leid«, sagte sie, »aber wir schenken hier keinen Alkohol aus.«

»Was ist denn das hier für ein Loch?«, fragte Jaran. Sein Atem roch nach Bier. »Gehen wir weiter?«

»Nein«, erwiderte Per. Er hatte neben Monica Platz genommen. »Jetzt werden wir das Geheimnis erfahren«, sagte er und blickte Nathan mit feuchten Augen an. »Nun sag schon, Opa. Wie machst du das?«

»Mache was?«

Per zeigte mit dem Finger auf Monica und sagte: »Euch trennt circa ein Vierteljahrhundert. Und dennoch sitzt sie hier mit Nordlichtern in den Augen.«

Nathan nahm einen großen Schluck, stellte den Becher ab, fuhr mit dem Mittelfinger über den Rand und sagte: »Ich könnte es dir erzählen … aber …«

»Aber dann müsstest du mich danach umbringen?«, fiel Per ihm ins Wort und grinste breit.

»Vielleicht.«

»Ich lebe gern ein bisschen gefährlich, Nathan.«

»Ich auch.«

Monica sah zu dem Mann, den sie fotografiert hatte, blickte Nathan dann aus schmalen Augen an und sagte: »Sollte ich vielleicht Angst vor dir haben?«

KAPITEL 34

Dienstag, 13. September

Der Wind pfiff um die Ecken des alten kleinen Bauernhofs in Tistedal. Oda schloss auf und ging hinein. Sie sperrte das Unwetter aus, schlüpfte aus Mantel und Schuhen und trat in den dunklen Gang. Sie spürte die Kälte der Fliesen durch die dünnen Socken dringen, als sie in die Küche ging. Sie entzündete eine Kerze. Auf der Arbeitsplatte lagen ein Stapel Prospekte sowie eine leere Interessentenliste von der Besichtigung am Vortag. Sie faltete das Blatt und steckte es in die Tasche. Das Umschlagbild des Prospekts war an einem Sommernachmittag aufgenommen worden und zeigte den kleinen Hof aus einer gewissen Entfernung. Die Felder ringsumher waren frisch gepflügt, die Bäume kräftig und grün. So ruhig und ungestört konnte man leben, jedenfalls wenn man eine Viertelstunde von der Innenstadt entfernt wohnen wollte.

Dennoch war der alte Hof sowohl innen als auch außen heruntergekommen, was sich auf den Fotos in dem Prospekt auch nicht verschleiern ließ. Oda sah aus dem Küchenfenster auf die etwa sechshundert Meter lange Zufahrt. Eigentlich war sie davon ausgegangen, dass der potenzielle Käufer sie schon erwartete.

Schnell lief sie durch die Räume unten und im Obergeschoss, schaltete in allen Räumen das Licht ein und ging zurück zum Küchenfenster. Sie wartete auf ein Paar Autoscheinwerfer, die unten an der Kurve auftauchen würden, aber niemand kam. Oda beantwortete ein paar E-Mails, überflog die Onlineausgabe der Lokalzeitung und rief die Wettervorhersage für den kommenden Tag auf. Dann rief sie ihren Lebensgefährten an.

»Unterschrieben?«, meldete er sich.

»Es ist jetzt zwanzig nach, und er hat sich nicht gemeldet. Er kommt nicht.«

»Vielleicht hat er Probleme, den Weg zu finden. Das ist nicht so einfach, wenn man sich nicht auskennt.«

»Meinst du?«

»Er kommt bestimmt noch. Gib ihm Zeit bis halb neun. Wenn du bis dahin nichts von ihm hörst … tja, dann versuch, ihn anzurufen, ja?«

»Seine Telefonnummer war unterdrückt. Und, schläft sie?«

»Ich brauchte nur ein Kapitel vorzulesen. Sie war total müde heute.«

»Ich hab's gesehen.« Von der Veranda auf der Rückseite des Hauses war ein Geräusch zu hören. »Du, ich muss jetzt auflegen. Wir sehen uns bald. Liebe dich.«

»Und ich liebe dich.«

Sie legte das Handy auf die Arbeitsplatte und trat ins Wohnzimmer. Der Regen peitschte gegen die Fenster. Ein zerbrochener Blumentopf lag auf der Veranda. Oda entriegelte die Tür und schob sie zur Seite. Im Wald gegenüber vom Haus rauschte und heulte es, als ob die Bäume miteinander sprachen. Sie hockte sich in die Türöffnung, reckte die Hand nach den Porzellanscherben, sammelte sie auf und schloss die Tür. Dann ging sie durchs Wohnzimmer in Richtung Küche. Auf dem Boden waren Wasserflecken. Schuhabdrücke.

»Hallo?«, sagte Oda.

Ein Mann kam an der Küchentür zum Vorschein. Er trug derbe Feldstiefel sowie einen Poncho mit Kapuze.

Der Mann zog die Kapuze herunter. Wasser tropfte von ihm herab. Er fuhr sich mit einer Hand durchs Gesicht.

»Vielen Dank, dass Sie sich Zeit für mich nehmen konnten, Oda. Das war wirklich mehr, als ich erwarten durfte.«

»Ich bitte Sie, das ist doch wohl das Mindeste«, erwiderte Oda und trat auf ihn zu. »Ich will das nur schnell wegwerfen.« Sie ging an ihm vorbei und warf die Scherben in den Mülleimer. »Wollen wir dann anfangen?«

»Wissen Sie …«, sagte er und lächelte. »Das klingt nach einer guten Idee.«

KAPITEL 35

Dienstag, 13. September

War sie schöner geworden, seit er sie zuletzt gesehen hatte?

Anton spähte vom Bett zu Elisabeth hinüber. Sie saß in einem Sessel an der Wand. Der Lichtschein des Handydisplays erhellte ihr Gesicht. Doch. Sie war tatsächlich schöner geworden. Ihre dunklen Haare waren kürzer. Er hatte sie nie mit einer Kurzhaarfrisur gesehen. Aber sie gefiel ihm.

In diesem Augenblick war Anton von den gleichen Gefühlen erfüllt wie in all jenen Momenten, in denen er zu viel Geld auf den Pokertischen gelassen hatte. Hilflos, verletzbar und traurig. Wie an jenen Freitagen, an denen er zu Hause in Smestad aus der Tür getreten war, sobald Alex zu Abend gegessen hatte, um erst spät am Samstagvormittag wieder zurückzukommen. Manchmal auch erst am Sonntagnachmittag. Diese langen Wochenenden waren am schlimmsten gewesen. Sie wurden oft schrecklich teuer. Wie das Wochenende im Juli vor zehn Jahren. Da hatte er das Urlaubsgeld und die Steuerrückzahlung im Hinterzimmer eines Autohauses in Alnabru gelassen. Hundertfünfzigtausend Kronen. Das Geld, das eine neue Veranda, die Autoreparatur und vierzehn Tage für ihn, Elisabeth und Alex in Paris finanzieren sollte. Letzten Endes waren sie dann trotzdem noch gefahren. Doch nur dank seiner Schwiegereltern, die ihrer Tochter das Geld geliehen hatten, konnte Alex die Reise erleben, die ihm versprochen worden war. Das Geld hatten sie *ihr* gegeben. Der

Schwiegervater hatte glasklar ausgedrückt, dass Anton auch gut und gerne zu Hause bleiben konnte.

Dennoch fuhr er mit.

Die vierzig Stunden Pokerspiel hatten ihn fast seine Ehe gekostet. Drei Jahre danach tat er es wieder. Einige Tage später teilte sie ihm mit, dass sie ein paar Sachen in den Koffer packen und das Haus verlassen wolle.

Elisabeth Brekke war bedient.

Er hatte nichts dagegen tun können. Danach gab es nur einen pechschwarzen Tunnel, der erst nach Monaten wieder Licht erkennen ließ. Und genauso fühlte es sich jetzt an. Der Tunnel war vielleicht kürzer, doch er wünschte sich nichts mehr, als dass sie zu ihm ins Bett kriechen würde. Sie brauchte auch nichts zu sagen. Sie sollte nur da sein.

Anton blickte auf den Venenport, der ihm im Handrücken steckte.

»Papa«, sagte Alex ungeduldig von der Seite. Er hielt Antons iPad in der Hand. »Sieh mal her, bitte. Ich habe dir *HBO* installiert. Es gibt auch *TV 2 Sumo*. Willst du das auch?«

»*TV 2* habe ich hier, das reicht.«

»Ich soll von Herlov grüßen«, sagte Elisabeth, ohne vom Handy aufzublicken. »Er wünscht dir gute Besserung.«

»Wo ist er?«

»In Boston«, sagte Alex schnell. »Kauft vielleicht gerade eine große Gesellschaft auf.«

»Er hat also nicht vergessen zu erwähnen, dass sie groß ist, ja?«

»Anton …« Elisabeth sah ihn über den Rand des Handys warnend an. »Bitte sei nett.«

»Ich habe dir auch *Viaplay* installiert«, sagte Alex. »Wenn das plötzlich nicht mehr funktioniert, dann nur, weil Herlov das Passwort geändert hat. Er macht das immer mal wieder, aber sag mir einfach Bescheid, dann finde ich raus, wie das neue lautet.«

»Danke«, sagte Anton und tätschelte den Unterarm seines Sohnes. »Und danke, dass ihr euch die Mühe gemacht habt herzukommen.«

»Du hast es ja so klingen lassen, als ob du hier womöglich nie wieder herauskommst.« Elisabeth legte das Handy in die Handtasche. »Epidididy… Wie heißt das noch mal?«

»Epididymitis.«

Alex' Handy fing in seiner Hosentasche an zu bimmeln. Er legte das iPad seines Vaters auf den Nachttisch, hielt sich das Handy ans Ohr und stürzte aus dem Zimmer. Elisabeth trat näher ans Bett heran.

»Mädchen im Spiel?«, fragte Anton.

»Ich glaube schon. Momentan ist oft von einer Birthe die Rede.«

»*Birthe …?* Klingt, als sei sie 1927 geboren.«

Elisabeth kicherte.

»Die Ärztin meinte, dass Liebe und Fürsorge die Phase der Rekonvaleszenz beschleunigen würden.« Anton zeigte auf seine Wange und zog einen Schmollmund.

»Du bist hoffnungslos.« Elisabeth legte eine Hand auf seine Brust. »Woran man merkt, dass es dir besser geht. Aber hat die Ärztin auch gesagt, woher diese Krankheit kommt?«

Anton drehte sich im Bett um und schnaubte.

»Man kann es wohl bekommen, wenn man eine Weile mit Chlamydien herumläuft, ohne behandelt zu werden.«

»Du meine Güte«, seufzte Elisabeth und zog die Hand zurück. »Ich weiß gar nicht, was ich sagen soll.«

»Wovon redest du? Hast du ein Problem damit, dass ich … sexuell aktiv bin?«

»Nein. Ich habe ein Problem damit, dass du nicht daran denkst, dich zu schützen. Aber wieso solltest du auch plötzlich in einem Alter von fast fünfzig über Konsequenzen nachdenken, wenn du es vorher nie getan hast?« Sie trat einen Schritt zur Seite und rief ihren Sohn. »Alex, komm, wir wollen uns verabschieden.«

»Wollen wir morgen nicht zusammen zu Mittag essen?«, sagte Anton. »Ich hab mit dem Greis im Nebenzimmer gesprochen, bevor ihr kamt. Er hat die Kantine gelobt. Angeblich die besten Sandwiches, die er je gegessen hat.«

Elisabeth tätschelte wieder seine Brust.

»Herlov ist doch ein paar Tage verreist«, fuhr Anton fort. »Und essen musst du schließlich.«

»Ich soll also morgen Vormittag noch mal von Oslo hierherkommen, um ein paar Brötchen mit dir zu essen?«

»Sandwiches, Elisabeth. *Sandwiches.*«

Unwillkürlich wollte er seine Hand auf ihre legen, verbot es sich aber und zerknüllte stattdessen die Bettdecke. Das Handy fest im Griff kam Alex ins Zimmer zurück. Er beugte sich über das Bett, umarmte seinen Vater und sagte, dass er sich am folgenden Tag wieder melden werde. Elisabeth und Alex traten auf die Tür zu.

»Elisabeth?«

»Ja?«, sagte sie, ohne sich umzudrehen.

»Bleibt's bei den Sandwiches?«

»Nein, Anton.«

»Dann fahrt vorsichtig. Hab euch lieb.«

»Hab dich auch lieb, Papa«, sagte Alex.

Sobald Elisabeth und Alex das Zimmer verlassen hatten, kam eine Krankenschwester mit einem Wägelchen voller Spritzen und Schachteln mit Kanülen herein. Sie schien Mitte zwanzig zu sein. Sie hatte lange dunkle Haare, ein schmales Gesicht und große braune Augen.

»Hallo«, sagte sie sanft. »Wie geht es Ihnen?«

»Nicht gut«, gab Anton zurück. »Sie kommen zu einem sterbenden Mann, Schwester, doch der Rausch im Kopf ist die Schmerzen fast wert. Aber bitte *fast* in fetten Buchstaben und unterstrichen.«

Die Frau rollte ihr Wägelchen zur anderen Bettseite und sagte: »Schön, dass Sie Besuch von der Familie hatten.«

»Ja. Aber eigentlich ist es meine Exfrau. Wir haben uns schon vor vielen Jahren getrennt.«

Sie lächelte ihn freundlich an und sagte, sie müsse eine Blutprobe nehmen.

»Ich bin mir auch gar nicht sicher, ob der Junge von mir ist«, fuhr Anton fort. »Wenn das überhaupt von Bedeutung ist, meine ich …«

Die Krankenschwester lachte, griff nach seiner Hand und zog einen Riemen um seinen Oberarm fest.

»Haben Sie Mann und Kinder, Schwester …?« Er spähte auf ihr Namensschild. »Kaja.«

»Nichts davon.«

»Hätten Sie das denn gerne?«

Mit zwei Fingern klopfte sie vorsichtig auf die Vene in seiner Armbeuge.

»Tja … Ja und nein.«

»Ja und nein? Das müssen Sie näher erläutern.«

»Natürlich möchte ich nicht den Rest meines Lebens alleine verbringen. Wer will das schon? … Aber ich habe keine große Lust auf Kinder. Zumindest nicht momentan.«

»Sehen Sie das Telefon dort?« Anton zeigte auf den Nachttisch.

»Ja?«

»Könnten Sie es bitte aus dem Ladegerät nehmen und mir geben, wenn Sie fertig sind?«

Sie nickte. Ließ die Hand auf seinem Arm ruhen, während sie die Nadel ansetzte.

»Kann sein, dass es Tränen gibt.«

»Ah. Wir mögen wohl keine Spritzen?«

»Nicht von mir. Aber von dem Jungen. Ich muss ihn nämlich anrufen und ihm mitteilen, dass ich ihn zur Adoption freigebe.«

Kaja lachte laut, während die Nadel in seinen Arm eindrang.

»Jetzt habe ich daneben gestochen.«

»Sehen Sie? Ich kenne Sie anderthalb Minuten, und schon haben Sie mich um den Finger gewickelt.«

Sie lachte wieder und unternahm einen neuen Versuch. Dieses Mal traf sie die Vene. Dunkelrotes Blut füllte langsam den zylindrischen Hohlraum.

»Fragt sich nur, was er dazu sagen würde, zur Adoption freigegeben zu werden.«

»Stimmt. Ich könnte ihn eventuell auch enterben. Das machen wir, Kaja, dann sparen wir uns den Papierkram und können gleich mit dem ersten Flieger an einen Strand reisen, der genauso weiß ist wie Ihre Zähne.«

Grinsend zog sie die Kanüle heraus und legte die Spritze in eine Schale.

»Alles klar, Prince Charming«, sagte sie und griff nach ihrem Wägelchen.

»Wollen Sie mich schon verlassen?«

»Ich muss, aber ziehen Sie einfach an der Schnur, falls was ist.«

Anton streckte die Hand nach der Klingelschnur aus und tat so, als wolle er gleich daran ziehen. Lachend ging Kaja durchs Zimmer. Antons Blick verschleierte sich. Dösigkeit überkam ihn, als hätte Kaja ihm alle Energie abgezapft. Anton sah der weißgekleideten Gestalt nach und dachte, dass ihr nur der Glorienschein fehlte.

KAPITEL 36

2006
Huntsville, Texas

Pater Sullivan sah auf die Uhr. Es war zwei Minuten vor drei.

Sechs Vollzugsbeamte stellten sich vor Nathans Zelle in zwei Reihen auf. Der Direktor trat in die Mitte. Er verschränkte seine Daumen hinter der riesigen Gürtelschnalle und drückte den Rücken durch.

»Mr Sudlow, Zeit für die letzten Vorbereitungen.«

Nathan erhob sich vom Fußboden.

»Pater Sullivan.« Der Direktor trat drei Schritte zurück. »Würden Sie den Beamten bitte etwas Platz machen?«

Der Pater stellte sich neben den Direktor. Nathan wurde aus der Zelle gebeten. Die sechs Beamten verteilten sich um Nathan, ehe sie ihn zu der anderen Zelle am Ende des Gangs eskortierten. Einer der Beamten holte den Klappstuhl, auf dem der Pater gesessen hatte, und stellte ihn vor die Zelle, in der Nathan seine letzte Stunde verbringen würde.

Die Vollzugsbeamten zogen sich zurück. Der Direktor blieb. Er bat den Pater, Platz zu nehmen, ehe er sich an das Gitter stellte. Nathan stand mit hocherhobenem Kopf mitten in der Zelle. Sein Blick war auf den Direktor gerichtet.

»Dr. Walday sagte, Sie hätten auf Beruhigungsmittel verzichtet.« Der Direktor kratzte sich am Haaransatz über der Stirn. »Sie dürfen sich jederzeit anders entscheiden. Ihr Körper wird einer schrecklichen Belastung ausgesetzt. Psychisch und physisch. Es muss Ihnen nicht peinlich sein, etwas zur Beruhigung einzunehmen.«

»Danke nein, Sir.«

»Wie Sie wollen, Mr Sudlow. Ich erkläre Ihnen jetzt, was in einer Stunde geschehen wird. Die sechs Beamten, die Sie gerade getroffen haben, kommen dann zurück und eskortieren Sie in die Hinrichtungskammer, wo Sie auf einer Liege festgeschnallt werden. Danach werden Ihre beiden Arme für die intravenöse Zufuhr vorbereitet. Das erste Mittel, das Sie bekommen, ist eine Dosis Midazolam. Das ist ein Betäu…«

»Ich weiß, was das ist, Sir«, unterbrach Nathan ihn. »Wenn ich bewusstlos bin, bekomme ich die nächste Spritze. Die enthält Vecuroniumbromid, ein Mittel, das mich schrittweise lähmt, ehe Sie die Prozedur dann mit Kaliumchlorid abschließen, was mein Herz aufhören lässt zu schlagen, und Sie – im Namen des Staates Texas – mich für tot erklären lassen können, wodurch dem, was derselbe Staat Gerechtigkeit nennt, endlich Genüge getan wird.«

Der Direktor sagte nichts.

»Ich wäre jetzt gern mit dem Pater allein.«

»Das dürfen Sie, Mr Sudlow.« Der Direktor entfernte sich.

»Ich bin froh, dass Sie hier sind, Pater. Die Zeit wäre unerträglich langsam vergangen, wenn ich allein hier säße.«

»Ist es gut, dass sie schnell vergeht?«

»Jetzt kann sie gar nicht mehr schnell genug vergehen.«

»Erzählen Sie mir mehr von Monica.«

Nathan trat in die Ecke der Zelle, drehte den Wasserhahn auf, hielt eine Hand unter den Strahl und spritzte sich Wasser ins Gesicht. Mit dem Rücken zum Pater sagte er: »Ich weiß nicht, was das war. Aber in den folgenden Tagen … Ich freute mich jedes Mal, wenn ich sie sah.« Er schnaubte. »Vielleicht war ich ja so irre im Kopf, dass ich mir einbildete, elf Tage mit Jennifer zu bekommen.«

»Hatten Sie sich in Monica verliebt?«

»Ich mochte sie mehr, als mir eigentlich recht war. Aber verliebt?« Er drehte den Wasserhahn zu. »Nein.«

»Für mich klingt das nach Verliebtsein, Nate. Ich glaube, ich weiß, wo das endet.«

»Pater …« Nathan hob den Kopf und starrte auf die Betonwand. Als sähe er sich selbst in einem Spiegel, den es gar nicht gab. »Sie haben keine Ahnung, wo es endet.«

KAPITEL 37

November 1994
MS Nordlys, *Tag 2*

Gläser klirrten. Geräusche von Besteck auf Porzellan und das Wirrwarr menschlicher Stimmen ertönten in dem zur Hälfte besetzten Restaurant.

Per nahm die Champagnerflasche aus dem Kühler und füllte die noch halb vollen Gläser auf. »Wenn ich gewusst hätte, dass es sich hier um ein schwimmendes Pflegeheim handelt …«, er sah schnell zu Nathan und fügte hinzu: »… damit meine ich natürlich nicht Sie … Aber dann wäre ich wohl eher zu Hause geblieben.«

Nathan zog zur Antwort eine Augenbraue hoch.

»Dann hätte ich mein Geld für erstklassige Huren in Oslo ausgeben können.«

»In Kirkenes gibt es bestimmt auch russische Huren«, sagte Jaran.

»Bei meinem Glück haben die sicher allesamt Herpes im Schritt.«

»Per«, sagte Terje lachend, »du bist bald ein verheirateter Mann.«

»*Bald*, ja«, sagte Per und schielte zu seinen beiden Freunden, die weitaus weniger missvergnügt schienen als er. »Ist halt einfacher, Spaß zu haben, wenn es nichts kostet, oder?«

Es war Viertel nach neun. Keines der Gläser auf dem Tisch war auch nur annähernd ausgetrunken worden, bevor auch schon nachgeschenkt wurde. Die drei jungen Männer, die alle nicht älter als dreiundzwanzig sein konnten, hatten bereits einige Biere, zwei Flaschen Wein und anderthalb Flaschen Champagner intus. Nathan hatte seinen Old Fashioned kaum angerührt. Das Eis im Glas war schon längst geschmolzen. Er saß da, hielt seinen Drink in der Hand und warf immer wieder kurze Blicke auf Monica, die andere Gäste bediente.

»Haben Sie für die Reise nichts bezahlt?«

Nathan hatte die Frage an Jaran gerichtet.

»Ich habe zwei Tickets gewonnen«, erwiderte der. »Terje hat eines davon.«

»Und dann wollte Per unbedingt mitkommen«, sagte Terje. »Partytour des Jahres, wie er meinte.«

Nathan lächelte und musterte den Drink in seiner Hand.

Per führte sein Glas zum Mund. »Sie sind also Fotograf?« Er nahm einen großen Schluck. »Sind Sie bekannt?«

Nathan schüttelte den Kopf.

»Aber Ihre Fotos wurden schon in ein paar der großen Magazine abgedruckt? Oder arbeiten Sie für eine schäbige Lokalzeitung?«

»Ich bin Freiberufler.«

»*Time Magazine*?« Per rülpste. »*Life*? *National Geographic*? Sind Ihre Fotos bei denen erschienen?«

»Ja.«

»Bei welchen genau?«

»Bei allen.«

Per runzelte die Stirn. »Im Ernst?«

»Aber es ist schon einige Jahre her. Ich hatte seit 89 eine Pause.«

»Welche Ausgabe von *Time*?«

»Abonnieren Sie die?«

»Nein.«

»Warum fragen Sie dann?«

»Wäre nur witzig, das zu sehen. An die Ausgabe ist doch mit Sicherheit irgendwie ranzukommen.«

Eine sanfte Hand senkte sich auf Nathans Schulter. Er sah auf. Monica.

»Brauchen Sie was?«

»Die Jungs hier leisten mir Gesellschaft. Haben Sie die restlichen Bilder aufgenommen?«

»Ja. Vielleicht schauen wir uns die an, wenn meine Schicht zu Ende ist? Es könnte aber spät werden.«

»Ich bin dann noch wach.«

Jaran beugte sich über den Tisch und sah zu Monica hoch.

»Monica ... Was muss passieren, dass Sie auch uns einen nächtlichen Besuch abstatten?«

»Das könnt ihr einfach vergessen, Jungs«, sagte Per. »Monica bevorzugt ihre Männer so wie wir unseren Wein. So reif, dass er fast muffig ist.«

»Touché«, sagte Nathan, stellte sein Glas auf den Tisch und erhob sich. »Danke für eure Gesellschaft, Jungs. Wir sehen uns morgen.«

»Aber ganz im Ernst, Monica.« Per richtete sich auf, faltete die Hände auf dem Tisch und beugte sich leicht vor, als säße er in einer Verhandlung. »Was muss passieren, dass Sie – an einem freien Abend – eine kleine Party mit uns feiern?«

»Das wäre wirklich sehr schön, aber leider darf ich das nicht.«

»Aber Nathan ...?« Per sah ihn mit strengem Blick an. »Haben Sie ihr schon so strenge Disziplin auferlegt?«

»Ich habe nicht die Erlaubnis, mit Passagieren zusammen zu trinken«, sagte Monica. »Das versteht sich doch eigentlich von selbst?«

Nachdenklich blickte Per in die Luft und sagte dann: »Wir können die Party in unserer Kabine feiern.«

Monica verdrehte die Augen und grinste.

»Sie haben das tollste Lächeln, das ich je gesehen habe«, sagte Terje. »Und das sage ich nicht einfach nur so.«

KAPITEL 38

Dienstag, 13. September

Oda erwachte ruckartig und schnappte nach Luft. Als wäre sie lange unter Wasser gewesen und käme gerade wieder hoch. Jemand hatte sie ausgezogen. Ihre Hände waren auf dem Rücken gefesselt.

Sie hatte die Augen nur für eine Sekunde geöffnet, was allerdings ausreichte, um den ganzen Raum in sich aufzunehmen. Da war ein Etagenbett. Sie lag auf einer Plastikfolie auf dem unteren Bett. Auf einem Tisch an der gegenüberliegenden Wand stand eine brennende Kerze und warf ein schwaches orangenes Licht ins Zimmer.

Oda spürte Tränen auf den Wangen. Zum ersten Mal in ihrem Leben betete sie zu Gott. Betete darum, aus diesem Albtraum zu erwachen. Dass Lotte bald zu ihr ins Bett springen und Grunzlaute von sich geben würde, während sie sich zwischen ihr und dem Mann herumrollte, der niemals ihr Vater werden könnte, es aber dennoch war.

Oda lauschte ihren galoppierenden Herzschlägen und dem Regen draußen. Sie hielt die Luft an und öffnete erneut die Augen. Vorsichtig bewegte sie die Beine. Sie waren frei. Sie rutschte an die Bettkante vor, stellte die Füße auf den kalten Boden, saß ganz still und versuchte nachzudenken. Wie lange war sie schon hier? Wo war sie? Und noch wichtiger: Wo war er?

Vielleicht war er ja nicht da.

Sie stand auf, ging durchs Zimmer und trat auf die brennende Kerze zu. Die Tür war leicht angelehnt. Der Regen fiel ihr ins Gesicht, als sie den Kopf durch den Türspalt steckte.

Es war eine kleine Hütte. Sie lag mitten im Wald. Nichts als Bäume waren zu sehen. Oda schob die Tür mit dem Fuß weiter auf. Der Regen drang ein. Sie stellte einen Fuß vor die Tür, zog ihn dann aber wieder zurück. Denn vielleicht war das genau das, was er wollte. Vielleicht stand er da draußen in der Dunkelheit und wartete. Sie rückte von der Tür ab. Der Wind schlug sie zu. Das schwache orange Kerzenlicht flackerte.

Es musste hier irgendetwas geben, womit sie ihre Hände befreien konnte. Sie drehte sich um. Und erstarrte. Denn er war gar nicht draußen im Dunkeln. Er saß genau vor ihr. Auf dem oberen Bett.

KAPITEL 39

Dienstag, 13. September

Die Frau, die den Serienmörder Stig Hellum zur Welt gebracht hatte, war klein und zart und reichte Magnus kaum bis zur Brust. Ihr Haar war weiß und kurz geschnitten. Die Wangen ihres mageren Gesichts waren zerfurcht. Magnus konnte keine Pupillen erkennen, nur etwas, das an graublaue Murmeln umgeben von Weiß erinnerte. Sie blickte an ihm vorbei. Aus dem Inneren des Hauses kam Musik.

»Wer ist da?«, fragte sie.

»Magnus Torp. Ich bin von der Polizei.«

»Er ist nicht hier«, sagte sie.

»Das habe ich auch nicht angenommen, gute Frau.«

»Lange her, dass mich jemand so genannt hat«, entgegnete sie.

»Könnten wir uns unterhalten?«

Sie drehte ihm den Kopf zu, zielgerichtet wie ein Hund, der eine Fährte aufnimmt. Sie wusste genau, wo er stand. Er blickte direkt in ihre Murmelaugen.

»Sind Sie allein?«, fragte sie.

»Ja.«

»Wo ist denn der, der sonst immer kommt?«

»Lars Hox?«

»Ja.«

»Das weiß ich nicht. Möchten Sie lieber mit ihm reden?«

»Nein.«

Die Murmelaugen fixierten Magnus.

»Wollen wir uns drinnen unterhalten?«

»Können wir.« Sie trat einen Schritt zurück. »Aber er ist nicht hier.«

Eine Jacke und ein Mantel hingen an der Wand. Ein Paar Stoffschuhe und ein Paar Stiefel standen auf dem Boden. Sie gingen an der Küche vorbei. Auf der Arbeitsplatte standen Konservendosen. Auf dem Tisch sah Magnus ein Glas und einen Wasserkocher.

Als sie ins Wohnzimmer traten, blieb Bodil Hellum unvermittelt stehen. Ohne sich umzudrehen, sagte sie: »Ich mag Ihr Parfüm nicht.«

»Das tut mir leid.«

Sie deutete mit der Hand auf einen Lehnstuhl. Davor stand ein kleiner Tisch mit einem tragbaren CD-Spieler, aus dem laute Musik drang. Magnus trat ans Fenster, schob mit zwei Fingern die Lamellen der Jalousie auseinander und spähte hinaus. Ein paar Meter von der Stelle entfernt, wo er geparkt hatte, stand ein Lastwagen mit der Aufschrift *Leifs Möbelwerkstatt.* Magnus wusste nicht viel über den Mann, der hinter den verdunkelten Autoscheiben das Haus von Bodil Hellum unter Beobachtung hielt, war aber sicher, dass er nicht Leif hieß.

»Wollen Sie sich setzen? Nehmen Sie Stigs Sessel. Das ist der rechte.«

Etwas hielt Magnus davon ab. Er wollte lieber stehen.

»Nun setzen Sie sich doch«, sagte sie nachdrücklich.

Sie nahmen Platz. Magnus griff nach der CD-Hülle auf dem Tisch. Edith Piaf – *De l'Accordéoniste à Milord.*

»Kann ich … Ist es okay, wenn ich die Lautstärke runterdrehe?«

»Nein.«

Bodil Hellum hatte die Augen geschlossen. Das Lied endete, und ein neues begann. Es war das gleiche Stück. Magnus runzelte die Stirn.

»Psst«, sagte sie.

»Ich habe nichts gesagt.«

»Nein, aber Sie hätten es genauso gut tun können, denn Sie hören nicht zu.« Ihre Augen waren immer noch geschlossen. »*Milord.* Stigs Lieblingslied.«

Als das Stück abermals zu Ende war, stellte Bodil Hellum den Ton ganz aus.

»Ich habe sie von Stig bekommen. Die CD. Bevor ihr ihn mir weggenommen habt. Weihnachten 2001. Das war das letzte Mal, dass wir zusammen Weihnachten gefeiert haben.«

»Da haben Sie aber gut drauf aufgepasst«, sagte Magnus.

»Ja«. Sie nickte. »Stig hat auch gut auf mich aufgepasst, wissen Sie. Jetzt gibt es niemanden mehr, der sich um mich kümmert.« Sie öffnete die Augen. Trotz der beschränkten Lichtverhältnisse im Zimmer konnte Magnus sehen, dass sie seinen Blick sofort eingefangen hatte.

»Haben Sie etwas von ihm gehört?«

»Wieso sollte ich das?« Sie hob das Kinn. »Er hat nichts von all dem getan.«

»Aber haben Sie etwas von ihm gehört?«

»Das Lied hat Ihnen wohl nicht gefallen, oder?«

»Doch, es war hübsch.«

»Sie sagen nicht die Wahrheit.«

Einen Augenblick lang bereute Magnus, das Gespräch nicht draußen auf der Treppe geführt zu haben.

»Wollen Sie nicht runter in Stigs altes Zimmer gehen und nachsehen, ob er da ist?«

»Tut Lars Hox das sonst?«

»Ja.« Sie verschränkte die Beine. »Lasst meinen Jungen in Frieden. Ihr habt ihn jetzt lang genug gequält.«

»Wenn es Ihnen nichts ausmacht, gute Frau, würde ich tatsächlich gern einen Blick hineinwerfen. Dann gehe ich auch wieder.«

»Die Treppe runter und dann den Gang entlang. Es ist das hinterste Zimmer. Rühren Sie nichts an.«

Magnus ließ sie im Wohnzimmer zurück. Er ging wieder an der Küche vorbei und nahm die Treppe in den Keller hinunter. Der Gang war lang und schmal. Drei Türen. Eine am Ende und zwei in der Mitte. Magnus öffnete die erste. Eine Kammer. Vom Boden bis zur Decke waren Pappkartons übereinandergestapelt. Ein paar ungeöffnete Weinflaschen standen herum. Sie waren dick mit Staub bedeckt. Er schloss die Tür und ging zum nächsten Zimmer. Ein geräumiges Bad mit Toilette und Badewanne. Auf dem Waschtisch standen ein paar Herrenartikel: Aftershave, Deodorant und Rasierschaum. Auch hier gab es eine Staubschicht, wenngleich nicht so dick wie in der Kammer. Als ob Bodil Hellum in regelmäßigen Abständen herunterkäme und alles einigermaßen sauber hielt, für den Fall, dass ihr Sohn eines Tages nach Hause kommen sollte.

Magnus blieb stehen und betrachtete die Badewanne, in der Tonje Olsen ertränkt worden war. Stig Hellum hatte dort gestanden, wo Magnus jetzt stand. Vornübergebeugt, während er sie unter Wasser drückte. Nachdem er sie vergewaltigt und fast vierundzwanzig Stunden seine brutalen Spielchen mit ihr getrieben hatte.

Magnus öffnete den Schrank über dem Waschtisch. Im untersten Fach stand ein Glas mit einer Zahnbürste. Daneben lag eine Tube Zahncreme. Auf dem Regalfach darüber konnte er einen altmodischen Rasierer und eine Schachtel unbenutzter Klingen erkennen.

Er schloss den Schrank und ging weiter den Gang hinunter. Das nächste Zimmer war dunkel. Magnus fand den Lichtschalter. Er wartete einen Augenblick und trat dann ein.

Stig Hellums Zimmer war einfach eingerichtet. Bett, Nachttisch mit Lampe, zwei identische, nebeneinanderstehende Kleiderschränke und ein leerer Schreibtisch. Das Fenster war schmal. Es war fast oben an der Decke angebracht und ging auf den Hofplatz hinaus.

Magnus machte zwei Schritte in das Zimmer hinein, versuchte, sich Tonje Olsen auf dem Bett vorzustellen, das, ordentlich gemacht, an der Wand stand.

»Wie Sie sehen«, ertönte eine Stimme hinter ihm, »ist niemand hier.«

Magnus fuhr zusammen und drehte sich abrupt zu ihr um. Bodil Hellum stand in der Türöffnung. Völlig lautlos hatte sie sich hinunter in den Keller bewegt. Sie starrte ihn an, allerdings ohne etwas zu sehen.

KAPITEL 40

Dienstag, 13. September

Er war stark. Sie würde es niemals schaffen, sich aus seinem Griff zu befreien, während er sie vorwärtsschob. Der Wald war so dunkel, dass die Bäume nur wie hohe schlanke Schatten erschienen. Um sie herum tobte der Regen.

Abrupter Halt. Er packte sie fest. Sie versuchte, sich zu ihm umzudrehen. Er stieß sie vorwärts, riss sie aber gleich wieder zurück.

Dann schrie sie. So laut sie konnte. Sie presste alle Luft aus der Lunge und brüllte, bis ihr der Hals wehtat. Holte tief Luft und schrie abermals, ehe ihr die Stimme versagte.

»Du kannst schreien, so viel du willst«, sagte er leise. »Hedda Back ist auch von keinem gehört worden.«

Ihre Beine gaben nach. Sie wollte nicht mehr. Hier würde es enden. Der Überlebensinstinkt, der sich bei Menschen in extremen Situationen mitunter laut meldete, ließ sie im Stich. Der Körper kapitulierte. Mit dem Rücken zu ihm sank Oda auf den Boden. Er zog sie wieder hoch.

»Noch nicht, Oda«, säuselte seine Stimme. »Wenn ich sage, dass du eine Möglichkeit hast, den morgigen Tag zu erleben, dann würdest du sie ergreifen, nicht wahr?«

Sie nickte schnell. Er hielt seinen Kopf dicht neben ihren und sagte: »Dann spielen wir ein Spiel.«

Die Tränen kamen zurück. Sie zitterte. Oda spannte jeden

Muskel an, versuchte, stark zu wirken, aber ihre Glieder gehorchten nicht. Das Zittern wurde unkontrollierbar. Ihre klappernden Zähne erinnerten an das Geräusch eines Maschinengewehrs.

»Aber du musst versuchen, dich zu entspannen«, fuhr er fort. »Atme in den Bauch hinein. Sammle deine Kräfte, Oda. Denn die wirst du brauchen.«

»Lassen Sie mich einfach gehen …«, schluchzte sie. »Ich habe Sie nicht gesehen.«

Er verstärkte den Griff um ihre Handgelenke.

»Bitte …«, flehte sie und spürte gleichzeitig, wie sich ihr Gesicht in Panik verzerrte. Sie schluchzte erneut.

»Alles hängt von dir ab, Oda. Gleich lasse ich los. Dann steht es dir frei zu rennen, wohin du auch willst. Aber du bekommst nur sechzig Sekunden Vorsprung. Sieh dich um. *Sieh dich um.*«

Ihr Kopf drehte sich in verschiedene Richtungen. Sie versuchte, den Blick auf irgendetwas zwischen den Baumstämmen zu richten. Egal was. Doch da waren nur ineinander verschlungene Äste, die aussahen, als würden sie sie packen und verschlucken, sobald sie in ihre Nähe käme.

»Denk an deine kleine Familie. Denn wenn du es jetzt nicht schaffst, dich vor mir zu verstecken, ist dein Leben zu Ende, und das Dasein der kleinen Lotte wird nie wieder dasselbe sein.«

Er löste seinen Griff. Oda rührte sich nicht. Sie versuchte es, doch ihre Beine wollten nicht gehorchen. Er stieß sie in den Rücken.

»Drei … vier …«

Plötzlich war sie da. Die Stärke. Mit voller Kraft nahm sie von ihr Besitz. Sie rannte los.

»Sieben … acht …«

Die laute Stimme kam von hinten. Sie wollte sich umdrehen, um zu sehen, ob er ihr folgte. Doch um nicht das Gleichgewicht zu verlieren, müsste sie stehen bleiben. Das allerdings würde sie wertvolle Sekunden kosten. Oda lief dorthin, wo der Wald am dichtesten aussah. Über eine kleine Lichtung und dann weiter zwischen den Bäumen hindurch. Feuchte Blätter und Zweige peitschten ihr ins Gesicht und auf den Rest des nackten Körpers.

Wie viel Zeit war vergangen? Sie hatte vergessen mitzuzählen. Sie hatte vorgehabt, im Stillen mitzuzählen, es dann aber vergessen! Waren es fünfzehn Sekunden? Fünfundzwanzig?

Sie blieb stehen, hörte ihre panischen Atemzüge, spürte den Puls in den Schläfen pochen. Sie lauschte, konnte aber nichts hören. Er verfolgte sie nicht. Jedenfalls nicht in hohem Tempo. Das hätte sie gehört. Sie schlug eine andere Richtung ein und lief schneller.

Ihr Fuß verhakte sich. Sie fiel nach vorn. Versuchte, sich im Fallen umzudrehen, um nicht mit dem Gesicht aufzuprallen. Ihr Kopf schlug gegen etwas. Sie spürte, dass die Haut an ihrer Wange aufriss. Der Körper schwankte, während sie versuchte, wieder auf die Füße zu kommen. Sie spie Blätter und Erde aus und rannte weiter. Die Bäume würden sie nicht verschlingen. Im Gegenteil. Sie würden ihr helfen.

Wie viel Zeit war vergangen? Bald wohl eine Minute. Sie verringerte das Tempo, warf einen Blick in alle Richtungen, drängte sich durch Buschwerk. Scharfe feuchte Zweige stachen sie.

Plötzlich war der Wald zu Ende. Sie stoppte. Vor ihr lag ein See.

Die Zeit war um. Es musste so sein. Schnell ging sie am Wasser entlang. Suchte nach einem Ort, wo sie sich verstecken könnte. In der Ferne donnerte es.

Am Wasser war es viel zu hell. Der Bereich um den See lag offen vor dem Wald. Wenn sie hierbliebe, würde er sie sofort entdecken.

Ihr Körper glühte. Ein roter Streifen zog sich über eine ihrer Brüste. Blut tropfte aus der Nase und über die Lippen.

Sie trat ein paar Schritte zurück in den Wald, hockte sich hinter einen großen Stein, drückte sich an ihn. Sie versuchte, sich so klein wie möglich zu machen, und biss sich auf die Unterlippe.

Dann fing sie an zu zählen. Natürlich viel zu spät, aber sie wollte zählen. Erst bis zehn. Dann bis hundert. Danach bis tausend.

Wenn er sie nicht fände, ehe sie bis tausend gekommen war, würde sie weitergehen. Früher oder später würde sie irgendwohin kommen, wo Menschen waren.

Sie zählte leise in sich hinein und wiegte sich dabei vor und zurück.

Sie war bis zweiundsiebzig gekommen, als sie brechende Zweige hörte, Schritte, die näher kamen. Ihre Arme zitterten. Sie entspannte die Lippen, schmeckte Blut.

»Oda?«

Die Stimme war ganz in der Nähe. Aber er konnte sie nicht gesehen haben.

Die Schritte stoppten. Dann hörte sie nur noch den Regen, der in den See platschte.

Oda schloss die Augen. Dreiundsiebzig. Vierundsiebzig. Fünfundsiebzig. Er wiederholte ihren Namen. Die Stimme klang nicht mehr fragend, sondern konstatierte eine Tatsache. Denn er stand genau vor ihr. Die robusten Stiefel waren doppelt so groß wie ihre Füße. Sie wagte nicht, den Blick zu heben, zählte einfach weiter. Er legte die Hand an ihr Kinn, hob es ein Stückchen.

»Oda. Sieh mich an. *Oda.*«

Sie schüttelte den Kopf. Weinte und schluchzte.

»Sieh mich an«, fauchte er.

Sie versuchte, ihren Kopf nach unten zu pressen, als sie die Augen öffnete, doch sein Griff war zu stark.

»Eine kleine Haselmaus zog sich ihre Hosen aus, zog sie wieder an …« Er beugte sich zu ihr hinunter und zog die Kapuze des Ponchos ab. »Und du bist dran.«

KAPITEL 41

November 1994
MS Nordlys, *Tag 3*

Es klopfte an der Kabinentür. Nathan öffnete. Monica hatte sich umgezogen. Sie trug Jeans, ein Unterhemd und ein offenes kariertes Hemd. Sie duftete frisch nach Parfüm und Shampoo. Ihre Haare waren feucht.

»Hallo«, sagte sie leise. »Sie haben noch nicht geschlafen?«

»Nein.«

Nathan ließ die Hand auf der Türklinke ruhen. Sie reichte ihm die Kamera und schob dann die Hände in die engen Hosentaschen.

»Geht der Kurs morgen weiter?«

»Hatte ich gedacht«, erwiderte er.

»Wir könnten vielleicht an Land gehen?«

»Ja, gern.«

»Ist alles gut gegangen vorhin? Haben Sie jetzt drei neue Freunde?«

»Drei Papasöhnchen, einer schlimmer als der andere … nicht so ganz mein Geschmack.«

»Die sind ganz nett, aber ich verstehe, was Sie meinen.« Sie warf einen schnellen Blick über seine Schulter. »Lust auf Gesellschaft?«

»Ich wollte gerade Ihre Fotos entwickeln.«

»Kann ich assistieren?«

»Ich glaube, es ist am besten, wenn Sie sich ein paar Stunden Schlaf gönnen. Sagen wir, um zehn im Frühstückssaal?«

»Perfekt. Schlafen Sie gut, Mr Lockhart.«

»Nate.«

»Also …«, sagte Monica, legte die Unterarme auf den Tisch und schob die Brust vor. »Wie schlecht bin ich?«

Ein vier- oder fünfjähriges Zwillingspärchen rannte zwischen dem Buffet und dem Platz seiner Eltern hin und her. Auf dem Tisch lagen zwölf Bilder in zwei Reihen untereinander. Die meisten zeigten alte Häuser in Ålesund. Jugendstil dominierte das Stadtbild.

»Die Motive sind ganz gut«, sagte Nathan. »Jedenfalls wenn man sich überdurchschnittlich für Architektur interessiert. Und besonders für Jugendstil.«

»Haha.«

»Aber du machst auf allen den gleichen Fehler.«

»Ach ja?« Sie sah prüfend auf die Abzüge. »Welchen denn?«

»Auf allen bis auf eines. Und das ist natürlich das schönste geworden. Such es raus.«

Monica studierte die Bilder genau, während sie Nathan, in der Hoffnung, einen Hinweis zu bekommen, fragende Blicke zuwarf.

»Das sollte eigentlich nicht so schwierig sein«, sagte Nathan. »Nur dieses eine ist nämlich – dem Ideal entsprechend – perfekt.«

»Mit Idealen kenne ich mich nicht so aus«, sagte sie lächelnd und fuhr sich mit einem Finger über die Unterlippe. »Es ist das hier, stimmt's?«

Sie klopfte mit dem Finger auf das Bild, das sie von dem Mann im Café geschossen hatte.

»Ja.«

Monica legte das Foto vor sich hin. Der Mann las konzentriert die Zeitung. Seine Zigarette ruhte im Mundwinkel. Seine fettigen Haare hingen ihm nach hinten und an den Seiten herab. Eine leichte Qualmwolke von der Zigarette umgab ihn. Vor dem Fenster ging ein junger Mann im Anzug vorbei. In der Hand hielt er eine durchsichtige Plastiktüte mit leeren Flaschen.

»Dieses Bild hat eine perfekte Komposition«, sagte Nathan. »Wenn du dir die anderen Fotos anschaust, ist auf jedem dein Motiv im Mittelpunkt. Das werden dann aber nur selten gute Fotos. Hast du schon mal von Fibonacci gehört?«

»Ja.«

»Stell dir diese Spirale vor, wenn du ein Foto machst. Das Motiv sollte im goldenen Schnitt stehen, nicht im Zentrum. So etwas ist nicht immer leicht hinzubekommen, aber einfach ausgedrückt: Behalte das Motiv im Fokus, aber beweg dich ein wenig weg vom Zentrum.« Er sah auf das Foto vor ihr. »Der Typ, der vorbeigeht, ist im Zentrum, während du den mit der Zigarette fotografierst. Aber es gibt noch einen anderen wichtigen Faktor. Siehst du den?«

Monica studierte erneut das Foto.

»Er wusste nicht, dass er fotografiert wird«, sagte Nathan nach einer Weile. »In solchen Fällen werden die Bilder am besten. Genau dann fängt man den Augenblick ein. Und das ist es, was du heute machen wirst.«

KAPITEL 42

Mittwoch, 14. September

Anton hatte das Rückenteil des Bettes ein Stück hochgefahren. Der Teller mit dem Frühstück stand auf seinem Schoß, darauf zwei Scheiben Brot mit gekochtem Schinken und eine mit Leberwurst. Alle drei Scheiben waren mit einem s-förmigen Streifen Mayonnaise verziert. Das iPad leuchtete auf der Bettdecke. Auf dem Nachttisch lag das Exemplar von *17*, das Anton von Hans Gulland bekommen hatte. Magnus hatte es kurz durchgeblättert und sich die Bilder angesehen.

Von seinem Stuhl aus blickte er Anton an. Dessen Gesicht hatte wieder etwas Farbe angenommen. Von einem Beutel über dem Bett führte ein Schlauch hinunter zum Venenport in seiner Hand.

»Du bekommst also Chemo, wie ich sehe«, sagte Magnus.

Anton biss von seinem Butterbrot ab.

»Chemotherapie ist nichts gegen das hier. Der reinste Sprengstoff. Der Beutel darf nicht länger als eine Stunde im Licht stehen, sonst ist der Inhalt nicht mehr zu gebrauchen. Jetzt verstehst du vielleicht, wie schlecht es mir geht.«

»Du scheinst aber heute schon in besserer Form zu sein.«

»Besser?« Anton hob die Augenbrauen. *»Besser?«*

»Vergiss es. Und, schon Besuch gehabt heute?«

Anton berichtete, dass Elisabeth und Alexander am Abend zuvor vorbeigekommen waren und dass er mit seinen Eltern gesprochen hatte, um sie über die Situation zu informieren.

Magnus griff erneut nach dem Exemplar von *17*.

»Ich hab zu Hause ein bisschen drin rumgeblättert. Hast du es gelesen?«

»Etwa die Hälfte«, erwiderte Anton schmatzend. »Ist schon interessant, ganz falsch liegt Hans Gulland nicht. Und dabei ist er kein alter Hase, ist ja gerade mal vierundzwanzig.« Anton schluckte. »Genauso alt wie Hellum war, als er 2002 die drei Frauen umgebracht hat.«

»War er da nicht älter?«

»Nee.« Anton nahm einen neuen Bissen. »Allerdings kommt er in dem Buch ganz gut weg. Gulland lässt keinen Zweifel daran, dass Hellum ihn fasziniert. Das Interessanteste ist bis jetzt, dass Hellum offenbar am meisten darauf abfährt, wenn er über Leben und Tod seiner Opfer bestimmen kann. Wenn er die Angst der anderen steuert, so als ob er über einen Schieberegler verfügen würde.«

»Herrje …«, sagte Magnus und legte das Buch wieder weg.

»Schade, dass sie ihn damals in Ila nicht erschlagen haben. Hast du mit Martin Fjeld gesprochen?«, fragte Anton.

Magnus erzählte von seinem Besuch bei Otto Stenersen und von den Notizen, die sich der einsame alte Mann am Vorabend von Hellums Flucht gemacht hatte.

»Interessant«, sagte Anton. »Was meint Hox dazu?«

»Ich hab heute Abend mehrmals versucht, ihn anzurufen, es meldet sich aber nur die Mailbox.«

Eine Falte erschien auf Antons Stirn.

»Aber es kann doch wohl nicht sein, dass die Hellum-Gruppe nichts darüber weiß?«

Magnus zuckte mit den Schultern und erzählte Anton, dass die Gruppe mittlerweile nur noch aus einer Person bestand.

»Ich bin überhaupt nicht überrascht«, sagte Anton. »Aber was haben die da zwei Jahre lang getrieben?«

»Hox macht jedenfalls einen ziemlich gründlichen Eindruck auf mich. Das mit Otto Stenersen lässt sich vermutlich ganz natürlich erklären.«

»Sollte es auch.« Anton hielt Magnus den Teller hin. »Hunger?«

Magnus lehnte dankend ab. Anton stellte den Teller mit den Essensresten auf den Nachttisch. Stopfte sich das Kissen hinter den Kopf und entspannte den Nacken.

»Also gehen wir mal davon aus, dass bei dieser Geschichte nichts aus einem Impuls heraus geschehen ist«, sagte Magnus. »Dann muss derjenige, der Hellum geholfen hat, bis zum Schluss regelmäßig Kontakt mit ihm gehabt haben.«

KAPITEL 43

2006
Huntsville, Texas

»Der Sturm kam, ein paar Stunden nachdem wir Trondheim verlassen hatten. Im Restaurant lagen überall Teller und Gläser verstreut. Das Panoramadeck und die Bar wurden geschlossen. Es war verboten, an Deck zu gehen, und wir wurden aufgefordert, uns in den Kabinen aufzuhalten.« Nathan saß wieder mit dem Rücken zur Wand auf dem Boden. Er hatte den Kopf etwas angehoben, seine Augen jedoch blickten nach unten. Er sprach langsam. Als ob er alles vor sich sehen könnte. »Es war schlimm. Sogar die drei Jungs tauschten ihre Bierflaschen gegen Kotztüten aus. Der Wind ließ erst nach, als wir nach Honningsvåg kamen, aber da herrschte so dichter Schneefall, dass die Sicht gleich null war.«

»Ist das weit von Trondheim entfernt?«

»Etwas über drei Tage.«

»Über drei Tage bei vollem Sturm?«

»Es war nicht durchgängig so schlimm, aber zeitweilig fühlte es sich an, als ob das ganze Schiff auf der Seite lag. Wir gingen an Land, wenn Monica Zeit hatte und das Wetter es zuließ. Und nachts habe ich dann die Fotos entwickelt. Das wurde schon fast zur Routine.«

Der Pater stützte seinen Ellbogen auf dem Gitter ab und ließ das Kinn in der Hand ruhen.

»Jetzt denken Sie vielleicht, ich hätte Jennifer und Lisa damals einfach vergessen. Aber sie waren da. Die ganze Zeit. Jede Nacht hätte ich am liebsten so laut geschrien, dass der Schiffsrumpf Risse bekommen hätte, aber sobald sie auftauchte …« Nathan hielt inne und suchte nach den passenden Worten.

»Sie haben also noch einmal die Liebe erlebt?«

»Nein …«

»Nicht?«

»Es war eher wie der erste Schluck Wasser, nachdem man gerade die Wüste durchquert hat.«

»Die Liebe hat viele Gesichter, Nate.« Der Pater versuchte erfolglos, Nathans Blick aufzufangen.

»Wenn man so weit in den Norden hochkommt, ist es abends stockdunkel. Tagsüber gibt es bloß ein paar Stunden Tageslicht. Oder nicht wirklich Tageslicht. Eher so ein bläulicher Lichtschein. Äußerst schlechte Bedingungen zum Fotografieren. Wir haben dann ziemlich viel drinnen geknipst. Im Sommer ist das natürlich umgekehrt, da scheint die Sonne fast rund um die Uhr.«

»Und hat sie dann später besser fotografiert?«

»Oh ja. Sie wurde viel besser.«

»Sie haben Ihr Verspechen also eingehalten.«

»Ja.« Nathan nickte, ohne aufzublicken. »Das habe ich.«

Eine Weile sagte keiner etwas. Einer der Beamten ging zu einer der anderen Zellen hinüber. Ein schepperndes Metallgeräusch ertönte, als er die Tür öffnete. Das Gleiche war zu hören, als er die Tür wieder schloss. Er kam zu Nathans Zelle herüber. In der Hand trug er einen weißen Kittel und eine Windel.

»Es ist noch nicht mal fünf nach halb, Officer«, sagte der Pater.

Der Beamte reichte Nathan die Gegenstände durch das Gitter. Nathan nahm sie und legte sie auf die Pritsche.

»Wenn Sie sich nicht innerhalb der nächsten«, der Beamte

blickte auf die Uhr, »achtzehn Minuten umgezogen haben, tun wir das für Sie, Mr Sudlow.«

Der Vollzugsbeamte ging zurück zu seinem Kollegen und setzte sich.

»Wenn wir jetzt in einer Bar säßen«, sagte der Pater, »oder in einem Restaurant oder bei einem von uns zu Hause … Na, wo auch immer. Jedenfalls würde ich dann *Stopp* sagen. Denn jetzt ist wohl der Punkt erreicht, an dem die Geschichte endet.«

»Es wäre der Punkt, an dem sie hätte enden sollen …« Nathan blickte den Pater an. »Und wenn ich das gewusst hätte, was ich heute weiß, dann wäre es auch so gekommen.« Er befeuchtete seine Lippen. »Denn die Gefahr lauerte nicht in Kirkenes, Pater. Sie war die ganze Zeit an Bord.«

KAPITEL 44

November 1994
MS Nordlys, *Tag 5*

Am Ende des Bettes lag eine aufgeschlagene Dokumentenmappe. Ein paar beschriebene Papierbögen sowie zwei Fotos waren darum verteilt. Das erste war dasselbe, das Nir Dayan Nathan am Strand auf Jamaica gezeigt hatte. Das zweite war eine Satellitenaufnahme von Kirkenes. Das Haus, in dem Afanasiy Grekov angeblich wohnte, war mit einem Sternchen gekennzeichnet. Es lag knapp sechshundert Meter vom Kai entfernt, gleich neben den wenigen Straßenzügen, die das Zentrum der Stadt ausmachten.

Es klopfte an der Tür. Nathan sah auf die Uhr. Der neue Tag war gerade neunzig Minuten alt. Er schob die Papiere und die Fotos zu einem Stapel zusammen, legte sie in die Mappe und versteckte diese unter dem Bett, ehe er öffnete.

»Ich habe eine Überraschung für dich«, sagte Monica. Ihre Mütze war bis über die Ohren heruntergezogen. »Komm mit.«

Er sah sie verwundert an und schlüpfte dann in seine Schuhe.

»Zieh deine Jacke an. Und nimm die Kamera mit.«

»Gehen wir raus?«

Sie nickte.

»Um diese Zeit werden das draußen keine guten Bilder«, sagte er.

»Nimm sie einfach mit!«

Nathan nahm die Jacke vom Haken, zog sie über und griff nach einem Kameragehäuse aus dem Alukoffer.

Er folgte ihren ungeduldigen Schritten. Sie nahmen die Treppe zu Deck 7, durchquerten die menschenleere dunkle Bar. Monica blickte über ihre Schulter und erhöhte das Tempo. Sie schob die Tür auf und ging quer über das Achterdeck. Niemand war zu sehen. Sie lehnte sich an die Reling und hob das Kinn zum Himmel. Nathan stellte sich neben sie. Zwei frostkalte Atemwolken umgaben sie. Monica rückte näher an ihn heran. Sie brauchte nichts zu sagen. Er hatte es schon gesehen. Wie nach einer Explosion hatten die dichten Wolken angefangen, sich voneinander zu trennen. Ein schwaches grünes Licht offenbarte sich zwischen ihnen. Die Wolken wichen noch weiter auseinander. Lange Wellen aus grünem und violettem Licht tanzten am Himmel. Die leuchtenden Farben glitten lautlos umher und umschmeichelten einander vor einem sternenübersäten Himmel als Kulisse.

Wortlos verharrten sie an der Reling. Monica ließ den Kopf auf seine Schulter sinken.

»Willst du keine Fotos machen?«, fragte sie nach einer Weile.

»Gleich«, erwiderte er. »Aber diesen Augenblick kann ich ohnehin nicht einfangen.«

Sie ließ die Hand an seinem Rücken herabsinken. Nathan hob den Kopf zum Himmel und sagte: »Reinste Magie!«

»Aber nein, es gibt eine ganz einfache Erklärung. Das sind Nachwirkungen von Stürmen an der Oberfl…«

»Monica«, unterbrach er sie. »Können wir nicht einfach so tun, als wäre es Magie?«

»Klar«, sagte sie lachend.

Ein paar Minuten verharrten sie schweigend, ehe Monica die Stille brach: »Du hast vor ein paar Tagen gesagt, dass es zu Hause niemanden gibt, der auf dich wartet.«

»Mhm.«

»Es gibt also nichts, was dich an New York bindet?«

Nathan spähte in den Himmel.

»Nate?«

»Ja?«

Sie wiederholte die Frage.

»Nein … Nein. Vermutlich nicht. Wo sind wir jetzt eigentlich?«

»Kurz vor Berlevåg. Aber … was muss passieren, damit du *nicht* nach Hause fährst?«

»Im Grunde genommen nicht so viel«, erwiderte Nathan ruhig. »Der nächste Halt ist Kirkenes, oder?«

»Ja, in sieben Stunden. Der letzte Halt, bevor wir umkehren. Ich würde ja gern mit dir auf einem Hundeschlitten fahren, aber ich muss die ganzen drei Stunden arbeiten, während wir am Kai liegen. Ist immer etwas mehr zu tun, bevor wir umkehren und zurückfahren. Meine Schicht geht bis zwei, und dann muss ich von fünf bis zehn im Service arbeiten. Wenn du magst, können wir am Nachmittag zusammen einen Kaffee trinken. Und am Samstag beginnt meine Schicht nicht vor vier, dann können wir den ganzen Tag zusammen verbringen.«

»Das würde ich gern.«

»Was denn? Einen Kaffee trinken«, sie grinste, »oder am Samstag sechs oder sieben Stunden mit mir gemeinsam verbringen?«

»Muss ich mich entscheiden?«

Monica schlang die Arme um ihn, legte ihre Wange an seine und sagte: »Nein.«

KAPITEL 45

Mittwoch, 14. September

Das Einzige, was man am blauen Himmel sehen konnte, war ein Kondensstreifen.

Der letzte aktive Mitarbeiter der Hellum-Gruppe saß am Steuer seines zivilen Dienstwagens. Mit zuckendem Blaulicht folgte das Auto der Straße, die sich den Hügelkamm zur Festung Fredriksten hinaufzog. Magnus saß neben Hox und betätigte den Knopf für das Martinshorn, um einen Busfahrer zu warnen, der von einer Haltestelle abfahren wollte. Die Bremslichter des Busses leuchteten rot, und er stoppte mit einem Ruck. Magnus stellte die Sirene wieder ab, als sie das Fahrzeug passiert hatten.

»Die Beschattung von Bodil Hellum«, begann Magnus. »Ist auch letzte Nacht nichts passiert?«

»Nein, abgesehen davon, dass du gestern bei ihr warst«, sagte Lars Hox und sah Magnus mit schiefem Lächeln an. »Wäre übrigens nicht von Nachteil, einander zu erzählen, was man so vorhat.«

»Ich hab versucht, dich anzurufen«, sagte Magnus. »Aber es ging immer gleich die Mailbox ran.«

»Du hast angerufen?« Lars Hox bog von der Hauptstraße ab. »Mein Handy spinnt manchmal.«

Der Asphalt ging in Schotter über. Hox drosselte das Tempo. Magnus schaltete das Blaulicht aus, als sie zu dem großen offenen Platz hinter der Festung Fredriksten kamen. Ein halbes Dutzend

Streifenwagen stand in zwei Reihen auf dem Platz. Magnus zählte neun Polizeibeamte. Am Tor der Festungsmauer war ein Absperrband befestigt worden. Ein Beamter stand in der Nähe und telefonierte. In einigem Abstand von den Polizisten hatte sich eine Gruppe von Personen zusammengefunden, die einzig und allein ihre Neugierde zu befriedigen suchten.

Lars Hox war schon ausgestiegen, ehe der Wagen zum Stehen gekommen war. Er klopfte auf die Motorhaube, um Magnus zur Eile anzutreiben. Magnus antwortete mit einem Nicken, blieb aber sitzen. Es gab so viele verschiedene Tatorte, wie es Morde gab. Eines jedoch war an allen Tatorten gleich. Das Chaos ringsumher. Während seiner Zeit bei der Streifenpolizei in Fredrikstad war es Magnus meist gelungen, als Erster am Tatort zu sein, bevor alle anderen nach und nach auftauchten. Er hatte sich einen Überblick über die Situation verschaffen können, hatte versucht, Details zu registrieren, und dafür gesorgt, dass diese an die Kriminaltechniker und an die Ermittler weitergegeben wurden. Sobald die Ermittler an den Tatort kamen, war seine Aufgabe beendet. Er musste dann nur noch eine neue Seite im Berichtsheft aufschlagen und sich auf die nächste Aufgabe vorbereiten.

Jetzt spürte Magnus, dass er genau das vermisste, die unvorhersehbaren, aber dennoch einfachen Dinge. Er wollte zurück zur Polizeidienststelle in Fredrikstad. Mehr als alles andere hatte er sich gewünscht, von dort wegzukommen, aber *genau in diesem Moment*, während er das Chaos um sich herum registrierte, kam ihm der Gedanke, dass er vielleicht noch nicht bereit dafür war. Wenn Anton dabei wäre, würde es anders aussehen, denn genau das war Sinn und Zweck des Ganzen. Er sollte Anton ein oder zwei Jahre während der Arbeit bei der Kripo begleiten. Und erst wenn er selbst – *und Anton* – der Ansicht waren, dass er bereit wäre, würden sie ihm die Verantwortung für eigene Fälle übertragen. Bis vor zwei Tagen war er sich sicher gewesen, der Aufgabe schon jetzt gewachsen zu sein. Aber der Anblick des jungen, malträtierten Körpers auf dem Stahltisch des Dänen hatte etwas mit ihm gemacht. Er wusste nicht, was genau. Er hatte schon tote Menschen gesehen, deren Körper sich in weitaus schlimmerer Verfassung befunden hatten. Einmal hatte er einen Motorradhelm vom Seitenstreifen an der E6 aufgehoben, in dem noch der Kopf steckte. Zwei Stunden später hatte er zu Mittag gegessen. Der Anblick von Hedda Back war demnach nicht zu starke Kost für ihn gewesen. Vermutlich hatte es eher mit dem zu tun, worüber Anton in Sandefjord gesprochen hatte. Bosheit.

Lars Hox klopfte abermals auf die Motorhaube. Seine Lippen bewegten sich, aber Magnus konnte weder hören noch erraten, was er sagte.

Er stieg aus und schloss sich Hox an. Die Stimmen der Schaulustigen hinter dem Absperrband summten in seinen Ohren.

Der Polizeibeamte beendete sein Telefonat. Er begrüßte die beiden mit Handschlag und stellte sich als Einsatzleiter vor.

»Das ging ja schnell«, sagte er. »Ich hätte nicht gedacht, dass …«

»Zeig uns, wo sie ist«, unterbrach Magnus ihn.

Der Einsatzleiter führte sie weiter. Sie duckten sich unter dem Absperrband hindurch und gingen Schulter an Schulter auf das Burgwalltor zu.

»Die Tote ist noch nicht offiziell identifiziert«, sagte der Einsatzleiter, »aber sie ist die Eigentümerin von Myhre & Partner. Immobilienmakler. Oda Myhre.«

Die Sonne verschwand irgendwo hinter ihnen. Vom Inneren der Zitadelle führte ein langer, steil abfallender und mit Kopfsteinpflaster bedeckter Weg zwischen den alten Festungsgebäuden mit Walmdach und hübschen Fassaden nach unten. Ein Polizist stand mit dem Rücken zu ihnen am gegenüberliegenden Tor.

Magnus musste langsamer gehen und achtete darauf, mehr Gewicht auf das gesunde Bein zu verlagern.

Der Einsatzleiter informierte sie, dass ein Hausmeister die Tote gefunden habe, als er am Morgen gekommen war, um die Flagge zu hissen.

»Wir müssen da hinauf.« Der Einsatzleiter zeigte auf den Burgwall und blickte sich dann um, wie um sich zu vergewissern, dass die beiden noch da waren. »Das hier hängt also mit dem Fall in Sandefjord zusammen?«, fragte er.

Magnus blieb neben dem Fahnenmast stehen, der an einer grasbedeckten Stelle aus dem Schotter ragte. Weder er noch Lars Hox beantworteten die Frage des Einsatzleiters. Die Flagge lag neben dem Mast auf dem Boden. Sieben Kanonen waren auf das Zentrum der Stadt gerichtet. Der Einsatzleiter bückte sich und hob die Flagge auf, rollte sie zusammen wie ein altes Handtuch und stopfte sie sich unter den Arm.

Die Tote lag vor den 350 Jahre alten Kanonen.

Magnus trat bis dicht an den Rand des Festungswalls. Lars Hox war schon bei der Leiche. Die Morgensonne stand so tief, dass der Schatten der Festung und des Hügels, auf dem sie lag, weit über den Abhang und bis über die halbe Stadt reichte.

Oda Myhres Beine waren mit Rissen und Wunden übersät. Die Augen waren offen. Das Geschlechtsteil war gerötet und geschwollen, der Mund war halb geöffnet. Ihre Haare standen in alle Richtungen ab. Unter den Nasenlöchern war eine getrocknete Schaumperle zu erkennen.

Der Kondensstreifen am Himmel war immer noch da. Aus dem Augenwinkel konnte Magnus sehen, dass Lars Hox die Tote jetzt von der anderen Seite betrachtete.

»Da jetzt noch eine Leiche aufgetaucht ist«, begann Magnus, »stellt sich die Frage, wie lange es wohl dauert, bis wir Hans Gulland und sein verfluchtes Buch in irgendeiner Zeitung sehen, wo er dann verkündet, dass Stig Hellum zurück ist.«

»Hat er nicht gesagt, dass er nichts dergleichen tun will?«

»Das war am Montag. Da hatten wir es mit einer Leiche zu tun. Jetzt haben wir zwei.«

»Wir werden vermutlich kaum zum Arbeiten kommen, wenn dieses Hellum-Geschwür jetzt platzen sollte.«

Die beiden Polizisten blickten einander an. Dann sagte Hox: »Wer ruft an und bittet ihn, die Klappe zu halten? Du oder ich?«

»Schaffst du es, nett und freundlich zu sein?«

»Natürlich. Ich weiß ja jetzt, wie wenig er erträgt.«

»Gut. Dann ruf ihn gleich an. Ich gehe zurück zum Wagen und spreche mit Anton.«

Die Zuschauermenge auf der Rückseite der Festung war angewachsen. Inzwischen hatte man ein weiteres Absperrband zum Schutz vor den Schaulustigen angebracht. Ein Übertragungswagen des Fernsehsenders *NRK Østfold* war auch schon eingetroffen. Ein Journalist vom *Halden Arbeiderblad* versuchte, einem der Polizisten einen Kommentar zu entlocken. Magnus ging über den Platz und öffnete die Beifahrertür des Wagens. Gerade als er sich hineinsetzen wollte, hörte er hinter sich einen Motor aufheulen.

Ein Wagen kam angeschossen. Eine dicke Staubwolke folgte dem Fahrzeug. Die Polizeibeamten auf dem Platz wichen zurück und streckten schützend die Hände aus. Der Fahrer bremste hart ab und parkte den Wagen schräg vor dem Burgtor. Noch während der Motor lief, stürzte der Mann aus dem Wagen und rannte auf das Absperrband zu. Er war gut gekleidet, trug eine dunkle Anzughose und ein weißes Hemd, er hatte dunkle Haare mit grauen Schläfen. Ein Polizist trat ihm entgegen. Der Mann rief nach Oda. Er wiederholte den Namen mehrmals und wurde dabei immer lauter. Der Polizist breitete die Arme aus, um ihn am

Weitergehen zu hindern. Der Mann lief einfach weiter, als hätte er den Polizisten gar nicht wahrgenommen.

Der Polizeibeamte packte ihn mit beiden Händen und schloss die Arme um seinen Oberkörper. Der Mann versuchte, sich loszureißen. Er trat um sich und schlug nach dem Polizisten, während er wieder und wieder Odas Namen brüllte. Auf der Rückbank des Wagens konnte Magnus einen kleinen blonden Kopf und zwei dünne Arme sehen, die am Fensterrahmen klebten. Ein kleines Mädchen hatte das Gesicht an die Scheibe gepresst.

Ein neuer Aufschrei entfuhr dem Mann, gefolgt von einem Schluchzen. Er kämpfte nicht mehr gegen den Polizisten an und sank auf den Boden. Die hintere Tür des Wagens wurde geöffnet. Die Kleine sprang heraus. Magnus ließ sein Handy auf den Beifahrersitz fallen, stieg aus und ging ihr entgegen. Keiner der anderen Polizeibeamten hatte mitbekommen, dass das Mädchen sich mit schnellen Schritten näherte. Alle standen in einem Kreis um den Mann auf dem Boden.

»Hallo«, sagte Magnus und ging vor dem Kind in die Hocke.

Ihr Gesichtsausdruck wirkte ernst. Die Augen waren bekümmert.

»Wir suchen Mama.«

Der Mann saß immer noch auf dem Boden. Ein Polizist stand über ihn gebeugt und hatte ihm einen Arm auf die Schulter gelegt. Magnus streckte die Hand aus und sagte: »Möchtest du mit mir zu dem Streifenwagen kommen?«

Die Kleine beugte sich zur Seite und sah an ihm vorbei. Magnus machte einen Schritt und versperrte ihr die Sicht.

»Ich heiße Magnus. Und wie heißt du?«

»Lotte.«

»Magst du mit mir kommen?«

Sie schüttelte den Kopf.

»Es ist nicht gefährlich«, fuhr er fort. »Wir können uns auch in einen Streifenwagen setzen.«

»Bist du Polizist?«

»Ja.«

»Warum trägst du dann keine Uniform?«

»Weil nicht alle sofort sehen müssen, dass ich Polizist bin.« Magnus führte die Hand zum Rücken und zog die Handschellen hervor, die diskret unter dem Jackett verborgen waren. Er zeigte sie ihr. »Siehst du?«

Sie blickte ihn mit großen Augen an. »Du bist Geheimpolizist.«

Er nickte. »Komm.«

Sie ließ sich von Magnus an die Hand nehmen. Er führte sie zu dem Streifenwagen, der am weitesten vom Burgtor entfernt stand, und drehte sich dabei immer wieder um. Er hob die Kleine auf den Fahrersitz und ging selber an der Türöffnung in die Hocke. Sie drehte sich herum, kniete sich auf den Sitz und spähte aus dem Heckfenster. Dann sank sie wieder auf den Sitz hinunter und fasste nach dem Lenkrad.

»Ich werde Montag operiert.« Sie strich sich mit dem Finger über die Lippenspalte. »Mama sagt, dass alles gut wird.«

KAPITEL 46

November 1994
Kirkenes, Tag 5

Das Thermometer am Hafen zeigte minus 23 Grad Celsius.

Es war 09:28 Uhr, und der noch dunkle Himmel war sternenklar. Nathan durchquerte die wenigen Straßenzüge, die das Zentrum von Kirkenes ausmachten. Frostiger Atemnebel drang ihm aus Mund und Nase. Die hohen Schneewälle am Rand machten die Straßen eng. Ein scharfer Wind fegte um die Hausecken und wirbelte Schnee auf. Im Schein der Laternen wirkte es, als fielen frische Flocken. Ein Reisebus, der unten am Hafen Passagiere von der *MS Nordlys* aufgesammelt hatte, schwankte an ihm vorbei.

Nathan zog die Schultern bis zu den Ohren hoch, warf einen Blick hinter sich und überquerte die Fahrbahn. Er folgte der Roald Amundsen gate den langgezogenen und steilen Hügel hinauf. Mit Ausnahme einiger Reihenhäuser wirkten alle Gebäude identisch. Klein und zweistöckig. Ein Jugendlicher auf einem Schlitten kam in voller Fahrt auf ihn zugerast. Nathan trat zur Seite. Der Junge winkte ihm im Vorbeifahren zu und schwang dabei eine Glocke. Nathan zog die Satellitenaufnahme mit der Sternmarkierung hervor. Grekovs Haus müsste vier Häuser weiter vor ihm liegen, 200 bis 250 Meter entfernt. Er steckte das Foto zurück in die Tasche. Hinter ihm ertönte ein kratzendes Geräusch von Metall auf Asphalt. Die Straße wurde in orangenes Licht getaucht. Ein Räumfahrzeug.

Oben auf dem Hügel stand das Denkmal eines Soldaten auf einem steinernen Sockel. Es war zum Teil mit Schnee bedeckt. Der Soldat hielt eine Maschinenpistole in der Hand. Nathan blieb stehen. Es war ein russischer Soldat. Nathan trat dicht an den Sockel. Vom Gewehrlauf hingen ein paar kleine Eiszapfen herab. Ein Text war auf Russisch und auf Norwegisch in den Sockel eingraviert. Nathan fegte den Schnee weg und las den russischen Text: *Den tapferen Soldaten der Sowjetunion. Zur Erinnerung an die Befreiung von Kirkenes. 1944.*

Irgendwo ging eine Tür. An dem zweiten Haus unten in der Straße war die Außenbeleuchtung eingeschaltet worden. Ein Mann ging die Treppe hinunter. Sein Wagen stand schon bereit und tuckerte im Leerlauf. Nathan nahm wieder das Foto hervor.

Das war es.

Er stellte sich hinter das Denkmal. Der Wagen rollte rückwärts aus der Einfahrt und fuhr dann an ihm vorbei. Der Fahrer war unmöglich zu erkennen. Nathan sah nur, dass er eine Kosakenmütze trug. Die Bremsen quietschten, als der Wagen zum Fuß des Hügels kam. Nathan wartete, bis das Motorengeräusch verschwunden war, und überquerte dann die Straße. Er trat auf den Vorplatz zu und schlüpfte durch die offene Pforte, ging in den Reifenspuren des Wagens weiter, bis er Grekovs Fußabdruck auf der Treppe sah.

Die Tür war unverschlossen. Nathan blickte sich prüfend um. Er konnte den Lärm des Räumfahrzeugs in der Nebenstraße hören, sah aber niemanden. Auf der Treppe zog er sich die Stiefel aus, fischte die Pistole aus der Innentasche seiner Jacke, nahm die Stiefel und trat ein.

Der Flur war schmal. Eine Treppe führte in das obere Stockwerk. Mit gezückter Pistole und den Stiefeln in der Hand inspizierte Nathan das Erdgeschoss. Es gab nur ein Wohnzimmer, eine

Küche und ein kleines Bad. Nathan überprüfte den Backofen. Leer. Danach den Kühlschrank. Zwischen ein paar Packungen Aufschnitt und einem Stück Käse lag eine Makarow-9-Millimeter-Pistole. Nathan steckte sie in die Jackentasche.

Dann schlich er die Treppe hoch. Das Obergeschoss bestand aus Schlafzimmer, Arbeitszimmer und einem Raum, der anscheinend als Kammer diente. Er öffnete den Schrank im Schlafzimmer. Nur Herrenbekleidung. Ganz unten stand eine Schachtel in der Größe eines Schuhkartons. Er öffnete sie. Sie enthielt einen Revolver Kaliber .38 und Munition. Er ließ die Patronen in seine Innentasche fallen, ging wieder nach unten und drehte den Lehnstuhl so, dass er die Haustür im Blick hatte. Dann setzte er sich im Dunkeln hin und hielt die Pistole auf dem Schoß.

Eine Viertelstunde später kam ein Wagen auf den Vorplatz gefahren. Der Motor wurde ausgeschaltet, eine Tür knallte zu, auf der Treppe waren schwere Stiefel zu hören. Die Tür ging auf. Ein kalter Luftzug drang von draußen in Flur und Wohnzimmer. Nathan sah die dunkle Silhouette in der Türöffnung. Der Mann klopfte die Stiefel an der erhöhten Türschwelle ab und trat dann ein. Die Tür schloss sich wieder. Afanasiy Grekov zog Jacke und Stiefel aus, legte die Kosakenmütze auf das Garderobenbrett und trat in die Küche. Er kramte herum und summte dabei leise.

Nathan stand auf und stellte sich an die Wand, die die Küche vom Flur trennte. Er hob die Pistole. Ein quietschendes Metallgeräusch ertönte. Der Wasserhahn wurde aufgedreht. Nathan bewegte sich weiter vor. Auf dem Tisch lag eine Tüte mit frischen Brötchen. Afanasiy Grekov stand mit dem Rücken zu ihm und gab Wasser in einen Topf. Plötzlich erstarrte er. Stand für einen Moment völlig reglos da, ehe er den Topf behutsam auf den Herd stellte und das Gerät einschaltete. Er war dünn und wirkte ungelenk. Die wenigen Haare, die er noch auf dem Kopf hatte, waren weiß geworden. Er stand vor dem Herd und blickte auf den Topf. Dann sagte er auf Russisch: »Kann ich erst frühstücken und etwas Tee trinken?

»Ich denke nicht, dass das Wasser die Siedetemperatur erreichen sollte.« Erwiderte Nathan ebenfalls auf Russisch.

»Es war die Reise nach Oslo, die mich verraten hat, stimmt's?«

»Schalten Sie den Herd aus. Mein Russisch ist etwas eingerostet«, fuhr Nathan dann auf Englisch fort. »Aber ja. Die Reise hat Sie verraten.«

Afanasiy Grekov betätigte den Schalter, drehte sich dann langsam um und legte den Kopf ein wenig schräg.

»Mr Sudlow«, sagte Grekov. »Als wir einander zuletzt begegnet sind, befanden Sie sich in der Küche, und ich stand da, wo Sie jetzt stehen – abgesehen davon, dass ich keine Waffe hatte. Erinnern Sie sich?«

»Ja.«

»Sind Sie mit Hurtigruten gekommen? Ich habe das Schiff unten im Hafen gesehen.«

»Ja.«

»Schlau … wirklich schlau. Zu Beginn war ich etwas mehr auf der Hut. Hab nie mehr als eine Woche an einem Ort übernachtet. Ein bisschen in Schweden. Ein bisschen in Finnland. Letztlich habe ich mich hier oben niedergelassen.« Grekov deutete auf den Küchentisch. »Ist es okay, wenn ich mich setze?«

Nathan nickte. Grekov setzte sich auf den Stuhl neben dem Kühlschrank, fischte ein Brötchen aus der Tüte und zerteilte es mit zwei Fingern.

»Sie können mich nicht mit leerem Magen sterben lassen. Darf ich mir den Käse aus dem Kühlschrank holen?«

Grekov öffnete den Kühlschrank und kramte darin herum.

»Der Käse liegt noch da«, sagte Nathan.

Er trat einen Schritt vor und stellte sich einen Meter von Grekov entfernt an die Wand. Grekov nickte mit zusammengepressten Lippen, nahm den Käse heraus und schloss die Kühlschranktür. Nathan öffnete eine Schublade und reichte ihm den Käsehobel.

»Danke.«

Grekov schnitt sich etwas vom Käse ab und legte die Scheiben auf die eine Hälfte des Brötchens, ohne noch mehr zu sagen. Dann aß er und starrte dabei in den dunklen Vormittag vor dem Fenster.

»Das Letzte, was ich hörte, war, dass Sie verschwunden wären«, sagte er kauend und schluckte. Dann legte er das Brötchen weg. »Aber hier stehen Sie.«

»Hier stehe ich.«

»Auf Nir Dayans Befehl.« Grekov führte den Zeigefinger an den Kopf und ließ ihn kreisen. »Ich überlege gerade, wie ich Ihnen etwas erklären kann.«

»Was denn?«

»Wenn ich Ihnen sagen würde, dass man Sie hinters Licht geführt hat, würden Sie mir dann glauben?«

»Nein.«

Grekov nahm einen neuen Bissen. Kaute.

»Ich hab's geahnt.« Er legte erneut das Brötchen weg, schnitt zwei Scheiben Käse ab, rollte sie zusammen und schob sie sich in den Mund. Mit dem Kopf deutete er auf das Fenster und die Dunkelheit draußen.

»Diese Stadt unterscheidet sich gar nicht mal so sehr von der, in der ich aufgewachsen bin.«

»Essen Sie auf.«

Grekov blickte auf sein halb aufgegessenes Brötchen, holte tief Luft und stöhnte.

»Finden Sie nicht, dass wir genug gegeben haben, Mr Sudlow? Wir beide haben ein Kind verloren und die Frau, die wir liebten.«

Nathan hob die Pistole. Grekov sah ihn an. Seine Augen wirkten friedfertig.

»Zwei«, sagte Nathan. »Zwei Kinder. Sie war schwanger. Genau wie Ihre Frau.«

»Das wusste ich nicht.« Grekov schnaubte. »Tut mir leid, das zu hören.«

Nathan spannte den Abzugshahn.

»Ich verstehe schon, dass Sie gekommen sind, um das zu tun, was Sie tun müssen. Egal was ich noch zu sagen hätte.« Grekov drehte sich auf dem Stuhl herum, sodass er Nathan direkt gegenübersaß. »Und das ist schon okay. So ist das Leben, das wir uns ausgesucht haben. Aber erst würde ich Ihnen gern etwas zeigen.«

KAPITEL 47

Mittwoch, 14. September

Durch die dünne Wand des kümmerlichen Badezimmers konnte er Lars Hox' Stimme hören. Magnus verstand nur Bruchstücke des Telefonats. Er drehte den Hahn auf, ließ das Wasser laufen und spritzte es sich dann ins Gesicht. Zwischen unzähligen winzigen Zahnpastaflecken blickten ihn müde Augen aus dem Spiegel an.

Abermals klatschte er sich kaltes Wasser ins Gesicht und ging zurück zu Hox, der das Telefonat gerade beendete.

»Heute Nachmittag soll auf der Polizeidienststelle in Sarpsborg eine Pressekonferenz abgehalten werden.«

Magnus nahm einen Stuhl, rollte ihn über den Boden und setzte sich vor Hox' Schreibtisch.

»Woran der verantwortliche Ermittler teilnehmen soll«, fuhr Hox fort.

»Mist«, sagte Magnus leise.

»Was?«

»Nichts … Wann findet das statt?«

»14 Uhr.«

Noch drei Stunden. Zeit genug, um Anton vorzubereiten. Es musste doch wohl möglich sein, ihm ein paar Pillen zu verabreichen, die die Schmerzen in Schach hielten, ohne dass er davon high wurde, sichtbar high jedenfalls. Wichtig war allein, dass er dort vor den Kameras und Mikrophonen saß.

»In Ordnung«, sagte Magnus. »Kannst du mir die Liste von Hellums Besuchern in Ila geben?«

»Was willst du denn damit?«

»Durchsehen, was sonst?«

»Das habe ich schon getan.«

»Mag sein, aber Anton will, dass wir das noch einmal machen.«

»Das ist reine Zeitverschwendung. Die Besucher sind allesamt überprüft worden.«

»Anton möchte es aber.«

»Brekke ist doch nicht einmal hier«, sagte Hox unverblümt.

»Kannst du mir nicht einfach einen Ausdruck geben, damit wir weiterkommen?«, entgegnete Magnus.

»Jetzt hör mal zu, was ich dir sage, Torp.« Hox beugte sich etwas vor, als wollte er ein ernstes Wort mit einem Kind reden. »Die sind überprüft. Jeder einzelne Name. Keiner kommt da für irgendwas infrage.«

Magnus wollte etwas erwidern. Zögerte. Überlegte. Sollte er es sagen oder lieber nicht? Denn egal wie man es betrachtete, so war Hox gescheitert. Zwei Jahre lang hatte er versucht, Hellum zu fassen, doch das Einzige, was er in die Hände bekommen hatte, waren ein paar Haare aus einem Abflussrohr in irgendeinem Slum auf der anderen Seite des Globus. Niemand erwartete noch etwas von ihm. Nicht nach zwei Jahren. Die Verantwortung für diesen Fall lag bei Anton und Magnus. Und in diesem Augenblick nur bei Magnus. Es spielte keine Rolle, ob Hox die Besucherliste zehnmal oder tausendmal durchgesehen hatte. Denn der Name, den sie suchten, stand darauf. Es musste so sein.

Abgesehen davon gefiel ihm der Ton nicht, den der gleichaltrige Kollege ihm gegenüber angeschlagen hatte. Magnus hatte seine Überlegungen schließlich abgeschlossen und sagte: »Genauso wie ihr Otto Stenersen überprüft habt?«

Magnus zählte langsam in sich hinein. Er war bei vier angelangt, als Hox antwortete.

»Otto Stenersen habe ich getroffen.«

Magnus erzählte von dem Besuch bei dem alten Mann am Abend zuvor.

»Wir haben ihn zweimal im Cato-Zentrum besucht, wo er zur Reha war«, sagte Hox. »Beim letzten Mal war er noch deprimierter als davor und hatte eigentlich auch kein Interesse, mit jemandem zu reden.« Hox lehnte sich zurück. »Aber ein Auto hat er uns gegenüber nicht erwähnt.« Er biss sich auf die Unterlippe.

»Deswegen möchten Anton und ich uns noch mal die Liste mit den Besuchern in Ila ansehen. Das ist doch nicht als Kritik gemeint.«

»Nein ...?« Hox drückte auf ein paar Tasten. Am anderen Ende des Raums begann ein Drucker zu summen. Hox legte die Füße auf den Schreibtisch und verschränkte die Arme. »Bitte sehr.«

Die Liste umfasste dreizehn Namen.

Bodil Hellum hatte ihren Sohn seit der Urteilsverkündung einmal pro Woche besucht. Ab Dezember 2012 war sie, wie Victor Wang berichtet hatte, nur noch alle 14 Tage zu Besuch gekommen.

Im Juni 2003 hatten ihn drei Männer und eine Frau, allesamt mit dem Familiennamen Hellum, besucht. Es war das einzige Mal, dass sie im Gefängnis gewesen waren.

»Diese vier Hellums«, sagte Magnus.

»Drei Cousins und eine Cousine«, entgegnete Hox. »Die wohnen alle in Westnorwegen.«

»Bist du dort gewesen und hast mit denen gesprochen?«

»Was glaubst du, Torp?«

Magnus zuckte mit den Schultern und sagte: »Gehen wir mal davon aus, dass du dort gewesen bist.«

»Ja, oder genauer: nicht ich. Aber zwei von uns sind ein paar Tage nach der Flucht da rübergefahren. Diese Verwandten haben Hellum ein einziges Mal besucht und hatten danach keinen Kontakt zu ihm.«

Magnus hielt den Blick auf die Namen gerichtet und saugte dabei an einem Kugelschreiber. Diese Verwandten konnten jedenfalls gestrichen werden.

»Weißt du, wann Hellum erfahren hat, dass er nach Halden verlegt werden sollte?«

»Am 18. August«, erwiderte Hox, ohne viel nachdenken zu müssen.

Das Datum lag zwei Wochen vor dem Fluchtzeitpunkt. Die Liste musste eingegrenzt werden.

Magnus benötigte ein paar Minuten, um alle Datumsangaben auf der Liste durchzusehen und die Namen derjenigen Personen herauszusuchen, die Hellum in den letzten vierzehn Tagen in der Haftanstalt Ila besucht hatten.

Am Ende blieben vier Namen übrig, die er auf einem Klebezettel notierte: Bodil Hellum, Hans Gulland, Cornelius Gillesvik und Siw Fludal.

»Ich denke, wir sollten uns noch mal mit Hans Gulland unterhalten«, sagte Magnus. »Ich werde aus ihm nicht ganz schlau.«

»Das brauchst du auch nicht. Weil ich alles über ihn weiß.«

Magnus betrachtete den anderen Namen, den Hox während der Besprechung in Bryn erwähnt hatte: Cornelius Gillesvik. Magnus verglich den Namen mit den Zeitangaben auf dem anderen Blatt. In zwölf Jahren hatte Cornelius Gillesvik Stig Hellum siebenundachtzig Mal besucht. Nur die Mutter stand häufiger auf der Liste.

»Der letzte Besuch erfolgte zwei Tage vor der Flucht«, erklärte Hox, ehe Magnus es selbst sah. »Aber Gillesvik ist am Tag der

Flucht nach Thailand geflogen. Er kam erst ein halbes Jahr später zurück.«

»Wie hast du die Vernehmung durchgeführt?«

»Wir haben telefonisch mit ihm gesprochen. Und in den letzten anderthalb Jahren war ich häufiger bei ihm zu Hause, als ich zählen kann.« Hox schnalzte mit der Zunge. »Da bleibt wohl nur noch ein Name übrig, oder? Denn du hast doch diejenigen aufgeschrieben, die ihn in den letzten vierzehn Tagen seiner Haft in Ila besucht haben? Du hättest mich auch einfach fragen können, weißt du.«

»Siw Fludal.«

»Jetzt kommt die große Enttäuschung«, sagte Hox. »Fludal ist die Anwältin.«

»Ja …«, seufzte Magnus. »Ich hab den Namen gleich erkannt.«

»Frag einfach.« Hox lächelte freundlich. »Wenn irgendwo etwas geschrieben steht, was mit diesem Fall zusammenhängt, dann hab ich's hier.« Er klopfte sich mit dem Finger an die Schläfe.

Magnus knüllte den Klebezettel zusammen und ließ ihn auf dem Schreibtisch liegen. Abermals warf er einen Blick auf die Besucherliste. Cornelius Gillesvik wohnte in Missingmyr. Eine Viertelstunde entfernt. Die Pressekonferenz fand erst in knapp drei Stunden statt. Magnus hatte mehr als genug Zeit, um zu Anton zu fahren und ihn vorzubereiten, einen Abstecher nach Missingmyr zu machen, um mit Cornelius Gillesvik zu reden, danach Anton abzuholen und auf die Polizeidienststelle nach Sarpsborg zu bringen.

»Wohin willst du?«

»Nach Missingmyr.«

»Zu Gillesvik?«, sagte Hox mit lauter Stimme und lachte. »Du meine Güte, Torp. Er *hat* ein Alibi! Wie oft muss ich das noch sagen? Alle wurden überprüft. Wenn du alles kontrollieren willst, was ich in diesem Fall getan habe, kommst du zu nichts anderem mehr.«

»Das Alibi, das Gillesvik für den Tag von Hellums Flucht hat, interessiert mich gar nicht mal so sehr. Das Gleiche gilt für Hans Gulland. Was mich interessiert, ist, wo sie an dem Abend davor gewesen sind. Aber das kannst du ja vielleicht auch beantworten?«

KAPITEL 48

November 1994
MS Nordlys, *Tag 5*

Von Nathans Kabine an der Steuerbordseite aus war nichts anderes zu sehen als Eisschollen, die in der dunklen See trieben.

Er ging ins Bad. Die improvisierte Dunkelkammer war verwüstet, der Spiegel zerbrochen, zwei der drei Plastikschalen befanden sich auf dem Boden. Ein Vergrößerungsapparat lag verkehrt herum im Waschbecken. Zwei Dutzend Wäscheklammern lagen überall verstreut.

Nathan ballte die blutende Hand zur Faust und ließ sie auf dem Waschtisch ruhen, während er sich selbst in dem zerbrochenen Spiegel betrachtete. Er legte den Vergrößerungsapparat auf den Boden, drehte den Warmwasserhahn auf und ließ das Wasser so lange fließen, bis heißer Dampf aufstieg. Dann hielt er die Hand unter den Strahl. Das Wasser färbte sich rot. Ein kleiner Splitter vom Spiegel steckte im Fleisch zwischen zwei Fingerknöcheln. Er zog ihn heraus und sah ihn im Abfluss verschwinden.

Es klopfte an der Tür. Nathan drehte das Wasser ab, nahm ein Tuch und wickelte es sich um die Hand.

Erneutes Klopfen. Er stellte sich an die Kabinentür. Lauschte.

»Nate?«, sagte Monica. »Bist du da?«

Sie klopfte noch einmal.

»Ja … Ich … Ich bin hier.«

»Wollen wir jetzt den Kaffee trinken, oder störe ich?«

»Ich …«, sagte er der Tür zugewandt. »Ich bin nicht so ganz in Form.«

»Was soll das heißen? Bist du krank?«

»Ja. Ich habe Fieber. Anscheinend war ich in Kirkenes nicht dick genug angezogen.«

»Lass mich mal sehen. Mach auf.«

»Ich möchte dich nicht anstecken, Monica. Ich dachte, ich versuche, ein paar Stunden zu schlafen.«

»Brauchst du was? Soll ich dir was zu essen bringen?«

»Danke, nicht nötig.«

»Oder was gegen das Fieber?«

»Nicht nötig, wirklich. Ich muss mich nur ausruhen. Wir sehen uns morgen.«

»Okay …«

Er konnte hören, dass sie vor der Tür stehen blieb. Nach einer Weile sagte sie: »Meld dich, wenn was sein sollte, ja?!«

Sechseinhalb Stunden später, um exakt zehn Uhr, betrat Nathan das Restaurant. Monica saß mit einer Kollegin am Kücheneingang. Sie hielten Papiere in den Händen, zeigten darauf und besprachen etwas. Es dauerte nicht lange, bis sie ihn bemerkte. Sie sagte etwas zu ihrer Kollegin, stand auf und kam mit einem großen Lächeln rasch auf Nathan zu.

»Wie fühlst du dich? Geht's dir besser?«

»Ich wollte mich eigentlich nur verabschieden.«

»Es dauert noch fast fünf Tage, bis wir nach Bergen kommen.« Sie strich mit der Hand über seinen Oberarm. »Vielleicht etwas früh, sich zu verabschieden?«

Nathan entzog sich ihrer Berührung.

»Ich war an der Rezeption«, sagte Nathan. »Da haben sie mir erklärt, dass ich morgen Vormittag in Hammerfest von Bord gehen und von dort aus nach Tromsø und dann weiter nach Oslo fliegen kann.«

»Wovon redest du?«

»Ich komme nicht mit nach Bergen, Monica. Ich reise morgen früh ab. Es tut mir leid.«

»Wieso? War ich zu aufdringlich?«

»Nicht im Geringsten.«

»Was stimmt denn nicht? Ich sehe dir doch an, dass irgendetwas ist.«

»Ich habe keine passende Antwort für dich. Ich muss einfach abreisen.«

Sie blickte ihn forschend an.

»Einfach so …?«

Er nickte.

»Warst du überhaupt krank?«

Er schüttelte den Kopf.

»Herrgott«, sagte sie leise, und nach einem Augenblick zischte sie: »Sag doch, was los ist!«

Ihre Augen wirkten verzweifelt, der Mund war halb geöffnet.

»Ich habe an der Rezeption etwas für dich hinterlassen«, sagte er.

»Ich will nichts haben. Ich will *dich*. Verstehst du das nicht? Hast du das nicht begriffen?«

Er senkte den Kopf und sagte: »Ich habe deine Gesellschaft sehr genossen. Es hat mir viel bedeutet, und ich werde dich nie vergessen.«

»Weißt du …«, sagte sie, wischte sich über die Wangen und zog die Nase hoch. »Als wir in Ålesund waren, hatte ich plötzlich das Gefühl, dass wir uns wiedersehen würden – nach dem Ende dieser Reise. Und je weiter wir nach Norden kamen, desto stärker wurde dieses Gefühl.«

»So war es auch für mich. Es tut mir so leid.«

»Ich werde dich also nicht wiedersehen?«

»Nein.«

Monica presste die Lippen aufeinander.

»Verzeih mir«, sagte Nathan.

»Ist das alles, was du zu sagen hast?«

»Ja.«

Monica drehte sich um, ging auf die Küche zu und legte dabei die Hand vors Gesicht.

»Monica …«, rief Nathan ihr nach.

Sie beschleunigte ihre Schritte.

KAPITEL 49

2006
Huntsville, Texas

»Das war das letzte Mal, dass ich sie gesehen habe«, sagte Nathan. »In den Nächten davor hatte ich für kurze Momente geschlafen. Mal eine halbe, mal eine Dreiviertelstunde. Doch in der letzten Nacht an Bord schlief ich nicht. Ich lag bloß da und dachte an Jennifer und Lisa. Gegen halb vier zog ich mich an und ging nach draußen auf das oberste Deck. Kein Mensch war zu sehen. Ich lehnte mich einfach an die Reling und starrte auf das dunkle Meer. Ich muss völlig abwesend gewesen sein, denn als dann die Stille durchbrochen wurde, war es vier Uhr.«

»Was hat die Stille durchbrochen?«

»Ein Platschen«, erwiderte Nathan und holte tief Luft. »Es kam von achtern, also bin ich ein paar Schritte in die Richtung gegangen. Deck 6 und 7 waren im Verhältnis zum Hauptdeck etwas versetzt. Von Deck 6 konnte man auf das Achterdeck darunter sehen. Und von Deck 7, wo ich stand, konnte man das Achterdeck von Deck 5 und 6 sehen. Verstehen Sie?«

»Ja.«

»Da also, achtern auf Deck 5, sah ich sie. Aber sie haben mich nicht gesehen.«

»Wer?«

»Die drei Jungs. Per, Jaran und Terje. Ich war mir sicher, dass sie stockbesoffen waren. Es hätte nichts gebracht, mit ihnen zu reden. Ich war für diese Grünschnäbel nicht in Stimmung, das wäre bloß danebengegangen. Deshalb habe ich mich sofort zurückgezogen. Ich bin die Treppe runtergegangen und habe mich in meiner Kabine eingeschlossen. Dort habe ich mich hingelegt und versucht zu schlafen, aber das konnte ich nicht. Eine Stunde später kam das Schiff zum Stehen. Nach einer weiteren Dreiviertelstunde hörte ich einen Helikopter. Ich dachte, dass jemand krank geworden war und ins Krankenhaus geflogen wurde. Aber der Helikopter flog nur ständig um das Schiff herum, während mit Scheinwerfern nach irgendetwas gesucht wurde. Ich ging hoch zur Rezeption. Überall waren Leute von der Besatzung. Immer mehr Passagiere kamen hinzu. Nur Monica war nicht zu sehen. Ich fragte eine ihrer Kolleginnen, was los sei, und hörte dann, dass sie vermisst wurde. Ich fragte, was passiert sei, aber sie wusste es nicht. Sie sagte nur, dass die drei Jungs Alarm geschlagen hätten. Dass es bei einem blöden Spiel im betrunkenen Zustand passiert sei.«

»Das Platschen, das Sie gehört haben, das war *sie*?«

»Diese verfluchten Schweine haben eine ganze Stunde gewartet, bis sie sicher sein konnten, dass Monica nicht gefunden würde. Und dann sagten sie, es sei gerade erst passiert.«

»Aber wie ist Monica denn bei denen gelandet?«

»Vermutlich hat sie das Angebot angenommen und mit den Dreien in der Kabine gefeiert. Sie wusste, dass das nicht gestattet war, aber es war ihre letzte Tour, und sie riskierte allenfalls, ausgeschimpft zu werden. Außerdem war sie wütend auf mich. Ich habe dieses Geräusch in Gedanken immer wieder abspielen lassen, Pater. Es war ein Platschen. Mehr nicht.«

»Sie war schon tot.«

»Ja. Und wenn nicht tot, dann auf jeden Fall bewusstlos. Ich wünschte, sagen zu können, dass mir das einen gewissen Trost bietet. Dass sie nichts gemerkt hat, aber ich weiß auch nicht, was schlimmer ist … Denn man kann sich ja vorstellen, was sich in dieser Kabine zugetragen hat. Es kann nur eine Sache gewesen sein.« Nathan schwieg einen Augenblick und fuhr dann fort: »Auf dem Hauptdeck herrschte totales Chaos. Die Besatzung versuchte, sowohl einander als auch die Passagiere zu trösten. Und dann, nach etwa zwei Stunden, wurde die Suche eingestellt.«

»Sie haben aber gesagt, was Sie gesehen und gehört hatten?«

Nathan schüttelte den Kopf.

»Monica war nicht mehr da. Es gab nichts, was sie hätte zurückbringen können. In diesem Moment ging es für mich nur darum, von dort wegzukommen, denn ich wusste ja, was im nächsten Hafen wartete.«

»Die Polizei.«

»Genau. Das konnte ich nicht riskieren. Ich habe mich in Honningsvåg von Bord geschlichen. Das nächste Flugzeug ging erst nachmittags, also bin ich mit einem Taxi nach Hammerfest gefahren, dann mit dem Flugzeug nach Tromsø geflogen und dann weiter nach Oslo. Und danach nach Hause, nach New York.«

»Ich verstehe das nicht, Nate. Jetzt habe ich Ihnen zwei und eine halbe Stunde lang zugehört. Und glauben Sie mir: Ich habe versucht zu verstehen – aber nun ist es unmöglich. Wie konnten Sie einfach schweigen? Sie hatten doch fast eine ganze Woche mit ihr verbracht.«

»Sie war tot!«, sagte Nathan und hob zum ersten Mal die Stimme. »Hätte ich es verhindern können, hätte ich mein Leben dafür gegeben!«

»Sie hätten aber dafür sorgen können, dass die drei zur Verantwortung gezogen worden wären.«

»Glauben Sie etwa, dass mich das nicht gequält hat? Glauben Sie etwa, dass es mich nicht *noch immer* quält?«

»Genau das ist es, was ich versuche, Ihnen verständlich zu machen, Nate. Sie haben doch selbst gesagt, dass Sie damals wussten, was richtig ist und was falsch – und das wissen Sie auch jetzt. Ein junger Mensch verliert das Leben. Eine Frau, in die Sie sich gewissermaßen verliebt hatten. Und Sie hätten dazu beitragen können, dass diejenigen, die sie umgebracht haben, zur Rechenschaft gezogen worden wären. Doch Sie haben entschieden, das nicht zu tun.«

»Ich entschied mich, Prioritäten zu setzen.«

»Ja. Für Sie selbst.«

»Nein. Für Gerechtigkeit.«

»Gerechtigkeit?«, fragte der Pater erbost. »Für wen?«

»Für Jennifer und Lisa.«

»Wovon reden Sie?«

»Es war die ganze Zeit Nir Dayan. Er hat hinter den Kulissen mit den Russen zusammengearbeitet. Er und Grekov haben Informationen ausgetauscht. Als die Mauer fiel, bekam er Angst davor, was alles an die Oberfläche gespült werden könnte. Grekov war Nir Dayans schwacher Punkt. Deswegen wurde Donald und mir ja auch gesagt, dass es wie ein Selbstmord aussehen sollte. Es waren Nir Dayan und drei meiner Kollegen, die Jennifer und Lisa getötet haben, Pater. Es war nie beabsichtigt, dass ich nach Langley zurückkehre. Aber sie machten einen Fehler, und ich bin untergetaucht. Und dann wurde Grekov in Oslo entdeckt. Sie fanden heraus, dass er in Kirkenes lebte, und das Büro fing wieder an, nach mir zu suchen. Indem er mich dort hinschickte, wurde Nir Dayan nicht nur Grekov los, sondern er wusste auch, dass er mich zurückbekäme. Und dass ich loyal bis in den Tod sein würde.«

»Woher wissen Sie das alles?«

»Grekov hat es mir erzählt. Und er zeigte mir Dokumente, die bewiesen, dass er die Wahrheit sagte. Das war das Letzte, was er getan hat, bevor ich ihn erschoss.«

»Aaah«, stöhnte der Pater. »Nathan …«

»Die Russen hielten Nir Dayan unter Beobachtung, machten Fotos von ihm in einem Hotel in Rio, während die drei anderen Ärsche das Segelboot mit meinen Mädels in die Luft jagten. Er hatte das breiteste Lächeln aufgesetzt, als die drei zum Hotel zurückkamen.«

Frische Luft drang in den Gang. Ein Vogelchor draußen wurde von klimpernden Schlüsseln und trampelnden Stiefeln auf Linoleum begleitet.

»Lassen Sie das nicht zu, Nate. Sagen Sie etwas.«

»Nein.« Nathan zog sich das T-Shirt über den Kopf und knöpfte seine Hose auf. »Sie sagten, Sie haben zweieinhalb Stunden versucht zu verstehen, Pater. Aber erst jetzt, nachdem ich mit Ihnen gesprochen habe, verstehe *ich*.«

»Was denn?«

»Dass ich es verdiene zu sterben.«

KAPITEL 50

Mittwoch, 14. September

Magnus schloss die Tür zu Antons Zimmer hinter sich. Der Fernseher an der Wand lief ohne Ton und zeigte *Are You Smarter than a 5th Grader*? Anton lag mit dem Handy am Ohr im Bett. Er sah Magnus an und formte ein tonloses *Skulstad* mit den Lippen.

»… ich bin mit Morphium vollgepumpt, daher nein … *Morphium*, ja. Er ist gerade gekommen … Augenblick.«

Anton presste das Handy auf die Bettdecke. »Skulstad will wissen, ob du bereit bist, die Kripo auf der Pressekonferenz zu vertreten.«

Magnus schüttelte den Kopf.

»Er sagt ja … Nein, du musst Gina nicht vorbeischicken. Torp hat alles unter Kontrolle.«

»Ab…«, setzte Magnus an.

Anton unterbrach ihn mit erhobenem Zeigefinger.

»Die haben eine Harnröhreninfektion festgestellt … ja … nein, das weiß ich nicht. Der Urologe war eben hier. Jedenfalls muss ich nicht operiert werden … Der CRP-Wert ist runtergegangen … Das glaube ich nicht … Okay … Ja, ich gebe Bescheid.«

Anton beendete das Gespräch und ließ das Handy auf die Bettdecke fallen. Magnus berichtete von den infrage kommenden Namen auf der Besucherliste.

»Wenn wir von der Mutter und von der Anwältin absehen«, sagte Magnus, »gibt es eigentlich nur zwei, die wussten, wann

Hellum von Ila nach Halden verlegt werden sollte. Der eine, Cornelius Gillesvik, wohnt draußen in Missingmyr bei Råde. Ich fahre vor der Pressekonferenz noch zu ihm. Der andere ist dieser Gulland. Ich finde, dass mit dem irgendwas nicht stimmt, aber in Hox' Augen ist er freigesprochen.«

»Kümmere dich nicht so viel um das, was Hox und diese Hellum-Gruppe bisher zustande bekommen haben, Torp. Alles ist jetzt auf den Kopf gestellt, seit du das mit dem Wagen in Solli rausgefunden hast.«

Cornelius Gillesvik war schlank und ungefähr so groß wie Magnus. Sein Haar war rot und kurz geschnitten. Eine Brille ruhte auf seiner Himmelfahrtsnase. Die dahinter liegenden Augen wirkten freundlich. Die beiden obersten Knöpfe an seinem schmalgestreiften Hemd standen offen.

Ein Geruch von Minze und Knoblauch lag in der Luft. Magnus folgte Cornelius Gillesvik durch den Flur. Das Wohnzimmer war hell und groß und ausgestattet mit modernen Möbeln. An den Wänden hingen abstrakte Gemälde in kräftigen Farben. Eine asiatische Frau in den Dreißigern saß am Küchentisch und zeichnete. Sie lächelte die beiden freundlich an.

»You want me to bring some coffee to your office?«

Die Frage kam, als sie an ihr vorbeigingen. Ihr Englisch war miserabel. Die Rs klangen wie Ls.

Cornelius Gillesvik blieb abrupt stehen und trat dann zwei Schritte zurück.

»Malivalaya ...« sagte er und sah sie resigniert an.

»Kaffee«, sagte sie. »Wollt ihr Kaffee?«

Ihr Norwegisch war noch schlechter als ihr Englisch.

»Liebend gern. Danke. Du bist ein Schatz.«

Cornelius Gillesvik führte Magnus in einen Raum, der eine

Kombination aus Arbeitszimmer und Bibliothek darstellte. Bücherregale bedeckten drei der vier Wände. In den obersten Fächern standen Pokale und Glasobjekte, offenbar Trophäen von verschiedenen Schachmeisterschaften. In der Ecke hinter dem Schreibtisch befand sich ein tiefer, eiförmiger Sessel. An der Wand hing eine dunkle Glasplatte voll mit kleinen Notizzetteln, daneben rosa und weiße Flächen, die mit geraden Strichen verbunden waren, was an eine komplizierte Mindmap erinnerte.

Magnus entdeckte ein Buch, dessen Titel er kannte. Er zog es heraus.

»*Der Kuss vor dem Tode.* Das habe ich gelesen.«

»Das einzige Buch in meiner Bibliothek, das ich nicht gelesen habe.« Cornelius Gillesvik nahm es Magnus aus der Hand und stellte es ins Regal zurück. Er schob es mit einem Finger in die Lücke, sodass es in einer geraden Reihe mit den anderen stand. »Das habe ich vor ein paar Jahren von Stig zu Weihnachten bekommen. Oder eigentlich: Ich hab's von seiner Mutter bekommen, aber Stig hat sie gebeten, es für mich zu kaufen. Er hatte es wohl in Ila gelesen.«

»Er hat Ihnen also Weihnachtsgeschenke gemacht?«

»Jedes Jahr, seit wir zehn Jahre alt waren.«

»Aha. Ich kann das Buch jedenfalls empfehlen.«

»Ich lese keine Romane.«

In den Regalen standen verschiedene fremdsprachige Bücher. Französische, deutsche, italienische und andere, die Magnus nicht einordnen konnte. Ein separates Regal enthielt Schachbücher in Englisch und Russisch.

»Wie viele Sprachen können Sie?«

»Was heißt schon können?« Gillesvik trat hinter den Schreibtisch und setzte sich. »Ich beherrsche sechzehn.«

»Himmel.« Magnus lachte in sich hinein. »Ich kann zweieinhalb.«

»Dann sollten Sie anfangen, wieder mehr Deutsch zu lesen«, sagte Gillesvik. »Dann werden es drei.«

»Woher wussten Sie, dass es Deutsch ist?«

»Ich habe geraten.«

Er deutete mit der Hand auf einen Stuhl. Magnus setzte sich. Malivalaya kam mit zwei Tassen Kaffee.

»Vielen Dank, Liebes«, sagte Gillesvik.

»You're welcome.«

Ein neuer resignierter Blick.

»Gern … gesch-e-hen.«

Er bedankte sich mit einem Lächeln und einem kleinen, anerkennenden Kopfnicken, ehe sie den Raum verließ. Die Tür blieb offen.

»Ich versuche, darauf zu bestehen, dass wir nur Norwegisch reden, aber der Ärmsten fällt es etwas schwer. Sie ist Architektin. Eine ziemlich gute sogar. Aber ich sage immer zu ihr: Wenn du kein Norwegisch lernst, bekommst du in diesem Land keine Arbeit.«

Gillesvik blies auf den Kaffee und nahm dann einen vorsichtigen Schluck.

»Ist Norwegisch nicht eine der schwierigsten Sprachen, die man lernen kann?«

»Schwierig ist es durchaus. Aber eine der schwierigsten? Da würde ich Norwegisch nicht auf dem Siegertreppchen einordnen. Nicht mal unter den ersten fünf. Es wäre beispielsweise für sie noch viel schwieriger, Isländisch oder Finnisch zu lernen.«

Magnus nahm einen Schluck Kaffee und stellte die Tasse auf dem Schreibtisch ab. Gillesvik stellte sie auf ein Blatt Papier.

»Sie findet es peinlich, in der Öffentlichkeit Norwegisch zu sprechen. Wenn wir allein sind, ist es in Ordnung. Ich mag vielleicht auch nicht der beste Pädagoge sein, aber wir üben jeden Abend zwei Stunden, damit sie besser wird. Wenn es nach ihr ginge, würden wir nur Thailändisch reden.«

»Können Sie Thailändisch?«

»Ich kann mich verständlich machen. Ich habe sechs Monate in Thailand gelebt. Da hab ich sie kennengelernt.«

»Das hier sieht kompliziert aus«, sagte Magnus und deutete mit dem Kopf auf die Glasplatte.

»Alles, was man nicht versteht, sieht kompliziert aus. Vermutlich gibt es auch Dinge bei der Polizei, die dem einfachen Mann verschlossen bleiben.«

»So avanciert ist das bei der Polizei auch wieder nicht. Obwohl … es gibt ja den kriminaltechnischen Teil. Aber bei der taktischen Ermittlung, wo ich arbeite, geht es mehr um den sozialen Zusammenhang, darum, Menschen zu verstehen und mit ihnen umgehen zu können.«

»Der soziale Aspekt kann schon arg kompliziert sein.« Gillesvik klopfte leicht mit der Hand auf den Schreibtisch. »Aber Sie wollten über Stig reden. Ich hab mich früher schon zur Genüge über ihn geäußert. Lars Hox ist ja hier zeitweilig ein und aus gegangen.«

»Ich weiß selbstverständlich über Ihr Alibi für jenen Montagabend Bescheid. Aber es sind neue Erkenntnisse dazugekommen. Was haben Sie an dem Tag davor gemacht? Abends. An dem Sonntag.«

»Wird etwa allen Ernstes erwartet, dass man sich so weit zurückerinnern kann?«

»Für gewöhnlich nicht. Aber von Ihnen erwarte ich es tatsächlich.«

»Ich bin an dem Montagmorgen früh aufgebrochen. Der Flug nach Bangkok ging um halb sieben vom Flughafen Göteborg. Vermutlich bin ich früh schlafen gegangen.«

»Was haben Sie in Thailand gemacht?«

»Es sollte eine Geschäftsreise mit ein bisschen Vergnügen sein. Ich hatte einen größeren Auftrag, aber da …«

»Was arbeiten Sie eigentlich?«

»Ich bin selbstständig. Programmentwickler.«

»Okay«, sagte Magnus und nickte. »Fahren Sie fort.«

»Ich bin losgefahren, um dort zu arbeiten. Aber dann lernte ich Malivalaya kennen. Da war's dann plötzlich eine Vergnügungsreise mit ein bisschen Arbeit. Aber was für neue Erkenntnisse gibt es denn eigentlich?«

»Wir haben Grund zur Annahme, dass jemand von außen Hellum geholfen hat, indem ihm am Abend zuvor ein Wagen in Solli bereitgestellt wurde. Darüber hinaus glauben wir, dass die betreffende Person weiß, wo Hellum sich momentan aufhält.«

»Wie kommen Sie darauf?«

»Dazu kann ich mich nicht äußern. Was für einen Wagen fahren Sie?«

»Tesla. Aber zum Zeitpunkt von Stigs Flucht – und der interessiert Sie ja vermutlich – hatte ich einen Audi Q5.«

»Und der stand an dem Sonntagabend natürlich in der Garage?«

»Ganz genau. Ist das jetzt Zufall, dass diese neuen Erkenntnisse gerade jetzt auftauchen, oder hat Ihr Besuch einen anderen Grund, den Sie mir noch nicht genannt haben?«

»Wir glauben, dass er zurück ist.«

»Der Gedanke ist mir auch schon gekommen.« Gillesvik legte beide Hände um die Kaffeetasse und hielt sie im Schoß fest. »Die junge hübsche Brünette. Hedda Back, hieß sie nicht so?« Er fuhr fort, ehe Magnus den Namen bestätigen konnte. »Ich hatte sie am Sonntagabend auf meinem Bildschirm, als ich während der Arbeit Nachrichten gesehen habe. Und, na ja, ich muss es Ihnen ja wohl nicht erklären …«

»Dass sie – vom Aussehen – zu den drei anderen passte, die er 2002 getötet hat.«

»Und heute Morgen wurde eine tote Frau in Halden gefunden … Wie ich Ihnen schon früher gesagt habe: Das letzte Mal habe ich mit Stig zwei Tage vor seiner Flucht gesprochen. In einem Besuchsraum in Ila.«

»Er hat Ihnen also im Laufe dieser zwei Jahre kein einziges Lebenszeichen geschickt?«

»Nichts. Und das müssen Sie mir glauben: Wenn ich etwas gehört hätte, wäre ich zu Ihnen gekommen. Stig ist schwer krank – daran gibt es keinen Zweifel. Und dennoch ist er ein guter Freund. Mein bester, um ehrlich zu sein.«

»Aber …« Magnus seufzte und machte eine Bewegung mit der Hand. Es fiel ihm schwer, seine Gedanken in Worte zu fassen.

»Sie fragen sich, wie man mit so einem Monster befreundet sein kann, stimmt's?«

»Danke.«

»Die Teile des Verfahrens, die nicht hinter geschlossenen Türen verhandelt wurden, habe ich im Zuschauerraum verfolgt. Ich bin mir also dessen bewusst, was er getan hat. Wie schon gesagt: Der soziale Aspekt kann kompliziert sein. Ich bin als Zehnjähriger nach Askim gekommen. Es waren kleine Verhältnisse, und man brauchte sich gar nicht sonderlich von den anderen zu unterscheiden, um gemobbt zu werden. Ich war nicht nur *der Neue*, ich hatte auch noch rote Haare, trug eine Brille und hieß zu allem Überfluss auch noch Cornelius. Schon nach einer Viertelstunde war ich zu *Corny* geworden. Und wenngleich es etwas schmerzt, das zuzugeben, so war ich wohl ziemlich seltsam. Es fing mit den kleinen Dingen an. Eine abfällige Bemerkung hier, ein paar blöde Kommentare da. Ich habe nie etwas gesagt. Und es wurde mehr. Sie wissen ja, niemand kann so hässlich und gemein sein wie Kinder in einer Gruppe. Wenn sie auch nur die geringste Schwäche ahnen, werden sie mitunter zu kleinen Teufeln. Ich ließ sie machen und kümmerte mich um meine Angelegenheiten. Ich dachte, wenn ich so tue, als ob es mich nicht interessiert, hört es irgendwann auf. Und solange ich lesen konnte, war ich zufrieden. Aber an der Grundschule in Askim setzte man sich in der großen Pause nicht mit einem Buch in die Sonne. Jedenfalls nicht öfter als einmal. Das Buch wurde in Fetzen gerissen, und ich wurde an Händen und Füßen auf die Toilette geschleppt und dort getauft. Den Kopf ins Klo gesteckt zu bekommen, das verträgt man doch wohl, oder?! War doch nichts.« Gillesvik zwang sich zu einem Lächeln. »Ich bekam Tritte und Schläge. Auf dem Weg zur Schule und auf dem Weg von der Schule. Als Erwachsener ist es schon schwer, sich hinzustellen und zu sagen, dass jemand im Job sich niederträchtig verhält. Da kann man sich ja vorstellen, wie unmöglich das einem erst als Kind erscheint. Ich konnte es nicht, denn ich hatte Angst davor, dass es dann nur schlimmer würde. Erst im Nachhinein habe ich begriffen, dass es gar nicht schlimmer werden konnte.«

»Sind Sie mit Stig in einer Klasse gewesen, oder waren Sie nur auf derselben Schule?«

»Selbe Klasse. Stig hat nie etwas getan. Weder in die eine Richtung noch in die andere. Bis ich mich dann eines Tages, als es zur Pause klingelte, eingenässt habe. Ich hatte mich schon mehrmals eingenässt, aber immer nur dann, wenn ich verprügelt wurde. Aber dieses Mal verlor ich die Kontrolle, als ich den Klingelton hörte. Vermutlich, weil ich hier drinnen wusste«, er zeigte auf seinen Kopf, »was mich erwartete. Alle lachten. Alle bis auf Stig. Und die Lehrerin. Sie fragte natürlich, was denn passiert sei. Ich erinnere mich nicht mehr daran, Stig hat es mir erzählt. Ich stand nur stumm da und habe gezittert. Aus Furcht und aus Scham, nehme ich an. Stig hat dann gesagt, was los war. Vor der ganzen Klasse. Und dann hat er mich nach Hause gebracht.«

»Hat das Mobbing dann aufgehört?«

»Noch am gleichen Tag. Die Lehrerin hat wohl mit den Eltern der anderen Schüler gesprochen. Wobei so was eigentlich nur selten hilft. Es lag wohl mehr daran, dass Stig der ganzen Klasse gezeigt hatte, dass ich nicht mehr allein dastand.«

»Wie war er als Jugendlicher?«

»Ein bisschen wie ich. Still und ruhig. Hat selten ein großes Gewese um sich gemacht. Wir mochten häufig die gleiche Musik, auch wenn sein Geschmack ausgefallener war als meiner. Als ich zwanzig wurde, hat er mir eine Reise nach Wien geschenkt und mich mitgenommen auf ein Konzert von André Rieu.« Gillesvik schaute mit leerem Blick in die Luft und lächelte. »Außerdem hat er sehr gern gelesen. Aber er hatte hinreichend ausgeprägte soziale Antennen, um es nicht in den Pausen zu tun. Er war auch nicht besonders beliebt, ist aber mit allen klargekommen. Er war irgendwie durchschnittlich und gewöhnlich. Na ja … dachten wir jedenfalls.«

»Hat er mal erklärt, weshalb er nicht früher was gesagt hat? Das Mobbing muss ja eine ganze Weile stattgefunden haben.«

»Ja, fast ein ganzes Schuljahr. Aber keine Ahnung, weshalb er nicht früher was gesagt hat. Ich glaube, dafür gibt es wohl verschiedene Gründe. In der Abiturzeit hat er diese Episode dann zum ersten Mal wieder angesprochen. Er war betrunken und sagte, dass er sich auch häufig eingenässt hätte.«

»Hat er was über die Ursache geäußert?«

»Nein, aber ich habe auch nicht danach gefragt. Ich dachte mir schon, dass mehr dahintersteckte, weil er es eben erst viele Jahre später erzählt hat.« Gillesvik schwieg einen Augenblick und sagte dann: »Es klingt vielleicht schräg, aber ich verdanke Stig das, was er den anderen genommen hat.«

Magnus sah ihn fragend an.

»Ich rede vom Leben.«

»Und in seiner Jugend gab es nie etwas an seinem Verhalten, das auffällig war? Sie sind als Kinder zusammen aufgewachsen, aber Sie kannten ihn ja auch, als er das erste Mal getötet hat.«

»Nichts. Bloß die Pornos. Die mochte ich nicht.«

»Was war denn damit?«

»Er mochte harte Pornos. Je mehr Frauen erniedrigt wurden, desto besser war es. Einmal hat er mir einen Snuff-Film gezeigt, wo zwei Frauen unter der Erde gefangen gehalten wurden. Sie waren an einen Holzrahmen gefesselt, der fest in der Wand verbolzt war. Ihre Brüste waren so fest mit Seilen zusammengespannt, dass sie lila waren. Sie haben sich leise auf Rumänisch unterhalten. Haben darüber gesprochen, wie sie entkommen könnten. Plötzlich trat ein Mann aus der Dunkelheit hervor. Er trug eine Ledermaske und sprach sehr schlecht Englisch. Er hielt eine Stichsäge in der Hand, an der das Sägeblatt durch einen riesigen Dildo ersetzt worden war. Eine der Frauen hat sich vor lauter Angst eingekotet, während sie hysterisch brüllte. Stig hat auch gebrüllt. Vor Lachen.«

KAPITEL 51

Mittwoch, 14. September

Die Pressekonferenz wurde im Tagungsraum des Polizeipräsidiums in Sarpsborg abgehalten. Die landesweite Presse war vollständig angetreten, außerdem Journalisten und Reporter aus anderen Städten im Regierungsbezirk Østfold. Hinter einem langen Tisch standen drei leere Stühle. Wie die Namensschilder verrieten, sollte Magnus außen an einer Seite sitzen und zusammen mit dem Polizeipräsidenten des Distrikts Ost sowie einer Vertreterin der Staatsanwaltschaft vor die Presse treten. Auf dem Tisch waren Mikrophone vom *NRK*, von *TV 2* sowie von *VG* und *Dagbladet* aufgestellt.

Magnus hatte schon früher vor der Kamera und vor dem Mikrophon gestanden, doch war das stets an Tatorten geschehen. Meist waren die Journalisten damit zufrieden gewesen, überhaupt eine Antwort auf ihre Fragen zu bekommen. Was heute hier passieren sollte, war eine Nummer größer. Oft konnten Wochen vergehen, bis eine Pressekonferenz anberaumt wurde. Es gab erst dann eine, wenn ein Fall sich weiterentwickelte, und selbst dann war nicht sicher, ob die Presse überhaupt informiert wurde. Die Journalisten, die an diesem Tag und an diesem Ort zusammengekommen waren, erwarteten daher Informationen, aus denen Schlagzeilen gemacht werden konnten.

Jemand klopfte ihm auf die Schulter. Es war der Polizeipräsident. Er begrüßte Magnus kurz und ging, gefolgt von der Vertreterin der Staatsanwaltschaft, weiter. Magnus schloss sich ihnen an. Die Stimmen der Journalisten wurden leiser, während sie auf den Tisch zutraten. Als sie Platz genommen hatten, herrschte mit Ausnahme einiger klickender Fotoapparate Schweigen im Konferenzraum. Der Polizeipräsident faltete die Hände, hieß die Anwesenden willkommen und fügte gleich hinzu, dass Zwischenfragen nicht erwünscht seien und dass Einzelinterviews nach Abschluss der Fragerunde gegeben würden. Dann erteilte er der Polizeijuristin das Wort. Sie war eine Frau in den Dreißigern mit schulterlangem blonden Haar. Sie beugte sich über das Mikrophon und gab den Leichenfund in Halden bekannt, ohne Oda Myhres Namen dabei zu nennen. Dann informierte sie über den Eingang der Meldung bei der Einsatzzentrale sowie über den Zeitpunkt des Eintreffens der ersten Streife vor Ort. Außerdem ließ sie die Journalisten wissen, dass die Techniker der Kriminalpolizei noch am Tatort arbeiteten.

Die Kollegin sprach langsam und mit sanfter Stimme und so beherrscht, dass Magnus sich beruhigte. Sein Herz pochte nicht mehr wie verrückt.

»Wir gehen davon aus, dass die Tote im Laufe der letzten Nacht mit einem Wagen an den Fundort verbracht wurde. Die Polizei möchte daher mit allen Personen in Kontakt kommen, die sich zwischen Mitternacht und fünf Uhr morgens im Zentrum von Halden aufgehalten haben. Die Polizei sieht einen Zusammenhang zwischen dem aktuellen Leichenfund und dem Mord in Sandefjord am Montag.«

Magnus war darauf vorbereitet gewesen, dass diese Information kommen würde. Er hatte gewusst, dass sie kommen würde.

Das Gleiche ließ sich von den anwesenden Journalisten nicht behaupten. Innerhalb weniger Sekunden kochte der Raum förmlich. Blitzlichter zuckten, während die Journalisten wild durcheinanderredeten. Der Polizeipräsident bat die Anwesenden, sich zu beruhigen. Dann fragte er die Vertreterin der Staatsanwaltschaft, ob sie die Fragerunde einläuten sollten. Die nickte zur Bestätigung und hob den Kopf. Ihr Mund wirkte verkniffen. Eine Frau in der ersten Reihe, mit Schreibblock in der Hand und Kamera um den Hals, hielt schnell die Hand hoch. Der Polizeipräsident erteilte ihr das Wort.

»Olivia Aarseth, *NRK*. Wie wurde die Frau getötet?«

Der Polizeipräsident blickte die Juristin an und leitete die Frage damit an sie weiter.

»Die Todesursache ist noch nicht geklärt, da das Opfer aus Halden noch nicht obduziert wurde.«

»Aber können Sie sagen, ob die beiden auf die gleiche Art getötet wurden?«

»Bis wir einen vorläufigen Obduktionsbericht zu der Toten in Halden bekommen haben, möchte ich mich hinsichtlich der Todesursache nicht äußern.«

Ein Dutzend Hände schossen in die Höhe. Der Polizeipräsident zeigte auf einen grauhaarigen Mann, dessen halb von der Schulter hängender Rucksack ein Logo von *TV 2* aufwies.

»Was wurde in Halden gefunden, was Sie dazu veranlasst, einen Zusammenhang zwischen diesem und dem Mord an Hedda Back herzustellen?«

Der Polizeipräsident richtete den Blick wieder auf die Vertreterin der Staatsanwaltschaft.

»Aus Rücksicht auf die laufende Ermittlung möchten wir diese Information vorläufig nicht bekannt geben.«

»Aber Sie haben einen Verdacht, dass es sich um denselben Täter handeln könnte?«

»Ich möchte mich über das bereits Gesagte hinaus nicht weiter dazu äußern.«

»Bitte sehr«, sagte der Polizeipräsident und zeigte auf eine Frau, die ihr iPhone als Diktaphon benutzte.

»Cecilie Schepp, *Aftenposten*. Haben sich bereits Zeugen gemeldet?«

Magnus spürte, wie ihm das Blut in die Wangen schoss. Nicht allein wegen der Frage, sondern weil er im Augenwinkel sah, dass der Polizeipräsident sich ihm zuwandte.

KAPITEL 52

Mittwoch, 14. September

Anton saß im Bett. Der laut gestellte Fernseher zeigte die Live-Übertragung der Pressekonferenz. Bis jetzt hatte die Vertreterin der Staatsanwaltschaft nichts geäußert, was ihm neu gewesen wäre.

Die Zimmertür wurde geöffnet. Aus dem Gang konnte er Lärm hören, laute Stimmen. Irgendwo in der Ferne wurde ein Alarmsignal ausgelöst. Der Lärm verschwand wieder, als die Tür geschlossen wurde. Es war die Krankenschwester vom Abend zuvor. Kaja, der Engel. Auch dieses Mal hatte sie das Wägelchen mit den Utensilien für die Blutabnahme dabei. Anton stützte die Hände auf der Matratze ab und richtete sich auf.

»Hallo, wie geht's Ihnen heute?«

»Jedenfalls nicht schlimmer.«

»Wie schön. Ich muss Ihnen leider noch mal Blut abzapfen.« Sie rollte ihr Wägelchen an das Bett heran und warf dabei einen Blick auf den Fernseher. »Oh je, wie grauenhaft.« Sie befestigte den Riemen an seinem Oberarm. »Eine Kollegin hat mir erzählt, dass Sie von der Polizei sind. Arbeiten Sie hier im Distrikt?«

»Nein, bis dahin wird es wohl noch eine Weile dauern. Normalerweise arbeite ich in Oslo. Oder vielmehr: Ich habe dort ein Büro. Ich arbeite da, wo man mich hinschickt.«

»Aha. Da muss ich also keine Angst haben, Ihnen zu begegnen, wenn ich in der Stadt was trinken gehe und mich dann kindisch aufführe?«

Schenkte sie ihm etwa ein Lächeln? Doch. Ja, ein Lächeln. Sogar ein schelmisches Lächeln. Ein kleines, aber einladendes Lächeln. Ganz gewiss, so musste es sein.

»Wenn erst so was passieren muss, damit ich Sie außerhalb dieser Wände treffe, bin ich auch bereit für unbezahlte Überstunden.«

Sie lachte herzlich, klopfte mit zwei Fingern auf seine Armbeuge, griff nach der Spritze, legte ihre Hand unter Antons Unterarm und wollte gerade zustechen, als Anton hörte, wie Magnus' Name genannt wurde. Anton zog den Arm zurück und bat die Krankenschwester um einen Augenblick Geduld.

Die Kamera zoomte auf Magnus. Am unteren Bildrand erschien ein Schriftzug: MAGNUS TORP – KOMMISSAR, KRIPO.

»Herr Torp?«, wiederholte der Polizeipräsident.

»Ja. Guten Tag. Magnus Torp von der Kripo.« Er kratzte sich erst die Nase, dann fummelte seine Hand an seinen Haaren herum. »Wie die Kollegin von der Staatsanwaltschaft schon gesagt hat, gibt es bei den beiden Toten Spuren, die uns die Fälle im Zusammenhang betrachten lassen.«

»Ja«, sagte die Journalistin von *Aftenposten*. »Aber gibt es bereits Verdächtige? Oder haben sich Zeugen in den beiden Fällen gemeldet?«

»Nein.« Magnus räusperte sich. »Abgesehen von den beiden Personen, die die Toten gefunden haben, einem Spaziergänger in Sandefjord und einem Hausmeister in der Festung Fredriksten, gibt es keine weiteren Zeugen. Beide wurden vernommen.«

»Was für ein gut aussehender Polizist«, sagte Kaja. Noch immer hielt sie die Spritze in der Hand.

»Ja. Ganz netter Junge.« Anton schielte zu ihr hoch und betrachtete ihr Profil. »Nur schade, dass er schwul ist.«

»Was?«, sagte sie erstaunt und blickte auf Anton hinunter. »*Der* ist homosexuell?« Sie schaute wieder auf den Fernseher. »Nein.« Sie zog die Silbe in die Länge. »Er ist doch so reizend.«

»Angeblich die weichsten Lippen innerhalb des Autobahnrings. Abgesehen von einem aus dem Reiterkorps«, entgegnete Anton.

»Schöne Haut. Und ungewöhnlich gut angezogen für einen Polizisten. Hmm. Ist wohl doch so, wie meine Mutter immer sagt. Die besten Männer sind entweder vergeben oder schwul.«

»Siri Klopp, *VG*. Sie haben also keine Verdächtigen?«

»Seit Montag sind wir dabei, verschiedene infrage kommende Kandidaten unter die Lupe zu nehmen. Daran arbeiten wir noch.«

»Ist Stig Hellum einer davon?«, fuhr die Journalistin von *VG* fort.

»Was Stig Hellum angeht, hat sich an seinem Status seit zwei Jahren nichts geändert. Er wird gesucht.«

»Ja, aber auch für die Polizei ist doch der Gedanke naheliegend, dass er zurück sein könnte?«

»Wie ich bereits gesagt habe: Wir überprüfen verschiedene Kandidaten.«

»Also ist Ihnen der Gedanke bereits gekommen? Dass es Hellum gewesen sein kann?«

»Wir ermitteln in zwei Fällen mit unbekannten Tätern. Wenn der Name eines gesuchten Serienmörders nicht bei uns erörtert worden wäre, dann wären wir vermutlich doch als Ermittler auch nicht viel wert, oder?«

Der Polizeipräsident räusperte sich und ergriff das Wort.

KAPITEL 53

Mittwoch, 14. September

Nach der Pressekonferenz hatte Magnus den Leiter der Kripo, Odd Gamst, in Bryn auf den aktuellen Stand der Dinge gebracht und die von Hox so bezeichneten Nulldokumente durchgelesen. Der Kollege hatte recht. Es gab nichts von Interesse.

Es war dunkel geworden, als Magnus endlich Zeit zum Essen fand. Jetzt saß er auf dem fast leeren Parkplatz der McDonald's-Filiale an der E6 bei Sarpsborg im Wagen und stopfte den zweiten Cheeseburger in sich hinein. Die Autoscheiben beschlugen, im Hintergrund ertönte leise Musik aus dem Radio. Magnus schaffte es gerade noch, den Strohhalm in den Becher zu stecken, als sein Handy klingelte. Die Nummer auf dem Bildschirm war ihm unbekannt.

Der Mann am anderen Ende der Leitung brauchte sich gar nicht erst vorzustellen. Magnus erkannte die Stimme sofort.

»Anton hat mich gebeten, Sie anzurufen«, sagte Mogens Poulsen. »Wo sind Sie?«

»Auf einem fast leeren Parkplatz bei Sarpsborg, wo ich Frühstück, Lunch und Abendessen auf einmal zu mir nehme. Gibt's was Neues?«

Er saugte einen Schluck Milchshake in sich hinein.

»Können Sie vielleicht bei mir vorbeikommen?«

Magnus' Lippen lösten sich vom Strohhalm. Die Augen fielen ihm zu, sein Kopf sank gegen die Nackenstütze.

»Ich komme gerade aus Oslo und habe fast zwei Tage nicht geschlafen. Kann das nicht bis morgen warten?«

»Natürlich kann das warten«, sagte der Däne. »Ich dachte nur, dass Sie vielleicht gern wüssten, wo Oda Myhre ermordet worden ist.«

In Poulsens »Laboratorium für Pathologie«, wie es offiziell hieß, lag ein Körper auf dem Stahltisch. Der Schädel war wie ein Überraschungsei in zwei Hälften gespalten, das Gehirn fehlte, und der Torso war aufgeschnitten.

»Ich hatte gehofft, dass ich es schaffe, ihn wieder zuzumachen, ehe Sie kommen«, sagte der Däne. »Weil Sie meinten, Sie seien in Sarpsborg, als ich anrief.«

»Da war ich auch.«

Magnus ging durch den Raum und stellte sich neben den Rechtsmediziner. Der Mann auf dem Tisch schien zwischen vierzig und fünfzig Jahre alt gewesen zu sein. Der Körper war athletisch, eine bunte Tätowierung bedeckte einen Arm und setzte sich über die halbe Brust fort.

»Da hatten Sie wohl Blei im Fuß.« Der Däne schnaubte und deutete auf den Toten. »Sein Herz hat aufgehört zu schlagen, als er sich auf dem Parkplatz am Ullevål-Krankenhaus einen blasen ließ.«

»Langweilig«, sagte Magnus.

»Langweilig war das vermutlich ganz und gar nicht. Wirklich langweilig ist dagegen, dass er verheiratet war und drei Kinder hatte. Allesamt Teenager. Und irgendwann im Laufe der nächsten Stunden wird seine Frau erfahren, dass er nicht nur zu Huren ging, sondern auch Drogen genommen hat. Der Typ ist voll mit Kokain.«

Der Däne zog Plastikhandschuhe über.

»Aber Sie sind ja nicht wegen dieses armen Mannes gekommen.« Er gab Magnus ein Zeichen und trat auf das Büro am Ende des Obduktionssaals zu.

»Haben Sie eigentlich auch mal Feierabend?«

»Der Tag wurde länger als geplant. Ich habe etwas bei Oda Myhre gefunden, was – bescheiden ausgedrückt – interessant ist. Ich konnte damit einfach nicht bis morgen warten. Und in der Zwischenzeit kam Ruben.«

»Ruben?«

»Der Freier.«

»Ah. Und was haben Sie gefunden?«

»Sie werden es gleich sehen.«

Sie betraten das Büro. Eine offene Tüte Erdnüsse lag auf dem Schreibtisch. Der Däne griff danach, ließ sich auf den Stuhl hinter dem Schreibtisch sinken, schüttete sich ein paar Nüsse in die Hand und steckte sie dann in den Mund.

»Das Ganze liegt etwas außerhalb meines Fachbereichs.« Er kaute. »Ich musste also eine Meeresbiologin von der Universität Bergen hinzuziehen. Wir haben den ganzen Nachmittag hin- und hergemailt. Sehr nette Frau.« Poulsen deutete auf einen Schemel vor einer Arbeitsplatte an der Querwand. Auf der Platte standen Schüsseln und Schalen in verschiedenen Größen und ein Mikroskop. Er wischte sich die Hand an der Hose ab und nahm sich noch mehr Nüsse. »Schauen Sie mal da rein.«

Magnus setzte sich auf den Schemel vor dem Mikroskop. Unter dem Objektiv klemmte eine Petrischale. Er blickte von der Seite auf sie hinab. Sie enthielt einen winzigen, etwa zwei oder drei Millimeter großen Punkt.

»Was ist das?«

»Schauen Sie in die Okulare.«

Magnus beugte sich vor und sah in das Mikroskop.

»Was ist das? Oder … Ich sehe ja, was es ist.«

Der Inhalt in der Petrischale war um das Zwanzigfache vergrößert und zeigte ein schwarzes Insekt mit einem schwachen Blauschimmer und eng anliegender, feiner Behaarung. Die Oberfläche wirkte glatt und glänzend. An den Vorderbeinen sah er herausstehende Zacken.

»Ich hoffe nicht, dass ich jetzt irgendwas begreifen soll.«

»Dann wäre ich auch überaus beeindruckt.«

»Ein Käfer? Und den haben Sie *in* Oda Myhre gefunden?«

»In den Atemwegen und der Lunge. Insgesamt vier. Es handelt sich um ›Meligethes norvegicus‹. Der volkstümliche Name lautet Drachenkopfglanzkäfer. Den Namen hat er, weil er bevorzugt auf einer Pflanze namens ›Dracocephalum ruyschiana‹ – Drachenkopf – lebt, und wie Sie sicher gesehen haben, ist der Kopf leicht glänzend. Auf der Roten Liste gilt er als *stark gefährdet*. Worüber wir froh sein sollten.«

»Ach ja? Ist das gut?«

»Nicht für den Käfer. Allerdings für Sie.« Der Däne hielt Magnus die Tüte hin. »Möchten Sie ein paar Nüsse?«

Magnus schüttelte den Kopf und sagte: »Für mich ist es auch ein langer Tag gewesen, und möglicherweise bin ich gerade etwas langsam … Aber ich verstehe nur Bahnhof.«

»Der Käfer ist selten, Torp.«

»Ja. Das habe ich verstanden. Rote Liste.«

»Nein, ich glaube nicht, dass Sie verstanden haben«, sagte der Däne in sanftem Ton. »Er ist vom Aussterben bedroht.«

»Und?«

»Glauben Sie, dass sich vom Aussterben bedrohte Arten irgendwo weiträumig aufhalten?« Der Däne hob eine Augenbraue. »Es gibt einen Grund dafür, dass sie vom Aussterben bedroht sind. Das ist ungefähr so, als ob Sie hunderte Adressen bekommen, die

Sie, *ja*!, alle überprüfen müssen, aber in solch einem Fall ist das ein Spottpreis, den Sie da bezahlen müssen. Stig Hellum hat die anderen Mädchen umgebracht, indem er sie an seinem Wohnort in der Badewanne ertränkte. Kann sein, dass er dazu jetzt keinen Zugang mehr hat. Vielleicht wäscht er sie jetzt im Meer. Sie dürfen nicht vergessen, dass er sich nicht frei bewegen kann. Er wird sich vermutlich nicht in einem Wohnblock in Groruddalen aufhalten, um es so auszudrücken.«

Magnus war müde, aber plötzlich begann er zu begreifen, worauf der Däne hinauswollte.

»Sie meinen, die Käfer leben nur am Wasser.«

»Ich weiß nicht mehr, als was die Meeresbiologin mir erzählt hat. Mein Punkt ist, Torp, dass es an der Küste …«

»Ferienhütten gibt, die monatelang leer stehen. Und Hellum könnte sich in einer davon aufhalten, ohne dass es irgendwem auffällt.«

»Genau. Und von diesen ganzen Orten sind mit Sicherheit nicht alle dafür geeignet, Menschen zu ertränken, auch wenn sie sich alle am Wasser befinden.«

»Dann muss ich jetzt also nur noch herausfinden, wo diese Pflanzen wachsen? Vielleicht hat ja diese Biologin eine Übersicht?«

Der Däne betätigte die Computertastatur.

»Was glauben Sie wohl, worüber wir heute den ganzen Tag gemailt haben? Geben Sie mir Ihre E-Mail-Adresse. Dann leite ich alles an Sie weiter.«

»Magnus Punkt Torp at Kripos Punkt no.«

»Lächeln Sie, Herr Kommissar«, sagte der Däne und drückte auf ein paar Tasten.

»Sie haben gerade einen Durchbruch erzielt.«

KAPITEL 54

Mittwoch, 14. September

In der Cafeteria des Krankenhauses betrachtete Anton seinen jüngeren Kollegen. Magnus' Augen waren schwarz umrandet. Die Krawatte hing schief. Er hielt eine Flasche Mineralwasser in der Hand, die ihm jeden Augenblick zu entgleiten drohte. Die Augenlider bewegten sich träge.

»Wann immer ich gerade mit nichts beschäftigt bin, denke ich an sie. Wie jetzt.«

»An wen?«, fragte Anton.

»Das kleine Mädchen in Halden. Glaubst du, sie weiß, dass ihre Mutter nie wieder zurückkommt?«

»Wahrscheinlich. Vergiss nicht, dass wir das alles ihretwegen tun. Oda Myhre ist nicht mehr. Für sie hat es keine Bedeutung, was weiter passiert. Aber für die Angehörigen schon.«

Magnus legte den Kopf in den Nacken. Sein Adamsapfel stach hervor.

»Ich möchte nur schlafen. Aber ich weiß, dass ich das nicht kann, wenn ich nach Hause komme. Typisch, oder? Aber so, wie ich mich jetzt fühle, sollte man sich vielleicht fühlen, wenn man drei Jahrzehnte mit diesem Mist zu tun hatte. Nicht drei Tage.« Magnus ließ den Kopf wieder sinken. »Wie lange hast du gebraucht?« Er riss die Augen auf und blickte Anton an. »Wann ist das bei dir zur Gewohnheit geworden?«

Anton brach drei Stücke von einer Tafel Schokolade ab, die

auf dem Tisch lag, und steckte sich eines in den Mund. Er kaute und dachte nach.

»Weshalb bist du Polizist geworden?«, fragte Anton mit vollem Mund. »Und erspar mir bitte diesen Scheiß, den zehn von zehn Studenten beim Aufnahmegespräch an der Polizeihochschule von sich geben. Dass sie gern dazu beitragen würden, etwas zum Besseren zu verändern. Und so weiter. Blablabla. Gib mir 'ne ehrliche Antwort.«

Magnus blinzelte, ehe ihm die Augen zufielen.

»Wieso nicht Schreiner?«, fuhr Anton fort. »Denk nur, all die Kronen, die du dir schwarz in die Tasche stecken könntest.«

»Warum bist du Polizist geworden?«, fragte Magnus, ohne den Kollegen anzublicken.

»Weil ich nicht Arzt geworden bin.«

»Du wärst doch nie im Leben Arzt geworden«, sagte Magnus. »Das sagst du jetzt bloß so.«

»Wieso sollte ich etwas bloß so sagen?«, entgegnete Anton.

»Sag mir den wirklichen Grund für deine Wahl, zur Polizei zu gehen, dann verrate ich dir meinen.«

»Das sind Tatsachen, Torp. Es stand quasi im Manuskript, dass ich das Uhrmachergeschäft meines Vaters übernehmen sollte, da mein langweiliger Bruder sich lieber mit Zahlen beschäftigte. Und als Kind liebte ich es, mit meinem Vater bei der Arbeit zusammenzusitzen. Aber kannst du dir vorstellen, dass ich fünfzig Jahre mit einer Lupe dasitzen und Uhrwerke zusammenschrauben könnte?«

»Nein. Aber als Arzt kann ich mir dich auch nicht vorstellen.«

»Das konnte die Osloer Universität ebenso wenig.«

»Du hast dich für Medizin beworben?«

»Aber ja doch. Ich war so sicher, einen Studienplatz zu bekommen, dass ich mir sogar schon eine Wohnung in Oslo besorgt hatte.«

»So ist das also«, sagte Magnus. »Du durftest nicht Medizin studieren, hast aber schon in Oslo gewohnt und dann die erstbeste Gelegenheit beim Schopf gepackt.«

»Ganz so war es nicht.«

»Doch. Hast du nicht in Fagerborg gewohnt, als du auf die Polizeihochschule gegangen bist?«

Anton nahm sich drei weitere Stückchen von der Schokolade und nickte.

»Du hast dich da beworben, weil die Hochschule so nah an deiner Wohnung lag. Da konntest du morgens ein kleines bisschen länger schlafen. Jetzt verstehe ich auch, wieso du an deiner *Ich wollte so gern Arzt werden*-Geschichte festhältst. Klingt halt viel besser, als zu sagen, dass man Polizist wurde, weil man zufällig ganz in der Nähe wohnte.«

»Alles ist zufällig. Ich sollte eigentlich gar nicht in Fagerborg wohnen. Ich hatte mir gleich was hinter dem Schloss besorgt, in Uranienborg. Die Wohnung in Fagerborg wollte sich ein Kumpel von mir ansehen. Simon Haugen, den kennst du ja. Ich bin nur zur Besichtigung mitgegangen. Aber als wir zu dem Haus kamen, ist zufällig die wohl schönste Frau der Welt mit uns hineingegangen. Sie hatte drei schwere Tüten dabei, und ich habe mich angeboten, ihr tragen zu helfen. Noch ehe wir an der richtigen Tür waren, hatte ich beschlossen, diese Frau zu heiraten. Ich lief runter in die Wohnung, wo Simon stand und gerade den Vertrag unterschreiben wollte. Aber ich habe ihn zu einem Tausch überredet. Die Wohnung in Uranienborg war schöner und größer, aber Simon sollte ja an der Polizeihochschule beginnen, die gleich um die Ecke lag. Er hat dem Tausch dann auch erst zugestimmt, nachdem ich ihm angeboten habe, die ersten sechs Monatsmieten zu übernehmen.«

»Dann hast du also ein halbes Jahr lang für zwei Wohnungen bezahlt? Wie konntest du dir das leisten?«

»Ich habe Karten gespielt. Ich hatte mit Anfang zwanzig mehr Geld, als ich jetzt habe. Jetzt verstehst du vielleicht auch, was für ein mieses Leben ich habe. Fast fünfzig und bis über die Ohren verschuldet.«

»Richtig. Du schuldest mir noch neunzehntausend.«

»Achtzehn.«

»Neunzehn.«

»Du sollest das einfach komplett streichen. Immerhin hab ich dir diesen Job besorgt.«

»Vergiss es«, sagte Magnus und grinste. »Diese Frau, das war Elisabeth, stimmt's?«

»Ja.«

»Und am Schluss hast du sie also geheiratet. Hübsche Geschichte, auch wenn sie kein Happy End hat.«

»Ich bin eine Woche später eingezogen. Aber Elisabeth war plötzlich verschwunden. Wie sich zeigte, hatte sie da nur vierzehn Tage gewohnt, um auf die teuflische Katze ihrer Freundin aufzupassen, der die Wohnung gehörte.«

Magnus lachte.

»Tja, da saß ich dann. Ohne Traumfrau, aber mit doppelter Miete. Gegenwind, Torp. Der hat mich mein ganzes Leben lang gequält.«

»Und so wurde es dann die Polizeihochschule.«

»Genau.«

»Aber du musstest dich doch bewerben?«

»Simons Onkel kannte da jemanden, was bedeutete, dass meine Bewerbung auf dem richtigen Stapel landete – wenn auch etwas verspätet.«

»Du hast dich also auch damals schon an der Warteschlange vorbeigeschlichen?«

»Ich schleiche, wo ich schleichen kann, Torp.«

»Haha. Allerdings. Aber was ist weiter passiert?«

»Ich habe die Nachbarin jeden Freitag und Samstag auf einen Drink zu mir eingeladen. Elisabeth war nie dabei. Und ich konnte natürlich nicht erzählen, wie es wirklich war. Dann wäre ich gleich als Psycho abgestempelt worden, und sie hätte womöglich die Hochschule benachrichtigt. Mir blieb also nichts anderes übrig, als ein netter Nachbar zu sein und Rakel – so hieß sie – zu mir einzuladen.«

»Und war sie hübsch?«

»Ein echter Knaller. Aber ich hatte dahingehend keine Absichten, sie hat mich nicht interessiert. Und dann, nach drei oder vier Monaten, tauchte eines Samstagsabends Rakel in Begleitung derjenigen Person an meiner Tür auf, die Ursache dafür war, dass ich überhaupt dort wohnte.«

»Lass mich raten: Ab dann war es das reinste Kinderspiel? Du bist einmal mit der Hand durch deine Mähne gefahren und hast irgendwas gesäuselt, und da ist sie gleich in dein Schlafzimmer gesprungen und hat die Beine breit gemacht?«

»Nein, so einfach ließ sie sich nicht umgarnen. Hat bestimmt einen ganzen Monat gedauert, bis ich mich getraut habe, sie auf die Wange zu küssen. So, und jetzt du.«

»Mein Vater ist ein Säufer.« Magnus sprach leise und blickte zur Decke. »Das weißt du ja, und …«

»Er ist verschwunden, als du noch ein kleiner Junge warst?«

»Lass mich ausreden.« Magnus setzte sich anders hin. »Mein Vater hatte seine Arbeit verloren. Natürlich weil er stockbesoffen dort aufgetaucht war. An jenem Abend war er völlig außer sich. Er brüllte und schrie. Völlig unzusammenhängendes Zeug. Ich weiß noch, dass meine Mutter weinte. In erster Linie wohl deswegen, weil er gefeuert worden war. Wir waren ja daran gewöhnt, wie er in betrunkenem Zustand sein konnte, aber dieses

Mal war es besonders schlimm. Er sagte böse Dinge zu meiner Mutter und zu mir, schmiss den Fernseher um und warf die Teller auf den Boden. Riss Bilder von den Wänden. Mutter wurde immer verzweifelter. Sie versuchte, ruhig mit ihm zu reden, aber ohne Erfolg. Am Ende hat er sie aufs Sofa runtergestoßen und gesagt, sie solle das Maul halten. Ich bin dann auf Socken zum Nachbarhaus gelaufen, wo sie die Polizei verständigt haben. Ich weiß noch, dass sie schnell kamen. Die ganze Straße war blau erleuchtet. Kurz danach kam noch ein Streifenwagen. Der erste Wagen hat meinen Vater mitgenommen, und die beiden Polizisten, die zuletzt gekommen waren, blieben eine Weile bei uns und haben mit Mutter und mir geredet. Eigentlich haben sie gar nichts Besonderes getan, sie sind nur gekommen, haben aufgeräumt und meine Mutter beruhigt. Mein Vater ist am folgenden Nachmittag nach Hause gekommen. Kurz danach ist er wieder gegangen. Seitdem habe ich ihn nicht mehr gesehen. Das Letzte, das ich gehört habe, war, dass er in Drammen wohnt.«

»Und dann wolltest du das Gleiche für andere Menschen tun, wenn du mal groß wärst?«, sagte Anton.

»So was in der Art. Aber du hast meine Frage noch nicht beantwortet: Wann ist das hier für dich zur Gewohnheit geworden?«

»Das ist nie geschehen. Aber mit der Zeit wird es einfacher, damit klarzukommen. Worauf ich hinauswollte, war, dass jeder Idiot mit Führerschein Polizist werden kann. Guck dir bloß diese ganzen Hohlköpfe bei der Streifenpolizei an. Mancherorts kommt man sich fast vor wie in einer betreuten Einrichtung. Nur die wenigsten haben eben das Zeug zu einem guten Ermittler. Du hast es, und wenn dir irgendwas in die Quere kommt, dann denk genau daran. Du könntest diese Arbeit nicht machen, wenn ich – und nicht zuletzt Skulstad – dich nicht für geeignet hielten.«

Magnus und Anton saßen eine Weile schweigend da und betrachteten die Menschen, die das Krankenhaus betraten oder verließen.

»Ich weiß, dass du erschöpft und müde bist, aber eine Sache musst du heute Abend noch erledigen. Fahr zu Bodil Hellum. Zeig ihr die Landkarte.«

»Sie ist blind«, entgegnete Magnus.

»Dann erzähl ihr davon. Frag sie, ob ihr irgendwas bekannt vorkommt. Es kann sich vielleicht um einen Ort handeln, wo sie hingefahren sind, als er noch klein war.«

»Es dauert fast eine Stunde, um da hinzukommen.«

»Ich weiß. Und ich würde dich nicht darum bitten, wenn ich es nicht für nötig hielte. Wir kommen näher. Du wirst das schon hinkriegen. Lass mich mal die Karte sehen.«

»Ich hab sie dir zugemailt.«

Anton griff nach seinem Handy. Die weitergeleitete E-Mail, die von Mogens Poulsen stammte, enthielt lediglich ein PDF-Dokument. Anton tippte auf den Anhang. Eine Landkarte erschien auf dem Display. Es war der Ausschnitt einer Karte von Ostnorwegen, von Vikersund im Westen bis zur Østmarka im Osten, und von Fagerstrand im Süden bis Hønefoss im Norden. Achtundzwanzig rote Markierungen waren auf der Karte zu sehen. Direkt am Oslofjord lagen die Markierungen fast übereinander. Der nördlichste Punkt, den die Meeresbiologin der Universität Bergen bestimmt hatte, war Klekken, gleich östlich von Hønefoss. In der Østmarka gab es nur eine Markierung. Am Tyrifjord gab es sechs. Bei Fagerstrand war eine Stelle draußen am Fjord markiert worden.

»Der Ort liegt vermutlich geschützt, muss gleichzeitig aber einfach zu erreichen sein. Wir wissen mit Sicherheit, dass Hedda Back und Oda Myhre zum Goksjø beziehungsweise zur Festung Fredriksten transportiert wurden. Aber vorläufig wissen wir nur, dass der Tatort für den Mord an Oda Myhre einer von diesen

Orten sein muss.« Anton hielt die flache Hand über die Markierungen auf der Landkarte. »Wenn ich raten sollte, dann wurde Hedda Back am selben Ort getötet.« Er legte den Finger dicht an den Oslofjord. »Von diesen Stellen kannst du vermutlich absehen. Um Ekeberg und auf Nesøya gibt es viel zu dichte Bebauung.« Anton verschob den Finger nach links, über Oslo hinweg, durch die Nordmarka bis hinauf zum Tyrifjord. »Ringerike liegt ein ganzes Stück weit weg. Hätte er es riskiert, mit einer Leiche im Wagen quer durch Oslo zu fahren?«

»Aber ist es nicht merkwürdig, dass er Oda Myhre weit wegbringt, sie tötet, nur um sie dann wieder zurückzutransportieren? Denn wenn wir den nächstliegenden Ort nehmen, an dem dieser Käfer lebt und wohin man anscheinend auch mit dem Auto kommen kann, dann ist das Fagerstrand. Und mit dem Wagen dauert es von Halden eine Stunde bis dorthin. Vielleicht eine und eine viertel Stunde.«

»Stimmt, es ist ein unnötiges Risiko, aber«, Anton klopfte mit dem Finger auf das Display, »sieh dir trotzdem jeden Ort genau an.«

»Morgen wird ein langer Tag.«

»Ich kümmere mich um einen Helikopter, der euch abholt, sobald die Sonne hoch genug steht und die Sicht gut ist.«

Anton legte die Hände auf den Tisch und stemmte sich vom Sofa hoch.

»Bekommst du abends auch Morphium?«, fragte Magnus und stand ebenfalls auf.

»Rate mal.«

Die Türen am Haupteingang des Krankenhauses glitten auf.

»Scheiße«, sagte Magnus und deutete auf die Frau, die gerade hereinkam. »Sieh dir die an.«

»Bleib ganz ruhig«, sagte Anton leise. »Kaja!«, rief er dann.

Sie blieb stehen, spähte in Richtung Cafeteria und hob die Hand zum Gruß. Anton und Magnus gingen zu ihr. Sie trug enge Jeans und eine kurze Lederjacke mit weißer Bluse darunter.

»Sie haben sich heute Abend also bis in die Vorhalle getraut?«, fragte sie mit einem Zwinkern. »Fühlen Sie sich besser?«

»*So* viel besser«, sagte Anton und hielt Daumen und Zeigefinger dicht aneinander.

»Das ist schön.« Sie musterte Magnus von Kopf bis Fuß und wieder zurück, lächelte und reichte ihm die Hand. »Kaja Hornseth.«

»Magnus Torp.«

»Ich weiß.« Sie entblößte die Zähne. In ihren braunen Augen leuchtete es. »Hab Sie im Fernsehen gesehen.«

Die beiden blickten einander an. Anton räusperte sich und sagte: »Arbeiten Sie heute zwei Schichten hintereinander?«

»Nein, ich will nur einer Kollegin etwas bringen.«

»Lassen Sie sich von ihm nicht zu sehr quälen«, sagte Magnus. »Er ist viel zu verwöhnt.«

»Torp«, sagte Anton. »Die Uhr tickt. Vergiss nicht, dass du noch nach Askim fahren willst.«

Magnus seufzte und sah auf die Uhr. »Wenn ich jetzt fahre, dürfte ich gegen Mitternacht im Bett liegen.«

»Weißt du, was ich vorschlagen würde?«

»Nein?«

»Dass du jetzt fährst. Sofort.«

»Yes.« Magnus trat auf den Ausgang zu, drehte sich auf halbem Weg aber noch einmal um. »Soll ich anrufen, wenn was ist?«

»Was glaubst du?«

»Schön, Sie kennengelernt zu haben, Kaja«, sagte Magnus und ging nach draußen.

»Wollen wir zusammen gehen?«, fragte Anton an Kaja gerichtet.

»Das können wir gern.« Sie warf einen langen Blick durch die großen Fenster, die auf das Gelände vor dem Haupteingang hinausgingen. Magnus war nur halbwegs bis zum Parkplatz gekommen. »Er sieht erschöpft aus.«

»Ja, es war ein langer Tag für ihn.« Anton schnaubte. »Und dann ist wohl auch Schluss mit seiner Beziehung zu diesem Typen.«

KAPITEL 55

2006
Huntsville, Texas

Die Digitaluhr an der Wand zeigte 15:56. Noch vier Minuten bis zu Nathan Sudlows Hinrichtung. Jeans und T-Shirt waren durch den weißen Kittel ersetzt worden. Der türkis gestrichene Raum maß nicht mehr als fünfzehn Quadratmeter. Eine der Längswände lag hinter einem Vorhang verborgen. Auf der gegenüberliegenden Seite führte eine Tür in den Kontrollraum, der durch einen Einwegspiegel von der Hinrichtungskammer getrennt war. Ein Mikrophon hing von der Decke. In der Ecke befand sich eine Überwachungskamera.

Nathan atmete tief und ruhig unter den breiten Riemen, mit denen er an die Pritsche geschnallt war. Seine Arme hatte man an gepolsterten Schienen befestigt. Pater Sullivan stand am Fußende und hatte eine Hand auf Nathans nacktes Bein gelegt. Zwei Vollzugsbeamte überzeugten sich ein weiteres Mal davon, dass die Gurte um Nathans Körper ausreichend festgezogen waren. Sie bewegten sich wie Roboter. Einer blieb neben der Pritsche stehen, der andere stellte sich an das Vorhangende an der Längswand. Die anderen vier Beamten gingen in den Kontrollraum, als Dr. Walday herauskam. Er trug einen Mundschutz und eine Haube. Über seinen Blazer hatte er einen weißen Kittel gezogen. Aus einer Öffnung in der Wand zum Kontrollraum zog er einen Schlauch, an dessen Ende eine Nadel steckte. Wortlos und mit ruhigen Bewegungen fand er eine Vene in Nathans linkem Arm. Er klopfte ihm auf die Schulter, ehe er eine weitere Nadel aus der Öffnung zog und in Nathans rechten Arm stach. Der Direktor stand abseits und beobachtete den Vorgang.

Dr. Walday trat in den Kontrollraum. Die Tür schloss sich mit einem gedämpften Geräusch. Der Pater stellte sich neben Nathan, nahm seine Hand und drückte sie. Der Direktor sah erneut auf die Uhr, danach in Richtung des Einwegspiegels. Als ob er versuchte, mit jemandem im Inneren des Kontrollraums in Kontakt zu treten. Einen Augenblick später wurde die Tür geöffnet. Ein Beamter beugte sich vor und sagte: »Die Leitungen zum Obersten Gericht und zum Büro des Gouverneurs stehen, Sir. Alles in Ordnung. Wir sind bereit.«

Die Tür schloss sich mit dem gleichen leisen Geräusch. Der Direktor blickte den Beamten hinter der Pritsche an. Es wurde kein Wort gesagt. Alle Befehle erteilte er nur mit seinem Blick. Der Beamte ließ die Pritsche am Kopfende hochfahren, sodass Nathan in eine Schräglage kam.

15:58.

Der Direktor sah zu dem Beamten neben dem Vorhang. Der Mann zog den Vorhang zur Seite. Stuhlreihen kamen hinter der Scheibe und dem Gitter, die den Zuschauerraum von der Kammer trennten, zum Vorschein. Dort saßen drei Frauen und drei Männer. Zwei der Männer und alle drei Frauen hielten einen Notizblock in der Hand. Sie hatten schon angefangen zu schreiben.

Der Direktor trat einen Schritt vor und faltete die Hände vor seiner Gürtelschnalle.

»Nathan Sudlow, für die Ermordung von Nir Kruplin, Mark Johnson, Brett Redmond und Steven Paley am 20. November 1994 wurden Sie zum Tode verurteilt. Sie dürfen noch ein letztes Wort sagen, bevor wir das Urteil vollstrecken.«

Der Direktor griff nach dem von der Decke hängenden Mikrophon und hielt es Nathan vor das Gesicht.

Der dritte Mann saß in der hintersten Reihe. Er trug einen einfachen Anzug mit Hemd und Krawatte.

»Mr Sudlow? Ein letztes Wort?«

»Nein, Sir«, sagte Nathan und nickte dem einzigen Zeugen ohne Notizblock kurz zu. Der Mann erwiderte die Geste. Dann wurde die Pritsche wieder in die Horizontale heruntergelassen. Der Direktor betrat den Kontrollraum.

Nathans Blick verschleierte sich. Er umklammerte die Hand des Paters und sagte etwas.

»Was? Was haben Sie gesagt, Nate?«

Nathan ließ die Hand des Paters los. Seine Augen kippten nach hinten. Er murmelte etwas.

»Nate?« Der Pater schüttelte seine Hand. »Nathan?«

Ein Auge öffnete sich. Nathan wandte offenbar alle Kraft auf, um sich auf den Pater zu konzentrieren. Eine Träne rann an seiner Wange herab und verschwand im Bart.

»Gibt es Gnade für solche wie mich?«

»Ja.« Der Pater schlug das Kreuzzeichen über Nathans Gesicht, während das Auge wieder zufiel. Er drückte Nathans Hand. »Geh in Frieden, mein Freund.«

KAPITEL 56

Mittwoch, 14. September

Eine Fliege hatte sich zwischen Fenster und Jalousie verfangen. Sie summte laut. In der Küche tropfte es leicht aus dem Wasserhahn. Auf dem Küchentisch standen eine Digitaluhr und ein Teller Kekse. Magnus hörte dieselbe CD spielen wie am Abend zuvor. Edith Piaf.

Mit durchgedrücktem Rücken und gefalteten Händen saß Bodil Hellum am Tisch. Magnus las die Namen der Orte auf der Karte von seinem Handy ab. Jedes Mal schüttelte sie schwach den Kopf. Er legte das Handy weg. Die Beleuchtung des Displays erhellte eine Hälfte seines Gesichts. Die grauen Murmelaugen fixierten ihn. Die CD war zu Ende, und Bodil Hellum schaltete um auf einen Radiosender.

»Sind Sie sicher?«, fragte Magnus.

»Ich weiß nicht, wo er sein könnte. Ich glaube, ich würde es Ihnen sagen, wenn ich es wüsste. Sie wirken nett. Aber Sie alle missverstehen Stig. Er ist kein Idiot, auch wenn diese scheußlichen Journalisten es gern so darstellen. Er weiß genau, dass er keinen Kontakt zu mir aufnehmen kann. Das hat er mir gesagt.«

»Was hat er gesagt?«

»Dass er immer an mich denkt, falls er plötzlich verschwinden sollte, auch wenn er sich dann nicht meldet.«

»Wann hat er das gesagt?«

»Ein paar Tage bevor er weg ist.«

»Wussten Sie, dass er abhauen würde?«

Sie schob die Hand über den Tisch und zog sie wieder zurück. Magnus wiederholte die Frage in strengem Tonfall.

»Er hat mir keine Details verraten. Er sagte bloß, dass alles in Ordnung käme, sobald er nach Halden verlegt würde«, sagte Bodil Hellum.

»Was hat er noch gesagt?«

»Ich wollte, dass er es sein lässt. Ich hatte Angst, dass was passieren würde. Da meinte er, dass es gar nicht schiefgehen könnte.«

»Er hat doch sicher mehr als das gesagt?«

»Er sagte, es würde eine schwierige Zeit für mich werden. Ich müsste auf das Chaos vorbereitet sein, was dann käme.«

»Was ist mit den ganzen Orten, die ich eben vorgelesen habe? Haben Sie Familie oder vielleicht alte Freunde, die irgendeine Beziehung zu einem dieser Orte haben?«

»Wir hatten nicht viele Freunde, und unsere Familie kommt ursprünglich aus Westnorwegen. Es gab eine Hütte, zu der wir jeden Sommer mit der Familie gefahren sind.« Sie kratzte sich an der Wange. »Stig hat den Ort geliebt und darum gebettelt, dass wir da hinziehen, sodass er mehr mit seinen Cousins und seiner Cousine zusammen sein könnte.« Bodil Hellums faltiger Mund verzog sich zu einem Lächeln. »Er ist oft stundenlang im Wald herumgewandert. Am liebsten allein. *Erforschen*, so hat er das genannt.« Das Lächeln erstarb. »Aber nach dem Sommer, in dem er sieben wurde, wollte er nicht mehr dahin zurück. Er hatte schreckliche Angst vor diesem Wald.«

Magnus hörte zu und nickte.

»Torodd – Stigs Vater – wurde stinksauer. Erst auf Stig, weil er sich an dem Tag, als wir im Jahr danach wieder da hinfahren wollten, strikt geweigert hat mitzukommen. Und dann auf mich, weil ich sagte, dass ich bei dem Jungen zu Hause bleiben könnte.

Aber ich ließ ihn einfach toben. Wir sind nie wieder da hingefahren.«

»Weil er plötzlich Angst vor dem Wald hatte?«

»Ja. Tagsüber ging es. Stig und ich sind da oft gewandert, aber plötzlich wollte er immer vor Einbruch der Dunkelheit wieder da raus sein.«

»Es ist zweiundzwanzig Uhr dreißig – halb elf«, informierte eine monotone Stimme aus dem Radio.

»Es ist spät geworden«, sagte Bodil Hellum.

»Ich breche gleich auf, gute Frau«, sagte Magnus. »Aber was ist in Westnorwegen geschehen, in dem Sommer, als Stig sieben wurde?«

»Er hat es nie erzählt, aber etwas muss ihn zu Tode erschreckt haben. Seitdem hat er sich immer vor Bäumen gefürchtet. Torodd hat Stig einmal in den Wald hier bei uns mitgenommen, nachdem es dunkel geworden war. *Man fürchtet sich nicht plötzlich vor dem Wald,* sagte er. Stig hat vor lauter Angst in die Hosen gemacht. Groß und klein.« Die toten Augen glänzten. Sie blinzelte. Ein paar Tränen rannen an den alten Wangen herab. »Torodd ist explodiert und hat ihn verprügelt.« Sie fuhr sich mit der Hand über das Gesicht. »Torodd hat Stig nie besonders gerngehabt. Er meinte, der Kleine würde ihm überhaupt nicht ähneln, obwohl ja alle sehen konnten, dass es sein Sohn war. Aber Stig war kein mutiger Junge. Er war schüchtern und vorsichtig, wollte am liebsten in Ruhe gelassen werden. *Steckt also doch ein Mann in dir,* hat Torodd zu ihm gesagt, nachdem er mit seinen Vettern ein Baumhaus gebaut hatte in jenem Sommer, als er sieben wurde. Das war am Mittagstisch. Alle haben es mitbekommen. Stig hat sich so geschämt.«

»Torodd ist gestorben, als Stig noch ein Kind war?«

Bodil lehnte sich zurück. Der hölzerne Küchenstuhl knirschte.

»Er ist in dem Jahr gestorben, als Stig acht wurde.«

»Was ist passiert?«

Bodil legte den Kopf schräg und fuhr wieder mit der Hand über den Tisch. Magnus wiederholte die Frage.

»Sie haben die Kekse gar nicht angerührt.« Sie griff nach dem Teller und hielt ihn Magnus vor die Nase. »Probieren Sie mal.«

»Nein, danke.«

Sie stellte den Teller wieder zur Seite, nahm einen Keks und zerbrach ihn in zwei Teile. Magnus stellte die Frage noch einmal. Bodil Hellum legte eine Hälfte des Kekses zurück auf den Teller und steckte sich die andere in den Mund. Es knirschte. Sie kaute zu Ende und schluckte.

»Er ist unten in der Badewanne ertrunken.«

»War er besoffen?«

»Nicht besonders.« Die Murmelaugen glitten über den Tisch und blickten Magnus an. »Aber genug.«

KAPITEL 57

Donnerstag, 15. September

Magnus' Augen brannten. Er hatte nicht mehr als anderthalb Stunden am Stück geschlafen, und alles zusammengerechnet vielleicht das Doppelte. Als er um 05:10 wach wurde, schaffte er es nicht, die Augen noch einmal zuzumachen. Er stellte sich unter die Dusche, suchte sich einen Anzug heraus und machte sich auf den Weg nach Sarpsborg. Unterwegs hielt er an einer Tankstelle und besorgte sich etwas zum Frühstück.

Noch vor einer Woche hatte sein Frühstück aus Haferbrei mit einem Hauch Zimt und einem Schuss Magermilch bestanden, ergänzt von einem Proteinshake. Danach hatte er im Laufe des Tages fünf oder sechs kleinere Mahlzeiten, bestehend aus Wildreis mit Geflügel, Thunfisch, Lachs, Scampi oder Frikadellen, zu sich genommen. Nach drei Tagen bei der Kripo waren der Haferbrei und der Proteinshake durch Snacks von der Tankstelle ersetzt worden. Magnus dachte an Martin Fjeld, der ihm geraten hatte, das Training nicht zu vergessen. Er musste vor Ablauf der Woche etwas mit seinem Körper tun. Am Freitag oder am Samstag. Dann würde er sich für die Zeit ab Montag einen neuen Trainingsrhythmus ausdenken.

Es war vier Minuten nach sechs, als Magnus in Sarpsborg ankam. Noch eine halbe Stunde bis zum morgendlichen Verkehrschaos. Vor dem Narvesen-Kiosk am Busterminal vor dem Storbyen-Einkaufszentrum stand ein Mann und lud Zeitungsbündel aus einem Lieferwagen.

Magnus kam am Restaurant *Festiviteten* vorbei und fuhr weiter durch die Stadt, ehe er in den Schotterweg einbog, der zum alten Borregård-Gelände führte. Aus den Schornsteinen der etwas weiter entfernt liegenden Fabrikgebäude stieg Qualm in den Himmel. Magnus machte sich über das Baguette und den Kaffee her und stieg dann aus dem Wagen in die Morgendämmerung. Der Himmel war sternenklar, die Luft kühl. Hinter allen Fenstern war es dunkel. Er schloss auf und nahm die Treppe in den zweiten Stock.

Lars Hox lag in dem provisorischen Schlafzimmer im Bett. Nachdem Magnus ein paarmal die Deckenlampe hatte aufblitzen lassen, wurde der Kollege wach. Er drehte sich im Bett herum und grunzte.

»Wie spät ist es?«, fragte er mit belegter Stimme.

»Gleich halb sieben.«

»Was machst du so früh hier?« Hox fluchte leise in sich hinein. »Ich bin erst um drei ins Bett gekommen.«

»Wohnst du etwa hier?«

»Kannst du das Licht ausschalten?«

Magnus betätigte den Schalter und wiederholte die Frage.

»Zeitweilig. Wenn viel zu tun ist.«

»Und was hat dich letzte Nacht bis drei Uhr wachgehalten?«

Lars Hox setzte sich auf. Er stellte die Füße auf den Boden und rieb sich das Gesicht.

»Dieser Mist mit Otto Stenersen ist mir die ganze Zeit im Kopf herumgegangen. Und dann dachte ich: Was haben wir sonst noch übersehen? An welchen anderen Stellen haben wir geschlampt? Denn eine Zeitlang sind hier ja 'ne Menge Köche um den Brei versammelt gewesen. Fehlt eigentlich nur noch, dass mein Kopf rollt, wenn das Ganze mal vorbei ist.«

Magnus' Handy signalisierte den Eingang einer SMS. Die kam von Skulstad: *Der Helikopter sammelt euch um 08:30 am Festplatz in Sarpsborg auf. Bitte Meldung bestätigen.*

Magnus schickte eine kurze Rückmeldung. *Verstanden.*

Ein lautes Knacken ertönte, als Lars Hox aufstand.

»Verdammtes Scheißbett.« Mit schleppenden Schritten trat er auf die Tür zu, blieb vor Magnus stehen und blickte mit schmalen Augen auf das Handydisplay. »Was ist das?«

Magnus erzählte von dem Besuch beim Dänen am Abend zuvor, von der Landkarte und von dem Helikopter, der sie in zwei Stunden abholen würde.

»Meine Güte. Besten Dank, dass ich informiert werde.« Er warf einen Blick auf seine Uhr. »Nachdem ein halber Tag rum ist.«

»Ich … Ich dachte mir, ich informiere dich jetzt. Das mit dem Helikopter ist eben erst in die Wege geleitet worden.«

»Du hast also drei Tage lang dein eigenes Süppchen gekocht? Wenn das wegen der Sache mit Otto Sternersen ist und du deshalb kein Vertrauen zu mir hast, dann sag es mir. Denn wenn das so ist, dann packe ich meinen Kram zusammen und verschwinde auf der Stelle«, fauchte Hox.

»Es …«

»Und falls du Angst davor hast, dass nicht du im Rampenlicht stehst, wenn die Sache mal abgeschlossen ist, kannst du ganz beruhigt sein.« Er beugte sich vor, kam mit dem Gesicht ganz nah an das von Magnus heran und zischte: »Darauf scheiße ich nämlich.«

»Genau wie ich.«

»Ach, tatsächlich?«

»Ich sch…«

»Arbeiten wir jetzt bei dieser Ermittlung zusammen oder nicht?«

»Doch. Tun wir. Tut mir leid.«

»Gut.« Hox setzte ein breites Lächeln auf und klopfte Magnus auf die Schulter. »Dann geh ich jetzt duschen, und danach finden wir diesen Mistkerl.«

KAPITEL 58

Donnerstag, 15. September

Über zwölf Stunden waren vergangen, seit der Helikopter mit Hox und Magnus an Bord in Sarpsborg abgehoben hatte.

Im Eingangsbereich des Krankenhauses und in der Cafeteria war es so tot wie im Speisesaal eines Hotels, nachdem die Bedienung das Buffet abgeräumt hat. Im Licht der Straßenlaternen draußen fielen Regenschauer auf das Parkplatzgelände.

Anton kaute langsam auf einem Bissen von dem Krabbensandwich herum, das er gerade noch hatte kaufen können, ehe der Kiosk zumachte. Von der Titelseite einer Männerillustrierten blickte ihn eine Blondine verführerisch an, während sie ihre Brustwarzen mit den Zeigefingern bedeckt hielt. Sie war 21 und kam aus Jessheim.

»Dachte mir schon, dass ich dich hier finde, da du nicht in deinem Zimmer warst.«

Es war Magnus. Er hatte die Krawatte abgenommen und die Anzugjacke ausgezogen. Sein Gesicht war grau. Die Augen wirkten noch deutlicher schwarz umrandet als am Abend zuvor. Sein Hemd war am Bauch und an den Schultern zerknittert, an den Ärmeln war Schmutz. Magnus sank Anton gegenüber auf einen Stuhl.

»Ich warte auf meinen Vater. Er hat vorhin angerufen und gefragt, wo er langgehen müsste und so weiter. Und nachdem ich es ihm dreimal erklärt habe, dachte ich, es wäre einfacher, ihn hier zu treffen«, sagte Anton und schob Magnus das halb aufgegessene Baguette über den Tisch. »Iss.«

»Hast du keinen Hunger?«

»Doch«, erwiderte Anton, »aber das taugt nichts. Fast neunzig Kronen für etwas Gummibrot mit einer Handvoll Krabben. Ich versteh überhaupt nicht, wie diese Bude da überleben kann.«

Magnus griff nach dem Baguette, nahm ein paar Bissen und sagte schmatzend: »Wir haben übrigens nichts gefunden.«

»Da ich nichts von dir gehört habe, war mir das schon klar.«

»Wir sind zwölf Mal runtergegangen. Und dabei sind die drei Zwischenlandungen zum Auftanken in Rygge nicht mitgezählt. Im Laufe des Nachmittags musste sogar der Pilot ausgewechselt werden.« Er nahm noch einen Bissen. Eine Krabbe fiel heraus und landete auf dem Tisch. Er fegte sie auf den Boden. »Leider eine tote Spur.«

Anton sagte nichts. Magnus legte das Baguette zur Seite. Sein Kiefer arbeitete. Er schluckte und erzählte dann von dem Besuch bei Bodil Hellum am Abend zuvor.

»Westnorwegen ist vermutlich etwas zu weit weg«, sagte Anton. »Außerdem gibt es da keine Drachenkopfglanzkäfer. Wie gründlich habt ihr gesucht?«

»Gründlich. Wir haben in der Østmarka angefangen. Mein Bauchgefühl hat mich zuerst dahin geleitet. Den See haben wir auch gleich gefunden, aber da zu landen wäre völlig sinnlos gewesen. Nur Wald, Unterholz und Büsche. Einen Kilometer entfernt gibt es eine schmale Straße, aber die ist viel zu weit vom Wasser weg, als dass man mit einer Leiche über der Schulter da entlanggehen könnte. Und wo sollte er … mitten im Dschungel?«

»Gab's da irgendwo eine Hütte in der Nähe?«

»Zero. Wir sind einige Minuten lang in einem Radius von

sechs- oder siebenhundert Metern über den See gekreist. Nicht die kleinste Blockhütte in der Nähe.«

»Aber ihr habt alle Orte auf der Karte, an denen es diese Pflanzen gibt, überprüft?«

»Natürlich. Allein neun der Markierungen beziehen sich auf Brønnøya. Auf der ganzen verdammten Insel gibt es Häuser.«

»Und ihr habt den ganzen Tag damit zugebracht?«

»Ja, wieso?«, gab Magnus zurück. »So was dauert seine Zeit. Jedes Mal, wenn wir gelandet sind, haben wir die Bewohner befragt. Keiner hat irgendwas Ungewöhnliches gehört oder gesehen.«

Anton sagte nichts. Er saß bloß da, guckte in die Luft und dachte nach.

»Du glaubst, dass ich was übersehen habe?«

»Das habe ich nicht gesagt«, entgegnete Anton.

»Du kannst es ruhig sagen.«

»Ich glaube, die Antwort steht auf der Karte.«

»Ich bin mir da nicht so sicher. Der Nachteil an diesem Käfer ist, dass er fliegen kann. Der kann ja auch losgeflattert sein und hat vielleicht ein Ei zu dieser Draco-wie-auch-immer-Pflanze mitgenommen. Oda Myhre kann an einem Ort ermordet worden sein, von dem niemand weiß, dass dieser Käfer überhaupt dort lebt.«

»Hast du mit dieser Frau von der Universität gesprochen, mit der der Däne in Kontakt war?«

»Ja.«

»Und was sagt sie?«

»Dass das theoretisch möglich ist.«

»*Theoretisch.* Sonst irgendwelche Neuigkeiten?«

»Nein. Nur dass mich etwa acht oder zehn Journalisten angerufen haben.«

»Zwei haben sich auch bei mir gemeldet.«

»Und was hast du gesagt?«

»Nichts. Ich habe auf Gina Lier verwiesen.«

»Genau wie ich, aber die rufen trotzdem weiter an.«

»Wahrscheinlich weil du neu bist, da hoffen sie darauf, dass dir irgendwas rausrutscht.«

»Wenn ich diesen Fall nicht löse, werde ich kündigen.«

»Glaub mir, ich hatte noch schwierigere Fälle! Albtraumfälle, die sich über mehrere Jahre hingezogen haben und immer noch ungelöst sind. Und du triffst also bei deinem ersten Fall auf etwas Widerstand und möchtest gleich kapitulieren, weil ich nicht neben dir stehe und deine Hand halte? Reiß dich zusammen!« Anton richtete den Blick erneut auf die Blondine auf der Titelseite der Illustrierten. »Fahr nach Hause und schlaf dich aus.«

Er blickte nicht auf, ehe er hörte, wie Magnus aufstand und sich entfernte. Im Erschöpfungszustand trat sein hinkendes Bein deutlicher hervor als sonst. Fast wirkte es so, als ob es ihm zu anstrengend wäre, den Makel zu verbergen. Schließlich verschwand er hinter einer Ecke.

Die Uhr auf dem Handy zeigte 20:45. Antons Vater sollte schon vor einer Viertelstunde angekommen sein.

KAPITEL 59

Donnerstag, 15. September

»Du hast es ja ziemlich nett hier, Anton«, sagte sein Vater, als er in das Zimmer kam. Er stellte eine Tragetasche aus dem Supermarkt auf dem Fußboden ab. »Du meine Güte. Flachbildschirm und alle Schikanen.« Er zeigte auf die andere Tür. »Und ein eigenes Bad?«

»Mit Dusche.«

»Na, ich muss schon sagen.« Der Vater setzte sich auf den Stuhl neben dem Bett und ließ seinen bewundernden Blick abermals durch den sterilen Raum gleiten.

»Schon was anderes als das Krankenhaus, in dem ich damals in der Türkei gelandet bin. Das weißt du noch, oder? Als ich eine Lebensmittelvergiftung hatte. Kebab hab ich seitdem nie wieder angerührt. Du erinnerst dich doch, Anton?«

Anton nickte, ließ die Männerillustrierte aufs Bett fallen und legte sich hin. Er stopfte sich ein Kissen in den Rücken und saß abwartend da. Sein Vater griff nach der Zeitschrift und betrachtete die Blondine.

»Gott bewahre. Nicht eben klein. Die können doch wohl nicht echt sein, Anton?« Er hielt ihm die Illustrierte hin. »Da braucht's wohl 'nen Spezialisten, um mit so 'ner Ausrüstung umgehen zu können.« Er warf das Blatt wieder aufs Bett. »Deine Mutter meinte, du hättest höllische Schmerzen, aber eigentlich siehst du doch ganz fit aus, finde ich.«

»Mir geht's auch schon besser. Der CRP-Wert ist auf 82 runtergegangen, und heute hab ich nur ’ne einfache Paracetamol gegen die Schmerzen genommen.«

»CRP? Was ist das denn?«

»Daran erkennt man, dass es ein erhöhtes Entzündungsniveau im Körper gibt.«

»Aha. Tja, die sind ja inzwischen ziemlich gut, diese Ärzte.« Der Vater öffnete die Tragetasche. »Ich habe übrigens gestern Henning getroffen. Er hatte das, was du jetzt hast, vor vielen Jahren. Eiterbeule im Sack, oder? War wohl etwas, was er nicht mal seinem schlimmsten Feind gewünscht hat. Insofern also gut, dass es dir besser geht.«

Henning war ein Mann aus dem Viertel, in dem Anton aufgewachsen war. Er war so alt wie sein Vater. Ungefähr gleichzeitig mit dem Beginn von Antons Ausbildung an der Polizeihochschule war er aus der Gegend weggezogen, hatte aber mit Antons Vater noch immer Kontakt.

»Du hast es also Henning erzählt?«

»Ja, ich soll schön grüßen und dir gute Besserung wünschen. Auch von den anderen.«

Anton setzte sich gerade hin, legte die Fingerspitzen aneinander und sagte leise: »Von den anderen …?«

»Den anderen aus der Quizrunde. Ich veranstalte das jetzt jeden Mittwoch. Wirklich sehr nett, weißt du? Du solltest mal vorbeikommen – wenn du wieder in Form bist. Da gibt’s mehrere in deinem Alter. Auch ein paar Single-Frauen.«

»Dass ich im Krankenhaus liege, ist also allgemeiner Gesprächsstoff?«

»Findet du das so seltsam?«

»Ich liege hier nicht mit einem gebrochenen Bein«, sagte Anton verstimmt. »Man darf auch seinen Kopf benutzen, Papa. Bestimmte Dinge sollten nun wirklich in der Familie bleiben.«

Antons Vater winkte ab und sagte: »Schluss damit, Anton. Jeder kann mal krank werden. Vor nicht allzu langer Zeit musste sogar der König wegen irgendeiner Blasengeschichte operiert werden. Das kam sogar in den Abendnachrichten.«

Anton holte tief Luft, lehnte sich zurück und ließ sie langsam wieder ausströmen. Ihm fehlten die Worte. Sein Vater nahm M&Ms, Schokolade und Chips aus der Tasche.

»Ich hab dir ein paar Snacks mitgebracht«, sagte er, legte alles auf den Nachttisch und stellte die Tasche wieder ab. »Ich wollte eigentlich schon gestern Vormittag vorbeikommen, aber ich hatte mal wieder viel zu viel zu tun.«

»Bist du nicht Rentner?«

»Ja, schon. Es klingt vielleicht seltsam, aber ich hatte nie so viel zu tun wie jetzt.«

»Aber doch nicht mehr als früher bei der Arbeit.«

»Das kannst du ja gar nicht wissen.«

»Doch, tue ich.«

»Marvin verlangt eben Aufmerksamkeit. Und da deine Mutter ja immer noch etwas arbeitet, bin ich es, der in der Regel mit ihm rausgeht.«

»Hattet ihr euch nicht einen Mops angeschafft, um es etwas ruhiger angehen zu lassen?«

»Marvin ist in Topform«, sagte der Vater. »Wenn er nicht viermal täglich auf Tour gehen kann, wird er rastlos. Zwanzig Grad plus oder zwanzig Grad minus – Marvin muss raus. Wir haben unseren Spaß zusammen.«

»Diese Hunderasse wurde dazu erschaffen, faul auf dem Sofa herumzuliegen.«

»Marvin nicht.« Antons Vater nahm die Fernbedienung vom Nachttisch. »Wo ist denn das Zweite?« Er drückte eine Taste. »Die Nachrichten fangen jetzt an.« Nichts geschah. Er packte die Fernbedienung und drückte entschieden auf den Tasten herum. »Das Zweite. Welcher Kanal?«

»Zwei.«

Der Vorspann der Nachrichten war gerade beendet, als Antons Vater sich zu Kanal 2 vorgearbeitet hatte. Der Ton war leise. Nach einem Kameraschnitt war auf dem Bildschirm eine Kolonne mit Pick-ups zu sehen. Auf den Ladeflächen standen Männer mit verhüllten Gesichtern und schossen in die Luft. An mehreren der Fahrzeuge war eine schwarze Flagge mit weißer arabischer Schrift befestigt.

»Sieh dir bloß mal die Cowboys da an«, sagte der Vater, schüttelte den Kopf und drehte sich zu Anton um. »Die kommen da unten nie zur Ruhe. Erinnerst du dich an Reidun?«

»Ja«, stöhnte Anton. »Ich erinnere mich.«

»Willst du nicht was von den Süßigkeiten aufmachen?«

»Ich habe gerade keine Lust darauf.«

»Nicht mal ein winziges M&M-Kügelchen?«

Anton schüttelte den Kopf.

»Na dann nicht. Reidun wohnt ja in Lisleby, weißt du. In dieser Terrorstraße. Die kannte einen von denen, die da runtergefahren sind, und zwar seit er mit seiner Familie nach Norwegen gekommen war. Kannst du dir so was vorstellen? Plötzlich ist da Allahu akbar und voll baluba. Am Ende sei er gar nicht mehr wiederzuerkennen gewesen, meinte Reidun. Die kriegen da alle 'ne Gehirnwäsche. Ich meine, wir reden hier von einem Kerl, der quasi auf Reiduns Treppe groß geworden ist. Dann lässt er sich 'nen langen Bart wachsen und kennt einen nicht mehr. Und plötzlich sitzt er in einem Flieger nach Syrien. Oh!« Antons Vater zeigte auf den Fernseher. »Da ist er. Dein Kumpel.«

Es war ein Ausschnitt von der Pressekonferenz am Tag zuvor. Magnus füllte den ganzen Bildschirm aus. Unten am Bildrand stand: *Auf der Jagd nach dem Täter*. Der Moderator kommentierte den gezeigten Einspieler, aber der Ton war zu leise, als dass Anton etwas hätte verstehen können.

Die Nachrichten wechselten nach einer Weile zu den Meldungen vom Sport, ehe eine lächelnde Frau auf dem Bildschirm erschien und mit der Hand auf ein dunkelblaues Tiefdruckgebiet zeigte, das vom Kontinent nach Ostnorwegen hereintrieb.

»Morgen Vormittag scheint noch die Sonne, aber nachmittags ist mit kräftigen Regenwolken zu rechnen. Im Gebirge und an der Küste werden Windböen mit bis zu dreißig Metern pro Sekunde erwartet, während es im Landesinneren we…«

Antons Vater wechselte zu *NRK* und schüttelte den Kopf. Eine Diskussionsrunde stand auf dem Programm.

»Herrje«, seufzte der Vater. »Ich begreife nicht, wieso die das unbedingt in Neunorwegisch untertiteln müssen. Bei dieser blöden Sprache geht doch jeder Witz verloren.«

»Niemand zwingt dich, diese Untertitel zu lesen«, sagte Anton.

»Wenn da was steht, dann liest man es auch. Aber das stört bloß.« Der Vater schaltete erneut um. Bruce Willis stand zusammen mit Samuel L. Jackson in einer Telefonzelle. Antons Vater nahm die M&M-Tüte vom Nachttisch, riss sie auf und gab Schokonüsse in seine hohle Hand.

Anton erwachte, als sein Vater den Stuhl über den Fußboden schob. Zum Klang einer Instrumentalversion von *When Johnny Comes Marching Home* rollte der Abspann über den Bildschirm.

»Bin wohl weggedöst«, sagte Anton schläfrig.

»Kommst du morgen nach Hause?«

»Ja. Ich bekomme morgen früh eine Ladung Antibiotika und am Nachmittag noch eine. Danach kann ich wohl nach Hause und die Penicillin-Kur in Pillenform weitermachen.«

Sein Vater beugte sich vor, um die Tragetasche vom Boden aufzuheben. Sein Hemd und seine Jacke rutschten dabei ein Stück nach oben. Über der Hose kam sein Rettungsring zum Vorschein. Er griff nach der Tasche und richtete sich wieder auf.

»Zieh mal deine Jacke hoch«, sagte Anton.

»Was?«

Anton sagte es noch einmal. Irgendetwas an seinem Tonfall ließ den Vater tun, was er verlangte, ohne noch einmal nachzufragen. Er hatte eine Wunde an der Seite. Ein schmaler roter Streifen, der sich über die Taille nach oben zog.

»Woher hast du das?«

»Ach, ich war bloß ungeschickt. Die Nachbarhündin ist gerade läufig, und Marvin flippt immer aus, sobald er eine Pfote in den Garten setzt. Gestern Abend ist er dann total durchgedreht. Hat sich im Rhododendron verhakt und kam nicht mehr raus. Also musste ich auf alle viere runter und ihn befreien.« Antons Vater zog Hemd und Jacke ein Stück höher. Ein roter Strich zierte seinen Rücken unterhalb des Nackens. »Aber ich hab gleich diese gelbe Salbe draufgeschmiert, die wir im Schrank haben, damit es sich nicht infiziert.«

Anton nahm das iPad vom Nachttisch, fuhr mit dem Finger über den Schirm und gab seinen Code ein. Er öffnete die E-Mail von Mogens Poulsen, die den vorläufigen Obduktionsbericht zu Hedda Back enthielt. Er rief die angehängten Fotos auf. Das erste zeigte die unbedeckte Leiche auf dem Stahltisch. Das Foto war von oben aufgenommen und zeigte den ganzen Körper. Anton navigierte zurück zum Posteingang. Öffnete die Mail mit der Betreffzeile: *Vorläufiger Obduktionsbericht – Oda Myhre.* Sie hatte dieselben Wunden und Schnitte, nur nicht so viele.

Anton hätte es wissen müssen, sobald er Hedda Back auf dem Tisch beim Dänen gesehen hatte.

Leise fluchte er in sich hinein.

»Was machst du da?«, fragte sein Vater, stellte sich neugierig neben Anton und blickte auf das iPad. »Oh Gott, nein, das will ich nicht sehen.«

Er wandte den Blick ab. Anton griff nach Hemd und Jacke seines Vaters und zog beides noch einmal hoch. Er ließ den Blick zwischen den Verletzungen seines Vaters und dem nackten toten Körper auf dem Bildschirm hin- und herwandern.

»Ich sollte mal sehen, dass ich nach Hause komme«, sagte der Vater und trat auf die Tür zu.

Anton verabschiedete sich, ohne vom Schirm aufzublicken. Dann öffnete er den Kartenausschnitt mit den achtundzwanzig Markierungen. Denn jetzt wusste er, wonach er suchen musste.

KAPITEL 60

Donnerstag, 15. September

Die Landkarte füllte den Bildschirm des iPads aus.

Stig Hellum hatte sich nicht *entwickelt*. Von Folter konnte gar keine Rede sein. Nicht Stig Hellum hatte Hedda Back und Oda Myhre diese Wunden zugefügt. Die beiden hatten sich die Haut aufgerissen und sich verletzt, als sie versuchten, im Dunkeln zu fliehen. Es ging um einen Wald, und zwar um einen großen. So groß, dass niemand ihre Schreie hören konnte. So groß, dass es keine Chance gab, zu entkommen oder Hilfe zu finden.

Stig Hellum spielte mit ihnen. Er schaffte es, den absoluten Höhepunkt dessen zu erreichen, was er am meisten liebte: die Furcht der anderen.

Anton sah auf die Karte. Die Kollegen hatten die vielen Stunden in den Wolken und am Wasser in Asker und Bærum sowie am Tyrifjord nutzlos vergeudet. Ausgehend von der Landkarte, gab es nur zwei Gebiete, in denen große Wälder existierten. Die Østmarka und Klekken.

Anton rief die Telefonnummer von Victor Wang auf. Nach nur zwei Klingeltönen ging der andere mit einem fragenden *Hallo?* an den Apparat.

»Anton Brekke hier. Ich hoffe, ich habe Sie nicht geweckt.«

Victor Wang räusperte sich und stöhnte, als hätte er den Hörer im Liegen abgenommen und versuchte jetzt, in die Senkrechte zu kommen.

»Nein, nein. Ich habe auf dem Sofa gelegen und Fernsehen geguckt. Ist was passiert?«

»Ich verfolge nur eine Spur. Haben Sie mal gehört, dass Hellum von Klekken gesprochen hat?«

»Klekken …?«

»Ich übertrete jetzt vielleicht ein wenig meine Grenzen«, begann Anton und berichtete dann von seiner Theorie. »Aber wenn es stimmt, was ich denke, dann kommen nur das Waldgebiet bei Klekken und die Østmarka infrage, wo es nachts so dunkel wird, dass man nicht sehen kann, wo man langgeht. Sie haben ihn also nie erwähnen hören, dass er Leute in der Gegend um Hønefoss kennt?«

»Nein, aber ich kann mich morgen gern umhören und fragen, ob einer der Kollegen in Ila mal etwas aufgeschnappt hat. Das ist jetzt vielleicht etwas voreilig, aber ich könnte auch die Besucherlisten mit dem Einwohnermeldeamt abgleichen, um zu sehen, ob von denen jemand in der Gegend wohnt oder gewohnt hat.«

»Falls Sie das im Laufe der Morgenstunden hinbekommen, wären wir schon ein gutes Stück weiter.«

»Kein Problem. Und die Østmarka kommt auch infrage, sagten Sie?«

»Ja, aber ich halte das eher für unwahrscheinlich. Dort ist es sehr schwer vorwärtszukommen. Wir denken, dass der Ort, wo er sie tötet, auch sein Aufenthaltsort ist, so wie damals 2002. Ein Ort, an dem er sich sicher fühlen kann, und der muss mit dem Wagen leicht zugänglich sein. Und genau da, wo dieser Drachenkopfglanzkäfer in der Østmarka lebt, gibt es nichts als Wald. Die nächste Zufahrt, die theoretisch infrage käme, ist einen Kilometer weit weg.«

»Verstehe«, sagte Victor Wang. »Das wäre vermutlich schwieriger.«

»Jetzt will ich Sie aber nicht länger aufhalten. Gibt's denn was Gutes im Fernsehen?«

»Gibt es das je?«

»*Stirb langsam 3* ist gerade gelaufen.«

»Ach ja? Der ist nicht schlecht. Etwas besser als Nummer zwei, liegt aber meilenweit hinter dem ersten.«

»Nummer zwei ist der mit dem Flugplatz, oder?«

»Genau.«

»Stimmt. Das ist der schlechteste.«

»Nein.« Victor Wang kicherte. »Der Schlimmste ist Nummer fünf. Der hätte überhaupt nie gedreht werden dürfen.«

»Nummer fünf? Ich wusste gar nicht, dass es mehr als drei gibt.«

»Nichts verpasst.«

Anton bedankte sich, beendete das Gespräch und öffnete Google Earth. Er tippte »Klekken« in das Suchfeld und bewegte die Finger über den Schirm. In dem Gebiet gab es mehrere Bauernhöfe. Der auf dem Kartenausschnitt markierte See lag ein paar Kilometer südlich von Klekken-Zentrum mitten im Wald. In südöstlicher Richtung war das Waldgebiet am schmalsten, und zwischen dem See und einer Villa, die aus der Luft betrachtet nicht sehr alt zu sein schien, lagen etwa hundert Meter. Der Besitz war recht groß. Der Hofplatz war mit Kopfsteinen gepflastert. Auf der Rückseite, wo der Wald begann, lag ein Schuppen. Anton zoomte langsam raus und betrachtete die gesamte Umgebung. Etwas nördlich von der Markierung führte ein Forstweg von einem anderen See weg, lag aber zu nahe an der nächsten Besiedelung. Es konnten nicht mehr als siebzig oder achtzig Meter zu dem ersten der drei Häuser sein. Das Risiko, entdeckt zu werden, war zu groß.

Abermals zoomte Anton raus und verharrte dann nochmals

über der Villa. Er nahm sein Handy, klickte sich zu *M* durch und wählte.

»Ja«, meldete sich Magnus.

Er klang hellwach.

»Die Villa«, sagte Anton, »ganz in der Nähe der Markierung am Ultvedttjern, habt i…«

»Ja«, fiel Magnus ihm ins Wort. »Haben wir überprüft. Außerdem sind wir auf jedem Bauernhof im ganzen Wald gewesen. Sogar bei der Imkerei da oben. Wir haben alles abgecheckt, Anton. Hey, wir sind zwölfmal gelandet. Wir haben nichts übersehen!«

»Beruhige dich, Torp«, entgegnete Anton ruhig. »Nicht nötig, sich aufzuregen.«

»Das war das Erste, was wir überprüft haben, als wir nach Klekken kamen. Die Villa. Da wohnt eine sechsköpfige Familie. Vier Kinder im Alter zwischen acht und fünfzehn. Wir haben mit allen geredet. Niemand hat was gesehen oder gehört, und die drei jüngsten Kinder toben jeden Tag im Wald herum. Hox und ich sind ein Stück hineingegangen. Da war nichts, Anton. Absolut nichts.«

»Aber auf der Rückseite des Hauses, zum Wald hin, da liegt ein Sch…«

»Ein Schuppen, ja«, entgegnete Magnus genervt. »Den durften wir sogar untersuchen. Da war nix mit diesen dämlichen Drachenkäfern. Gestern dachte ich, dass Hellum sie vielleicht bewusst bei Oda Myhre platziert hat. Irgendwie gewaltsam eingeführt. Nur um uns zu verwirren.«

»Wenn der Däne sie auch bei Hedda Back gefunden hätte, dann vielleicht. Hat er aber nicht. Das hier ist Hellums Kardinalfehler.«

»Das ist *deine* Theorie.«

»Torp?«

»Ja?«

»Schlaf gut.«

Anton legte auf und zoomte auf den See gegenüber der Villa in Klekken, wo laut Magnus sechs Personen lebten. Ein Pfad führte bis fast dorthin und verlief dann weiter nördlich. Planquadrat für Planquadrat folgte Anton dem Weg und suchte die Umgebung ab. Nach ein paar hundert Metern wurde die Einförmigkeit des Terrains unterbrochen. Da war ein kleiner offener Platz im Wald. Anton zoomte näher heran. An der Stelle lagen ein Haufen Bretter und etwas, das aussah wie eine Plane.

Schrott.

Er suchte weiter. Ließ den Blick zwischen den Bäumen umherstreifen, ohne zu wissen, wonach er eigentlich suchte. Er wusste nur, dass es irgendwo dort war.

Nach anderthalb Stunden ergebnisloser Suche wandte sich Anton von Klekken und Hønefoss ab und orientierte sich in Richtung Østmarka. Nicht weil dies sein Bauchgefühl sagte, dem er für gewöhnlich vertraute, sondern weil er das brauchte, was bei jeder Ermittlung vonnöten war: einen unumstößlichen technischen Beweis.

KAPITEL 61

Freitag, 16. September

Irgendwo in der Ferne klingelte es.

Mit verquollenen Augen suchte seine Hand nach dem Ladekabel. Er erwischte es und zog das Handy vom Nachttisch zu sich heran. Das scharfe Licht stach in die Augen. Es war 05:58. *Anton Brekke* leuchtete ihm entgegen.

Magnus strich mit dem Finger über das Display, schloss die Augen, legte das Handy aufs Kopfkissen und grunzte.

»Ich weiß, wo er ist«, sagte Anton.

»Hä?«

»Du hast gesagt, dass es in der Nähe der Markierung in der Østmarka nicht mal 'ne Holzhütte gibt.«

»Gibt's auch nicht«, murmelte Magnus.

»Doch, da ist eine.«

»Herrje, meinst du etwa diese Sporthütte? Oder die Hütte von den Pfadfindern? Die ist doch zweieinhalb Kilometer entfernt.«

»Nein, ich rede von der Hütte, die circa fünfhundert Meter von dem See entfernt liegt, an dem sich die Markierung befindet.«

»Wovon redest du?« Magnus setzte sich auf. Im selben Moment fingen die Kopfschmerzen an. Er rieb sich die Augen. Anton sagte irgendetwas, doch das Handy lag noch immer auf dem Kopfkissen. Magnus hielt es sich ans Ohr. »Was hast du gesagt?«

»Warte einen Moment. Ich schicke dir eine Mail.«

Das Handy summte. Magnus rief den Posteingang auf und öffnete die einzige ungelesene Mail. Es erschien ein ellenlanger Link, der etwa zwölf oder fünfzehn Zeilen umfasste. Magnus drückte darauf. Google Maps öffnete sich und zeigte ein Satellitenfoto der Østmarka. Der See mit der Markierung lag rechts im Bild. Die Umgebung sah genauso aus wie am Vormittag aus der Luft. Nichts anderes als Wald. Abgesehen von dem rasierten Feld, das in einem breiten Streifen rechtwinklig zu den Stromleitungen lag, die sich von Søndre Nordstrand über die Østmarka bis hinauf nach Lørenskog zogen. Magnus aktivierte die Lautsprecherfunktion.

»So, wo ist jetzt diese Hütte?«

»Geh so nahe ran, bis der Maßstab unten rechts zehn Meter anzeigt. Entspricht etwa einer Fingerspitze.«

Magnus vergrößerte die Bildansicht.

»Okay.«

»Jetzt geh zum See. Wenn er mitten im Bild ist, gehst du fünfhundert Meter nach Westen.«

»Geht das nicht schneller, wenn der Maßstab größer ist?«

»Tu einfach, was ich dir sage.«

»Okay.«

»Siehst du das Wasser? Fast wie eine Pfütze.«

»Ja?«

»Jetzt dreißig Meter nach Süden.«

Magnus manövrierte sich über die Karte und seufzte.

»Da ist keine Hütte, Anton. Nur Wald.«

»Ich bin noch nicht fertig. Zwanzig Meter nach Westen.«

»Wald, Wald und noch mal Wald. Was haben sie dir letzte Nacht gegeben? Du hast Halluzinationen.«

»Halt den Mund und benutz deine Augen. Das Satellitenfoto, was du da siehst, ist tagsüber gemacht worden. Wo geht die Sonne auf, Torp?«

»Im Osten.«

»Und wenn die Sonne im Osten scheint, wohin werden dann die Schatten geworfen?«

»Nach Westen.«

»Also guck dir den Ort an, den du vor dir auf der Karte siehst. Ich habe fünf Minuten gebraucht, um es zu finden. Aber da du die Karte jetzt genau vor Augen hast, müsstest du es eigentlich in fünf Sekunden erkennen können. Was … passt … nicht … rein?«

Magnus suchte den Bildschirm ab. Lange. Dann sah er es. Aus der Luft wirkte es wie Büsche und Unterholz, aber da, wo alle anderen Bäume lange schmale Schatten warfen, war mittendrin ein viereckiger Schatten auf dem Boden zu erkennen.

»Die ist getarnt …«

»Ja.«

»Weit drinnen«, sagte Magnus, nachdem ihm klargeworden war, dass sie mehrmals über die Hütte hinweggeflogen sein mussten. »Einen Kilometer in den Wald hinein … Das widerspricht dem, was wir früher erörtert haben. Dass sie leicht mit dem Wagen erreichbar sein muss und so weiter.«

»Zoom mal ein Stück raus, Torp.«

Magnus schob die Finger auf dem Schirm zusammen, bis der Maßstab fünfhundert Metern entsprach. Die Entfernung vom Weg bis zum See betrug einen Kilometer, aber bis zu der Hütte waren es nur knapp vierhundert Meter.

»Wieso hast du mir nicht einfach die Koordinaten geschickt?«

»Weil ich wollte, dass du deinen Kopf benutzt.«

»Und was machen wir jetzt?«

»Die Deltatruppe ist schon benachrichtigt und auf dem Weg von Oslo dahin. Nimm Kontakt mit Hox auf, dann fahrt ihr sofort da hoch. Ich komme nach, so schnell ich kann.«

KAPITEL 62

Freitag, 16. September

»Vielen Dank«, sagte Anton zu dem Polizeibeamten, der ihn vom Krankenhaus in die Østmarka gefahren hatte. »Für die Rückfahrt suche ich mir jemand anderen.«

»Willst du, dass ich dich begleite?«

»Nein«, gab Anton zurück und knallte die Autotür zu.

Es war halb neun. Im Wald war es friedlich. Anton dachte plötzlich, dass es immer der Tod war, der ihn hinaus in die Natur lockte. Der Tod anderer.

Er musste lernen, sich besser zu entspannen. Abzuschalten, wenn er die Möglichkeit dazu hatte. Sich nicht mit einer Tüte Chips auf dem Bauch aufs Sofa zu legen und fernzusehen, bis er einschlief. Sondern *richtig* abzuschalten. Handy, Laptop und iPad beiseitezulegen. Mehr Luft wie diese hier in die Lunge zu bekommen.

Er schob seine Sonnenbrille bis dicht an die Nasenwurzel und bahnte sich einen Weg durch den dichten Wald.

»Anton!«

Er warf einen Blick zwischen die Bäume. Magnus stand zwanzig oder dreißig Meter entfernt. Anton korrigierte seinen Kurs und ging auf ihn zu, schob Zweige zur Seite und stieg über dicke Baumwurzeln und Buschwerk. Der junge Kollege trug eine schusssichere Weste mit der Aufschrift *POLIZEI* auf der Brust. Die Pistole steckte in einem Holster, das an seinem Schenkel befestigt war. Gleich hinter ihm befand sich die Hütte. Anton begriff, wieso weder die beiden Ermittler noch der Helikopterpilot sie aus der Luft hatten sehen können. Er selbst hätte sie auch vom Boden aus fast nicht erkennen können. Ein Tarnnetz lag auf der Waldhütte und hing an den Seiten herunter. Auf dem Dach lagen dicht belaubte Zweige. Lars Hox stand mit einem Kollegen von der Bereitschaftstruppe etwas abseits.

»Und wo ist der Rest von Delta?«

»Die checken die Umgebung«, sagte Magnus. »Aber wenn das der Ort ist, wo er sich aufgehalten hat, dann sind wir ohnehin zu spät. Ich habe schon die Kriminaltechnik verständigt. Und ich war in Kontakt mit der Einsatzzentrale, um herauszufinden, wer als Besitzer des Grundstücks aufgeführt ist.«

»Und das ist wer?«

»Die Zentrale will mich zurückrufen.«

Die Hüttentür stand offen. Ein Vorhängeschloss lag auf dem Boden und glänzte in der Sonne. Der Bügel war durchtrennt worden.

»Ihr habt das Schloss aufgebrochen?«

»Ja.«

In der Ecke konnte er ein Etagenbett erkennen. Gleich neben der Tür standen ein einfacher Holzstuhl und ein Tisch, darauf eine zur Hälfte heruntergebrannte Kerze auf einem Teller.

»Licht«, sagte Anton.

Magnus reichte ihm eine kleine Taschenlampe. Anton ging mit einem Stöhnen in die Hocke und nahm die Sonnenbrille ab.

»Tut's immer noch weh?«

»Ich spür's noch, ja. Ich lasse es langsam angehen, weil ich Angst davor habe, dass es sonst plötzlich wieder schlimmer wird.«

Er leuchtete alle im Schatten liegenden Stellen ab, entlang der Fußleisten, unter dem Bett. Alles war sauber.

»Das ist der Ort«, sagte Anton. »Hier ist kürzlich sogar noch geputzt worden.« Er leuchtete in alle Ecken und an die Decke, hielt plötzlich inne und führte den Lichtstrahl langsam zurück. Etwa in der Mitte der Decke konnte er einige Flecken in verschiedener Größe erkennen. Ein paar davon waren klein wie Tropfen, der umfangreichste hingegen so groß wie eine Wassermelone. Alle hatten eine dunkelbraune Färbung.

»Blut.«

Hox war inzwischen hereingekommen und stand neben Magnus.

»Sieht alt aus«, sagte er. »Ist so gut wie unmöglich, Blutspuren von unbehandeltem Holz zu entfernen.«

Anton schaltete die Lampe aus und richtete sich wieder auf. Aus dem Wald kamen sieben schwarzgekleidete Männer. Sie trugen Helme mit Visier und hatten MP-5-Maschinenpistolen in der Hand. Sechs von ihnen gingen zu dem Kollegen hinüber, der an der Hütte Wache gehalten hatte, während der siebte zu Anton, Magnus und Hox kam. Er nahm den Helm ab, klemmte ihn sich unter den Arm und ließ die Waffe locker an einem Riemen von der Schulter herabhängen. Anton kannte ihn von einem früheren Einsatz. Sie nickten einander kurz zu, ehe der Leiter der Deltatruppe sich an Magnus wandte und ihn über das Offensichtliche informierte: dass die Suche ergebnislos verlaufen war und die Gruppe vor Ort bleiben würde, bis eine Streife kam, um die Bewachung zu übernehmen.

Die Bereitschaftstruppe war mittlerweile durch zwei uniformierte Polizisten ersetzt worden, die herumstanden und absolut gar nichts taten, während die Kriminaltechniker in ihren Overalls die Arbeit erledigten. Zwei von ihnen hockten rechts und links neben der Hüttentür, der dritte lag drinnen auf allen vieren.

Anton betrachtete eine Wolke, die sich auf der Oberfläche des kleinen, einen Steinwurf von der Hütte entfernten Weihers spiegelte. Magnus stand neben ihm. Hox war zu den Technikern gegangen und verfolgte deren Arbeit.

»Der See, an dem dieser Drachenkopfglanzkäfer lebt, liegt ziemlich weit weg«, sagte Magnus und zeigte nach Osten.

»Worauf willst du hinaus?«

»Dass er vielleicht gar nicht hier gewesen ist?«

»Es ist der richtige Ort«, sagte Anton und hielt den Blick auf das Wasser gerichtet. »Es kommen nur zwei Orte infrage. Klekken ist der eine, aber da ist ja nichts, wie du sagst.«

»Stimmt.«

»Wenn du hier nackt im Dunkeln herumgeirrt wärst, würde es aussehen, als hätte dich ein Dreijähriger mit einem Filzstift attackiert. Oda Myhre hat versucht zu fliehen.«

»Ja, so weit sind wir uns einig. Aber das erklärt nicht die Umstände bei Hedda Back. Sie hatte zwar die gleichen Verletzungen, aber bei ihr gab es keine Spur von dem Käfer.«

»Es kann passieren, dass du hundert Liter Wasser aus diesem Teich trinkst und dennoch kein einziger Käfer in dir landet. Zufälle. Anscheinend ist Oda Myhre genau an der Stelle unter Wasser gedrückt worden, wo diese Pflanze stand. Oder noch steht.«

Anton betrachtete die Waldhütte aus der Distanz. Gräser und Büsche wuchsen dicht bis an sie heran. Hox stand bei einem der Techniker. Sie waren gerade dabei, das Tarnnetz zu entfernen.

Anton zog sein Handy aus der Tasche, das eine schwache Netzverbindung zeigte. Er hatte eine SMS von einer Nummer bekommen, die er zwar nicht gespeichert hatte, aber vom Abend zuvor wiedererkannte. *Hallo! Habe versucht anzurufen, leider nur Mailbox. Habe mit den Kollegen in Ila gesprochen. Niemand kann sich an Klekken/Hønefoss erinnern. Mir ist allerdings was eingefallen:*

Hans Gulland hat mehrmals gesagt, dass er Hellum in die Familienhütte in Risør mitnehmen wollte, falls er mal beurlaubt würde. Laut Einwohnermeldeamt hat keiner von Hellums Besuchern eine Adresse in Klekken oder in der Østmarka. Melden Sie sich, wenn Sie noch was brauchen. Gruß, Victor Wang.

Anton dachte an das Foto, das bei Familie Gulland an der Wand gehangen hatte und das Hans auf den Schultern seines Vaters zeigte. Doch dorthin war es zu weit. Die Fahrt von Risør nach Halden dauerte etwa vier Stunden. Außerdem lebte der Drachenkopfglanzkäfer dort nicht.

Anton ging zurück zur Hütte. Sieben oder acht Meter vor der westlichen Wand stand ein in zwei Hälften zerteiltes Metallfass auf vier Stahlbeinen. Das darauf liegende Gitter war verrostet. Anton trat näher heran. Ein Grill sollte auf offenem Gelände stehen, unten am Teich vielleicht, wo keine Gefahr bestand, dass die Flammen sich ausbreiteten. Nicht unter Bäumen und in hohem Gras. Die Vegetation unter dem Grill war dicht und kräftig. Weitaus kräftiger als der Bereich drumherum, der nicht im Schatten des Grills lag.

Eigentlich hätte es umgekehrt sein müssen, außer wenn etwas Totes in der Erde unter dem Grill vergraben lag.

KAPITEL 63

Freitag, 16. September

Der unverkennbare Leichengestank hatte nach dem vierten Spatenstich eingesetzt.

Der Grill war durch ein weißes Zelt ersetzt worden. Zwei Techniker hockten auf den Knien und gruben, derweil ein dritter den Sand durch ein Sieb rinnen ließ. Je tiefer sie kamen, desto kleiner wurden die Spaten. Etwa eine Stunde, nachdem Anton und Magnus den Grill weggetragen hatten, arbeiteten die Techniker mit einem Löffel und einem kleinen Pinsel.

Hox, Magnus und Anton standen zusammen mit den beiden für die Sicherung des Ortes zuständigen Polizisten im Schatten der Hüttenwand.

»Er kann uns gestern gehört haben«, sagte Magnus. »Wir sind ja hier eine ganze Weile hin- und hergeflogen. Vielleicht hätten wir ihn geschnappt, wenn wir zu Fuß gekommen wären.«

»Vielleicht«, entgegnete Anton.

»Das ergibt doch Sinn. Dass er so schnell wie möglich alles zusammengepackt hat und abgehauen ist, sobald wir weggeflogen waren. Warum ist sie wohl sonst hier begraben und nicht irgendwo abgelegt worden wie die anderen? Hox, was glaubst du?«

Hox zuckte mit den Schultern. Anton und Magnus traten dichter an das Grab. Dort lag ein Skelett in T-Shirt, Jeans und Joggingschuhen. Es lag mit angezogenen Beinen auf der Seite.

»Embryonalstellung«, sagte Magnus.

Die Jeans war intakt, aber fadenscheinig und verfärbt von der Erde. Vom T-Shirt waren nur noch Fetzen übrig. Der Schädel war bis auf die Kieferpartie teilweise von Erde bedeckt. Der Unterkiefer hing lose herab, wodurch der Mund wie aufgerissen wirkte. Die beiden Streifenpolizisten kamen neugierig näher und spähten in das offene Grab.

»Wie kann das bloß so grauenhaft stinken, wenn doch nur noch Knochen übrig sind?«, fragte einer der Polizisten.

»Der Leichengeruch setzt sich in der Erde fest«, erwiderte Anton. »Es dauert lange, bis der wieder verschwindet.«

Er ging in die Hocke, zog den Pullover über Nase und Mund und hielt ihn dort fest.

Es musste eine große Frau gewesen sein. Die Schuhe waren so groß wie seine eigenen.

»Wie lange hat sie hier wohl gelegen?«, fragte Magnus.

»Unmöglich zu sagen.« Anton nahm die Sonnenbrille ab. »Der Däne muss sich das ansehen. Der Gestank ist so heftig, dass vermutlich noch nicht allzu viel Zeit vergangen ist. Aber da nur noch Knochen übrig sind … mindestens zwölf bis achtzehn Monate. Möglicherweise auch länger.«

Die Hände des Technikers arbeiteten schnell, aber behutsam mit dem Schädel. Als ob es sich dabei um eine Oberfläche handelte, die auf Fingerabdrücke untersucht werden sollte. Aus einer der Augenhöhlen wurde Erde entfernt. Immer mehr des Schädels wurde sichtbar.

»Ich frage mich, wie viele es eigentlich sind.« Magnus ging einmal im Kreis um das Grab herum. »Vielleicht sollten wir einen Hund kommen lassen. Oder mehrere. Schwer zu sagen, wie viele Leichen hier liegen.«

»Ich habe etwas gefunden«, sagte der Techniker mit dem Sieb.

Mit zwei von blauem Latex umhüllten Fingern hielt er eine deformierte Kugel in die Höhe.

»Da wird sich der Däne aber freuen«, sagte der Techniker, der am Fußende beschäftigt war. »Gute Arbeit.«

»Ein Projektil?« Magnus runzelte die Stirn. »Hat Hellum jemals eine Schusswaffe benutzt?«

»Nicht dass ich wüsste«, meinte Anton. »Hox?«

Hox schüttelte den Kopf. Die Kugel landete in einem durchsichtigen Beweisbeutel, der in einen größeren Plastikbehälter gelegt wurde. Der Pinsel fuhr schnell über die Stirn des Opfers. Gleich über der rechten Augenhöhle wurde etwas sichtbar, was sich von der ansonsten braunweißen Farbe des Schädels unterschied. Es handelte sich um eine Stahlplatte mit einer kleinen Schraube in jeder Ecke.

Es war keine große Frau, die hier draußen erschossen und begraben worden war.

Es war überhaupt keine Frau.

KAPITEL 64

2006
Huntsville, Texas

Die Uhr zeigte 15:59.

Dr. Walday beobachtete Nathan durch den Einwegspiegel. Der Direktor schritt durch die Kammer und kam in den Kontrollraum. Er stellte sich neben den Arzt.

»Bis zum bitteren Ende hat er die Haltung bewahrt«, sagte der Arzt, während er die mit *B1 – Vecuroniumbromid* beschriftete Pumpe vorbereitete. »Unmenschlich.«

»Ich ziehe es vor, wenn sie vor Angst erzittern«, sagte der Direktor leise. »Sonst kommt es mir vor, als würden die Angehörigen betrogen. Kein großes Problem heute, aber du weißt schon, was ich meine.«

Der Beamte, der als Scharfrichter fungierte, verfolgte die Bewegungen des Arztes. Dr. Walday löste die Spritzenpumpe mit dem Midazolam vom Infusionshalter und tauschte es gegen den Stoff aus, der den Körper Schritt für Schritt lähmen würde.

»Vecuroniumbromid bereit«, sagte der Arzt.

»Klar für Injektion von Spritze B1.« Der Scharfrichter umfasste die Pumpe. »Auf Ihr Signal, Sir.«

Der Direktor kniff den Mund zusammen und atmete tief aus.

16:00 Uhr.

»Bitte!«

Der Beamte drückte zu. Die transparente Flüssigkeit schoss

durch den Schlauch, der aus dem Loch in der Wand trat und zu der Nadel in Nathans Arm führte. Die Uhr an der Wand zeigte 16:01 Uhr.

Der Pater stand mit gesenktem Kopf, geschlossenen Augen und gefalteten Händen neben Nathan. Ein weiterer Beamter stellte sich zwischen den Direktor und den Arzt. Er blickte durch die Hinrichtungskammer in den Zuschauerraum und sagte: »Die vier, die er umgebracht hat, waren wohl nicht sonderlich beliebt, was? Ich glaube, ich erlebe es zum ersten Mal, dass kein Angehöriger der Opfer anwesend ist. Hier sind ja bloß Journalisten.«

Pater Sullivan hob den Kopf und richtete die geschlossenen Augen zur Decke.

»Der ganz hinten ist kein Journalist«, erwiderte der Direktor. »Merkwürdig.«

Eine rote Lampe blinkte über dem Telefon, das mit *Büro des Gouverneurs* gekennzeichnet war und gleichzeitig laut klingelte. Der Scharfrichter ließ die Spritzenpumpe los. Bis zum nächsten Klingeln herrschte völlige Stille im Überwachungsraum.

»Aber geh doch ran, verflucht!«, brüllte der Direktor.

Der Beamte neben dem Telefon riss den Hörer herunter.

»Sir? … Aber wir haben schon angefangen …«

Dr. Walday fluchte laut und rannte hinaus. Die fünf Journalisten erhoben sich gleichzeitig und stellten sich an das Beobachtungsfenster. Der sechste Zeuge verharrte in der letzten Reihe des Zuschauerraums. Der Beamte in der Kammer zog den Vorhang zu. Der Arzt riss die Nadel aus Nathans Arm und brüllte: »Ruft einen Notarztwagen!«

KAPITEL 65

Freitag, 16. September

Einige Stunden nachdem der vierte Spatenstich erfolgt und der Leichengestank von Stig Hellum aus der Erde gedrungen war, füllten der aufgerissene Mund und die langen Zähne desselben Mannes die Leinwand im Sitzungsraum aus.

Anton saß auf demselben Stuhl wie vor fünf Tagen. Am Tisch neben ihm befanden sich Magnus, Hox, der Kripochef Odd Gamst, PR-Referentin Gina Lier sowie der Leiter der taktischen Abteilung, Roar Skulstad. Der Fall hatte einen Quantensprung nach vorn gemacht, in eine Richtung allerdings, die niemand hatte vorhersehen können. Im Laufe der letzten zweiundzwanzig Minuten hatte Magnus erläutert, was er und Hox unternommen hatten, seit Hedda Backs Leiche am Montagmorgen aufgetaucht war.

»Und hier«, Magnus deutete auf die Wand, »sind wir jetzt also.«

»Als Skulstad mich vor einer Dreiviertelstunde angerufen hat, habe ich gesagt: *Das kann nicht wahr sein.*« Kripochef Odd Gamst drehte sich von der Leinwand weg. »Das würde ich auch jetzt gern sagen. Torp, kannst du es? Kannst du trotz der Stahlplatte sagen, dass noch immer Zweifel bestehen? Oder seid ihr«, er richtete den Blick auf Anton, »genauso sicher, dass es Stig Hellum ist, wie ihr es am Montag wart, als es um die neuen Morde ging?« Seine Augenbraue schoss in die Höhe. »Und falls ihr mich jetzt als etwas sarkastisch erlebt, dann trifft das völlig zu.«

»Es ist Hellum«, sagte Anton. »Poulsen ist unterwegs, um es anhand der odontologischen Funde zu bestätigen. Vermutlich dauert es einige Tage, bis wir wissen, wie lange er dort gelegen hat. Vielleicht hat er da schon seit dem Abend der Flucht gelegen.«

»Seit dem Abend der Flucht?«

»Hedda Back und Oda Myhre wurden an öffentlichen Orten abgeladen, sodass sie gefunden werden mussten – und zwar schnell. Aber dass wir Hellum finden sollten, war kein Bestandteil des Plans. Wir sollten hinters Licht geführt werden und glauben, dass er hinter allem steht – und das taten wir. Die Annahme, dass er vor zwei Jahren Hilfe bekam, um abzuhauen, ist durch den Wagen untermauert worden, der in Solli stand. Wenn wir herausfinden, wer den dort abgestellt hat, dann finden wir auch den Mörder von Hedda Back, Oda Myhre und Stig Hellum.«

»Und dass er ins Ausland geflohen ist, wie die Hellum-Gruppe frühzeitig konstatiert hat, ist demnach nur dummes Zeug?«

»Dummes Zeug würde ich das nicht nennen. Es ist gar nicht so abwegig, dass sie diesen Schluss gezogen haben. Es erschien logisch. Ich glaube, er ist damals direkt in diese Waldhütte in der Østmarka gefahren. Laut dem Einsatzleiter, der am Abend der Flucht für die Fahndung verantwortlich war, hatte Hellum einen Vorsprung von fünfzehn Minuten, ehe die Polizei überhaupt verständigt wurde, und die erste Streife war erst fünfundzwanzig Minuten später vor Ort. Der Helikopter suchte nach einer einzelnen Person im Waldgebiet rund um Solli. Nicht nach einem Auto, das mit erhöhter Geschwindigkeit über die E6 nach Norden raste. An diesem Abend gab es wahrscheinlich eine der seltenen Möglichkeiten, mit zweihundert über die Autobahn zu jagen, ohne in eine Kontrolle zu geraten. Denn alle Streifen in Østfold, einschließlich der Einsatztruppe, befanden sich in oder auf dem Weg nach Solli.

»Er hatte auch seiner Mutter gesagt, dass überhaupt nichts schiefgehen könnte«, sagte Magnus.

»Na ja, schiefgegangen ist es schon«, warf Skulstad ein. »Aber was genau? Haben Hellum und sein mysteriöser Helfer sich in jener Nacht wegen irgendwas zerstritten? Und wer würde es wagen, mit Stig Hellum im Wagen nachts in die Østmarka zu fahren?«

»Sieh es mal von der anderen Seite«, sagte Anton. »Wem konnte Hellum so blind vertrauen? Denn an jenem Abend wusste keiner besser als Hellum selbst, dass *er* der Gefährdete war. Dass *er* der Verletzbare war und abhängig von jemand anderem. Nicht derjenige, der ihm geholfen hat. Denn der hatte in diesem Moment die Kontrolle. Dieser andere hatte alles geplant. Wem von denen, die auf unserer Liste stehen, hat er solch ein Vertrauen geschenkt?«

»Ich habe ein Gespenst gejagt.«

Zum ersten Mal während der Besprechung hatte Hox den Mund aufgemacht. Anton sah zu ihm hinüber. Er hockte allein am Ende des Tisches. Sein Blick zeigte, dass er gerade ganz woanders war.

»Jetzt warte mal, Brekke«, sagte Kripochef Odd Gamst. »Hox hat doch diese Spuren auf den Philippinen gefunden. Haare mit Hellums DNA-Profil. War das nicht so, Hox?«

Hox nickte stumm.

»Will man DNA in Haaren finden«, sagte Anton, »dann braucht man auch die Haarwurzeln.«

»Was willst du damit sagen?«, fragte Odd Gamst.

»Dass es Absicht war. Die Hellum-Gruppe sollte sie finden. Die Haare wurden von derselben Person deponiert, die auch den Wagen in Solli abgestellt hat. Niemand hier wird ja ernsthaft glauben, dass Hellum erst abhaut, um dann gleich wieder zurückzukommen. Denn wann hast du die Haare gefunden, Hox? War das nicht zwei Monate nach der Flucht?«

»Drei.«

»Eben. Ich hatte erst das Gleiche gedacht – dass er zurückgekommen war. Aber diese Vermutung hat jetzt keine Substanz mehr. Er hat Norwegen nie verlassen. Er hat nicht mal die Østmarka verlassen.«

Hox lehnte sich mit einem deutlich hörbaren Stöhnen zurück. »Ihr könnt dem Polizeipräsidenten des Distrikts Ost mitteilen, dass er im Laufe des Tages meine Kündigung auf dem Tisch liegen hat.« Er stand auf und trat auf die Tür zu. »Es tut mir leid.«

»Du hast kein Gespenst gejagt«, sagte Anton und blickte Hox an. »Gespenster töten nicht.«

Hox blieb an der Tür stehen und legte die Hand auf die Klinke.

»Wenn du jetzt da rausgehst«, fuhr Anton fort, »dann kann ich dir garantieren, dass du nie wieder deinen Frieden findest. Egal ob der Fall heute oder in hundert Jahren gelöst wird. Nie wieder. Du musst einfach weiter dabei sein. Du hast viel zu viel Arbeit investiert, um jetzt zu gehen. Es ist dein Fall, und Torp und ich werden alles tun, um dich dabei zu unterstützen.«

Hox dachte einen Augenblick nach, ging dann zurück zum Tisch und setzte sich wieder.

»Gut. Dann machen wir also weiter.« In Antons Hodensack bebte etwas, wie die Membran in einem Lautsprecher mit allzu starkem Bass. Er fischte seine Tabletten aus der Tasche, gab Wasser aus einer Karaffe in ein Glas und sagte: »Es mag uns vielleicht so vorkommen, dass wir wieder am Anfang stehen, aber das stimmt nicht. Es gibt nur eine begrenzte Anzahl von Menschen, die Zugang zu Hellum hatten. Unsere Liste hat sich nicht verändert.«

Er drückte zwei Tabletten aus dem Blister, schluckte sie und spülte mit Wasser nach. »Also, nächste Frage: Warum jetzt? Warum hat der Täter nicht gleich losgelegt?«

Niemand gab eine Antwort.

»Es muss einen Grund dafür geben, dass er gewartet hat.«

»Wie sieht's eigentlich mit diesem Schriftsteller aus?«, fragte Skulstad.

»*Aftenposten* hat ihn gestern in Zusammenhang mit seinem Buch interviewt«, sagte Odd Gamst. »Aber da hat er bloß darüber geredet, wie es war, sich mit Hellum in Ila zu unterhalten. Über die beiden Morde hat er kein Wort verloren.«

»Die müssen ihn aber doch danach gefragt haben«, sagte Gina Lier.

»Klar haben die ihn gefragt«, entgegnete Hox. »Aber gut, dass er nicht dazu beiträgt, Panik zu verbreiten.«

Magnus und Hox wechselten einen Blick.

»An seinem Timing kommen wir aber nicht vorbei«, sagte Skulstad.

»Mit allem Respekt, Skulstad«, sagte Hox entschieden, »aber vergesst Hans Gulland.«

»Ich muss Hox hier zustimmen«, sagte Anton. »Die Frage, die wir uns eher stellen sollten, lautet, ob die Morde tatsächlich aus reinem Zufall parallel zum Erscheinen des Buchs passiert sind oder ob *unser Mann* darauf gewartet hat – um den Verdacht auf Gulland zu lenken.«

»Gut«, meinte Skulstad. »Morde zu begehen, um ein paar extra Bücher zu verkaufen, ist vielleicht etwas zu abwegig. Ich sage zwar nicht, dass Gulland *nicht* unser Mann ist, aber das Motiv ist sicher nicht, Bücher zu verkaufen. Das glaube ich einfach nicht.«

»Welche Informationen wollen wir jetzt eigentlich an die Öffentlichkeit lassen?«, fragte Gina Lier.

»Wenn wir unbedingt etwas verlauten lassen müssen, dann: *Funde in der Østmarka stehen in Verbindung mit den Morden an Hedda Back und Oda Myhre.* Nicht mehr und nicht weniger. Wer es getan hat, wird verstehen, dass wir eine Leiche gefunden haben. Aber es ist nicht sicher, dass diese Person auch von der Metallplatte weiß, die Hellum eingesetzt wurde. Der Betreffende geht womöglich davon aus, dass es noch ein paar Tage dauert, bis wir

Hellum identifiziert haben. Und deswegen veröffentlichen wir diese Information nicht.«

»Einverstanden«, sagte Odd Gamst.

»Die Waldhütte ist ein neuer Ausgangspunkt. Unser Mann hat sich den Ort ausgesucht, weil er sich da sicher fühlte. Irgendein Name auf unserer Liste muss eine Verbindung zu dieser Hütte haben.«

»Gillesvik«, sagte Hox leise. »Wie Anton schon sagte, ist alles vielleicht so arrangiert, um den Scheinwerfer auf Gulland zu richten. Wenn es jemanden gibt, der in der Lage ist, so viele Züge vorauszudenken, dann Gillesvik. Außerdem war er nach der Flucht sechs Monate in Thailand. Es hätte ihn nicht viel gekostet, einen Flieger auf die Philippinen zu nehmen, die Haare zu deponieren und wieder nach Thailand zurückzufliegen.«

»Die Theorie gefällt mir«, sagte Anton. »Kennen die beiden sich? Gulland und Gillesvik?«

»Ganz entfernt«, sagte Hox. »Vor einiger Zeit hat Gillesvik mir mal erzählt, dass Gulland ihn angerufen und ihm mehrere SMS geschickt hätte. Gillesvik hat nie darauf reagiert, dann stand Gulland eines Tages vor der Tür. Er wollte mit ihm über Hellums Kindheit und Jugend reden, aber Gillesvik hat ihm die Tür vor der Nase zugeschlagen.«

»Dann muss Gillesvik doch gewusst haben, dass ein Buch in der Mache ist?«

»Ja«, sagte Hox. »Das wusste er.«

»Wir lassen Gillesvik beschatten, aber ich möchte auch Gulland noch nicht ganz vom Haken lassen. Ich möchte, dass der ebenfalls beschattet wird. Skulstad?«

»Ich kümmere mich darum«, sagte der Leiter der taktischen Abteilung und griff zu seinem Handy.

»Ich würde die Beschattung von Gillesvik gern selbst übernehmen«, sagte Hox. »Ich will dabei sein, wenn er in den Scheißhaufen tritt.«

»In Ordnung«, sagte Skulstad. »Du kannst die Abend- und Nachtschicht übernehmen. Aber vergiss nicht, Proviant mitzunehmen.« Skulstad lächelte Hox freundlich an.

»Und 'ne Pinkelflasche«, sagte Anton. »Aber was hätte Gillesvik eigentlich davon?«

Die Frage galt der ganzen kleinen Versammlung.

»Er meinte zu mir, dass er Hellum sein Leben verdankt«, sagte Magnus nach einer Weile. »Als ich mit ihm gesprochen habe. Hellum hat ihn damals in der Schule vor dem Mobbing der Mitschüler gerettet.«

»Und dann bedankt er sich, indem er ihn tötet und verscharrt?«

»Ich weiß nicht ... Aber ... Nein, vergiss es.«

»Raus damit«, sagte Anton. »Wir machen jetzt Brainstorming. Gillesvik hilft Hellum zu fliehen, um ihn dann im Wald zu liquidieren. Zwei Jahre später fängt er an zu töten, auf die gleiche Art wie Hellum. Weshalb?«

»Vielleicht gewagt, aber ein Gedanke: Auf die Spitze getrieben, hatte Hellum ja nichts anderes als seinen Ruf. Gillesvik glaubte, ihm das Leben zu schulden. Was, wenn Hellum Gillesvik überredet hat, ihn zu töten und die Leiche zu vergraben? Auf diese Weise würde er nie vergessen werden. Er wäre nicht nur ein verurteilter Serienmörder gewesen. Sondern ein verurteilter Serienmörder, der fliehen und für immer verschwinden konnte. Denn wer weiß? Er wäre ein Mythos. Der Typ, von dem man am Lagerfeuer Horrorgeschichten erzählen würde. Überlegt mal, wie loyal Gillesvik gegenüber Hellum war, als er ihn all die Jahre im Gefängnis besucht hat. Es wäre ihm nie in den Sinn gekommen, den Kontakt abzubrechen. Und ein glaubhaftes Alibi für den Abend vor der Flucht hat er auch nicht.«

»Der Unterschied zwischen Genie und Wahnsinn mag ja gering sein«, sagte Anton, »aber das ist doch ziemlich dünn, Torp. Außerdem war Gillesvik gar nicht in Norwegen, als Hellum geflohen ist und dann angeblich ermordet wurde.« Er richtete seinen Blick auf Hox. »Denn wir *wissen* doch, dass Gillesvik an jenem Montagmorgen nach Thailand geflogen ist?«

»Wir wissen, dass er ein Ticket von Göteborg nach Bangkok hatte und dass der Name, der da draufstand, mit dem Namen im Pass übereinstimmte.«

»Für einen so klugen Kopf wie Gillesvik wäre es doch nicht schwer gewesen, dass zu fingieren«, sagte Magnus. »Wir reden von einem weißen Mann, der aus Schweden ausreisen sollte. Was anderes wär's, wenn er ein schwarzer gewesen wäre, der einreisen wollte. Dann wär's wohl nicht bei einem flüchtigen Blick auf den Pass geblieben.«

»Du meinst also, dass er jemand anderen unter seinem Namen fliegen ließ?«

Skulstad hatte die Frage gestellt.

»Ja«, erwiderte Magnus. »Einen, der ihm ähnlich sieht, zum Beispiel.«

»Was ist mit Gulland?«, fragte Anton. »War der mal auf irgendwelchen Auslandsreisen?«

»Nicht dass ich wüsste«, erwiderte Hox. »Ich überprüfe das, aber Gulland ist es nicht. Ich wette um mein eigenes Leben.« Hox schien über etwas nachzudenken. Sein Mund öffnete sich, aber er sagte nichts. Alle blickten ihn an. »Wisst ihr … Da ist mir ein Gedanke gekommen. Gerade erst.« Er sprach leise. »Was, wenn Hellum die Morde 2002 nicht allein begangen hat? Kann Gillesvik daran beteiligt gewesen sein?«

Stille. Alle am Tisch blickten einander an.

»Habt ihr so etwas 2002 mal erörtert, Skulstad?«, fragte Anton.

»Nein …«, erwiderte Skulstad nachdenklich. »Er wurde ausschließlich im Zusammenhang mit seiner Freundschaft zu Hellum befragt. Es war nie ein Thema, dass wir es mit zwei Tätern zu tun haben könnten.«

»Es wurde auch nie DNA von mehreren Personen gefunden?«, fragte Magnus.

»Es wurde überhaupt keine DNA gefunden«, sagte Skulstad.

»Hellum hat die Körper schließlich gründlich gewaschen«, rief Anton ihm ins Gedächtnis.

»Ja, stimmt«, sagte Magnus. »Aber das könnte die vielen Besuche in Ila erklären. Vielleicht hatte er ein schlechtes Gewissen.«

»Die Frau, die entkommen ist – Karoline Birkeland – hat nie davon gesprochen, dass da neben Hellum noch ein anderer war«, sagte Skulstad.

»Genau«, sagte Hox. »Aber vielleicht konnte sie abhauen, weil Hellum an diesem Abend allein über sie hergefallen ist.«

»Wenn da irgendwas dran ist«, sagte Anton, »lässt sich das unmöglich beweisen. Dann müsste Gillesvik gestehen.«

»Du hast gesagt, dass Hellum sich bei demjenigen, den er im Wald in der Østmarka getroffen hat, absolut sicher fühlen musste. Und wer käme da eher infrage als der beste Freund?«

»Aber wieso hat Gillesvik ihn dann umgebracht?«

»Die Antwort darauf können wir vermutlich nur erraten«, sagte Hox. »Möglicherweise ist es auch durch einen Unfall passiert. Jedenfalls besteht kein Zweifel, dass Gillesvik ein größeres Teil in diesem Puzzle ist, als wir dachten.«

Magnus' Handy klingelte. Er blickte auf das Display, nahm den Anruf dann entgegen und machte sich Notizen auf einer Serviette, während er zuhörte. Anton las, was darauf stand. *Walther Tangen.* Magnus bedankte sich und legte auf.

»Wir haben den Eigentümer der Hütte gefunden.«

KAPITEL 66

Freitag, 16. September

Walther Tangen teilte seine Adresse mit etwa sechzig anderen Langzeitpatienten im Pflegeheim Gressvik.

»Er ist manchmal etwas unfreundlich«, sagte die Pflegerin leise.

Sie öffnete die Verandatür und ging nach draußen. Walther Tangen war allein. Er trug einen Strickpullover und Jogginghosen. Die Pflegerin hockte sich neben ihn, sagte etwas, klopfte ihm auf die Schulter, winkte die beiden Polizisten zu sich und ging wieder hinein.

Auf dem Tisch neben ihm standen ein Glas Milch und ein Fernglas. Magnus stellte Anton und sich vor. Walther Tangen reagierte mit einem Grunzen und machte sich nicht die Mühe, die beiden anzusehen. Ihn interessierten mehr die unzähligen Boote, die auf der anderen Seite des Flusses am Pier der Marina vertäut lagen.

»Hübsche Aussicht«, sagte Magnus.

»Mhm.« Walther Tangen nahm einen Schluck Milch, wischte sich den Mund ab, hielt sich das Fernglas vor die Augen und richtete es auf den Pier. »Egal weswegen Sie hier sind, es ist verjährt.«

Magnus setzte sich Walther Tangen gegenüber auf einen Stuhl. »Was meinen Sie damit?«

Anton ging zum Terrassengeländer und tastete vorsichtig seinen Schritt ab. Er musste einfach wissen, ob Berührungen noch schmerzten.

Das taten sie.

»Ich hab versucht, einen Witz zu machen«, sagte Walther Tangen und legte das Fernglas beiseite. »Aber wie die Vogelscheuche, mit der ich fünfzig Jahre verheiratet war, stets sagte: *Du bist nicht witzig, Walther.*« Er hustete und hielt sich eine Hand vor den Mund. »Aber was wusste sie schon darüber, was witzig ist und was nicht.« Er räusperte sich. Etwas schien in seinem Hals festzusitzen.

»Geht es Ihnen gut?«, fragte Magnus.

»Ob's mir gut geht?« Ein neuer Hustenanfall. Die Geräusche erinnerten an einen stotternden Automotor. »Ich wünschte, ich könnte sagen, dass ich gesund bin, aber das ist nicht der Fall. Ich bin nicht mehr gesund, seit …« Er hustete und fluchte. »So, jetzt sollte es gehen. Also, ich bin nicht mehr gesund, seit … na, ja … Fünf Jahre bin ich jetzt hier. Der Körper funktioniert allerdings noch. Ich muss immer noch jeden Morgen um halb sieben aufs Klo. Das Problem dabei ist nur, dass ich selten vor acht wach werde.«

»Oh«, sagte Magnus. »Ich verstehe. Jedenfalls sieht es aus, als ob Sie hier in guten Händen wären. Und eine schöne Aussicht haben Sie auch.«

»Glauben Sie ja nicht, dass es die umsonst gibt. Achtzig Prozent meiner Rente gehen monatlich an diese Geier. *Achtzig Prozent.* Achtzig Kronen von jedem Hunderter. Überlegen Sie mal. Ich danke Gott, dass ich nur 'ne Mindestrente bekomme, sonst könnte man hier von legalisiertem Raub sprechen.«

»Kennen Sie einen Cornelius Gillesvik?«, fragte Anton mit dem Rücken zu den anderen gewandt.

»Nie von gehört.«

Magnus räusperte sich. »In Verbindung mit einem Fall, den wir untersuchen, sind wir auf eine Waldhütte in der Østmarka gestoßen. Eine Jagdhütte, die auf Ihren Namen registriert ist.«

»Ach, die steht noch? Was untersuchen Sie denn da? Illegale Wolfsjagd?«

»Wir haben Grund zu der Annahme, dass ein von uns Gesuchter sich für einen längeren oder mehrere kurze Zeiträume in Ihrer Hütte aufgehalten hat. Wer hat außer Ihnen noch Zugang dazu?«

Das Handy in Antons Tasche vibrierte. Er zog es heraus. Eine SMS vom Dänen. Er las sie und sagte dann: »Der Fund ist von Poulsen eindeutig identifiziert. Unsere Vermutung hat sich bestätigt.«

»Walther«, sagte Magnus, »haben Sie Familienmitglieder oder Bekannte, die Zugang zu der Hütte haben und da eventuell früher mal gewesen sind?«

»Nein. Ich konnte die nicht mal selbst benutzen. War alles eigentlich ziemlich tragisch. Ich bin da überhaupt bloß vier oder fünf Mal gewesen. Ein Bekannter von Petter hat die Hütte besessen. John hieß er. John Lande. Dem gehörte sie seit den achtziger Jahren. Ich bin ihm ein paarmal begegnet, durch Petter, und dann haben wir uns geeinigt, dass ich die Hütte kaufe. Und wie Sie ja wissen, habe ich das auch getan. Das muss im Frühjahr 95 gewesen sein. Doch ein paar Tage nachdem ich das Geld bezahlt hatte, ist dieser Idiot in den Wald gegangen und hat sich den Kopf weggeblasen. Natürlich in der Hütte. Er ist anscheinend nicht auf die Idee gekommen, das draußen zu tun. Überall waren Blutflecken. Petter und ich haben da tagelang herumgeschrubbt, aber es wurde nicht sauber. Dieser Arsch hatte mir zu dem Zeitpunkt noch nicht mal die Schlüssel übergeben. Die sollte ich am Wochenende danach bekommen.«

»Petter?«

»Ein Jugendfreund.«

»Ja, aber …« Magnus zog seinen Notizblock hervor. »Wie heißt der weiter?«

»Larsen. Wollen Sie auch die Adresse?«

»Ja, bitte.«

»Haugeveien 20 hier in Gressvik.«

Magnus notierte. Grinsend wandte sich Anton, der immer noch am Terrassengeländer stand, den beiden zu.

»Torp.«

»Ja?«

»Das ist die Adresse der Kirche.«

»Genau, ja!« Walther Tangen lachte schallend. »Sie haben meinen Humor! Der war gut, nicht?«

»Ja«, sagte Anton und setzte sich. »Der war gut. War wohl Ihre Frau, die keinen Humor hatte.«

»Das habe ich auch immer zu ihr gesagt. Petter hätte darüber auch gelacht, wenn er nicht zwei Meter unter der Erde läge. Aber wer weiß, vielleicht sitzt er ja auch da oben«, Walther Tangen streckte einen gekrümmten Zeigefinger aus, »und lacht sich schlapp.« Er räusperte sich erneut und spähte zum Himmel hinauf. Der Wind hatte ein wenig zugenommen. Die Wolken trieben nach Norden. Ein dunkelgrauer Wolkenteppich näherte sich aus südlicher Richtung. »Hat sich totgearbeitet. Zimmermann. Eines Tages ist er plötzlich vom Dach gefallen. War vermutlich tot, ehe er unten auf dem Boden ankam. Etwas zu viel Soße, etwas zu wenig Bewegung. Sah aus wie ein Rosinenbrötchen auf zwei Beinen. Da kann's schon mal übel enden.« Walther Tangen lehnte sich zurück und blickte durch das Fernglas.

»Warum haben Sie die Hütte nicht verkauft?«

»Tja, gute Frage … Nachdem ich Johns Gehirn vom Boden abgekratzt hatte, war mir nicht mehr so nach Jagen. Ist ja auch nicht verwunderlich.« Walther warf einen Blick auf Anton, um zu prüfen, ob sein Humor auch diesmal ankam. Das war nicht der Fall, woraufhin er hinzufügte: »Ich hätte sie vielleicht verkaufen sollen, hab aber nicht die Energie dafür aufgebracht. Dann hätte ich da draußen noch streichen müssen, aber dazu hatte ich nie die Lust.«

»Wissen Sie, warum er sich erschossen hat?«, fragte Anton.

»Die Details kenne ich nicht, ich weiß nur das, was Petter erzählt hat. Ich war so wütend, und der Typ war mir auch total egal. Die Hütte verkaufen, um sich dann darin zu erschießen? Das ist doch total irre. Der hatte sie doch nicht alle.« Walther Tangen sah zum Horizont und schüttelte den Kopf. »Nein, mit dem stimmte was nicht.«

»Aber was wissen Sie über die Umstände des Selbstmords?« Walther Tangen kratzte sich mit dem Daumen am Nasenloch. Ein paar lange Haare lugten daraus hervor.

»Seine Frau ist ihm abgehauen.« Walther Tangen dachte nach. »Und dann hat er wohl eine seiner Angestellten bei der Arbeit verloren. Sie ist ertrunken. Eine Frau, die ihm ziemlich nahestand. Nein, falsch, jetzt bring ich alles durcheinander. Er hat zuerst die Angestellte verloren. So war das. Danach war er eine Weile krankgeschrieben. Hat gesoffen. Und dann ist seine Frau abgehauen. Muss wohl kurz danach gewesen sein. Und dann hat er mir die Hütte verkauft und die Flasche gegen die Gewehrmündung ausgetauscht. Ich wär nach so 'ner Geschichte vermutlich auch nicht klargekommen. Aber Sie haben recht. Ich hätte sie einfach verkaufen sollen, hätte die Flecken übermalen und mich von der ganzen Geschichte trennen sollen. Jetzt ist es vielleicht etwas zu spät. Sie übernehmen wohl keinen Extraauftrag? Ihr seid doch noch so jung und agil.«

»Tut mir leid«, sagte Magnus, »das dürfte etwas schwierig werden. Aber es kann doch nicht so schwer sein, jemanden zu finden, der da draußen für Sie streicht?«

»Sonst fällt sie wohl den Geiern in der Kommune Fredrikstad

in die Hände, wenn ich irgendwann den Löffel abgebe. Oder wie läuft so was eigentlich? Wenn man blöderweise was zu vererben hat, aber keine Erben? Fällt das dann an den Staat? Ich muss das mal rausfinden.«

»Was ist denn mit der Frau passiert?«

»Keine Ahnung. Aber laut Petter war's wohl der berühmte Tropfen, der dazu führte, dass sie gegangen ist. Was ihn wirklich erschüttert hat, war die Frau, die vom Schiff fiel. Danach hat er dann Trost im Alkohol gesucht. Und wie Sie ja wissen, ist Alkohol verfluchter Mist. Darüber weiß ich alles. Deshalb trinke ich auch nur noch Milch.« Er hob das Glas. »Prost!«

»Was für ein Schiff war das denn?«

»Sie fragen ja ganz schön viel, junger Mann.«

»In gewisser Weise sind wir ja deswegen hier«, entgegnete Magnus.

»Wie das Schiff, auf dem er am Ruder gestanden hat, jetzt genau hieß, weiß ich nicht. Können auch mehrere gewesen sein. Ich weiß nur, dass er als Kapitän bei Hurtigruten gearbeitet hat.«

KAPITEL 67

Freitag, 16. September

Es war halb zwei. In Fredrikstad hatte der Freitagsverkehr begonnen. Nur langsam bewegten sich die Autokolonnen in Richtung Zentrum. Magnus' schwarzer Porsche lag zwischen einem Taxi und einem Lastwagen, als sie an der alten Seiersten-Schule vorbeifuhren. Das Taxi blinkte und bog nach rechts zum REMA-1000-Supermarkt am Evjekai ab. Auf dem Gehweg standen zwei Drogensüchtige und tätigten irgendeinen Handel, der ihnen das Wochenende sichern sollte. Was wie ein freundlicher Händedruck aussah, war tatsächlich ein Tauschgeschäft: Geld gegen Ware.

»Hast du das gesehen?«, fragte Magnus und scheuchte den Wagen über die Borggate.

»Ja.«

Anton spähte mit halb geschlossenen Augen auf den Verkehr, der sich ein paar Meter vor ihnen erneut staute.

»Du hast ja nicht viel gesagt. Hast du Angst, dass du wie Walther Tangen endest, wenn du mal alt bist? Schlechte Witze erzählen, großes Maul haben und ganz allgemein etwas griesgrämig rüberkommen? Da brauchst du dir keine Sorgen zu machen, Anton. So bist du nämlich schon.«

Er lachte in sich hinein, imitierte die Stimme des alten Mannes und sagte: »Der war gut, was?«

Anton lächelte und sagte: »Ich denke nur nach.«

»Hox' Theorie über Gillesvik hat mir gefallen.«

»Mir auch«, entgegnete Anton, »aber seit der Flucht sind jetzt zwei Jahre vergangen. Wir werden nie rauskriegen, ob es tatsächlich Gillesvik war, der sich in dieses Flugzeug gesetzt hat. Und erst recht nicht, ob er an den Morden beteiligt war.«

»Gillesvik kann auch zufällig auf die Hütte gestoßen sein und hat dann vielleicht gesehen, dass die seit Jahren nicht benutzt wurde. Aber jetzt sollten wir erst mal abwarten und sehen, was er vorhat.«

»Zufällig? Das glaube ich nicht.«

»Wieso schießt du dich so auf diese Hütte ein? Die Wahrscheinlichkeit, dass es da gar keine direkte Verbindung mit dem Täter gibt, ist doch nicht eben klein.«

»Ich würde auch gar nicht weiter darüber nachdenken, wenn dieser John Lande nicht ausgerechnet für Hurtigruten gearbeitet hätte.«

»Wovon redest du?«, fragte Magnus.

»Am Kühlschrank von Rune und Hedda Back klebte eine Karte von Hurtigruten. Mir ist schon klar, dass es jede Menge davon gibt. Wenn ich in meinen Schubladen herumkrame, finde ich da vermutlich auch so eine. Aber zwei Menschen sind tot, und deshalb tue ich nicht irgendetwas als Zufall ab, ehe ich nicht *weiß*, dass es so ist.«

»Drei, mit Hellum.«

»Nicht gerade wenig. Fährst du mich nach Kalnes? Ich krieg noch meine letzte Spritze und muss meine Sachen zusammenpacken.«

»Soll ich da auf dich warten?«

»Das brauchst du nicht, aber du kannst mich nach anderthalb Stunden wieder abholen.«

Sie fuhren weiter über die Farmanns gate. Ein paar Taxifahrer standen am Halteplatz vor der Bingohalle Årumgården und unterhielten sich.

»Glaubst du denn, dass John Lande etwas mit dem Ganzen zu tun hat?«

»Nein, er ist seit über zwanzig Jahren tot. Der Mann, von dem wir glaubten, dass er hinter diesen Morden steht, wurde selbst vor vermutlich zwei Jahren umgebracht. John Lande hat sich dort das Leben genommen, wo anscheinend drei Morde begangen wurden. Back. Myhre. Hellum. Und eine Postkarte von seinem ehemaligen Arbeitsplatz hängt am Kühlschrank bei den Backs. Mag sein, dass ich noch etwas träge im Kopf bin, aber nichts an diesem Fall ist so, wie es zunächst den Anschein hatte. Und deshalb kann ich diese Karte nicht vergessen.«

Sie fuhren weiter in Richtung Einkaufszentrum Torvbyen.

»Ich kann mal mit Rune Back reden«, sagte Magnus.

»Ja, und überprüf bitte auch, ob es irgendwelche Hinterbliebenen von John Lande gibt. Und dann sieh mal nach, was du sonst noch an Informationen über diesen Selbstmord finden kannst.«

KAPITEL 68

Freitag, 16. September

Anton löschte das Licht in dem Raum, in dem er die vergangenen Tage zugebracht hatte. Die letzte Dosis Antibiotika in Spritzenform kämpfte gegen das Elend an, das sich in seinen edelsten Teilen eingenistet hatte. Ein Pflaster klebte noch auf dem Handrücken, wo der Venenport gesteckt hatte. In der Hand trug er eine Reisetasche, die iPad, Ladekabel, Kulturtasche und etwas Kleidung enthielt. Er schloss die Tür hinter sich. Kaja stand im Stationszimmer. Er ging zu ihr.

»Dann werde ich Sie jetzt verlassen.«

»Am Wochenende nach Hause zu kommen ist immer schön«, entgegnete sie. »Wie geht es Ihnen?«

»Gut, eigentlich.«

Er schob die freie Hand in die Jackentasche. Eine Ärztin saß am Tisch des Stationszimmers und hämmerte mit zwei steifen Fingern auf eine Tastatur ein.

»Ihr CRP-Wert liegt wieder in den Fünfzigern, da hat sich ja schnell alles in die richtige Richtung entwickelt.« Kaja drehte sich zu der Ärztin um.

»Schickst du das Rezept für Brekke?«

Die Ärztin nickte.

»Kaja«, begann Anton. »Da die Chance, dass ich Sie im volltrunkenen Zustand von der Straße auflesen muss, gegen null tendiert, wollte ich wissen, wie groß denn die Chance wäre, Sie überhaupt wiederzutreffen – falls ich Sie das denn fragen würde. Zum Beispiel auf einen Kaffee oder ein Bier?«

»Anton … Das wäre wirklich reizend, aber es wird nicht so gern gesehen, dass wir mit Patienten ausgehen.«

»Auch nicht, wenn ich dann vor dem Arbeitsgericht für Sie einträte? Ich wäre nämlich ein mehr als glaubwürdiger Leumundszeuge.«

Kaja kicherte. »Sie sind ein netter Kerl, Anton. Aber ich gehe eigentlich nicht auf Dates.«

»Puuuh«, sagte Anton und strich sich mit der Hand über die Stirn. »Dann war es ja gut, dass ich nicht gefragt habe. Einen Korb hätte ich jetzt echt nicht ertragen können. Dann hätten Sie mich von der Urologie gleich in die Psychiatrie schicken können.«

Sie lachte. Anton setzte ein breites Grinsen auf.

»Vielen Dank für alles. Sie waren wirklich sehr nett zu mir.«

»Gern geschehen«, erwiderte sie. »Ich wünschte, ich hätte mehr Patienten wie Sie.«

»Ich hätte also noch viel schwieriger sein können?«

»Sehr viel.«

Kaja Hornseth sagte nichts mehr. Anton ging auf den Ausgang zu. Auf halbem Weg den Gang hinunter drehte er sich um. Wenn sie dort noch stand und ihm nachsah, bestand weiter Hoffnung.

Sie war verschwunden.

Magnus wartete genau vor dem Haupteingang. Der Motor tuckerte im Leerlauf. Dicker Qualm entströmte den Auspuffrohren. Anton ließ sich auf den Beifahrersitz fallen und stellte die Tasche mit seinem Gepäck zwischen den Füßen ab.

»Die Karte, die du da am Kühlschrank gesehen hast … Rune Back hat die im Kinderwagen seines Sohnes gefunden, nachdem sie vom Einkaufen zurück waren. Die lag mit ein paar Plastiktüten in dem Korb unterm Sitz.«

»Er konnte sich nicht erklären, wie die da gelandet ist?« Anton schnallte sich an.

»Nein, aber er war ziemlich sicher, dass die Karte während der Einkaufstour dort gelandet ist, denn als sie von zu Hause losgezogen sind, war da nichts.«

»Interessant. Und was ist mit John Lande?«

»Ich habe mit dem Revier in Oslo gesprochen. Es gab keinen Zweifel, dass es Selbstmord war. Die Tür war von innen verschlossen. Petter Larsen und Walther Tangen haben die Leiche gefunden. John Lande hatte keine Familie. Keine Kinder. Und diese andere Frau ist ein halbes Jahr vor seinem Selbstmord gestorben.

»Es gibt aber keine Verbindung zwischen Hedda Back und Oda Myhre? Das habt ihr doch überprüft, oder?«

»Ich bin nicht völlig blöd«, erwiderte Magnus. »Natürlich haben wir das gecheckt. Die kannten sich nicht. Es gab nicht mal gemeinsame Freunde auf Facebook. Sie waren beide Fans von Beyoncé, das ist alles, was sie verbindet.«

»In Ordnung. Fahr los.«

»Wohin?«

»Bloß hier weg.«

Magnus fuhr vom Parkplatz. Eine Minute später waren sie auf der E6. Leichte Tropfen fielen vom Himmel. Magnus schaltete die Scheibenwischer ein.

»Du hast die Gillesvik-Theorie aufgegeben«, sagte Magnus. »Ich kann es dir ansehen. Du glaubst, die Hütte ist der Mittelpunkt von allem.«

»Nicht unbedingt der Mittelpunkt. Und die Gillesvik-Theorie hab ich auch noch nicht ganz beerdigt.«

»Gut. Ich hab übrigens bei Hurtigruten angerufen. John Lande war Kapitän auf der *MS Nordlys*. Die Angestellte, die er verloren hat, hieß Monica Nyhus.«

»Was haben die sonst noch gesagt?«

»Eigentlich nicht viel. Ich wurde viermal verbunden, bevor ich einen alten Hasen an der Strippe hatte, der wusste, wovon ich sprach. Monica Nyhus ist zwischen Kjøllefjord und Honningsvåg ins Meer gefallen. Die Polizei in Honningsvåg hat die Sache untersucht und kam zu dem Schluss, dass es ein Unglücksfall war. Selbst verschuldet.«

»Wer hat das gesagt? Die Polizei in Honningsvåg oder der Typ, mit dem du gesprochen hast?«

»Der Alte bei Hurtigruten. Mit Honningsvåg hab ich gar nicht geredet.«

Als sie an der Abbiegung zum Polizeirevier Grålum waren, sagte Magnus: »Ich dachte, ich verziehe mich heute etwas früher und leiste Hox Gesellschaft in Missingmyr. Er sah vorhin wirklich nicht gut aus.«

»Oda Myhres Lebensgefährte. Wie ist denn da der Status?«

»Ein Wrack, soweit ich weiß.«

»Hast du nicht mit ihm gesprochen?«

»Die Polizei in Halden hat ihn informiert. Und ich habe eigentlich nichts Neues, was ich ihm mitteilen könnte. Im Prinzip gäb's zwar jetzt was Neues, aber das soll ja nicht bekannt werden.«

»Du hast also nicht mit ihm gesprochen?«

Magnus gab keine Antwort.

»Scheiße, Torp.«

Magnus löste eine Hand vom Lenkrad und streckte sie aus.

»Wann hätte ich denn Zeit dafür finden sollen? Ich habe rund um die Uhr gearbeitet und nicht mehr als 'ne Viertelstunde am Stück Pause gemacht. Dass wir unsere Zeit und unsere Ressourcen an der falschen Stelle eingesetzt haben, ist nicht mein Fehler.

Niemand kann was dafür, Anton. Wir wurden getäuscht. Wenn du da oben im Krankenhaus nicht die Zeit gehabt hättest, jeden Quadratzentimeter auf Google Maps zu durchforsten, dann hätte sich daran womöglich bis jetzt nichts geändert.«

»Fahr da rüber.« Anton zeigte auf das Polizeigebäude. »Ich muss mir einen Wagen besorgen.«

»Wieso das?«

»Ich fahre nach Halden und rede mit dem Lebensgefährten.«

»Um zu fragen, ob die vielleicht auch eine Karte von Hurtigruten bekommen haben?«

Magnus fuhr von der E6 ab und steuerte auf das Polizeigebäude zu.

»Unter anderem. Und du musst herausfinden, wann der nächste Flieger nach Honningsvåg geht.«

Magnus seufzte. »Willst du da etwa hochfliegen?«

»Ich nicht.«

»Du machst Witze.«

»Keineswegs, Torp.« Anton musterte ihn mit ernster Miene. »Du hast diese Woche viel gearbeitet, und ich verstehe sehr gut, dass du völlig erschöpft bist. Aber du musst jetzt mal einen Schritt zurücktreten und dir die Fakten anschauen.«

Magnus starrte reglos vor sich hin. Er hielt das Lenkrad fest umklammert, während er auf den Parkplatz vor dem Polizeigebäude einbog und dann anhielt.

»Sieh mich an«, sagte Anton. »Nichts von dem, was Hox in den letzten zwei Jahren getan hat, bedeutet etwas. Ich habe nicht das Herz, es ihm zu sagen, aber das brauche ich auch nicht. Denn angesichts seiner Reaktion vorhin wissen wir beide, dass niemand sich dessen mehr bewusst ist als Hox selbst. Mag sein, dass was dran ist an seiner Theorie. Vielleicht ist Gillesvik von den Philippinen nach Thailand rübergeflogen. Denn es ist unmöglich zu widerlegen, dass er sich an jenem Montagmorgen tatsächlich in den Flieger nach Bangkok gesetzt hat. Aber hör zu. Während eines Ausflugs zum Einkaufszentrum in Sandefjord legt jemand eine Karte von Hurtigruten in den Kinderwagen von Rune und Hedda Backs Sohn. Daran gibt es keinen Zweifel. Und diese Karten werden an Bord der Schiffe oder in den Kiosken verkauft, während die Schiffe da vor Anker liegen. Die werden nicht beim Zeitungsmann im Einkaufszentrum von Sandefjord vertrieben. Sind wir uns so weit einig?«

Magnus nickte.

»Wann waren die in diesem Einkaufszentrum?«

»Donnerstag vorige Woche.«

»Yes. Jetzt spulen wir mal eine gute Woche vor. Bis heute. Freitag. Wir haben drei ermordete Personen. Von zweien wissen wir, dass sie bei der Hütte in der Østmarka getötet wurden, aber ich bin ziemlich sicher, dass auch Hedda Back da draußen ertränkt wurde. Vermutlich in demselben Waldsee.«

»Das glaube ich mittlerweile auch. Aber können wir darauf gerade Zeit und Ressourcen verwenden? Wenn unsere beste Theorie momentan lautet, dass Gillesvik hinter allem steckt?«

»Es gibt zu viele andere störende Aspekte, die mich davon abhalten, mich nur auf Gillesvik zu fokussieren. Die Hütte war seit 95 nicht in Gebrauch. Im Prinzip könnten wir da aufhören. Schluss. Aus. Fertig. Aber der Mann, dem die Hütte gehörte, bevor er sie an Walther Tangen veräußerte, hat sich selbst erschossen. In Ordnung. Die Ursache für den Selbstmord ist auch einigermaßen klar, wir könnten uns damit also begnügen. Fall geschlossen hinsichtlich des Tatorts. Der ganze Fall wurde in dem Moment auf den Kopf gestellt, als du von dem Wagen erfahren hast, der am Abend vor Stig Hellums Flucht in Solli abgestellt worden ist. Und dann wurde der Fall abermals auf den Kopf gestellt, als dieses verfluchte Arschloch an dieser Hütte, die einem ehemaligen Kapitän bei Hurtigruten gehörte, tot in der Erde gefunden wurde. Und genau *deswegen*, Torp, fliegst du nach Honningsvåg. Vielleicht stößt du auf etwas, vielleicht auch nicht. Aber egal wie du es auch drehst und wendest, diese Karte, die Rune Back gefunden hat, macht John Lande zu einem Teil unserer Ermittlungen – und zwar genau wegen der Hütte.«

»Kannst du nicht selbst da hinfliegen? Oder wenigstens mitkommen?«

»Nein, ich fahre nach Halden. Denn falls auch Oda Myhre so eine Karte bekommen hat, dann sind sie und Hedda Back keine zufälligen Opfer. Dann hat unser Täter eine andere und viel weiter reichende Agenda.«

KAPITEL 69

Freitag, 16. September

Anton wusste, dass Oda Myhre siebenundzwanzig Jahre alt gewesen war. Der Mann, der die Tür des Einfamilienhauses in der Busterudkleiva in Halden öffnete, hatte die siebenundzwanzig längst überschritten. Die dreißig ebenso. Er schien eher in den Fünfzigern als in den Vierzigern zu sein. Zweifellos ein gutaussehender Mann, aber Anton konnte sich nicht erinnern, wann Magnus zuletzt eine so zutreffende Beschreibung von jemandem abgegeben hatte. Denn der Mann, der jetzt vor ihm stand, war wirklich ein Wrack. Grau gesprenkelte Bartstoppeln bedeckten Teile seines Gesichts. Die Tränensäcke unter den Augen waren runzlig und schwer. Die Augen glänzten verweint. Seine Haare waren ungekämmt. Er trug eine helle Jogginghose und ein T-Shirt. Nur die nackten Füße sahen gepflegt aus. Anton stellte sich vor. Oda Myhres Lebensgefährte führte ihn ins Wohnzimmer. Ein kleines blondes Mädchen saß in einer Ecke des Sofas. Sie sah traurig aus.

»Du bist bestimmt Lotte«, sagte Anton und setzte sich neben sie. »Von dir habe ich schon viel gehört.«

»Wirklich?« Sie legte den Kopf schräg. »Von wem denn?«

»Von einem, der Magnus heißt. Erinnerst du dich an ihn?«

»Der von der Geheimpolizei. Gehörst du auch dazu?«

Anton nickte. Odas Lebensgefährte setzte sich an die andere Ecke des Sofas. Lotte kroch schnell zu ihm und setzte sich neben ihn.

»Es …« Odas Lebensgefährte räusperte sich. »Es gibt etwas, wonach ich Sie fragen wollte. Sie sind vielleicht der Falsche, um das zu beantworten, aber …«

»Fragen Sie ruhig. Ich versuche zu antworten, soweit es in meiner Macht steht«, entgegnete Anton.

»Es geht …« Er deutete mit dem Kopf schwach auf Lotte. »Was passiert denn jetzt? Bleibt …«, er blickte die Kleine an, »bleibt sie hier bei mir?«

»Verstehe. Sie sind nicht der …«

»Nein.«

»Wo ist er?«

»Nicht im Bilde.«

»Nicht im Bilde heißt, dass er für sie nicht existiert?«

»Ja.«

»Wie lange sind Sie …« Anton deutete mit der Hand auf die beiden.

»Acht Jahre.«

»Das war dann seit der Geburt?«

»Ein paar Monate danach. Ich habe vor Kurzem mit ihrer Oma gesprochen, und sie meinte, es sei am besten, wenn ich eine Weile allein wäre.«

»Eine Weile, sodass eine langfristige Lösung daraus wird?«

»Ja. Ich bin damit nicht einverstanden.«

»Verstehe. Haben Sie ein gutes Verhältnis? Sie und Ihre Schwiegereltern?«

»Es ist besser geworden, aber es hat lange gedauert, bis es so weit war.«

Der Altersunterschied, dachte Anton. Oda war erst neunzehn, als sie einander kennengelernt hatten.

»Wo wohnen Odas Eltern?«

»Asker. Wenn die ihren Willen durchsetzen, hat das ja große

Veränderungen zur Folge. Nicht nur für mich, aber …« Er blickte auf den blonden Haarschopf der Kleinen, die sich an ihn geschmiegt hatte. »Das Einzige, was mich jetzt interessiert, ist, dass sie es so gut wie eben möglich hat. Ich komme schon zurecht. Aber ich glaube, am besten ginge es ihr hier bei mir.«

»Sind das aufgeschlossene Menschen? Kann man mit ihnen reden?«

»Ja. Die sind ja selbst bloß vier oder fünf Jahre älter als ich. Vernünftige Menschen in sicheren Positionen.«

»Reden Sie mit ihnen. Schlagen Sie vor, dass die Kleine an den Wochenenden bei ihnen ist, sodass Sie selbst zur Ruhe kommen können. Das tut Ihnen vielleicht sogar ganz gut. Dann lassen die sich bestimmt auf eine Lösung ein, die für Lotte das Beste beinhaltet.«

»Ich werde am Montag operiert«, sagte Lotte und blickte Anton über den Tisch hinweg an. Sie legte einen Finger an die Lippen. »Die Ärzte sollen machen, dass alles gut wird, sagt Mama.«

Der Lebensgefährte erhob sich, fuhr sich mit der Hand durchs Gesicht und ging schnell in die Küche. Nach einer halben Minute war er zurück, entschuldigte sich und setzte sich wieder neben das Mädchen. Er legte einen Arm um sie. Anton zog seinen Notizblock aus der Jackentasche und schrieb den Namen des Mannes mit großen Buchstaben auf das erste Blatt.

»Ich habe im Internet gelesen, dass es Stig Hellum gewesen sein könnte. Die Polizei will es weder bestätigen noch abstreiten. Können Sie mir eine Antwort geben?«

»Ja«, sagte Anton. »Das kann ich. Er war es nicht.«

»Wie können Sie da so sicher sein?«

Anton tat so, als schriebe er etwas auf, zeichnete aber den Namen des Lebensgefährten auf dem Blatt nur nach.

»Ich kann es Ihnen garantieren. Es war nicht Stig Hellum.«

»Ich hab Hunger«, sagte Lotte leise und sah zu ihrem Stiefvater auf. »Können wir Pizza bestellen?«

»Ja«, antwortete er und streichelte ihren Kopf.

»Ich will Sie auch nicht lange aufhalten«, sagte Anton. »Ich bin nur vorbeigekommen, um Fragen zu beantworten, die Sie vielleicht haben. Und um selbst ein paar zu stellen.«

»Ich habe nur eine.«

»Ich weiß, wie die lautet. Ich wünschte, ich könnte mit *Ja* antworten. Aber das kann ich nicht. Eines kann ich aber dennoch sagen: Wir haben mehr Informationen, als die Presse weiß. Ich hatte schon Fälle, bei denen wir mit wesentlich weniger arbeiten mussten, daher wage ich einmal zu sagen, dass wir an eine Aufklärung glauben. Ein festes Versprechen kann ich Ihnen allerdings nicht geben.«

»Wie lange arbeiten Sie schon mit solchen Sachen?«

»Vierzehn Jahre.«

»Dann haben Sie spät angefangen.«

»Fünfundzwanzig Jahre bei der Polizei, die letzten vierzehn bei der Kripo.«

»Ah ja. Und in wie vielen Fällen haben Sie ermittelt?«

»Das weiß ich jetzt aus dem Stand nicht«, log Anton.

Er kannte die Zahl genau. Es waren fünfunddreißig Fälle.

»Und wie viele haben Sie nicht lösen können?«

»Zwei.«

»Okay …«

Der Lebensgefährte drückte Lotte fester an sich. Sie sah zu ihm auf. Ihre Finger verschränkten sich ineinander.

»John Lande. Sagt Ihnen der Name etwas?«

»Nein. Was ist mit dem? Ist das jemand, den Sie verdächtigen?«

»Nein. Was ist mit Cornelius Gillesvik?«

Lottes Stiefvater starrte vor sich hin. Überlegte.

»Nein.«

Anton starrte auf seinen Notizblock und fischte zwei Paracetamol aus der Tasche.

»Haben Sie Schmerzen?«

»Im Augenblick nicht. Aber seit ich die letzte Schmerzpille genommen habe, ist schon etwas Zeit vergangen. Da beuge ich lieber etwas vor.« Anton stand auf. »Könnte ich etwas Wasser bekommen?«

»Ich bringe Ihnen was.«

»Nein, nein. Bleiben Sie sitzen. Ich brauche kein Glas. Nur ein paar Tropfen, damit sie mir nicht im Hals stecken bleiben.«

Anton ging in die Küche. Auf der Arbeitsplatte herrschte Unordnung. Im Spülbecken standen Teller und Gläser. Ein Kanten Brot mit einem Messer daneben lag auf einem Holzbrett. Anton hoffte, dass die Karte in der Küche hängen würde. So offen sichtbar wie bei Familie Back in Sandefjord. Aber der Kühlschrank war frei. Nicht ein einziger Magnet. Er drehte den Wasserhahn auf. Legte sich die Tabletten auf die Zunge, krümmte die Hände und hielt sie unter das fließende Wasser. Er schluckte, drehte das Wasser wieder ab und ging zurück zum Sofa.

»Danke. Hatte Oda irgendeine Verbindung zu Hurtigruten?«

Anton schrieb »Schiffsreise« mit einem Fragezeichen auf seinen Notizblock.

»Wo tut's Ihnen denn weh?«

»Da, wo man auf keinen Fall Schmerzen haben möchte«, erwiderte Anton.

»Ah … ich verstehe. Aber sagen Sie Bescheid, wenn ich Ihnen etwas Stärkeres aufschreiben soll als die Pillen, die Sie jetzt nehmen.«

»Sind Sie Arzt?«

»Zahnarzt. Was haben Sie mich eben gefragt?«

»Ob Oda eine Verbindung zu Hurtigruten hatte.«

Sein Gegenüber ließ den Blick für einen Moment an die Decke gleiten, ehe er ihn wieder auf Anton richtete. »Nein, ich glaube, mit denen ist noch niemand von uns gefahren. Ich habe meinen Rezeptblock übrigens im Flur. Falls Sie es sich anders überlegen.«

»Lieber nicht, aber danke. Ich hatte schon mal Paralgin forte, aber darauf verzichte ich lieber. Ich muss ja fahren.«

»Wie Sie wollen.«

Anton atmete aus und räusperte sich.

»Na gut, dann will ich Sie nicht weiter stören.« Er klopfte seine Taschen ab. Ein paar Schlüssel klimperten. Er nahm den Kugelschreiber vom Tisch und wollte gerade aufstehen, hielt ihn dann aber kurz in die Höhe. »Aber, bevor ich gehe. Bei Ihnen ist sonst nichts aufgetaucht, was irgendwie mit Hurtigruten zu tun hat?«

»Was meinen Sie denn?«

»Eine Karte, zum Beispiel. Sie wissen schon, eine von diesen Karten, die man schon hundert Mal gesehen hat. Mit Schiffen, Fjorden und hohen Bergen.«

»Nein. Nichts dergleichen.«

Lotte löste sich aus der Umarmung ihres Stiefvaters, rannte durchs Zimmer und öffnete ihren Schulranzen, der neben dem Esstisch stand. Sie kam zurück, umklammerte dabei etwas, blieb vor Anton stehen und hielt ihm eine Karte hin. Sie war identisch mit der Karte, die Anton bei Familie Back gesehen hatte. Das Schiff stand im Fokus. Im Hintergrund erhoben sich schneebedeckte Berge. Am Bug des Schiffes stand: *Nordlys.*

KAPITEL 70

Freitag, 16. September

Magnus wurde wach, als die grün-weiße Dash-8-Maschine von Widerøe auf die Landebahn aufsetzte. Er hatte kein Gepäck bei sich. Nur eine Zahnbürste, die er beim Umsteigen in Tromsø gekauft hatte.

Er trat in den Mittelgang, als die Flugbegleiterin die Tür öffnete.

Nach einer halben Minute hatte er die Sicherheitsschleuse passiert, und nach weiteren zwanzig Sekunden stand er draußen vor dem Gebäude, das kaum größer als ein Zeitungskiosk zu sein schien. Ein alter Saab mit leuchtendem Taxischild auf dem Dach wartete am Ausgang. Magnus steuerte auf ihn zu, öffnete die Tür und setzte sich hinein. Der Taxifahrer, ein Mann in seinem Alter, faltete die Zeitung zusammen, legte sie in die Seitentasche der Fahrertür, schaltete den Taxameter ein und sagte: »Guten Abend.«

»Hallo, ja«, entgegnete Magnus müde. »Zum Büro des Lensmanns.«

Der Fahrer legte den Gang ein und gab Gas. Magnus drehte die Rückenlehne ein Stück herunter und lehnte sich zurück. Viel zu sehen gab es nicht. Überall nur Umrisse von Bergen. Der schmale Streifen Landschaft, der von den Frontscheinwerfern erhellt wurde, erinnerte an die Oberfläche des Mondes.

Nach sieben Minuten hielt der Fahrer am Hafen an. Zwei Reisebusse und ein Lastwagen standen vor einem großen automatischen Gittertor, das den Bereich vom Meer abtrennte. Der Fahrer drückte auf eine Taste am Taxameter. Auf einem Schild an dem Gebäude, neben dem sie angehalten hatten, stand *Nordkapp Godsterminal AS*.

»Ich hatte doch Büro des Lensmanns gesagt …?«

»Ja, klar.« Der Fahrer zeigte auf das Güterterminal. »Zweite Etage.«

Magnus rückte dicht an die Frontscheibe vor und spähte hinaus. In einem Fenster im zweiten Stock brannte Licht. Nachdem er bezahlt hatte, stieg er aus und ging auf das Gebäude zu. Die Tür war verschlossen. Es gab mehrere Klingelknöpfe. Er kramte sein Handy hervor, leuchtete das Klingelbrett an und drückte auf den richtigen Knopf.

Er hörte schwere Schritte auf der Treppe. Ein robust wirkender älterer Polizist im Uniformhemd schloss auf. Sie begrüßten sich kurz im dunklen Treppenhaus. Magnus folgte ihm nach oben. Der Lensmann zeigte auf sein Büro und sagte, er werde Kaffee holen und gleich zurück sein.

Magnus trat ein und setzte sich. Abgesehen von der über dem Stuhlrücken hängenden Uniformjacke, sah das Zimmer aus wie ein x-beliebiges Verwaltungsbüro. Ein gerahmtes Foto, das vermutlich Kind und Enkel zeigte, stand auf dem Schreibtisch. Drei Zeichnungen klebten zwischen den beiden Fenstern an der Wand. Auf allen stand *Für Opa*. Neben der Computertastatur stand ein Aschenbecher mit ausgedrückten Kippen. Dicht an der Schreibtischkante lag eine Dokumentenmappe. Der Aufkleber war abgenutzt und verblichen und schien mit einer alten Schreibmaschine beschriftet worden zu sein: »Nyhus, Monica – 14. November 1994, *MS Nordlys*.«

Der Lensmann kam zurück. Stellte einen Becher mit der Aufschrift *Nordkapp Godsterminal* vor Magnus ab und sank auf seinen Stuhl hinter dem Schreibtisch. Mit einer behaarten Pranke griff er nach seinem eigenen Kaffeebecher, auf dem mit kindlichen Buchstaben *Bester Opa der Welt* geschrieben stand. Auf seinem Hemd war neben der Krawatte ein Fleck zu sehen.

»Vielen Dank, dass Sie sich die Zeit nehmen.« Magnus hob den Becher. »Und für den Kaffee. Das Ganze ist etwas plötzlich gekommen.«

»Ja, das versteh ich. Ich erinnere mich gut. Ich war zu der Zeit gerade Lensmann geworden und ganz allein in jener Nacht. Jetzt hab ich noch die Anette als Unterstützung, aber die hat gerade 'n Kind bekommen, also bin nur ich hier.« Er schob Magnus die Mappe zu. »Aber wie ich schon am Telefon sagte, lag dem Tod von Monica Nyhus kein Verbrechen zugrunde. Das war einfach nur eine schreckliche Tragödie.«

Magnus nahm die Mappe. Sie war etwa einen Zentimeter dick. Ganz hinten lagen Aufnahmen der *MS Nordlys*. Die meisten waren vom Hauptdeck aus geschossen worden, vier weitere waren im Hafen von Honningsvåg aufgenommen.

»Ich konnte Ihren Namen erst nicht einordnen.«

»Worin einordnen?«, fragte Magnus, ohne aufzusehen. Er legte die Fotos zurück in die Mappe.

»Also, ich hab bis eben nicht kapiert, wer Sie sind. Aber Sie sind doch der, der in dem Mord unten im Süden ermittelt. Ich hab Sie im Fernsehen gesehen.«

Ganz oben auf den Protokollen standen Namen und weitere Angaben über die Zeugen. Auf einigen Seiten waren lange Erläuterungen protokolliert worden, auf anderen standen nur ein paar Sätze.

»Und das hier sind alles Zeugenaussagen?«

»Ja. Insgesamt 178.«

»Die waren alle Passagiere?«

»Nein. Es waren 310 Passagiere an Bord. Außerdem eine achtzigköpfige Besatzung. Ich habe nur mit der Besatzung und den Passagieren gesprochen, die etwas mit dieser Monica zu tun hatten.«

»Okay.«

»Von Tragödien verfolgt, diese Familie.«

Magnus dachte unmittelbar an John Lande, fand es aber seltsam, dass der Lensmann vom Schicksal des alten Kapitäns wusste. Oder auch nicht. Der Besuch eines Hurtigruten-Schiffes war hier nichts Außergewöhnliches. Und dass John Lande sich entschieden hatte, seine Reise in der Østmarka zu beenden, war vermutlich in mehreren Häfen ein Thema gewesen.

Andererseits: John Lande war mit Monica Nyhus nicht verwandt gewesen.

»Wie meinen Sie das?«, fragte Magnus.

»Zwölf Jahre nachdem Monica ins Wasser gefallen war, starb ihr Junge. Na, wenigstens musste sie das nicht miterleben. Also ich meine, wenn es etwas Positives an all dem gibt, dann wohl das. Theo hieß er. Als damals seine Mutter starb, ist er mit dem Kerl hergekommen, den Sie am Telefon erwähnt haben.«

»John Lande?«

»Ja.«

»Wie alt wurde der Sohn?«

»Er war um die zwanzig, als er umgekommen ist. In dem Haus, in dem er wohnte, ist ein Feuer ausgebrochen. Leider ist er nicht mehr rausgekommen. Aber was untersuchen Sie eigentlich?«

Irgendeinen Zusammenhang gibt es bestimmt, dachte Magnus und verwandte die nächsten zwanzig Minuten darauf, dem besten Opa der Welt zu erklären, wie die Morde an Hedda Back und Oda Myhre die Polizei zu John Landes alter Jagdhütte in der Østmarka geführt hatten.

»Und John Lande hat Sie jetzt zu mir geführt«, sagte der Lensmann und nickte.

»Richtig. Aber da ist noch mehr.«

Magnus zeigte ihm ein Foto, das Anton ihm am Nachmittag gemailt hatte. Es zeigte die Postkarte, die Lotte aus ihrem Schulranzen geholt hatte.

»Genau so eine Karte wurde im Haus der ermordeten Hedda Back gefunden.«

»Und Sie glauben, die Antwort steht da drinnen?« Der Lensmann blickte auf die Dokumentenmappe. »Ich hab mit Mord ja nicht so viel Erfahrung, aber ich versteh nicht richtig, wie die Todesfälle von Monica Nyhus und John Lande mit den anderen zusammenhängen sollen.«

»Ich auch nicht«, erwiderte Magnus. »Aber einer mit wesentlich mehr Erfahrung, als wir sie haben, glaubt an einen Zusammenhang. Und deshalb soll ich jetzt herausfinden, was mit John Lande geschehen ist. Alles, was ihn betrifft. Das mit Monica Nyhus und so weiter. Sie können auch gern nach Hause fahren.«

Magnus zog willkürlich ein Papier aus der Mappe. Die Zeugenaussage einer gewissen Kristin Nielsen, geboren 1935. »Ich werde die ganze Nacht brauchen, um das alles durchzulesen.«

»Das brauchen Sie nicht«, sagte der Lensmann. »Ich kann Ihnen die Kurzversion schildern.«

Magnus legte die Seite wieder weg, nahm einen Schluck Kaffee und legte die Ellbogen auf die Armlehnen. Er ließ das Kinn in den Händen ruhen.

»Damals hat mich die Hauptrettungszentrale angerufen. Ich war gerade ins Büro gekommen. Sie hatten die Nachricht erhalten, dass eine Frau etwa zehn nautische Meilen vor Honningsvåg von Bord der *MS Nordlys* gefallen sei. Als ich den Anruf bekam, war die zweistündige Suche gerade ergebnislos eingestellt worden. In den folgenden Tagen dachte ich, dass sie vielleicht irgendwo an Land getrieben würde, aber das Meer hat Monica Nyhus nie wieder freigegeben. Etwas später am Vormittag lief das Schiff hier ein. Ich hab mit dem Kapitän gesprochen und dann selbst über die Lautsprecheranlage durchgegeben, dass niemand an Land gehen dürfte, bevor ich mit allen gesprochen hätte. Und kaum hatte ich die Durchsage gemacht, da hat mich einer von der Besatzung zu ihnen geführt.«

»Zu wem?«

»Zu den drei Jungs. Die erklärten mir, was passiert war.«

»Nämlich?«

»Monica hat mit denen gesoffen.« Er zeigte auf die Unterlagen. »Die drei obersten Vernehmungsprotokolle. Die hatten viel getrunken und den ganzen Abend gefeiert. Monica war so ab elf dabei. Die haben die ganze Nacht Party gemacht. Haben sich total volllaufen lassen und dann Verstecken gespielt.«

KAPITEL 71

Freitag, 16. September

»Verstecken?«

Der Lensmann nickte. »Die Verstecke an Bord waren ja begrenzt, aber diese durchgedrehte Frau hat versucht, sich zu verstecken, indem sie sich von außen an die Reling hängte. Und da hat sie sich nicht halten können.«

»Wie …?«

»Totaler Irrsinn. Aber anscheinend hat sie jedwede Vernunft eingebüßt, wenn sie Alkohol getrunken hat. Das haben mehrere von der Besatzung bestätigt, auch der Kapitän hat das gesagt.«

»Hat das irgendwer beobachtet?«

»Nur die drei Jungs. Aber da war's zu spät.« Der Lensmann schwieg für einen Moment. »Natürlich wurden sie getrennt voneinander vernommen. Die Aussagen stimmten überein. Und sie waren so verzweifelt, dass ich nicht eine Sekunde dran zweifelte, dass sie die Wahrheit sagten. Die sind schnell wieder nüchtern geworden. Außerdem hatte Monica sich mit denen während der ganzen Reise gut verstanden. Das haben auch mehrere von der Besatzung bestätigt.«

»Aber wenn es nur drei Personen mitbekommen haben«, Magnus klopfte auf die Dokumentenmappe, »was ist dann das hier alles?«

»Ja, kann ich Ihnen sagen. Einer von den Maschinisten war Monica gegen zehn Uhr abends auf dem Autodeck begegnet. Da hat sie dort unten gestanden und geheult, wollte aber nicht sagen, worum es ging. Dann hat sie sich offenbar zusammengerissen und ist wieder hochgegangen. Ein anderer Passagier hat mir erzählt, er hätte Monica schreiend durch einen Gang laufen sehen. Das war auch so gegen zehn. Auch wenn hier bei uns nicht so viel passiert wie bei euch da unten, so weiß ich doch, wozu düstere Gedanken und schlechte Stimmung in Verbindung mit Alkohol führen können. Und deshalb wollte ich auch herausfinden, ob es ein Unfall war und sie die Reling nicht aus freien Stücken losgelassen hat, verstehen Sie? Ich habe mit allen gesprochen, hab mich umgehört, ob sie vielleicht irgendwas Komisches oder Seltsames von sich gegeben hat, was solch eine Theorie womöglich untermauern könnte, aber niemand hatte etwas Derartiges mitbekommen. Ganz im Gegenteil. Sie war während der ganzen Reise guter Laune gewesen. Zwei von den Köchen meinten sogar, sie hätten sie noch nie zuvor so quicklebendig erlebt. Und nicht mal, wenn sie was getrunken hatte, hätte es Anzeichen einer Depression gegeben.«

»Sie haben ein gutes Gedächtnis. Der Fall liegt ja über zwanzig Jahre zurück.«

»Tja, das prägt einen irgendwie. Und obwohl die *MS Nordlys* noch am selben Abend weiterfuhr, hat es lange gedauert, bis ich das alles vergessen konnte.«

»Wieso?«

»Es gab da einen Passagier, mit dem Monica viel Zeit verbracht hatte. Nathan Lockhart hieß der. Ein amerikanischer Fotograf, der ein ganzes Stück älter war als sie. Ende vierzig. Zwei der anderen Zimmermädchen meinten, es hätte da wohl eine kleine Romanze gegeben.«

»Und, haben Sie ihn gefragt?«

»Tja, das ist das Problem. Er ist mir entwischt. Und das quält mich bis heute. Denn die beiden haben wohl zusammengehangen, sobald Monica eine freie Minute hatte. Und da dachte ich natürlich, wenn die so viel Zeit zusammen verbracht haben, könnte es ja sein, dass sie sich ihm ein bisschen geöffnet hat – also, ich meine, falls sie Probleme gehabt hat. Er ist dann hier in Honningsvåg an Land gegangen. Das muss so gewesen sein. Denn der Rezeptionist hatte ihn noch gesehen, als ich das Schiff betrat. Aber da enden alle Spuren.«

»Weshalb sollte er das getan haben? Ich vermute mal, Sie haben Ihre Durchsage auf Norwegisch und auf Englisch gemacht?«

»Ja, sicher.«

»Es müsste doch möglich sein, den Mann aufzuspüren.«

»Das dachte ich auch. Er hatte ja sogar ein Rückfahrticket nach Bergen.« Der Lensmann befeuchtete seine Oberlippe mit der Zunge. »Da gab's aber eine Sache, an die ich gedacht habe.«

»Ach ja?«

»Wie schon gesagt, Morde kommen hier bei uns im Norden eher selten vor. Aber einen Tag bevor die *MS Nordlys* hierherkam, hat sie in Kirkenes gelegen. Aber das Ganze ist mir erst klar geworden, als schon eine Woche vergangen war. Jedenfalls haben sie ihn da gefunden.«

»Den Amerikaner?«

»Nein, den musste ich aufgeben. Das Letzte, was ich rausfand, war eine Postfachadresse in Brooklyn, wo er sich das Ticket hatte hinschicken lassen. Aber es gab da einen Russen, der genau an dem Tag in Kirkenes erschossen wurde, als Nathan Lockhart dort war. Und da dachte ich also: Hatte er was damit zu tun? Ist er deshalb sofort untergetaucht, als er mich in Uniform an Bord des Schiffes hat kommen sehen?« Der Lensmann zuckte mit den Schultern. »Hatte er Angst vor mir? Ich weiß es nicht.«

»Haben Sie das den Ermittlern in Kirkenes erzählt?«

»Ja, natürlich. Und wir haben versucht, den Kerl aufzuspüren. Aber wie gesagt, New York war das Ende.«

»Haben Sie das Postamt dort kontaktiert?«

»Die wussten genauso wenig wie ich. Also hab ich das Ganze sein gelassen. Es gibt halt Fragen, auf die man nie eine Antwort erhält. So ist es ja bei jeder Ermittlung. Aber eines kann ich Ihnen sagen: Wenn da nicht diese drei Jungs gewesen wären … Wenn der Handlungsverlauf unklar gewesen wäre … Wenn ich auch nur den geringsten Zweifel am Ablauf der Geschehnisse gehabt hätte, dann hätte ich diesen Amerikaner nie aufgegeben. Denn dass er einfach das Schiff verließ, ergab keinen Sinn. Ausgerechnet in Honningsvåg.«

Der Lensmann stand auf und streckte den Rücken durch. Er ging um den Schreibtisch herum und klopfte Magnus auf die Schulter.

»Also, was sagen Sie? Soll ich Sie rüber zum Hotel begleiten?«

»Danke für das Angebot, aber ich denke, ich lese mir das alles hier durch. Wenn ich mich damit ins Bett lege, schlafe ich sofort ein.«

»Im Ernst?« Der Lensmann lachte. »Ich habe Ihnen doch mehr erzählt, als in den Unterlagen steht.« Er trat einen Schritt zur Seite und griff nach seiner Uniformjacke.

»Aber das hier ist wirklich alles?«

»Wir haben damals noch nichts digital abgespeichert. Was Sie also da vor sich haben, ist eine gute alte Fallakte, und die enthält alles, was den Fall Monica Nyhus betrifft. Abgesehen von ein paar Sachen, die ihr gehört haben. Zwei Koffer. Die stehen auf dem Dachboden und sammeln Staub. Ich hab's im Rücken, und die Decke da oben ist ziemlich niedrig. Und dann der ganze Schrott, der da rumliegt. Bisschen viel verlangt, mit meinen hundertzehn Kilo da oben rumzukriechen, zumal ich in anderthalb

Jahren pensioniert werde. Ich wäre Ihnen also dankbar, wenn ich nicht da hinaufklettern müsste.«

»Ist schon in Ordnung«, sagte Magnus und lehnte sich entspannt zurück.

»Aber wenn Sie da im Laufe der Nacht hochklettern, und das wollen Sie bestimmt: Die Luke zum Dachboden ist in der Küche. Es sind die Koffer, die in dem Hundekäfig stehen. Und falls Sie einen Computer brauchen, mein Passwort ist marithiren1964. Marith mit h am Ende und alles klein. Sie können sich auch gern am Kühlschrank bedienen. Die halbe Lasagne, die da drinsteht, hat Anette heute Nachmittag vorbeigebracht.«

»Danke.«

»Die Zelle ist auch leer, falls Sie also schläfrig werden, können Sie sich da ausstrecken.« Der Lensmann trat auf die Tür zu. »Wir sehen uns morgen früh.«

Seine Schritte verklangen auf der Treppe, und unten schlug die Tür zu. Ein Wagen wurde angelassen und fuhr weg. Magnus blickte zur Decke, die einmal weiß gewesen war, aber durch die Zigaretten des Lenmanns inzwischen eine gelbe Färbung angenommen hatte. Er atmete ein, hielt kurz die Luft an und ließ sie mit einem lauten Stöhnen wieder ausströmen. Seine Augen fielen zu. Er würde sie wieder öffnen, ehe ihn der Schlaf übermannte. Wollte sich nur eine oder zwei Minuten ausruhen.

Sein Herz machte einen Sprung, als der laute Klingelton erscholl. Völlig verdutzt und wie im Taumel klopfte Magnus auf der Suche nach dem Handy seine Taschen ab. Er sah auf die Uhr und fluchte leise in sich hinein. Fast eine Dreiviertelstunde hatte er geschlafen.

»Hallo? Ja?«

»Hox hier. Hab ich dich geweckt?«

Magnus stand auf und blinzelte benommen in das Licht der Leuchtstoffröhren an der Decke. Er konnte den Regen hören, der auf die Karosserie des Wagens prasselte, in dem Hox saß.

»Oje. Ist der Sturm bei euch angekommen?«

»Allerdings. Es regnet von der Seite. Ich glaube, Gillesvik hat mich entdeckt. Oder besser gesagt, ich weiß es. Ich stehe ein ganzes Stück von seinem Haus entfernt, hab aber gute Sicht. Eben hab ich ihm durchs Fernglas fast direkt in die Augen geguckt.«

»Du sitzt aber nicht in deinem Privatwagen, oder?«

»Nein, ich habe mir einen Lieferwagen von den Kollegen ausgeliehen. Das Problem ist nur, dass Gillesvik mich ebenfalls durch ein Fernglas beobachtet.«

»Aber solange du hinter getönten Scheiben hockst, kann er dich ja nicht sehen.«

»Ich habe ein komisches Gefühl, Torp. Er wirkt sehr unruhig. Angespannt. Bleibt kaum länger als fünf Minuten ruhig sitzen. Eben ist er in die Küche gegangen. Hat in die Schränke geguckt. Jetzt geht er zurück zu seiner Frau ins Wohnzimmer. Ich habe versucht, Brekke zu erreichen, aber der geht nicht ans Telefon.«

»Was wollest du ihm denn sagen?«

»Ich wollte vorschlagen, dass ich ihn festnehme. Wir haben mehr als genug.«

»Wir haben doch überhaupt nichts«, sagte Magnus. »Gillesvik ist nach 'ner halben Stunde wieder draußen, wenn du ihn jetzt festnimmst. Mach keine Dummheiten, Hox. Wir treffen uns morgen in Borregård. Ich bin erst nach Mitternacht wieder in Sarpsborg.«

»Nach Mitternacht? Wo bist du jetzt?«

»Honningsvåg.«

Magnus rechnete schon damit, dass Hox sauer reagieren würde, weil er ihn nicht angerufen und informiert hatte.

»Was machst du in Honningsvåg?«

Magnus berichtete, dass die alten Blutflecken an der Decke der Jagdhütte in der Østmarka zu einem ehemaligen Kapitän des Hurtigruten-Schiffes *MS Nordlys* gehörten. Und dass sowohl Hedda Back als auch Oda Myhre vor ihrer Ermordung eine Werbepostkarte von Hurtigruten erhalten hatten.

»Anton hat das Ganze vorangetrieben.« Magnus spürte, dass seine Stimme automatisch einen respektvollen Ton annahm. »Ich stütze weiterhin deine Theorie, das habe ich Anton auch gesagt. Aber diese Postkarten von Hurtigruten … Das ist so außergewöhnlich, dass wir gezwungen sind, das näher zu untersuchen.«

Keine Antwort. Die saure Reaktion unterblieb. Totale Stille. Nur das hämmernde Geräusch des Regens.

»Hallo?«

»Ja …«

Hox' Stimme klang fern. Als hätte er überhaupt nicht zugehört. Aber es war etwas anderes, das seine Aufmerksamkeit erregte.

»Du, Torp«, sagte Hox, »ich muss jetzt auflegen. Gerade ist das Licht in der Garage angegangen …«

»Aber wa…«

»Ich muss auflegen, Torp. Wir sehen uns morgen.«

Die Verbindung wurde unterbrochen. Magnus legte das Handy auf den Schreibtisch, trat in den Gang, lief an der offenen Gittertür der Arrestzelle vorbei und ging in die Küche. In der Mikrowelle, die so aussah, als sei sie noch nie gereinigt worden, erwärmte er ein Stück Lasagne und schaufelte es im Stehen in sich hinein.

Dann fing er an zu lesen.

KAPITEL 72

Samstag, 17. September

Der Lensmann hatte recht gehabt. Die Aussagen der drei jungen Männer stimmten überein. Bis auf den Umstand, wer von ihnen vorgeschlagen hatte, Verstecken zu spielen. Zwei sagten aus, es sei Monica gewesen, während der dritte – der von einem Arzt untersucht werden musste – sich nicht erinnern konnte. Abgesehen davon waren die Aussagen fast auffällig übereinstimmend.

Magnus legte die Mappe beiseite, öffnete das Fenster und atmete die frische Luft ein. Zwei Fischer stiegen gerade auf ein Krabbenfangboot. Magnus beobachtete sie, bis der Trawler vom Kai abgelegt hatte.

Es war Viertel nach zwei in der Nacht. Bisher hatte Magnus erst ein Drittel der Protokolle durchgearbeitet. Alle Zeugen, die sich über Monica Nyhus geäußert hatten, hatten sie gemocht. Sie war nett und höflich. Was in den Aussagen immer wieder auftauchte, war, dass sie viel mit den Passagieren sprach und sich Zeit nahm, Dinge zu erklären. Magnus blätterte noch einmal durch die Fotos, um zu überprüfen, ob es eines von ihr gab, das er übersehen hatte, doch es gab nur die Aufnahmen, welche die *MS Nordlys* zeigten. Er setzte sich auf den Stuhl des Lensmanns, gab den Vornamen von dessen Ehefrau und ihr Geburtsjahr in das Log-in-Feld am Computer ein. Er schrieb Monica Nyhus in die Suchleiste bei Google. Die meisten Einträge bezogen sich auf einen Einrichtungsblog, der von einer Frau gleichen Namens betrieben wurde. Magnus löschte die Anfrage und gab stattdessen *Nathan Lockhart* ein. Wenn der 1994 Ende vierzig gewesen war, müsste er jetzt etwa siebzig Jahre alt sein. Falls er überhaupt noch lebte. Es gab über drei Millionen Treffer. Magnus schränkte die Suche ein, indem er den Namen in Anführungszeichen setzte. Drei Millionen wurden zu etwas über viertausend. Der erste Eintrag bezog sich auf die Homepage eines bekannten Lacrossespielers. Dann folgten diverse Links zu Twitter-Konten und Profilen bei LinkedIn. Magnus klickte einige an, aber keine der Personen konnte mit dem Mann übereinstimmen, der 1994 in Honningsvåg an Land gegangen war. Sie waren alle zu jung. Magnus gab den Namen bei Facebook ein. Etwa dreißig verschiedene Profile tauchten auf. Keiner der Männer schien über fünfzig zu sein. Magnus vermutete, dass sie nicht mal die vierzig überschritten hatten.

Er las sich etwa ein Dutzend Protokolle durch, ging dann in die Küche und setzte eine neue Kanne Kaffee auf. Während er auf die Maschine wartete, fiel sein Blick auf die Dachbodenluke.

Magnus platzierte einen Stuhl darunter, stellte sich darauf, öffnete das Viereck an der Decke und zog die Leiter herunter. Dann kletterte er so weit hinauf, dass sein Kopf knapp über die Kante ragte. Er tastete die Öffnung ab und fand einen Lichtschalter. Zwei Glühbirnen an der Decke leuchteten auf. Beschriftete Pappkartons verschiedener Größen waren vom Boden bis zur Decke gestapelt und beanspruchten etwa die Hälfte der Stellfläche.

Magnus kletterte nach oben. Dabei krümmte er den Rücken, um nicht mit dem Kopf anzustoßen. Am Ende des Dachbodens sah er den Hundekäfig. Er hob einen Pappkarton auf, der umgekippt auf dem schmalen, zwischen Kartons und Kisten hindurchführenden Gang lag. In dem Karton raschelte es. Magnus öffnete ihn. Weihnachtsdekoration. Er schaute in einen anderen. Der war zur Hälfte mit braunen Mappen gefüllt. Die oberste war mit einer Zahlenreihe und *Raymond Hansen – Tod durch Überdosis* beschriftet. Der Lensmann hatte hier oben anscheinend alles Mögliche gelagert, von alten Fallunterlagen bis hin zu Schrott. Magnus stellte den Karton auf einen anderen und kämpfte sich zu dem Hundekäfig vor. Am Gitter hing ein Zettel: *Kann gegen Quittung Roger Mathisen ausgehändigt werden. PS: Nicht vergessen, den Inhalt zu entfernen, der gehört Mathisen nicht (aber der Käfig vermutlich auch nicht).*

Wie der Lensmann gesagt hatte, bestand der Inhalt aus zwei Koffern. Der eine war aus rotem Hartplastik und mit einem Zettel wie dem am Käfig versehen. Monicas Name stand darauf. Magnus nahm den Koffer heraus und öffnete ihn: Hosen, Pullover, T-Shirts, Socken und Unterwäsche, außerdem eine Kulturtasche mit Make-up und Zahnbürste. Er nahm die Sachen heraus und tastete die Innenränder des Koffers mit den Fingern ab. Ein altes Päckchen Kaugummi steckte in einer Seitentasche. Magnus stopfte alles wieder in den Koffer und schloss ihn, legte ihn auf den Hundekäfig und langte nach dem anderen Koffer. Aluminium. Neben dem Handgriff prangte ein verschlissener Aufkleber, der die amerikanische Flagge darstellte.

KAPITEL 73

Samstag, 17. September

Magnus erwachte mit dem Kopf auf den Unterarmen am Küchentisch. Auf der Treppe näherten sich schwere Schritte. Er richtete sich gerade auf. Sein Nacken war steif geworden. Mit einem lauten Stöhnen drückte er die Schulterblätter zusammen. Der geöffnete Metallkoffer stand vor ihm. Er enthielt zwei Kameragehäuse von Hasselblad, zwei Flaschen mit irgendeiner Flüssigkeit, ein Leica-Etui, Klebeband, eine Rolle Paketschnur sowie Objektive. Das Dokumentenfach im Deckel des Koffers war am unteren Rand ausgebeult.

Der Lensmann erschien an der Küchentür. Der Fleck auf seinem Hemd verriet, dass er dieselben Sachen wie am Vortag trug.

»Guten Morgen«, sagte er und lehnte sich an den Türrahmen. »Wie ich sehe, haben Sie sich in dem Durcheinander zurechtgefunden.«

»Ja …« Magnus gähnte. »Ich wollte da mal reinschauen, um mich bei der ganzen Lektüre wachzuhalten, aber dann bin ich eingeschlafen.«

Der Lensmann trat an den Tisch.

»Ist der Koffer falsch beschriftet?« Magnus klopfte mit dem Finger auf den Zettel mit Monicas Namen, der am Handgriff klebte. »Sie haben doch gesagt, der Amerikaner sei Fotograf gewesen. Sieht so aus, als ob es sein Koffer wäre. Die Ausrüstung hier drin ist einige zehntausend Kronen wert.«

»Einige zehntausend?« Der Lensmann nahm eine Kamera heraus. »Für das hier?«

»So eine Hasselblad wurde sogar von den Astronauten der Apollo 11 verwendet. Der Rolls-Royce unter den Fotoapparaten. Viele der weltbesten Fotografen schwören noch immer auf genau dieses Modell – 500C.«

»Du meine Güte.« Der Lensmann nickte beeindruckt. »Und … was könnten wir dafür bekommen?«

»Schwer zu sagen. Wenn man zwei nagelneue Hasselblad-Topmodelle und eine Leica im Laden kaufen würde, also mit modernem Standard – heutzutage ist schließlich alles digital – plus drei Objektive … ich schätze mal, da müsste man schon eine Million berappen.«

Der Lensmann starrte ihn mit offenem Mund an.

»Aber das hier ist eine alte Ausrüstung«, fuhr Magnus fort. »Wenn man die zum Verkauf anbietet, könnte man mit irgendwas zwischen vierzig- und fünfzigtausend rechnen. Mit Objektiven kenne ich mich nicht so gut aus. Aber wenn die Topqualität haben, kann man den Preis in etwa verdoppeln.«

Der Lensmann staunte immer noch.

»Was sollen wir jetzt machen? Niemand hat bisher darum gebeten, die Sachen ausgehändigt zu bekommen.«

»Verkaufen Sie alles. Oder geben Sie es mir.«

Der Lensmann kicherte. »Der Erlös fällt dann wohl dem Staat zu. Wenn die Anette nächstes Mal vorbeikommt, werde ich sie bitten, die Sachen im Internet zum Verkauf anzubieten. Für das Geld kriegen wir hier dann endlich mal 'ne Espressomaschine.« Er kratzte sich den Bauch.

»Aber dass Monica so eine Ausrüstung besessen haben soll, ergibt keinen Sinn. Der Amerikaner hingegen war Fotograf. Das haben Sie doch gesagt, oder?«

»Er hat ihr die Sachen hinterlassen. Das steht in der Zeugenaussage der damaligen Rezeptionistin, aber so weit sind Sie bei Ihrer Lektüre wohl noch nicht gekommen. Ich hab Sie ja gewarnt, dass es langweilig werden könnte.«

»Hinterlassen? Wieso hat er das getan?«

»Das weiß ich nicht. Ich nehme an, er hatte es eilig, von Bord zu kommen. Aber das war an dem Tag, nachdem Monica ins Wasser gefallen ist.«

Der Lensmann legte die Kamera auf den Tisch, trat an die Arbeitsplatte und spülte die Kaffeekanne aus. Magnus nahm die restliche Ausrüstung aus dem Koffer und verteilte alles auf dem Tisch. Er ließ die Finger an der gepolsterten Innenseite des Koffers entlangfahren und nahm den Inhalt aus der schmalen Falttasche im Kofferdeckel. Es waren drei Fünferpackungen Schwarzweißfilme und eine Fünferpackung Farbfilme. Der Lensmann schaltete das Radio ein und drehte die Lautstärke auf. Nachrichten. Eine Frauenstimme berichtete, dass auf der E69 bei Repvåg ein Rentierkalb angefahren und der Fahrer des Wagens mit leichten Verletzungen ins Krankenhaus gebracht worden sei.

»Wann geht denn Ihr Flug?«, fragte der Lensmann.

Magnus sah auf die Uhr. Es war zwei Minuten vor neun.

»In anderthalb Stunden.« Magnus griff nach dem Leica-Etui und öffnete es. »Könnten Sie mir vielleicht eine Kopie der Fallakte überlassen? Ich sitze ja von Tromsø nach Oslo ein paar Stunden im Flieger.«

»Klar kann ich das.« Der Lensmann gab Kaffeepulver in die Filtertüte. »Ich bring Sie natürlich auch zum Flugplatz. Da können Sie sich das Taxi sparen.«

»Vielen Dank.«

Leica M6 stand weiß auf rotem Samt auf der Innenseite des Etuis. Magnus nahm die Kamera heraus. Wog sie in den Händen.

Am Auslöserknopf war eine kleine Macke. Magnus wollte die Kamera gerade zurücklegen, als er unten im Etui einen Zettel entdeckte. Er nahm ihn heraus und faltete ihn auseinander. Es handelte sich um eine Quittung für ausgeführte Servicearbeiten im Juli 1989, erstellt von Leica in Solms, Deutschland. Ganz unten stand mit Maschine geschrieben: Inhaber.

Magnus legte die vermutlich von einem Servicetechniker der Leica-Fabrik in Deutschland ausgestellte Quittung auf den Tisch und betrachtete den handgeschriebenen Namen unter Inhaber: Nathan Sudlow.

TEIL III

KAPITEL 74

Samstag, 17. September

Der Lensmann stöhnte. Die Google-Suche nach Nathan Sudlow hatte über fünfunddreißigtausend Treffer ergeben.

»Schreiben Sie es in Gänsefüßchen«, sagte Magnus.

Die Finger des Lensmanns flogen über die Tastatur. Er fügte dem Namen die Anführungszeichen hinzu und drückte auf *Enter*.

Die neue Suche resultierte in knapp dreißig Treffern. Der Lensmann klickte den obersten Link an. Es handelte sich um einen amerikanischen Auskunftsdienst. Der Link zeigte die Kontaktinformationen zu einem Nathan Sudlow aus Chicago, Illinois, an. In einer Spalte am Rand stand, dass er in den Dreißigern war.

»Zu jung«, sagte Magnus. »Gehen Sie noch mal zurück.«

Der Lensmann stand auf.

»So was können Sie besser als ich.«

Magnus übernahm seinen Platz und klickte auf den Pfeil, der zurück zur Google-Suche führte. Schnell navigierte er durch die Treffer. Nach einer Minute hatte er die ersten zehn aufgerufen. Die meisten davon waren mit einem Familienstammbaum verlinkt, bei dem ein Nathan Sudlow auf einem bereits im Jahr 1926 abgestorbenen Ast auftauchte. Der unterste Treffer führte zu einem Instagram-Profil und zeigte mehrere Fotos eines Mannes in den Zwanzigern. Auf mehreren der Bilder trug er eine Feuerwehruniform. Auf anderen saß er mit Menschen zusammen, die anscheinend seine Familie waren.

Magnus klickte die nächste Seite mit Treffern an. Der oberste Link auf Seite 2 zeigte: *Liste der zum Tode Verurteilten im Staat Texas*. Magnus klickte auf den Link. Eine neue Seite erschien. Ganz oben stand, dass derzeit 228 Personen darauf warteten, vom Bundesstaat Texas mit dem Tod bestraft zu werden, und dass seit 1819 insgesamt 1392 Menschen in Texas hingerichtet worden waren. Bis auf neun waren alle Männer gewesen.

Die Seite war in einzelne Spalten mit Informationen eingeteilt. Jeder Name ließ sich anklicken. Magnus scrollte nach unten. Hunderte Namen flogen über den Schirm. Als er zu *S* gekommen war, machte er langsam weiter. Dann hielt er inne.

Name: Sudlow, Nathan
Geboren: 10. Oktober 1947
Verurteilt für: 4 Morde
Zeit und Ort des Verbrechens: 20. November 1994, Waller, Texas
Opfer: Nir Kruplin, Mark Johnson, Brett Redmond und Steven Paley
Zum Tode durch Giftinjektion verurteilt am 13. Juni 1995

Der Mund des Lensmanns war ein dünner Strich geworden. Er kratzte sich die Nase.

»Wann ist der Amerikaner vom Schiff verschwunden?«, fragte Magnus.

»Am Vormittag des 14. November.«

»Es ist kein Problem, innerhalb von sechs Tagen von hier nach Texas zu gelangen.« Magnus blickte auf das Geburtsdatum. »Sudlow war siebenundvierzig im Jahr 1994. Ich glaube, wir haben Nathan Lockhart gefunden.«

Er drehte sich mit dem Stuhl zur Seite herum. »Und auch

wenn er einen anderen Namen benutzt hat, bin ich mir ziemlich sicher. Aber warum hat er das getan?«

Magnus klickte auf den Namen. Eine fast leere Seite erschien. *Die Seite kann nicht angezeigt werden*, stand oben. Magnus' Handy klingelte. Er hatte die Nummer nicht gespeichert, erkannte aber die ersten sechs Ziffern. Es war ein interner Anschluss des Polizeipräsidiums in Grålum.

»Torp«, meldete Magnus sich.

»Wann hast du zuletzt mit Lars Hox gesprochen?«

Anton war am Apparat.

»Was machst du im Präsidium?«

»Antworte auf meine Frage.«

»Gestern gegen elf. Was ist denn los?«

»Öffne bitte deine Anrufliste. Sofort.«

Magnus öffnete die Liste der geführten Telefonate. Der Anruf von Lars Hox war um 23:02 eingegangen, das Gespräch hatte zwei Minuten gedauert.

»Hat er was Besonderes gesagt?«

»Er meinte, Gillesvik hätte wohl gemerkt, dass er beschattet wird. Dann wurde das Gespräch unterbrochen.«

»Einfach unterbrochen?«

»Er hat aufgelegt. Wirkte gestresst. Sagte, dass etwas im Gange sei. Dass Licht in der Garage eingeschaltet worden sei. Und dann hat er aufgelegt.«

»Scheiße.«

»Was ist denn?«

»Er hat gestern Abend versucht, mich zu erreichen, aber ich hab geschlafen. Jetzt kommen wir nicht zu ihm durch. Sein Handy ist ausgeschaltet. Oder er ist irgendwo in einem Funkloch. Wir wissen es noch nicht. Hier gibt's große Probleme mit dem Funknetz infolge des Unwetters. Eine Streife ist bei ihm zu Hause gewesen, aber er macht nicht auf. Ich hab denen gerade gesagt, sie sollen zurückfahren und reingehen.«

»Hä?« Magnus stand auf. »Wo ist er denn?«

»Er ist weg.«

»Was meinst du mit weg?«

»Weg wie *verschwunden*. Das Gleiche gilt für sein Auto.«

»Habt ihr versucht, den Wagen zu orten?«

»Der gehört zur taktischen Ermittlungseinheit und lässt sich nicht orten.«

»Und was machen wir jetzt? Gillesvik festnehmen?«, fragte Magnus.

»Wir haben nicht genug für eine Festnahme, aber ich habe eine Streife geschickt, die ihn zur Vernehmung abholen soll. Ich habe vier Stunden Zeit, um ihn dazu zu bringen, etwas zu sagen, was uns weiterhilft. Nimm den ersten Flieger. Ich brauche dich hier.«

Anton legte auf.

»Und … was ist los?«

Der Lensmann hatte sich wieder an den Computer gesetzt.

»Ehrlich gesagt weiß ich es nicht.«

Magnus blickte auf das Handy in seiner Hand.

»Seltsam …«, sagte der Lensmann und glotzte dabei auf den Bildschirm.

Magnus sagte nichts. Er dachte an das Gespräch mit Hox am Abend zuvor. Ihm schwante Übles.

»Ist das zu glauben?« Der Lensmann drehte sich zu Magnus und sah ihn an. »Jetzt hab ich zehn andere Namen angeklickt, und überall stehen alle möglichen Details. Wen sie auf welche Weise ermordet haben, wann sie hingerichtet wurden und so weiter. Bei Sudlow steht hingegen nur, dass er zum Tode verurteilt wurde. Ich glaube, ich nehme mal Kontakt zur Vollzugsbehörde in den USA auf. Das ist doch nicht zu glauben.«

»Gut … «, erwiderte Magnus in Gedanken versunken. »Tun Sie das.«

»Verfluchter Mist.« Der Lensmann drückte auf verschiedene Tasten. »Hier steht nichts. Nicht mal, ob er noch lebt.«

KAPITEL 75

Samstag, 17. September

Ein kräftiger Wind peitschte den Regen gegen die Fenster.

Das neue Polizeipräsidium in Grålum außerhalb von Sarpsborg vereinte unter seinem Dach den Zentralarrest, die Einsatzleitung, die Hundepatrouillen und die Polizeijuristen. Ein Zimmer im zweiten Stock war zu einem Lagebesprechungsraum umfunktioniert worden. Etwa dreißig Personen waren anwesend. Einige hatten Dienst im Gebäude gehabt, die meisten jedoch waren erst gekommen, nachdem der Polizeipräsident vor einer Stunde alle erreichbaren Mannschaften einberufen hatte. Leise Gespräche wurden geführt. Spekulationen. Geflüster. Der Leiter der Streifenpolizei aus der Nachbarstadt, Martin Fjeld, hatte Anton gegenüber Platz genommen. Ein Stapel Fotos von dem Überwachungsfahrzeug, das Lars Hox aus Sarpsborg entliehen hatte, lag vor ihm. Eine Karte von Østfold bedeckte ein Drittel des Tisches. Ein roter Kreis kennzeichnete Missingmyr.

Anton warf einen verstohlenen Blick auf die Armbanduhr des in Zivil gekleideten Polizisten neben ihm. Der Polizeipräsident stand auf und räusperte sich gerade laut genug, dass alle den Mund hielten. Stuhlbeine schabten über den Boden. Wer keinen Platz am Tisch fand, blieb in der Nähe stehen. Der Polizeipräsident brauchte nur eine knappe Minute, um der Versammlung zu erklären, was geschehen war, denn alle wussten bereits, dass Lars Hox verschwunden war. Einzig sicher war dabei nur, dass es irgendwann zwischen elf Uhr abends und kurz nach sieben morgens geschehen sein musste.

»Wie ist der aktuelle Stand beim Netzanbieter Telenor?«

Anton konnte die Stimme zuerst nicht lokalisieren, verstand aber dann, dass sie zu einem der Stehenden gehörte.

»Der Sturm hat mehrere Basisstationen im ganzen Bezirk in Mitleidenschaft gezogen«, sagte der Polizeipräsident. »Uns wurde gesagt, wir sollten nicht allzu optimistisch sein. Und wenn die Ingenieure in Fornebu so etwas sagen, können wir davon ausgehen, dass wir gar nichts erwarten dürfen. Im Augenblick hoffe ich am meisten auf die Mautschranken. Im besten Fall bekommen wir Hinweise darauf, in welche Richtung der Transporter gefahren ist. Der Bericht dürfte uns in etwa zwei Stunden vorliegen.«

»Also, was machen wir jetzt?«, fragte eine Frau. »Wir können hier ja nicht einfach rumstehen, bis wir etwas hören.«

»Oder auch nichts hören«, fügte jemand anders hinzu.

»Wir suchen«, sagte Martin Fjeld. »Solange wir keine weiteren Anhaltspunkte haben, können wir nicht mehr tun. Heli 3-0 unterstützt uns und sucht bereits die Gegend um Missingmyr ab. In anderthalb Stunden erwarte ich weitere zwanzig Männer.«

»Vierzehn kommen von uns«, sagte der Chef der örtlichen Streifenpolizei von seinem Stehplatz an der Tür. »Die sind um elf Uhr hier.«

»Außerdem kommt noch Unterstützung aus Halden und Moss.« Martin Fjeld stand auf und verteilte Fotos des Wagens. »Wir führen Befragungen draußen in Missingmyr durch, um rauszufinden, seit wann der Wagen nicht mehr vor der Holzhandlung steht, wo Hox seinen Beobachtungsposten hatte. Ich verteile euch jetzt auf verschiedene Zonen, und um möglichst effektiv vorzugehen, arbeiten wir allein. Autos sind natürlich ein Problem, die meisten müssten also ihre Privatfahrzeuge benutzen. Worauf wir uns zunächst konzentrieren sollten, sind Überwachungskameras. Missingmyr ist der Ausgangspunkt. Von dort aus überprüfen wir weiter alle Tankstellen im Bereich Indre Østfold sowie an der E6. Hox' Wagen kann sich natürlich auch auf Nebenstraßen bewegt haben, wir überprüfen daher alles, was uns vor die Nase kommt, bis wir einen Treffer haben. Ihr checkt Läden, Geschäfte und andere Einrichtungen innerhalb eurer jeweiligen Zone. Wichtig sind auch Privathäuser. Manche Menschen filmen mit ihren Überwachungskameras mehr, als sie dürfen oder sollen. Weist bitte im entsprechenden Fall gleich darauf hin, dass es keine Anzeigen wegen unerlaubter Überwachung gibt und dass auch nichts irgendwo verzeichnet wird. Macht den Leuten, mit denen ihr redet, klar, dass wir nur Hox finden wollen.«

»Ich habe auch einstweilige Bewaffnung angeordnet«, sagte der Polizeipräsident. »Okay … das war's erst mal von meiner Seite. Ich schlage also vor, dass wir keine Zeit verschwenden.«

Alle Blicke gingen plötzlich in dieselbe Richtung. Durch die Glaswand und auf den Gang. Zwei Streifenpolizisten liefen vorbei. In ihrer Mitte ging ein großer, schlanker Mann mit roten Haaren und Brille, der starr vor sich hinblickte.

»Das ist Gillesvik«, sagte der Polizeipräsident. »Brekke, kümmern Sie sich gleich darum?«

Anton war schon auf dem Weg zur Tür.

KAPITEL 76

Samstag, 17. September

Cornelius Gillesvik war in einen Vernehmungsraum geführt worden. Zwei Stühle standen einander schräg gegenüber. Mit Ausnahme zweier Schmuckfotos in schmalen goldenen Rahmen waren die Wände leer. Eine Kamera war in der Ecke angebracht. Gillesvik stand mitten im Raum, als Anton eintrat.

»Wo ist Lars Hox?«, fragte Anton und schloss die Tür hinter sich.

»Keine Ahnung.«

Cornelius Gillesviks Stimme klang ruhig, seine Körperhaltung war beherrscht. Anton deutete auf einen der Stühle. Cornelius Gillesvik setzte sich. Anton zog sich den anderen Stuhl heran und nahm direkt vor seinem Gegenüber Platz. Er umfasste seine Knie und beugte sich vor. Verschränkte die Finger ineinander.

»Wir sind uns noch nicht begegnet«, sagte Anton. »Sie haben zuvor aber schon mit meinem Kollegen gesprochen, Magnus Torp.

»Richtig, ja. Angenehmer Mann.«

»Er ist auch ein fähiger Ermittler. Der Bericht, den er nach der Begegnung mit Ihnen geschrieben hat, war fast drei Seiten lang. Er hat unter anderem erwähnt, dass Sie sechzehn Sprachen beherrschen. Ganz unten stand *äußerst intelligent*, doppelt unterstrichen. Ein wenig redundant. Die beiden Striche, meine ich, und dass Sie äußerst intelligent sind. Denn wenn jemand sechzehn

Sprachen beherrscht, ist eigentlich klar, dass der Betreffende etwas mehr zwischen den Ohren hat als der Durchschnittsbürger. Aber wie ich schon sagte: Torp ist sehr fähig. Und wenn man fähig ist, ist man auch gründlich. Er ist es nicht immer gewesen, aber ich war streng mit ihm. Einige würden sogar behaupten, ich hätte ihn schlecht behandelt. Dass ich die ganzen Jahre übel mit ihm umgesprungen bin. Doch wenn man sich jetzt das Ergebnis ansieht, dann weiß ich, dass all meine Worte den Effekt hatten, den ich beabsichtigt habe. Jetzt ist er so loyal und treu, dass es fast wehtut.« Anton lehnte sich zurück. »Ähnlich wie Sie habe ich nämlich nicht so viele Kumpel. Und der beste, den ich habe, ist sich dessen gar nicht bewusst. Verstehen Sie eigentlich, was ich sage? Oder ist das eine Sprache, die Sie nicht beherrschen?«

»Ich verstehe.«

»Also, wo ist Lars Hox?«

Cornelius Gillesvik grinste und stöhnte gleichzeitig. Anton wiederholte die Frage. Erneut. Und noch ein Mal. Cornelius Gillesvik presste die Lippen aufeinander und schüttelte resigniert den Kopf.

»Das ist doch alles Schwachsinn«, sagte er schließlich. »Warum um alles in der Welt sollte ich Lars Hox etwas antun wollen? Zugegeben, der Mann war nervig. Zeitweilig sogar eine richtige Plage, aber ich bitte Sie.«

Anton ließ den Blick weiter auf Cornelius Gillesvik ruhen.

»Eine Sache, die mich – und viele andere – dann doch ein wenig stutzig gemacht hat, waren Ihre achtundsiebzig Besuche bei Hellum in der Haftanstalt Ila.«

»Was sollte einen denn dabei stutzig machen?«, entgegnete Gillesvik.

»Es waren viele Besuche.«

»Letztlich nicht mal ein Besuch pro Monat.«

»Aber wieso?«

»Weil wir Freunde sind, Brekke. Deswegen.«

»Wann haben Sie aufgehört, zusammen herumzuhängen?«

»Damit haben wir nie aufgehört. Er lebte für eine kurze Zeit in Stavanger, da haben wir uns dann nicht so häufig gesehen.«

»Was haben Sie 2002 getrieben, Gillesvik?«

»Was ich getrieben habe?«

»Womit hat Cornelius Gillesvik im Jahr 2002 seine Tage verbracht?«

»Tja, ich habe damals noch zu Hause bei meinen Eltern in Askim gewohnt, um Kapital anzusparen. Ich habe mich Anfang 2001 selbstständig gemacht. Der Start war nicht ganz leicht.«

»Ich habe gelesen, Sie seien Programmentwickler. Keine Ausbildung?«

»Nein, ich bin Autodidakt.«

»Sie waren also selbstständig. Viel Freizeit.«

»Ganz und gar nicht. Ich habe achtzehn Stunden am Tag gearbeitet.«

»Eben sagten Sie, der Start sei nicht einfach gewesen.«

»Ja. Ich war zu Beginn gezwungen, alle möglichen Aufträge anzunehmen.«

»Alle möglichen Aufträge? Sie können also mehr, als nur programmieren?«

»Natürlich kann ich das.«

»Was zum Beispiel?«

»Webdesign, Netzwerke, Datenbanken. Und dann war ich auch ein bisschen PC-Doktor.« Er zeichnete Anführungszeichen in die Luft. »Jedenfalls zu Beginn, aber damit habe ich mich nicht überwiegend beschäftigt. Doch eine Weile habe ich im ganzen Regierungsbezirk alle möglichen Firmen aufgesucht und angeboten, deren Netzwerklösungen zu prüfen und mich um alles zu kümmern, was mit IT zu tun hatte. Und wenn ich was verbessern konnte, was in neun von zehn Fällen zutraf, dann habe ich das angeboten.«

»Niemand hätte also gemeckert, wenn Sie einen oder zwei Tage nicht bei der Arbeit – also in Ihrem Kinderzimmer – aufgetaucht wären?«

»Worauf wollen Sie eigentlich hinaus?«

»Worauf ich hinauswill …« Anton erhob sich und stellte sich vor Cornelius Gillesvik.

»Siebenundachtzig Besuche sind eine Menge. Wenn die meisten Besuche zu Beginn von Hellums Haftzeit stattgefunden hätten, dann hätte ich nicht weiter darüber nachgedacht. Aber Ihre Besuche waren gleichmäßig über acht Jahre verteilt. Alte Kumpel werden im Laufe der Jahre oft etwas besuchsmüde. Rasenmähen wird dann irgendwann wichtiger, als alte Bekannte im Knast zu besuchen. Der Zaun muss neu gebeizt werden. Die Fußleisten im Keller müssen noch montiert werden. Der Wagen braucht eine neue Politur. Normale Freundschaften haben leider die Tendenz, sich aufzulösen, wenn eine der Parteien im Knast sitzt. Das Leben geht eben weiter. Von Ihrer Frau ganz zu schweigen. Was hält sie eigentlich von dieser Freundschaft?«

»Als Mali nach Norwegen kam, war Stig schon verschwunden. Ich habe ihr erst von ihm erzählt, als Hox und eine ganze Armada von bewaffneten Polizisten sechs Monate nach der Flucht vor der Tür standen und darum baten, sich mal umschauen zu dürfen.«

»Jetzt weiß sie jedenfalls, was für einen Kumpel Sie da haben. Was denkt sie darüber?«

»Sie war nicht sonderlich begeistert und wollte nicht, dass ich ihn treffe, falls er wieder auftauchen sollte. Sie hätte es respektiert, wünschte es sich aber nicht.«

»Klingt gar nicht dumm, Ihre Mali.«

»Das ist sie auch nicht.«

»Hatten Sie vor, ihren Wunsch zu respektieren?

»Nein. Das ist der einzige Wunsch, den ich nicht respektiert hätte.«

»Haben Sie Hellum besucht, als er in Stavanger wohnte?«

»Ja.«

»Die Zeit dafür – und nicht zuletzt das Geld – haben Sie also in der schwierigen Zeit als neu beginnender Selbstständiger aufgebracht?«

»Ja.«

»Wann waren Sie da?«

»Ich habe ihn zweimal besucht.«

»Wann?«

»Ich weiß nicht mehr, wann genau das war. Im Frühjahr jedenfalls.«

»Natürlich war das im Frühjahr«, sagte Anton barsch, »er wohnte da ja auch nur für kurze Zeit im Frühjahr!«

Cornelius Gillesvik gab ein Schnauben von sich.

»Sind Sie geflogen?« Anton hielt eine Hand hoch. »Moment. Nicht antworten. Sie sind nicht geflogen. Und auch nicht mit dem Auto gefahren. Sie haben den Zug genommen, stimmt's?«

»Ich habe den Zug genommen, ja.«

»Natürlich haben Sie den Zug genommen, Gillesvik. Da mussten Sie auch keine Mautschranken passieren. Und Ihr Name ist auch auf keiner Passagierliste gelandet. Sie sind anonym gereist.«

»Was wollen Sie sich eigentlich da zusammenkochen, Brekke?«

»Ist Ihnen der Ausdruck *Folie à deux* ein Begriff?«

»Irrsinn für zwei«, erwiderte Gillesvik.

»Direkt übersetzt, ja. Aber kennen Sie auch die Bedeutung?«

»*Folie à deux*, auch bekannt als *gemeinsame psychotische Störung*. Kommt unter normalen Umständen – und glücklicherweise, sollte man sagen – nur sehr selten vor. Einfach erklärt: Irrsinn ist manchmal ansteckend. Wenn man eng mit einem psychisch Kranken zusammenlebt und keinen anderen sozialen Umgang hat, dann sind das optimale Verhältnisse, um selbst verrückt zu werden.«

»Haben Sie und Hellum Ylva Bjerke in Stavanger umgebracht? Haben Sie die drei Morde gemeinsam begangen? Hat Ihnen dann irgendwas nicht gepasst, als Hellum sich Karoline Birkeland ausgeguckt hatte?«

Gillesvik lachte. »Entschuldigen Sie, dass ich lachen muss.«

»Wollen Sie wissen, was ich glaube?«

»Ja, jetzt bin ich aber neugierig, Brekke.«

»Ich glaube, Sie haben ihn so oft besucht, weil Sie ein schlechtes Gewissen hatten.«

»Weswegen sollte ich ein schlechtes Gewissen gehabt haben?«

»Weil er geschnappt wurde – und Sie nicht.«

Cornelius Gillesvik lachte kurz auf.

»Das meinen Sie doch nicht ernst, oder?«

»Ich meine das absolut ernst. Siebenundachtzig Besuche. Ich hätte nicht mal meinen Bruder so häufig besucht.«

»Das sagt wohl mehr über Sie aus als über mich.«

»Haben Sie am Abend vor der Flucht den Wagen nahe der Tankstelle in Solli abgestellt?«

»Nein, das war ich nicht.«

»Cornelius?«

»Ja?«

»Wo ist Lars Hox?«

»Ich wünschte, ich könnte Ihnen die Frage beantworten, aber das kann ich nicht.«

»Laut den Kollegen, die Sie hergebracht haben, wollten Sie keinen Rechtsanwalt hinzuziehen.«

»Ich kenne das Gesetz.« Er sah auf seine Armbanduhr. »Und wenn Sie keine anderen Fragen als die nach dem Verbleib von Lars Hox haben, kann ich Ihnen nicht helfen.«

Anton griff nach dem Stuhl, ging damit in die Ecke und stellte sich darauf. Drehte die Kamera zur Decke hin und setzte sich dann wieder vor Cornelius Gillesvik.

»Sie stellen meine Geduld langsam auf die Probe«, sagte Anton. »Ich versuche, so einfach wie möglich zu erklären, was jetzt passieren wird. Denn wenn hier jemand logisch und rational denken kann, dann Sie.«

»Ich weiß genau, was jetzt passieren wird.«

»Ach ja?«

»Sie haben exakt vier Stunden, um einen Grund dafür zu finden, mich hier länger festzuhalten. Und wenn Sie das nicht schaffen – was so sein wird –, dann muss einer von Ihnen mir ein Taxi rufen. Ich werde nämlich nicht so gern in einem Streifenwagen nach Hause gefahren. Das zieht immer so viel Gerede nach sich.«

»Teilweise richtig. Wenn wir etwas gegen Sie in der Hand hätten, dann säßen Sie hier in Handschellen. Aber das mit den vier Stunden und dem Taxi trifft nur dann zu, wenn es um einen gewöhnlichen Bürger geht.«

»Doch momentan wird ein Polizeibeamter vermisst, und da gelten ganz andere Regeln?«

»Korrekt. Ich kenne Lars Hox nicht. Er ist lediglich ein Kollege, mehr nicht. Ich komme nämlich nicht aus dieser Gegend.«

»Das weiß ich sehr wohl. Sie gehören zur ersten Liga. Kripo. Anton Brekke. Ich lese Zeitung. Hab immer gedacht, dass Sie ziemlich fähig wirken. Etwas großmäulig mitunter. Etwas unbedacht. Ohne dass Sie es eigentlich wollen – *glaube ich*. Aber dann haben Sie auch diese Fähigkeit, immer wieder die Kurve zu kriegen. Ich habe mir immer gewünscht, ein wenig wie Sie zu sein.

Also, nicht genau wie *Sie*, aber wie der Typ Mensch, der Sie sind. Sie sind nämlich viel schlauer, als man meinen könnte, wenn man Sie zuerst sieht. Darüber hinaus sind Sie auch mit ausreichend EQ gesegnet. Es gibt keine Situation, in der Sie nicht funktionieren. Habe ich recht? Fühlen Sie sich manchmal unwohl im Beisein anderer Menschen?«

»Nein.«

»Sie wissen immer, was Sie sagen sollen? Egal wo und wann?

»Ja.«

»Ich würde alles tun, um mit Ihnen tauschen zu können. Denn da hinke ich Ihnen hinterher. Sehr sogar.« Cornelius Gillesvik beugte sich vor und starrte Anton in die Augen. »Aber Sie dürfen nicht glauben, dass Sie schlauer sind als ich. Denn was Sie mir jetzt sagen wollten, ist, dass, sobald Sie den Raum verlassen haben, einer von denen hereinkommt, die draußen im Gang stehen. Und die wären nicht so nett mit mir. Weil Lars Hox nämlich ein guter Kollege von denen ist.« Er richtete sich wieder auf. »Ich wusste, dass das kommt, als Sie die Kamera weggedreht haben.« Er faltete die Hände im Schoß. »Wissen Sie, was mir dazu einfällt?«

»Ich höre.«

»Bitte sehr.« Cornelius Gillesvik breitete die Arme aus. »Ich habe keine Angst vor ein paar Schlägen, Brekke. Damit kenne ich mich aus.« Er ließ die Arme sinken und faltete wieder die Hände im Schoß. »Und wenn ich von einer Gruppe Polizisten ein wenig durchgeschüttelt werden muss, um meine Unschuld zu beweisen, dann sei es so.«

»Cornelius, Sie sind ja ein richtig harter Kerl.«

»In keiner Weise. Aber ich habe früh begriffen, dass ich nur meinen Kopf habe. Ich habe auch eine Frau, die ich bedingungslos liebe. Ich war noch nie mit einer anderen Frau zusammen, und ich weiß, dass es da draußen keine bessere für mich gibt als sie. Sie ist *zu* gut. Das wird mir jeden Tag bestätigt, wenn wir zusammen vor die Tür gehen. Die Leute starren, aber das ist nicht weiter schlimm. Ich verstehe das. Sie ist schön, und ich bin … Meine Mutter hat immer gesagt: *Kein Mensch ist hässlich, Cornelius, man sagt besser, dass er weniger schön ist.* Ich war ein unsicherer kleiner Junge, Brekke. Und Ihnen gegenüber habe ich kein Problem zuzugeben, dass ich heute ein unsicherer erwachsener Mann bin. Ich habe Angst davor, dass sie mich wegen eines besseren Mannes verlässt. Da draußen wimmelt es nur so von gutaussehenden Männern. Männer, die weitaus bessergestellt sind als ich. Selbst unser Nachbar geifert ihr nach. Der *Nachbar*, Brekke. Wir wohnen seit zehn Jahren Tür an Tür. Er ist verheiratet und hat Kinder. Aber Sie sollten mal ein paar von den Messages sehen, die er Mali auf Facebook geschickt hat. Sie macht sich nicht die Mühe, ihm zu antworten. Sie zeigt sie mir bloß und lacht. Und dennoch sehe ich, dass sie sich geschmeichelt fühlt. Ich habe auch kein Interesse, in der Nachbarschaft einen Krieg anzuzetteln, also halte ich den Mund, schaue lächelnd über die Hecke und grüße ihn. Tue so, als wäre nichts. Auch wenn ich weiß, dass er sich hereinschleichen und seinen Schwanz in sie hineinschieben würde, wenn sich die Gelegenheit dazu böte. Aber glücklicherweise hat sie bis jetzt nur Augen für mich. *Bis jetzt.*«

»Vielleicht hat er es ja schon längst getan. Vielleicht tut er es gerade jetzt.«

»Sie sind ein Arschloch, wissen Sie das?«

Anton verzog leicht den Mundwinkel.

»Waren Sie ein Mobber, Brekke? In der Schule?«

»Nein.«

»Zu sehr damit beschäftigt, dem Unterricht zu folgen?« Cornelius Gillesvik schüttelte leicht den Kopf. »Ich kann mir allerdings auch nicht vorstellen, dass Sie in der ersten Reihe saßen und sich immer brav gemeldet haben.«

»Das habe ich auch nicht«, entgegnete Anton.

»Worauf ich hinauswollte: Abgesehen von Stig, ist der hier«, Cornelius Gillesvik legte einen Finger an den Kopf, »mein einziger Freund. Wenn ich in meinem Büro sitze und Angst davor bekomme, dass ich irgendwann allein zurückbleibe, dann weiß ich, dass mir meine Fähigkeiten niemals verloren gehen. Mein Kopf ist dafür verantwortlich, dass ich nicht in der Finsternis lande. Manchmal sinke ich in ein Loch, das passiert. Aber ich bleibe niemals drin. Mein Kopf wird mich nie im Stich lassen, auch wenn ich krank werden sollte. Und das Gleiche kann ich über Stig sagen. Er wird mich nie im Stich lassen. Und deswegen habe ich an der Freundschaft festgehalten.« Er schnaubte. »Jetzt kommen Sie schon mit dem, was Sie haben, Brekke. Spucken Sie's aus. Und sparen Sie sich dieses Gefasel über eine *Folie à deux*. Das haben Sie doch nicht nötig. Stellen Sie mir eine Frage, die ich beantworten kann. Dann rede ich mehr als gern mit Ihnen. Aber reden Sie so, als würden Sie mich respektieren. Sonst halte ich die nächsten dreieinhalb Stunden den Mund, spaziere hier raus, nehme mir ein Taxi und schicke die Rechnung an den Polizeidistrikt Øst.«

KAPITEL 77

Samstag, 17. September

Zwei Stunden lang hatte Cornelius Gillesvik sich zu seinen Aktivitäten im Laufe der letzten Woche geäußert.

Den vorigen Abend hatte er zusammen mit seiner Frau zu Hause verbracht. Sie hatten gekocht und dann ferngesehen. Kurz vor elf hatte Malivalaya gefragt, ob Cornelius nicht losfahren und ein paar Süßigkeiten kaufen könnte.

»Hatten Sie Lars Hox zu diesem Zeitpunkt schon entdeckt?«

»Mir war der Wagen etwas früher am Abend aufgefallen. Eigentlich nichts Ungewöhnliches, dass da Autos stehen, aber irgendwas daran hat mich stutzen lassen.« Er nahm zur Erläuterung die Hände zu Hilfe. »Der stand da am Gartencenter. Total merkwürdig abgestellt, auf einem großen, offenen Platz.« Er schüttelte den Kopf. »Es hat da unten ja ein paar Einbrüche gegeben, deshalb habe ich mein Fernglas geholt.«

»Aber Sie können ihn nicht gesehen haben. Weil er hinter getönten Scheiben saß.«

»Ich habe ihn auch nicht gesehen. Ich bin dann runter in die Garage und mit dem Wagen zu *On The Run* in Råde gefahren.«

»Sie sind also nicht neben Hox stehen geblieben?«

»Nein.« Cornelius Gillesvik schüttelte den Kopf. »Ich habe nicht angehalten. Als ich an ihm vorbeigefahren bin, ist er nach vorn geklettert und hat sich hinters Steuer gesetzt. Erst da habe ich gesehen, dass es Hox war. Ich hab ihn dann im Rückspiegel beobachtet. Ich bin davon ausgegangen, dass er mir folgt. Ich *wollte*, dass er mir folgt.«

»Weswegen?«

»Weil Mali allein zu Hause war. Lars Hox hat sich nie bedrohend verhalten oder so, wenn er bei uns zu Hause war, aber er war unangenehm. Sehr unangenehm. Ich habe keine Angst vor ihm, aber Mali meint, dass sie sich etwas … unbehaglich gefühlt hat. Außerdem war ich derjenige, der beobachtet werden sollte, und nicht sie. Deshalb fand ich es irgendwie seltsam, dass er mir nicht gefolgt ist. Ich habe mich beeilt, so gut es ging. Hab die E6 gekreuzt, bin zur Tankstelle, hab Schokolade und Chips gekauft und bin auf direktem Weg wieder nach Hause gefahren. Als ich ankam, war der Wagen weg.«

»Er war weg?«

»Ja«, sagte Cornelius Gillesvik und nickte. »Er war weggefahren.«

»Besitzen Sie mehrere Autos?«

»Nein, nur den Tesla.«

Anton blickte ihn lange an. Dann stand er auf, stellte den Stuhl zur Seite und blieb vor der Wand stehen. Er legte den Kopf etwas zurück, während er auf Cornelius Gillesvik hinuntersah.

»Ist Ihnen Hurtigruten ein Begriff?«

»Können Sie nicht direkt fragen, was Sie wissen wollen, Brekke?«

»Jetzt machen Sie es bitte nicht kompliziert, Cornelius. Direkter fragen geht doch gar nicht.« Anton grinste. »Ein einfaches Ja oder Nein.«

»Da!« Gillesvik zeigte auf Anton. »Da ist es wieder. Was ich vorhin gesagt habe. Und Sie krönen das Ganze, indem Sie ein Grinsen aufsetzen. Aber die Antwort ist ja. Wie jedem anderen Norweger ist mir Hurtigruten ein Begriff.«

»Schon mal mit denen gefahren?«

»Ja. Mali und ich sind von Bergen nach Trondheim gefahren, als sie das erste Mal nach Norwegen kam. Ich musste ihr ja zeigen, dass das Land mehr zu bieten hat als Missingmyr, Råde und Indre Østfold. Sonst wäre es vermutlich schwer gewesen, sie zum Bleiben zu überreden.«

»Sie hat sich also von norwegischen Bergen und Fjorden bezaubern lassen?«

»Und wie! Meinen Antrag habe ich ihr unter knallblauem Himmel im Geirangerfjord gemacht.«

»Klingt hübsch.«

»Das war es. Und?« Er klopfte sich auf die Schenkel. »Zufrieden?«

»Fast«, sagte Anton. »Hans Gulland. Was für ein Verhältnis haben Sie zu ihm?«

»Oh Gott …«, stöhnte Gillesvik. »Müssen wir jetzt über den reden? Ich bin schon ganz erschöpft, wenn ich nur den Namen höre. Aber Sie sollen Ihre Antwort bekommen, dann werden wir hier vielleicht mal fertig: Mein Verhältnis zu Hans Gulland ist nicht existent.«

Cornelius Gillesvik sagte noch etwas, aber Anton bekam es nicht mit. Etwas an Gillesviks Worten hatte ihn beunruhigt. Anton riss die Tür auf und lief schnell durch den Gang bis zum Lagezentrum, wo Martin Fjeld stand und mit einer Karte in der Hand in ein Funkgerät sprach.

»Wer kümmert sich um diese Tankstelle, *On The Run,* in Råde?«, fragte Anton von der Tür aus.

Martin Fjeld blätterte durch die Papiere vor sich, fuhr mit dem Finger über die Liste, wo vermerkt war, wer für welche Zone zuständig war. Dann hatte er es gefunden.

»Sierra 4-9.«

»Gibt's da schon einen Bericht?«

»Nein.«

Anton schnipste mit den Fingern. »Schlüssel?«

»Schlüssel? Welche Schlüssel?«

»Ist mir völlig egal. Solange die zu einem Wagen mit Sirene passen.«

KAPITEL 78

Samstag, 17. September

Anton blickte auf die vier Überwachungsbildschirme im Hinterzimmer der Tankstelle.

Ein junger Mann mit ebenso vielen Pickeln wie Sommersprossen saß an der Tastatur und erzählte, dass er der Polizei nicht zum ersten Mal aushalf. Er sei nämlich auch dabei gewesen, als man vor einem Jahr versucht hatte, den Laden auszurauben.

»Aber viel konnten die nicht mitgehen lassen«, sagte Pickelgesicht und entblößte eine Reihe gelber Zähne. »Ich hab nämlich 'nen Kurs als Nachtwächter gemacht, wissen Sie. Ich weiß schon, was ich tun muss. Deshalb arbeite ich auch oft nachts. Dann weiß der Chef, dass die Bude in guten Händen ist.«

»Klasse«, sagte Anton und legte eine Hand auf den Schreibtisch und die andere auf den Stuhlrücken.

»Ich kann Ihnen allerdings nur vier Kamerawinkel auf einmal zeigen.«

»Zwei reichen völlig aus. Ich habe gesehen, dass da eine Kamera an der Wand hängt und einen Teil der Straße einfängt. Zeig mir doch mal die Aufnahme dieser Kamera von gestern Abend. Und von einer, die den Eingangsbereich abdeckt.«

Die dünnen Finger des Jungen bewegten sich schnell über die Tastatur. Auf einem der Bildschirme erschien der Eingangsbereich. Der andere zeigte Aufnahmen von der Kamera, die die Zapfsäulen und einen Abschnitt der Nationalstraße 118 im Fokus behielt. Die beiden anderen Bildschirme zeigten weiterhin die Liveaufnahmen aus dem Ladeninneren.

»Welcher Zeitabschnitt interessiert Sie?«

Anton öffnete den Browser, rief Google Maps auf und überprüfte, wie lange es dauerte – mit normaler Geschwindigkeit –, von Cornelius Gillesviks Haus zur Tankstelle zu fahren. Sieben Minuten. Das Telefonat zwischen Lars Hox und Magnus in Honningsvåg war um 23:04 beendet worden; zu diesem Zeitpunkt war Gillesvik – laut Hox – in die Garage gegangen.

»Fang bei dreiundzwanzig Uhr an, aber lass die Bänder etwas schneller durchlaufen.«

Pickelgesicht startete die Wiedergabe bei 23:00. Die Aufnahmen liefen viermal schneller als normal. Autos kamen zur Tankstelle und verließen sie wieder. Ein heftiger Windstoß packte einen Radfahrer und ließ ihn stürzen.

Pickelgesicht lachte kurz auf. »Das sah nicht so gut aus.«

Der Radfahrer kam schnell wieder auf die Beine und beschloss daraufhin, sein Fahrrad zu schieben. Ein Oldtimerfan mit einem alten Ford Escort kurvte ein paarmal um die Zapfsäulen, ließ die Reifen durchdrehen und fuhr wieder weg.

Ein Lieferwagen.

»Anhalten«, sagte Anton. Das Bild gefror. »Kannst du näher heranzoomen?«

»Nicht viel, aber ein bisschen.«

Die Uhr zeigte 23:07. Der Zeitpunkt passte nicht. Das Bild war unscharf, aber deutlich genug. Anton fluchte. Ein Mercedes Vito.

»Lass weiterlaufen.«

Pickelgesicht tat, wie ihm geheißen.

23:10. Ein Tesla erschien an der Tankstelle und fuhr zwischen den Benzinpumpen hindurch. Anton sah es auf dem anderen Bildschirm. Der Wagen stoppte auf dem Parkplatz gleich neben dem Eingang. Der Fahrer stieg aus. Cornelius Gillesvik. Mit schnellen Schritten betrat er den Laden. Anton sah wieder auf den anderen Bildschirm.

»Hol mal die Straße etwas näher heran.«

Abermals tat Pickelgesicht, worum er gebeten wurde. Anton beugte sich vor.

In der einen Minute, die Cornelius Gillesvik im Laden verbrachte, fuhren draußen auf der Straße ein Sattelschlepper, ein Lastwagen, zwei Kombis und vier Limousinen in nördliche Richtung. Nicht ein einziges Fahrzeug hielt an der Tankstelle. Auch nicht weiter unten an der Straße.

Cornelius Gillesvik war vier Minuten nach elf noch in seiner Garage gewesen. Er hatte für die viereinhalb Kilometer lange Strecke knapp sechs Minuten benötigt.

Gillesvik hatte die Wahrheit gesagt. Er konnte gar nicht neben dem Wagen von Lars Hox angehalten haben, nicht auf dem Weg zur Tankstelle. Es bestand nicht einmal die theoretische Möglichkeit dafür. Die Zeit war zu knapp.

Alles stimmte. Lars Hox war verschwunden, als Cornelius Gillesvik nach Hause zurückkam. Lars Hox konnte nicht gewusst haben, wohin Gillesvik fahren oder wie lange er fortbleiben würde. Er hätte ihm folgen müssen.

Aber das hatte er nicht getan.

Anton bedankte sich bei Pickelgesicht für die Hilfe. Er ging hinaus, setzte sich in den BMW X5, legte den Finger auf den Zündknopf, ließ den Wagen aber nicht starten. Über Funk wurden Meldungen und Aufträge durchgegeben. Ein Frontalzusammenstoß in Vesten. Ein Betrunkener hatte beim REMA-1000-Supermarkt am Evjekai wild um sich geschlagen. Verdacht auf Fahrzeugführung unter Alkoholeinfluss am Lislebyvei.

Anton nahm sein Handy, um Magnus anzurufen, befand sich aber in einem Funkloch. Er starrte durch die Frontscheibe in das Nichts vor sich, während *ein* Gedanke in seinem Kopf kreiste: Was war für Hox wichtiger gewesen als die Aufgabe, der er sich die letzten zwei Jahre seines Lebens gewidmet hatte?

KAPITEL 79

Samstag, 17. September

Magnus hatte sich während des Flugs einige Zeugenaussagen durchgelesen, die Papiere dann aber schnell wieder weggelegt. Stattdessen hatte er im Internet weiter nach Details über Nathan Sudlow geforscht und sich die Liste der in Texas zum Tode Verurteilten genauer angesehen. Unter den Namen, die er geschafft hatte durchzuarbeiten, waren neun, zu denen es ebenfalls keine weiteren Einzelheiten gab. Bei diesen erschien im Internet jedoch jeweils eine neue Seite mit dem Hinweis, der Fall sei so alt, dass keine Dokumentation vorliege. Im Fall Nathan Sudlow war dieser Hinweis anscheinend entfernt worden. Oder es hatte ihn nie gegeben.

Und obwohl der Lensmann beim Abschied am Flugplatz zu ihm gesagt hatte, er wolle ebenfalls noch mehr über diesen Nathan Sudlow herausfinden, konnte Magnus nicht aufhören, an ihn zu denken. Eigentlich hätte Lars Hox in seinem Kopf sein müssen, wo er in gewisser Weise auch war, aber Nathan Sudlow störte den Gedankenfluss. Denn es gab eine Verbindung. Das ließ sich schlichtweg nicht leugnen. Er kannte Anton gut genug, um zu wissen, dass der ihn bitten würde, so lange weiterzugraben, bis er etwas fand. Und als Magnus mit seinem Porsche mit dreißig Stundenkilometern über der zulässigen Höchstgeschwindigkeit durch Lillestrøm raste, riss er das Lenkrad herum, fegte über das schraffierte Feld an der Abfahrt und verließ die E6, während der Regen senkrecht auf die Straße fiel.

Fünf Minuten später bog er in die Straße ab, wo der pensionierte Generalmajor Gulland mit Frau und Sohn lebte. Ein Lieferwagen stand kurz hinter der Kurve. Magnus wusste, dass hinter den getönten Scheiben ein Beamter der Polizeidienststelle Lillestrøm saß und den Mann beobachtete, der am Ende der Sackgasse Pappkartons auf die Ladefläche eines Kombis packte.

Der feuchte Kies knarzte unter den Reifen, als Magnus vor der Garage anhielt. Neugierig blickte Hans Gulland auf den Porsche.

»Hallo«, sagte Magnus und stieg aus. »Fahren Sie weg?«

Schnell lief er weiter und stellte sich unter das Vordach der Garage. In den Pappkartons lagen Bücher.

Hans Gulland belud den Wagen mit einem weiteren Karton.

»Ich soll morgen einen Vortrag in Kristiansand halten. Ich dachte, da wäre es schlau, ein paar Bücher dabeizuhaben. Und dann habe ich heute Nachmittag noch Termine bei Buchhändlern in Drammen, Sandefjord und Larvik, wo ich ein paar Exemplare signieren muss.«

»Das klingt doch schön. Ein gutes Zeichen. Wie laufen denn die Verkäufe?«

»Um das zu beurteilen, ist es noch zu früh, aber der Verlag wünscht sich natürlich, dass ich bei den Interviews etwas … freier auftrete.« Hans Gulland setzte sich in die Ladeöffnung seines Kombis. »Was allerdings nicht ganz einfach ist mit dem Maulkorb, den Sie mir verpasst haben. Momentan traue ich mich kaum irgendwas zu sagen.«

»Wir sind äußerst dankbar, dass Sie unseren Empfehlungen folgen. Das hätten nicht alle getan.«

»War ja auch nicht so, dass ich eine Wahl hatte.«

»Mhm … Aber da wäre noch eine Sache, die mich interessiert. Das hat eigentlich gar nichts mit Stig Hellum zu tun.«

»Ach? Heißt das, mein Name wurde von Ihrer Liste gestrichen?«

»Sie glauben also, Sie hätten auf unserer Liste gestanden?«, fragte Magnus.

»Aber natürlich.«

»Dann wissen Sie sicher auch, dass bei solch einer Ermittlung, wie wir sie durchführen, kein Name gestrichen wird, solange nicht *einer* mit einem fetten roten Kreis markiert ist.«

Gullands Vater tauchte hinter einem Fenster auf. Er sah direkt zu ihnen hinaus. Er nickte Magnus kurz zu, der die Begrüßung erwiderte.

»Gibt's denn irgendeine Entwicklung?«, wollte Hans Gulland wissen.

»Nein«, log Magnus.

»Worum ging es denn bei dem Fund in der Østmarka? Ich habe da was gehört.«

»Wir haben eine Hütte entdeckt«, erwiderte Magnus nach kurzer Überlegung.

»Aha?« Hans Gulland änderte seine Sitzposition. »Eine Hütte?«

»Ja.«

»Und Sie glauben, dass er da gewohnt hat?«

»Ich verrate nicht zu viel, wenn ich sage, wir *wissen*, dass er sich eine Weile dort aufgehalten hat. Aber deswegen bin ich nicht hier.« Magnus erzählte kurz von Nathan Sudlow, ohne dabei die Postkarten, Hurtigruten oder Honningsvåg zu erwähnen. »Soweit ich weiß, haben Sie doch alle möglichen Websites über Mordfälle durchforstet. Über diesen hier sind komischerweise überhaupt keine weiteren Informationen aufzutreiben. Nicht mal bei Murderpedia.«

»Dass er bei Murderpedia nicht erwähnt wird, muss nichts bedeuten. Es gibt auf der Seite etwa fünf- oder sechstausend Fälle. Nicht eben viel, wenn man bedenkt, dass allein im letzten Jahr über fünfzehntausend Morde in den USA verübt wurden. Verstehen Sie mich nicht falsch, die Seite ist schon ziemlich umfassend, aber wenn dieser Fall nicht irgendwie was Besonderes war, taucht der da vermutlich nicht auf.«

»Aber wir reden hier von einem Vierfachmord.«

»Wohl nicht exotisch genug für die Website. Wie wurden die Opfer denn umgebracht?«

»Das weiß ich nicht.« Magnus fischte sein Handy aus der Tasche, suchte die Website, die ihm in Honningsvåg von Google angezeigt worden war, und ließ Hans Gulland einen Blick darauf werfen. »Das ist alles, was ich herausfinden konnte.«

»Hm. Die Website habe ich auch schon mal besucht. Vor vielen Jahren. Ich könnte aber nicht sagen, dass es bei diesem Namen irgendwie klingelt. Ich finde solche Fälle auch, offen gestanden, nicht so interessant.«

»Was wäre denn für Sie interessant?«

»Tja.« Gulland gab Magnus das Handy zurück. »Wenn er sie außerdem vergewaltigt hätte. Oder aufgegessen. Am besten natürlich beides.«

»Kann doch sein, dass er das getan hat?«

»Wenn er so etwas gemacht hätte, dann wären garantiert tausende Artikel über ihn erschienen. Das Problem ist wohl, dass seine Taten nicht außergewöhnlich genug waren, um das Interesse der Öffentlichkeit zu wecken.«

»Obwohl er zum Tode verurteilt wurde?«

»In Texas?« Hans Gulland kicherte. »Da zieht doch keiner auch nur eine Augenbraue hoch, wenn man irgendeinen Ladendieb am nächsten Laternenpfahl aufknüpft. Texas und die Todesstrafe gehören zusammen wie Tomaten und Basilikum. Wenn ich mir überlege, in welchem Fall Sie *eigentlich* ermitteln, werde ich jetzt aber ganz schön neugierig. Was ist denn mit diesem Sudlow, dass Sie eigens hier vorbeikommen, um mich nach ihm zu fragen?«

»Stimmt ja gar nicht. Ich komme von Gardermoen und wäre sowieso hier vorbeigefahren.«

»Sie haben meine Frage nicht beantwortet.«

Gullands Vater stand immer noch am Fenster und beobachtete sie.

»Was hat dieser Amerikaner mit dem Ganzen zu tun?«, fragte Gulland.

»Ich sagte doch, es geht gar nicht um Hellum.«

»Sie hätten doch keine Zeit darauf verwendet, wenn es nicht mit Hellum zusammenhinge. Nicht an der Stelle, wo Sie gerade stecken.«

»Und wo stecken wir Ihrer Meinung nach?«

»Seit dem Auffinden der Leiche von Hedda Back sind sechs Tage vergangen. Stig ist immer noch auf freiem Fuß, und nichts deutet auf eine baldige Festnahme hin. Ich vermute daher mal, dass Ihnen der Fall kräftig unter den Nägeln brennt.«

Hans Gulland nahm den fünften und letzten Karton und lud ihn in den Wagen.

»Ich will einem Kollegen helfen«, sagte Magnus. »Dieser Amerikaner hat überhaupt nichts mit Stig Hellum zu tun.«

»Einem Kollegen helfen?« Hans Gulland grinste. »Das soll ich Ihnen glauben? Ich dachte im Übrigen, dass Sie aus demselben Holz geschnitzt wären wie Lars Hox.«

»Soll heißen?«

»Dass Sie auch so ein dämlicher Arsch sind.«

»Warum denken Sie das?«

»Als er anrief und mir in Bezug auf den Fall einen Maulkorb verpasste, war er nicht gerade höflich. Ich weiß auch, dass Sie es wissen, weiß aber zu schätzen, dass Sie es nicht weiter erwähnt haben. Ich hatte schon darauf gewartet, dass Sie oder Brekke davon anfangen würden, als Sie hier waren.«

»Wovon reden Sie bitte?«

»Dass ich während der Vernehmung durch ihn völlig zusammengebrochen bin.«

»Das wusste ich nicht.«

»Jetzt schwindeln Sie aber. Lars Hox ist ein Cowboy mit lebensgefährlichem Temperament. Und ich bin mir zu hundert Prozent sicher, dass er es Ihnen erzählt hat. Wahrscheinlich sofort, als mein Name auftauchte. Hox war schlichtweg ein Satan. Aber dass Sie immer noch so tun, als wüssten Sie es nicht, sagt mir, dass Sie ein netter Kerl sind.« Hans Gulland sah auf die Uhr. »Ich sollte mich mal auf den Weg machen, wenn meine Patience heute noch aufgehen soll. Wie gesagt, ich dachte, Sie wären genauso ein Arschloch wie Hox. Aber ich habe mich geirrt. Und wenn ich wählen müsste, entweder Hox oder Stig zu helfen, dann würde ich – egal wie seltsam sich das anhören mag – Stig helfen. Aber Sie, Magnus Torp, Sie sind ein guter Bulle.« Er schloss die Heckklappe. »Und deshalb bin ich bereit, einen Deal mit Ihnen zu machen.«

KAPITEL 80

Samstag, 17. September

Zwei Stunden nachdem Cornelius Gillesvik aus dem Polizeipräsidium spaziert und nach Hause zu der Frau gefahren worden war, die zu verlieren er so sehr fürchtete, dass Anton sicher war, es werde eines Tages geschehen, war Magnus zurückgekommen.

Der Nachmittag war in den Abend übergegangen. Es war kurz vor acht. Vier Stunden lang waren die Polizeibeamten in ihrer jeweiligen Zone herumgefahren, hatten Videoaufzeichnungen angesehen, verschiedene Orte überprüft und einander ständig auf dem Laufenden gehalten. Es gab keine Spur von Lars Hox oder dem Caravelle. Inzwischen waren auch die Aufzeichnungen der Mautschranken ausgewertet worden. Das Fahrzeug hatte in ganz Østfold nicht eine einzige Kamera passiert.

»Es gibt zwei mögliche Erklärungen«, sagte Anton, als sie am Tunevann kurz hinter dem Zentrum von Sarpsborg vorbeikamen. »Entweder ist Hox auf eigene Faust abgehauen, oder er war sich nicht sicher, dass Gillesvik am Steuer des Tesla saß, und hat daher beschlossen, an Ort und Stelle zu bleiben. Es war dunkel, und da Hox zu diesem Zeitpunkt bereits wusste, dass er entdeckt worden war, hat er vielleicht gedacht, dass Gillesvik, sofern er selbst das Haus verlassen wollte, zur Ablenkung seine Frau mit dem Wagen wegschicken würde. Weil klar war, dass Hox den Wagen verfolgen würde.«

»Aber die Aufnahmen von der Tankstelle haben doch eindeutig gezeigt, dass es Gillesvik war.«

»Eben. Aber was, wenn Hox dachte, dass er es vielleicht nicht war?«

»Ich weiß nicht recht«, sagte Magnus. »Man kann eigentlich nur raten, was nach Gillesviks Rückkehr passiert sein kann. Falls es so ist, wie du sagst.«

»Ich glaube ja selbst nicht wirklich daran. Wahrscheinlich hat er gewusst, dass es Gillesvik war. Das aber bedeutet, dass er vielleicht woanders hingefahren ist … Aber wohin? Jedenfalls nicht nach Hause, das haben wir überprüft.«

»Wir können ja nachher mal hinfahren, wenn es richtig dunkel geworden ist. Du stellst dich dann an die Stelle, wo Hox stand, und ich fahre vorbei. Bloß um rauszufinden, ob du sehen kannst, dass ich es bin, der da vorbeifährt.«

Es goss wie aus Eimern. Magnus gab extra viel Gas, als sie die Brücke über die E6 kreuzten. Anton dachte darüber nach, was Magnus ihm aus Honningsvåg berichtet hatte.

»Du glaubst also, der Amerikaner lebt noch?«, sagte Anton. »Und dass das alles mit unserem Fall zusammenhängt?«

»Ich halte es zumindest nicht für ausgeschlossen, dass er noch lebt.«

»Die Chancen dafür tendieren allerdings gegen null. Da müsste schon einiges zusammenkommen. Ein Amerikaner in der Todeszelle … der dann begnadigt wird? *In Texas?* Vergiss es.«

»Ich habe nicht gesagt, dass ich an eine Begnadigung glaube. Ich habe bloß gesagt, dass er vielleicht noch am Leben ist.«

»Er wurde 1995 verurteilt?«

»Ja.«

»Das ist über zwanzig Jahre her. Eher selten, dass die so lange einsitzen. Ich meine, ich hätte irgendwo gelesen, der Durchschnitt läge bei fünfzehn Jahren. Aber es kann natürlich sein, dass er noch unter den Lebenden weilt und da sitzt. Wobei Texas ja bekanntermaßen der Staat ist, in dem die meisten Hinrichtungen stattfinden. Du solltest also nicht allzu optimistisch sein.«

»Jedenfalls ist es das wert, mehr darüber herauszufinden.«

»Halt mal hier an.« Anton zeigte auf die Esso-Tankstelle, die am Kreisverkehr hinter dem Polizeipräsidium lag. »Ich hab Hunger.« Anton gähnte. »Und müde bin ich auch.«

»Du und müde? Du hast doch in den letzten Tagen nichts anderes getan als schlafen. Guck mich an. Ich habe seit fast einer Woche keine Nacht durchgeschlafen.«

Magnus fuhr zur Tankstelle, hielt dicht neben der Eingangstür an und ließ den Motor laufen. Ein Reklameschild im Fenster warb für eine große Pizza.

»Wollen wir uns so eine reinziehen?«, fragte Magnus.

»Pizza von der Tankstelle?« Anton rümpfte die Nase. »Da bin ich skeptisch.«

»Die ist ziemlich gut. Ist keine Fertigpizza. Man kann sich aussuchen, was man drauf haben will. Kommt in der Schachtel wie sonst auch.«

»Worin denn sonst? In einer Plastiktüte?«

Magnus verdrehte die Augen. Der Regen bombardierte die Frontscheibe. Keiner von beiden wollte aussteigen.

»Ich hätte eigentlich Lust auf Currywurst mit Pommes«, sagte Anton nach einer Weile. »Gibt's denn hier in Sarpsborg keinen Ort, wo man 'ne gute Currywurst kriegt?«

»Doch, aber der liegt auf der anderen Seite der Stadt. In Borgenhaugen. Ich hab jetzt keinen Bock, da rauszufahren. Wir nehmen die Pizza. Ich bezahle.«

»Gebongt«, sagte Anton. »Lass viel Schinken draufpacken.«

Magnus zog seine Geldbörse hervor und warf sie Anton in den Schoß.

»Wenn ich bezahle, musst du bestellen gehen.«

KAPITEL 81

Samstag, 17. September

Hans Gulland war enttäuscht, dass die Rezeptionistin ihn nicht wiedererkannte. Sie bedachte ihn bloß mit dem gleichen gezwungenen Lächeln, das sie auch dem Geschäftsmann vor ihm geschenkt hatte. Ein derart fades Lächeln, dass es nicht einmal andeutungsweise den Rest ihres stark geschminkten Gesichts miteinbezog. Er nannte seinen Namen und betrachtete ihr Gesicht, während sie ihren Computer befragte.

Sie verzog keine Miene. Nickte bloß bestätigend und zog eine Schlüsselkarte hervor.

Vielleicht arbeitete sie montags immer früh und hatte *God morgen, Norge* gar nicht mitbekommen. Diese jungen Frauen sahen vermutlich morgens kein Fernsehen. Wahrscheinlich sahen sie überhaupt kein Fernsehen. Nur Netflix. Netflix und ansonsten Chilltime.

Er musterte sie. Sie war mit dem Chill-Teil bestimmt vertraut, dessen war er sich sicher. Vermutlich hatte sie schon Pläne für den Abend. Doch trotz der Tatsache, dass ihr Lächeln nicht eben überströmend wirkte und sie wie eine Hure geschminkt war, roch sie gut.

Er nahm die Schlüsselkarte entgegen und ging zum Aufzug, fuhr in die zweite Etage hoch und manövrierte sich mitsamt PC-Tasche und Rollkoffer zu seinem Zimmer. Er trat ein und legte das Gepäck aufs Bett. Dann setzte er sich und lehnte den

Rücken an das Kopfteil des Bettes. Er blieb ein paar Minuten sitzen, entkleidete sich und nahm eine schnelle Dusche, zog ein frisches Hemd aus dem Koffer und fuhr mit seiner PC-Tasche hinunter ins Erdgeschoss. Dort ging er an der Rezeptionistin mit dem faden Lächeln vorbei, ohne sie eines Blickes zu würdigen.

Jedenfalls beinahe. Er sah gerade schnell genug hin, um zu registrieren, dass sie nicht in seine Richtung blickte.

Er ging weiter und betrat die Bar. Sie erinnerte an einen exklusiven Nachtclub. Schwere Möbel. Große, moderne Lampen. Noch war es ruhig. Etwa acht oder zehn andere Gäste waren anwesend.

Er setzte sich an einen Tisch nahe beim Tresen. Die Barfrau war attraktiv, etwa in seinem Alter, vielleicht etwas jünger. Langes braunes Haar, das zu einem Pferdeschwanz gebunden war. Ihr Gesicht war sonnengebräunt und herzförmig. Sie hatte schmale Schultern und kleine Brüste. Genau, wie er es mochte. Er hatte dieses Theater um große Brüste nie verstanden. Frauen, die von Natur aus große Brüste hatten, waren eine Sache, aber dass manche einen Haufen Geld auf den Tisch legten, um größere – oftmals absurd große – zu bekommen? Nein. Kleine schlanke Frauen sollten kleine schmale Brüste haben. Dieser Meinung war auch Stig. Hans Gulland erinnerte sich, dass es fast erschreckend war, wie sehr ihr Geschmack oft übereinstimmte. Er musste jedes Mal daran denken, wenn er einer Frau begegnete und sie hübsch fand. Auf diese Weise hatte Stig seine Opfer oft ausgewählt. Sie hatten ihm nichts getan, ihn nicht einmal auf eine Art angesehen, die ihm missfiel. Jedenfalls nicht dann, wenn er sie auswählte.

Hans Gulland stellte das Laptop vor sich hin. Er hatte den Namen des Verurteilten. Nathan Sudlow. Aber das war nicht der Name, den er jetzt recherchieren würde. Als Erstes rief er Google Maps auf und gab Waller, Texas, ein. Es war eine Vorstadt von

Houston. Er öffnete den Browser und suchte nach den größten Zeitungen in der Region. Danach rief er die Website des *Houston Chronicle* auf und klickte sich bis zum Archiv durch, wo sich alte, in der Zeitung abgedruckte Artikel finden ließen.

Er gab das Datum des Tages nach den Morden ein – 21. November 1994. Er klickte den Link an und wurde daraufhin informiert, dass die Seite hinter einer Bezahlschranke lag. Hans Gulland nahm seine Visa-Karte heraus und füllte die Felder online aus. Daraufhin versuchte er erneut, die Seite zu öffnen. Ein PDF-Dokument wurde heruntergeladen. Der Lüfter des Laptops wurde im Takt mit seinen Herzschlägen lauter, als er das Dokument öffnete. Auf der Titelseite der Zeitung stand nichts über die Morde. Er fing an zu blättern. Seine Augen scannten die Seiten. Langsam las er die Artikelüberschriften. Als er zu Seite 8 geblättert hatte, fragte er sich, ob überhaupt etwas über diesen Nathan Sudlow in der Zeitung stand.

»Hallo«, ertönte eine Frauenstimme.

Hans Gulland hatte gar nicht gemerkt, dass sie zu ihm gekommen war. Die Barfrau.

»Äh …« Er sah zu ihr auf. »Hallo.«

Ihr Lächeln erfasste das ganze Gesicht. Zwei kleine Lachfältchen kamen an den Wangen zum Vorschein. Sie war exakt der Typ Frau, der den alten, übellaunigen General zu Hause veranlassen würde, ihm auf die Schulter zu klopfen und zu sagen: »Tolles Mädchen, Hans. Auf die musst du gut aufpassen.«

»Hätten Sie gern etwas?«

Ja, dachte Hans Gulland. Dich.

»Ähm … ein Pils?«

»Kommt sofort.«

Sie wandte sich um, verschwand hinter dem Tresen und schenkte ihm abermals ein Lächeln. Sie musste ihn im Fernsehen gesehen haben. Er wollte nicht fragen. Das heißt: Er wollte schon, aber alle sozialen Regeln verboten es.

Die Barfrau kam zurück und stellte das Glas vor ihm auf den Tisch. Er bedankte sich, nahm einen Schluck und wischte sich den Schaum von der Oberlippe. Sie stand noch immer da.

»Oh, das war wohl nicht gratis?« Er grinste. Sie gab ein kurzes, trällerndes Lachen von sich. »Können Sie das bitte auf meine Rechnung schreiben? Zimmer 319. Hans Gulland.«

»Kein Problem. Und sagen Sie einfach Bescheid, wenn Sie noch was möchten. Im Augenblick ist es ja noch ruhig hier.«

»Danke.«

Hans Gulland verschob den Mauszeiger und blätterte weiter. Und da war es.

KAPITEL 82

Samstag, 17. September

»Gar nicht so schlecht«, sagte Anton schmatzend und nahm sich noch ein Stück Pizza.

Sie saßen im Lagezentrum. Mit Ausnahme der Beamten im Arrestbereich im Erdgeschoss war so gut wie niemand mehr im Präsidium. Alle anderen waren mit Martin Fjeld unterwegs, der die Suche koordinierte.

»Fühlt sich total falsch an«, sagte Magnus. »Da sitzen wir hier und essen Pizza, während Lars Hox vermisst wird.«

»Alles, was möglich ist, wird getan. Und essen muss man schließlich.«

»Was glaubst du? Was mag passiert sein?«

»Ich weiß nicht. Aber es sieht nicht sehr rosig aus, so viel steht fest.«

»Hast du mal drüber nachgedacht, wie problematisch das wird, wenn sich herausstellt, dass Gillesvik tatsächlich die Wahrheit gesagt hat? Dass Hox nicht mehr da war, als er zurückkam.«

»Genau das macht mir Sorgen. Ich glaube nämlich, dass er die Wahrheit gesagt hat.«

»Demnach haben wir es wieder mit Hans Gulland zu tun.« Magnus schüttelte den Kopf. »Nein. Ich bin da mit Hox einer Meinung. Der Typ mag vielleicht etwas gestört sein, aber ich glaube nicht, dass er ein Mörder ist.«

»Wie es aussieht, absolviert er bloß einige Termine im Zusammenhang mit seinem Buch. Ich habe heute Morgen den Bericht des Überwachungsteams gelesen. Er war gestern Abend und die ganze Nacht zu Hause.«

»Ich weiß«, sagte Magnus. »Dann können wir ihn wohl streichen.«

»Du hast gesagt, die Aussagen der drei jungen Männer auf dem Hurtigruten-Schiff seien etwas fadenscheinig? Was den Sturz von dieser Monica ins Wasser betrifft.«

»Die waren auffallend gleich. Ich erinnere mich noch an eine meiner ersten Schichten bei der Streifenpolizei in Fredrikstad. Da war jemand mit einem Messer angegriffen worden, und es gab drei Zeugen. Und obwohl ja alle drei dasselbe gesehen hatten, waren ihre Aussagen ganz verschieden. In groben Zügen waren sie natürlich gleich. Aber nicht in Bezug auf die Details. Jeder sieht und registriert die Dinge eben unterschiedlich.«

»Stimmt.«

»In den Aussageprotokollen dieser drei Männer wirkte es beinahe so, als wären sie gemeinsam vernommen worden, was aber nicht der Fall war.« Er trat auf die Tür zu. »Warte mal kurz, dann kannst du dir das selbst anschauen.«

Drei Pizzabissen später kam Magnus mit einer Mappe zurück. Er ließ sie vor Anton auf den Tisch fallen und zog die Unterlagen heraus.

Die oberste Seite war eine Zusammenfassung der Ereignisse in Verbindung mit dem Todesfall. Das Ergebnis lautete, dass es sich um einen selbstverschuldeten Unglücksfall handelte.

»Die drei obersten sind die Aussagen der jungen Männer«, erklärte Magnus und sicherte sich das letzte Pizzastück.

»Mmh«, grunzte Anton und legte die Zusammenfassung zurück auf den Tisch.

Die nächste Seite war das Vernehmungsprotokoll eines gewissen Jaran Opsahl. Anton las es durch, während er auf seinem letzten Pizzastück herumkaute.

»Verstecken«, sagte er leise. »Seltsam, so was auf einem Schiff zu spielen. Besonders draußen an Deck bei vermutlich zwanzig Grad minus.«

»Klar. Aber die Menschen werden nie aufhören, im besoffenen Zustand Dummheiten anzustellen.«

Anton legte die Aussage von Jaran Opsahl auf die Zusammenfassung und griff nach der nächsten Seite. Sein Blick ruhte auf der mit Maschine geschriebenen Aussage. Nachdem er sie durchgelesen hatte, verstand er, was Magnus meinte. Die Aussage war genauso kurz gefasst wie die vorherige. Fast genau gleich. Mit Ausnahme der Information, wer vorgeschlagen hatte, Verstecken zu spielen. Jaran Opsahl hatte ausgesagt, es sei Monica gewesen.

Die Vernehmungen waren früh morgens durchgeführt worden. Alle mussten noch Alkohol im Blut gehabt haben.

Antons Blick glitt zum Anfang der Seite. Geburtsdatum, Adresse, Telefonnummer. Der Name stand ganz oben links. Anton merkte, wie sich die Muskulatur seines Gesichts versteifte. Er hörte auf zu kauen.

KAPITEL 83

Samstag, 17. September

Das Foto war zur Abendzeit von der Straße aus gemacht worden. Ein Weidezaun erstreckte sich um die große Ranch. Mehrere Gebäude standen weiter hinten auf dem Grundstück. Das Hauptgebäude war groß, Licht schimmerte in den Fenstern. Ein Stückchen davor lag eine Scheune. Darüber hinaus gab es zwei weitere Häuser, die anscheinend als Unterkunft für Gäste oder Arbeiter dienten. Beide lagen im Dunkeln. Das Einfahrtstor unten an der Straße stand offen. Oberhalb des Tors waren zwei Stierschädel mit Hörnern befestigt. Drei Streifenwagen standen nebeneinander am Beginn der langen Auffahrt. Zwei Polizisten standen Schulter an Schulter vor dem Tor. Ein gelbes Absperrband verlief hinter ihnen von einem Torpfosten zum anderen.

VIER MENSCHEN ERMORDET
Ein Täter gefasst
Um 23:22 gestern Abend wurde die Polizei in Waller von einem Nachbarn alarmiert, der Schüsse auf der Ranch an der Kickapoo Road gehört hatte. Als die Polizei eintraf, fanden sie eine am Tor sitzende Person vor. Der Mann ließ sich widerstandslos festnehmen. Er trug keine Papiere bei sich und hat vorläufig keine Aussage gemacht, wird aber nach Informationen des Houston Chronicle *des Mordes beschuldigt. Als die ersten Polizeibeamten das Grundstück betraten, bot sich ihnen*

ein grauenvoller Anblick. In einem der Gebäude wurden drei Tote gefunden, der vierte lag im Haupthaus.

Viele Schüsse

Jesse Cranston (29) ist der nächste Nachbar und hat die Polizei verständigt.

– Ich hörte erst drei schnelle Schüsse, dann vergingen einige Minuten, bevor es wieder knallte. Vier oder fünf Mal, aber dieses Mal mit längeren Abständen dazwischen. Vielleicht eine oder zwei Minuten. Dann habe ich die Polizei gerufen, und während ich mit der Notrufzentrale sprach, hörte ich plötzlich drei weitere, schnell aufeinanderfolgende Schüsse. Vom Wohnzimmerfenster aus sah ich einen Mann die Auffahrt hinuntergehen, an deren Ende er sich hinsetzte. Er saß da bestimmt fünf Minuten, ehe die Polizei erschien. Es sah aus, als wollte er verhaftet werden.

Mehrere Täter

Die Polizei in Waller weiß derzeit noch nicht, was der Anlass für die Morde gewesen sein kann.

– Die drei in dem einen Haus hatten ungehinderten Zugang zu Waffen, nichts deutet aber darauf hin, dass es zu einem Schusswechsel zwischen den Ermordeten und dem Täter gekommen ist. Deshalb können wir nicht ausschließen, dass es mehrere Täter waren. Ansonsten muss es sich um einen außerordentlich erfahrenen Schützen handeln, sagt Sergeant Dwan von der Polizei in Waller.

Im Zusammenhang mit dem vierten Opfer fallen Sergeant Dwans Informationen eher spärlich aus.

– Alles, was wir zurzeit sagen möchten, ist, dass der Betreffende nicht sofort starb, wie es bei den drei anderen der Fall war.

Hans Gulland dachte, dass er recht gehabt hatte. Ein Mann, der vier andere erschießt, war langweilig. Wenn es sich beim Täter wenigstens um eine Frau gehandelt hätte, wäre dem Fall ja noch etwas abzugewinnen gewesen. Doch glaubte er nicht, dass allein diese Informationen Magnus Torp zufriedenstellen würden. Er brauchte mehr.

Hans rief die Zeitungsausgabe vom folgenden Tag auf – 22. November 1994. Da stand gar nichts. Die Schüsse in Waller wurden nicht einmal in einer kleinen Nachrichtenspalte erwähnt.

Inzwischen war es Viertel vor neun. Weitere Personen waren in die Bar gekommen. Zwei Piloten hatten an dem Tisch neben ihm Platz genommen. Sie saßen zusammen mit drei Flugbegleiterinnen, aßen Erdnüsse und tranken Limonade, während einer dem anderen – buchstäblich – als Flügelmann diente.

Hans hatte nie einen Flügelmann gehabt. Und während er das zweite Bier bereits zur Hälfte ausgetrunken hatte, dachte er, dass so etwas heute Abend genau das Richtige wäre. Ein Kumpel, der der Barfrau, während sie das Bier brachte, beiläufig erzählte: »Wussten Sie eigentlich, dass dieser junge Mann hier am Donnerstag von *Aftenposten* interviewt wurde? Nein? Aha. Aber Sie haben doch wohl mitbekommen, dass er am Montagmorgen vier Minuten Primetime bei *TV 2* hatte, wo er über *ihn* gesprochen hat«, um dann nach einem Exemplar der Bücher zu greifen. Und sie würde dann neugierig werden, eine Eins und eine Sieben, und der Flügelmann könnte sagen: »Schätze mal, dass Hans Ihnen mehr als gern etwas über den Titel erzählen würde, bei einem Glas Wein oder zwei.«

Nein. Das wäre too much. Viel zu konstruiert. Es hätte völlig gereicht, sie zu fragen, ob sie schon mal von Stig Hellum gehört hatte. Und wenn sie die letzten Jahre nicht auf dem Mond gewohnt hätte, dann würde es irgendwo bei ihr klingeln. Dann könnte Flügelmann erzählen, dass der schüchterne Kerl neben ihm ein anerkannter und mit Preisen ausgezeichneter Schriftsteller sei. Okay – nicht mit Preisen ausgezeichnet. Jedenfalls noch nicht. Gut, anerkannt auch nicht.

Aber doch immerhin Schriftsteller. Und vielleicht wäre das genug gewesen, damit sie gefragt hätte, ob sie nach ihrer Schicht zusammen ein Bier trinken wollten. Oder vielleicht hätte sie auch gar nichts gesagt, sondern wäre nur ohne Vorwarnung auf Zimmer 319 erschienen.

In irgendeinem reizvollen und freizügigen Ensemble.

Hans nahm einen großen Schluck.

Nein, es musste gar nicht reizvoll und freizügig sein. Sie dürfte gern so kommen, wie sie war. Sie konnte tragen, was immer sie wollte, solange sie nur käme. Und dann würde er mit ihr spielen.

Würde sie dazu bringen, laut nach ihrem Vater zu rufen, so wie Stig es mit seinen getan hatte.

»Was ist?« Magnus sah Anton fragend an.

»Heute Vormittag habe ich Cornelius Gillesvik gefragt, ob er schon mal von Hurtigruten gehört hat. Er sagte: *Wie jedem anderen Norweger ist mir Hurtigruten ein Begriff.* Weißt du, wie Oda Myhres Lebensgefährte reagiert hat, als ich ihn das Gleiche gefragt habe?« Anton streckte den Kopf leicht vor. »Er hat mich gefragt, wo es mir denn weh tut, und mir starke Schmerztabletten angeboten, bevor er mir eine Antwort gab.« Anton reichte Magnus die Zeugenaussage von Terje Ness. »Jetzt weiß ich auch wieso.«

Magnus legte den letzten Pizzabissen zurück auf den Tisch, nahm das Zeugenprotokoll und las.

»Ich verstehe nicht, was du meinst.«

»Wenn du ihn aufgesucht hättest, wäre es dir klar geworden.« Anton hielt eine Hand hoch. »Das ist keine Kritik. Ich weiß ja, dass er unter Berücksichtigung dessen, was wir von unserem Täter wissen, nicht interessant war. Jedenfalls haben wir das geglaubt. Und es macht nur insofern etwas aus, als dass du den Zusammenhang dann schon gestern gesehen hättest. Okay – eine kleine Kritik: Unsere Aufgabe besteht in erster Linie darin, den Täter oder die Täter zu fassen. Aber eine nicht minder wichtige Aufgabe ist es, mit den Angehörigen der Opfer zu reden.«

Anton erhob sich und ging zur anderen Seite des Tisches. Wo am Vormittag der Polizeipräsident gesessen hatte, stand ein Telefon.

»Ist Terje Ness der Lebensgefährte von Oda Myhre …?«

»Ja. Und seit gestern Abend haben wir einen gemeinsamen Nenner.«

Anton nahm den Hörer ab. Drückte auf den Knopf, der ihn direkt mit der Einsatzzentrale verband. Er schaltete den Lautsprecher ein und legte den Hörer auf den Tisch. Der Leiter der Einsatzzentrale ging nach anderthalb Klingeltönen an den Apparat. Anton erklärte, wer er war und dass er Hilfe bei der Überprüfung eines Namens beim Einwohnermeldeamt benötigte. Auf seinem Handy suchte er den Obduktionsbericht von Mogens Poulsen heraus, auf dem die persönliche Identifikationsnummer verzeichnet war. Anton gab sie am Telefon durch.

»Hedda Back, ja«, sagte der Leiter der Einsatzzentrale.

»Sehen Sie doch bitte mal nach, ob sie oder ihr Ehemann mit einem Jaran Opsahl verwandt sind.«

»Das ist Hedda Backs Vater. Sie hat nach ihrer Heirat den Familiennamen Back angenommen.«

»Scheiße. Augenblick mal bitte.« Anton trat zurück an den Tisch, nahm die Zeugenaussage des dritten jungen Mannes und las die persönliche Identifikationsnummer vor, die oben auf dem Blatt stand.

»Per Romberg«, sagte der Mann von der Zentrale nach einer Weile.

»Richtig«, sagte Anton. »Ist er verheiratet?«

»Momentan nicht, aber er hat drei Ehen hinter sich. Die letzte endete 2010.«

»Töchter?«

»Eine. Stine Romberg. Zwei Söhne. Markus und Mathias Romberg.«

»Sie müssen sofort nach Stine Romberg fahnden.«

»Alle Mannschaften sind draußen und suchen nach eurem Kollegen Hox, Brekke.«

»Sie ist in Lebensgefahr. Ihr müsst sie finden.« Er nahm den Hörer und knallte ihn auf die Gabel. »Wir müssen Oda Myhres Lebensgefährten in Halden aufsuchen. Irgendwer da draußen begleicht alte Rechnungen.«

KAPITEL 84

Samstag, 17. September

Hans Gulland musste sich bis zum 1. Dezember 1994 vorarbeiten, bis er auf weitere Informationen stieß. Der Artikel war kürzer als der erste. Es war kein Foto dabei.

MOTIV WAR HABSUCHT
Der Einbruch, der misslang
Der für die Morde in der Kickapoo Road in Waller verantwortliche Täter wurde als ehemals drogenabhängiger Handelsreisender (47) identifiziert. Seine Geschäfte seien in letzter Zeit schlechter gegangen, und laut Aussage von Bekannten habe er einen Rückfall erlitten. Die Ermittlungsbehörde möchte sich vorläufig nicht zum Namen des Betreffenden äußern. Die Polizei vermutet, dass er Geld gesucht hat, als er sich am 20. November Zutritt zu der Ranch verschaffte.

– Zu einem genauen Handlungsverlauf können wir noch nichts sagen, gehen aber davon aus, dass der Täter zunächst in das Gästehaus eindrang, wo er auf die ersten drei Opfer stieß. Auf der verzweifelten Suche nach Wertgegenständen betrat er das Haupthaus. Dort schoss der Täter mehrmals auf das vierte Opfer und schnitt ihm außerdem die Kehle durch, sagt Ermittler Alvin Kerry von der Polizei in Waller.

Geschäftsreise

Die Ranch war auf Nir Kruplin (65) registriert, der zu den Opfern gehört, wie die Polizei bestätigt. Kruplin betrieb in seinem Heimatstaat Virginia ein Wirtschaftsprüfungsunternehmen und befand sich mit seinen drei Angestellten Mark Johnson (35), Brett Redmond (34) und Steven Paley (38) auf Geschäftsreise, als sie auf Kruplins Landsitz außerhalb von Houston ermordet wurden. Ermittler Alvin Kerry verneint, dass es einen Schusswechsel zwischen Täter und Opfern gegeben habe.

– Die ersten Informationen, nach denen die drei Personen im Gästehaus über Waffen verfügten, beruhen auf einem Missverständnis. Alle wurden mit einem Kopfschuss gleichsam hingerichtet. Die Ermittlungen haben gezeigt, dass der Täter die Verbrechen allein begangen hat. Wir betrachten den Fall als aufgeklärt.

Eine der Flugbegleiterinnen lachte laut und stieß dem älteren Piloten gegen die Schulter. Hans kippte den Rest des Biers in sich hinein, suchte Augenkontakt mit der Barfrau, deutete auf das leere Bierglas und hielt einen Finger in die Luft. Sie nickte.

Er öffnete das E-Mail-Programm und schrieb eine knappe Zusammenfassung der beiden Artikel. Am einfachsten wäre es gewesen, die PDF-Dokumente an die Mail anzuhängen, aber schließlich ging es auch darum, Magnus Torp ein wenig zu beeindrucken. Er brauchte nicht zu erklären, wie einfach er an die Informationen gekommen war. Vielleicht ließ sich ja zu einem späteren Zeitpunkt eine neue Vereinbarung treffen.

Das Bier kam.

»Herzlichen Dank«, sagte Hans und sah zu der Barfrau auf. Sie reagierte mit einem Lächeln und schickte sich an, wieder zu gehen. »Ach, äh …«

Sie drehte sich schnell um.

»Ja?«

»Wie lange arbeiten Sie?«

»Bis zehn. Wieso?«

Hans sah auf die Uhr. Noch fünfunddreißig Minuten.

»Haben Sie … irgendwelche Pläne?«

»Ja, gleich nach Hause und ab ins Bett. Hab morgen Frühschicht.«

Sie lächelte, doch nun glich ihr Lächeln dem der Rezeptionistin. Noch bevor Hans eine Erwiderung eingefallen war, hatte sie sich hinter den Tresen zurückgezogen.

Die Flugzeugcrew machte Scherze und lachte. Die beiden Piloten wirkten so, als ob sie sich jeden Augenblick auf die drei Stewardessen stürzen wollten. Vermutlich würden sie es später auch tun.

Hans klappte sein Laptop zu, nahm sein Bier mit aufs Zimmer und widmete sich wieder der Zusammenfassung.

KAPITEL 85

Samstag, 17. September

Bei Terje Ness brannte Licht. Sein Wagen stand auf dem Platz vor dem Haus. Doch niemand öffnete.

Anton und Magnus drängten sich unter dem Vordach an der Haustür zusammen. Anton drückte zum vierten Mal auf den Klingelknopf. Von drinnen war ein kurzes Brummen zu hören. Abgesehen davon hörten die beiden nur das Geräusch des Regens. Anton trat einen Schritt zur Seite und sah durchs Küchenfenster. Der Abwasch von gestern stand noch immer im Spülbecken. Er konnte gerade noch einen Streifen des Wohnzimmers erkennen, doch keinerlei Bewegung. Anton drehte den Türknauf. Die Tür war unverschlossen.

»Bist du bewaffnet?«

»Meine Pistole liegt im Auto«, erwiderte Magnus.

»Hol sie.«

Magnus rannte die Vortreppe hinunter, beugte sich über den Fahrersitz und kam mit der Dienstpistole in der Hand zurück.

»Bleib hinter mir. Nicht an der Seite, nicht schräg hinter mir, sondern genau hinter mir. Okay?«

Anton zog die Pistole aus dem am Rücken befestigten Holster, bewegte den Schlitten an der Waffe zurück und ließ ihn langsam wieder vorgleiten, bis ein metallisches Klicken zu hören war. Magnus folgte seinem Beispiel. Anton trat zur Seite und öffnete mit der freien Hand die Haustür.

Mit gezückten Pistolen traten sie ein. Sie kamen an der Küche vorbei und bewegten sich mit schnellen Schritten an der Flurwand entlang.

Im Wohnzimmer war niemand. Lottes Schulranzen lehnte am Esstisch. Da waren zwei geschlossene Türen. Anton überprüfte beide. Eine führte in ein Badezimmer, die andere in ein Büro mit unaufgeräumtem Schreibtisch. Anton hob die Pistole an und machte mit dem Kopf eine Bewegung Richtung Treppe. Magnus folgte ihm wortlos.

Im oberen Stockwerk gab es vier Türen, drei davon waren geschlossen, die vierte stand offen. Von einem Dachbalken hing ein Seil mit einer Schlinge. Terje Ness saß auf dem Bett daneben und hatte das Gesicht in den Händen verborgen. Anton konnte keine Waffe sehen, hielt die Pistole aber weiter vor sich.

»Terje.« Anton trat in das Zimmer. Magnus blieb an der Türöffnung stehen. »Terje. Wo ist Lotte?«

Terje Ness blickte auf. Mit zitternden Händen fuhr er sich über das Gesicht. Anton suchte auf dem Fußboden und im Bett nach einer Waffe, fand aber nichts.

»Wo ist Lotte?«

»Bei ihren Großeltern«, murmelte Terje Ness.

Anton steckte die Pistole wieder ins Holster und stellte sich im Abstand von einem Meter vor ihn hin. Magnus kam herein.

»Ich hatte beschlossen …« Terjes Stimme versagte. Er räusperte sich und machte einen neuen Versuch. »Ich hatte beschlossen, kurzen Prozess zu machen, wenn dieser Tag kommen würde. Aber ich konnte nicht.«

»Welcher Tag denn, Terje?«, fragte Anton mit leiser Stimme.

»Als Sie nach Hurtigruten gefragt haben, wusste ich, dass alles vorbei war.«

»Wer hat Oda getötet, Terje?«

»Es ist alles meine Schuld. Alles ist meine Schuld.« Er sah zu Magnus auf und brüllte: »Alles ist meine Schuld!«

Anton wiederholte die Frage. Terje Ness fing an zu zittern. Er heulte Rotz und Wasser. Atmete schwerfällig.

»Hast du eine Netzverbindung?«

Die Frage war an Magnus gerichtet, der daraufhin auf sein Handy blickte und dann den Kopf schüttelte.

»Geh runter und sieh nach, ob's hier einen Festnetzanschluss gibt. Ruf die Zentrale an, die sollen Sanitäter und einen Streifenwagen schicken.«

Anton wartete, bis Magnus die Treppe hinuntergegangen war, und setzte sich dann neben Terje auf die Bettkante.

»Was ist denn jetzt mit Lotte?«, fragte Terje. »Werdet ihr sie mir wegnehmen?«

»Über Lotte sprechen wir noch«, sagte Anton. »Aber zunächst müssen Sie mir erzählen, was eigentlich damals auf dem Schiff mit Monica Nyhus passiert ist, Terje. Es war kein Unfall, habe ich recht?«

Ness schüttelte den Kopf. Mit starrem Blick sah er auf die Wand.

»Ich war nicht daran beteiligt ...« Sein Atem ging wieder schwerer.

»Ärztliche Hilfe ist schon unterwegs, aber jetzt ist es wichtig, dass Sie mit mir reden.«

»Ich war nicht daran beteiligt!« Er sah Anton an und brüllte: »Haben Sie das verstanden?«

»Ich habe verstanden, dass Sie etwas sehr Dummes getan haben. Helfen Sie mir jetzt, Terje, dann helfe ich Ihnen, so gut ich kann. Mein Wort darauf.«

»Per und Jaran waren es!«, schrie er. »Ich habe im Bett gelegen und geschlafen. Sie war tot, als sie mich aufweckten!«

»Was ist passiert, während Sie geschlafen haben?«

Seine Züge verzerrten sich, er weinte wieder. Mit der Handfläche wischte er sich über das Gesicht. Schluckte.

»Was glauben Sie wohl?«

»Sie alle haben sich vollaufen lassen, dann sind Sie eingeschlafen, und Per und Jaran konnten ein Nein einfach nicht akzeptieren?«

»Per hat es getan. Jaran hat bloß dagestanden und zugesehen. Sie haben mich geweckt und waren total in Panik. Per hatte ihr ein Kissen aufs Gesicht gedrückt, während er sie vergewaltigt hat. Als er fertig war, war sie tot. Dann haben sie mich geweckt. Ich habe es mit Wiederbelebung versucht, aber ohne Erfolg. Per sagte, *wir* müssten sie ins Meer werfen. Das sei für *uns* die einzige Möglichkeit zu entkommen. *Wir!* Ich hatte ihr nie irgendetwas getan!«

»Was ist dann passiert?«

»Per sagte, wir müssten eine Stunde warten, ehe wir Alarm schlagen könnten. Sonst wäre das Risiko zu groß, dass sie gefunden würde.«

»Warum haben Sie überhaupt Alarm geschlagen, wenn niemand Sie gesehen hat?«

»Per fürchtete, sie könnte irgendwem erzählt haben, dass sie zu uns in die Kabine wollte. Er meinte, wir müssten vorbereitet sein.« Terje Ness atmete tief in den Bauch hinein. »Er hat mir und Jaran genau erklärt, was wir sagen sollten.«

»Okay …«

»Könnten Sie jetzt bitte gehen?«

»Das kann ich nicht, Terje.«

Ness legte die Hände vors Gesicht, schluchzte und sagte: »Die Kleine in Sandefjord war Jarans Tochter, nicht?«

»Ja.«

»Per hat auch eine Tochter.«

»Wir versuchen schon, sie zu finden. Wann haben Sie begriffen, dass es Jaran Opsahls Tochter war?«

»Als Sie gestern nach Hurtigruten gefragt haben. Das bedeutete, dass Sie eine Verbindung gefunden haben mussten, und … Es konnte gar nicht anders sein. Wir hatten seit damals keinen Kontakt mehr zueinander.«

»Keiner von ihnen?«

»Ob die beiden noch Kontakt haben, weiß ich nicht. Aber Per habe ich seit zwanzig Jahren nicht mehr gesehen. Jaran habe ich vor ein paar Jahren mal zufällig auf einer Fähre getroffen. Wir haben nicht miteinander gesprochen, uns nur kurz gegrüßt. Nach dieser Schiffstour damals war nichts mehr wie zuvor. Ich wollte nicht …« Er sah Anton flehentlich an. »Ich wollte nicht mithelfen, sie ins Meer zu werfen. Ich sagte ihm, dass ich nicht will. Sie müssen mir glauben. Bitte.«

»Ich glaube Ihnen.«

Als Magnus wieder nach oben kam, waren in der Ferne Sirenen zu hören.

»Ich musste rüber zum Nachbarn, um telefonieren zu können«, erklärte Magnus. Seine Haare und Schultern waren ganz nass.

»Was geschieht jetzt?«, fragte Terje Ness.

»Es kommen ein Streifenwagen und Sanitäter, die Sie ins Krankenhaus fahren, wo Sie untersucht werden. Die Ärzte werden dann entscheiden, ob Sie ein paar Tage stationär aufgenommen werden.« Anton blickte auf das vom Dachbalken herabhängende Seil. »So ist es wohl am besten.«

»Werde ich festgenommen?«

Anton nickte. »Sie sind hiermit festgenommen, Terje.«

Terje Ness kniff die Augen zusammen.

»Was ist mit Lotte?«

»Sie bleibt vermutlich bei ihren Großeltern.«

»Hätte sie hierbleiben können, wenn ich gestern die Wahrheit gesagt hätte?«

»Nein.«

»Werde ich sie jemals wiedersehen?«

»Das weiß ich nicht.«

Ein neuer Gefühlsausbruch. Wie ein Kind stampfte er mit den Füßen auf den Boden. Anton legte ihm einen Arm um die Schultern.

»Aber wer ist das, der jetzt, nach zwanzig Jahren, all das tut?«, sagte Anton. »Wer steckt dahinter?«

»Ich habe in den letzten vierundzwanzig Stunden an nichts anderes gedacht. Die einzigen, die etwas davon wussten, waren Per, Jaran und ich.«

»Und …?«

»Ich weiß nicht«, brüllte er. »Oda ist deswegen gestorben!«

Ja, dachte Anton, das ist sie.

»Sie hatte einen Sohn.« Terjes Gesicht hellte sich auf. Plötzlich sprach er ganz schnell. »Sie hatte einen Sohn! Sie hat uns ein Foto von ihm gezeigt. Ein kleiner Junge. Der muss jetzt um die dreißig sein. Er ist es!«

»Er ist vor vielen Jahren gestorben«, sagte Magnus. »Können Sie sich an einen amerikanischen Fotografen erinnern, der auf dem Schiff war?«

»Ja.« Die Antwort kam schnell. »Sie hatte was mit ihm.« Er stöhnte und schnäuzte sich. »Sie haben versucht, es zu verbergen, aber jeder, der mal verliebt war, konnte es sehen.« Er fasste sich an den Mund, fuhr mit der Hand über Kinn und Lippen. »Oh, Herrgott …«

»Was?«, sagte Anton.

»Er muss es sein.«

»Wie kommen Sie darauf?«

»Wie er uns am nächsten Morgen angeblickt hat … als ob er alles wüsste. Er sah so aus, als wollte er uns am liebsten den Kopf abreißen. Ich weiß noch, wie Per sagte, dass wir ihn womöglich auch noch über Bord werfen müssten. Aber dann ist er einfach verschwunden.« Terje Ness kniff die Augen zusammen. Wieder flossen Tränen. »An dem Abend, nachdem wir weitergefahren waren, hat Per versucht, ihn zu finden. Ich weiß noch, dass ich sehr froh war, als eine von den Kellnerinnen meinte, er sei nicht mehr an Bord. Er ist es. Es kann gar nicht anders sein. Es gibt nur eines, das jemanden dazu bringt, solche Dinge nach all den Jahren zu tun. Ich spüre diese ohnmächtige Wut jetzt selbst.« Er zitterte. »Es spielt keine Rolle, ob drei oder dreißig Jahre vergehen … Aber diese Trauer verlässt einen nie.«

KAPITEL 86

Samstag, 17. September

Hans Gullands Zusammenfassung für Magnus war zeitgleich mit dem letzten Bier abgeschlossen. Ganz unten in der Mail stand: *PS: Wenn Sie weitere Informationen wünschen, empfehle ich Ihnen, Kontakt mit dem Gefängnis in Huntsville aufzunehmen. Dort werden alle im Bundesstaat Texas zum Tode Verurteilten hingerichtet. Die Telefonnummer lautet +1-936-437-1555.*

Er schickte die Mail ab und öffnete Spotify, rief Donovans *Hurdy Gurdy Man* auf und legte sich aufs Bett, dachte an die Barfrau, knöpfte sich die Hose auf und schob eine Hand in die Boxershorts. Er sah vor sich, wie sie um zehn das Hotel verließ und nach Hause in eine leere Wohnung ging. Sie hatte keinen Ring getragen, und Hans glaubte, dass sie allein lebte.

Er stellte sich vor, wie sie nach Hause kam, sich im Flur aus den Sachen schälte und nackt war, noch ehe sie das Badezimmer betrat. Nein. Unterwäsche und Strümpfe würde sie anbehalten, bis sie auf den geheizten Badezimmerfliesen stand. Eine heiße Dusche nach einem langen Arbeitstag. Sie kam nackt aus dem Bad und ging ins Schlafzimmer, wo sie in ein mit weißen Laken bezogenes Bett schlüpfte. Vielleicht berührte sie sich. Nein. Nicht vielleicht. Dann, nach ein paar Minuten, würde ihr sinnlicher Körper erbeben, während sie leise stöhnte und aufschrie.

Hans schlug die Augen auf. Es war drei Minuten vor zehn.

Er starrte auf die Tür.

KAPITEL 87

Samstag, 17. September

»Das ist nicht nötig«, sagte Anton zu dem Beamten von der Haldener Polizei, der gerade Terje Ness' Hand an die Trage fesseln wollte. »Es reicht völlig, wenn einer von euch sich hinten zu ihm reinsetzt. Er ist einzig und allein für sich selbst eine Gefahr.«

Der Beamte nickte und befestigte die Handschellen wieder an seinem Gürtel, ehe er in den Krankenwagen kletterte. Terje Ness saß auf der Trage. Einer der Sanitäter legte ihm schützend die Hände auf Brust und Schulter. Vorsichtig ließ er die Trage nach hinten sinken, bis Terje Ness in der Horizontalen lag. Hinter den Fenstern auf der anderen Straßenseite standen neugierige Nachbarn und glotzten zum Haus hinüber, das in blinkendes Blaulicht getaucht wurde. Der hinten sitzende Sanitäter sagte etwas zu Terje Ness, der daraufhin eifrig nickte. Der in Rot und Gelb Gekleidete gab dem vor dem Wagen stehenden Fahrer mit erhobenem Daumen ein Zeichen. Die Türen wurden geschlossen, der Fahrer stieg ein.

Anton verharrte unter dem Vordach an der Haustür, bis Krankenwagen und Polizei weggefahren waren. Magnus, der am Steuer des zivilen Dienstfahrzeugs saß, ließ das Fenster ein paar Zentimeter herunter und sagte: »Die Polizeijuristin vom Dienst ist überzeugt. Sie nimmt Kontakt mit Fredrikstad und Sandefjord auf. Jaran Opsahl und Per Romberg werden im Laufe des Abends festgenommen.«

»Wessen werden sie beschuldigt?«

»Romberg des vorsätzlichen Mordes und Opsahl der Beihilfe. Aber wie sie sagte: Es kann für beide noch mehr kommen. Sie will sich den Fall erst mal genau ansehen, bevor sie entscheidet, welche Anklage Terje Ness zu erwarten hat. Aber wenn keiner von den anderen seine Version bestätigt, wird's eng für ihn.«

Anton spürte den kalten Regen in sein Gesicht peitschen. Die Nachbarn glotzten immer noch.

»Jetzt komm schon«, sagte Magnus, schloss das Fenster und startete den Motor. Anton ging die Vortreppe hinunter und setzte sich auf den Beifahrersitz.

»Gibt's was Neues über Stine Romberg?«

»Eine Streife war bei ihr zu Hause in der Innenstadt, aber sie war nicht da. Sie sollte ihre Arbeit um acht beenden, hat aber laut Aussage einer Kollegin später noch eine Verabredung.«

»Mit wem?«

»Das wusste die Kollegin nicht. Stine war damit angeblich etwas geheimnisvoll. Das war sie wohl meistens, wenn es um Männer ging. Die Kollegin nimmt daher an, dass es sich um einen Verehrer handelt. Sie hatte angeblich mehrere.«

»Und wo wollten sie hin?«

»Das weiß ich nicht, Anton.«

»Was ist mit Hox?«

»Da gibt's auch nichts Neues.«

»Sprich mit Martin Fjeld und sag ihm, er soll die Hälfte seiner Leute an uns abgeben. Die sollen sich ein Foto von Stine besorgen und die Kneipen im Zentrum abklappern. Hoffentlich ist sie zu Fuß unterwegs.«

»Du glaubst, sie ist mit unserem Killer verabredet?«

»Ja.«

»Aber es ist doch gar nicht sicher, dass die sich in der Stadt treffen.«

»Eine andere Hoffnung haben wir nicht.«

Magnus griff nach dem Funkgerät und rief die Einsatzzentrale, wiederholte, was Anton gesagt hatte, und bekam ein knappes *Verstanden* zur Antwort.

»Sag denen auch, sie möchten die Einheit in Missingmyr anrufen und nach dem aktuellen Stand der Dinge fragen.«

Nach einer halben Minute meldete sich die Einsatzzentrale wieder: »Martin Fjeld ist informiert und organisiert die Mannschaft neu. Gillesvik und seine Frau sind zu Hause.«

»Danke. Sierra 4-2 Ende«, sagte Magnus und befestigte das Funkgerät wieder am Armaturenbrett. »Dann können wir ihn wohl auch streichen.«

»Ja. Aber weshalb ist Hox da weggefahren – und vor allem: wohin?«

»Vielleicht ist da jemand aufgetaucht?«

»Bei Gillesvik?«, fragte Anton.

»Ja?«

»Wer soll das gewesen sein? Der Täter?«

»Ja?«

»Jetzt denk nach, Torp. Gehen wir mal davon aus, Person XY weiß, dass Gillesvik von Hox beschattet wird. Dann fährt er dahin, um ihn zu entführen? Warum?« Anton schüttelte den Kopf. »XY konnte unmöglich wissen, dass Gillesviks Frau Lust auf was Süßes bekommt und ihn zur Tankstelle schickt. Solange sie nicht selbst hinter all dem steckt.« Abermals schüttelte er den Kopf. »Außerdem ist Hox gut in Form. Der hätte sich doch nicht widerstandslos von jemandem entführen lassen. War er nicht auch bewaffnet?«

»Würde mich überraschen, wenn nicht. Allein auf Beobachtungsposten, da draußen in der Nacht – in *diesem* Fall. Ich hätte auf jeden Fall eine Waffe und eine Schutzweste dabeigehabt. Er war garantiert bewaffnet.«

Beide hingen ihren Gedanken nach, als Magnus' Handy plötzlich ein Signal von sich gab. Er zog es aus der Tasche. Anton überprüfte sein eigenes Telefon. *Kein Netz.*

»Hast du Empfang?«

»Nein«, murmelte Magnus. »Das Handy hat sich mit irgendeinem WLAN-Netz verbunden. Eine E-Mail.«

Das Display erhellte sein Gesicht, und seine Augen wurden immer schmaler, während er die Mail las.

»Wow.«

»Was ist?«

Er las die Zusammenfassung von Hans Gulland laut vor.

»Gut. Jetzt weißt du wenigstens das.«

»Steht nichts darüber drin, ob er noch lebt.«

»Der lebt nicht mehr, Torp. *Texas*. Der wurde bestimmt schon längst hingerichtet.«

»Ich werde da anrufen.« Magnus steckte das Handy wieder in die Tasche. »Und wenn auch nur, um meine Neugier zu befriedigen.«

»Mach das. Ich muss zugeben, dass das eine interessante Sache ist, aber wenn du auch nur eine Sekunde dasselbe glaubst wie Terje Ness, muss ich doch langsam an dir zweifeln.«

»Dass der Amerikaner unser Mann ist?«

»Ja. Du kannst es natürlich glauben, aber dann sieh zu, dass du dich nicht laut dazu äußerst.«

»Wieso?«

»Weil du dann als komplett irre abgestempelt wirst.«

»Wir haben doch eben Gillesvik von unserer Liste gestrichen. Ich halte es für falsch, den Amerikaner als Täter auszuschließen.«

»Was genau hast du am Telefon zu Hox gesagt? Bevor er auflegte?«

»Äh …« Magnus hob den Kopf und legte den Gang ein. »Ich sagte, ich sei in Honningsvåg.«

»Und?«

»Dass sowohl Back als auch Myhre Postkarten von Hurtigruten bekommen hätten und dass da ein Zusammenhang bestehen müsste, weil der Typ, der sich in der Østmarka erschoss, auf der *MS Nordlys* gearbeitet hat.«

»Und dann hat er einfach aufgelegt?«

»Erst wurde es still. Nach einem Augenblick sagte er, dass in Gillesviks Garage das Licht angegangen sei und er auflegen müsste. Das hat er dann getan.«

»Bist du sicher, dass die Verbindung nicht unterbrochen wurde? Wissen wir, wann diese verfluchten Basisstationen ausgefallen sind?«

»Die Verbindung wurde nicht unterbrochen. Da bin ich mir ganz sicher. Er hat noch gesagt *Wir sehen uns morgen.*«

»Über die Postkarten wollte er weiter nichts wissen?«

»Nein.«

»Ein richtiger Durchbruch, und er hat es nicht kommentiert?«

»Nein.«

»Hat er dich nicht mal gefragt, ob du in Honningsvåg was rausgefunden hast?«

Magnus schüttelte den Kopf und gab Gas, setzte den Blinker und fuhr vom Grundstück auf die Straße. Die Nachbarn zogen sich zurück.

»Wollen wir nach Fredrikstad und dabei helfen, Stine Romberg zu finden?«, fragte Magnus.

Anton fuhr mit den Zähnen über die Bartstoppeln unter seiner Unterlippe.

»Ich will erst einen anderen Ort überprüfen.«

Er drückte auf den Schalter für die Blaulichter. Die Umgebung wurde in zuckendes Licht getaucht. Der Verkehr vor ihnen öffnete sich wie ein Reißverschluss.

KAPITEL 88

Samstag, 17. September

Ein Taxi ließ gerade ein älteres Paar an einer Bushaltestelle einsteigen. Die beiden erstarrten und sahen dem blinkenden Polizeifahrzeug nach, das zwischen den fünfstöckigen Mietshäusern in Greåkerdalen den Hügel hochsauste.

Anton schaltete das Blaulicht ab. Sie fuhren an einem Anwohnerparkhaus vorbei und hielten dann vor dem mittleren Wohnblock an. Magnus nahm das kabellose Handfunkgerät aus der Türablage und folgte Anton, der schon ausgestiegen war.

Anton drückte auf alle Klingelknöpfe. Eine heisere, verrauchte Frauenstimme meldete sich zuerst.

»Ja?«, hustete sie. »Wer ist da?«

»Polizei«, sagte Anton. »Machen Sie auf.«

»Hä?« Ein weiterer Hustenanfall.

»Polizei!«, rief Anton. »Lassen Sie uns rein.«

»Ach, du meine Güte.«

In der Tür ertönte ein Summton. Sie traten ins Treppenhaus, sahen sich erfolglos nach einem Aufzug um und stiegen dann die Stufen hinauf. Lars Hox' Wohnung lag im dritten Stock. Ein Siegelband klebte an Tür und Rahmen. Nicht weil es sich um einen Tatort handelte, sondern weil die Beamten, die zuvor hier gewesen waren, um nach Hox zu sehen, die Tür aufbrechen mussten. Anton löste das Klebeband an einer Seite, zog es ab, öffnete die Tür und trat über die Schwelle.

Drinnen war es dunkel. Die Luft war abgestanden. Anton fand einen Lichtschalter an der Wand. Sie gingen weiter. Im Wohnzimmer standen nur ein Sofa, ein Tisch und ein Bodenventilator. Es gab keine Bilder oder Pflanzen, keinen Fernseher und auch kein Tischchen, auf dem er hätte stehen können. Eine leere Wasserflasche lag in einer Sofaecke. Die Jalousien waren heruntergelassen. Anton zog an einer der Schnüre. Die Veranda war verglast und ging zur Straße hinaus.

Im Badezimmer auf dem Waschbecken lagen eine fast leere Tube Zahncreme sowie eine Zahnbürste. Gegenüber der Dusche befand sich eine Waschmaschinen-Trockner-Kombi. Über der Tür der Duschkabine hing ein Handtuch. Die Schränke waren leer bis auf ein paar Rasierartikel und ein Deodorant.

Im Schlafzimmer gab es kein Bett, nur eine Matratze mit einem Laken darüber. Kissen und Decke waren anscheinend achtlos danebengeworfen. Zahlreiche Pappkartons standen auf dem Fußboden. Anton und Magnus überprüften den Inhalt. Überwiegend Kleidung. Zwei Kartons enthielten Bücher. Vier weitere waren mit Küchengeräten, Gläsern, Besteck und Tellern gefüllt. In einem der Kartons lag eine Galauniform. Die hatte Hox beim Examen an der Polizeihochschule getragen. In einer Plastiktüte unter der Uniform lagen mehrere blaue T-Shirts mit dem Aufdruck *Polizei* und drei Hosen mit reflektierendem Schachbrettmuster am Knöchelbund. Uniformteile, die Hox vermutlich seit seinem Wegzug aus Dombås nicht mehr getragen hatte. Anton und Magnus blickten einander wortlos an.

Sie verließen das Schlafzimmer und gingen in die Küche. Es gab keinen Tisch, nicht mal einen Hocker. Lars Hox musste seine Mahlzeiten auf dem Sofa einnehmen. Oben auf dem Kühlschrank lagen vier leere Pizzaschachteln. Auf der Arbeitsplatte standen eine Kaffeemaschine, ein Topf und eine Bratpfanne.

Irgendwelche Spraydosen und Reinigungsmittel standen neben einem fast leeren Mülleimer im Schrank unter dem Abflussbecken. Im Kühlschrank fanden sich nur vier Dosen Bier, ein ungeöffneter Karton Milch, deren Haltbarkeitsdatum seit vier Tagen überschritten war, eine Packung Salami, Butter und Eier. Anton überprüfte die Oberschränke. Mit Ausnahme von ein paar Papptellern und -bechern waren sie leer.

Er trat hinaus auf die Veranda. Magnus verharrte auf der Schwelle. Der Regen war noch heftiger geworden und peitschte gegen die Verglasung. Unten auf der Straße glitt das Elektroauto eines Altenpflegedienstes lautlos vorbei. Anton legte die Stirn an die Scheibe. Trotz der schwachen Straßenbeleuchtung und des Sturzregens konnte er sehen, dass die Frau am Steuer jung war und schulterlanges Haar hatte.

Lars Hox hatte zweifellos gesehen, wer am Steuer des Tesla gesessen hatte, als der in Missingmyr an ihm vorbeigefahren war. Anton war sich sicher. Er lauschte den Tropfen, die vor seinen Augen an das Glas schlugen. Die meisten Fenster der Nachbarhäuser waren erleuchtet.

»Marcel Petiot«, sagte Anton nach einer Weile. Sein Atem beschlug an der Fensterscheibe. »Französischer Arzt und Serienmörder, der während des Zweiten Weltkriegs in Paris sein Unwesen trieb. Die Nachbarn riefen die Polizei, weil ein furchtbarer Gestank aus seinem Haus drang und Unmengen Rauch aus dem Schornstein quollen. Die Polizei befürchtete einen Kaminbrand und rief die Feuerwehr, die die Tür aufbrach.« Anton drehte sich zu Magnus um und blickte durch die fast leere Wohnung auf die geöffnete Tür zum Hausflur. »In einem Kohleofen im Keller entdeckten sie einen Schwelbrand. In dem Ofen und anderswo im Keller fanden sie Leichenteile.« Anton kam wieder herein und schloss die Verandatür. »Natürlich wurde nach Petiot gefahndet, aber er hatte sich unter dem Vorwand, die Gestapo suche nach ihm, weil er Informanten und deutsche Soldaten getötet hätte, bei Freunden versteckt. Als 1944 die Befreiung von Paris losging, hatte Petiot sich einen Bart wachsen lassen und den Namen Henri Valeri angenommen. Er ging zur Polizei. Dort wurde er schnell zum Capitaine befördert und war für Antispionage und Verhöre zuständig. Nach einiger Zeit erschien in einer Pariser Zeitung ein Artikel über Dr. Petiot und die Morde. Daraufhin schickte er einen Brief an seinen Anwalt, in dem er behauptete, die Beschuldigungen seien unzutreffend. Dass Petiot auf den Artikel reagiert hatte, gab der Polizei den Hinweis, dass er sich noch immer in Paris aufhielt. Daher wurde eigens eine Fahndungsgruppe eingerichtet, die ihn aufspüren sollte.« Anton schaltete den Ventilator neben dem Sofa ein. Staubkörnchen lösten sich und flogen durchs Zimmer. Er schaltete das Gerät wieder aus und sah zu, wie die Rotorblätter zum Stehen kamen. »Unter den Polizisten, die diese Aufgabe übernehmen sollten, war Henri Valerie …«

»Shit«, sagte Magnus. »Was ist passiert?«

»Letzten Endes hat ihn jemand wiedererkannt. Er wurde für über zwanzig Morde verurteilt, doch man vermutete, dass er für über sechzig verantwortlich war. Er kam unter die Guillotine.«

»Du denkst nicht, dass … Nein, das will ich nicht mal aussprechen.« Magnus verzog das Gesicht zu einer Grimasse. »Oder?«

»Wie schon gesagt, glaube ich Gillesvik. Ich glaube, dass seine Aussage stimmt, jedenfalls, soweit sie sich überprüfen lässt. Merkwürdig ist, dass Hox ihm nicht gefolgt ist. Aber noch merkwürdiger ist, dass er das Gespräch mit dir abbricht, nachdem du ihm von dem Selbstmord in der Hütte, von den Postkarten und von den Hurtigruten erzählt hast. Er bekam also drei Neuigkeiten auf einmal. Wenn er gerade Gillesvik hinterhergefahren wäre, hätte ich verstanden, dass er beschäftigt war. Aber so ergibt das keinen

Sinn, Torp. Es sei denn …« Er blickte Magnus an und wartete darauf, dass der den Satz zu Ende brachte.

»Es sei denn, ihm wäre klar geworden, dass wir den Zusammenhang bald erkennen würden …«

»Exakt. Dann – und nur dann – ergibt sein Verhalten einen Sinn. Außerdem war er es, der die Haarreste in dem Motel auf den Philippinen gefunden hat. Die Haare wurden absichtlich dort platziert, das wissen wir. Und bis vor Kurzem haben wir angenommen, dass es Gillesvik gewesen sein könnte. Und Hox hat alles dafür getan, uns das glauben zu lassen.«

»Aber wer hat die Polizei auf den Philippinen eingeschaltet?«

Anton zuckte mit den Schultern. »Kann ja nicht so schwer sein, jemanden zu überreden, das für dich zu tun. Was kann es gekostet haben? Zwei Dollar? Vielleicht zwanzig, weil es ein Skandinavier war.«

»Herrje …«, stöhnte Magnus. »Aber wieso? Ich verstehe das nicht!«

»Was wissen wir eigentlich über Lars Hox?«

KAPITEL 89

Samstag, 17. September

Stine Romberg blickte sich um. Die Wohnung war aufgeräumt. Die offene Küche ragte wie eine Halbinsel in den Raum hinein. Ordentlich arrangierte Kissen zierten das Sofa. Sie fragte sich, ob er immer so ordentlich war oder einen extra Putztag eingelegt hatte.

Eigentlich glaubte sie Ersteres, fragte aber dennoch.

»Nein«, sagte er und füllte zwei Gläser mit trockenem Riesling. Vor ein paar Tagen hatte sie erwähnt, dass sie den am liebsten trank. Er reichte ihr das eine Glas. »Ich habe bloß das ganze Durcheinander in den Keller gestopft. Wenn du zur Toilette willst, musst du nach oben gehen.«

Stine nahm das Glas entgegen. »Ich glaube dir kein Wort.« Sie nahm einen Schluck Wein. »Ich glaube, du bist eigentlich ein Ordnungsfan.«

Sie betrachtete das hübsche Gesicht ihr gegenüber. Ja, er hatte schon etwas länger gelebt als sie mit ihren neunzehn Sommern, aber das spielte keine Rolle. Nicht wenn alles andere stimmte. Er war intelligent und hatte Humor. Ihre Mutter hatte immer gesagt: *Such dir einen netten Mann, der sowohl klug als auch witzig ist. Aber achte darauf, dass er genauso witzig ist, wenn ihr beide allein seid. Nicht wie dein Vater, der es nur dann ist, wenn andere dabei sind.*

Und das traf auf diesen Mann hier zu. Sie kannte ihn kaum

länger als eine Woche. Am frühen Sonntagvormittag war er in die Kaffeebar gekommen. Es war ruhig gewesen, sie hatte allein gearbeitet. Er hatte sich an die Theke gestellt und mit ihr geredet, bis der Kaffee ausgetrunken war. Dann war er nach ein paar Tagen erneut aufgetaucht und hatte ihr Gesellschaft geleistet, bis sie das Lokal am Abend zumachte.

Zwischen ihrer Mutter und ihrem Vater hatten zwei Jahre gelegen. Also nichts.

In ihrem Fall war es etwas mehr, und sie wusste, dass ihr Vater skeptisch sein würde angesichts des Altersunterschieds. Falls sich denn zeigen sollte, dass daraus mehr wurde als dieser eine Abend, auf den sie gespannt war. Vielleicht, weil sie noch nie zuvor zum Essen nach Hause eingeladen worden war. Die beiden Liebhaber, die sie gehabt hatte, waren so alt gewesen wie sie. Unreif. Unintelligent. Unwitzig. Hatten nur eine Sache im Kopf gehabt. Und während der wenigen Tage, in denen sie mit ihrem jetzigen Gegenüber gechattet hatte, hatte er nicht ein einziges Mal versucht, das Gespräch in *diese* Richtung zu lenken.

»Vermutlich bin ich das. Ich bekomme schlechte Laune, wenn um mich herum Chaos herrscht. Ist wohl der Deutsche in mir.« Er hob das Glas. »Der trockene Deutsche.«

»Haha. Tatsächlich?«

»Mein Vater ist Deutscher«, sagte er und schaltete den Backofen ein.

»Ach ja? *Vielleicht treffe ich ihn eines Tages?*«, setzte sie auf Deutsch hinzu.

»Was soll das heißen?«

»Sprichst du kein Deutsch?«

Er schüttelte den Kopf. Sie errötete.

»Ach, egal, das ist jetzt blöd ...«

»Sag doch.«

»Ich habe gesagt: Vielleicht treffe ich ihn eines Tages?«

»Oh …« Er nahm eine feuerfeste Form aus einer Schublade. »Das glaube ich nicht. Ich habe ihn selbst nie getroffen.« Er öffnete den Kühlschrank und nahm eine Packung Hähnchenfilet heraus. »Ich hoffe, du magst Hähnchen. Andernfalls hätte ich wohl völlig danebengegriffen.«

»Das tut mir leid.«

»Nein, nein. Nicht der Rede wert. Aber du magst Hähnchen?«

Sie nickte. Trank noch einen Schluck Wein. Einen größeren dieses Mal.

Er nahm Schneidebrett, Messer und frisches Basilikum hervor, pflückte ein paar Blätter ab und rollte sie zu kleinen Zigarren zusammen.

»Was kochen wir?«

»Hühnchen gefüllt mit Basilikum, Mozzarella und getrockneten Tomaten, dazu Ofenkartoffeln.«

»Du bist ja ein richtiger Koch.«

»Oder es ist das Einzige, was ich kochen kann.«

Sie grinste. »Das glaube ich nicht. Mein Vater lebt allein. Der ernährt sich nur aus der Gefriertruhe und von der Imbissbude.«

»Dann sollte ich mal ein ernstes Wort mit ihm reden.« Er sah sie verschmitzt an und nahm einen kleinen Schluck Wein. Dann stellte er das Glas auf der Arbeitsplatte ab, hob die Hand und berührte vorsichtig ihren Kopf. »Du bist ja ganz nass. Soll ich dir ein Handtuch holen?«

»Das ist nicht nötig.«

»Ich hatte gehofft, du würdest das sagen.«

Sie blickte ihn herausfordernd an. »Und wieso?«

»Weil … ich Frauen mit nassen Haaren mag.«

KAPITEL 90

Samstag, 17. September

»Er wuchs also an verschiedenen Orten auf, hat aber die meiste Zeit in Drøbak gelebt. Und während seines praktischen Jahres hat er ein Schneemobil in Hammerfest gefahren. Ist das alles, was er dir erzählt hat?«

»Ich habe ihn auch nicht so viel gefragt«, murmelte Magnus. »Als ich das erste Mal in den Räumen der Hellum-Gruppe war, hat er davon gesprochen, dass der Mietvertrag in ein paar Wochen ausliefe. Aber das kann doch nicht die Ursache sein? Dass er Angst davor hat, ohne Arbeit dazustehen?«

»Nein. Das alles hat ja angefangen, bevor es überhaupt eine Hellum-Gruppe gab. Lass uns die Fakten ansehen, Torp.«

»Jemand bringt die Töchter derjenigen um, die für Monica Nyhus' Tod verantwortlich sind.«

»Oda Myhre war aber Terje Ness' Lebensgefährtin.«

»Ja … Warum hat er sich nicht Lotte geschnappt?«

»Weil Ness nicht ihr biologischer Vater ist. Er trat in ihr Leben, als sie ein Baby war.«

»Gesetzt den Fall, es ist Hox … Das kann er doch nicht gewusst haben? Ich geh davon aus, dass sie das auch nicht jedem erzählt haben.«

»Jeder Polizist hat Zugang zu den Daten des Einwohnermeldeamts. Und Oda Myhre war das Teuerste, was Terje Ness hatte.«

»Das kann doch nicht wahr sein …« Magnus setzte sich neben Anton aufs Sofa. »Aber wieso?«

»Lass uns bei den Fakten bleiben«, bat Anton.

Magnus hob die Hände. »Ich weiß nicht, was ich sagen soll. Alles geht irgendwie den Bach runter. Alles, was wir bisher getan haben, ist vergeudete Zeit, wenn das zutrifft, was du sagst.«

»Vergeudet?«, wiederholte Anton. »Im Gegenteil. Was wir – oder besser gesagt du – in den letzten Tagen getan haben, ist genau das, was uns dahin geführt hat, wo wir jetzt sind. Also weiter, bevor ich sauer werde – die Fakten.«

»Das Liebste, was sie haben«, sagte Magnus schnell. »Er tötet das, was ihnen im Leben am liebsten und teuersten ist. Er rächt sich.«

»Ja. Aber wen rächt er? Welche Beziehung besteht zwischen Hox und Monica Nyhus? Die Postkarten sagen uns jedenfalls, dass es eine Verbindung geben muss.«

»Ich verstehe bloß nicht, wieso er ihnen die Karten hat zukommen lassen. Falls wir rausfinden, wo die gekauft wurden, wäre das doch ein Beweis erster Klasse.«

»Kalkuliertes Risiko. Siehe die Familie Back in Sandefjord. Die haben ja nicht mal begriffen, was sie da bekommen hatten. Haben es einfach nur an den Kühlschrank gepappt. Diese Karte war ein fetter ausgestreckter Mittelfinger, der an Jaran Opsahl adressiert war, falls er den eines Tages entdecken sollte. Das Gleiche gilt für Terje Ness. Lotte hat die Karte aus ihrem Schulranzen gezogen. Sie wusste nicht, wie sie dort hineingekommen war. Er kann in ihrer Schule gewesen sein oder ist unbemerkt in das Haus eingedrungen. Es gibt unzählige Möglichkeiten. Und Terje Ness hat es erst kapiert, als es schon zu spät war – das war sozusagen das i-Tüpfelchen. Wahrscheinlich hat Stine Romberg auch eine Karte bekommen. Mit Sicherheit. Wir wissen nur noch nicht, wo sie liegt. Geplant ist wohl, dass der Vater sie findet, wenn er die Wohnung seiner toten Tochter ausräumt. Genau wie bei Jaran Opsahl und Terje Ness. Wenn die Karte auftaucht, ist es schon zu spät. Und damit zur Polizei gehen können sie auch nicht, weil sie dann zugeben müssten, selbst getötet zu haben. Terje Ness wollte sich sogar lieber umbringen, als die Beteiligung an dem Mord einzugestehen.«

»Wie du es schilderst, klingt alles so, als sei es inszeniert.«

»Bloß Fakten, Torp.«

Magnus griff nach dem Funkgerät auf dem Tisch und rief die Einsatzzentrale. Eine männliche Stimme mit dem Akzent aus Stavanger ertönte aus dem Gerät.

»Ich hätte gern, dass Sie Lars Hox beim Einwohnermeldeamt überprüfen«, sagte Magnus und sah Anton dabei an. »Schauen Sie mal nach, ob er mit einer Monica Nyhus verwandt ist.«

»Oder einem John Lande«, fügte Anton hinzu.

»Augenblick, bitte.«

»Ich kann es immer noch nicht glauben«, sagte Magus. »Im Grunde genommen hoffe ich darauf, dass es nicht so ist.«

»Ich auch.«

»Nein«, ließ sich die Stimme wieder hören. »Ich finde keinerlei Verbindung. Hm. Aber das hier sehe ich jetzt erst.«

»Was denn?«

»Bei beiden Eltern von Lars Hox steht *unbekannt.* Keine Geschwister.«

»Frag mal nach Monica Nyhus' Familie«, sagte Anton zu Magnus.

Der drückte den Knopf am Funkgerät und fragte nach. Wieder hieß es, er möge sich einen Augenblick gedulden.

»Von dieser Familie ist nicht mehr viel übrig«, ertönte die Stimme aus dem Funkgerät nach einer Weile. »Die Mutter –

Trude Nyhus – ist anscheinend … hm … ja, sie starb offenbar bei Monicas Geburt im Jahr 1970. Der Vater – Svein Nyhus – ist 1985 gestorben. Und der Sohn – Theo Nyhus – geboren 1986, wurde am 11. Juli dieses Jahres für tot erklärt.«

»Was? Wiederholen Sie das Letzte, bitte.«

Die Person bei der Einsatzzentale wiederholte.

»Nein«, sagte Magnus und stand auf. Er lief durchs Zimmer und blieb mit dem Rücken zu Anton stehen. »Das muss ein Irrtum sein. Der Sohn ist vor zehn Jahren gestorben.«

»Ich melde mich wieder bei Ihnen.«

»Nein«, sagte Magnus entschieden. »Das hier eilt.«

»Das habe ich schon bei Ihrer ersten Frage verstanden. Geben Sie mir eine Minute.« Die Stimme mit dem Stavanger-Akzent war nach nur anderthalb Minuten wieder aus dem Funkgerät zu hören.

»Der Sohn, Theo Nyhus, galt seit einem Brand als *vermutlich tot*, das war im Juli vor zehn Jahren. Jetzt wurde er gerichtlich für tot erklärt.«

»*Vermutlich tot?* Was soll das heißen? Gerichtlich für tot erklärt? Gab es keine Leiche?«

»Augenblick.«

Magnus fasste sich an den Kopf und fuhr mit der Hand durch sein kurz geschnittenes Haar.

»Mal sehen«, ließ sich die Funkstimme vernehmen, »ich habe den Fall hier vor mir. Nach dem Feuer wurde in den Ruinen eine Leiche gefunden, aber die konnte nicht identifiziert werden.« Der Beamte murmelte etwas. Als ob er die Seiten mitlas, während er auf seinem Computer weiter nach unten scrollte. »Ja, hier in der Zusammenfassung steht es: ›Sehr wahrscheinlich handelt es sich bei dem Verstorbenen um den einzigen Anwohner unter dieser Adresse – Theo Nyhus. Allerdings war es nicht möglich, den Toten zu identifizieren, da sich das Gebiss aufgrund des über der Leiche zusammengestürzten Kamins nicht rekonstruieren ließ.‹«

Der Beamte mit dem Stavanger-Akzent räusperte sich, um zu verdeutlichen, dass er fertig war.

»Danke …«, stöhnte Magnus. »Sierra 4-2 Ende und aus.«

Er sah zu Anton, der sich mit gefalteten Händen vornübergebeugt hatte.

»Hast du das mitbekommen?«

»Ja …«, erwiderte Anton. »Das Puzzle nimmt langsam eine Form an.«

»Uns fehlt aber immer noch das wichtigste Teilchen: Wie kommt Stig Hellum ins Spiel? Hox stand nicht auf der Liste seiner Besucher.«

»Von wem hast du die Besucherliste bekommen?«

»Von Hox …« Magnus setzte sich wieder an den Tisch und stöhnte. »Wie ist das nur möglich?«

»Wir fahren ins Präsidium.« Anton stand auf und ging zur Tür. »Alle bei der Polizei müssen einen nächsten Angehörigen angeben. Jemanden, der kontaktiert werden kann, falls während der Dienstzeit etwas passiert. Finde heraus, wer das in Hox' Fall ist, ich setze mich derweil mit Ila in Verbindung und überprüfe die Besucherliste. Gib das bitte auch an die Zentrale durch.«

Magnus rief wieder die Einsatzzentrale. Und wieder war es die Stimme mit dem Stavanger-Akzent, die zu hören war.

»Geben Sie Bescheid an sämtliche Einheiten. Lars Hox wird nicht länger vermisst, sondern wegen Mordes gesucht.«

KAPITEL 91

Samstag, 17. September

»Lars Hox«, wiederholte Anton am Telefon. »Heinrich-Otto-Xanthippe.«

»Das kann ich mir überhaupt nicht vorstellen«, erwiderte der Dienstgruppenleiter der Haftanstalt Ila. »Das ist doch der Polizist, oder nicht?«

»Ja, aber sehen Sie bitte nach.«

Anton legte den Hörer auf den Tisch und aktivierte die Lautsprechfunktion. Magnus hatte sich ins Personalverzeichnis der Polizei eingeloggt und Lars Hox aufgerufen. Er tippte mit dem Finger auf den Bildschirm. Anton blickte über seine Schulter und las, was dort stand. *Nächste/-r Angehörige/-r: Sofie Dalbekk.*

»Sieh mal nach, was du über sie rausfindest«, sagte Anton leise.

»Nein«, meldete sich der Dienstgruppenleiter zurück. »Lars Hox steht nicht auf der Besucherliste von Stig Hellum.«

Anton reagierte mit einem *Hm*. Magnus schnipste mit den Fingern. Er hatte Sofie Dalbekk im Polizeiregister gefunden. Sie war 1988 geboren und hatte lediglich eine gebührenpflichtige Verwarnung wegen Geschwindigkeitsübertretung bekommen.

»Hat er irgendwelche anderen Insassen besucht?«

»Gut möglich, aber unser System ist nicht so avanciert, dass ich Lars Hox eingeben und sehen kann, wen er besucht hat. Ich müsste dann die Besucherliste für jeden einzelnen Gefangenen überprüfen. Dürfte ich mal fragen, worum es überhaupt geht?«

»Ich habe jetzt keine Zeit, das zu erklären. Aber falls Hox bei Ihnen zu Besuch war, könnte es dann sein, dass die Kollegen nicht so streng nach Vorschrift gehandelt haben? Kann er sich mit Stig Hellum unterhalten haben, ohne dass das irgendwo verzeichnet wurde? Weil er wegen was anderem da war und keiner so genau nachgedacht hat, eben *weil* er Polizist ist?«

»So etwas darf eigentlich nicht passieren«, erwiderte der Dienstgruppenleiter.

»Aber es wäre möglich?«

»Theoretisch ja«, sagte der Mann in Ila. »Allerdings habe ich ihn nie zusammen mit Hellum gesehen. Ich hoffe darauf, dass das mal passiert.« Er lachte kurz. »Aber das tun wir wohl alle. Wir vermissen Hellum hier im Haus.«

Anton bedankte sich für die Hilfe und beendete das Gespräch. Er wartete auf ein neues Freizeichen und wählte die Handynummer des Justizvollzugsbeamten Victor Wang. Keine Verbindung. Er fluchte und legte auf. »Im Regierungsbezirk Østfold kann man derzeit nur das Festnetz benutzen«, erinnerte ihn Magnus. »Wobei ich gelesen habe, dass die Basisstationen in Halden wieder funktionieren.«

»Gut zu wissen, dass die wichtigste Stadt des Bezirks wieder erreichbar ist«, sagte Anton voller Ironie. »Victor Wang. Wohnt der weit von hier weg?«

»Ich glaube, er wohnt hier in Sarpsborg. Sekunde.« Magnus rief seine Notizen auf dem Handy auf und klickte sich durch bis zu Victor Wang. Die Kontaktinformationen standen darunter. »Ja. Gleich oben in Hafslund. Nicht mehr als zehn Minuten entfernt.«

»Wollen wir zusammen da hochfahren?«, fragte Magnus.

»Du bleibst hier und nimmst Kontakt zu Sofie Dalbekk auf. Sie soll dir alles über Hox erzählen, was sie weiß.« Anton nahm einen Stift und riss eine Ecke der Landkarte ab, die noch immer auf dem Tisch im Konferenzraum lag. »Gib mir mal die Adresse von Victor Wang.«

KAPITEL 92

Samstag, 17. September

»Du hast ja deinen Wein kaum angerührt«, sagte Stine Romberg.

»Jemand muss dich ja noch nach Hause fahren.«

Sie sah ihn an und lächelte. Er verzog keine Miene. War das ernst gemeint? Sie hatte nicht geplant, bis zum folgenden Tag zu bleiben. Wenn er es allerdings vorsichtig andeutete … Vielleicht?

»Ein echter Gentleman«, sagte sie. »Und dieses köstliche Essen.«

»Satt geworden?«

»Und ob.«

Sie legte eine Hand auf den Bauch. Er stand auf, nahm ihren Teller und stellte ihn auf seinen, legte das Besteck obenauf und ging damit in die Küche.

»Du bist ja wirklich ordnungsliebend«, sagte Stine.

Er sah sie an und stellte dabei die Sachen in die Spülmaschine.

»Ein bisschen, vielleicht. Nimm dir ruhig noch Wein, wenn du möchtest.«

»Ich glaube, ich habe genug. Jetzt hab ich den perfekten Punkt erreicht.«

»An dem du was tust?«

»Tja … Ich dachte, ich könnte zum Beispiel versuchen, dich zu überreden, noch etwas Wein zu trinken.«

Er kam zurück zum Tisch und stellte sich seitlich neben sie.

»Und was noch?«, fragte er und sah sie an. Sie lachte.

»Kommt darauf an, wozu du Lust hast.«

»Das ist dein Abend, Stine.«

»Meiner?«

Er nickte.

»Hm. Ich entscheide also, was wir machen?«

»Ja …«

»Dann entscheide ich, dass du entscheidest.«

»Bist du sicher?« Er legte den Kopf schräg. »Ich weiß nämlich, was ich will.«

»Dann lass mal hören«, sagte sie und grinste.

Er stellte sich hinter sie, legte ihr die Hände auf die Schultern, führte sie behutsam zu ihrem Hals hinauf. Sie ließ den Kopf nach hinten sinken, schloss die Augen. Er beugte sich zu ihrem Ohr vor und flüsterte: »Dann spielen wir Verstecken.«

KAPITEL 93

Samstag, 17. September

Magnus hielt den Atem an, als er die Handynummer von Sofie Dalbekk wählte. Ihr Wohnort lag vierhundert Kilometer entfernt und somit nicht in Reichweite der defekten Basisstationen in Østfold. Er klemmte sich den Hörer zwischen Ohr und Schulter und blickte dabei auf das Durcheinander aus Tisch und Stühlen im Konferenzraum.

Es klingelte. Magnus atmete erleichtert auf. Nach fünf Klingeltönen meldete sich eine Frau. Im Hintergrund war Babygeschrei zu hören. Magnus stellte sich vor und entschuldigte sich für die späte Störung, während die Frau versuchte, das Baby zu beruhigen.

»Haben Sie ihn gefunden?«, fragte sie.

»Nein, noch nicht. Dürfte ich fragen, in welcher Beziehung Sie zu Lars stehen?«

»In keiner besonders engen«, entgegnete sie. »Wie ich Ihrem Kollegen heute Vormittag am Telefon schon erklärt habe, wusste ich überhaupt nicht, dass Lars mich als nächste Angehörige angegeben hatte.«

»Ach, nein?«

»Nein. Ich finde das auch seltsam. Seit er umgezogen ist, hatten wir gar keinen Kontakt mehr, und das ist ja jetzt schon zwei Jahre her.«

»Und welche Beziehung hatten Sie zueinander?«

Das Baby wollte wieder Aufmerksamkeit.

»Er hat im Büro des Lensmanns der Gemeinden Lesja und Dovre gearbeitet. Ich war da Sekretärin.«

Die Sekretärin, die nach zwölf Bier plötzlich gut ausgesehen hatte, dachte Magnus. Die Weihnachtsfeier im Moschusgrill, die so geendet hatte, wie sie enden musste.

»Ah ja, dann weiß ich«, sagte Magnus. »Ich hatte gehofft, dass S…«

Das Baby schrie erneut. Sie entschuldigte sich und bat Magnus, einen Augenblick zu warten. Im Hintergrund war eine Männerstimme zu hören. Nach einem Augenblick war sie wieder am Apparat.

»So. Was sagten Sie?«

»Ich hatte gehofft, dass Sie mir etwas mehr über ihn erzählen könnten. Da er Sie als nächste Angehörige angegeben hat, bin ich davon ausgegangen, dass Sie ihn gut kennen.«

Sie stöhnte etwas. »Tja, Gott, ich weiß nicht, was ich sagen soll. Wie gesagt, wir haben keinen Kontakt mehr. Ist denn etwas Neues vorgefallen?«

»Wir glauben, dass Lars absichtlich verschwunden ist.«

»Warum sollte er das tun?«

»Kennen Sie seine Familie?«

»Nein … Als er mal betrunken war, hat er mir was erzählt. Dass er in verschiedenen Pflegeeinrichtungen groß geworden wäre und dass er keine Eltern hätte. Als ich ihn ein paar Tage danach darauf angesprochen habe, wollte er nicht mehr darüber reden.«

»2009 hat er an der Polizeihochschule angefangen. Wissen Sie, was er vorher gemacht hat?«

»Nein. Ich erinnere mich … Moment bitte, ich geh mal in ein anderes Zimmer.« Magnus hörte Schritte. Eine Tür wurde geöffnet. »Sind Sie noch dran?«

»Ja.«

»Ich erinnere mich an das erste Mal, als ich ihn gesehen habe. Groß. Blond. Gutaussehend. *Endlich*, dachte ich. Endlich bekommt das Dorf einen Polizisten, der wie ein echter Polizist aussieht. Ich habe mich hoffnungslos verliebt. Nach einer Weihnachtsfeier haben wir ein bisschen geflirtet. Mehr ist nie draus geworden. Gott weiß, dass ich es versucht habe. Aber es war unmöglich, ihn überhaupt näher kennenzulernen. Steinar hat das auch so erlebt.«

»Steinar?«

»Mein Mann. Er … « Sie räusperte sich. »Er arbeitet auch im Büro des Lensmanns. Also, vor zwei Jahren waren wir noch nicht zusammen. Aber vor Kurzem haben wir ein Kind bekommen.«

»Verstehe«, sagte Magnus.

»Aber Lars … Wenn er nicht irgendwelchen Banditen hinterherrannte, lief er mit dem Rucksack durchs Gebirge. Hier oben bei uns ist es ihm wohl etwas langweilig geworden, und als dann diese Hellum-Gruppe aufgebaut wurde, ist er verschwunden, ehe ich mich von ihm verabschieden konnte.«

»Hatte er Hellum zuvor schon mal erwähnt?«

»Ich glaube nicht. Nein.«

»In der Zeit, in der er bei Ihnen gearbeitet hat … Wissen Sie, ob er da mal jemanden in der Haftanstalt Ila besucht hat?«

»Nein … Aber anders als wir hat er montagmorgens auch nicht erzählt, was er am Wochenende so getrieben hatte. Ich weiß, dass er gern weggefahren ist, wenn er frei hatte. Eigentlich hat er sich hier nie so richtig zurechtgefunden. Ich habe ihn noch nie so aufgeregt erlebt wie an dem Tag, als Stig Hellum abgehauen ist.«

KAPITEL 94

Samstag, 17. September

Die Zufahrtsstraße war matschig.

Victor Wangs kleines Bauernhaus lag in einem übersichtlichen Waldstück gegenüber der Grundschule Hafslund. Gleich in der Nähe floss die Glomma, die sich ein paar hundert Meter weiter als Wasserfall in die Tiefe stürzte.

Anton verließ den feuchten, buckligen Weg und fuhr schnell die Auffahrt hinauf. Sie beschrieb eine lange, leicht geneigte Kurve um den großen Garten und endete auf dem Vorplatz zwischen Wohnhaus und Scheune. Anton parkte vor dem Wagen, der bereits dort stand. Im Schein einer Lampe konnte er Victor Wang auf der Treppe sehen. Er hielt einen Schlüsselbund in der Hand und war offenbar auf dem Weg zu seinem zivilen Dienstfahrzeug.

Anton ließ das Fenster herunter.

»Hallo!«, rief er und versuchte, den Regen zu übertönen.

Victor trat einen Schritt näher, schirmte mit der Hand seine Augen ab, als wollte er sich vor der Sonne schützen.

»Brekke?«

»Ja. Wollen Sie bei diesem Sauwetter etwa freiwillig aus dem Haus?«

»Freiwillig eher nicht. Ich muss runter zum Hafen und Wasser aus meiner Jolle schöpfen. Ich hätte sie schon letzte Woche reinholen müssen.«

Anton ließ das Fenster hochfahren und öffnete die Tür, stieg aus und rannte über den feuchten Hofplatz.

»Sorry für den plötzlichen Überfall, aber anrufen funktioniert gerade nicht.« Er stellte sich zu Victor Wang auf die Treppe und versuchte, sich unter dem Vordach so klein wie möglich zu machen. »Ich wollte Sie was fragen, im Zusammenhang mit Ila. Haben Sie ein paar Minuten für mich?«

»Natürlich.« Victor Wang öffnete die Haustür. »Kommen Sie doch rein.«

Anton klopfte das Regenwasser von seiner Jacke ab und folgte dem anderen. Im Flur zogen sie ihre Jacken aus und traten in die Küche.

»Ich habe gestern Nachmittag versucht, Lars Hox anzurufen«, sagte Victor Wang, »aber ich habe ihn nicht erreicht. Ich hab's dann später noch mal versucht, bin aber gar nicht durchgekommen. Ich weiß nicht, ob das an dem Unwetter lag oder ob er sein Handy ausgeschaltet hatte. Aber vor ein paar Stunden habe ich im Internet gelesen, dass ein Polizist vermisst wird, der an der Ermittlung der Morde in Sandefjord und Halden beteiligt ist. Ich war dann doch etwas in Sorge. Ist es Hox?«

Anton nickte. Victor Wang sah einen Augenblick nachdenklich aus. Dann sagte Anton: »Das hier wird Ihnen nicht gefallen.«

KAPITEL 95

Samstag, 17. September

Noch lange nachdem das Gespräch mit Sofie Dalbekk beendet war, saß Magnus unbeweglich da und starrte mit dem Hörer in der Hand vor sich hin.

Schließlich zog er sein Jackett aus, warf es auf den Tisch und fischte sein Handy heraus. Das Symbol für die Netzabdeckung wies einen Balken auf. Er versuchte, Anton anzurufen, bekam aber nur ein Besetztzeichen zur Antwort. Das Gleiche passierte, als er es vom Festnetz aus probierte. Magnus öffnete das Mail-Programm auf dem Handy und rief die Nachricht von Hans Gulland auf. Er las sie zweimal durch, scrollte mehrmals vor und zurück, ehe er auf die Telefonnummer blickte, die am Ende der Mail stand.

Zum Glück war nur Anton dabei gewesen, als Magnus seinen Gedanken freien Lauf gelassen hatte. *Aber dann sieh zu, dass du dich nicht laut dazu äußerst. Weil du dann als komplett irre abgestempelt wirst.*

Magnus dachte an den Lensmann mit dem schmutzigen Hemd. Jetzt saß er vermutlich zu Hause und besprach den Fall mit Marith mit h am Ende. Oder vielleicht hatte er auch diese Anette inmitten ihrer Elternzeit angerufen und ihr von dem zum Tode verurteilten Nathan Sudlow berichtet, der direkt vor seiner Nase von Bord gegangen war. Möglicherweise auch die Kollegen in Kirkenes, wo es noch immer einen ungeklärten Mordfall gab. Natürlich, dachte Magnus. Die hatte er ganz bestimmt angerufen. Und Kirkenes würde nun überlegen, wie weiter vorzugehen sei. In einigen Wochen würde das Anliegen des nördlichsten Polizeidistrikts via Oslo auf dem korrekten bürokratischen Weg nach Washington D.C. weitergeleitet, und dann würden sie irgendwann von irgendwem im Justizministerium der amerikanischen Hauptstadt eine Rückmeldung erhalten, die ihnen verriet, ob Nathan Sudlow tot war oder noch lebte.

Andererseits konnte Magnus einfach das Gefängnis in Huntsville anrufen und dann dem Lensmann in Honningsvåg eine Mail mit der entsprechenden Antwort schicken.

Er griff zum Hörer.

»Das klingt überhaupt nicht mehr nach Hellum.« Victor Wang ging ins Wohnzimmer, nahm auf dem Sofa Platz und starrte vor sich hin. »Nein … Das kann er nicht sein. Das ist doch jetzt schon viel zu heiß. Er würde sich zurückziehen. Und einen Polizisten angreifen? Wie blöd ist das denn? Ich glaube nicht, dass er dieses Risiko eingehen würde.«

»Es ist auch nicht mehr Hellum«, sagte Anton. »Hellum ist tot. Und das vermutlich schon seit dem Abend der Flucht.«

»Tot?« Victor Wang sah Anton mit großen Augen an.

»Haben Sie von dem Fund in der Østmarka gelesen?«

»Ja …?«

»Das war Hellum. Jedenfalls das, was noch von ihm übrig war.« Anton ließ Wang ein paar Sekunden Zeit, die Nachricht zu verdauen, und setzte sich ans andere Ende des Sofas.

»Können Sie sich erinnern, ob Hox *vor* Hellums Flucht mal in Ila war?«

»Das glaube ich nicht«, sagte Victor Wang mit ferner Stimme. »Weshalb wollen Sie das wissen?«

»Es deutet einiges darauf hin, dass Hox hinter all dem steckt.«

»Was?« Wang runzelte die Stirn. »Hox?«

»Ja. Und jetzt wird noch eine Frau vermisst. Wir glauben, dass sie noch lebt, aber wenn es weiter nach dem Muster geht ... Wir haben nicht mehr viel Zeit, sie zu finden. Außerdem ist er jetzt in die Enge getrieben. Die Hütte in der Østmarka wurde entdeckt. Dahin kann er also nicht fahren. Und in seiner Wohnung ist er nicht gewesen. Daher ist es schwer zu sagen, was er tun wird. Aber erst mal gehen wir davon aus, dass die Frau noch lebt.«

»Du meine Güte ...« Victor Wang stöhnte. »Sie meinen also, dass es die ganze Zeit Hox war?«

»Seit dem ersten Tag.«

»Ich bin ziemlich sicher, dass ich ihn nie in Ila gesehen habe. Ich habe da zwar natürlich nicht rund um die Uhr gearbeitet, aber Hellum hat nie davon gesprochen. Und das hätte er bestimmt getan.«

»Nicht wenn es um eine Flucht ging. Wenn wir sämtliche Besucherlisten aller Häftlinge durchgehen, die gleichzeitig mit Hellum in Ila waren, bin ich sicher, dass Hox' Name irgendwo auftaucht. Das muss so sein.«

Victor Wangs Stirn entspannte sich. Er spitzte den Mund und sagte: »Ich weiß, wie er es gemacht hat.«

Als Magnus der freundlichen Frau von der Telefonzentrale des Gefängnisses in Huntsville erklärte, dass er ein Polizist aus Norwegen sei und gern mit jemandem von der Verwaltung gesprochen hätte, bat sie ihn höflich, einen Augenblick zu warten.

Es klickte in der Leitung, dann meldete sich ein Mann mit breitem Südstaatenakzent und stellte sich als Direktor Milton vor. Ohne ihn zu unterbrechen, hörte er Magnus fast eine Minute lang zu.

»Nathan Sudlow«, sagte er schließlich. »Ja, ich kann mich gut an ihn erinnern. Aber was sagten Sie? Sie verdächtigen ihn eines über zwanzig Jahre zurückliegenden Mordes?«

»Sein Name tauchte seinerzeit bei den Ermittlungen auf, aber er ließ sich nicht aufspüren, weil er unter dem Namen Nathan *Lockhart* unterwegs war. Jetzt ist der alte Fall im Rahmen meiner derzeitigen Ermittlungen aufgetaucht, und ich rufe eigentlich nur an, um meinen Kollegen in Nordnorwegen ein wenig Zeit und Mühe zu ersparen.«

»Falls sein Name in Verbindung mit einem ungelösten Mordfall aus dem Jahr 1994 aufgetaucht ist und er in der betreffenden Gegend war … Nun, Mr Torp, ich will hier weder den Richter noch die Geschworenen geben, aber es kann durchaus sein, dass das Mysterium, mit dem Ihre Kollegen konfrontiert sind, gelöst ist. Ich habe nämlich immer geglaubt, dass es mehr als die vier waren, für die er verurteilt wurde.«

»Ach ja?«

»Ich konnte mir absolut nicht vorstellen, dass er zum ersten Mal gemordet hatte, das kann ich auch heute noch nicht. Er war wie ein Orkan über diese Ranch in Waller hereingebrochen. In irgendeiner Zeitung stand was über Drogenmissbrauch, aber nie im Leben stand er an diesem Abend unter Drogen. Das ist alles viel zu effizient abgelaufen. Zu präzise. Dieser Mann war ein waschechter Killer. Die Bestätigung bekam ich an dem Tag, als er eigentlich hingerichtet werden sollte. Er hat nicht mal mit der Wimper gezuckt. So etwas habe ich weder davor noch danach je erlebt, und ich war bei hunderten von diesen Männern in dieser Situation dabei, Mr Torp.«

»Sie sagten *eigentlich hingerichtet werden sollte*? Ist das nicht geschehen?«

»Wir hatten schon angefangen, aber mittendrin rief der Gouverneur an. Mr Sudlow wurde ins Krankenhaus verfrachtet, wo ihm ein Gegengift verabreicht wurde. Allerdings hing sein Leben an einem seidenen Faden.«

»Aber er hat überlebt?«

»Richtig.«

»Weswegen wurde die Hinrichtung abgebrochen?«

»Sein Anwalt hatte lange dafür gekämpft, den Fall erneut vor Gericht zu bringen. Er behauptete, Mr Sudlow sei während der Tat unzurechnungsfähig gewesen. Allerdings wussten alle, die die Aussagen der zuerst am Tatort eingetroffenen Polizisten gelesen hatten, dass er es nicht war. Er ist bei seiner Festnahme genauso ruhig gewesen wie an dem Tag, als er hier bei uns hingerichtet werden sollte. Der Anwalt hatte Glück, 2006 war nämlich ein Wahljahr. Der regierende Gouverneur wollte natürlich wiedergewählt werden, also tat er alles, um sich die nötigen Stimmen zu sichern. Indem er eine Hinrichtung aufhielt, bewies er den gegen die Todesstrafe eingestellten Wählern, dass er sie ernst nahm – sofern berechtigte Zweifel an der Zurechnungsfähigkeit bestanden und so weiter. Natürlich war das nichts anderes als Politik. Das wussten alle – einschließlich Mr Sudlow.«

»Nathan Sudlow lebt also noch?«

»Lebt noch?« Der Direktor lachte laut. »Der ist tot wie ein Fisch. Die Hinrichtung ist nur verschoben worden. Sie rufen aus Norwegen an, oder?«

»Ja.«

»Da kann ich Ihnen noch eine amüsante Kuriosität erzählen. Wollen Sie sie hören?«

»Gern.«

»Nach elf Jahren, die Mr Sudlow in Polunsky in der Todeszelle saß, bekam er Besuch. Ein einziges Mal. Ganz anders als normalerweise. Vor drei Jahren hatte ich hier zum Beispiel die eine

Hälfte eines teuflischen Duos sitzen. Sie hatten ein sechzehnjähriges Mädchen aus einem Pfadfinderlager außerhalb von Dallas entführt. Sie haben sie vergewaltigt und dann mit ihrer eigenen Pyjamahose erwürgt. Wissen Sie, wie viele Leute den einen von beiden allein in dem Monat besuchten, ehe er hierher zu uns kam?«

»Nein …?«

»Neun. Ist man zum Tode verurteilt, will dauernd jemand mit einem reden. Journalisten, Familie, Freunde, Bekannte, *Fans.* Einige dieser Fans haben sich auch hier gemeldet, aber Mr Sudlow hat sie alle abgewiesen. Jetzt verstehen Sie vielleicht, mit was für einer Art Mensch wir es zu tun hatten, Mr Torp. Ich will die beiden Fälle gar nicht vergleichen, keinesfalls, denn diese beiden Teufel, die das Mädchen getötet haben, waren wilde Tiere, die ich auch gern noch ein zweites Mal hingerichtet hätte. Mr Sudlow hingegen war ganz anders. Die Augen … freundlich, obwohl sie doch gleichzeitig durch einen hindurchschnitten. Er hatte bis zuletzt den Ruhepuls eines Sportlers. Geradezu unmenschlich.«

Eine amüsante Kuriosität, dachte Magnus. Er hatte nicht ganz verstanden, was an der Erzählung des Direktors so *amüsant* gewesen sein sollte, und fragte daher nach.

»Ach, tut mir leid«, kicherte der Direktor. »Ich neige dazu, ins Quatschen zu kommen. Die Kuriosität besteht darin, dass der einzige Mensch, der Mr Sudlow im Todestrakt besuchte, ein junger Mann aus Norwegen war.«

Magnus spürte, wie sich sein Griff um den Hörer unwillkürlich verstärkte.

»Wissen Sie noch den Namen?«

»Ich gehe stramm auf die siebzig zu«, sagte der Direktor und lachte wieder. »Ich habe schon Probleme, mich an die Namen meiner sechs Enkel zu erinnern. Aber lassen wir das. Ich will Sie nicht zusätzlich mit meinem Kram belasten. Ich dachte nur, dass es ein komischer Zufall war.«

»Aber was hat er da gemacht?«

»Oh …« Der Direktor stöhnte. »Bleiben Sie dran. Ich logge mich mal hier ins System ein. Ich hatte mich gerade abgemeldet, als Sie anriefen. Egal. Jedenfalls war dieser Typ auch hier, um bei der Hinrichtung dabei zu sein, und deshalb habe ich … Warten Sie einen Moment, bitte.«

Magnus hörte das Geklapper einer Tastatur. Ein-Finger-Suchsystem. Mit einer Sekunde Pause zwischen jedem Tastendruck.

»Sind Sie noch da?«, fragte der Direktor endlich.

»Ja.«

»Alle, die hier bei uns einer Hinrichtung beiwohnen wollen, müssen ein Formular mit persönlichen Angaben ausfüllen. Und sie müssen sich fotografieren lassen. Bei *Beziehung* steht hier nur *Freund.*«

»Wie alt war er denn?«

»Geboren 1988. Möchten Sie immer noch den Namen wissen?«

»Ja.«

»Theo Nyhus.«

Magnus erhob sich und legte fünf gespreizte Finger auf den Tisch.

»W-w-weshalb war er da?«

»Ich habe bei seinem Eintreffen hier nur ein paar Worte mit ihm gewechselt. Ich hörte ja gleich, dass er nicht von hier war, also fragte ich ihn, woher er käme. Da sagte er, aus Norwegen. Ich weiß noch, dass er schrecklich nervös war, hat gezittert, als ob er bei zwanzig Grad minus nackt im Freien stünde. Mehr als man von der Hauptperson sagen konnte.«

»Aber Sie haben ein Foto von ihm?«

»Ja, sicher.«

»Wann fand die erste Hinrichtung statt?«

»Am 11. März 2006.«

»Und die zweite?«

»Am 15. August desselben Jahres. Ich möchte nicht unhöflich sein, Mr Torp, aber einer meiner Enkel hat gleich ein Fußballspiel, und ich habe versprochen zu kommen. Wenn Sie wollen, kann ich Ihnen die Dokumente über Mr Sudlow zuschicken. Auch wenn es sich nur um Gerichtsunterlagen und einen Bericht des Direktors drüben in Polunsky handelt.«

»Dafür wäre ich Ihnen äußerst dankbar.«

»Keine Ursache. Im Augenblick kann ich Ihnen allerdings nur die Formulare über diejenigen schicken, die bei der Hinrichtung zugegen waren. Alles andere ist nicht digitalisiert. Aber ich kann unsere Damen hier bitten, das bis Montag für mich einzuscannen. Ist das in Ordnung?«

»Vielen Dank noch mal. Aber … noch eine letzte Frage.«

»Bitte sehr.«

»Ist dieser Norweger auch beim zweiten Mal da gewesen? Als die Hinrichtung schließlich erfolgte?«

»Nein.«

Magnus bedankte sich ein weiteres Mal, ehe er auflegte und überprüfte, dass sein Handy noch immer mit dem WLAN-Netz des Polizeipräsidiums verbunden war. Er legte es auf den Tisch und starrte auf das Display, bis es schwarz wurde. Er wagte nicht, den Blick abzuwenden, bevor der Eingang einer neuen E-Mail schließlich signalisiert wurde. Magnus öffnete sie. Der Absender lautete warden@huntsvilleunit.tx-doc.gov. Die einzige Textzeile bestand aus einer Standardunterschrift mit dem Namen des Direktors. Sechs Dokumente waren angefügt.

Magnus klickte auf das mit der Bezeichnung DR-19225/004-TheoNyhus.pdf.

»Wovon reden Sie?«, fragte Anton.

»Er kann mit Bodil Hellum gesprochen haben. Möglicherweise haben die beiden über sie miteinander kommuniziert.«

Der Gedanke war Anton überhaupt nicht gekommen. Er erinnerte sich, dass Magnus in einem seiner Berichte geschrieben hatte, Bodil Hellum sei von Hox nicht sonderlich begeistert.

Anton erzählte Victor Wang davon.

»Vielleicht war das nur Schauspielerei? Denn es gibt nichts, was sie für ihren Sohn nicht getan hätte – und umgekehrt. Ist ja nicht besonders schwer, so zu tun, als könnte man Hox nicht leiden. Mir ging es da ähnlich. Und ich hab nicht so getan als ob.«

»Aber Sie haben doch gesagt, dass Sie viel Zeit zusammen verbracht hätten. Hier, wo wir jetzt sitzen. Dass Sie mal ein Bier trinken waren?«

»Nach einer Weile, ja. Aber zu Beginn war er total aufdringlich.« Victor Wang fuhr sich mit der Hand über Ohr und Wange. »Es dauerte viele Monate, bis er davon überzeugt war, dass ich nichts mit Hellums Flucht zu tun hatte. Er wurde dann netter, und unsere Beziehung wurde freundschaftlicher.« Ein wehmütiges kleines Lächeln trat auf seine Lippen. »Fast ein Jahr lang hatte ich eine Scheißangst, konnte kaum allein sein. Ich fürchtete, dass Hellum eines Tages plötzlich vor der Tür stehen könnte. Und dabei war er die ganze Zeit schon tot …« Victor Wang atmete tief durch. »Und es gibt keinen Zweifel, dass er es war, den Sie gefunden haben?«

»Nein. Er wurde inzwischen eindeutig identifiziert.«

Victor Wang stand auf und ging in die Küche. »Ich brauche was zu trinken.«

»Vergessen Sie Ihr Boot nicht.«

»Ich kann mich jetzt nicht darum kümmern. Mir geht das total nahe. Ich nehme das Risiko auf mich und hoffe, dass es bis morgen früh nicht gesunken ist. Für heute Nacht ist ja auch Wetterbesserung vorhergesagt.«

»Waren Sie jemals bei Hox zu Hause?«

»Nein.«

Victor Wang hatte Anton den Rücken zugekehrt. Anton stand auf und beugte schwach die Knie. Eine Bewegung, die ihn vor vier Tagen noch laut hätte aufschreien lassen. Jetzt tat bei dieser Bewegung nichts mehr weh. Vorsichtig tastete er sich mit der Hand ab.

Ein stechender Schmerz.

Er verzog das Gesicht zu einer Grimasse und ging ein paar Schritte durchs Zimmer, während er Victor Wang hinter sich hörte. Der Esstisch im Wohnzimmer war abgeräumt. Nur ein paar halbwegs heruntergebrannte Kerzen standen in ihren Haltern auf einem Deckchen.

»Ach«, sagte Anton, »als Hox hier war, erinnern Sie sich, ob er je einen bestimmten Ort erwähnt hat? Einen Ort, wo er sich jetzt aufhalten könnte. Eine Hütte. Ein Ferienhaus. Oder meinetwegen auch ein Wohnmobil. Sein Wagen hat keine Mautschranken passiert, er muss also noch in der Nähe sein.«

»Nein, so etwas hat er nie erwähnt. Möchten Sie etwas trinken?«

»Ich muss noch fahren.«

»Ich hab auch was anderes da.«

»Tja … dann gern ein Glas Wasser. Ich muss ein paar Tabletten schlucken.«

»Geht es Ihnen nicht gut?«

»Kann man wohl sagen.« Anton sah zu der Wand hinter dem Esstisch. Ein gerahmtes Schwarzweißfoto hing dort. »Ich bin eigentlich krankgeschrieben und überlebe gerade nur dank Schmerztabletten.« Hinter sich konnte er hören, wie eine Flasche aufgeschraubt wurde. Der Wasserhahn wurde betätigt. Anton warf einen schnellen Blick in die Küche und trat an die andere Seite des Tisches. Der Strahl aus der Flasche traf den Rand des Glases. Es gluckerte kurz, dann wurde die Flasche wieder zugeschraubt. Victor Wang öffnete den Kühlschrank, ließ Eiswürfel in ein Glas fallen.

»Hoffentlich nichts Ernstes.«

Er fing an, in einem der Oberschränke herumzukramen. Anton nahm das Foto von der Wand und betrachtete es. Plötzlich überkam ihn ein Zittern. Denn jetzt wusste er, was Lars Hox begriffen hatte, als er mit Magnus telefoniert hatte.

KAPITEL 96

Samstag, 17. September

»War sie nicht hübsch?«

Theo Nyhus hatte die Worte kaum ausgesprochen, als Anton das unmissverständliche Geräusch eines Abzugs hörte, der gespannt wurde.

»Sie hat von einem Ort wie diesem geträumt«, fuhr er fort. »Ein kleiner Bauernhof mit ein paar Tieren und Berggipfeln, die immer weiß sein sollten. Ich halte auf der Rückseite meines Hauses ein paar Hühner. Nur mit weißen Berggipfeln kann ich nicht dienen. Aber der Hof gehört mir.«

Anton verharrte mit dem Bild in der Hand. Das Foto war in einem Hafen geschossen worden. Die Frau trug eine viel zu große Jacke. Blonde Haare ragten unter ihrer Mütze hervor und fielen ihr auf die Schultern. Sie hielt ein Eis in der Hand und grinste breit in die Kamera. Hinter ihr standen Menschen in kleinen Gruppen zusammen. Im Hintergrund konnte man das Heck eines Hurtigruten-Schiffes erkennen. Mit großen Buchstaben war der Name *Nordlys* auf den Rumpf gepinselt worden.

»Die Ermordung Ihrer Mutter … Wie haben Sie das herausgefunden?«

Langsam drehte Anton sich um.

»Ich war zwanzig, als ich den Anruf eines Privatdetektivs aus Texas bekam, der für einen Anwalt arbeitete. Dieser Anwalt hatte einen Mandanten, der in zwei Monaten hingerichtet werden sollte. Ein Mandant, der einen Wunsch hatte – mich kennenzulernen. Aber es sollte ein persönliches Treffen sein. Der Detektiv erzählte mir nur, es ginge um meine Mutter, und der Mandant hätte Informationen darüber, was auf ihrer letzten Reise tatsächlich passiert sei.« Theo Nyhus nahm einen Schluck von seinem Whisky und bewegte sich einen knappen Meter auf Anton zu. »Eine Woche später bin ich rübergeflogen. Nathan, wie der Mann hieß, gab mir das Foto, das Sie in der Hand halten. Er hatte es gemacht. Er bat mich, gut darauf aufzupassen, so wie er es getan hatte. Dann sagte er, ich solle immer an sie denken, so wie er es getan hatte. Das Letzte, was er zu mir sagte, ehe ich ging, war, dass ich niemals jemanden im Stich lassen sollte, an dem mir etwas läge. Denn das hätte er getan.« Theo Nyhus zog die Nase hoch. »Ich habe genickt und bin gegangen. Ich habe ihm nicht erzählt, dass ich ganz allein klarkommen musste, nachdem Onkel John sich erschossen hatte. Es gab niemanden mehr, an dem mir etwas hätte liegen können. Niemanden, den ich im Stich lassen konnte. Wissen Sie, was sie mit ihr gemacht haben, Brekke?«

»Ja.« Anton hielt den Blick auf das Foto von Monica Nyhus gerichtet. »Wir wissen alles, Theo. Sie müssen dem jetzt ein Ende bereiten. Legen Sie die Pistole weg.«

»Hox hat es auch verstanden. Bloß schade, dass ich ihn nicht fragen konnte, *wie* er darauf gekommen ist, denn das Foto hatte ich zu dem Zeitpunkt abgehängt.«

Anton legte das Foto auf den Tisch.

»Alles, was ich mir wünsche, ist, es zu Ende zu bringen«, fuhr Theo Nyhus fort. »Ich will Ihnen oder anderen Ihrer Kollegen nichts tun.«

»Wo ist Lars Hox?«

»In seinem Wagen.«

»Und der ist wo?«

»Draußen in der Scheune.«

»Lebt er?«

»Nein … Er lebt nicht mehr.«

»Und wo ist Stine Romberg?«

»Stine …« Theo Nyhus stöhnte. »Ich habe Stine am Sonntag zum ersten Mal getroffen. Das heißt, sie glaubte, ich hätte sie da zum ersten Mal gesehen. Aber ich habe ihre Bewegungen schon seit Jahren verfolgt. Nicht immer gleich intensiv, aber schon seit ihrer Teenagerzeit, bis sie zu einer jungen Frau herangewachsen war. Ich bekam sie einfach nicht aus dem Kopf. Das ging mir bei den beiden anderen genauso, doch Stine war etwas anderes. Lieb. Freundlich. Kontaktsuchend. Ich habe sie bis zuletzt verschont, weil … weil ich plötzlich nicht mehr wusste, ob ich sie heiraten oder umbringen wollte.«

»Ist sie am Leben?«

»Vorläufig ja.«

»Glauben Sie, Ihre Mutter hätte sich diesen Irrsinn gewünscht?«

»Ich habe viel von meiner Mutter geerbt, aber Gott sei Dank weder ihre Naivität noch ihre Gutherzigkeit – und genau die war es, die diese Schweine ausgenutzt haben.«

»Die bekommen schon noch ihre Strafe, alle drei.«

»Darauf können Sie sich verlassen. Zwei von ihnen haben sie schon bekommen.« Theo Nyhus setzte ein schiefes Grinsen auf, sah aber nicht froh aus. »Ich habe ein Drittel meines Lebens auf das hier verwendet, Brekke, und bald bin ich fertig.«

»Die Ausbildung zum Vollzugsbeamten … die Arbeit in Ila … Stig Hellums Flucht … Alles nur, um die perfekte Deckgeschichte zu erschaffen, sodass Sie selbst ungeschoren davonkommen konnten. Denn Hellum dachte bestimmt, dass Sie nur ein untreuer Staatsdiener waren.«

»Es war nicht schwer, ihn zu überreden, nein.«

»Und drei Monate nach der Flucht, während Sie immer noch krankgeschrieben waren, sind Sie mit ein paar von Hellums Haaren im Koffer auf die Philippinen geflogen. Haben Sie ihm die Haare ausgerupft, bevor Sie ihn in der Østmarka begruben? Sie haben natürlich auch die örtliche Behörde auf den Philippinen eingeschaltet. Und Sie haben gehofft, dass Hans Gullands Buchveröffentlichung Ihnen zusätzlichen Spielraum verschaffen würde. Dass wir unseren Blick auf ihn richten würden.«

»Sie sind gut, Brekke.«

»Legen Sie die Pistole weg, Theo. Lassen Sie nicht zu, dass wegen dieser drei noch mehr kaputt gemacht wird.«

Theo Nyhus trank seinen Whisky aus und warf das Glas aufs Sofa. »Ich werde nicht zulassen, dass Sie mich aufhalten. Genau wie Hox. Nicht jetzt, wo ich nur noch einen Herzschlag davon entfernt bin, meiner Mutter das zu geben, was Sie alle niemals konnten.«

»Ich hoffe, dass Sie jetzt nicht auf Gerechtigkeit abzielen, denn das hier hat nicht mal entfernt etwas damit zu tun. Zwei unschuldige Frauen. Ein Vollzugsbeamter. Ein Polizist. Ganz zu schweigen von der Person, die bei dem Feuer in Ihrem Haus damals ums Leben kam. Wer war das, Theo?«

»Ein Herumstreuner, den ich aufgelesen habe, nachdem ich Theo Nyhus begraben hatte und als Victor Wang in Göteborg wiederauferstanden war. Fünfzigtausend hat mich das Ganze gekostet. Wenn die Menschen wüssten, wie einfach es ist, von vorne anzufangen, würden es vermutlich viel mehr tun.«

»Was ist mit ihm passiert?«

»Mit dem Streuner? Er hat mich um Geld angebettelt, und ich hab ihn zu Bier und Burger eingeladen. Wir haben uns an den Kai gesetzt, gegessen und uns lange unterhalten. Er hat gesoffen. Aus einem Bier wurden zehn. Er war mit dem Zustand der Welt nicht sonderlich zufrieden, hat sich darüber beschwert, wie ungerecht das Leben sei. Wie heiß der Sommer sei und wie kalt der Winter noch würde.« Victor lachte. »Hat sich darüber beschwert, wie ungerecht das Leben sei, Brekke. Was weißt du schon über Ungerechtigkeit, hätte ich ihm am liebsten ins Gesicht geschrien. Aber der arme Kerl hatte seine Arbeit verloren und angefangen zu trinken. Ojemine! Welche Tragödie! Ist *das* etwa Ungerechtigkeit? Er hat rumgejammert, dass ihn wohl niemand vermissen würde, falls er verschwinden sollte. Nun, da hatte er wohl recht. Er ist eingeschlafen, und dann habe ich ihn mitgenommen zu mir nach Årnes. Er hat ein paar Tage in meinem Keller übernachtet. Ich habe mich richtig um ihn gekümmert. Er ist behandelt worden wie ein König und war total zufrieden. Tja, als dann für ihn alles in Ordnung war, habe ich ihm einen guten Drink gemixt und Schlafmittel hineingemischt. Der giftige Rauch hat ihm dann den Rest gegeben. Er hatte den friedlichsten Tod, den man sich denken kann. Weitaus schmerzfreier, als wie ein Hund in Göteborg auf der Straße zu krepieren.«

»Wenn Sie die drei gejagt hätten, die Ihre Mutter umgebracht haben, könnte ich es verstehen. Aber was Sie getan haben, zeugt von Geisteskrankheit. Allerdings glaube ich nicht, dass Sie geisteskrank sind.«

»Den Gedanken habe ich aufgegeben, sobald das Flugzeug Texas verlassen hatte. Man spürt nämlich nichts, wenn man tot ist. Keine Schmerzen. Keine Trauer. Ein einfacher Ausweg. Weswegen bringen sich wohl so viele Menschen um? Aber der Tod wäre für Jaran, Terje und Per eine viel zu humane Lösung gewesen. Ich wollte stattdessen, dass sie noch lange weiterleben, sich dabei aber wünschten, sie wären tot.«

»Und Gustav, Ihr Kollege?«

»Glauben Sie mir, wenn ich sage, dass ich nie wollte, dass er stirbt?«

»Nein.«

»Aber ich wollte es wirklich nicht. Stig hat die Kontrolle verloren. Er hat mir versprochen, dass er ihm nichts antun würde. Stig umzubringen war etwas, wovor es mir grauste. Ich war nervös und hatte Angst, dass da draußen im dunklen Wald etwas schiefgehen würde. Dass er vielleicht Lunte gerochen hätte und über mich herfallen würde. Immerhin war er Stig Hellum. Aber ich war nur so lange ängstlich, bis ich gesehen habe, wie er Gustav umbrachte. In dem Moment wusste ich, dass es mir leichtfallen würde. Ihn da draußen in der Østmarka in dem Augenblick zu erschießen, als er sein widerliches Maul aufriss, war für mich die leichteste aller Übungen.«

»Und jetzt wollen Sie mich wohl umbringen?«

»Ich bin nicht so verrückt, um nicht zu begreifen, dass das hier vorbei ist, Brekke. Aber Stine und ich werden erst noch Verstecken spielen. Was danach passiert, interessiert mich nicht mehr besonders.«

»Nein«, entgegnete Anton und legte die Handflächen auf den Tisch. »Das werden Sie nicht, Theo. Dafür müssen Sie erst einen weiteren Polizeibeamten umbringen. Ist Ihnen das klar?«

»Ich hoffe, ich muss es nicht tun, aber ich denke, Sie kennen die Antwort.«

»Dann wird ein fünfzehnjähriger Junge Ihretwegen seinen Vater verlieren.«

Theo Nyhus gab keine Antwort.

»Was machen Sie danach, Theo? Setzen Sie sich hier auf den Hofplatz und warten so lange, bis Sie verhaftet werden? Denn Sie werden verhaftet, Theo.«

Das traurige Lächeln war wieder zu erkennen. »Ich glaube, ich wähle Plan B.«

»Der wie lautet?«

»Ich mache es wie Onkel John. Zehn Jahre habe ich auf das hier verwendet, Brekke. Zehn Jahre. Und verraten hat mich dann das einzige Andenken, das ich behalten habe.«

»Ihr Plan war gar nicht schlecht. Wenn Sie nur Hellums Muster bis aufs Letzte gefolgt wären, dann wären Sie vermutlich mit allem davongekommen. Sie hätten Hedda Back und Oda Myhre hier bei sich zu Hause ertränken müssen. Nicht in dem See in der Østmarka neben der alten Hütte von Onkel John. Erst das hat uns auf die Spur gebracht. Ihre Mordserie hätte dann mit Stine Romberg geendet, und Sie hätten als Victor Wang weiterleben können, während wir nach einem toten Mörder gesucht hätten. Wenn ich mich nicht völlig irre, liegt Ihnen das doch mehr, als in der Haut von Theo Nyhus zu stecken.«

»Ich wusste, dass ich einen Fehler gemacht hatte, als Sie mir am Donnerstag von dem Auto in Solli erzählt haben. Und da glaubt man, man hätte an alles gedacht … Aber wie eben schon gesagt: Ich weiß, dass das hier vorbei ist. Und ich verspüre großen Respekt Ihnen gegenüber, Brekke. Deswegen will ich Ihnen auch nichts tun.«

»Dann legen Sie die Pistole weg.«

»Das kann ich nicht … Noch nicht.«

»Ich bin der Bosheit schon in vielen Formen begegnet, Theo. Oft genug, um sagen zu können, dass Sie auch dann, wenn Ihre Mutter noch leben würde, genau da gelandet wären, wo Sie heute stehen. Auch wenn gar nichts auf diesem Schiff passiert wäre. Sie dürfen sich nicht einbilden, dass es Nathan Sudlows Worte waren, die Sie zu all dem hier befähigt haben. Seine Worte können sicher etwas bewirkt haben, aber der Drang zu töten wäre früher oder später ohnehin in Ihnen erwacht. Denn Sie tragen die Bosheit in sich. Schon die ganze Zeit. Vielleicht ist es nur gut, dass Ihre Mutter nicht mehr lebt, denn das hier hätte sie zweifellos umgebracht.«

Anton legte die Daumen unter die Tischplatte und riss sie hoch. Stieß den Tisch mit aller Kraft nach vorn und sprang hinterher. Ein Schuss löste sich aus der Pistole. Anton kauerte sich hinter dem umgestürzten Tisch zusammen. Er konnte Theos Schritte hören und griff gleichzeitig nach seiner Pistole, die im Holster auf dem Rücken steckte. Im nächsten Augenblick jedoch stand Theo neben ihm und richtete die Pistole auf seinen Kopf. Anton packte Theos Unterarm. Er spürte die Kugel an seinem Kinn vorbeisausen wie einen kleinen heftigen Windstoß. Im selben Moment ertönte ein Knall, gefolgt von einem lauten Pfeifen in den Ohren. Anton schrie, stieß Theos Arm weg, während er vom Boden aufsprang und ihn angriff. Die Pistole fiel auf das Parkett. Theo griff nach der Waffe, aber Anton stieß sie mit dem Fuß außer Reichweite. Dann warf er sich auf Theo, drückte seinen Ellbogen auf Theos Hals und tastete mit der anderen Hand nach seiner Pistole. Plötzlich bekam er einen Schlag auf den Kopf. Dann noch einen auf die Wange. Die Pistole war an den Fingerspitzen schon zu spüren. Er packte sie und wollte sie aus dem Holster ziehen, als Theos Knie zwischen seinen Beinen landete. Anton rang nach Atem, registrierte, wie der Schmerz sich von seinem Hodensack über die Beine in die Brust und die Arme ausbreitete.

Dann spürte er gar nichts mehr.

KAPITEL 97

Samstag, 17. September

Normalerweise dauerte es neun oder zehn Minuten, um von Grålum quer durch die Innenstadt nach Hafslund zu fahren. Mit Blaulicht und Sirene hätte Magnus es auch in sieben Minuten geschafft, sofern er über die E6 gefahren wäre. Dummerweise stand ihm nichts davon zur Verfügung. Er lenkte den Wagen aus dem Kreisverkehr hinaus und trat voll aufs Gaspedal. Die Hinterräder drehten auf dem nassen Asphalt durch. Der Wagen kam ins Schlingern und stellte sich auf der Auffahrt zur E6 fast quer.

Der Tachometer zeigte hundertvierzig Kilometer pro Stunde an, als Magnus auf die Autobahn fuhr. Er wechselte die Spur, betätigte die Lichthupe, um vor ihm fahrenden Autos anzukündigen, dass er sich mit hohem Tempo näherte. Das von den Reifen aufgewirbelte Wasser spritzte an den Seiten des Wagens hoch. Der Motor gab jedes Mal ein dumpfes Geräusch von sich, wenn Magnus in den nächsthöheren Gang schaltete.

Hundertsechzig Stundenkilometer. Das Regenwasser bildete eine fast undurchdringliche Schicht auf der Frontscheibe. Magnus konnte kaum noch etwas sehen und konzentrierte sich darauf, den Wagen in der Spur zu halten. Er schoss an einem Sattelschlepper vorbei. Der Fahrer reagierte aggressiv und ließ die Scheinwerfer auf dem Führerhaus mehrmals aufblitzen. Magnus fuhr einfach weiter. Inzwischen hatte der Motor die Tachonadel auf hundertneunzig hochgetrieben.

An der Sannesund-Brücke fuhr ein Streifenwagen mit eingeschaltetem Blaulicht auf die E6 auf. Magnus fegte an ihm vorbei. Als er mitten auf der Brücke in den Rückspiegel sah, lag der Streifenwagen schon weit hinter ihm.

Das Funkgerät gab ein krächzendes Geräusch von sich.

»Sierra 4-2, hier ist Fox 0-2.«

Ohne den Blick von der Fahrbahn zu nehmen, tastete Magnus nach dem Funkgerät. Er nahm das Mikro in die Hand und meldete sich.

»Warst du das eben an der Brücke?«, wollte Martin Fjeld wissen.

»Ja.«

»Verstanden. Wir hängen uns dran. Fox 0-2 Ende.«

Anton schlug die Augen auf. In seinen Ohren rauschte es noch immer. Er lag im Wohnzimmer auf dem Rücken. Die Nachwirkungen der Begegnung zwischen seinem Hodensack und Theo Nyhus' Knie waren schlimmer als der eigentliche Zusammenprall. Anton rollte sich auf die Seite. Ein Schwall Erbrochenes drang aus seinem Mund und landete auf dem Boden. Er kniff die Augen zusammen und stieß einen stummen Schrei aus.

Er stützte die Hände auf und hievte sich auf alle viere hoch. Abermals erbrach er sich auf das Parkett. Er spuckte und rang nach Atem, fasste nach dem umgestürzten Tisch und zog sich daran hoch. Seine Beine zitterten, als hätte er viel zu viel Alkohol getrunken. Schließlich konnte er sich aufrichten, und er blickte sich nach der Pistole um, die er Theo Nyhus aus der Hand geschlagen hatte. Sie war verschwunden.

Genau wie seine eigene Waffe.

Anton ging durchs Zimmer. Sein Körper protestierte bei jedem Schritt. Die Beine zitterten immer noch.

Er blickte aus dem Küchenfenster. Theo Nyhus hatte versucht, Antons Dienstwagen mit seinem eigenen Auto wegzuschieben, hatte ihn aber nur einen knappen Meter zur Seite bewegen können. Die beiden Stoßstangen hatten sich ineinander verkeilt.

Der Kofferraum von Theo Nyhus' Wagen stand offen. Anton ging die Treppe hinunter nach draußen. Die Übelkeit kam zurück. Er legte den Handrücken an die Lippen, versuchte zu schlucken, um sich nicht erneut übergeben zu müssen. Doch es nützte nichts. Der Strahl traf auf den Boden und wurde vom Regen gleich wieder fortgespült. Anton scannte die Baumreihe neben dem Grundstück ab und fuhr sich mit der Hand durch sein bereits völlig nasses Gesicht. Sein Pullover fing an, am Körper festzukleben. Er versuchte, andere Geräusche als die des Regens auszumachen, der lautstark auf den Boden und die Bäume trommelte. Doch abgesehen davon war nur ein Rauschen zu hören. Wie bei einem Radio, das die Verbindung zum Sender verloren hatte. Er rief nach Stine und sah abermals zu den dunklen Bäumen hinüber. Dann registrierte er es. Das Tosen, das das natürliche Rauschen der Natur übertönte.

Der Fluss.

An der Abfahrt nach Årum rammte Magnus den Fuß auf die Bremse. Der Wagen rutschte weiter. Er riss das Steuer herum und lenkte den Porsche in die Ausfahrt hinein. Martin Fjeld hatte nicht Schritt halten können. Nicht mal im Rückspiegel war der Streifenwagen zu sehen. Magnus hielt auf den Kreisverkehr zu. Aus Borge kam ein ziviles Polizeifahrzeug mit blinkenden Blaulichtern am Kühlergrill. Fast gleichzeitig mit Magnus fuhr es in den Kreisverkehr ein und machte keine Anstalten zu bremsen.

Magnus gab Gas und fuhr an der falschen Abfahrt raus. Das Heck des Wagens schlug aus. Er ging vom Gas, brachte den

Wagen wieder unter Kontrolle, geriet aber auf die Gegenfahrbahn. Ein entgegenkommendes Fahrzeug musste hart bremsen und seitlich ausscheren. Magnus zog den Wagen wieder auf die richtige Fahrbahn hinüber. Das zivile Polizeifahrzeug lag jetzt fast direkt hinter ihm. Irgendwo in den Wassermassen war das Blinken zweier Streifenwagen zu sehen. Sie kamen aus südlicher Richtung auf der E6 angefahren und bogen in Richtung Hafslund ab.

Magnus steuerte den Wagen durch den nächsten Kreisverkehr, bremste in der Kurve vor der langen Steigung ab, die nach Hafslund hinaufführte, und gab dann wieder Gas. Die Blaulichter im Rückspiegel verschwanden.

Stine Romberg sollte wie die anderen ertränkt werden.

Anton biss die Zähne zusammen und lief zum Fluss, der gleich hinter den Bäumen rauschte. Er rief ihren Namen, während er sich durch das Unterholz kämpfte. In der Ferne waren Sirenen zu hören.

Er rief noch mehrmals nach Stine, bis er zum Flussufer gekommen war. Um ihn herum lag dichtes Buschwerk. Die Sirenen kamen näher. Ein ganzer Chor.

Anton trat einen Schritt ins Wasser hinein. Der Regen ließ die gesamte Wasseroberfläche aufschäumen. Die starke Strömung versuchte, seine Knöchel zu packen. Er machte noch einen Schritt nach vorn. Das kalte Wasser leckte an seinen Unterschenkeln. Anton starrte den Fluss hinauf. Irgendwo weiter oben bewegte sich etwas. Er hielt sich die Hand über die Augen, versuchte, seinen Blick zu fokussieren. Er verließ das Wasser und brüllte: »Theo!«

Er lief am Ufer entlang. Theo Nyhus saß etwa dreißig Meter weiter in der Hocke. Neben ihm lag Stine Romberg nackt auf dem Bauch. Ihre Füße zuckten. Die Arme waren auf dem Rücken zusammengebunden. Theo Nyhus hielt ihren Kopf unter Wasser. Er richtete seine Pistole auf Anton.

»Warum mussten Sie unbedingt herkommen, Brekke?«, rief er laut.

Stine Romberg riss den Kopf hoch und schnappte nach Luft. Theo Nyhus drückte sie wieder unter Wasser.

»Theo …«, sagte Anton. »Sehen Sie mal.« Er deutete auf die Hauptstraße. Blitzende Blaulichter näherten sich in einer langen Reihe. »Sehen Sie hin, verdammt.«

»Ich sehe es, Brekke … Ich sehe es.«

Stines Kopf bewegte sich unter Wasser. Anton musste etwas tun. Sie würde nicht mehr lange leben.

»Es ist vorbei, Theo!« Anton trat einen Schritt auf den anderen zu. Jetzt war er noch sechs oder sieben Meter entfernt. »Lass sie los!«

»Ich kann nicht«, schrie Theo. »Haben Sie da drinnen nicht zugehört?«

Anton machte einen großen Schritt vorwärts und brüllte: »Es ist vorbei!«

»Machen Sie jetzt keine Dummheiten. Denken Sie an Ihren Fünfzehnjährigen zu Hause.« Theo Nyhus warf einen kurzen Blick auf Stine. Der Arm mit der Pistole senkte sich etwas herab. Er verstärkte den Druck auf ihren Nacken und blickte dann wieder Anton an.

»Bald, Brekke. Bald ist alles vorbei.«

Stines Füße zuckten nicht mehr. Auch ihr Kopf bewegte sich nicht länger. Auf Theo Nyhus' Gesicht erschien ein zufriedenes Lächeln. Anton stürzte sich auf ihn. Theo Nyhus hob die Pistole. Es knallte.

KAPITEL 98

Sonntag, 18. September

Die Blaulichter verschwanden, als die Streifenwagen von der Hauptstraße abbogen.

»Waffe fallen lassen!«, rief Magnus und rannte mit erhobener Pistole, so schnell er konnte, auf Theo Nyhus zu.

»Waffe fallen lassen!«

Direkt am Ufer blieb er stehen. Er hatte den Mörder ins Visier genommen. Theo Nyhus hielt noch immer die Pistole in der Hand.

»Lassen Sie die Waffe fallen!«, schrie Magnus und trat einen Schritt auf den anderen zu.

Der erste Schuss, den Magnus nach fast sieben Jahren Polizeiarbeit im aktiven Dienst abgab, traf Theo Nyhus oberhalb des Ohrs. Auf der anderen Schädelseite war jetzt ein Krater zu sehen. Anton kam auf die Beine und rannte zu Stine, die mit dem Kopf im Wasser lag. Magnus hielt immer noch die Pistole auf Theo Nyhus gerichtet.

»Er ist tot, Torp«, rief Anton über die Schulter, während er versuchte, Stines leblosen Körper hochzuheben. Dann drehte er sich zu Magnus um, der noch immer an derselben Stelle verharrte. »Er ist erledigt! Jetzt komm und hilf mir.«

Magnus ließ die Pistole fallen.

KAPITEL 99

Sonntag, 18. September

Anton zog seine Hose zurecht. Die Schmerzen hatten sich von *unerträglich* zu nur noch *stark* abgemildert. In der Auffahrt und im Garten standen Streifenwagen und Zivilfahrzeuge.

»Jetzt werde ich wohl von der Abteilung für interne Ermittlungen vernommen«, sagte Magnus. »Weil ich geschossen habe.«

Sie standen in Theo Nyhus' Küche und sahen durchs Fenster zu, wie Stine Romberg in einen Krankenwagen geschoben wurde. Sie saß aufrecht auf der Trage. Martin Fjeld und ein paar Beamte nahmen neben der Scheune Aufstellung. Einen Augenblick später wurde das Tor zur Seite geschoben. Der Caravelle, den Hox gefahren hatte, erschien in der Türöffnung.

»Formalitäten«, entgegnete Anton. »Du hast das einzig Richtige getan.«

Magnus gab keine Antwort. Sie beobachteten, wie Martin Fjeld und seine Kollegen ihre Taschenlampen einschalteten und den Wagen anleuchteten. Die hintere Tür wurde geöffnet. Jemand lag im Wagen. Drei Uniformierte kletterten hinein und richteten den Strahl ihrer Lampen auf den Toten. Über Magnus' Funkgerät hörten sie, wie Martin Fjeld der Einsatzzentrale meldete, dass Lars Hox tot aufgefunden worden sei.

»Und dabei hätte Hox es mir gestern am Telefon einfach erzählen können«, sagte Magnus.

»Das wäre nicht das Richtige für ihn gewesen. Er wollte nicht einfach dazu beitragen, diesen Fall zu lösen. Er wollte derjenige sein, der ihn löste.«

»Ich verstehe das nicht.«

»Ich finde das gar nicht so seltsam. Er hat die letzten zwei Jahre seines Lebens in diesen Fall investiert. Und dabei ist er nicht mal in die Nähe einer Lösung gekommen, auch nicht, als er hier saß und mit Theo Bier trank. Hox wollte nicht nur Gerechtigkeit für Hedda Back und Oda Myhre – er wollte auch Gerechtigkeit für sich selbst.«

Magnus ging ins Wohnzimmer, hob das Bild auf, das auf den Boden gefallen war, als Anton den Tisch umgeworfen hatte. Das Glas war zerbrochen. Anton drehte sich zu ihm und sagte: »Dieser Amerikaner hat es aufgenommen. Theo Nyhus bekam es von ihm, als er ihn im Gefängnis besucht hat.«

»Ach, ja?« Magnus betrachtete das Foto. Der Sprung im Glas zog sich direkt über Monica Nyhus' Hals. Ihre Zähne waren gerade und kreideweiß. »Sie sieht glücklich aus.«

»Das Gleiche dachte ich auch.«

»Aber …« Magnus warf einen Blick aus dem Küchenfenster. Das Scheunentor war wieder geschlossen worden. Fünf Polizisten standen davor. »Da ist noch was, was ich dir nicht gesagt habe.«

»Nämlich?«

»Ich habe mit Hans Gulland einen Deal gemacht. Ich war so neugierig auf diesen Amerikaner, und ich wusste ja, dass Gulland ziemlich gut ist, was Informationsbeschaffung angeht. Also habe ich zu ihm gesagt, wenn er mir was Nützliches beschaffen könnte, dann würde ich … Oder du und ich …«

Anton seufzte.

»Was müssen wir machen, Torp?«

»Ich habe ihm gesagt, dass wir ihm ein exklusives Interview für seine Website geben, wenn der Fall aufgeklärt ist.«

»Das ist ja gerade geschehen.«

»Ja, deshalb erzähle ich es dir ja auch jetzt.«

Anton stöhnte.

»Da du es ihm versprochen hast, werde ich natürlich dabei sein. Aber bitte lass dir so etwas nicht ein zweites Mal einfallen. Außerdem willst du doch nicht der Polizist werden, der zu allem seinen Senf abgibt, der sich zu allen Zeiten und Unzeiten von der Presse interviewen lässt – oder von so 'ner dämlichen Website, wie Gulland sie betreibt. Benutz die Presse, wenn sie dir was geben kann, und lass nicht zu, dass die Presse dich benutzt. Wenn du erst mal in Pension gegangen bist, wirst du noch hunderte solcher Anfragen bekommen. Da kannst du dann gerne ja sagen, weil es ohnehin keine Rolle mehr spielt, was du von dir gibst.«

»Ich weiß. Tut mir leid.«

»Sag das nicht. Denn in diesem Fall bin ich froh, dass du es nicht besser wusstest. Sonst hättest du zwei Leichen am Flussufer gehabt.«

Magnus lächelte zaghaft. »Ich habe mich nicht getraut, es dir zu sagen.«

»Wie war das? Wie viele Menschen hat dieser Amerikaner getötet?«

»Vier auf jeden Fall. Der Direktor in Huntsville glaubt, es sind noch mehr gewesen. Hoffentlich kann die Polizei in Kirkenes die Sache jetzt lösen. Immerhin haben sie mehr Informationen. Ist doch ein Grund, den Fall neu aufzurollen, oder?«

»Unbedingt.«

»Nichts wäre besser als das. Was wir über Nathan Sudlow herausgefunden haben, kann vielleicht zur Aufklärung eines Mordes beitragen.«

»Ein ermordeter Russe in Kirkenes, 1994 …«, murmelte Anton.

»Ja?«

»Dazu ist nie ein Verdächtiger aufgetaucht?«

»Soweit ich weiß, nicht. Ich glaube, die hatten gar nichts.«

»Mhm. Bis auf einen mysteriösen Amerikaner, der unter falschem Namen allein mit Hurtigruten gereist ist. Derselbe Amerikaner, der viele Jahre später für vier Morde hingerichtet wird. Die bürokratischen Mühlen mahlen langsam, Torp.«

»Du glaubst nicht, dass die das hinkriegen?«

»Die ganze Geschichte stinkt zum Himmel. Ich glaube nicht, dass dieser Mord überhaupt aufgeklärt werden soll.«

KAPITEL 100

Freitag, 23. September

Sechs Tage waren vergangen, seit Magnus Theo Nyhus am Flussufer in Hafslund erschossen hatte.

Es war windstill. Eine große, wie ein Anker geformte Wolke hing über dem Dom in der Innenstadt von Fredrikstad. Die Uhr auf Antons Handy zeigte 17:04.

Anton saß auf einer Bank im Park an der Kirche. Um ihn herum spielten Kinder. Sie lachten und schrien, während sie zwischen Klettergerüsten, Schaukeln, Rutschen und Elternteilen umherrannten. Ein kleines Mädchen kam zu Anton, sagte hallo und rannte zurück zu ihrer Mutter, die gleich in der Nähe saß. Die Frau lächelte Anton an.

Er sah zu den alten Backsteinvillen gegenüber dem Fluss und der Bibliothek hinüber. Eine Gestalt kam den Gehsteig entlanggelaufen. Anton sah ein leichtes Hinken, als sie sich näherte. Magnus blickte in beide Richtungen und überquerte die Straße. Das Gel in seinem kurz geschnittenen Haar glänzte. Er trug Jeans. Eine große dunkle Sonnenbrille ruhte auf seiner Nase. Sein kräftiger Brustkasten und seine trainierten Arme füllten das Oberhemd gut aus.

»Welche Hemdgröße hast du eigentlich?«, fragte Anton, als Magnus sich neben ihn setzte. Sein Gebrauch von Aftershave war noch großzügiger als beim Haargel ausgefallen.

»Large.«

»Und wieso trägst du dann medium?«

»Hahaha.« Magnus griff nach dem Stoff an seiner Brust und zog daran. »Das ist Stretch.«

»Was ist eigentlich so wichtig, dass wir uns hier treffen müssen? Denn so ausschlaggebend kann's ja nicht sein. Immerhin bist du sechs Minuten zu spät.«

»Der Lensmann aus Honningsvåg rief mich an, als ich vorhin gerade meinen Wagen geparkt habe.«

»Was hat er gesagt?«

»Per Romberg weigert sich nach wie vor, eine Erklärung abzugeben. Allerdings hat Jaran Opsahl ein Geständnis verfasst, das er heute Nachmittag von seinem Anwalt überbringen ließ. Es untermauert die Aussage von Terje Ness.«

»Sehr gut.«

»Wie sehen deine Pläne fürs Wochenende aus?«

»Alex' Zug dürfte bald eintreffen. Fernsehabend mit Kebab, nehme ich an.« Anton blickte in Richtung des Imbissstands, der am anderen Ende des kleinen Parks lag. »Ich musste ihn geradezu überreden hierherzukommen. Ich glaube, da läuft was mit 'nem Mädchen. Ich muss wohl heute Abend noch eine kleine Vernehmung durchführen.«

Magnus ließ den Blick über die verschiedenen Spielgeräte sowie über die Erwachsenen auf den Bänken daneben gleiten. Das grüne Gras war mit dicken Laubhaufen übersät. Ein Mädchen mit feuerrotem Haar fiel hin, war aber gleich wieder auf den Beinen und spielte weiter.

»Als wir in Sandefjord waren«, sagte Magnus, »da hast du gesagt, dass man nicht an etwas glauben solle, was noch niemand je gesehen hat. Gott, Schicksal, Karma.«

»Ja?«

»Die Liebe hat auch noch niemand *gesehen.*« Magnus deutete

auf einen jungen Mann, der einen Kinderwagen mit einem kleinen Jungen vor sich herschob. »Aber da sieht man das Resultat.«

»Sieh dir den Kerl an«, sagte Anton. »Der sieht ja schlimmer aus als ich. Ich sage dir, das da ist nichts anderes als das Resultat eines geplatzten Kondoms.«

Magnus lachte laut. »Du bist echt schrecklich.«

»Cornelius Gillesvik hat was Ähnliches zu mir gesagt«, sagte Anton mit einem Grinsen. »Ich versteh überhaupt nicht, wovon ihr redet.«

»Weißt du, wie dieser Park genannt wird?«

»Dompark«, erwiderte Anton.

»Er *heißt* Dompark, aber weißt du, wie er *genannt* wird?«

»Nein.«

»Park der alleinerziehenden Mütter.«

Automatisch ließ Anton den Blick kreisen. Es mussten etwa zwei Dutzend Frauen im Alter zwischen zwanzig und vierzig in dem Park sein sowie drei oder vier Männer. Die Mutter des neugierigen Mädchens warf abermals einen Blick in Antons Richtung.

»Das wusste ich nicht.«

»Jetzt sorge ich wohl gerade dafür, dass Alex heute Abend allein Kebab essen muss. Du wirst bestimmt hier sitzen bleiben, bis die Sonne untergeht. Vielleicht sogar, bis sie wieder aufgeht.«

»Du bist ja heute wirklich auf Zack, Torp. Wolltest du, dass wir uns hier treffen, um mich mit der einen oder anderen alleinstehenden Mutter zu verkuppeln?«

»Wie heißt noch mal der Köter deiner Eltern?«

»Marvin.«

»Stell dir Marvin und dich hier an einem Samstagvormittag vor.« Magnus deutete diskret auf die Mutter, die in der Nähe auf einem Hocker saß, und flüsterte: »Sieht so aus, als hättest du sie schon am Haken. Aber vielleicht hat sie auch 'nen Knick in der Pupille.«

Anton stand auf.

»Willst du schon gehen?«

»Alex kommt bald, und du redest nur wirr.«

»Er wird's doch wohl schaffen, sich selbst die Tür aufzuschließen?«

»Ja, aber was soll das alles? Warum sollte ich dich hier treffen?«

Magnus nahm die Sonnenbrille ab und sah auf die Uhr.

»Ich wollte nur, dass du mal an die Luft kommst. Bleib doch noch ein paar Minuten. Ich habe dich seit Sonntag nicht gesehen.«

»Ich bin krankgeschrieben und soll mich ausruhen. Ich komme am Montag wieder ins Büro.«

Eine Frau kam von der Kråkerøy-Brücke durch den Park gelaufen. Sie hatte langes dunkles Haar und trug einen beigen Mantel. Um den Hals hatte sie sich einen großen Schal gewickelt.

»Ist das nicht die Hübsche aus dem Krankenhaus?«, fragte Magnus.

»Kaja«, sagte Anton und glotzte. »Was tut sie hier?«

»Und jetzt kommt sie auch noch direkt auf uns zu.« Magnus schob eine Hand in die Tasche. »Seltsam …«

»Jetzt verstehe ich.« Anton drehte sich langsam zu Magnus um und sah, wie sich ein breites Grinsen auf seinem Gesicht abzeichnete.

»Kondomhemd. Die Mähne. Und literweise Aftershave. *Aber ich gehe eigentlich nicht auf Dates*, hat sie zu mir gesagt.«

»Das sagen Frauen eben, wenn sie dir nicht sofort einen Korb geben wollen. Sie hat mir vor ein paar Tagen eine Nachricht über Facebook geschickt. Hat sich gleich entschuldigt, weil sie ja wüsste, wie unprofessionell es sei, Kontakt aufzunehmen, da wir uns ja in einem Arbeitszusammenhang begegnet sind. Aber sie hoffte, dass ich es ihr nicht übel nehmen würde, schließlich

sei ich ja kein Patient gewesen. Das tat ich auch nicht, bis ich weitergelesen habe. Da stand nämlich, sie hätte einen Kumpel, der gerade Single geworden sei. Ein Kumpel, der mich ziemlich attraktiv fände. Er sei für gewöhnlich schüchtern, aber obendrein jetzt auch noch etwas deprimiert, weshalb sie also wüsste, dass er von sich aus keinen Kontakt zu mir aufnehmen würde. Und deshalb schlug sie vor, dass ich das tun sollte. Dass er und ich uns also einfach auf ein Blind Date treffen sollten. Und ich dachte: *What the fuck?* Ich war kurz davor, das auch zu schreiben. Ich verrate dir nicht, was ich geschrieben habe, und auch nicht, was Kaja geantwortet hat …«

Anton biss sich auf die Unterlippe, während er Kaja immer näher kommen sah.

»Aber gestern hat dein *schwuler* Partner einen Tisch für zwei im *Slippen* bestellt.« Magnus nahm seine Sonnenbrille und setzte sie auf. »Und deswegen, Anton, dachte ich, du könntest mich im Park der alleinerziehenden Mütter treffen. Ich wollte mich ein bisschen revanchieren.«

Er sah zu der Frau mit dem kleinen Mädchen. Die Kleine hatte sich auf den Schoß ihrer Mutter gesetzt. »Also … was meinst du? Soll ich das Eis für dich brechen?«

NACHWORT

Ich starte meine Rede, indem ich mich zunächst bei Mia Emilie Werner Nøttveit bedanke, dann bei Kommissar Martin Fjeld vom Polizeidistrikt Øst und Kommissarin Sølvi M. Harjo von der Kripo, im Weiteren bei der Meeresbiologin Pia Ve Dahlen sowie bei Alexander Golding und Ida Christin Foss.

Für ihre herausragende Kompetenz geht ein großer Dank an folgende Personen: Kommissar Anders Strømsæther und Kommissar Marius Engebretsen, Anne Fløtaker, Torstein Gamst, Linn Andreassen, Morten R. Linstad, Geir Carlsson, Jørgen Langgård, Per Schondelmeier, Trine Larsen, Annette Haugen, Håkon Skjold, Didrik Dahl, Camilla Constance Lilleng von der Kripo, Øyvind Bleka, Helle Vik Nilsen, Assistenzärztin Helene Lyngstad und Oberärztin Silje Sanengen Askheim vom Krankenhaus Østfold, Kristina Hansen, Elisabeth Rødseth, Heidi Rødseth Helgesen, Daniel Breilid, Christoffer Kristoffersen, Martin Riseng, Mina Alette Johnsen, Nina Juul und die restliche Gang beim Capitana forlag.

Wie schon mehrmals zuvor erwähnt: Ein besonderer Dank gilt meiner fantastischen Lektorin Anne-Kristin Strøm, die stets für mich erreichbar ist.

Jan-Erik Fjell

Autor

Jan-Erik Fjell wurde 1982 geboren und wuchs bei Fredrikstad im Osten des Oslofjords auf. Er studierte Informatik, heute ist er als Radiomoderator tätig und widmet sich dem Schreiben von Kriminalromanen. Er zählt zu den erfolgreichsten Krimiautoren Norwegens und wurde mit dem renommierten Preis des norwegischen Buchhandels und dem Frederik-Preis ausgezeichnet. Seine Thriller um den Kommissar Anton Brekke stürmen in Norwegen regelmäßig die Bestsellerlisten.

Weitere Informationen zu Jan-Erik Fjell unter:
www.jefjell.no und www.instagram.com/jefjell

Jan-Erik Fjell im Goldmann Verlag:

Nachtjagd. Thriller
Dunkelhaus. Thriller

(Alle auch als E-Book erhältlich)